U0030083

雲謠

降魔人逃池

李念妙

著

推薦者簡介

蘇牧

北京電影學院文學系教授、博士生導師，北京市高等學校優秀青年
骨幹教師（1996 年），香港中文大學傑出訪問學者，北京電影學院
「金字獎」第二屆、第七屆評審會主席。

主要著作有《榮譽》、《太陽少年》、《新世紀新電影》，其中《榮
譽》16 次印刷，為北京電影學院、中央戲劇學院、中國傳媒大學、
上海戲劇學院、北京大學等國內著名藝術院校學生必讀書。《榮譽》
2004 年獲「中國高校影視學會優秀學術著作一等獎」，《榮譽》修
訂版 2007 年入選教育部中國高校「十一五」國家級教材。2008 年
入選教育部中國高校「十一五」國家級教材精品教材。

主要科研項目：北京市教育委員會 2013 年社科計畫重點項目：《中
外電影大師精品解讀》。

天上人間

　　拿到學生李莎的新作《降魔人幽池》之前，我以為這是一個道家降魔衛道的故事，看了幾頁之後，很是驚異。李莎作品中的「魔」，是我們每個人的心魔。書中鹿靈的女性角色更是驚豔：她是幽池的精靈，是幽池的藥。

　　恍惚之間，我彷彿看見電影《孔子》裡的南子，寬大的裙擺，赤著腳，柔軟輕盈地在山野間奔跑，靈動得像隻小鹿，眼睛是兩汪泉水，裡面掬著不諳世事的爛漫天真。

　　李莎作品中的鹿靈，正是這樣的精靈。

　　如果男主角幽池是清憂的、茫然的、有心事的，那麼鹿靈就是招搖的、古靈精怪的，天大的事也不惱。

　　路漫漫其修遠兮，只有傻瓜才憂愁。

　　幽池與鹿靈，一個靜，一個動；一個有腦子，一個好身手；一個修行之人，一個市井小女。

　　本是背馳的二人，卻被命運的紅線牽在了一起，是鬼使神差，也是命中註定。他們是生死搭檔，珠聯璧合。他們一路走來，兩人之間沒有謊言，沒有欺騙，甚至沒有祕密。

　　在影視劇裡，衝突是戲劇的生命，鹿靈也是和其他女人截然不同的特別的存在。

　　書中其他的女性人物，有的像清冽雪松，嘴角溫柔，眼底卻是自以為是的慵懶和冰冷；有的像惑人玫瑰，香豔豐腴，脂粉氣十足，骨子裡卻帶攻擊的危險。

她們美得無法讓人把持，她們可能和自己心愛的男人在同一個屋簷下朝夕相對，甚至是拜堂夫妻，把自己的財富和愛都交出去，可是他們仍然同床異夢，各懷鬼胎。

　　她們的錯誤是錯看了男人。她們的愛，是我的眼中只有你，你的眼中只有我。可是對於這些男人來說，愛重要，但是，權利、地位、聖寵、官銜更重要。

　　女人熟讀斬男招數，各種手段嫻熟、萬種風情、閨中之樂都遊刃有餘，可是她們始終得不到男人的真心，到後來，她們甘願為愛情赴湯蹈火，一顰、一笑、一嗔都圍著男人轉，寂寞和不甘將她們的清高、自尊、美豔一點點蠶食殆盡。

　　她們不甘心熾烈的愛只換來一盞茶的溫存，不甘心都是一場夢一場空，不甘心對方愛的人不是自己，不甘心對方有眼無珠，看上的，竟是個處處不如自己的丫鬟。

　　她們受傷、悲哀、憤恨、發狂，有了心魔，她們要搶過來，要確定自己在他心中的地位，她們要他們依舊匍匐於裙下。

　　此刻，他們只是她們的獵物。

　　她們要絕對的主控，哪怕煎熬、狼狽、作繭自縛、畫地為牢、不擇手段、肆無忌憚，哪怕遍體鱗傷，腳踏玻璃渣子行走，她們也要抵死的糾纏。她們活得好累，她們看似敢愛敢恨，殊不知：她們最該恨的，是瞎了眼、蒙了心的自己。

　　作品中與她們截然不同的，是十多歲的少女鹿靈。每次鹿靈出場，她身上洋溢著熱情明亮和偶爾的狡黠。雖然鹿靈平時不講儀態，渾身上下的小平民氣，遇上了幽池，土生土長的鹿靈，不僅能跟上他的輕功，還能聞到他身上的妖氣，自然而然地成了他的「尾巴」。

　　沉悶的幽池身邊，需要這樣一個嘰嘰喳喳的女孩，更何況鹿靈直爽單

純，憎愛分明，出身貧賤，經常救濟窮苦百姓。

鹿靈是幽池的藥，新鮮靈動的藥。

鹿靈是小說的光芒和亮點，如同當年年輕時的南子的模樣。

希望李莎的小說《降魔人幽池》早日拍成電影，讓我們看到銀幕上的鹿靈和幽池。

北京電影學院教授、博士生導師　**蘇牧**

推薦者簡介

毛利華

北京大學心理與認知科學學院副教授,博士生導師,九三學社社員,現任北京大學心理與認知科學學院工會主席。

北京大學主幹基礎課《普通心理學》、《社會心理學》、全校通選課《心理學概論》、線上線下混合式課程《探索心理學的奧祕》主講教師。

曾獲 2004 年北京大學教學成果一等獎,教育部教學成果二等獎,2005、2008 年北京大學教學優秀獎,2006 年北京市科技新星,2006 年教育部高等學校科學技術獎(自然科學獎)二等獎,2015 年北京大學十佳教師寒梅獎,2017 年北京大學曾憲梓教學優秀獎,主講的《探索心理學的奧祕》獲教育部 2018 年國家精品線上開放課程。

曾獲 2010 年北京大學模範工會主席、2018 年北京大學優秀工會幹部等稱號。

溝壑難填

在工作中，我每日都能接觸到形形色色的各種人，我時常在想，人的漫漫一生中，做最多的事是什麼。

收到學生李莎的新文，又驚又喜。在燈下，細細翻閱，發現自己最喜歡的是《雲階篇》。明明人這一生宛如草木的一生，要遵循自然發展規律，眾人眾生，循環往復，才可做到生生不息。

可是，「善可渡人亦可渡己」，此時，心存大善的雲階大師，始終相信師父沒有騙自己。於是他心繫百姓，憂愁苦楚，哪怕洩露天機、逆天而行，他也願意獨自吞下天譴的惡果。

那些上門求助的人，倘若只是祈求一菜一蔬、片刻的溫存與轉機，想必，雲階大師也會持續善良下去。可是他卻忘了，人類只是動物，哪怕是高階的動物，也是最危險的動物，在他們看來，能知天命的雲階大師可手摘明月，可顛倒紅塵，只要他們提，只要雲階大師肯，什麼都唾手可得。

他們野心蓬勃，哪怕已經深陷囹圄，可還是想東山再起，想長生不老，羽化成仙，想貌若潘安，想富甲一方，想做仰之不及的人上人。

他們傲慢、嫉妒、暴怒、懶惰、貪婪、暴食、色欲，欲望溝壑難填。雲階管中窺豹，可見一斑，無需多言，就能將對方心中的猛獸捕捉殆盡，一點點親眼見證了世間的醜陋和俗透。

可為了宣揚心中的善啊……雲階大師也曾徘徊過、彷徨過、猶疑過，卻還是堅持下去。人們佯裝的虔敬簇擁，信奉他如信神明，門庭前的車水馬龍，勾畫出盛大虛幻的海市蜃樓。

命運的沙漏被重新流動，那些人的人生開始洄游，好像一切都很嶄

新，可是，強行擁有不該擁有的，本來就是虛空，就是捕風。

　　而怡城那場突如其來的瘟疫，就如一場狂風驟雨，頃刻間顛覆雲階大師的所有認知，過境之後，只剩一片狼籍。曾經萬般對他人好又怎樣，那些從前無根無蒂對他千恩萬謝的人，都成了向他舉起鋤頭的惡徒。他的善，從來沒被善待過。

　　此刻的雲階大師千人踩萬人唾，下場何其潦草。他終於發現，自己的美夢與熱望是多麼可笑。他又多麼可笑，明明他也知「有人便有惡，有心便有魔」，他日日俯視眾生，能看穿天命，卻始終看不透人心。又或許，他早就看透了人心，只不過他的天真與單純，多年與世隔絕的清苦修行，讓他執拗地相信，他的大愛最終會引導人們向善。

　　只是，雲階大師卻忘了，我們是人。

　　而他，也僅僅只是人。

　　怡城的瘟疫，是雲階大師心中的鬱結，它凝結成疤，沒日沒夜提醒著他的可笑與荒唐。於是，雲階大師從一個極端迅速走向另一個極端，他的風骨，他的寂靜，他的清冷，他的淨植翩翩，都蕩然無存。

　　他開始肆意拿捏人性，玩弄命運，反正那些人類急功近利，好走捷徑，為達目的，什麼交易都願意做，不如他順應而為，替天而行。他清醒地、迅猛地，任由自己走向沼澤深處，走向暗黑的夜，親手放出了心中的那頭猛獸。

　　又或許，從最初，在他用天機來揚善的時候，他心中的猛獸就被放了出來，只不過他掩耳盜鈴地一路行走，自欺欺人著罷了。他瞞過眾人，甚至瞞過了自己，卻不曾想香緹一語擊中，道破了他心中的惡，劈開了他的真面目。原來，他在俯視眾生、用反噬來懲罰眾人的同時，卻忘記了低頭窺視自己的罪。

　　他強改天命，縱容人類欲望，揭露人心至暗心理，他下審判，甚至他

殺戮。他是修行者，明明應該心有猛虎，細嗅薔薇，可他修行了小半生，最終卻選擇肆意放出野獸，踐踏一地的淒美薔薇，任憑野獸攻擊他人，也任憑自己奔向了毀滅和灰燼。

看到這裡，我忍不住輕嘆一聲可惜，到底雲階大師也只是個人，連他都不能倖免。也不由讚歎李莎寫故事、寫虛構、寫幻想，卻也寫盡人生百態，寫透眾生真實。

因為，活在這世上，我們每個人也都不曾倖免過。我們窮其一生，做的最多的事是填補欲望，也用理智和恪守與它們苦苦對抗鬥爭。可又正因為如此，正因為同時擁有優根性和劣根性，我們才鮮活、立體、多面、高維度，我們才被稱之為人。

每個人的心中都有一頭猛獸，只是或許我們都應該學會懂得，事事小滿即可，擁有的都是僥倖，失去的都是人生。得之我幸，失之我命，在得與失之間，都感恩饋贈，感激命運降臨。

如何才能駕馭住心中的老虎，能輕嗅薔薇，是我們一生的功課。只有這樣，步履不停的人生才能明亮輕快許多。

北京大學心理與認知科學學院副教授、博士生導師
北京大學心理與認知科學學院工會主席 毛利華

作者簡介

李莎

· 希達工作室創辦人
· 中國傳統文化教育與傳播研究學者
· 道學院客座講師

心理學博士在讀、香港大學整合行銷碩士、中歐國際工商學院高級工商管理碩士

曾於中山大學任職,並在韓國三星集團、周大福集團等世界 500 強企業擔任集團高級管理職位。

擅長傳統文化在心理學方向和環境學的應用,並致力於中國優秀傳統文化教育與傳播。

所撰寫的多篇學術性論文和專業性文章,已在《出版廣角》、《心理月刊》、《財經界》、《中國文藝家》、《發現》、《長江叢刊》、《中國民族博覽》、《新教育時代》、《科教文匯》等多家國家級專業期刊和國家級媒體刊登。

已出版作品:《直覺力》、《焦慮心理學》、《潛意識之謎》、《李莎的生活隨想》、《在難熬的歲月裡》、《孟婆傳奇》系列、《開元霓裳樓》等。

迴圈反覆無窮已，今生長短同一規

　　人人都怪罪亞馬遜熱帶雨林的那隻蝴蝶，怪牠無意煽動了翅膀，才引起了美國德克薩斯州的龍捲風。

　　可《周易・繫辭下》裡寫：「天下同歸而殊途，一致而百慮。」唐朝詩人羅隱在《樂府雜曲・鼓吹曲辭・芳樹》裡又寫：「春夏作頭，秋冬為尾，循環反覆無窮已，今生長短同一軌。」

　　很多回到過去科幻題材的電影，總是向我們用嚴絲合縫的邏輯展示，哪怕主角知道所有始末，妄圖在過去某個關鍵事件節點更改未來走向，但如同水中撈月，鏡中拈花，總是徒勞。

　　是命定，也是人定。

　　一件事情在最初，總是混沌模樣，但已經內核完全、胚子初露，後來事態的發展，也只是在此基礎、此軌跡上的滾雪球罷了。可是可惜總是有些人秉承著「一命二運」，於是認定人定勝天，哪怕借助外力。這便是我創作《降魔人幽池》的初衷，想要以故事為載體，揭示一二道理。

　　理智都告訴每個人，孟子曾說過：「魚，我所欲也；熊掌，亦我所欲也，二者不可得兼。」人不能既要又要。

　　可是我們追根溯源，倒推回去，在這些人殊路同歸、雙手空空的結局前，在他們經歷本可能沒有的劫難前，在命運或許未見得對他們如此不公前，他們是不是放任了自己沸反盈天的心魔，得寸進尺地想要去填補、去染指自己不該豐盈的完整。他們不是夠傻、夠痴，而是想得太多，要得太貪。因為貪，所以有了痴想，有了饞妄，有了心魔，竟以為那些本不可得的事物，能輕而易舉觸手可及。

這樣的人，我在現實中見過太多太多，一切的不幸都只源於他們的執迷，他們放任自己的心魔。心魔滋生，深陷其中的人，寧願要走火入魔，也不願立地成佛，寧願追逐漚珠槿豔的泡沫，擁有露水短暫易逝的快樂，握住搖搖晃晃快要破掉的氣球，也不願就此沉沒，哪怕最終只能留下一個下落不明的結果。

　　於是，比起單純粉飾自己，跌盪進流沙一般的假像，澎湃著海市蜃樓的幻覺的人，我更心疼那些明知「所有命運給予的禮物，早已在暗中標好了價格」、知其不可為卻偏偏為之的人。

　　他們知曉問題所在，結局昭然若揭，卻無法自拔，做困頓之獸，做亡命之徒。祈求上天能垂憐，如憐憫罪人，讓自己僅憑一己之力逆天改命，卻只能反覆著當初的反覆，發生著曾經的發生，放逐著自我欺瞞，清醒地看著自己再一次沉淪、沉淪，沉淪到更深暗的地方，彷彿飛蛾撲火，無邊墜落，再悉數燃盡。

　　被命運凝視，被把玩，執取終成空。

　　人生在世，不過「欲望」二字，有灼灼野心是好事；想踮起腳尖去擁有，是好事；想追逐心中執念，是好事；想要求得圓滿，也是好事。可是比起伶俜倥傯、雙手空空，不如早早端正自己的心態，馴服脫韁的心魔，選擇自我救贖，而不是自我無畏的、無腦的放縱。

　　俗話從來不是說，有多大野心去做多大事，都只是說，有多大容器，便只能盛多少水，多大的碗，便只添多少的飯。

　　野心、貪欲、執迷、饞望，這些太過寬泛、太大、太無邊際，可能是生命並不能承受其重。與其苦苦追尋自己生命所不能擁有之物，最終再鮮血淋淋地回首直視潦倒淒慘的人生，倒不如理智、坦然地接受，接受自己人生的不完美，接受寤寐求之，卻求之不得，接受自己的不堪、中庸、普通，接受自己也只是芸芸眾生中不出挑、不意外的一個，接受自己削尖了

腦袋、下巴都無法擁有，接受自己的眼前和當下。

學會放下和接受，如此簡單，卻也如此之難。

可能嘗試著去說再見，會聲音哽咽；可能嘗試著走開，但是會步履蹣跚，可能嘗試著放棄，還是會苦苦想著所想之物。可能很明顯，沒有它，就快要崩潰。

但是就像人人都喜歡花，所以才會採擷下來，擁有它幾日的春光和爛漫，可就像我在另一本書《開元霓裳樓·風時序》裡寫的，阿史那連那在面對著心儀的若桑姑娘那樣憐惜地喃聲道，「看來……該長在樹上花開不敗的，就不該讓它隨風而落啊！」喜歡花，不見得就要擁有，可能讓它們繼續長在枝頭，反而我們能欣賞得更久一些。喜歡之物，也不見得就要掌握在手中，才能讓人心生歡喜。

勿施於人，以己之欲。因為世界之大，人間物色，芸芸眾生各有各的活法，各有各的精彩，各有各的路，各有各的歸宿。說到底，我們能做的，也只能是做好自己一人之事罷了。

李莎

目次

· 一 ·

夜色如墨，似一塊微微發光的黑玉。

微微光澤中，一名少年悠然漫步在鋪滿青色石階的小路上，他卻不是一路遊玩而來，而是連日趕路，又途經陡峭山峰，才換來此刻不疾不徐的步調。

天亮前，他便抵達古月城，那是他兒時曾經來過的地方。一別二十載，此次折返，只為見一故人。

他微微疲倦的眼眸，在眺望到夜色中的城門稍稍清明了些，探手拿出腰間的葫蘆酒囊仰頭大口飲酒。手背擦拭唇邊水跡時，面無表情的臉上，似溢出一抹極淡的笑意。這是他能表現出的僅有喜悅，即便他的內心悸動不已，可他感受不到那情愫的來處，亦不知該如何表現得清楚，他從未體會過悲歡喜樂的滋味。

「師父……終於要見到您了。」他沉聲道，「我就快見到雲階大師了。」

他再次抿了一口桂花釀，把酒囊重新塞進腰間，稍稍整理一身墨紫相間的衣裳，腳邊趕路的泥濘輕輕一彈，泥塵各歸處。

這時，兩邊的蘆葦叢突然傳來異響。

幽池微微皺眉，他知道，這是唯有他能聽到的異響。待他看向右手邊的十米外，兩根蘆葦被夜裡妖風搖晃得頻率各異，似有速度極快的遊物穿過。不過是眨眼功夫，那遊物便躥到了極遠的深處。

幽池微微瞇眼，他透過黑氣的濃密可以判斷得出，那應該是還算新鮮的惡鬼，其怨氣聚集絕不會超過七日。在夜色和蘆葦叢的雙重保護下，它很快就遁隱不見。

而它的方向，正是古月城。

「巧了。」幽池蹙眉，臉上無喜無怒，只低聲道：「師父曾說過，這世上的人、世上的魔，都有其命運，有其歸處，不能提前妨礙，此乃命數也。」

　　這話剛落下，幽池便找了一棵樹，縱身一躍，輕巧地攀上那枝頭落定，黎明前的夜風承載思緒入夢，月光背過身去，迎來第二天的日光，像此前的二十四年般再次照耀大地。

　　待到隔日天色蒙亮，樹下傳來窸窸窣窣的聲響。

　　「聽說了嗎？古月城昨夜死了人！」

　　「哎呀！消息都傳開了，我怎麼會不知道！我娘子本來一大早要回娘家的，現在硬是要我陪著去才行！」

　　「聽說死去的這位，是個隱居的釀酒人……」誰曾想樹下突然跳下來一個少年人，幽池出現在他二人面前時，將他們嚇得不輕。

　　他們是這古月城外住著的村民，正要往古月城內趕去，正說著晨早所聞，沒發現經過的樹上有人。

　　「媽呀！」兩名村民連連後退，待看定面前是個清秀少年，二人才不約而同地長噓一口氣，其中一圓臉胖身的小生沒好氣地翻白眼，臉上的肉跟著震顫幾分，不滿地抱怨道：「你這後生從哪兒冒出來的！可知人嚇人會嚇死人？」

　　幽池略一抱拳，嘴上道了聲歉，便問他二人道：「死者現在何處？」

　　另一個瘦臉高個的村民駝著背，將幽池上下打量，答非所問道：「聽你這口音，你是外地來的？」

　　幽池點了點頭：「是。」

　　「莫非你和那釀酒人是熟識不成？竟這般緊張。」

　　幽池臉上並無波瀾，他看了看面前二人，再次問道：「你二位方才說的那人如何死的，死狀如何？死者現在何處？」

　　圓臉小生警惕地看了一眼幽池後背上的長劍，拉過瘦臉村民匆匆離開，一邊走一邊嘀咕著：「這不是要進城去看看嘛，你若好奇，你也進城自己去看，我們可不知詳情。」

　　他們神色緊張，言語含糊，令幽池的心頭漫過異樣情緒，他覺得事有不妙。

小半柱香。

幽池趕到古月城內的七成巷內。

平平無奇的賣酒鋪兩側，種著幾株桂花樹，此般時節並非盛開之時，樹枝上的黃金也稀疏變少，香氣卻仍然芬芳，門前掛著的白聯花圈，示意此處有人辭世。一群人圍在前處哭哭啼啼，面色哀苦，個個身著素衣，哀嘆著酒鋪老闆去世的急迫。紅木棺材還沒封棺，安靜地躺在店鋪正殿，四周並無官差，也沒有看到魔氣籠罩。幽池撥開人群走上前去，看到棺材裡的人，不由地低聲喚道：「雲階大師……」

死者竟不是別人，而是他要來古月城見的故人。年少時的一面，歲月更迭這許多年，他沒有半分老去。又或者說，在幽池年少時，雲階大師已提早老去。

他白髮兩鬢，臉上溝壑縱橫，和白髮不相稱的黑眉下，本是一雙看盡先機、洞察一切的眼眸，他曾經用這雙眼眸溫和地看過自己。

如今……卻只能永遠地閉上眼睛。

然而，此時的雲階大師面容安詳，身上也未有半分屍臭。

幽池不敢相信，自己千里迢迢趕過來要見的人，居然就這樣錯過。雲階大師明明是立於時間之外的人，明明是超越生死的存在，為何會……

「少年人，你可是老馮的親眷嗎？」七成巷的住家裡，有一位長者見幽池久久佇立在棺前不肯離去，便拄著拐杖走過來關切地問道。

「老馮？」幽池怔然地抬起頭。

「這棺中人，正是老馮。怎麼，你不認識老馮？」長者嗓音暗啞，眼窩深陷，他望了一眼棺材裡的人，又疑惑地看著幽池那張陌生的清俊面孔。

幽池意識到長者口中的老馮便是雲階大師，緩緩點頭道：「我是馮老爺的遠房侄子，來得匆忙，不知他竟……敢問馮老爺死因是何？」

「唉！老馮是在睡夢裡死的，大夫說了，他怕是喝酒醉死在夢魘裡的。」長者惋惜地搖頭，兀自說道，「老馮釀的酒極好，我們七成巷裡的人，都愛買他釀的桂花酒。然而釀酒的卻把自己醉死了，真是駭人聽聞啊……」

幽池撐眉，濃密的睫毛微垂下來，覆住眼神裡的震驚與錯愕。

喝酒而死？

不！沒有這個可能，雲階大師的死一定另有原因。「你們聚集在這裡幹什麼？嗯？這裡也有人死了嗎？都讓開、讓開！讓開讓開！」

幽池出神間，蠻橫無禮的聲音在人群外響起。只見幾個身穿制服的衙役佩劍踏步而來，一把撞開幽池，俯身查看起棺木裡的雲階大師。

幽池後退兩步，發現他們絲毫不顧及死者的體面，圍著棺木並無尊敬，令幽池情不自禁地上前去阻攔。貴生惡死，雲階大師只是肉身尚存，而非真的無感。他們這樣，實在無禮。

誰料衙役忽然疑惑地道：「哎？沒被挖去心臟？正常往生？」

「嗯……是啊，別的地方也都沒缺沒少。」

「如此看來，應該跟我們的案子無關……」

幽池怔了一怔，詢問起其中一名衙役：「敢問官爺此話何意？莫非是此處有人被挖了心嗎？」

衙役扭頭，看到是一個陌生的少年人，便不耐煩地揮了揮手：「去去去！衙門的事兒，豈是你這種無知小兒能打聽的！」

他們一群人疾風而來，又魚貫而出。剛才受到驚嚇的圍觀百姓見狀，彼此感嘆了幾句後各自散開。

方才問幽池和雲階大師是什麼關係的長者，見幽池還愣在原地出神，好心地過來，用拐杖敲敲地面，說道：「少年人，既然你是老馮的遠房侄子，那你就隨我們一起給他入殮吧！不過，你祭拜完要趕緊離開，古月城……不宜久留啊！」

長者意味深長地嘆息，幽池心中暗暗道：「此處的確不宜久留，既不安生，又危機四伏。」

聽百姓們的議論，這古月城兩個月前就開始死人，平均七日便死一個，死者死狀詭異可怖，不僅心被掏走，身體又瘦如骨柴，連眼球都突出眼眶。衙門出動所有衙役捉拿凶手，一晃到了現在，連半個人影都沒抓到。大家眾說紛紜，覺得這並非人為，而是邪祟。

幽池不由地聯想到自己進城之前看到的那團黑氣，不過，那黑氣時間不過七日集怨，和這個殺人邪祟似乎不是同一個。

而到了晚上，古月城的規矩是，入殮上山要到夜幕降臨時。

原本也不打緊，但現在古月城出現了不明死人的事情，且都是在晚上遇害的，長者安排的抬棺人，就逮著幽池這個遠房侄子提出加錢。

　　「我們可不想抬上山後自己下不來了，這可是冒著被掏心的風險辦事，你不加錢說不過去吧？」

　　「說的是啊！你叔叔釀的酒我們也喝過，看在平時的交情，也是不想他錯過入土為安的時辰。」

　　他們幾個壯漢坐在一起，你一言我一語，明裡暗裡地逼幽池額外再給十吊錢，而抬棺上山，平日只要一吊錢。

　　面對這些人七嘴八舌的說辭，幽池只是平靜一句：「我的確沒錢可以給你們。」

　　沉默半晌後，只好把自己盛酒的葫蘆從腰間取下：「不然，我把這個送給你們吧！」

　　幾個壯漢愣了，打量他手裡不起眼的葫蘆，冷笑一聲：「臭小子，你耍我們呢！」

　　「你若真有誠心，就把你的那把寶劍抵給我們，或許還能賣幾個錢。」另一個壯漢指了指幽池背後的長劍。

　　幽池平和的目光迅速凌厲幾分，他雖然仍舊一臉淡漠，語調卻格外堅決道：「唯有這個，萬萬不行。」

　　葫蘆酒囊是靈物，裡邊的酒水只要放上一點，便會不斷再生，他為了雲階大師才割愛出來，想著等賺到錢再把酒囊贖回。而長劍是自小佩戴，師父所予，絕對不能離身。

　　可就是因為他的拒絕，令幾個壯漢斷定了他毫無誠意，即刻摔凳子走人。老者在這時拄著拐杖，踉蹌地追在抬棺人的身後喊著：「各位留步，各位請留步……」

　　等他追到門口，幾個抬棺人早已沒了蹤影。老者忍不住哀嘆一聲，回頭責怪幽池道：「你這少年人，怎就這般不知變通呢？竟是沒有常人該有的人情味兒不成？眼看著天就黑了，你要如何把你叔叔運上山呀！」

　　幽池神情淡漠，的確是毫無人情味可言的一張臉。他不僅沒有絲毫慌亂，反而冷靜地說道：「老人家，無須擔心，只管告訴我上山的路即可。」

·二·

不名山。

古月城西處。

之所以稱不名，是這座山除了墳墓，便再無其他用處。如此依賴，也便不必取名，久而久之，成了無名的不名山。

只要穿過一片荒廢的亂石，便可看到一條通往山上的幽深小徑。崎嶇蜿蜒，猶如女子的長辮，一不小心，就會打成死結。

抬棺人走了，幽池用木板推車，將雲階大師推到山下，待入夜之後，確認周圍無人，他施法將棺材直接送到半山腰。施法既畢，幽池肩膀上的火形胎記灼熱起來，像幾百根針在紮他，而待他想要伸手去碰時，那胎記又什麼感覺都沒有了，就好像剛才那般痛楚，只是他的幻覺。

但幽池深知，這不是幻覺。這種灼熱的疼痛感，在近兩年頻頻出現，且出現的頻率似乎越來越高，這個胎記從他有記憶起便存在了，隨著歲月流逝，已從豆狀般大小慢慢變大，如今大約有三隻手指寬，似火焰，又似三道流水。

師父說過，降魔道人的法術只為降魔才可施展，平時他們只是這芸芸眾生之中微不足道的普通人，只是這世間塵埃裡的一分子。

而這胎記，也與他失去的七情有所關聯。

七情……

幽池輕輕嘆息，他思至此，朝師父所在的方向跪地長拜道：「是徒兒有愧於您，師父。」

他沒有遵守和師父的約定。也許就是因為他的失信，才久久無法尋回七情。

入夜。

遠處的城內，水岸見魚燈，火光如繁星。長風輕襲，半山腰的羅漢松，在暗夜中搖晃擺動，約莫能蓋下兩間屋舍的平地，豎著很多靈碑。待雲階大師的棺材在這裡放上一夜後，隔日便要同他們一樣，刻上名字和年歲，印上往生的記號。

所謂「致虛極，守靜篤；萬物並作，吾以觀復。夫物芸芸，各復歸其

21

根。歸根曰靜，是曰復命。復命曰常，知常曰明。」說的便是人這一生，宛如草木枯榮。眾人眾生，循環往復，才可做到生生不息，當死是一種生，便不必介懷肉體的歸於安靜。

幽池在雲階大師的棺材旁以手臂枕著頭，緩緩地合上了眼睛。

也不知道過了多久，他終於等到雲階大師入了他的夢。夢裡，雲階大師仍舊是初見時的道骨仙風，他白袖風華，姿容出塵，像兒時那樣喚道：「池兒，你師父近來可好？」

幽池恭敬地朝他合拳鞠躬，頷首道：「師父很好，只是他近來不便出門，便要我代他向您問好。」

雲階大師微微點頭，眼中含笑，望著幽池頗為感慨：「池兒啊！你師父在你這個年紀，可不如你沉穩內斂，你將來的成就，必定高於你那玩世不恭的師父。」

幽池被如此稱讚，心情是喜悅的，可是卻也不知該如何表現出來，他失去七情後，便無法體會自己的心境，甚至連問話都極為直白，只管直言道：「大師，您究竟是為何而……死呢？」

雲階大師笑而不語。

幽池見他不答，躊躇片刻後，再次開口問道：「大師，我這次來到古月城，是想向您請教我的命數之事，還請大師相告。」

雲階大師拂袖側身，輕聲嘆氣，幽池擔心他會離去，趕忙上前攔住其去路。

「預言預禍，善行善之，自以為傲，卻是干預人事，洩露天機。渡人不能渡己，醫者不能自醫，回首相望，唯有一顆正道之心可勉強自詡，現如今也不過是塵土各歸處，一切渺雲煙。」雲階大師的側臉稍稍轉向幽池，身前出現的白光越發強烈，似一團銀白火焰，要把他半邊身子都給吞噬了。

他凝視著幽池的眼睛，沉聲問道：「池兒，你可願聽一聽我的過往？」幽池自然是點頭，可夢卻在這時醒了過來，他猛然坐起身，手裡竟多了一本竹製書簡。

此時天色大亮，幽池環顧四周，鳥鳴山更幽，天邊的流雲慵懶地穿過密林，幾隻蝴蝶在右手邊不遠處撲翅飛旋。而幽池身旁，是破裂的棺

蓋，他一驚，扭頭一看，雲階大師的棺材竟被打開，幽池趕忙起身望去棺內——與夢裡不同，大師的頭髮花白，臉皮如枯木，昨晚還完好的身形，如今只剩一層皮包著骨頭，彷彿下一秒就會灰飛煙滅。

「這是被自身功力反噬的模樣……」幽池想到雲階大師在夢裡曾說，他被預言所成就，亦被預言所耽誤的一生。幽池連忙把書簡打開，迫切地想要看看雲階大師在書簡上留了什麼給自己。

書簡繩結打開的剎那，雲階大師的屍身隨即化為齏粉。風吹過，齏粉起，像一縷青煙不留下一簇煙塵。雲階大師存在過這個世上唯一的痕跡，也沒有了。

幽池默默地低下頭，看向書簡，這上面寫的是一個陣法，由四十九顆牙齒布置而成。牙齒的磨損程度各有不同，分屬於四十九個主人，關於他們的生平皆有記錄，每個人的人生自然是各有不同，不過相同之處，則是他們的生辰八字原本都是長壽之人，卻都陸續在上個月死了。

如果他們的所困，不按照雲階大師給的解除之法，或許都能如自帶的福氣，平穩安逸地度過這一生，只不過……他們都沒有抵抗得過人性的惡。

幽池沒想到，自己所敬仰的、師父口中為蒼生謀福祉的雲階大師，這最後的祕密竟是如此——他竟用了這四十九個人做換命之術。

正當幽池還沉浸在對雲階大師的錯愕裡，耳邊突然傳來一個略顯倉皇的少女聲音：「喂！我說……喂！」

他循聲看去，只見一個綁著兩個長辮的少女，正擋在他面前，少女身著紅衫，肩上背簍，手裡拿著一把鐵鍬，正眼神不善地瞪著自己，漆黑的雙瞳，毫不掩飾慍怒之意。見幽池面露困惑，這少女更氣不打一處來，指著他高聲道：「你這缺德鬼，居然挖人家墳、開人家棺，你簡直不是人！」

「姑娘，你誤會了。」幽池站起身來試圖解釋。

「你別過來！不然，就吃我一記鐵鍬！」少女雖生得一張嬌俏靈動的臉，但眼神凶惡，語氣也不善，壓根就不聽幽池的解釋。

可幽池還是朝她走了過去，少女瞪大了眼睛，竟沒想到自己碰到了一個天不怕地不怕的硬骨頭，又擔心他會傷害自己，真就舉起手裡的鐵鍬，

往他頭上砸去！幽池靈巧一閃，又順勢一個橫掃，將她欲踢來的左腿攔了回去。

「呵！還是個練家子。」少女怒極反笑，雙手叉腰，只見幽池把一旁的棺材蓋拿起來，回到棺木邊把它蓋好，然後又慢慢走到一旁，單膝跪地捧起一撮土，用衣服兜起，再打了一個結扣。

幽池轉過身，見那少女還不依不饒地瞪著自己，便出聲道：「姑娘，想必你是誤會了，他是我的叔叔，我怎會對他不敬？至於你看到的……我自是無法同你解釋，或許有朝一日你會明白。」

「你這是什麼鬼話？」少女嗤之以鼻，「你這愣頭青，當我傻了嗎？告訴你，我鹿靈可不是在深閨裡長大的姑娘，斷然不會被你這種假話糊弄到！我在古月城裡這麼久，什麼牛鬼神蛇沒見過？像你這樣來損陰德的真是少見！還有，你身上的劍、你手裡的書簡哪兒來的？你腰間掛的那什麼，是不是都從人家棺木裡偷來的？」

幽池只覺自己是秀才遇上兵，有理說不清。

鹿靈見他不言語，還板著一張臉孔，順勢提議道：「既然你說我誤會，好啊，你願意跟我去見官，我就相信你是清白的！」

她心中暗暗想著，這傢伙看上去白白淨淨，眉眼和善，但武功不俗，那麼大一個棺材蓋，說拿起來就拿起來，還絲毫不費吹灰之力。硬碰硬不占優勢，那還不如用激將法。

幽池遲疑了一下，終於點了點頭。

鹿靈反而有些怔然，她原本是隨口說說，竟沒想到這傢伙真的會答應，莫非是想半路逃跑，還是真的不懂人情世故？

接下來，幽池便帶著雲階大師的骨灰，跟著這位姓鹿的姑娘下山去了。

幽池注意到她的背簍裡都是草藥，有紫蘇、大青葉、車前草，甚至還有靈芝，看樣子是一個醫女，又或者是家中從事醫藥館。

但剛才她揮過來的鐵鍬和踢腿，那力道又不像是醫女……

鹿靈時不時地要打量著他，是防止他逃跑，這一次，恰好對上他視線，便作勢揚了揚手裡的鐵鍬，高聲質問：「你看什麼？不許看！」

該不會除了缺德，還是個色鬼吧？

鹿靈黑如瑪瑙般的大眼睛充滿戒備，她所有的喜怒哀樂都寫在臉上。幽池卻是一臉的平靜無波，他既不惱，也不氣，倒是有一些不知所措。只因他感受不到鹿靈的情緒，他尚且不知七情是什麼滋味了。

　　兩個人一前一後地下山行路，身形高挑的幽池，自然顯得更加高大，四肢纖長、體態輕盈的鹿靈在他的襯托下，則顯得格外嬌小。

　　鹿靈心道：「老爹說過，這種偽善的壞人，比凶神惡煞的壞人更恐怖！」

　　「換位置，你走前邊，我走後邊！」為了避免幽池偷襲她，鹿靈要求他走前邊。

　　她都計畫好了，若幽池真想逃跑，她就從後邊一個飛撲過去，死死地擒住他的脖子，總之，休想從她眼皮底下逃走。而為了盡快下山，幽池只好乖乖地按鹿靈說的走在前邊。

　　就這樣，從不名山下來，折返回了城裡。一路上，幽池的腳步都保持勻速，鹿靈盯著他的背影觀察許久，覺得這人好像沒有人情味兒似的。

　　做了壞事的人這麼淡定？是仗著衙門裡有人？莫非真如他所說，一切都是誤會？

　　鹿靈裝模作樣地清了清嗓子，開始向他打聽起來：「對了，你叫什麼名字？聽你的口音，可不像是本地的。」

　　「我叫幽池，昨天剛到古月城。」

　　「哦！就說你是外鄉人，那你是從哪頭來的呀？」

　　「四海為家，白露做被。」

　　「你來古月城幹嘛？尋親探友還是定居？」

　　「尋故人。」

　　「那你……哎喲！」

　　鹿靈光顧著問幽池，根本沒注意到腳底的石頭，這一腳踩空不說，還崴了腳踝，痛呼出聲。走在前邊的幽池轉過頭，不動聲色道：「多看腳下，少說些話。」

　　鹿靈氣呼呼地瞪著他，無話反駁。

　　她懷疑自己會摔倒是幽池所為，但委實沒有證據，只好先算在他頭上，找機會算帳。

·三·

鹿靈押著幽池來到衙門，正巧有一道長從衙門裡走出，險些與幽池迎面相撞。待到幽池定睛一看，他身上沒有半分道長的裝扮，更像是一個簡樸的老人家，素淡的麻衣裹身，腰間的黑色束腰上，掛著一對銀環，面目和善，花白夾灰的頭髮，梳盤成髻用一根木箸固定，腳下的一雙黑色布鞋沾滿塵土，看著約莫六十有餘。

幽池感應到他身上的修為氣息，斷定他是個修道者。

短與擦身之際，幽池與那道長互望彼此，雖匆匆一眼，卻各懷心思。

「你磨蹭什麼，快進去！」鹿靈推幽池入衙，又攔住一名衙役，同他說明了幽池在不名山上做的缺德之事，本想著那衙役可以接管，她就可以回鐵鋪。

然而衙役聽後，只是對鹿靈擺手道：「鹿姑娘，你趕緊回你鐵鋪去吧！別來我們這兒搗亂了，城裡已經死了十二個人了，這殺人凶手還沒抓著，我們正心急如焚呢！剛才又有瘋老頭跑來胡言亂語……唉！您就別再給我們添亂了！」

幽池一聽這話，上前道：「那老者說了什麼？」

衙役一愣，打量一番幽池，極其敗壞地斥責道：「干你什麼事啊！去去去！」

鹿靈還在和衙役喋喋不休：「衙差大哥，這殺人凶手要抓，這刨人棺材的也要抓啊……」話未說完，就感到耳畔一陣冷風拂過，鹿靈朝著那身影消失的方向大喊道，「喂！你去哪兒？」

彼時的幽池，早已運用內功瞬移離開，把鹿靈的聲音甩到幾丈後。

而他重新出現的地方，叫「無界閣」。

這裡是人界和魔界交錯之地，在這個猶如巨大的天井下面，陡峭岩壁，黃土深深，圈著無數祕密，如同遊走在人間之外的另一世界。此處人魔混雜，水流無聲，仰頭望去，那不到十方的天，猶如一道戒尺，戒尺之外是規則框死的人間，魔道之人不可亂來；在這戒尺之內則沒有規則，天下任何想像得到、想像不到的交易，皆可在此發生。時間在這裡有新的演算法，交易不分白晝地進行著。

幽池站在山澗入口，無界河端，不遠處，一泛小舟嫋嫋而來，它的船頭無法劈開水流，宛如滑行在水流之上。划槳的瞎眼壁虎，衝著幽池抬了一下尾巴，招呼道：「幽道長，你好久沒來了。」

　　上次幽池來的時候，他是上身為人、下身壁虎，這次則是上身壁虎、下身為人。

　　他乃撐船渡人，迎來送往這無界閣裡每一個進來和出去的人。

　　「近日可曾有人來交換內丹？」幽池自是不懂寒暄，只管開門見山的說。

　　渡人悠悠然地說：「不多不少，正好十二顆。」

　　壁虎眨了眨另一隻沒有瞎的眼睛，隨後便一言不發。

　　幽池順勢跳上船，看穿壁虎的心思，道：「老規矩，情報換煉丹。」

　　船身悠悠，壁虎嘿嘿一笑：「好說好說，幽池道長坐穩些！」便載幽池往無界閣深處而去。

　　衙役說已死了十二個人，百姓又道每隔七日便死一人。如果他沒有猜錯，這乃是執念加深的妖祟欲拿人做內丹大法，褪去魔氣顯化人形的缺德之事。殺人取心，化為內丹只是第一步，第二步便是要到這裡，來換可換之人的皮囊。

　　因為人間皆登記在冊，若她憑空多出一個人，很快就會被發現身分作假，唯有來這裡換本來就存在的皮囊和名冊，才是最穩妥的。

　　無界河的水流流而不漾，倒映著幽池的身影，也倒映著上方的十二彎拱形橋墩。橋墩上走的是妖魔鬼怪，橋墩下送的是人。

　　陽關道，獨木橋，各行其道，各得其命。

　　壁虎帶幽池找到閣內藏書，跟值班的小花妖眉來眼去了一番，緊接著給幽池調出了畫像：「喏！便是她了，柔伽。」

　　畫像上，紅狐極為美豔，一雙丹鳳眼猶如人眼，藏滿悲傷，嘴角帶血，身姿羸弱，特別醒目的是她的三條斷尾。尾根有三條，可以想像她若是沒有斷，三條又大又長的尾巴該有多美。

　　畫像之下是她的名字、生辰，以及記錄了來無界閣交易的次數。幽池不禁蹙了眉，嘀咕道：「她來這裡交易了三次？三次都是交易內丹……」

　　壁虎吸弄著鼻子：「是啊！一看便是為情所困，執迷不悟，也不知這

情愛到底有什麼好的，哼！來這兒的狐狸多半如此。」

　　他在這裡待了有數不清的年歲，修為也講究一個緣分，修煉總修不到可以出閣那天，他索性不強求了。於是在這無界河上成為旁觀之人，看盡交易中的人性妖性，倒有自己的一番不屑和見解。

　　「男女和合，天地法則。萬物歸一，無揀擇好惡，萬般抉擇，只隨其心。」幽池合上畫像，遞還給壁虎，「再說，也不見得便是為情所困，多謝。」

　　壁虎又吸了吸鼻子，不與幽池爭辯，攤開右手示意給自己的煉丹。

　　幽池從腰間拿出一顆放到他手心，著急要出無界閣。

　　壁虎提醒幽池道：「幽道長，她已殺了十二人，內丹已換。不會再殺人了，你著急什麼？」

　　「我得盡快找到她，勸她放下執念。」幽池坐在小舟上，看著船身破洞，無界河水卻不會滲入洞內。河水尚懂不會流入不該去的地方，往往人和魔卻要做著不該之事。

　　無界閣可以幫他找到她的前身，但不能找到她現在的蹤跡。

　　此時的柔伽已修煉成了一真正的凡人，她雖隱匿在人間，可其罪孽卻並不會隱匿。

　　回到天井之上，幽池望著熱鬧的市井，想出一法子，與其在茫茫人海中，主動去找一個用脫胎丹隱匿了的人，不如讓她主動來找自己。

　　脫胎丹的特效是服下後十二個時辰內魔氣尚存，而柔伽去無界閣的時間，正好是昨晚的子時。

　　幽池做法布了一個幻陣，罩住整座古月城，當今晚子時，柔伽發現自己不能真正成人，一定會回到無界閣，質問脫胎丹為何會有問題。

　　「幽池！」

　　幽池剛念完咒語，肩頭一記掌力重落，嚇了他一跳。他轉過身去看，竟是鹿靈。

　　「怎麼？看到我很驚訝嗎？我問你，你方才跑去哪裡了？」鹿靈質問起幽池，抬起手指著他連聲數落：「是不是覺得除了你之外，沒人會輕功啊？我告訴你，不管你去到哪兒，我都能追到你，我可不是在和你吹牛！」她那雙漆黑的杏眼再如何凶惡，也還是掩飾不住嬌俏。

幽池若無其事般地掃她一眼，只道：「衙差不是說了不抓我嗎？你還跟著我作甚？」

「你——」鹿靈突然湊近幽池，嗅了嗅，驚呼道，「你身上有妖氣！」

幽池睜了睜眼，似有一抹驚色。

鹿靈自顧自地繼續道：「還是和那麼多脂粉味混在一起的妖氣，看來你不僅缺德，還很好色啊！」

幽池也趕忙嗅了嗅自己的身子。

鹿靈則是雙手抱臂，更加確定自己的看法，她那混蛋老爹的身上，時常出現這不檢點的氣味，她再瞭解不過了！

可幽池像是懶得同她辯駁，轉身間丟下一句：「隨你如何說，你若能跟上我，跟跟看便是了。」說罷，幽池便再度踏風離去。快到子時的時候，幽池再次折返無界閣，不料鹿靈這次竟也真的跟著他一同到了無界閣。

當幽池看到跳下天井，旁邊的鹿靈依然還在時，臉上的錯愕倒是極為明顯了。

接下來，他故意用了幻步，這可不是鹿靈極好的輕功便能追上的。但鹿靈飛快地跑起來去跟，想來幽池那張無喜無怒的臉，總是令鹿靈覺得有趣，恨不得多捉弄他幾次，也想看看他究竟是不是真的不食人間煙火的模樣。

二人你追我趕的鬥了一陣子，幽池終於停下身，略有嫌惡地問她：「還不走？別怪我沒提醒你，這裡不是你該來的地方，你會後悔的。」

鹿靈大言不慚道：「我鹿靈不識字，不懂『後悔』兩個字長啥樣。」

待看到渡船的壁虎時，幽池慢悠悠地看向鹿靈，師父總說他過於憨厚，想像貧瘠，如今他倒是覺得的確如此，因為他試圖想像出下一秒某人驚恐萬分的模樣。

「哇……這地方，好有意思。」鹿靈望見壁虎的瞬間呆住，直到豎著貓耳的人從一旁經過，抱著腦袋的無頭人、多手多腳的蜈蚣……她歪歪腦袋，震驚過後，是猶如發現異世界般的新奇。

幽池抿抿唇，一臉淡漠。鹿靈笑他總是板著一張臉，像是沒有七情六

29

欲的木頭人。幽池順勢說道：「我的確沒有七情。」

鹿靈眨眨眼，沒再說話，只怕自己說多傷了人。

好在幽池也不將她的話放在心上，只是告訴鹿靈，他在等一個人，準確地說，是在等一個入魔的妖祟。

鹿靈興奮地同他一起等待。

初見她時，幽池從她身上並無尋到其他身分，也未發現她有何特別，可是她卻能跟他一起下來無界閣，又能對這些魔怪之事毫不生懼。於是，幽池忍不住問起她的事來，她說她自小和打鐵的老爹相依為命，從沒出過古月城，也從沒接觸過妖魔修道之事。

「所以才會覺得異常有趣……不過話說回來，你竟是個修道之人啊？那看來今天早上不名山的事，全是誤會嘍？」鹿靈笑嘻嘻地抬起手掌，捶了他一拳。

沒想到下來無界閣，倒是讓她褪去了對他的誤會和偏見。

幽池繼續同她道：「準確來說，我是降魔道人。」

「哦？降魔道人又是做什麼的？」

幽池想了想，平淡地回答她說：「降魔，修心，維護人間秩序。」

鹿靈依然是一頭霧水，眼神裡也滿是困惑。

幽池微微嘆息，心中暗道，若是師父在，定會當頭賞他一頓棍棒，畢竟他老人家降魔一輩子，也未曾給出一個準確答案，哪裡輪得到他這晚輩發言呢？

子時一到，柔伽現身。

她猶如畫像中幽池看到的那般，全身傷痕，卻美麗無比。

在藏書閣外，她嚷嚷著要見今日跟她交易的人，待她憤怒地質問脫胎丹是怎麼回事時，幽池終於現身道：「脫胎丹沒有問題，你殺了那麼多人換來的脫胎丹，怎麼會有問題？」

柔伽警惕地打量著幽池，她從未見過他，立即問道：「你是何人？」

幽池雙手交叉相握，於天道行禮：「我是來解你執念之人。」

「你……你是降魔道人？」柔伽看到了他背上的長劍，連連退後，竟是想逃。

幽池見狀，拔劍而出。騰空而起間，柔伽的斷尾之處，用念力化身虛

尾向幽池甩過來，說時遲那時快，幽池揮劍抵擋。

柔伽轉身之際，露出尖牙利爪，撲過來徑直朝他的脖頸咬去。一旁的鹿靈驚呼：「小心！」

幽池猛一瞥頭，執劍在空中劃了一道咒符，符光乍現，把柔伽重重地彈開摔地。

「唔！」本就受傷頗重的柔伽，痛苦地呻吟出聲，再也動不了了。可她眼裡的恨意與不甘，還是在抬眸間清晰可見，那是再多咒符都無法澆滅彈壓的。

美如春水遇梨花的眸子，泛著紅光，透著傷痛。她決絕地對幽池說道：「你殺了我吧！不然，我一定不會收手。即便是罪孽深重，即便是執念成魔，我也要這麼做！」

幽池走到她面前，輕聲喟歎：「可否同我說一說你的過往？」

柔伽聞言，眼底紅光交錯，沁了濕潤，一滴淚落。無界閣琥珀色的井壁，無界河的水流在她的回憶裡逐漸褪色，換成了她回憶最初最美的地方。幽池看到她執念最開始的地方，是一片碧天綠林。

「你可曾知道，一百二十年前我若沒有遇到他，也就根本不會有現在的柔伽……」

〈柔伽篇〉

第一章

　　一百二十年前，西蘆城內北元山上，柔伽還是一隻沒有修煉成人形的小狐狸。她有一身令狐界豔羨的火紅色皮毛，自帶三分妖氣、細長而清澈的媚眼，三條搖曳的尾巴，像升騰的火焰，標誌著她天生便與普通狐狸的不同。

　　那時的她，自由自地穿行在幽靜無人的深林裡，雖青澀，又顯得和別的小生靈別無不同，整日在雲深霧繞的北元山上嘗鮮美的山楂果，累了蜷縮在樹枝上小憩，無聊了便去河裡跟魚兒嬉戲，偶爾也會好奇地穿過雲層，俯瞰山下的風景。

　　她沒去過人間，未瞭解過三界。

　　那個時候的柔伽至純、良善，她的狐狸五哥，總是帶著愛憐的看著這個么妹，感慨她的開心何其珍貴，又感嘆她的開心太過脆弱，總擔心她將來會樂極生悲。

　　柔伽笑笑說：「五哥，你總是那樣胡亂擔心，你且放心吧！等你修煉成仙之時，我還是會這麼開心。」

　　三尾狐家族的狐狸，過完百歲生辰便示意要獨自離家修煉，去尋自己的一方天地，成自己的一方因果。

　　柔伽家中排行第六，是家裡最小的孩子，前面有大姐、二哥、三哥、四姐和五哥。作為老么，她備受全家寵愛，自小便養成了驕縱的性子，天不怕地不怕，連山神的鬍鬚也敢揪，其手臂也能做樹枝來小憩，只因在上頭躺起來更舒適。

　　三尾一機緣，一尾是一命。斷尾，便不可再修煉成仙，這是上蒼恩賜給三尾狐家族的獨特機緣和束縛。可即便柔伽這般嬌蠻，山神最為寵愛她，只盼得她有一日能收心好好修煉，必當會比其他人更有天賦。可是山神不曉得，柔伽拿懶惰當藉口，內心深處是有著對修煉的抵觸。

　　那是柔伽一百歲生辰，她無意間從醉酒的哥哥那兒聽到的祕密：家族裡曾有一任同宗，為了修煉成人急於求成，偷偷修煉違禁之術，被趕了出去，除名除籍。長輩們紛紛諱莫如深，而那位同宗不願離狐族太遠，祕密

地在北元山附近隱居下來，也有長輩曾偷偷地去找過。

聽聞此事，柔伽大喜，以為終於找到了修煉的捷徑，便花了整整兩月時間，去找這位隱居同宗。結果知道了所謂的捷徑，竟是要殺戮、汲取修行生靈體內的十二顆修行內丹，換取人間人身的陽壽二十年。修煉者的內丹，如同三尾狐的狐尾，珍貴無雙，三尾狐擁有三條尾，命都缺一不可，更何況一人只有一顆內丹。但凡能集結成丹，至少也要修行近百年的功夫，每一個修行的生靈，都把內丹看得比性命還重。這樣竊取他人成果而助自我的方法，太過殘酷無情，甚至有損功德。

柔伽退卻了，對修煉之事就更加不上心。

轉眼間，柔伽到了一百二十歲，卻還是半吊子的修為，根本無法行單獨修煉之事。待最寵她的五哥也離開了，她便成了家族裡唯一需要加倍修行的小輩。

一日，她在山洞裡修煉，由於耐不住好玩、好動的性子，看到泉水邊有一隻羽毛鮮豔的鳥兒，便追了上去。跑著跑著，她來到了一處山洞，被山洞岩石後冷不防冒出的紅斑毒蛇咬傷。柔伽又驚又怕，倉皇地逃走，這紅斑蛇前世是上庭神獸，不是一般的毒蛇，身上含著的劇毒，專門攻擊正在修煉的同族異類，以此來吸納對方的修為，來供自己使用。半米開外毒性即可發作，柔伽若不是自己還有那麼半吊子修為，恐怕今日連挪一步都難。

柔伽暈頭轉向、身形搖晃，踉蹌地逃到洞外的邊緣，柔伽想到哥哥跟自己說的樂極生悲，不想一語成讖，怕是今日便要喪命於此。她腿一軟，想著將要跌到硬邦邦的岩石板上，結束自己這一生。誰知卻跌入了一溫暖結實的懷抱，柔伽怔了怔，抬頭去看——

那是她初見辜鴻劍，在看到他容顏的那一瞬，柔伽覺得周遭猶如冰漸溶泄、雲霧散開、風雪急停的春天。

陽光替他鍍了一層金粉，劍眉星目的少年模樣，似清晨的露珠，又似午後的晚霞，俊美得驚心動魄。那雙如珠玉般清澈的眸子，關切地望著她，令柔伽想起自己曾在五哥的藏書處讀過的人間詩話：「春風秋水不染塵，彩玉明月是前身；一眼萬年千樹雪，除卻相思不是君。」

初見，總是萬般美好。

更何況這時的辜鴻劍年方十五，少年翩翩，藥商世家之子，乘坐馬車途經此地，為採較為稀有的天冬一時迷路，救下了危在旦夕的柔伽。

馬車上，辜鴻劍對柔伽進行解毒包紮，她蜷縮在辜鴻劍的懷裡，第一次嗅到人的味道。那是和哥哥們不同、卻又相似的少年人才有的味道，也不是說在北元山上沒有見過人，而是那些皆為過眼雲煙，面孔模糊。唯有他，她想要記在心上，認真打量。

大約是見柔伽有三尾，也聽聞過坊間傳聞，說是有三尾的狐狸都通靈性，頗為不凡，辜鴻劍便同她說起話來。他說他姓辜，名鴻劍，原本名字只是辜鴻，取自「孤鴻海上來，池潢不敢顧」，但後來奶奶覺得辜鴻孤鴻不甚淒涼，便多加了一個「劍」字，既增加了男兒陽剛，又不必太過悲戚。

柔伽對詩書瞭解甚少，無非是五哥教過的一些，沒念過書，自然不懂辜鴻劍對其名字的解釋，只覺得他的名字和他的樣貌一樣賞心悅目罷了。

他還說，他雖有奶奶疼愛、父親重視，但親母早早去世，父親娶了偏房，帶了一個妹妹，後母愛陽奉陰違，妹妹常人前乖巧。柔伽想起自己出生便沒有母親，這一點和他倒是十分相似，不同的是，她沒有討人厭的後母和妹妹。

他起初還期待著她會回答他，見柔伽只是乖巧地豎著耳朵，自嘲起自己呆傻，說著：「小狐啊小狐，你又怎麼會聽得懂我在說些什麼呢？索性你聽不懂，我再和你多說一些吧！」

辜鴻劍的聲音如潺潺流水，甚是動聽，只是這一次，她聽著聽著有些睏倦，大抵是累了，便睡了過去。等她再次醒來，發現自己竟被辜鴻劍帶回了府上。

華麗的宅院，寬敞的前廳，僕人成群和那些茂密綠植交相輝映，排成兩側後，齊齊地恭敬鞠躬喊一聲「少爺」。柔伽後知後覺反應過來這哪是喊她，而是在尊稱辜鴻劍。這時，身姿婀娜如靈蛇的嬌俏婦人身著錦衣、晃著步搖走來，輕聲喚著「鴻兒回來了」，稱呼親昵但語氣並不親和，她旁頭的年輕女子妝容濃豔，明明是極為稚嫩的臉，偏要強裝成熟。

柔伽心想，這便是辜鴻劍的後母辜趙氏和妹妹錢芷了。

大抵是歲月更迭後被命運選中的主角，總是逃不過淒慘的身世，讓人

一眼萬年的容貌，添上淡淡的憂鬱才美得驚心，性子裡的孤勇於一身瘦弱裡出才難得，被阻礙的情愫堅持到底方為刻骨。

錢芷攤手向辜鴻劍索要這次遠行的禮物，辜鴻劍只是淡淡地說了一句：「忘了，下次補上。」同後母點頭致意後，抱著柔伽離開。

錢芷身子一擋，指著柔伽，任性地說道：「不必下次，我看中這隻狐狸了，哥哥把牠給我即可。」

柔伽往辜鴻劍懷裡縮了縮，齜牙恐嚇。

她真的很怕，怕等一下錢芷這張本就不好看的臉，會毀在她手裡。屆時，父親一再強調不可傷人的叮囑，也要不得已被拋擲九霄。

只聽頭頂上方，是溫和卻強硬的拒絕：「不可。」

柔伽抬頭，碧藍天流雲沙，都不及他的眉眼中對她的維護。是這樣的眼神令她忘了歸家，亦不想歸家。想來辜鴻劍平日為了息事寧人，都是一忍再忍，但凡可能都對錢芷有求必應，這次為了一隻狐狸斷然強硬，著實引起了錢芷的不滿和逆反的興趣。

「娘親，我就要這隻狐狸！我就要！」錢芷一轉頭，拉住娘親的雲袖撒嬌起來。

婦人嘴上責罵錢芷，可到底是偏心的，她轉頭便對辜鴻劍說道：「鴻兒，不過是一隻畜牲，你做哥哥的大度一些又何妨？」

柔伽感覺自己的身體被辜鴻劍抱得更緊了一些，聽他沉聲說道：「我說了不行，便是不行！」

話音未落，柔伽的鼻嗅間，撲面而來一陣淡淡藥香——他用另外一隻袖子將她蓋了起來。錢芷發現自己娘親說話都不管用，頓時火氣上來，哪顧得上舉止得體與否，伸手便要來搶。

柔伽感到身體被拉扯起來，錢芷的手用力地抓著她的身體，這種粗暴的行為惹惱了她，柔伽一口咬在錢芷的手上，錢芷痛呼一聲，猛地縮回手，在看到手上的兩排血孔之後，她又疼又怕地嚎啕大哭。

大小姐這一哭可是不得了，辜府上下所有人都手忙腳亂，要知夫人的心情，可是府裡的陰晴錄，而夫人最疼愛的，莫過於這個親生女兒，如今女兒受傷，還是被少爺帶回來的狐狸所傷，自然是十分難以收場。

「原本我也不想真的跟鴻兒你討要這隻畜牲，如今牠咬傷了芷兒，

可見野性難馴，再留在府裡，怕是要傷到其他人！來人！把牠給我丟出去！」夫人發了話，一些奴僕便走上前來。

柔伽一聽這話，生怕要與辜鴻劍分開，她的小爪子拚命地勾住辜鴻劍的衣衫，辜鴻劍感受到她的不安，輕撫她的小腦袋，語氣溫柔地安撫著：「莫怕。」

他也叫了人，叫人拿了板凳，自己趴上去，表示婦人說得有理，有錯當罰，他要替她受過。

錢芷沒分寸，可當家主母自然是有的。見辜鴻劍這般護著這隻畜牲，夫人面露陰冷，讓管家打了一棍，潦草地過了形式便算了。不過她那神情，分明是秋後算帳的架勢。

怎樣都好，一棍過後，此事算是暫時作罷，柔伽順利住進辜府，留在了辜鴻劍身邊。書疊成堆的書房、沁人心脾的檀香、辜鴻劍無微不至的照顧，在柔伽的心裡落葉成枝，逐漸枝繁葉茂。即便傷口見好，身體早已復原，柔伽貪慕著他的溫暖，還是在他面前繼續裝出虛弱的樣子。

白天他去藥行顧店，她就乖乖地在書房習文看書，晚上他回來的第一時間，要來看她是否安好，之後再去跟父親交代公事跟後母請安。

柔伽習慣了以天為蓋、以地為廬的生活，在山洞修行一日不曾有休息都會覺得拘束，卻在辜鴻劍的書房待上半個月也不覺得煩悶，只盼他回來的時刻，且又希望和他在一起的時候，時間可以停止。

情不自知間，已經埋下情愫，這便是情毒最美之處。

這樣琴瑟和諧的時光，自然也有不合時宜的插曲出現，錢芷就是這個插曲。

她趁著辜鴻劍不在，闖進他的房間要抓柔伽玩，被柔伽玩弄一番，錢芷為了抓她而撞得全身青一塊紫一塊，卻仍舊不肯甘休，甚至找起了幫手，定要為難柔伽。雖然柔伽以狐狸身便能對付她，卻始終覺得不夠暢快，但是她的修為無法長時間的化作人身，只能一次幾個時辰而已。

一日，柔伽被錢芷惹惱了，便設計引她去到府外，再化身人形將她打一頓，這樣既能解恨，又能跑出府去藥行見辜鴻劍，運氣好的話，也可以算準時辰，在他回來的時候變回狐狸，可以讓他看到錢芷為難她的場面。

這計實行起來的時候，錢芷自然不會想到，眼前突兀出現的姑娘和那

隻小狐狸是一體，看辜鴻劍一上來就幫她，以為她是辜鴻劍新買的丫鬟，用來照看小狐狸的。而辜鴻劍並不知道柔伽的身分，只是看清楚錢芷的本性，認定她是欺負人的那一方。不管是作為狐狸還是作為人，辜鴻劍都救了柔伽，若不是自己不能穩定人形，她肯定會捏造一個身分，以人形留在他的身邊。

哥哥當著外人的面讓她難堪，被母親寵壞的女孩一旦壞心起來，全無分寸可言，她找不到柔伽變幻的女孩，便只能找柔伽撒氣。

那日，辜鴻劍抱著柔伽在書房做帳，發睏小憩，書房被悄然上鎖，一場大火燃起，柔伽為了救他，無奈化身人形，破書房將人救出。辜鴻劍無恙，柔伽卻因擅自干預凡人命數觸犯界規，而被父親帶回。

來不及告別，開啟了柔伽的執念之路。父親大怒，將她囚於山洞之中，令其思過。荼蘼花開，思念成災，柔伽食言了，當年她信誓旦旦同五哥說過的承諾破碎，她不再開心了。

跟辜鴻劍相處的時候，柔伽看著他一刻不敢放鬆，活得戰戰兢兢的模樣很是憐憫，他怕辜負父親的期許，也怕後母挑錯，只道錦衣玉食又如何，倒不如她在山澗自由自在來得舒適。可當她回到自己熟悉的北元山，卻無比地思念起辜家的那個牢籠。只因那裡有他。

思過，成了思念。柔伽找到山神，願以狐尾換後世能夠陪伴在辜鴻劍身側的機會。

柔伽一向任性，山神看其長大，知其脾性，他告訴她兩件事：「其一，你和辜鴻劍本無宿世情緣。其二，若要斷尾來換情緣，則需斷兩尾才能換得與辜鴻劍的情緣。每一尾可在危難之時救你一命，斷兩尾，便是生生斷了自己的兩條性命。並且，你若斷尾，便永無修煉成仙的機會。這是上蒼賜予你們三尾狐族的獨特機緣，你真願意就為了一個凡夫而放棄大好前程？」

正如老話，「自作孽不可活」，山神的規勸沒能攔住柔伽，她毫不猶豫地獻出兩尾。

其實，只有情緣的因果也是枉然，因為這三尾狐狸若要修得穩定的人身，照理需修煉三百至五百年，勤奮且天資聰慧者都需要三百年，而普通的三尾狐狸則需要約五百年。可柔伽又怎麼能等得了如此漫長的歲月？為

了加快時間，柔伽想起那位修煉違禁之法被驅逐出去的同宗。她再次找到他，讓他教授自己提煉之法。

為了辜鴻劍，之前抵觸的不再是難題，她收起所有的罪惡和散漫，主動踏上違禁捷徑之路。柔伽沒想過自己有一天會變得不像自己，就像沒想過自己會喜歡上一個人而跌入一片深深的湖水不可自救。她甚至不去想後果，只想先一步見到辜鴻劍，以一個配得上他的普通女子的身分。

只是，這十二顆內丹的收集談何容易？就是為此，柔伽整整用了十年時間。當辜鴻劍年滿二十五歲，她化身為十六歲的妙齡少女柔伽，在辜鴻劍騎馬迎親的路上出現。柔伽牽過他受驚的馬繩，問他是否願意娶她為妻。她傲慢地說：「比起轎子裡那個，你更願意娶誰？倘若你說要繼續回去府上成親，我不為難你。但你若說你要娶我，我便還你一世的開心歡愉。」

辜鴻劍一身新郎紅服坐在馬背上，柔伽仰著頭對他肆意地笑。

倒不是柔伽真的自信辜鴻劍會選她，事已至此，她只能故作灑脫，放手一搏。雖已遲了十年，可也為時不晚，她篤定她和他是有緣的，山神定在騙她。柔伽都想好了，若是辜鴻劍跟她走，她便是他的妻；若是辜鴻劍沒有跟她走，她便去他的府上應徵丫鬟的身分。無論如何，她都是要同他在一起的。

幸好，她的自信得到辜鴻劍的回應，他牽她上馬，在人群的驚呼聲中雙宿雙飛，做起了一對神仙眷侶。想來這當眾搶親，令他捨下了家中良緣，辜家肯定是回不去的。兩人便搭起林間小屋，夫婦和順，舉案齊眉。婚後雖無子女，日子過得可謂平淡愜意。

二十年眨眼即逝，換來的跟辜鴻劍相守走到盡頭，即便是到死，柔伽都未曾表明自己便是當年的那隻小狐狸。斷尾換來的人世幸福，在柔伽心裡生根發芽，二十年的時間太短了，她還沒有幸福夠，她還想要與辜鴻劍繼續相守。

柔伽不願就此作罷，尤其是肉身死後，她重新化作狐狸，默默陪伴在辜鴻劍身邊，親眼目睹他對自己的用情至深，守著他們的小屋未有再娶，堅定要和他再做夫妻的心思勝似磐石。

第二世，她如法炮製，再拿十二顆內丹去換得二十年光陰，重新

來到第二世的辜鴻劍身邊，前世的幸福，化作他們今生的一見如故，二次成婚。

這一次，柔伽想彌補上一世的遺憾，她想與辜鴻劍生個孩子。只是內丹換得的人生，並非真的可以讓柔伽成為一個普通正常的女子，更別說是育子成天、承歡膝下了。

可第一世他們雖夫妻和順，但美中不足的是後繼無人，若這一世仍是重蹈覆轍，柔伽心裡實在是難安。她主動提及這事，辜鴻劍安慰她說此事自有天意，不必強行為之。然而丈夫這般體諒，柔伽心裡反而越發沉重。

天意不可違？不！她已經強行為之兩次，再不怕多上這一次。

為了不讓所愛之人在這一世膝下寂寞，柔伽決定為辜鴻劍納一妾室，為辜家孕育子嗣。經曰：「天下皆知美之為美，斯惡已；天下皆知善之為善，斯不善已；故有無相生，難易相成，長短相較，高下相傾，音聲相和，前後相隨。」

凡事，不可強求，是為天道也。

她犯了兩世罪孽，只為眼前所愛之人。這第一眼便入了心的偏愛，讓柔伽明白這個道理實在是難如登天。或許，柔伽心中是清楚的，只不過是裝糊塗罷了。再看到自己親手找來的妹妹，與辜鴻劍情意相投，她便更加困頓了。

——

烏雲般的黑髮，眉眼溫順如水，笑起來時，嘴角兩旁那若隱若現的酒窩，彷彿流淌著甜蜜一般——那是個連名字都沒有的孤女。

起初，她在奴隸市場，穿著麻衣粗布被人競價拍賣，柔伽覺得她樣貌乾淨，乖巧溫順，便花了一錠銀子將她帶回家。不想梳洗過後，倒見美人胚子，怯怯一笑如白雪梨花。柔伽覺得與她投緣，便親自為其取名梨兒，再帶至辜鴻劍跟前。

初春融雪，一步一腳印，柔伽牽著梨兒推開柵欄，掃雪的辜鴻劍恰逢回頭，快步走到柔伽跟前，幫她把趕集的背簍拿下來，又問身旁的姑娘是誰。

柔伽笑著說：「這是我給你買的妾室。」

辜鴻劍微怔，看著害羞低頭的梨兒，他一言不發地轉身進了屋內。柔

伽知曉他生氣的原因，心中也是有一絲竊喜的，就彷彿他為她私自給他納妾這事動怒，是因為太過愛他。他二人就此鬧了彆扭，辜鴻劍也是第一次和她有所爭執，徹夜不歸。

柔伽的心，苦澀中泛著甜，這表明辜鴻劍在乎她，更代表他是不願意納妾的。她去酒館外等了一夜，第二天天明，迎上從酒館裡出來的辜鴻劍，兩人相顧無言，最終相擁而泣。辜鴻劍情真意切地說道：「柔兒，此生有你足矣，我們不強求兒女周全，更不必有他人在你我之間作梗，好嗎？」

柔伽緊緊地抱住他，告訴他說若是可以，她也想和他一生只是一雙人。只是她捨不得，捨不得他望著別人家的孩童滿眼慕色，她願意成全他而委屈自己。她也情真意切道：「我會對你，對梨兒，對……你們之後生出來的孩子加倍的好。」

辜鴻劍心疼她的大度和犧牲，鄭重其事地說，在他的心裡，她永遠是他辜鴻劍的正妻。

月色之下，向蒼天起誓，丈夫的承諾，撫平了柔伽作為妻子那隱隱的妒意，以及對未來一切不確定的恐懼。她堅信辜鴻劍對自己的真心不會變，即便有了梨兒也不會變。

梨兒沒念過書，凡事皆是「相公你決定就好」，倒也附和柔伽看中她的溫順性子。起初，辜鴻劍冷落於她，夜夜去柔伽房內休息，她亦是沒有半分埋怨，甚至沒有絲毫不悅，只日日勤於家務，照顧他們起居。

柔伽和辜鴻劍聊天的時候，她就靜靜地聽著，從不敢插嘴；柔伽彈琴看書，她雖聽不懂音律，但也會陪在她在身旁繡花補衣；辜鴻劍念書到深夜，她會細心地為他挑燈芯、換燈油、備宵夜，還在門口候著，等他吩咐需求。

且她每日都會露出發自內心的心存感激的笑容，至純至善，漾人心弦，倒是讓柔伽平添了幾分為她來到這個家要承擔的宿命的同情。

同為女子，自是惺惺相惜。

只是柔伽兩世為人，還未曾揣摩透人性這種東西。

人性莫測，人心亦是。

日出光明，炊煙嬝嬝；

日落月輝，火光伴星。

水滴石穿，鐵棒成針。

人性便在這其中，不知不覺地變了——

辜鴻劍對梨兒的疏遠以及冷淡的眼神縱是冰雪，卻也一點一點地被她的笑容融化。慢慢地，柔伽眼見他對梨兒心生憐惜，人心皆是血肉，他再如何強裝冷酷，也是敵不過火熱的赤誠。

梨兒擅長廚藝，梨兒溫聲細語，梨兒勤奮純真……

她對辜鴻劍的愛，反倒記錄了他對梨兒的變化。是呵！她親眼目睹他把梨兒的名字掛在嘴邊、放在心上，如同一艘不自覺間便傾向梨兒的孤舟。

等到接下來，再不用她催促，他會主動住進梨兒的偏院，她的枕邊溫情不再，雙人成單。與之形成鮮明對比的，是偏院的油燈映在紙窗上的，他和梨兒濃情蜜意的雙影。

那些甜言蜜語並沒有變，說出口的人也還是辜鴻劍，只不過聽在耳裡的人不再是她，聽他說的人，也成了另外的女子。柔伽心裡的少年郎，已然成了別人的心上人，她眼睜睜地看著自己的丈夫望向別人，而那「別人」恰恰是她親自挑選的。這種滋味如火如劍，在柔伽的心裡灼燒、蜇刺。

她能說些什麼呢？梨兒依然守著該守的分寸，勤勉於自己分內之事，並沒有仗著辜鴻劍的垂憐恃寵而驕，這讓柔伽挑不出半點錯處。

她不能對梨兒苛責什麼，甚至，柔伽勸說辜鴻劍去偏院的事，換成了梨兒來做。

「相公，今日你該去柔伽姐姐的房裡了。」

「相公，我有些身子不適，不能伺候你，可否讓柔伽姐姐代勞？」

「相公……我在吃藥，今晚想早點歇息。」

……

辜鴻劍從昔日的只屬於她，到成為她房裡的稀客。

白日，他們三人仍然和睦，但柔伽感覺到梨兒微妙的變化，跟昔日的不同——

她的眉眼不再是怯懦的低垂，首飾和衣衫也逐漸華麗起來。且見到柔

伽目光停留在自己身上時，她會輕輕觸碰一下自己的步搖，眉眼間藏著試探之色，柔聲問著：「相公想我這樣，姐姐，我這樣好看嗎？」

她不再坐在靠牆的角落，而是坐到自己的位置，跟辜鴻劍二人三餐，故意忽略掉柔伽欲言又止的目光。她依然會下廚房，但會藉口教柔伽做點心，並讓其打下手，甚至柴火不充裕時，她也不再親自去砍，而是拜託柔伽去做補給。她不知道何時學會了念書識字，可以跟辜鴻劍談天說地，還會煞有其事地指點起柔伽彈錯的弦音。

可梨兒依然一口一個姐姐，笑容恭敬地好似初識，特別是在辜鴻劍的面前，他讓柔伽覺得自己心中的不適，都是狹隘造成的假像。

到了晚上，只有他們二人時，柔伽說不上來哪兒不對，為何她的丈夫會對她這般生疏？與在偏院時的耳鬢廝磨不同，辜鴻劍甚至沒說上兩句，就打著哈欠催促她早些安歇。

油燈熄滅，深夜入眠，柔伽清楚地聽到枕邊的辜鴻劍，轉過來抱住自己時，喚著她「梨兒」。她的眼淚，轟然落下。她背負兩世罪孽，逆天而為守在他身邊，幸福終是如指間流沙，不知何時握不住了。但柔伽仍捨不得去怪他，她貪婪地抱著他的身軀，一遍遍地告訴自己，他不是不愛她，而是為了生孩子，多愛了梨兒幾分。畢竟梨兒與他是新婚，畢竟他是男子，對新鮮的人和事，會報以多一些的熱情。

柔伽越安慰自己，眼淚便越洶湧而出——她小心珍惜的珍寶，就這樣裂開了一道縫。

翌年開春，梨兒有了身孕。柔伽看到辜鴻劍高興得手足無措，竟像是個孩子。

春日，他租了馬車陪梨兒賞春踏青。

夏日，他滿頭大汗地為梨兒運冰掌扇。

秋日，他為梨兒安排悅陽樓上最好的位置，看城內的燈火節。

冬日，他整夜不睡，守著火爐添柴，亦守著大腹便便、難以入眠的梨兒。

柔伽將這些看在眼裡，終是嘗到了什麼叫情散人猶在。

辜鴻劍帶梨兒回家報喜那日，柔伽所有的憤怒、怨恨終於爆發了。當初她和辜鴻劍雙宿雙飛，不被辜家待見——雖然她不在乎此等繁文縟

節，但辜鴻劍卻帶著梨兒回去不說，如今還牽著梨兒，歡歡喜喜地並肩進屋，她把家裡的碗盤、瓷器摔在地上，統統摔成了一地狼籍，堪比自己破碎的心。他們一齊看向她的時候，連那尷尬局促的模樣都如出一轍，一樣的……面目可憎。

辜鴻劍只好賠笑上前，輕聲喚道：「柔兒……」

柔伽冷眼望去，他討好的模樣實是惺惺作態，可就是因這許久未見的笑臉，她到底還是將滿腹委屈咽了下去，咬緊牙關道：「我都沒有隨你回去見過父母。」

辜鴻劍一聽這話，立刻半跪在她跟前，握過她手，梨兒也扶著肚子惴惴上前，連聲說道：「姐姐，是因為我腹中有了相公的骨肉，才得以回去跪拜祠堂的，絕非是相公不帶姐姐回去府上，姐姐切莫胡思亂想。」

他也趕快附和道：「是啊！柔兒，你才是我辜鴻劍的正妻。」

一個是她深愛兩世的人，一個是她挑不出錯處彌補自身遺憾的人。

如今他二人這般看她臉色，她反而不知道該怎麼責問。柔伽甩開梨兒討好的手，明明沒有用力，梨兒竟因此沒有站穩，逕直往後跌去，辜鴻劍大驚失色，第一時間上前抱住梨兒，關切地查看她有沒有摔到。

柔伽怔然間竟看到辜鴻劍眼神凶狠地盯著她，那是他第一次對她怒斥：「柔伽，你這是做什麼？梨兒懷著孩子，你就算再嫉妒她，也不該這樣無情吧？」

無情？她無情？

「相公……你、你別怪姐姐，是我自己沒站穩，姐姐不是故意的……」梨兒怯怯地拉扯著辜鴻劍的臂膀，雖面露痛苦，卻還是要為柔伽求情，「我原本就是孤苦無依之人，本不該出現在這個家裡，要不是姐姐寬宏大量……都是我不好，是我還不夠妥當……」

辜鴻劍疼惜地橫抱起梨兒，他失望地看了一眼柔伽，決絕地轉身離去了。而柔伽卻看到梨兒向自己露出了一抹得意、炫耀而殘酷的笑容，她柔情似水地靠在辜鴻劍的懷裡，如同打了一場全勝戰役的將軍。

原來如此……她終於明白，之前那些不經意間的不適是怎麼回事了，也終於明白了梨兒的心機頗深，是自己輕信於人，是她太愛辜鴻劍，以至於看不清真相。

從那之後，許是梨兒無恙，令辜鴻劍心有愧疚，他來到了柔伽房中，而柔伽以為辜鴻劍會向自己道歉。事實上，他的確道歉了，只不過字字句句，是為了梨兒。

　　「柔伽，我能理解你的心情。不能帶你回辜家是我不好，可是，這些都和梨兒無關。她是無辜的，你要怪就怪我，千萬別遷怒於她。」他嘆息一聲，頗為感慨地繼續道，「梨兒她孤身一人實在不易，當初我不同意她進來，也就是怕她受到委屈，更怕你受到委屈。可是現在……柔伽，梨兒一直喚你姐姐，我想，你理應真的有一顆做姐姐的心才是。梨兒方才還與我說，待孩子生下來，定要讓你取名，以報答你的收留之恩。」

　　他句句不離梨兒，句句如利刃，統統刺在她心。

　　而趁她睡下後，辜鴻劍竟悄悄起身，回了偏院。柔伽睜開眼時，分不清是眼裡下了雨，還是屋外下了雨。曾幾何時，辜鴻劍說她的身邊便是他想要的春夏秋冬，如今卻連一個晚上他都嫌長過了四季輪迴。

　　他的純善，在她和梨兒之間，竟天真地想要維持公允。或許辜鴻劍自己都不知道，這看似公允的從中調和，在表面上將事情推向了平和，可暗地裡，卻把人心推向了深淵。

　　那晚，無人知曉柔伽在庭院裡靜靜地坐了一夜。

　　庭院裡的杏花樹，是辜鴻劍親自為她栽種，杏花微雨時，他允諾都會在其身側。夜吹東南風，粉白杏花落下時，替他陪著柔伽獨自落淚到天明。

　　她也曾悄悄地隱入梨兒的房間，動過殺念。可見到辜鴻劍連睡著都期許與安心的側臉，柔伽伸出的利爪只得緩緩收回。

　　來年春時到，梨兒為辜家生下了女兒。

　　柔伽已經分不清了——辜鴻劍究竟是因為梨兒能為其生下孩子而更寵愛她，還是因為寵愛梨兒才疼愛那宛如複刻梨兒的女童。

　　只見他一家三口其樂融融，柔伽疏離地站在他們之外，心滴了血。可即便如此，她仍會因辜鴻劍的一句「感謝」，而重新燃起一絲絲希冀與甜蜜。

　　辜鴻劍到底還是念著她的好的，她若是能為其生育，他也不會有梨兒。所以，柔伽把這份痛歸咎於自己。她去觀音廟替辜家求子，不惜拿十

年壽命交換，只為如願。但是這一過往，柔伽卻不願說出口。

幽池是透過她的眼眸，讀到了這段她與上神的交易。

情不知所起，一往而深，生者可以死，死者可以生。世間情愛，但凡理智一些便不會傷人傷己。可理智些的，又哪算是情愛呢？

狐妖一生鍾情於一人，為其生，為其死，她們的愛炙熱堪比烈火，一不小心便能把人燒個粉身碎骨。辜鴻劍大抵永遠不會知道，他年少時的一次救狐機緣，定了他整整三世的愛恨情仇。

而在那之後，梨兒果真幫辜鴻劍續了一個兒子，辜鴻劍對柔伽說他有賢妻美妾，兒女雙全，此生無憾。

再後來，柔伽生病，算算時間，她知道自己這一世要結束了，臨終前，對守在床榻的辜鴻劍約定，來世再做夫妻。彼時的辜鴻劍已兩鬢染霜，郎眉星目間的明麗也黯淡了大半，他看著奄奄一息卻還惦念著和他再做夫妻的柔伽，滿心愧疚地握住她的手，哀哭道：「夫人，這一世我虧欠了你，只盼你來世能遇到真正的好人，令你舒暢悅心。」

「只要和你能再做夫妻，便是我的舒暢悅心了。」柔伽揣著最後一口氣，伸出小指要和他做來世最為重要的海誓山盟。

辜鴻劍的眼裡閃過不捨、難過和凝重的考量，望著不肯斷氣、甚至在他的遲疑裡已紅了眼眶的髮妻，終是不忍心地伸出了手指，同她完成了這約定，哽咽道：「好……你我來世……再做夫妻，我一定會償還今世對你的虧欠。」

柔伽聽了這話，才敢含笑離世。

人跟人的情義，極其微妙。猶如大道氾兮，其可左右。萬物恃之以生而不辭，功成而不有。衣養萬物而不為主，常無欲，可名於小矣。

在身邊時，總是忘記珍惜，只有人不在了，觸手可及的影子，帶著之前的點滴回憶，才睹物思人，感慨其再不可得的珍貴。

辜鴻劍守著梨兒與一雙兒女，帶著對柔伽的愧疚，壽終正寢，於七十辭世。

年年歲歲花相似，歲歲年年人不同。

對柔伽而言，辜鴻劍還是那個辜鴻劍，即便斗轉星移，物是人非，她和辜鴻劍之間的緣分不會變。她兩世殺戮，壞了規矩，若再不收手，定

會受天譴墮輪迴。父親心疼她這一遭錯得太過離譜，押她回北元山躲藏修行。修行得成回來的哥哥們，和父親合力豎了封印，每天輪番在洞口念清心咒給柔伽聽，只為她能忘了前塵，忘了辜鴻劍。

這自是典型的「醫者不自醫，渡人不渡己」了。

同為狐妖家族，他們比誰都清楚，狐妖的心一旦入了一個人的名，即便是發配到忘川彼岸，也不會選擇忘記，那碗孟婆湯千方百計地躲掉，上天入地也要縱了自己為這個人、這份感情埋葬。祖祖輩輩的先例中，這樣飛蛾撲火的事蹟還少嗎？

我願化作石橋，受五百年風吹，五百年日曬，五百年雨打，只求他從橋上走過。

諸如此類的歌頌，說的便是這樣非傻即痴的情種。被困於洞裡的柔伽，用石頭刻記著時間。她期盼著辜鴻劍第二世的結束，準備著第三世與其重逢。

柔伽努力修煉待時機成熟，也好從洞中出去。怎奈父親和哥哥們管得緊，她一人修為不能破此封印，心急如焚之際，洞中的邪祟出現，願意助柔伽一臂之力。這洞中的陰森汙水，極易蘊生妖靈邪祟，他們從不缺修煉之道，缺的是純正精元。

雖願伸出援助之手，自是有條件的，條件便是讓她以最後的一尾來換。如同第一次求山神那般，柔伽想也沒想，爽快答應。

邪祟形體未成，只是水流姿態，黑黢黢的眼眸，看不到絲毫眼白，猶如一濁看不到乾淨的渾水：「你可想清楚了？斷了三尾，你便不再是三尾狐家族的人。」

那可是除名碟、棄修為、拋三界的事。

不只她跟父親、哥哥、親族家眷，跟這北元山再無瓜葛，他們也會因為她墮入魔道而背負羞恥，為三界所整頓。

怕是只有瘋魔了才會應允，柔伽可不就是瘋了嗎？

第一眼看到辜鴻劍的時候，便註定了她的瘋魔。

「只要你能帶我出洞，要什麼我都給你，他就要轉第三世了，我等不及。」

血濺洞岩，最後一尾交換給邪祟，他應言帶著奄奄一息的柔伽破封

印，出山洞。

入了魔道的柔伽魔性大增，她的斷尾因其執念無法癒合，血紅的傷口註定要暴露她的行蹤。

驅魔的修道之人，像獵人狩獵一樣，競相追逐，誰能帶她回三界司受天罰、除魔性，便是一道念力不少的修為。柔伽東躲西藏，成了陰溝裡的老鼠，見不得光，她唯有一個念頭支撐著走下去——再次收集十二顆內丹換二十年人壽，去到辜鴻劍的身邊，完成二世的約定。

所謂洞中一日，山下千年。二世壽終正寢的辜鴻劍轉入三世，成了一名世代為將的少年將軍。

說來也不能全怪柔伽，這辜鴻劍轉入三世的模樣，和第一世相同，不同的是氣韻罷了。第一世的他是藥商之子，文質彬彬，劍眉星目中，透著文秀之氣，眉眼含星，笑似朗月入懷，真真應了那句「陌上人如玉，公子世無雙」。

而這一世，他劍眉星目中，盡是踏過風沙、舐過鮮血的堅毅勇猛之氣，眉眼如鐵戟，清冷如冰霜。同一張臉，兩種英姿，鮮衣怒馬、衣冠如玉，痴情如柔伽，又怎能不再次陷進去？

更何況這一世的辜鴻劍，平添了英武之姿，過往更是驚人——他十三歲上戰場，十五歲隨父鎮守邊關，父親遭敵軍陷阱為困，他一人帶著百名騎兵小隊，硬是拔了敵方的糧倉，反敗為勝。十六歲時，他親自掛帥，馬蹄飛雪，橫壩決堤，鐵色盔甲逐漸被鮮血染成勝利的顏色，也促就他眼底雖狠厲卻璀璨的歷練。戰後的他，殺伐果斷、優待俘虜，頗有大將之風。這佳話被人傳送回京，人人都道古月有少年，年少為將軍，大洲有剋星，歸來為英雄。

皇帝大加重賞，賜府邸賜頭銜。這次再加披風，遷居新府，大家都注意到這位少年將軍，已經到了風華正盛的年紀，年有雙十還未娶親。古月城的姑娘們，皆是為了奪得將軍夫人之名而背水一戰，古月城的媒婆們，怎會放棄這樣的絕好門第、佳婿人選？

這其中最為心急如焚的，當屬柔伽。她斷了三尾，成了三界棄子，辛苦支撐到現在，怎能讓他人鑽了空子？也顧不上自己的危險處境，必須直面逆境。

「可是為何……為何我到了最後一步，我已經拿到了第三世的時間，偏偏卻讓我遇見了你？」

回顧前生和辜鴻劍的兩世，是柔伽心裡珍藏的溫柔。說起他時，她眼眸裡布滿的紅絲和眼底的黑氣散去不少，可說到當下，說到幽池令她的功虧一簣，她指著幽池，恨不得要把將他五馬分屍。

幽池跟著她的敘述，隨著她的氣息，感同身受著她跟辜鴻劍的情緣日常，不得不嘆息一句：「這人世間的情愫真是致命的罌粟，人最放不下，妖易入了魔。」

普通凡人，異界妖靈，一旦開啟一顆真心，淺嘗過那份溫暖，便再也做不到純淨如新。這位柔伽，經歷兩世，對辜鴻劍的執念太深。若是強行對她驅除魔性，等於讓她魂飛魄散，四分五裂，即便是化作了一縷幽魂去到忘川河畔，也只會變成執念的幽魂，絕不會捨掉執念。再說，強行驅魔也不是幽池的降魔風格。

柔伽氣得全身發抖，目光漸露絕望。幽池走到她跟前，柔伽忽然倉皇地抱住他的腿，突然對幽池跪磕哀哭著：「求求你，求求你不要帶我走，讓我跟辜鴻劍完成我的三世約定！求你……」

方才的她有多麼傲慢，現在就有多麼卑微。

為了完成心中所願，她甘心做任何嘗試。

幽池便半跪下來，將她的雙手推開：「你不必求我，我現在不會帶你走。」

柔伽因他的這句話而全身一顫，不敢置信地緩緩抬眸。

幽池又道：「這一世，你若能收集到辜鴻劍堅定選擇你的三次真心，我便許你二十年人生，和他完成這三世守約，你看如何？」

柔伽原本黯淡無光的眼眸，立刻閃爍起了光亮，她驚愕地問道：「此話當真？」

「絕無虛言。」幽池點頭，示意在場之人皆可作證，「無界閣內，容不得半點謊話。但是，你若沒有收集到，便要心甘情願地隨我回三界領罰，贖你的罪孽。從此捨了執念，忘了他。你是否同意？」

柔伽微微一怔後，用力點頭。

幽池便站起身來，雙指對著柔伽的額頭，做意念相通之法：「透過

此式，我能看你所看，感你所感，待你收集辜鴻劍真心的時日，可以做個見證。」

幽池和其他的降魔道人不同，柔伽為他今日的寬容和給予的這個機會感恩不已，跪地朝幽池磕了三個響頭後，便從無界閣離開了。

鹿靈見狀，愣愣地走到幽池身邊問道：「你就這樣放她走了？」

幽池轉身看向她：「放心，她逃不了。我隨時都知道她的行蹤，也不擔心她會逃。」

「是剛才那什麼意念相通？」鹿靈眨眨眼，感到驚奇地說道，「可你為何要給她這次機會？你是決意要放了她？」

幽池不言，只在半空中畫了一個捷徑陣法，帶鹿靈直接回到地面。

此時夜色已深，白日市集變身晚間鬧市，幽池和鹿靈進了一家酒肆歇腳。

二兩牛肉，一壇清酒。鹿靈殷勤地幫幽池倒上酒，眉開眼笑地看著他。

經無界閣一趟，她對幽池有了新的認識，再也不把他當成是不名山上做缺德事的登徒子。雖不明白自己看到的那一幕，究竟是怎麼一回事，但她已篤定是自己的誤會。

幽池知道她在等他的解釋，他沾了酒，在桌面畫了一個圈，問鹿靈：「你看到了什麼？」

鹿靈不解，仔細看了看道：「你畫了一個圈？圈內有一個洞？哦，你把整張桌子唯一一處不美觀給圈起來了？」

幽池淡笑：「柔伽跟你不同，她只看到了這一個圈。」

柔伽把第一世和辜鴻劍相遇的美好不斷放大，放大到對這份緣分的短淺，和二世的清淡視而不見。辜鴻劍並沒有她以為的那麼愛她，或者說，她對辜鴻劍的愛，遠遠勝過了她對辜鴻劍的深情。

不知常，妄作凶。

知常容，容乃公。

柔伽缺了知常容，若不給她一個機會，看清楚自己的妄作凶，殺人取丹，不停交換，便像一輛不知停歇的水車，不停地迴圈轉動下去。

而讓她醒悟的人，不能是別人，必須是辜鴻劍本人。幽池要讓柔伽明

白，辜鴻劍並沒有那麼愛她。

鹿靈恍然大悟過後，陷入悵然，半晌沉默過去，才嘆息道：「可這樣對柔伽來說，會否太過殘忍了一些？」

同為女子，她更能與柔伽惺惺相惜。

斷尾之痛，貶黜三界之外，辜鴻劍是她活下去唯一的希望，而幽池要親手打碎她這份希望。想到方才柔伽感恩戴德的三拜，鹿靈雖說不上幽池的無情，但又覺得這樣比直接殺了她還要殘忍百倍。

幽池抿酒，不置可否：「想想那些死去的人，那些人才是無辜的。」

「的確。」鹿靈恍然大悟地點了點頭，又道：「那我們接下來要等什麼？」

小二上菜，幽池跟小二要了兩間客房。

「接下來，我們就等柔伽去找辜鴻劍，開啟他們之間的第三世。」

誰知鹿靈歡喜點頭，突然端著桌上的牛肉往外跑。幽池怔怔，不解地衝她的背影問：「你去哪裡？」

鹿靈跑到門口急急止步，轉身高聲道：「我去跟我阿爹說一聲，今晚陪你留夜啊⋯⋯」

酒肆一樓坐著好多客人，聽到這話，紛紛側目看向幽池。幽池卻不懂那些眼神中的曖昧是何意，他尚且體會不到鹿靈話中有何不妥，但卻感到自己的臉頰彷彿在一點點逐步加溫，好似燙酒入懷，局促熏然。

第二章

　　幽池做了一個夢，夢裡回到了不名山上，見到雲階大師的那個混沌之境。

　　雲階大師請他入座喝茶，茶香伴著悠揚暗沉的曲調，周圍的流雲如同仙女的廣袖流仙裙一般環繞流動。雲階大師微微一笑，嘴唇一張一啟，可是卻什麼也聽不到。

　　他伸出手去，試圖觸碰大師的肩，突然手指穿入一層波光水霧之中，坐在對面的大師飄然遠去，流雲像歌舞畢的仙侍飄然而走，轉眼換上黑色幕簾，一個身著素衣的普通男子，從黑幕裡走來，看他的樣子年約三十有餘，面相憨厚，自帶微笑，耳垂奇長，雖然雙手布滿種地耕田的老繭，但卻是個有福之人。

　　他的笑容僵住，在他三米開外的地方，站著一對男女，男子和他面容有幾分相似，但比他年輕不少，他懷裡抱著的美嬌娘，雖然身著粗布麻衣，卻遮掩不住其年輕貌美。那一雙美目含情脈脈地看著抱著自己的兒郎，而那年長的男子笑容褪去，目露凶光，舉起鋤頭就朝他們撲過去。美嬌娘嚇地捂嘴跑開，兩個男子很快扭打在一起。

　　扭打的二人，一個拿匕首刺在心口的位置，另一個伸手插進對方的眼睛裡，畫面血腥恐怖──近在咫尺，幽池望見這一幕，神色動容。

　　只是，還沒等幽池反應過來是怎麼一回事，他們卻忽然看向了幽池。幽池猛地驚醒坐起，他瞪著眼睛，頓有昔者莊周夢為蝴蝶、栩栩然蝴蝶也之感。

　　此時，房內點著驅蚊熏香，半開的窗樞。透著外面深夜的月光，幽池背脊一片涼汗，窗外的蟬鳴聲真實可聞，割裂了夢境和現實。他捂著加快的心跳，意識到自己在酒肆二樓休息，當下已是深夜時分，子時過半。幽池確定自己不認識夢裡的這兩個人，他們為何會入他的夢？

　　修道之人極其講究因果，夢不會像凡人那樣無緣無故，若非他們出現過他的命路之中，那便是和他有所關聯。

　　幽池垂著眼眸，從懷裡掏出雲階大師留給他的書簡，緩緩打開，裡邊

的人齒在微弱的光線裡，折射著詭異的光。

他緩緩伸手觸碰它們，忍不住想，入夢的二人會和這書簡有關嗎？

「咚咚咚──」

重重的敲門聲響起。幽池抬頭，看到倒映在門上的剪影，是一個窈窕身影，他迅速收起竹簡放回懷裡，下床去開門。

鹿靈雙手抱臂靠在門邊，一臉不悅。

「有事？」都這個時辰了，幽池很是詫異鹿靈來敲他房門。

「你問我？」鹿靈指著自己，不可思議地說道，「這話不該是我問你嗎？夜深人靜的，你吵吵嚷嚷地喊什麼？這房間隔音不好，我就睡在你隔壁，剛睡著就被你吵醒了！」

幽池不知該如何回應，只能沉默，見鹿靈始終不走，他只好說道：「抱歉……」

「哼！我來可不是為了聽你說抱歉的。」鹿靈性情直爽，隨意擺擺手，又問，「你真沒事？堂堂降魔道人，妖魔鬼怪都不怕了，是什麼樣的夢，會讓你嚇成這樣？我倒是有些好奇。」

自從她知道他是降魔道人後，便對他充滿了好奇，偏偏幽池是個沒有七情的人，自然是理解不到鹿靈的喜怒哀樂。且說她這般靠近幽池面前，幽池都不為所動，反倒是令她自己不知所措的滿臉潮紅。

幽池凝視著她臉頰上的緋紅，平靜地說道：：「你還是回去睡吧！夜深人靜孤男寡女，不便多待。」

鹿靈聽了這話，眉頭一蹙，嫌棄地嘟囔著：「你明明跟我一般年紀，怎麼說起話來比我老爹還要古板？」

「不送。」幽池順勢要把門關上。

鹿靈氣不過地看著他關上門，一腳踹了門框，數落道：「虧我好心跑過來看你的狀況，好心當成驢肝肺！」

看到她終於回屋，幽池緩緩長噓一口氣，決定先不去想剛才的夢。

老子云：「治人事天，莫若嗇，夫唯嗇，是謂早服，早服謂之重積德。」

說的便是一個機緣。

當下困惑，會有解困之時。

翌日。

幽池一早到一樓選了角落的位置，跟小二點了早膳。待又來了幾桌客人後，鹿靈提著裙襬，快步從二樓下來，原本神色匆匆，望見幽池後又立即如釋重負，她小跑過來，埋怨幽池一句：「我還以為你不聲不響地撇下我走了呢！」

幽池想到她昨晚聽到他在夢裡的喊聲，迅速過來叩門，是因為她也同他一般和衣而眠，現在又生怕自己跑了的緊張模樣，似乎是鐵了心要當他的跟班了。於是幽池無奈地搖搖頭，他倒是不知道該怎樣露出笑臉，也不明白該如何體現自己的情緒，只是隨手給她倒了一杯茶，問道：「你這是賴上我了嗎？」

「正是。」鹿靈毫不猶豫，一臉得意。

幽池看著她那雙勝似朝霞般明媚的眼睛，倒也覺得十分漂亮。

「可你家人……」

「放心吧！我跟老爹交代過了，他很贊成我多學習修道，也好增加自己的作為。你也別覺得我是女子就不如你了，我的功夫你可是見識過的，除了法術不如你，我可樣樣比你強。」鹿靈抓起一塊饢餅往嘴裡塞，「所以，我絕對不會當你的累贅！」

幽池沒想過她說的這些，他只是不習慣有人對自己如此親昵。除了師父，陪伴他最久的活物是一隻烏龜，不過烏龜活了十年就死去了。

師父說他是修道之人，是超時間的存在，所以會折傷身邊的長壽之物。那時候他不過十五歲，不願接受這個事實，試圖強用法術將烏龜喚活。師父沒有強行勸阻，而他逆天而為的結果，的確救活了烏龜，幾年後烏龜成為遺禍附近村落的魔物，他又親自殺之，自此大病一場後，再也不敢逆天改命，也沒有再親近過任何生靈。

如今，他早已習慣了自己孑然一身，鹿靈卻毫無徵兆地闖進了他的生命，這令他不知該如何應對。

「話說回來，那個柔伽怎麼還沒有動靜？她理應迫不及待地去找第三世的辜鴻劍才對啊！怎麼一個晚上過去了，還是沒有一點消息呢？」鹿靈自然不知道幽池出神在想什麼，只顧著問自己在意的事情。

幽池回神，抿了一口苦茶：「大抵是近鄉情怯吧。」

「什麼意思？」

嶺外音書斷，經冬復歷春，近鄉情更怯，不敢問來人。

幽池想，對經歷了二世情緣的柔伽來說，她那顆迫切和辜鴻劍重逢的心，和遲遲未曾出現在他跟前的「消失」並不矛盾。

鹿靈不懂，大口大口地咬著饢餅。

「降魔，最重要的是耐心。」幽池這言下之意，是告誡她不能操之過急。

鹿靈卻振振有詞：「這便跟茶座裡聽故事一樣，剛聽到關鍵點興頭上，卻給招斷了，說書先生說要過七天後再開書，這七天的抓耳撓心好不難受！」

「可你在等，便意味著故事不曾結束，若你不必等了，故事便也完結了。」

鹿靈恍然，無法辯駁：「嗯……確實如此。」

這句充滿禪意的話，像是一杯清茶澆灌在她焦躁不安的心口，令她也不自覺地降下了自己的急迫。

用完早膳，幽池便到集市裡去體察人間煙火，鹿靈自然是跟著去的。

小橋之上看流水，橋尾之下望人潮；

商販攤上挑花簪，集市中陪孩童笑；

同霜髮老嫗聊天，隨善男信女入廟……

一連三天，幽池和鹿靈「不務正業」地玩鬧著。

第四日，天微雨，不放晴。商販們停了出攤，街道比以往冷清不少，但酒肆茶館卻比之前熱鬧很多，聚集了不少外地人。他們在眉飛色舞地討論著同一件事：辜將軍要回來了。

鹿靈聽到這名字，下意識地去問：「辜鴻劍？」

她的聲音過大，引旁幾桌的人紛紛側目。眾人目光不約而地看向她，皆是不滿。誰人這麼大膽，竟敢直呼將軍名諱？便忍不住對這黃毛丫頭打量了一番。其中有一個小生，最先反應過來，見鹿靈一臉茫然，哼笑一聲道：「不是他還能有誰？古月有少年，年少為將軍，大洲有剋星，歸來為英雄。這辜將軍打完勝仗回來，覆命出宮又去了邊郊巡視兵營，這會兒才回來，好不辛苦！」

鹿靈立刻放下筷子，起身奔小生的那桌去。

「且說來聽聽！」她太想知道關於辜鴻劍的事了。

迄今為止，描繪出這位主角形象的，都基於柔伽的說辭。柔伽喜歡他，自然會帶著一些偏愛去形容，可從局外人的嘴裡，才能能聽到不一樣的一面。

小生愣了一下，見鹿靈這麼期待，也就來了興致，清了清嗓子，繼續道：「咳咳，聽聞辜將軍在大洲一役裡，被敵軍埋伏受了傷，差點喪命。好在吉人自有天相，辜將軍今日得以回城，正好住進新府邸，接下來就是娶妻生子，也能過幾年太平日子。」

「太平日子？我看未必……」這時，有其他人接下這話，連連搖頭。

小生不滿地用手肘推了他一下：「怎麼？你不盼辜將軍好嗎？」

持不同意見之人，年紀和小生差不多，看他們的樣子應該是朋友，身形約莫一張桌子這麼寬，手肘撐著桌面在嗑瓜子，被人一推，瓜子落桌面上。

他輕蔑地用綠豆眼瞪一眼小生，拾起瓜子啐道：「呸呸呸！你少誣賴我，我的意思是說，自古功高蓋主者，皆沒有好下場，兔死狗烹、鳥盡弓藏之事還少嗎？辜將軍名氣至隆，大家只道將軍不道王，皇上心裡會沒半分想法？我可不信。拿府邸換兵權，難道不是最好的證明嗎？」

大家各自面面相覷，一時半會兒不知道如何接話。

鹿靈眨巴眨巴眼睛：「你的意思是說……皇上要打壓辜將軍？」

小生立刻伸手掩住鹿靈的嘴：「哎！姑娘，慎言。」

鹿靈一愣，皺眉垂眸看著他手放到不當之處，猛拍：「知道我是姑娘還隨便碰我！」

小生一臉局促，瞬間啞言。鹿靈挺直腰板，大拇指穿過肩頭，指指後邊坐著的幽池：「別對姑娘動手動腳的，聽到沒？小心我哥打扁你的腦袋。」

說著她就扭頭，笑瞇瞇地看幽池：「哥哥，色狼管不管？」

小生羞惱起來：「哎！你這姑娘怎麼如此亂說……」

「哎呀，你坐下吧！姑娘跟你開玩笑呢，哈哈哈！」

「就是，瞧你德性，倒真像是不打自招了。」

七嘴八舌間，門外一個身影突然闖入，氣喘吁吁地揮手報信道：「來了來了，辜將軍的辜家軍到城門口了！」

　　剎那間，幽池竟感覺到了柔伽的氣息。

　　她也來了！

　　一聲高喊，酒肆裡人頭攢動，紛紛起身往門口湧去。幽池看到對面的街道上也湧出很多人，大家都得了辜將軍即將進城的消息，自是想親眼目睹少年英雄的風采。

　　這時，他的手背傳來溫熱的觸感，鹿靈握過他的手：「快，我們也去看看！」

　　幽池的視野裡闖進鹿靈的臉，她烏黑的柔順髮絲，隨著紅色的髮帶搖曳生輝。再次回過神後，他被拉進擁擠的人群中摩肩接踵，立即嗅到了周遭不同的人混雜的氣息，幽池全身緊繃。

　　人頭攢動中，幽池越發清晰地感覺到柔伽的存在，他使用意念尋找到了柔伽的眼睛。轉眼間視線相同，他抬高眼睛，立在屋簷之上。柔伽站在高處往東南方向看去，古月城的城門口，一匹白馬載著一個青年，身後尾隨著一眾士兵，浩浩蕩蕩地列入城中街道。

　　她的視線眺望的極遠，遠到可以清楚地看到自己轉入第三世的心上人。

　　柔伽用她的目光，謹慎、憐惜又無比溫柔地端詳著辜鴻劍的臉。他頭戴盔帽，略顯黝黑的臉頰被盔甲襯得更為清瘦，唯獨一雙眼睛格外明亮得近乎凌冽了，左眼角處那輕微的傷痕，竟為他增添了清冷的氣韻。盔甲之下的身體瘦而不弱，抓著馬繩的手背青筋暴起，結實有力，自然是千古難尋的少年英雄。

　　幽池能感覺到柔伽悲傷的呼吸，蓬勃緩慢的心跳。像是爆發的冰山，在等待著最後一道閘口的打開，滿滿當當的感情覆水難收，亦不想收。

　　「你怎麼了？」鹿靈的聲音讓幽池回過神，他暫且放下了與柔伽相通的意念。

　　「我找到柔伽了。」幽池低聲道。

　　「在哪兒？」鹿靈的手猛地握緊幽池。

　　幽池被身後的人擠著往前踉蹌了一小步，問：「你要去嗎？」

鹿靈點頭道：「當然！」

話音未落，幽池回握住她的手，讓她跟著他念：「嘝，吵縛嚜縛秕馱，吵縛嚜縛秕馱。」

鹿靈乖乖閉上眼睛，有樣學樣：「嘝，吵縛嚜縛秕馱，吵縛嚜縛秕馱。」

等她再次睜開眼睛，眼前所景已不在酒肆之中。

「天……」風呼嘯而過，吹過沒有遮掩的屋頂，鹿靈踩在陡峭的灰白瓦片上，感覺自己險些要掉下去了！她牽著幽池保持平衡，望著身邊的柔伽，不由地瞪大眼睛：「這……」

只見柔伽一身紅色紗裙隨風而動，猶如涅槃重生的鳳凰，她及腰的長髮編成粗粗的辮子，頭頂戴著一串極具異域風情的寶石鏈子，那垂在額心的一顆紅色，彷彿是她那雙似水哀烈的眼眸之外的第三隻眼睛，幫她看清這世間的事，看清未來的路。紅色紗巾繫住下半張豔麗的臉，若隱若現之間，欲訴出其主人纏綿半世的情事。

鹿靈被柔伽的美，驚豔到半晌說不出話來。她好像突然明白幽池說的那句「近鄉情怯」是什麼意思，「耐心等待」又是什麼意思了。

「你要在這裡去跟辜鴻劍相遇嗎？」鹿靈忍不住脫口而出。

幽池看向她，提醒了一句：「我們是以意念來到這裡的，她不能聽見我們說話。」

鹿靈抿唇，這是她第一次進入道法還不熟練，便有些不好意思地撓了撓頭，「下次我會記得的。」

浩浩蕩蕩的隊伍徐徐而行，穿過長街，越來越接近，待辜鴻劍快要到屋簷之下，柔伽深吸一口氣，腳緩緩抬起，身體微微後傾，玉白的腳背和腿呈筆直一條線，落地時腳腕上的鈴鐺鏈子發出清脆的響聲，隨著跳舞的動作越來越放鬆。進入狀態的她，把古月城高高低低錯落有致的屋簷，當成是展示的舞臺，空中跳動，落地前側翻越過幽池和鹿靈的跟前，輕盈地像天上落入凡間的精靈。

她看似兀自起舞，不曾有一眼看向屋簷下騎馬而來的辜鴻劍，但她腳腕上的鈴聲吸引到辜鴻劍的注意，而他抬起頭的剎那，幽池和鹿靈清楚地看到面紗之下緩緩上勾的紅唇。

「紅紗屋簷舞，郎君簷下觀。不慎掉入懷，何處不可憐？」鹿靈瞇起眼睛，凝望在屋簷邊邊隨時都會掉下去的柔伽，篤定她便如戲文上說的那樣，製造命定般的意外，辜鴻劍對其一見鍾情帶回府邸。

幽池沒聽過這樣的詩句，聽她頗有感慨，長籲短嘆，不由扭頭看她。這時，餘光中，柔伽一個原地旋轉，真如鹿靈所說那般墜落下去。

慢於須臾之間，快到定睛之時，柔伽像覆滅的煙火，墜著滿身璀璨逕直落下。幽池踏步往前，便見柔伽正好不偏不倚地跌入辜鴻劍的懷裡。

英雄配美人，一見自鍾情。鹿靈對自己的經驗之談，得到驗證非常滿意，挑眉看向幽池：「怎樣？如何？我的戲本子沒白聽吧？」

話音未落，嗖地一陣冷聲，幽池循聲望去，辜鴻劍竟對懷裡的柔伽拔出了劍。鹿靈猜對了前面，沒有猜中後面。

「哪裡來的狐媚舞姬，居然敢當街戲弄本將軍！」辜鴻劍吞下沙場鐵血，半城煙沙的煙嗓冷聲，無情地責問柔伽。

柔伽勾過他的脖頸，眼角上挑：「辜將軍少年英雄，今日歸來，有人喚我對將軍使一招美人計。」

她絲毫不怕他堅固硬鐵般的盔甲，和手中侵染了成千上萬性命的寒劍，只管伸出塗著紅色豆蔻的手指，輕抬他的下巴。

辜鴻劍劍眉行壓迫之勢地傾斜，抓住她盡顯挑釁曖昧的右手，令道：「來人！」

他將她推下馬，讓士兵押送到他府上。

鹿靈著急地驚呼：「哎呀！我們是不是要救她？怎麼會這樣？這一世的辜鴻劍，一點也不溫柔！」

幽池伸手攔住她：「我答應給她一次機會，我們作為旁觀者，只能旁觀，不可介入他們的發展。」

否則，這一切都將毫無意義。

柔伽的魔性，生生世世不能剔除。

鹿靈聽罷，直跺腳百感交集：「進入局中卻不能入局，真是讓人焦急……柔伽若是被辜鴻劍一劍賜死，還唱什麼戲啊！啊……」

鹿靈跺腳太用力，踩穿屋簷掉下去了。

幽池順著本能追她而下，在意念共用裡，幽池沒有法力，只是一個尋

常人，他拉住鹿靈，抱住她用身體去墊，即便是意念，身體的重量也是真實存在於相對意念的世界中。

幽池緊緊抱住鹿靈，背部砸上了一張桌子，再重重地摔在地上。

鹿靈緊閉雙眼，全身緊繃在落地的剎那，感覺到的是幽池溫熱的身體，幽池則是被堅硬的地面和凸起的板碎膈得不輕。

鹿靈驚慌失措地問道：「幽池哥，你有沒有受傷？」

意念回歸。

幽池和鹿靈被人群擠到了酒肆最裡邊，那種疼痛感也被帶了回來。幽池按著自己的腰，站姿有一點點傾斜，看上去比平時更冷漠了一些。鹿靈想笑又憋著，惦記著他到底是為自己受的傷，有些不好意思：「第一次意念……共用是吧？我這次沒經驗，但下次就不會了，我再也不會踩腳。幽池道長，你別怪我。」

初次見她，便是天不怕地不怕的，這次她略顯怯懦的樣子，反而特別不像她。

幽池打趣她一句：「剛不是喊我幽池哥的嗎？既然是兄長，那哥哥保護妹妹自是應該。」

「我不好意思歸不好意思，你別占我便宜啊！誰是你的妹妹？我們同歲！我叫你一聲哥不過是尊稱罷了，不是真讓你當我哥……」

幽池揉了揉腰，再順便揉揉耳朵，畢竟鹿靈吵起來是十分聒噪的。

將軍府。

檀紅木的長方匾額，鑲金的字體，彰顯著這個府邸的貴氣與其主人的身分。

大門兩邊的石獅子威風凜凜，脖上掛著的紅色綢帶，又多加了幾分柔和。衣著不俗的僕人們一字排開，迎新的鞭仗炮竹都準備就緒，辜鴻劍一從拐角處走出，管家便命令他們點燃火星。

瞬間炮竹喧天，仗火亂飛。管家老墨過去牽馬，辜鴻劍抬腿一躍下馬。

老墨是隨辜鴻劍爺爺一起長大的，照顧了辜鴻劍的父輩，再被父親親自派來照顧辜鴻劍主持新府，臉上的每一條紋勾，都是他對辜家的忠心。

「少爺，辛苦了。這位是……」老墨年近六十，眼不聾、耳不花，很快發現了隊伍裡特別存在的紅衣女子。

「我也想知道。」辜鴻劍淡淡啟唇，目光投向柔伽，「把她關進後院柴房，派兩個人在院子裡看守。」

老墨懂得分寸，立刻應道：「是！少爺。」

柔伽被帶進後院柴房，門粗暴地被關上，她跌入冰冷堅硬的地面，只能透過紙糊的窗戶，隱約看到外邊的光線，和逐漸遠去的人影。可是她卻開心極了，她終於進入了辜鴻劍的家，來到心上人的身邊，哪怕此刻的她四面楚歌。

但她想好了，如果必定要魂飛魄散，如果這一世是她和辜鴻劍最後的機會，那她寧願死在辜鴻劍的手裡。所以，當她跌入懷中的那一刻，迎上辜鴻劍冰冷警惕的眼神時，她沒有失落，只有視死如歸的歡愉。

柔伽開心至極，忍不住輕聲吟唱。受命看著她的兩個家僕，狐疑地扭頭看向柴房，不由地起了一身雞皮疙瘩，這女子著實奇怪。

待辜鴻劍沐浴更衣完，換上舒適的衣衫，在老墨的帶領下，熟悉了自家府邸的大小、各處所在後，已是暮色黃昏。

他用完晚膳便來到後院，一腳剛踏入，就聽到了柔伽縹緲的吟唱。那歌聲悠揚悅耳，像是帶著迷幻，在他的心裡悄然地釀出了蠱。第一眼認定的身分成謎、不懷好意，在這一刻竟然動搖了。盡忠職守的家丁見主人來了，拱手行禮後，應聲把柴房的鎖打開。

「吱呀——」

房門打開，柔伽微微瞇眸，抬手遮住雙眼，從指縫間望過去，辜鴻劍一身白衣，站在如血的夕陽中，負手而立，臉頰的線條只剩下影影綽綽的輪廓。

他緩緩走來，在她跟前蹲下。靠牆抱膝而坐的柔伽，對上他審視的目光，看到他清洗過的俊逸臉龐，忍不住抬手想要撫摸。辜鴻劍順著她的手指，重新望向她的眼眸：「你是誰？誰派你來的？」

柔伽並不言語。

「大洲還是星斐、拓哉？還是……」辜鴻劍欲言又止，及時收聲。

柔伽倒是很感興趣地追問：「還是……什麼？」

辜鴻劍目光冷然，剛才的試探她一點反應都沒有，若不是都沒說中，便是她的心堅如磐石。見他不說話，柔伽如蝶翅般的睫毛微微垂下，語氣慵懶地說道：「辜將軍，你若是怕我，便殺了我，你若是喜歡我，便留下我。不然，我是不會回答你任何問題的。人生苦短，何必浪費時間呢？」

說完，她歪頭一笑，嫣然生姿。

辜鴻劍目光一凜，當即起身。

水刑、鞭刑、燙烙……他靜坐在木椅之上，眼睜睜地看著柔伽受盡各種拷問手段，那一身的紅色舞裙，被血染紅一遍又一遍，明亮又黯淡，而她始終面帶微笑地望著他。

這些殘忍手段，根本不能傷到柔伽的性命，鹿靈是知道的，但仍舊會有切實的痛楚，鹿靈都能夠感受到她沁入骨髓般的疼。

「她為何還能笑得出來？這究竟有愛辜鴻劍？愛到什麼地步，才能這般執著，她甚至都不吭一聲。」鹿靈托腮坐在將軍府的臺階上，哭喪著臉替柔伽打抱不平。

「甲之蜜糖，乙之砒霜。」幽池望著高牆之上爬滿的紫藤蘿，想起師父的話，淡淡地回道。

鹿靈眨巴著盈盈的眼眸，看著他：「此話何意？」

「有一古人名叫魯侯，養過一隻在他那裡不曾見過的海鳥。他把海鳥視若珍寶，自己捨不得坐的馬車讓給海鳥坐，自己捨不得吃的牛肉拿給海鳥吃，甚至讓家中的樂僕演奏美妙的音樂給海鳥聽。三日後，海鳥鬱鬱而死。魯侯的熱情，是海鳥的悲傷，因為他是以己養養鳥也，非以鳥養養鳥也。」

鹿靈似懂非懂地點了點頭：「我知道了，你是說，如同我不愛吃橘子，可橘子卻是我老爹的最愛，所以老爹給我橘子時，我才會不屑一顧。」

幽池微笑頷首：「孺子可教也。」

鹿靈抬手擋住他下意識伸過來的手，吸吸鼻子，把眼角的濕潤迅速抹去。

經過一天一夜，他們眼睜睜地看著柔伽昏死過去三次，辜鴻劍依然沒能從她口中得到想要的答案。最後，辜鴻劍放了她，命人將她抬到西廂

房，還撥了兩個丫鬟伺候她洗漱，再讓老墨請大夫為她診治。

西廂房連著綠植小院，鬱鬱蔥蔥的花草樹木，汲取天地之精氣，柔伽乖乖服藥，乖乖療傷，盡量多睡，睡累了便到這林子景園裡坐一坐。辜鴻劍在書房裡處理完軍務後，便會去西廂房看她。

每次，辜鴻劍出現的時候，就是柔伽最開心的時候，彷彿月亮照進了迷霧，深海湧進了蒼穹。

許是精心照顧的緣故，許是柔伽心裡有著記掛，過上小半個月，她又可以重新跳舞了。

辜鴻劍不再問她是誰，她從哪裡來，抑或者是到他身邊有何目的。他給她取名紅兒，讓其隨侍左右，他沒有限制她的自由，甚至不讓旁人進入的書房，也允許她進入，並准她打掃。紅兒沒有做任何引他懷疑的舉動，而是盡職盡責地做好一個侍女的工作。

他累了，她會替他揉肩捶腿，吟歌跳舞；他餓了，她會親自下廚，烹飪佳餚；他在院子裡舞劍強身，她會坐在一旁的轞鞦上默默相陪；他要出門會客，她會乖巧地站在門口為他穿戴披風。

慢慢地，柔伽在府裡的身分變得微妙起來。說她是丫鬟，她又比尋常丫鬟高人一等，在少爺面前不必行禮，還特許穿著鮮紅的錦衣華裙。說她是小姐，她又做著侍女的活，住在靠近後院的西廂房內。說她是女主人，少爺待她既親厚又疏離，入夜後從來都是回自己房間睡，沒有絲毫越界之舉。

最後，大家對柔伽的形容是：少爺愛慕的人。

鹿靈看到辜鴻劍對柔伽逐漸轉變的態度，也是好生歡喜，甚至開始期待地問幽池：「如此依賴，算不算是柔伽心願得償？他們好像回到了前兩世的歲月靜好，像是一對平常夫妻一般，相濡以沫相敬如賓……」

「未必。」幽池冷聲打斷她。

「為何？」鹿靈見幽池的神色古怪，甚至有些許凝重。

「辜鴻劍此世是少年將軍，三代武將，祖上宗親更是在朝中為官，上過戰場抓過細作，見過女人也遇過小人，死都是死過幾回的人了，柔伽說自己是細作的戲言過了最初的刑法在辜鴻劍的眼裡也成真了。而這些天的溫柔，多半是溫柔刀罷了。」和鹿靈不同，幽池更為關注本質。

幽池不懂七情，但他懂人心。

辜鴻劍看柔伽的眸光，始終透著淡淡的殺意，他是能看得出來的，而柔伽，自然也能看得出來。可是即便如此，她也選擇視而不見，前兩世，她都是如此騙自己，幽池在心裡嘆氣，或許對於柔伽而言，能跟辜鴻劍相處的時間便是頭等大事，最為珍貴。

而柔伽第一次的劫，掐指一算，很快就要來了……

又過了一個月。這天辜鴻劍從宮裡回來，臉色不佳地鑽入書房，柔伽端著茶過去，還未走近，就看到老墨被趕了出來。房內傳來辜鴻劍的怒吼：「滾出去，都給我滾出去！」

和老墨一起被趕出去的，還有一堆漫天散落飛舞的宣紙，那宣紙上是一張張的美人畫像。柔伽上前幫老墨一起撿，聽老墨嘆氣道：「這些是城中媒婆遞上來的，與少爺適配的良家女。不是出身高門大戶便是深閨淑女。可惜了，少爺一個都看不上。」他頓頓又望著緊閉的大門道，「許是今天去宮裡受了什麼委屈吧！少爺很少發這麼大的脾氣。」

柔伽讓老墨先走，自己在門外站了一會兒再推門進去。

坐在內廳的辜鴻劍，拿著畫筆在紙上不停地寫著字，案桌右邊放置的檀香，猶如反映他的心境，嫋嫋香煙像熱氣一樣急促地升騰、糾纏。

柔伽恍然出神，脫口而出地喚道：「鴻劍……」

前世的辜鴻劍，第一世的那個少年郎，便喜歡在書房裡點上濃烈的檀香，心情不好時便如這樣低著頭奮筆疾書。第二世的那個文秀書生，也是如此。三世的辜鴻劍在這一刻，重疊成柔伽心裡最柔軟的位置，與她此生漫長的牽掛，碰撞出情難自抑。

那條一直緊在心頭的線，斷了。握筆的辜鴻劍驀地頓住，他以為自己聽錯了，但他確定剛才聽到她喚他鴻劍，一種從未有過的語氣，卻又說不上來哪裡的熟悉。辜鴻劍抬頭，見她的眼神穿透自己身軀，似看向了遠方。

這一夜，辜鴻劍沒有回房睡，也破例讓柔伽留下。他讓柔伽燙了兩壇酒，燭火明桌，一分為二。

相對而坐的兩道身影，宛如一顆蓮花兩個粉頭，半開的窗樞下，一股淡淡的曖昧、濃濃的試探，在推杯換盞中逐漸展開，形成一個只屬於他們

之間的遊戲。

身為辜將軍的侍女，紅兒關心他今日的心情為何有異；身為辜鴻劍的小狐狸，柔伽關心他對自己真實的情意。

酒燙情誼，氣息升溫。辜鴻劍望著柔伽的紅唇，心頭一動，握住她給自己倒酒的手：「紅兒，今日入宮我已交還兵權。於你而言，我沒有任何價值，我給你最後一次機會，若你就此離開，我不會追究你分毫。我辜鴻劍，說到做到。」

柔伽卻主動吻上了他的唇。

幽池聽到她的心聲在說：「傻瓜，於我而言，你是我的生生世世。」

窗樞的木條，隨著柔伽柔軟的身影撲倒辜鴻劍後，趁亂掉下來了。微微晃動的窗樞，好像在對站在庭院裡的幽池和鹿靈，宣告房內的氤氳愛意。鹿靈摀住通紅的臉，趕緊轉過身去，識趣地守住作為旁觀的底線。

「你怎麼還能看，趕緊把臉轉回來！」她還不忘把一旁的幽池也掉個面。

月光下，鹿靈的身影上彷彿多出了一點躁動，等幽池想看仔細一些時，聽到她重重地「嘖」了一下，對他不滿道：「你可是降魔道人！心裡得有廉恥和敬畏！這……非禮勿視、非禮勿聽的道理不懂嗎？」

幽池有些怔然地說道：「你倒是懂得多。」

鹿靈晃動兩根長長的馬尾辮，得意一番後想起了什麼：「你呢，有喜歡的女子嗎？」

幽池回答的非常快：「沒有。」

「那……你可有喜歡過人？」

幽池根本不需要考慮：「從未。」

「降魔道人不能動情言愛嗎？為何沒有？為何從未？」鹿靈疑惑歪頭，輕推幽池。

幽池尚且不願說出自己失去七情的事情，只一個意念閃離，回到了酒肆房間。留鹿靈一個人在庭院裡破口大罵：「喂！幽池！幽池你個混蛋！你怎麼能把我一個人丟下！喂……」

最後，鹿靈只能依靠自己的雙腿走回酒肆，再找到房間回去自己的身體內。

隔著房間，幽池都能感覺到鹿靈充滿怨念的氣息。他側過身，枕著自己的臂膀，回想著鹿靈的話。身為修煉之人，可以動心談情，因為情愛也是修煉中的一種。不過師父說，他不許。

　　並非是因為他丟了七情，而是情愛是這個世間上最不可控制的東西，只要是人，一旦碰了這個，都容易走火入魔，更別說他身上已經有不可控的魔性。

　　親眼看過萬千為愛破戒、墮入魔性的人，他們或慘烈、或悲壯，或被丟棄在三界輪迴之外的彼岸沼澤中。以他們為戒，幽池警告自己，千萬不要成為那樣的人，他的使命更不允許他成為那樣的人。

　　不過，鹿靈的話讓他再次面對了自己擱置在內心不願深想的問題：不嘗愛，是否真的可以超度為愛痴狂的入魔之人？

　　正所謂：「道可道，非常道也。」

　　而這一切，也只有當他找回了自己的七情，才會得到結論了。

第三章

翌日，幽池被一陣急促的敲門聲吵醒，鹿靈拍打著窗戶，聲音急促：
「不好了！幽池，你快醒醒！別睡了……」

幽池睜開眼，下床找到草鞋，去開門也不過是片刻的功夫，可鹿靈心
急如焚，他一開門，她拍門的拳頭就重重落在他的胸口。

「咳！」幽池躬身，差點被她捶出內臟。

鹿靈一愣，下意識地收回拳頭：「你怎麼這麼不小心？不知道拳頭不
長眼嗎？哎呀……我跟你說，大事不好了！」

她一把抓住他的手，拉他往外走。

幽池感覺到她的手心隱隱透著涼氣，和她的急火攻心竟是相反。他雖
覺得奇怪，但暫且來不及在意，只是問道：「發生何事了？」

「辜鴻劍的新府邸起火了！」鹿靈語氣憂慮，眼神緊張。

幽池微怔：「著火？可有傷亡？」

雖算到柔伽第一次的劫快到了，不過，卻也不知道會以什麼樣的形式
呈現。而如今，辜鴻劍府邸起火怕是個預警。見鹿靈突然壓低聲音，他想
不出著火這樣動靜不小的事情，為何要小聲地講，便大概做個猜測。

「不，沒有傷亡。」說話間，鹿靈拉他到了一樓，清晨的光從敞開的
大門撒進來，溫暖明亮，街對面的店鋪有小二在做開門營業的準備工作，
街上往來人頭攢動，和一樓大堂裡用著早膳、吃著早茶的客人交相輝映，
這又是一日晨起的好時光。

「但沒有傷亡，只是燒了祠堂，你說邪門不邪門？」

幽池循聲望去，說這話的人好生面熟，之前議論辜鴻劍將軍回城，被
鹿靈任性地汙蔑成是登徒子的便是他了。

他和他的那群朋友，仍是坐在那張桌子旁，說起辜鴻劍府邸昨兒個
起火的事時，滿臉神祕，且繪聲繪色，彷彿他親眼所見：「大約子時左
右，火光沖天，主街巷弄裡的百姓起夜，睡得半夢半醒間，還以為是誰家
的小姑娘放的孔明燈呢！而守夜的打更人最先發現的走水，慌慌張張地拍
門叫人，還去府衙那邊報官搬救兵。結果你們猜怎麼著？等衙役們到了的

時候，辜將軍家的管事兒，居然跟他們說沒有走水，是打更人看錯了，子虛烏有的事兒！衙役們不信，卻也不敢進府查看，只是看到府裡的不少家丁，提著水桶都從東邊那回來。我一老友的小舅子，便是參與辜將軍新府建造的工人，他知道東邊那兒是辜府祠堂……」

他正說著，突然旁邊有人猛地拍桌，低喝道：「官家的事，哪兒輪得到尋常百姓置喙了？」

他拍桌的響聲太大，驚得這桌說著話的幾人都嚇了一跳，紛紛扭頭去看。

這位小哥長得英氣俊朗，一雙漆目炯炯有神，眼角有著細微的一寸傷疤，為他的英氣又增添了一絲痞氣。一身黑色錦袍，如墨髮絲梳得光滑，用一根黑色髮帶全然束起，不言而喻的貴氣，似是某家翩翩公子。可不知為何，眼底的淡淡陰鬱把他束之高閣，令人難以親近之感。

只見他緩緩把手挪開，抿茶斜目道：「就不怕惹禍上身嗎？」

他拍桌的掌心之下，是一塊衙差的權杖。原來是正兒八經的官家人，怪不得滿嘴官家話。百姓自是不敢與官鬥，即便是個小衙差，還不是有多遠躲多遠？方才還說得津津有味的他們，這會兒相互使個眼色，趕緊起身走人。

幽池蹙了蹙眉，旁邊的一襲粉影猝不及防地晃了過去。

「哪兒來的浪蕩子敢招搖撞騙起衙差來了？本姑娘在古月城待了二十年，這城裡過街的老鼠都能打個招呼聊上幾句，你很面生啊！說話口音又不是本地的，還沒穿衙差制服，我看這權杖是從哪兒偷來的吧？」鹿靈一向膽大妄為，若說別的她不敢誇大，可若說認人，她排第二沒人敢排第一，她篤定這廝是在說謊。

小哥放下茶杯，緩緩抬眸打量鹿靈。鹿靈見他不語，認定心虛，瞪大眼糊弄他：「看什麼看！再看小心本姑娘把你的眼睛挖出來！」

小哥倏地一笑，從懷裡掏出一塊碎銀結帳，起身走人。

「哎！本姑娘跟你說話呢！你被識破了就想走人啊？」鹿靈伸手就要按住他的肩，卻被他用手裡的劍輕鬆打掉。

他勾唇，側目身後：「你若覺得我是騙子，不如隨我來衙門確認一番如何？」

鹿靈一臉猶疑的沉默了。

她沒來由地想到跟幽池初識的那天，把幽池逮到衙門篤定他是壞人，結果搞了個烏龍……推及此景，彷彿有重蹈覆轍之嫌。

鹿靈遲疑了片刻。

也就是這個片刻，小哥一步三邁離開了酒肆。鹿靈生氣跺腳，轉過身瞪幽池，正要埋怨他剛才怎麼不幫忙，卻見幽池眉頭緊鎖，一動不動。

「喂！你，你進意念裡了？」鹿靈氣不過地跺腳道，「你怎麼不帶我一起進去？等等，昨兒個晚上，你是不是也自己進了意念沒叫我？所以我跟你說辜鴻劍家著火，你早知道了是不是？幽池你個大混蛋……」

「……」

鹿靈扳著已經給不了回應的幽池的雙肩，又是拍打又是踢他，氣不打一處來地努力找補。不過，幽池已進入意念，根本聽不到她在說什麼，也根本感覺不到她的粗暴。

他要去找柔伽。

若昨晚辜鴻劍府邸真的起火，他完全不知道，那就是柔伽把和他連接的意念掐斷了。他要共用的意念是無法終止的，除非……

彼時，西廂院。幽池竟看到了兩個柔伽，一個坐在綠植院裡喝茶，一個在祠堂裡等著他。

他為了確定鹿靈說的情況，所以親自前來一探究竟。不想柔伽跪在燒毀的祠堂裡，扭頭衝著他笑：「道長，您來了。」

喝茶的則是柔伽本尊，這位跪地朝拜的，是柔伽的意念。她主動這樣一分為二，必然另有目的。

祠堂裡還來不及重新整修的漆黑一片，存放辜家牌位的壁龕，已經是一堆黑色木屑，柔伽跪地的蒲團，也露出了裡邊的棉絮，一地走水後的狼籍瘡痍。

幽池走上前去，沉聲質問她道：「昨晚這場火可是你放的？」

「是。」柔伽毫不猶豫地承認。

「你有何目的？」幽池不得不提醒她，「你答應過我，事情有結果之前不可傷人，不可妄動惡念！」

「我不曾傷人。」柔伽起身，帶他去到祠堂前廳。辜鴻劍上座，老墨

帶著辜府一眾家丁跪了一地。

「少爺，昨夜走水，祠堂遭難，辜家祖先牌位無一倖免，這是上天警示，不可不聽！自從紅兒姑娘被帶到府上，府裡便怪事橫生。西廂院的草植無故壞死，池塘裡的金魚活不過三日便要翻肚打撈，小杜餵養的貓發瘋咬尾而死，接連三隻皆是如此，還都死在西廂院裡！這些都是小事，原本不想告訴少爺讓您煩心，可是少爺先是被皇上收回兵權，再來跟紅兒姑娘在書房待上一夜，祠堂便莫名走水，至今找不到走水原因……」老墨一臉凝重，言辭切切，字字珠璣。他深吸一口氣，抱拳叩地，心有戚戚道，「……老奴不得不說一句，還請少爺把紅兒姑娘送走，以保府中上下安寧！」

其他人紛紛附言：「請少爺把紅兒姑娘送走——請少爺把紅兒姑娘送走——」

辜鴻劍沉著一張臉，抓起茶杯往地上砸去：「笑話！別人說出這種怪力亂神的汙穢之詞也就罷了！老墨！你是跟隨著我爺爺打天下的人，竟也淪落為無知婦孺之見！紅兒不過是區區一介弱女子，還有排山倒海的本事不成？不過是祠堂走水，也能牽扯出這些說辭來？你當真是把這個家管得極好！」

「為了保少爺的平安，老奴寧可信其有，不可信其無！」

茶杯的瓷片飛濺，滑過老墨的臉，老墨抬起頭時，眼角下方出現了血道子，他的堅定不曾有一絲一毫的動搖，反而越發有種赴死直諫的意思：「當初少爺懷疑紅兒姑娘是細作，如今雖無證據，正好送出去皆大歡喜。不管她是細作還是妖孽，便不必再追究！」

面對老墨的咄咄逼人，辜鴻劍盛怒的眼底，透著冰冷的寒氣：「若我不肯呢？」

長廊下，幽池側目身邊的柔伽。她勾起紅唇，注視著這場為她的去留而爭執的主僕大戲，輕飄飄地說道：「我傷的是自己，道長不必擔心。」

幽池看著她鬢角出現的兩根白髮，默然無言。

柔伽用脫胎丹換來的人壽，暫時掐斷了和他共通的意念，私自給自己製造出這樣的戲碼，自然是要付出代價的。

世間凡種，冥冥之中都貼著價格標籤，一拿一取，皆是在自己人生上

的增減去留。

「你算準了辜鴻劍會將你留下？倘若他應了眾人之意，將你送走呢？」幽池望著忠僕老墨一遍一遍地用頭磕地，神色凜然。

「鴻劍是將軍，他有冒天下之大不韙的勇氣，而且……偏要這樣，他才會把我留下。」柔伽的聲音輕如霧氣，篤定中帶著一絲調侃，而調侃中，卻帶著詭異的歡喜。

她這是拿捏住辜鴻劍的性子，置之死地而後生。

也許，辜鴻劍還有幾分自己要如何處置她的心思，可老墨帶著一眾下人這麼一逼宮，也就必須把她給留下。

那邊老墨見自己把頭磕破了，辜鴻劍也沒有鬆口，只嘆息垂眸道：「老奴已將此事寫信飛鴿給老爺夫人。少爺，您可以不把老奴的話聽進去，可是老爺夫人的話您總得要聽的。」

忠僕忠言，忠言逆耳。辜鴻劍惱怒地撤了老墨管家職務，並讓下人把老墨帶下去。

幽池看著他去往西廂院的背影，皺眉看向悠然得意的柔伽：「這是你自己強加的行為，即便收集到辜鴻劍的真心，也不作數的。」

她若是再這樣肆意亂來，便是浪費了脫胎丹，還增加了罪孽。

柔伽紅袖一甩，不屑哼笑道：「那又如何，起碼我親耳聽到了辜鴻劍非我不可。您也親眼看到了不是嗎？鴻劍他愛我，他比他以為的他所知曉的更愛我！」

紅袖添香，群魔亂舞，柔伽肆意的笑聲，隨她燦爛的少女臉龐一樣，怒放著她那最美好的年紀。若從未遇見辜鴻劍，幽池想，她定然也是如這般，在北元山上無憂無慮地笑著。哪怕懶惰任性，不肯好好修煉，不成仙亦不入魔。天廣地袤，做個平凡狐妖也好。

幽池的眉頭皺得越發深陷了，從恨鐵不成鋼的無奈，到接受世間萬物自有安排的妥協，他告訴柔伽：「你的第一次劫數很快便要到了，屆時，我會同你一起看辜鴻劍的真心所向。」

柔伽上揚的眼角，一點點收回肆意的笑，原地揮袖朝西廂院走去。幽池霎時回神，鹿靈正捏著他的雙臉，欣賞著自己的傑作咧嘴大笑。幽池感受到她手指間的用力，自個兒的牙縫漏了風，只能眨眨眼望她。

鹿靈立刻收起笑臉，尷尬地說道：「咳，你回來了。」

她同什麼事情都沒發生一樣，迅速把手收回，走到一旁給自己倒茶：「怎麼樣？消息準確嗎？」

幽池不便多言，只是在她身邊坐下，拿了空茶杯靠過去：「準確。」

鹿靈見他等著自己給他倒茶，不爽地把茶壺「啪」地放下：「不帶我一起進入你的意念，還想喝我倒給你的茶？大哥，你想得真美！」

幽池一怔，啞然失笑：「抱歉！一個人長久慣了，沒有養成同人一起的習慣，下次我會記得。」

鹿靈本是隨口抱怨一句，沒想到幽池會這麼認真地跟自己道歉，她有些詫異地看著他。幽池以為她不信，又認真點頭：「當真。」

還沒哪個男人對她這麼好脾氣地道歉又保證的……

她那個老爹，除了喝酒打鐵，就是揪著幾個老友吹牛打發打發時間。來鐵鋪打鐵的男子，要麼粗枝大葉，要麼火爆性子，偶爾來個文秀書生買匕首防身，說話比起來輕言細語不少，卻又不及幽池這般溫柔。

「這，這還差不多。」鹿靈扭過臉，趕緊把茶杯拿起來，擋住發燙的紅潮。

又過了兩日，辜將軍家起火的談資，很快變成他心有所屬、家藏美嬌的消息。

「這古月城裡的姑娘們，大概都要哭暈在自家閣樓裡了吧？辜將軍心有所屬了。」

「不知道辜將軍中意的是哪家的姑娘，定是國色天香，傾世的美貌！俗話說得好，美人配英雄嘛！」

「不盡然！我聽說便是那日回城之時，辜將軍撿到的一舞女，來路不明，敵國細作……」

「哎！不可胡言！小心惹禍上身！」

「哼！禍鐵定是禍，只怕是辜將軍誤入美色的禍端啊……」

幽池和鹿靈坐在麵鋪裡吃麵，也能聽到關於辜鴻劍和柔伽的最新動向。要說沒有不透風的牆，這位少年戰神回來不過短短兩個月，入新邸、交兵權、似走水、藏美嬌，哪一件單拎出來都值得好好細說，百姓們自然也是眾說紛紜。

鹿靈捏著饢餅，好奇地問幽池：「你不是說柔伽的劫數快來了嗎？到底啥時候來？」

幽池看她，等她接著說下去。

「我、我的意思是說，晚痛不如早痛嘛！這心裡怪急迫的。」鹿靈生怕幽池以為她是冷血心腸之人，饢餅塞滿了嘴轉移話題，「會不會已經來了？譬如說是，辜將軍為了自個兒名聲，不娶柔伽？」

「你……」

「又不是我要這麼想，是按照現在的走向分析嘛，再說本子上也是這麼……嘔！」

「還是先把嘴裡的餅順下去吧！」幽池到底還是說慢了，手裡的水杯也遞慢了。

她俯身在一旁吐起來，老闆聞聲大驚失色：「哎喲！姑娘您這是做什麼，我這裡還要做生意的呀，麻煩姑娘您去旁邊……」

幽池的注意力轉移到由遠及近的馬蹄聲。

幾乎是同一時間，當幽池注意到幾匹快馬從城門那邊過來時，他們已經馬蹄飛揚地踏過街道，飛馳過鹿靈和老闆的身旁，暫時壓下了所有的喧嘩，帶著一股馬不停蹄的緊迫感，吸引了所有人的目光。幽池注意到，這是京城來的官馬，坐在馬背上的，是兵部衙門的人。

「柔伽的第一個劫，到了。」

鹿靈還在跟老闆解釋，不是他家煮的東西不好吃，而是她吃噎到才吐的，並沒有聽到幽池的話。

很快，大洲再犯我朝邊境的消息不脛而走。這次大洲嫁了三個公主到星斐，以此換來星斐的支持，星斐同意讓大洲的軍隊從他們的天目河趟過來，進攻我朝的軟肋，用他們最擅長的水戰，來攻打我朝最不擅長的。

皇帝緊急召開軍事朝會，希望在朝中選擇良將，去給狼狽為奸的大洲和星斐一個教訓。怎奈朝中無人自薦，而一連遞了五道摺子的辜鴻劍，卻被皇帝忽視。

老墨飛鴿出去的家書，算算日子，辜鴻劍的雙親本該到了古月城，但如今這個局面，也肯定是輕易回不來了，而奇怪的是，連回書都不曾有一封。

這樣的反常，逼得辜鴻劍主動修書去給辜家在外駐兵的父親、母親，希望他們可以為他在皇帝面前美言幾句，他不求做領兵將軍，只求可以奔赴戰場。大洲已和星斐聯盟，時間緊迫，再這麼拖延下去，任他們趟過天目河來到我朝邊境的低沼軟肋，那便等於開了後門給他們長驅直入，後果不堪設想！

辜鴻劍在府裡心急如焚，即便皇帝收回他的兵權令他心生鬱悶，鬱悶的是皇帝的不信任。如今大洲再犯，他的熱血未曾冷卻，他的心底還有百姓和天下。他始終記得爺爺說過，辜家之子是生於戰場、死於戰場的命格。然而若無聖旨，他的熱血也只能自焚了之。

就在百姓的惴惴不安，順著院牆之隔，也落在辜鴻劍的耳裡，他終於等到皇帝宣他入宮的消息。皇帝准他帶兵出城奔赴邊境，但條件是他必須迎娶宰相之女蕭娉婷。自然，他也可不娶，將府中的美眷紅兒姑娘納入辜府，從此安逸在家做個閑怡之人。

這宮裡的事可傳入坊間，坊間的事也可傳入宮裡。

辜鴻劍要選的，是公和私，是天作之合和苟合之女，是小情小愛和天下蒼生。

或者更明晰一些，是蕭娉婷，還是紅兒。

而等著辜鴻劍做出選擇的，不只是皇帝，還有全城百姓，大洲不日就要過來的敵軍。

辜鴻劍拿著一道天下圍觀的聖旨，坐在家中書房，柔伽站在書房門口。這次，幽池帶著鹿靈，坐在辜鴻劍和柔伽把酒言歡的案桌旁，等著親眼見證辜鴻劍的選擇。

鹿靈看著屋裡屋外的兩個人，心生悲憫：「一個柔伽，或許可以抵過多年的老奴和一眾下人，可又怎麼可能抵得過天下蒼生呢？」

幽池給她倒了一杯茶：「看來，你心裡已有了定數。」

鹿靈托腮看他：「那你呢？難不成你覺得還會有奇蹟發生？」

「奇蹟？」幽池重複這兩個字，兀自苦笑，「這世界本無奇蹟。」

合抱之木，生於毫末；九層之臺，起於累土。

人們往往只願意看到最後的成果，不願意之前那些鋪墊的過程，奇蹟是人創造出來幫自己打氣的信念罷了。

幽池又是這般不出意料的無趣，鹿靈對他的說法不敢苟同：「做人嘛，所望之處，所觸之地都是有限的。自然是得有些虛無縹緲的想像，和厚顏無恥的期待，才有盼頭。否則日出而作、日落而息，天天如此，又有什麼樂趣可言？」

幽池微微頷首，又有些茫然無解：「可能時間對我無用……可是能做到天天日出而作、日落而息的平靜，難道不是一件幸事嗎？」

為何非要有樂趣呢？

鹿靈搖頭嘆息，認定幽池沒救了。

「吱呀——」門被推開了。

柔伽托著親手泡的茶，推門而入。辜鴻劍抬頭，看著她在自己身邊坐下。

聖旨就在案板上展開放著，他辜鴻劍的名字旁邊空白之處，便是皇帝留給他自行書寫要與之成婚的人的姓名。

「這是茉莉桂花，知你不喜甜，我還放了一點蓮子。這是配茶的點心，我親自做的豆蔻糕。你瞧，這粉色的色澤，是不是看著特別清新爽口？你先嘗嘗若你喜歡，我日後再……」

辜鴻劍卻直言道：「若我不能娶你，你可會恨我？」

她眉眼間的嫣然笑容，自入府之後不曾變過，每次他不管是心煩還是忌憚，是打趣還是威脅，她都這麼溫柔地、含笑地望著他，像是望著一座踏實可靠的燈塔，又像是望著一片她怎麼都守不住的春色。

放茶杯，遞點心，她怎麼樣都可以看到她手邊的聖旨，卻裝作故意看不到地避開。

他不信她沒收到半點風聲。他故意打斷她的故意避之，單刀直入。

辜鴻劍是個鐵血軍人，他不懂也不屑彎彎繞繞。柔伽捏著特意加了桃花粉末的豆蔻糕的手指，在他嘴邊時頓了頓動作。她迎上他銳利的目光，像初次跌入他懷中那般堅硬如鐵的審視，陪伴他身邊的這些時月，往他的堅硬裡加進去的柔情，不小心瞥見的一抹笑意，都是她值得大聲炫耀的成功。

這一世，他有一顆極難暖熱的心。

「這是你的決定嗎？」柔伽問。

辜鴻劍不語。

面對家奴老墨的堅定，他義無反顧地選擇將她留下。

西廂院裡，他緊緊地抱著她說：「我要你留下陪我。」

他貪戀她的歌，她的舞，她香軟的氣息，他說看著受刑過後奄奄一息的她，動了惻隱之心，是他做過最瘋狂的事。然而這一切，終究不能動搖他心裡的原則。

柔伽在他的沉默裡緩緩垂眸，把點心放回盤子裡。她的笑容始終不曾褪去，卻止不住落下了滾燙的淚。

半晌，她重新直起了身姿。

「若這是你的決定，我尊重便是。」她伸手握住他寫字的右手，拿起毛筆，陪他一起寫下「蕭娉婷」的名字。

辜鴻劍看著聖旨上自己名字的旁邊，終於有了主人。與之並肩的名字，好生陌生。

當年，母親木蘭從軍進入父親的軍隊，父親一眼便看穿母親是女扮男裝卻不拆穿。後來母親為救父親暴露了身分，父親因審查不嚴收留女子，而被對頭告上朝堂，差點招來殺身之禍。是爺爺用自己的戰功，換父親、母親這段美滿姻緣，母親問父親可曾後悔，父親說他此生最不後悔的，便是遇見可與自己並肩同行的女子。

他自小看著父母舉案齊眉、互相幫襯，在邊境的漫天風沙，硬是守得了一方美滿，在他心裡，他也總有對自己找尋到一個靈魂上可以契合之人的期待。如果這人不是紅兒，也更不可能是其他養在深閨中的千金小姐。

若非現在的非常時刻，他定會對這道賜婚聖旨厭惡至極。可如今，看到落成，辜鴻劍的心卻極為踏實了。可紅兒的體貼順從，仍舊令他心生感動且愧疚。

「你想要什麼？我能做到的，都會答應你。」

「帶我去戰場，我只求陪在辜將軍左右。你不能娶我，是為了天下蒼生，我能理解。」柔伽淒淒懇切的目光，定定地望著辜鴻劍，緊握他的手，放在自己的胸口，「那請辜將軍也理解理解我不願意離開你的心，一分一秒都不願意。」

辜鴻劍望著她濕潤的水眸，本想說戰場凶險，想讓她明白什麼是戰

場、什麼是打仗再做決定，可話到嘴邊，他還是咽了回去，終是點頭道：「好，我答應你。」

柔伽開心地眉眼彎彎，主動吻上了辜鴻劍。這一次，換成幽池掩住鹿靈的眼睛，勸她非禮勿視，鹿靈卻看得正在興頭上，抱怨道：「哎呀！你擋著我做什麼？」

幽池拉住她，收回了意念。

「非禮勿視，不是你說的嗎？」

鹿靈一時語塞，倒也不打算在這上頭過多糾結，雙手捧著臉頰惆悵道：「若我是柔伽，定然離他遠遠的！辜鴻劍對她是喜歡的，卻不是非她不可的喜歡。不是非我不可的喜歡，為何還要在他身上浪費寶貴時光？」

同為女子，她自然是為柔伽憤憤不平。

辜鴻劍問她是否恨他，不過是給自己一個下決心的臺階，他的內心早就有了決定，即便有不滿，也只是對皇帝拿婚姻來交換對他重掌兵權的信任不滿罷了。

柔伽一葉障目，抓著那麼一丁點甜言蜜意，不撞南牆不回頭。

可惆悵後，鹿靈又想到了什麼，眉眼重新注入了光芒：「那接下來，我們是不是可以去邊境看看了？長河落日圓的沙漠，秋水孤鴻的廣袤，禿鷹飛旋的殘酷。對了對了，還有天目河畔跟星斐一分為二的雪山！」

幽池一驚，立刻問：「你去過？」

「自然是……不曾去過了……」鹿靈癟癟嘴，嘆道，「我怎麼可能去過？我從小到大就沒出過古月城，這些都是聽別人說的。有去過邊境回來的走商說起那裡的事情，我便記下了，想著這輩子若有機會，一定要去看看古月城外的世間是怎樣的。」

幽池默默地聽著。

「可若是嫁了人，就不能去了。」鹿靈再嘆，「對了，你可曾去過？你是降魔道人，有沒有去過邊境降過妖魔？那裡是不是真的如這般說的，浩瀚遼闊如仙境一般？」

幽池答不上來，又出神了起來。邊境……他自然是去過的，隨著師父遍地遊歷，修道之人要走兩條路，一條是心路，一條是道路。腳下能走的多遠，心就能有多大，有些人的一雙眼只能看到一條小溪，有些人的一雙

眼能看到萬里星河，這便是境界的不同。

　　天目河將我朝和星斐相隔在對岸，這邊是沙漠，那頭是綠洲。春夏秋冬隨著溫度的不同，藏匿於風雪沙漠之中，一天之中，強烈的日光占了多半，子時的深夜是最冷的時候。夏日日長夜短，冬日日短夜長，相比於和緩綠洲，風景宜人，這種惡劣的環境非常考驗人可以忍耐的極限。而沒有對比，便沒有傷害，我朝的士兵們偏偏是在可以遙望到對方敵軍的悠然自在下，承受著身體和心理上的落差戍守邊關。

　　他們硬是在辜家的帶領下，挺過一年又一年的孤苦，保持著堅定的信念，為了百姓安寧，從來不曾有一刻的懈怠。

　　這是仙境還是地獄？說是仙境，誠然說不出口。說是地獄，誰見過身處在地獄裡的人，還能面帶從容的微笑？

　　他曾經在那兒，遇見過一隻復仇的兔子。牠的家人被駐守的士兵捉到吃了，牠苦苦修煉化為女子，來到仇人的身邊，仇人對她一見鍾情，要將她留在身邊，可是軍營裡不能有女子。兔子為了復仇，主動暴露自己的身分，希望他被軍法處置。仇人為了救她，竟自斷一臂跟將軍求情，只為保她周全。後來，又為讓她全身而退，不惜成為敵國的細作。

　　幸好，辜鴻劍的母親發現了他的不尋常，最後兔子終於得償所願，看著他在眾目睽睽之下被砍了頭。但兔子卻再也開心不起來了，散盡法力重新變回一隻普通的兔子後，被禿鷹追擊、被狗追逐、被人覬覦，以此來贖罪她之前的所作所為。

　　那裡於兔子而言，是有過心上人的仙境，也是親手埋葬心上人的地獄。說不清，實在說不清。

　　戰事在即，婚事從簡。宰相之女蕭娉婷披上蓋頭，一身嫁衣，從城南的宰相府抬向三街之隔的將軍府。辜鴻劍一身爵弁，坐上皇帝親賜的汗血寶馬走在前頭，不時回頭望花轎，在滿城人的觀禮中，把領兵去往邊境的希望接回家中。

　　婚事倉促歸倉促，但該有的排場與流程一個不少。三媒六禮，十里紅妝。

　　花轎裡新娘佼佼烏絲帶珠花，繡鳳凰的碧霞羅裙，襯得她身段婀娜，頸圈項戴天官鎖，手臂纏繞定天銀。花轎外大紅燈籠開路，嗩吶樂鼓聲聲

揚，高歌送嫁迎親的喜慶，銃和炮仗齊飛，嚇得小孩子一邊笑一邊捂著耳朵，往父母的懷裡躲，百姓們鼓掌高呼這天大的喜事，彷彿透過這樁親事，可以看到我朝在邊境的又一次勝利。

柔伽便在這觀禮的隊伍中，她是唯一一個面無表情的觀禮人。在辜鴻劍身邊一直保持甜美笑容的她，此時已經一點兒也笑不出了。她依然穿著那身鮮紅的舞衣，被人群簇擁著擠擠攘攘，她就這麼靜靜地望著馬背上的新郎，微微啟唇，兀自呢喃道：「兩世娶親，花轎裡坐著的都是別人。」

幽池在柔伽的對面，他和鹿靈也來趕一趕這盛世的熱鬧。他看得真切，鹿靈則問：「她是不是說話了？說了什麼？我們應該用意念過去的。」

幽池把她的話一字不差地轉達給鹿靈，鹿靈聽後，默然許久。

半晌之後，鹿靈定定地看著幽池，神色哀戚道：「幽池，我覺得我們好生殘忍。」

幽池重新看向對面的柔伽，此時，隊伍中已不見她的身影。

「當你見過真正的殘忍，便不會說這樣的話了。」幽池輕聲呢喃，但他的聲音太小了，迅速淹沒在周圍的歡呼聲中。鹿靈緊緊地抓著他的手，不想被人潮沖散了和他的連接。

鮮花錦簇，媒人證婚，辜家父母無法回來，宰相蕭末成唯一高堂，新人拜堂，三拜成婚送入洞房。

柔伽在屋簷上坐了整整一夜。看著燭火映窗、紅燭燒盡，再看將軍府所有人沉浸在喜慶之中，而那刺眼的喜慶綢條，像火焰一樣灼燒著她的心。

翌日一早，辜鴻劍就率領屬下整隊去往邊境。擦乾眼淚的柔伽，換上了戎裝隱匿在隊伍中，隨之一同出發。身為新嫁娘的蕭娉婷，挽上髮髻站在門口送夫君。遙遙一望，鹿靈抓著背上的包袱歎道：「辜鴻劍的新夫人真美。」

幽池並未回應，似一種默認，那是一種與柔伽不同的美。她美得端正，自有深閨裡養成的溫婉清純，以及頗有底蘊的堅定目光。

對於自己的婚嫁大事，她沒有半分怨言，對於新婚夫君隔日一早便要去往險地打仗，亦沒有絲毫抱怨。蕭娉婷很清楚自己的使命是什麼，可能

現在的她，對辜鴻劍尚且沒有多少感情，可日久生情，而辜鴻劍的身分高貴，自然能圓她餘生安寧。

更何況……感情這一事，誰又能說得準呢？

「走吧！」幽池轉身，對鹿靈說道：「這裡離邊境還有好些路要走呢！」

與此同時，辜鴻劍率領一支小分隊日夜兼程，僅僅用了三日半的功夫趕到了邊境。

幽池和鹿靈也趕到了。鹿靈終於見到了自己心心念念的仙境之地，第一反應卻是往地上一躺，大口喘氣要賴道：「走不動了，多一步我都走不動了。」

幽池歪頭看著雙目放空、體力全無的鹿靈苦笑一聲：「我問過你，是否需要我來助你一臂之力的，你偏要說自己可以，現在卻要要賴不走了嗎？」

他雖是降魔道人，但法力不能亂用這一點，他沒跟鹿靈解釋。古月城趕到邊境，以一個練武之人來說，輕功加上騎馬，再加上極快的腳程，三、四日的時間也要耗盡體力，休整多日。鹿靈一個姑娘家，他能照顧一些便照顧一些。

「是，我、我要憑藉自己的力量，這就跟拜神一樣，需要自個兒……個兒誠心。所以我做到了……你瞧，我還是是極厲害的……」鹿靈艱難地從腰間拿過水壺，想要給自己口乾舌燥的喉嚨加點水，可是瓶蓋一開，才發現裡面一滴不剩。

幽池把自己的葫蘆酒囊遞過去：「是，極厲害，比一般的男子都要厲害。」

鹿靈喝上大半壺，這才緩緩覺得自己活過來了。

她把酒囊遞還給幽池：「我留了一些給你，唔！你也喝點。」

幽池勾了勾嘴角，探手接過。他沒有向鹿靈說過這酒囊的神奇之處，不過，她的善心倒是讓他們繼續有源源不斷的水源。

天道無親，常與善人。這是鹿靈種的善果，他日必會報之回她的身上。

第四章

　　落日餘暉時，邊境的沙漠如仙子不小心打翻的腮粉，又如女子那層層疊疊的繁複裙紗，透著無盡的、神祕的吸引力。而另一邊的天目河，又似一雙蜿蜒的臂膀，無限包容著在其四周任性的一切，清澈的河水映淌著歲月流動和人文歷史。

　　好一幅大漠風塵日色昏，孤雁哀鳴夜夜飛的壯美遼闊。

　　鹿靈站在荒漠和綠洲之間，猶如站在光明與黑暗的分界線，她回頭對幽池展顏一笑，襯著金光的容顏特別美。

　　「原來『大漠孤煙直，長河落日圓』便是這個樣子！幽池你快看，天空上盤旋的禿鷹，好像在給我們站的地方畫圈，還有那沙漠和綠洲原來可以和平共處，真是奇觀！半邊身子滾燙，半邊身子涼爽，當真是奇哉怪哉啊……」

　　幽池卻眯了眯眼。

　　能把沙漠的荒蕪、禿鷹的覓食、極端的惡劣氣候說成如此詩詞歌賦般美好的，也便只有她鹿靈一人了吧！

　　突然，幽池察覺到異樣，一支飛箭從遠處射來。幽池適時地伸手，將鹿靈往一側躲避，幾乎是分毫之差，飛箭刺穿鹿靈的袖子，直直地插進他們身後厚厚的沙堆裡。鹿靈驚魂未定，幽池往暗箭飛射而來的方向看去——緩緩地、帶著時間落差地，辜家軍的旗幟不緊不慢地在視野裡出現。放下弓箭的不是別人，正是最前邊領隊的辜鴻劍。

　　白馬之上，他銳利的眼眸，打量著突兀地出現在沙漠裡的幽池和鹿靈，目光比天上盤旋的禿鷹還要狠厲。幽池扶鹿靈起來，驚嚇過度的鹿靈，一個鯉魚打挺爬起身，憤怒不已地質問辜鴻劍道：「喂！你怎可隨便放箭！剛才我差點就死於你的箭下了！」

　　「……」

　　幽池悄聲提醒：「鹿靈，不可造次！」

　　「我……」鹿靈扭頭，看到幽池的眼神示意，雖然心中憤憤不平，但還是乖乖地閉嘴了。她跟著幽池進入意念這麼多次，親眼目睹辜鴻劍和

柔伽的第三世進展到現在。於她，辜鴻劍不是陌生人，她早像是與他熟識的；可於辜鴻劍而言，她和幽池卻是從未見過面的。

兩人四目交匯的瞬間，辜鴻劍已經牽著馬繩，來到他們跟前近百米的地方停下。辜將軍坐於馬上，身後帶著他旗幟飄飄的辜家兵，視線居高臨下，威風凜凜。

「你們是何人？怎會在此走動？」

「回辜將軍的話，我們兄妹二人來自古月城，剛剛遊歷到此，不想衝撞了辜將軍，還請辜將軍恕罪。」幽池抱拳，沉聲回道。

他寥寥兩語，既與辜鴻劍拉近了距離，又顯得不是那麼刻意。

只見辜鴻劍挑眉，眼底的警惕絲毫不減：「這麼巧？來自古月城，又剛剛遊歷到此？」

幽池抬頭直迎辜鴻劍的打量：「若是將軍不信，大可將我們帶回軍營，我們正愁今晚要落宿哪裡呢！」

辜鴻劍深深地看了一眼幽池，抬手一揮，略過他們，繼續前行。

鹿靈這才從屏息到長舒一口氣，她猛捶幽池道：「你這招以退為進真是不錯！剛才看他那樣子，大概是想把我們當敵國細作給抓起來了！」

幽池抿抿了唇，嘆一聲：「我不是以退為進，我是想請君入甕……」

按照辜鴻劍的個性，他應該讓兩個士兵把他們收納進隊伍，先帶回軍營再說。柔伽那會兒從屋簷上掉入他懷裡，就是如此拿捏住他的性子，幽池這麼做，不過是如法炮製而已。沒想到辜鴻劍連暗箭都射出來了，居然最後不按他的牌理出牌……竟直接把他們撂下了。

鹿靈拔起沙漠裡的箭，看著箭頭暗暗散發的寒光，有些害怕地說道：「這個辜鴻劍……嘖嘖！是真的狠辣啊！」

幽池望著遠去的隊伍，想起剛才在隊伍裡的柔伽，若有所思地沉默了。

鹿靈箭後重生，絕對不允許自己就這麼忍了，她把這支飛箭丟向天目河對面的敵軍營帳中。幽池不解地看著她這舉動，鹿靈則是雙手叉腰振振有詞：「你是降魔道人，降魔在行，可這人間的事你就不在行了！辜鴻劍急迫地趕來此處，為的是什麼？為的就是收拾大洲和星斐啊！這可是迫在眉睫的戰事。而我呢，這一招叫做替辜將軍打前仗，先殺殺他們的氣焰！

好讓他們知難而退！」

幽池竟無言以對。

話音剛落，一陣箭雨就從河對岸飛過來。幽池為了保護鹿靈，不得已動用法術，原地做了一個無形遁甲，拉過鹿靈跑出去一段路，讓箭雨晚幾秒落地。

雖說在降魔的過程中，幽池動用法術是無礙的，但是當著這麼多人的面暴露道行便有礙了，幽池保鹿靈無憂，還要除他們記憶，以至於過於疲勞，在歸途的路上倒下了。

鹿靈擔憂地喊著他：「幽池你別嚇我！你不是降魔道人嗎？怎麼就這麼脆弱地倒下了！我限你現在馬上起來！」

「你這個大笨蛋！」

可是不管鹿靈怎樣痛心地呼喊，幽池都毫無反應。

他們以天為蓋，以地為廬，在離辜鴻劍軍營不遠的地方，一個早年廢棄了的驛站裡，借著破爛的支架遮布這一方寶地，作為休憩的住處。幽池肩膀處的胎記灼燒大熱，連帶著讓他整個人高燒不退，像一塊在生的火石一般。

鹿靈在一望無際的沙漠裡，守著失去意識的幽池，她真的慌了，不知如何是好，實在是陷入了叫天不應、叫地不靈的無助感。幽池是降魔道人，她想著要找一個同樣在行的人才能救幽池。可是，她除了幽池，不認識別的能人異士了，該怎麼辦才好？

不對！還有柔伽。

可是……柔伽會幫忙嗎？如果幽池有事，她徹底沒了掣肘，也不必放下執念……不管了！顧不上立場如何、柔伽是否會幫忙這些問題，鹿靈咬咬牙，決定先去試試看再說。

帶著「辜」字飛箭的挑釁，換來一場數倍還擊。按理說，辜鴻劍應該立刻得到動靜，馬上發兵才是，可是鹿靈去到軍營的時候，看到他們全部都待在營帳裡，一副留守狀態，跟之前急急從古月城出發起來這裡的火急火燎，呈矛盾之態。

為了混進軍營找到柔伽，鹿靈聲東擊西騙走門口的守衛，待她終於冒著被逮住的風險找到柔伽時，柔伽聽到幽池出事的消息，站在原地陷

入沉默。

「我知道你在想什麼，你覺得幽池有事，對你有益無害，你沒必要去救他。」來的路上，鹿靈都想好了說辭，唯一能找的柔伽，不能輕易將其放棄，此刻她心急如焚卻異常冷靜，「可是你有沒有想過，你犯的罪孽即便沒了幽池，也會有其他的降魔道人要將你依法處置了，你還能遇到一個給你機會的幽池嗎？」

柔伽的神色動搖起來，鹿靈的話觸動到了她的心，她的目光終於亮起了光電。鹿靈順勢抓住柔伽的胳膊，懇求道：「若是能救幽池，也是減輕你自己的罪孽，別猶豫了！求求你了，快和我走吧！」

柔伽卻忽然向後退了一步，問鹿靈：「你如此心急，幽池道長對你可是十分重要？」

「自然十分重要！」鹿靈不假思索地點頭，彷彿柔伽問的是多餘的話。

「比你的命還重要？」柔伽微微瞇眸，眼睛似笑非笑。

「什麼意思？」

「若是以你的命才可換他的命，你可還想要救他？」柔伽湊近那張即便是在盔甲之下仍然魅惑生姿的臉。

鹿靈瞪大眼睛，被她突兀靠近的笑容震懾到，聲音如刺卡在喉頭，不知如何回答。柔伽卻也沒多等她的回答，只是走到一旁拿過軍衣讓她穿上。鹿靈隨柔伽成功出軍營，急趕慢趕回到幽池身邊。

柔伽查看過後，半跪一旁沒有說話。

鹿靈急了，直問她道：「到底怎麼樣了？你倒是說話呀！」

柔伽看她一眼，目光落向虛處，回道：「道長這是中毒了，星斐奇毒星宇散。」

「中毒？不可能！」鹿靈搖頭，不信柔伽的說辭，「星斐從河對岸的箭雨，幽池帶我躲過了，我們絲毫未傷，怎麼可能中毒？」

柔伽充耳不聞地繼續說道：「星宇散，散如星宇，毒性不必一定要人中箭受傷，散落於空氣，無色無味仍可中招。」

鹿靈還是搖頭：「不對，那為什麼我沒事？幽池是降魔道人，有修為有道行反而有事了？這說不通啊……」

柔伽的丹鳳眼望向鹿靈，好似遠方月、冰冷深山雪：「是啊！這的確說不通，畢竟你一點事也沒有。」

柔伽的聲音幽然飄渺，如鏡中月、水中沙，輕輕一碰便漾出了千百種的樣子。

鹿靈充滿疑慮地看向自己的雙手、雙臂還有雙腿，就好像她和任何毒性都無所關聯，也不會中毒一般。鹿靈感到一絲恐懼，不明白她這到底想說什麼。

這時，急急的一陣腳步聲由遠及近，再仔細一聽，那是盔甲相撞的聲音。鹿靈抱著滾燙的幽池往右邊看去，辜鴻劍領著一群士兵，將她這小小的漏洞百出的廢棄支架團團圍住。

他來得這樣快，就好像早就跟在身後。

「你們果然認識。」辜鴻劍沉著臉，看著柔伽跪坐在幽池一側。

他是浴血殺敵的將軍，想要活命，必定比別人多一隻眼睛、多一隻耳朵，白天第一次看到幽池的時候，他發現幽池的眼神，若有似無地看向隊伍裡的她。

回到軍營。

他在營帳裡跟她下了一盤棋，棋盤上博弈的，除了戰局還有人心。他低垂著眼睛，低聲說道：「今日碰到的那對兄妹，甚是可疑，我懷疑他們是大洲派來的細作。」

她落子，不動聲色地一句：「那便殺之。」

他抬眸，凝視著她的臉：「可萬一不是細作呢？」

她移子，抬眸，回應他的視線：「寧可錯殺，不可放過。」

棋盤上他執黑子，她執白子，他先落子，可接下來她進攻很猛，步步殺招，絲毫不加掩飾急功近利的心思。她似是要告訴他，她的一切願意盡收他的眼底，沒有半分隱瞞，可越是如此，辜鴻劍的心裡就越發警覺。一個溫柔依附的人，突然一反常態地表露真心，到底是真誠表態，還是洞察他心所給出的權宜之計？

「若有一天，我發現你也需要死，你會甘願赴死在我的劍下嗎？」

「會。」她答得毫不猶豫，眉眼裡的盈盈含春，總覺得看的不是他，回應的，也不是他。

辜鴻劍看到柔伽瞳孔裡倒映的自己，心念一動，突然伸手掐住她的脖子，將其按倒在地：「你心中的人不是我，是誰？當真以為我好騙？」

他的大手掐住她細嫩的脖頸，竟真的是想要置她於死地。柔伽沒有半分掙扎，只是滿臉赤紅地望著他，眼角滴落的淚水滑落進髮絲，用一種從不曾有過的傷心看著辜鴻劍。

她從來都是笑臉相迎的，辜鴻劍被她的傷心怔住，手掌緩緩地鬆開了，空氣短暫失蹤又衝入胸腔，柔伽爬起身連聲咳嗽。他突然不忍看她，別開臉去，悶聲讓她滾出營帳。

晚上，有人潛入軍營，他不動聲色地跟上，就是要來一個人贓俱獲。他拔劍指向幽池：「說！你們什麼關係？若是有一字不實，我便馬上殺了他們。」

鹿靈本能地騰出一隻手，一把抓住他鋒利的劍刃，不允許劍刃傷到幽池。

辜鴻劍的劍是把好劍，打鐵出身的鹿靈，第一眼看見他拔劍時，暗暗在心裡感嘆，削鐵如泥說的，便是這樣劍脊平順、刃面花紋清晰立體的劍身。她一握上去，頓時鮮血流出，鋒利冰冷的張力，鑽進手心半寸，只是鹿靈的果敢和勇氣，沒令其感受到疼。

柔伽跪地俯面，先一步喊出不要，心有戚戚地哀訴道：「不要！辜將軍，他們兄妹二人是我的恩人，舊時我不慎落難，是他們救我於苦海，我才能活下來。今日他們出現在這裡，只不過……只不過是想帶我走罷了。」

她說得真情懇切，眼神泛淚，若不是鹿靈知道個十成十，真就信了。果然說謊也是有技巧的，三分真七分假，才能以假亂真。

鹿靈皺著眉頭，聽她繼續說下去：「我對將軍一見鍾情，不顧他們反對，來到古月城施計接近將軍。得知將軍和蕭小姐的婚事後，他們不想我再成為將軍和將軍夫人之間的阻礙，而今日，他們是來帶我離開的。想來今日的動靜，也不過是氣將軍銳眼識破的飛箭，並無他意。現在鹿幽池得了星斐的祕毒星宇散，也算咎由自取，還請將軍明鑒！」

轉眼的功夫，柔伽不但把他們的來由解釋了，還讓幽池冠了她的姓。鹿靈不知作何反應，只能聽之任之，而且重點是，現在掌控局面的辜鴻劍

怎麼想。

辜鴻劍冰冷的目光在幽池臉上打轉，半跪下身撐著膝蓋查看幽池，碰到幽池的臉的手，被鹿靈緊張打掉：「你別碰他！」

「唰」地一聲，辜鴻劍的手下齊齊拔劍邁步，場面恢弘。辜鴻劍抬手，讓他們後退回去。

剛才的鹿靈毫不猶豫地將他的利劍握住，他便有幾分佩服這小姑娘的膽識，辜鴻劍看向這少女這般護著幽池，順勢收起劍道：「聽聞星斐的星宇散一旦中了，人活不過七個時辰，毒性入肺，高燒不退，再之後凍如冰塊窒息而死。」

鹿靈大驚失色地瞪圓了眼睛：「這……」

「辜將軍，請恩准我隻身渡河，去找解藥。」柔伽語出驚人，「若我能救他，當是還了恩情，若我不能救他，也是盡了力。」

辜鴻劍沒有半點遲疑地拒絕道：「不可！」

「將軍……」

辜鴻劍說一不二，命人把幽池和鹿靈帶回軍營，帶柔伽回了主帳。

總算不是四方無人的沙漠外面，白日幽池用的激將法，想換他們來到辜鴻劍的軍營有個落腳之處，現在也算心願達成。可是鹿靈管不了這些，也歡喜不起來，她仍覺得無助，而且比在沙漠裡獨自一人守著幽池時更無助。明明知道幽池怎麼了，也知道該怎麼救了，卻還是救不了他。

豆大油燈映著幽池高燒紅通的臉，眼看七個時辰的生命倒數計時，在幽池的頭頂揮之不去。鹿靈覺得自己不能坐以待斃，既然辜鴻劍不准柔伽去，她去不就好了？

「你要去哪裡？」

「我去星斐給你找解藥。」

「你……怎麼去？」

「我渡河過去，你放心吧！小時候我爹躲債老喜歡躲水裡，弄得我不但會游泳，還特別會憋氣，沒等敵軍發現我啊，就能……」

……

許久之後，營帳安靜。鹿靈緩緩回頭，後知後覺跟自己對話的人，除了昏睡不醒的幽池，竟再無旁人。幽池在這時睜開眼睛，緩緩地眨

了下眼。

「你醒了？」

鹿靈又驚又喜：「你真的醒了？我沒看錯吧？我不是在做夢吧！」即便清清楚楚地看到幽池真的睜開雙眼，鹿靈也仍要反覆確認。她一把抱住幽池的腦袋，生怕放走了這夢一樣的驚喜，粗亂裹上紗布的受傷手心，碰到傷口鑽心的疼，也成了微不足道的佐證。

鹿靈無法言語自己內心的激動，不過是短短幾個時辰，她竟體會到了前半生未曾體會過的驚慌失措，而此時此刻的失而復得，令她激動不已，甚至在心裡感謝起了上蒼。

「你知不知道你嚇死我了？我以為你……」「死」字到嘴邊迅速咽下，鹿靈的淚水不爭氣地盛滿整個眼眶，差一點嚎啕大哭。

幽池蹙了蹙眉，望向努力把眼淚憋回去的她，心中隱隱地有一種奇怪的感覺流淌出來，就好像她竟願意為了他去敵軍軍營冒險這件事，令他覺得十分……動容。

若不是她，他不可能這麼快醒來。

事實上，在廢棄驛站的時候他便醒了——鹿靈握劍，血液滴在他的嘴唇，那時他似得到冰蓮附體，迅速澆滅掉體內火苗，肩頭的灼熱疼痛之感，一點一點地消失不見。

柔伽的懇請，辜鴻劍的冷漠，他統統聽到了。本來不想這麼快醒來，沒想到鹿靈這個傻丫頭，魯莽地要去偷渡天目河……他只能提早睜開眼睛了。

為何鹿靈的血可以降他的心魔之火，甚至能讓他的情緒產生從未有過的波動？是巧合還是……

「我說你一個降魔道人，怎麼可以這樣弱不禁風？區區星宇散就把你打倒了，日後還要如何降妖除魔？不如趁此機會，咱們兩個來商量一下，下次寧願我受傷，你也不能有事好嗎？你讓我一個凡人來救你，這實在太不公平了不是，簡直是故意刁難！」鹿靈吸鼻子抹眼淚，氣不打一處來。

幽池見她哭得梨花帶雨，一時之間心有異樣，雖不知此情為何，卻只想抬手為她擦乾眼淚，可又覺這般舉動會顯得無禮，到底還是僵硬地不知所措。

「……」

「幹嘛，嫌我說話難聽？可話糙理不糙！」她誤以為他那眼神是對自己的不滿，乾脆直接告訴他，「我告訴你，柔伽她要去星斐……」

「我都知道。」幽池打斷了她的話。

「你都知道？你怎麼知道的？」鹿靈皺起眉，「你知道還不阻止？快點，我們去找柔伽，讓她看到你醒了！」

幽池被鹿靈扶著坐起，卻沒下床。

「恐怕已經晚了。」

鹿靈怔住了。

將軍主帳。

辜鴻劍和衣而臥，行軍之人睡得淺，任何一點風吹草動，都會讓他醒來。

柔伽偷偷離開時，他的眼皮微微閃動，沒有睜開眼睛。

幾分鐘前，辜鴻劍沐浴更衣，柔伽為他擦身，水霧繚繞映在屏風勾畫的萬江野馬上，她站在他身側，脖頸上還有他掐過沒有完全褪去的淤青。毛巾沾著水，不時地落在水面之上的滴落聲，穿插在他們的無聲中。

不過，辜鴻劍還是打破了沉默：「你當真要去？」

「是，做人須懂得報恩。」

「那我呢？你可曾報答過我？」辜鴻劍拽過她的手，柔伽三千青絲散落下來，浸濕了熱湯，眼裡閃過一絲慌亂，聽他說道，「當日入城，我沒有殺你，而是放了你。」

柔伽勾唇，淺淺一笑，道：「辜將軍，你可是捨不得我冒險？」

她沾濕的手指輕輕地、大膽地撫摸過他的眉毛：「你可是也覺得，我於你而言很重要？」

辜鴻劍又望見她眼底似水的溫柔。

「你若是承認了，只要你說，我便不去了。」

不知為何，她每一次這樣動情的眸色，總會勾起他心裡的欲動和隱火。她越是迷戀他，他越是想要撥開她的皮相看清楚。因為，他篤定她心裡還有一個人，而這個人的神祕只能窺見其影，卻不得其真容。這個事實

像一顆毒瘤在心底慢慢滋生，無法剔除卻找不到答案！

話到嘴邊，辜鴻劍看到她脖頸上的傑作，只能放開了她，重新坐定。

小半柱香後，辜鴻劍起身，跟手下幾個副將召開緊急軍事會議，整裝集合，夜襲天目河對岸的大洲、星斐聯合軍營。

夜色下，一輛輛「大魔四輪牯車」借著夜色的保護一字排開，拉開射擊行程正對對岸，辜鴻劍帶著兩支步兵輕裝上陣，命他們從河的兩端攜蛇框潛入河裡，趴到對岸岸邊放蛇，最後點燃火箭，由點連線讓弓箭手盡情地釋放戰鬥力。

火炮主攻他們糧草營的火箭雨，這猝不及防的偷襲，讓敵軍那邊沒有準備，待他們匆匆反擊的時候，辜鴻劍又命令撤退，以小博大，自己分毫不傷，換對方手忙腳亂。而且，把他們糧草燒起來的火箭雨，是他們白天叫囂射過來的，不留一支地還回去而已。

辜鴻劍的夜襲很是成功，大洲和星斐的將軍大罵卑鄙無恥，又陷入相互指責，救糧草營的火又讓他們自顧不暇，好不狼狽。他們白晝時防備十足，就等辜鴻劍氣不過地予以還擊，結果罵也罵了，笑也笑了，還是換不來辜鴻劍的英雄氣長。

辜鴻劍以一紙婚書換來到這裡跟他們對戰的機會，匆匆趕來又迅速躲進軍營格外安靜，像是被皇帝遺棄的過氣將軍，怎料是暗地裡使陰招！

偏偏辜鴻劍鬧騰完這一齣戲碼後又回去睡覺了，沒有囂張也沒有慶祝。幽池和鹿靈的靈識站在岸邊，親眼目睹辜鴻劍鬧騰起的浩大動靜，再看著他安靜睡下，兩個人良久沒有說一句話。

「他這是故意放了柔伽去冒險。」

營帳裡，鹿靈睡在地上，幽池睡在榻上，伸手不見五指的黑暗中，帳簾外也無甚月光可以借幾分到裡邊來，即便是離得那麼近，也看不到對方的臉。但神奇地是，鹿靈知道幽池沒有睡著，幽池也知道鹿靈睜著眼睛。幽池聽到鹿靈的話，以沉默應答。

這再明顯不過，所以鹿靈幾乎是在闡述事實，而不是帶著疑惑地詢問。

沒有睡著的辜鴻劍，案板上放著的偷襲行軍路線圖，在柔伽離開後不久，就迅速起身夜半偷襲……

「辜鴻劍是拿柔伽在試……如果柔伽把行軍路線圖透露給敵軍，他也會有備用方案，偷襲依舊成功，也可測出柔伽身分。如果柔伽沒有這麼做，並成功偷回解藥，那日後真的中了星宇散的毒，也能平安度過。怎麼樣都不虧，辜鴻劍雖年紀輕輕，卻真是老謀深算。」鹿靈冷笑，她從沒見過這般有心計的善謀之人，悲嘆一聲道，「難道這些時間來的悅心相守都是假的？他怎麼忍心拿柔伽的性命冒險？」

初見時，他說柔伽是細作，他到今天也沒有定下她的身分。

幽池緩緩閉上眼睛，低聲道：「星斐並無什麼星宇散……」

鹿靈一怔，猛地轉頭看他，她再怎麼費力去望，都望不見他說這話時的側臉。心跳漏拍間，只能聽到他的呼吸落進了這深夜的塵埃。

幽池對自己的昏迷再清楚不過。所謂星宇散，是柔伽編的，是辜鴻劍說的，是鹿靈片面聽來的，卻不是真實存在的。幽池心想，柔伽說出星宇散，大抵是想借著他的昏迷，把自己送往危險之地。之前在辜府的時候走水祠堂，便是如此。

那時他警告過柔伽，柔伽加戲並不算數。現在她估計是想借用他來再次出擊，證明辜鴻劍對她的真心，柔伽的動機從不曾變過。而辜鴻劍縱了她的說辭，動機也不曾變過，用旁觀者的身分，看清她對他真正的心思。

又或許往更深一層來說，辜鴻劍故意讓她知道，他對她心口不一，以此審視她對他的感情到底是什麼程度。辜府那些在幽池看來並不純粹的歲月靜好，完全是柔伽一個人的深情回顧。辜鴻劍年少將軍，鐵血手腕，他但凡保有兩三分的冷靜，心存疑慮一點也不奇怪。

柔伽哪怕死在天目河對岸，對她來說，未嘗不是最好的結局。

「可是……」

「睡吧。」幽池側過身，不給鹿靈再說下去的機會。

樂與餌，過客止。

這個花花世界，有時候連自己的道、自己的人生都掌握不了，他人的，除了旁觀，還能做些什麼？降魔，修道，說到底，不過是規整心裡時而熄滅、時而燃燒的火罷了。

翌日。

一陣巨大的轟鳴聲，打破清晨的寧靜，鹿靈掀開帳簾，看到哨兵飛快地奔向辜鴻劍主帳。不一會兒的功夫，辜鴻劍便出了主帳，集結隊伍出發。方才那聲轟鳴聲，應該是敵軍發來的，鹿靈見狀趕緊回營帳，讓幽池帶她的意念跟著一起前去。

一夜過後，大洲和星斐的軍營恢復了七八成，只見為首的將軍，手拿紅柄大刀、身穿白色盔甲坐在黑馬之上，黑馬的馬蹄踏進天目河河水中，他身後跟著的軍隊，已經趟過河水一半，繡著「白」字的旗幟，像天上的流雲，幾乎要蓋過辜家軍之勢。

他便是一月前不久，剛敗給辜鴻劍的大洲驃騎將軍白木。

這位白木將軍一張臉黝黑方正，骨骼健壯，手背上的青筋跟他臉上的笑容一樣肆意，他年紀看上去比辜鴻劍年長幾歲，一雙眼皮略厚的眼睛，一看到辜鴻劍，就燃起嫉妒和好勝的火光：「辜鴻劍，我道你是少年英雄，卻沒想到也是一個讓女人當馬前卒的混帳。你看，你的女人已經被本將軍我拿下了！睜大你的狗眼，好好看看！」

他身後不遠處的河畔，架起一個高高的木架，約莫十米高，趁夜溜出去的柔伽，被吊在木架的最頂端。一條粗麻繩束著她的雙手，整個人懸空在日光下，她的腳底垂直而下對著的，便是天目河轉角處湍急的流水。

昨晚出去時穿的一身行軍衣衫，此時變成了一身單薄的白色內衫，凌亂不堪，數不清多少道破掉的口子，露出了身體部分，上面還有已經變黑的血漬。僅僅只是一夜而已，無法想像她經歷了什麼。柔伽痛苦地搖晃著身體，木架下白木的士兵抓著繩子的另一邊，只等自家將軍的一聲令下。

鹿靈感到痛心疾首地大罵一句：「卑鄙！」

此時，辜鴻劍已經整頓全軍於兩軍對壘之前，眾目睽睽之下，白木又肆意趟過了一半河水挑釁在前，他只要一退，辜家軍不但威信全無，並且軍心不穩。

白木就等辜鴻劍做出抉擇，好把剩下的一小半路程走過來，長驅直入，學他昨晚偷襲那樣，不費一兵一卒。

辜鴻劍目光沉著，盯著成為人質的柔伽攥緊韁繩。

「我昨晚抓到她的時候，她正在我的藥帳裡偷星宇散，嘖！骨頭是真硬啊！不管我如何威逼恐嚇，如何打罵上刑，她都不肯透露關於你的半個

字。辜鴻劍，你當真是豔福不淺，前腳娶了宰相千金，後腳還帶了一個這麼漂亮又死心塌地的妾室。可是，你捨得讓她為你而死嗎？」看得出辜鴻劍有幾分猶豫，白木順勢加碼。

鹿靈扭頭問幽池：「星宇散？白木也說有星宇散！為何你說根本沒有星宇散？」

幽池眉間一緊，他也不知其意。

想來，他的昏迷明明是解除大洲那些士兵的記憶遭反噬所致，自然認定沒有星宇散這東西，是真有這東西，還是他真的中了星宇散的毒？

「你怎知我會為了救她，就放了你？」辜鴻劍收回目光，展臂攤手。

他身後側的副將，將弓箭放到他手裡，上箭拉弓對準了柔伽。

「辜鴻劍他想要幹什麼？這個混帳，他想要殺了柔伽嗎？」鹿靈大驚失色，剛剛她還為了他的猶豫感到了一絲欣慰，至少在生死關頭，他還是在意柔伽的。然而萬萬沒有想到，那片刻的猶豫都是假像，他竟狠心讓她去死？

辜鴻劍的心到底是什麼做的？

「幽池，你想想辦法，你救救柔伽！若是柔伽中箭不死，辜鴻劍也會知道她的真實身分，然後他們的三世情緣就會……」哪知鹿靈話音未落，辜鴻劍的箭已射出。

刻著「辜」字的矢箭旋轉之勢穿過烈烈北風，直逼柔伽的左側胸膛。

柔伽的臉逆著光，瞳孔一點點縮小，看著心上人親自對自己射出的死亡之箭越來越近。她的臉很紅，像被放在火堆之上炙烤許久，虛弱目光停滯著本該有的對赴死即將有的反應。這一刻，她很想看清河對岸心上人的臉，怎奈最後一點餘力，也只能讓她看清辜鴻劍那一身黑色的盔甲。

說時遲那時快，另一支箭從另一邊以同樣的速度飛馳起來。在最後一秒，箭頭即將射進柔伽胸口時，兩箭相撞，化解了一場死亡。

白木放下弓箭，大罵：「辜鴻劍！你當真是瘋魔了！你這個忘恩負義的狗輩之徒！」

辜鴻劍卻大喝一聲：「殺——」

辜家軍氣勢高漲，勢如破竹。

兩軍廝殺，場面甚為壯觀。

河水被千軍萬達的鐵蹄濺起無情的冷酷水花，漾著殺戮的暴虐，白旗、葷旗迅速交織在一起，一時分不清是誰占了誰的上風，刀光劍影下，人的性命像紙糊的風箏說斷就斷，一個人倒下了，無數個人又上去了，手中的長矛為自己的性命、為全軍的榮耀而戰，廝殺的聲音覆蓋過害怕的心跳，每個人都是這場戰役中重要的一步，又都如沙漠裡的沙子不值一提。

　　鹿靈和幽池的意念靈識，被兩軍無情穿透。然而幽池卻什麼都做不到，鹿靈也什麼都做不了。一切來得太快太快，她終於看到真正的戰場是何模樣。當她真的看到時，才發現和別人嘴裡說的是完全兩個世界，兩碼事。

　　戰爭，不該被美化，也不能被美化。當一個、十個、幾百個的生命一瞬間倒地消失，這種對生死帶來的衝擊和震撼無法形容，且無法承受。

　　鹿靈顫抖地抓著幽池的手，她別開臉去，不想再繼續看。幽池的目光始終停留在高架之上的柔伽，直到感覺到鹿靈的手後，他才回神。

　　柔伽現在雖是尋常女子，若真經歷一夜的非人待遇，虛弱至極也是有可能的。只是他感覺……高掛於木架上的柔伽，不是因為白木嘴裡說的鞭打上刑才如此這般。

　　鹿靈感到極其不適，幽池只得先將她的意念送回去。營帳裡，鹿靈回身後，滿頭細碎的冷汗不斷往外冒。幽池想她應該是驚嚇所致，氣急攻心，只是現在他氣運屢弱，不宜給她渡氣衝緩。而他現在又不便出營帳，思來想去，他決定念經給她聽。

　　「南無薄伽伐帝，缽利若，波羅蜜多曳……」

　　念經，可以靜心。靜心，則可以驅驚。

　　鹿靈如最初跟師父出去遊歷時一樣，還做不到徹底的麻木遲鈍，都是因為她還擁有一顆滾燙赤子的心。時間久了，待她見的多了，心腸也便硬了。

　　師父說過，他最喜歡的話，便是那句「人生若只如初見」。

　　初見，初見，美好的便是這個「初」。

　　最初，皆是美。

　　最初，皆是好。

　　亦如最初的柔伽，最初相識的他和她。

幽池輕聲細語的經文，環繞在鹿靈的耳邊，仿若經久不息。慢慢地，鹿靈死攥著他衣袖的手緩緩鬆開，他落目發皺的袖衫，緩緩垂下手臂，用意念封印住她的意念，令其暫時進入夢鄉。他要單獨去找柔伽。

　　然而，他剛出帳外，便看到柔伽的意念靈識回來了。柔伽的意念如她的身體那般虛弱，但她的笑容比之前任何時刻都越發明媚。

　　她柔聲喚他道：「幽池道長，我回來了。」

　　越過她身後，幽池看到大軍回巢，大勝歸來的辜鴻劍，親手抱著柔伽回來。

　　這場正面搏殺的戰役十分激烈，辜鴻劍黑色盔甲被鮮血染紅，折射著淡淡光澤，他俊朗無暇的臉頰，也沾染上猩色人血。歸來的英雄，抱著奄奄一息的美人。柔伽被他抱在懷裡流淌著凄美。營帳內，油燈點亮，他們的身影映在帳布上。

　　辜鴻劍親自打了一盆水來，親自照顧昏迷不醒的柔伽。他來不及脫下身上的盔甲，看著榻上渾身滾燙的她呢喃著：「真的有星宇散……」

　　幽池看向柔伽：「真的有星宇散，你吃下了星宇散？」

　　柔伽看著辜鴻劍用他那握劍的手，輕輕撫摸她的額頭，像是欣賞著夕陽的餘輝，目光溫柔又動情：「是，當我告訴白木，我是辜鴻劍的小妾，那個蠢貨便主動想拉攏我，讓我把這個毒藥帶回辜鴻劍的身邊，我便主動將其吃下。」

　　幽池訝異她說她是主動吃下毒藥：「你想到辜鴻劍會真的不救你？」

　　「我是想到，不管他救不救我，我都可以把星宇散帶回來，這樣辜鴻劍就可以研究星斐祕毒，以後便不用怕了。」柔伽指著榻上渾身皮膚紅燙到發出點點紅斑，真如漫天散落的星辰一般的自己，她對幽池笑了笑，「鴻劍救我，我便活著攜毒回來，鴻劍殺我，他也會收斂我的屍體回來，那我的屍體便是研究毒藥的依據。生死，我都算是為辜鴻劍做了最後的一份貢獻。至此，即便辜將軍回到那古月城蕭娉婷的身邊，他的心裡也永遠都會有我的位置。」

　　「即便……」

　　「即便你將來有朝一日罰入三界之外，泯於紅塵之中。」幽池替她說了她心裡的執著。

柔伽眼底閃過一絲不易察覺的痛楚。

「柔伽，這次你又輸了，你還要繼續嗎？」幽池問她。

聖旨婚約，她輸給了蕭娉婷；戰場淪為人質，她輸給了辜鴻劍心裡的大局。一連兩次，辜鴻劍都沒有選擇她。

「我沒有輸！」柔伽突然激動了握住雙拳，她聲音顫抖，高聲道，「蕭娉婷的名字是我主動握著他的手寫下的，戰場上辜鴻劍沒有選我，是因為要保我朝邊境的安危，我不算輸！道長你看，你看到鴻劍看我的眼神了嗎？你看他，他現在在擔心我！你也是男子，難道敢說辜鴻劍對我沒有情義？」

辜鴻劍叫來軍醫，為柔伽診脈，他的眼睛透露著擔心，的確騙不了人。

「真抱歉，我沒有七情，不懂你，乃至於世間任何男子的情情愛愛。」幽池面對柔伽的癲狂，越發冷漠。

柔伽露出不敢置信的眼神，喃聲道著：「世間怎會存在沒有七情的人……這怎麼可能……」

幽池卻不以為然道：「這樣的人，不正站在你面前嗎？」

柔伽仍舊不肯信，幽池只道：「你偷偷離開營帳渡河冒險，辜鴻劍當真不知道嗎？你去後不久偷襲開始，你當真要視而不見嗎？他今天對你毫不猶豫地下了殺念，你當真……」

「閉嘴！你閉嘴！」柔伽雙眼猩紅，怒瞪把一切說破的幽池，她討厭他的冷漠，她討厭他把她和辜鴻劍之間的三世，否定成不值一提的殘渣！

她眼底洶湧而出的殺意，恨不得變成今天辜鴻劍射出去的箭，一下紮入他的胸腔！可是慢慢地，她全身的顫抖緩緩平和下來，凌厲的血絲一點點收回不那麼滲人了，嘴角幽然上揚又出現扭曲詭異的笑，「幽池道長，你說的這樣事不關己，口口聲聲說我是為愛發瘋，那我想問問你，若是鹿靈有事，你也會像現在這樣無動於衷嗎？」

「你這話什麼意思？」幽池皺眉，心裡突然感覺到不妙。

柔伽卻狡黠地笑了：「你還說自己沒有七情？看你這臉上的動容，可不像是不懂得七情六欲啊！」她笑著笑著，一步步地走向床榻上的自己。

軍醫診了柔伽的脈後，一臉嚴肅地對辜鴻劍說：「將軍，姑娘的脈搏

速度極快，渾身高熱，如一陣陣熱浪襲來，勢頭凶猛，得趕緊準備一盆冰水降溫才行。這病情小的從未見過，星宇散之說……只是聽過不曾見過，尚不知道要如何醫治，只能且看且走。現在還不知是否會如疫病一樣，出現人傳人的情況。小的建議要為這位姑娘做隔離才是。」

幽池原地意念回營帳，看到鹿靈全身出現了同柔伽一樣的紅斑，呼吸急促。

「幽池道長，你說的這樣事不關己，口口聲聲說我是為愛發瘋，那我想問問你，若是鹿靈有事，你也會像現在這樣無動於衷嗎？」

回想起柔伽的那番話，幽池心頭猛地一沉。

柔伽的執念，終於還是傷害到了無辜之人，擺在幽池面前的只有兩條路：一是救鹿靈，二是見死不救。救人，凡人只道救的是命，而對於修道之人而言，救的是人，改的是命。

道生之，德畜之，物形之，勢成之。

天地萬物，各有歸位，每個人出生後，身分、命運都已經註定，自然可以透過努力去適當地改變一些，但是不能改變大的命數，便是這個道理。鹿靈此劫若要化解，他可動用法力，至此鹿靈的命運被改了，他從此也真正地和鹿靈的命運分割不開。

可若是不救……

幽池從未像此刻這般不知所措，他不停地對自己說著，即便是救，懷的也是天下仁愛之心，不是柔伽說的那種意思。更何況，他根本不知道七情六欲的感受，柔伽不過是想要動搖他的人道之心罷了。

幽池在做最後的掙扎。

意念出，便再無更改的可能。

「唔……」鹿靈因為太過痛苦，呻吟出聲。

幽池顫抖的眉心，終於還是高高聳起。閉上眼睛，手抬，藍色的微光從指間流向鹿靈，猶如烈焰遇到冰峰，流水注入乾涸。

另一邊，營帳內。

辜鴻劍一邊脫下身上盔甲，一邊看向跪在身側一地的將士們喝道：「本將軍主意已定，無需多言！」

「將軍！您是我等主將，是我們所有士兵們的軍心！您怎可以身試

毒？還請將軍以大局為重！若是要試，也是我們試才對啊！」

「將軍！還請三思！」

十幾個副將苦心勸說，有的甚至磕破了頭，看到辜鴻劍還是執意一意孤行，都不知該如何是好，互相對看，恨不得直接上去生擒了將軍，也好過眼睜睜地看著將軍做傻事的好。

副將見勸說無果，索性拔劍放自己脖頸以命相勸：「倘若將軍定要試毒，先從卑職的屍體上踏過去！」

話音未落，一道寒光乍現，辜鴻劍的劍便刺了過來！眾人大驚，在辜鴻劍極快的劍光下，以為辜鴻劍真要一劍賜死自己的同僚，只聽「噹啷」一聲——辜鴻劍把衝動的將領的劍打落在地。

下一秒，他的劍頭刺在了他的下顎。

營帳裡的燭火照明辜鴻劍一半側臉一半陰影，眉眼下是比劍光還要冷的寒光：「將士要死，也是要死在戰場上，你這樣輕易地棄了自己的性命算什麼？你們為義來勸我，我赴險是為了情，我們都沒有違背做人的原則。」

辜鴻劍年歲雖輕，可一雙眼眸蘊藏的深沉和說話的分量是毋庸置疑的，他提升到了情與義，眾人皆不能再說什麼。望著褪下只剩一層薄的內衣往屏風內走去的辜鴻劍，心裡是既擔心又無比欽佩的矛盾。

辜鴻劍進到屏風內，軍醫跪地，一旁的小桌上，已經放了好幾碗的黑色湯藥。榻上的柔伽面如六月驕陽，脖頸上的紅斑似一朵朵綻開的梅花，狂歡著最後的生命。

軍醫抱拳稟告辜鴻劍道：「小的按照星宇散的藥方，配出了這些解藥。因不確定用藥順序，所以……所以若是順序不對便不是解藥，而是一種催化星宇散的毒藥。將軍若要試藥，得先服下小的從紅兒姑娘身上取下的毒血，再行試藥。將軍，這實際情況如何，小的也沒……」

未等他說完，辜鴻劍便把單獨放在一邊的星宇散喝了下去。軍醫瞠目結舌，沒說的話也不必再說，從辜鴻劍拿起藥碗的那一刻，心底的恐懼瞬間溢於眼底。

辜鴻劍在柔伽身側躺下，等藥力發作後再行試藥。他握過柔伽滾燙的手，側目她姣好美豔的容顏，一向清冷的目光，難得露出旁人未曾有機會

看到的溫柔。

當看到她高吊在木架之上奄奄一息，他的心彷彿被撕成了碎片；當聽到軍醫說她身中劇毒有性命之憂，他的心猶如萬蟻啃食。辜鴻劍不得不承認，她在自己的心裡，有著連他自己都言說不清的極重位置。他不願意看到她真的離開自己，若可以救她，他願意冒險。

小時候父母行軍，救過一個江湖醫者，醫者為了報答他們，給了他們一顆可以調整身體的萬毒丹，這枚丹藥吃下去，可以護住五臟六腑抵禦劇毒三次，也就是說，可以救三次性命。作為家中獨子，辜鴻劍自然享受到了這顆寶貴的萬毒丹，且是祕密，不能對任何人說起。

若是沒有這特殊的體質，他自然不會棄了全體將士和戰局，為一個女人赴險。情和義抵不過家族大義，這是他們辜家刻在骨子裡的，所以他未滿百月的時候，父母能連夜奔赴戰場；爺爺舊傷復發命在旦夕，他為了請一道出戰聖旨，把爺爺丟下；家中的家丁皆是收留的苦命人，家丁只是名義，這樣他們才好名正言順地留下來，燒火做飯、洗衣打掃，都是自己來，比起行軍打仗，這點親力親為真的不算什麼。

辜鴻劍很清楚，這輩子，他不能為了任何人把自己和百姓的利益都豁出去。

如今，試毒算是活到迄今為止的歲月，最瘋狂的一件事。

不知為何，每次看到她對自己露出的過分痴迷，他都覺得陌生又熟悉，腦海裡閃過的一絲妄念，讓他變得不像他自己了。

體內開始感到一絲熱，辜鴻劍看向軍醫，軍醫把第一碗試毒湯藥遞給他，辜鴻劍一飲而盡。每隔十幾分鐘的時間，待藥性發作，只要辜鴻劍感受到無法壓制體內之火，疏解痛苦，便繼續試。

每一次，不同的藥性在身體裡和星宇散的毒性碰撞，像是無間地獄裡不同的牢房，時而烈火焚燒，時而一半冷一半疼，時而像有無數馬蹄踏過腦袋，時而猶如被幾百隻蜂蜜圍繞全身。辜鴻劍咬緊牙關，不讓自己發出一點聲音，他強忍著腹內的翻滾，頂著發白的臉和冷汗，望向一旁的桌臺，抬起發抖的手臂，示意軍醫把最後一碗給柔伽喝下。

「將⋯⋯將軍⋯⋯」

軍醫的腦袋懸在腰板上，最緊張的是辜鴻劍，若他有什麼閃失，他一

出這個屏風定會被眾副將砍成肉泥。

「快！」辜鴻劍嗜紅的雙眼低喝軍醫。

燭火燃盡大半，連營帳外的蟬鳴也墜入夢鄉。柔伽緩緩睜開眼睛，朦朧的光影裡映入模糊的面容，然後她聽到辜鴻劍熟悉的聲音低喚道：「醒了。」

目光逐漸聚焦，只見辜鴻劍面容消瘦地穿著寬鬆的大褂，披散著頭髮坐在塌邊，目不轉睛地看著她。

手心傳來一陣冰冷的緊握，柔伽垂眸看到他一直握著她的手。

「是你……救了我？」

白木說過，星宇散除非以命換命，以血換血，否則除了他們的祕製解藥無藥可醫。看到辜鴻劍如此憔悴，柔伽動容地睜大眼睛。

「是他救的你。」辜鴻劍看向營帳門口。

幽池端著藥走了過來，沉聲道：「你現在身體還很虛弱，體內殘毒未清，需要多服幾帖湯藥。」

柔伽眼裡的光在瞬間便滅了：「不是你救了我……」

「將軍，您照顧了紅兒姑娘一天一夜，定也累了，這裡有我照顧，請將軍放心。」幽池示意辜鴻劍去休息。

辜鴻劍微微頷首，試圖放開柔伽。柔伽用力地握緊他的手，看到他緩緩下移的目光，遲疑放開。辜鴻劍起身，長袍的袍尾飄起一團長霧，縈繞在柔伽虛弱的視線裡。

待四下無人，幽池俯視著柔伽，冷漠地說道：「在你昏迷期間，大洲和星斐發起兩次進攻，辜鴻劍為你星夜不寐，守著你，便是他能為你做的最多可能。」

柔伽雙手交疊在胸前，明媚的臉因為虛弱多了幾分破碎的美感，猶如一朵彼岸花孤傲地開在無盡忘川，趟過了生死，卻早不在乎生死。

「鹿靈怎麼樣了？」對於幽池的話，柔伽並沒有進行任何反駁，而是話鋒一轉，問起了鹿靈。

幽池微微啟唇，欲言又止。短暫的靜默中，響起柔伽突兀盤旋的笑聲：「幽池啊幽池，原來你也不過是一個虛偽至極、只知道站在高處指責他人的修道之人！」

三世為辜鴻劍不放執念作孽集丹的她在他出現後，陷入深深的失望中，卻突然關心起毫不相關的鹿靈，幽池便隱隱感覺到不對。鹿靈和她同時被星宇散所襲，柔伽又特意說那樣的話。他原本以為是柔伽不甘心被人說是執念，想要讓他做出選擇來拿捏答案，不想還藏著更深的一層淤泥——幽池若救了鹿靈，便不能再救她。

　　降魔維心，幽池不能干預她的命數，若是干預了她的命數會遭反噬，又怎能再去救鹿靈？反之亦是如此。只是，幽池作為修道之人，還做錯了一件事——他撒了謊。

　　在柔伽醒來之前的小半柱香時間，辜鴻劍主動找到他，希望讓他來圓這個謊。

　　幽池問他何意，辜鴻劍堅定地說道：「我是將軍，守著萬千將士，古月城中又家有賢妻，於情於理、於公於私，都不該是我做了這個善人。」

　　「你不想讓她知情，當真只是因為這些？」

　　辜鴻劍頓了頓道：「我知曉她心裡有人，或許只是把我當成影子。我不想干預她心裡最真實的想法。」

　　因為有當局者的囑託，幽池才能說這個謊。於是便成了柔伽嘴裡的虛偽至極。而幽池聽到這話時，第一反應竟不是委屈，或許在潛意識裡，他是不想讓柔伽知道真相的，就像從一開始，他雖然給了柔伽機會，但其實是想讓她自行死心，自行從辜鴻劍的沼澤裡出來。

　　從這一點來說，他的確虛偽至極。

　　「這個世上自是有你們這些自詡標榜高高在上的修道之人，才會加注在我們身上諸多痛苦！沒有體會過感情，又怎麼會明白感情的可貴和誘惑，憑什麼你們嘴唇一張一啟，就決定了我們十惡不赦？若是體會過了，你們又怎麼可能做到清心靜氣？你們，你們不過是披著高人一等的仙袍，說著一些連你們自己都做不到的骯髒道理！」儘管十分虛弱，可柔伽仍舊放肆地指著幽池痛罵，她氣憤至極，恨不得動用全身的力量，來將眼前這張可憎的面目撕成碎片。

　　「當初你說給我機會，我還以為你和別的道長有所不同，原來你不過是對我陽奉陰違，你根本就是想，我跟辜鴻劍再無可能！你，你……咳咳咳咳……」

「事情不是你想的這樣，我……」幽池卻不知從何解釋，滿心滿腹的話到了嘴邊，成了一團軟踏踏的棉花，極為無力。

「滾！」柔伽不想再多聽他辯解一個字。

幽池無奈地微微嘆息，只好轉身離去了。走到帳門口，幽池聽到身後柔伽輕蔑地怒笑：「幽池，你看到了，辜鴻劍捨不得我，他為了救我的性命，喝下我身上帶有星宇散毒性的血，為我尋得解藥。這一局，是我贏了。」

幽池含聲嘆息，不想再多說什麼，掀開簾子走了出去。

回到營帳內，已經蘇醒無礙的鹿靈，一邊吃著白蘿蔔鹹菜，一邊大口喝粥，抬眸看到幽池一臉苦悶地走進來，她含糊不清地招呼道：「哎！你去哪兒了？過來一起喝粥啊！」

幽池進來後，靜靜地坐在榻上，擺手作罷。

鹿靈把碗底朝天，用手背抹了一把嘴巴，雙手背到身後，彎腰看著腰不自主弓成橋的某人：「怎麼了？誰讓你的情緒這麼低落的？」

她竟然能從他這張毫無表情的臉上讀出低落，倒也是十分厲害。

「柔伽欺負你了？」

「沒有。」

「我去幫你打她！」

「謝謝，不必。」

幽池又是一聲嘆息，他把鹿靈虛弱卻故意逞強的胳膊給按下：「我只是……罷了。」

只是無法解釋自己的所作所為，又好像給柔伽添了一道新執念。

這一局，她並沒有贏，因為辜鴻劍並沒有捨身救她。雖然不知為何如此，但若辜鴻劍真是捨身，他給柔伽設定的三次真心，每一次可消弭一部分柔伽的罪孽。三次消弭，柔伽才可跟辜鴻劍守這百年之約。

師父說，凡人之所以是凡人，便是凡間種種都繫在心間，所謂的求而不得，所謂的權衡利弊，所謂的紛紛擾擾，皆讓真心變得難得。

奮不顧身的真心，越發難得。

難得，難得，極難得之。

「哎呀！人啊！最要緊的便是開心了。匆匆數十載光陰，一晃即

逝，像我這般突然害了病差點過去的，更是多如恆河沙數，更要抓緊開心了。」鹿靈擺擺手，受不住幽池這一言不合便送葬一般的神情，「這麼淺顯易懂的道理都想不通，白瞎了您是修道之人呢——」

幽池微怔，側目看向她。很少有人在經歷生死之後，能如此坦然豁達，鹿靈還只是十幾歲的少女，能做到如此，當真是難得。

「若此番你真的挺不過來，可有遺憾？」

「有啊！還來不及把這邊界的沙石帶回給我老爹，告訴他這裡的奇美風光；格外想念石橋旁鍾阿婆的糯米糕，若是再吃一次便好了；還有我出來的時候撒籽下去的菜園子，本可以在來年看到的紫薇花……」

說的都是小事，在幽池聽來是微不足道的事。幽池剛要開口問，為何都是這些小事，外邊的營帳突然傳來疑似士兵的哀嚎聲，幽池和鹿靈面面相覷，立刻起身出帳。只見營帳門口一匹白馬形態怪異，在原地左搖右擺地打轉，身上遠遠看去，像是一個作畫之人在牠身上畫了不規則的密密麻麻的散落的綠點。

而從牠身上下來的主人，被守帳的兩個將士托抱在地上，渾身抽搐，伸手指著一處，想要說些什麼，可是一個字都說不出來，剛才的哀嚎聲，便是從他們這兒發出來的。

不多時，馬兒仰頭虛弱地鳴了一聲，便重重栽倒在地，死了。

幾乎是同時，被叫著名字的將士也落下了手臂，踉蹌著趕到的軍醫跌跪在地，看到他的樣子時，面容猛地一怔，神色驚懼。

幽池和鹿靈雙雙上前，卻被軍醫大喝：「別過來！」

「他，感染了瘴氣……會，會傳染人的。」

果真，只見他的臉腫如發脹的饅餅，從裡透出隱隱的綠色，雙眼外突，嘴唇發黑，死狀十分恐怖。一聽到會傳染人，方才托抱他的兩個將士，頓時臉色發白，面面相覷。

軍醫用袖子擋住口鼻，顫聲道：「需要立刻報告給將軍才行。」

這士兵是潛入偵查的暗哨，臨終前傳遞回來重要情報——

星斐挖了一條瘴氣通道，想要以此作為屏障，悄悄殺入他們內部，對他們來個甕中捉鱉。只可惜，還沒來得及說出具體方位，便再也說不出話來了。星斐擅長奇門遁甲和偏冷門的製造之術，辜鴻劍分析這瘴氣多半不

是尋常瘴氣，非肉眼可見，所以哨兵才中了招。

　　如果真是這樣，那便有大患了。他們打定主意，要用這卑鄙之法，只要前方兩面夾擊，他們勢必要退到林裡深處。屆時，不知道哪裡是瘴氣，稍有差池便會全軍覆沒。

　　而當務之急，是盡快找出這瘴氣所在。

　　深夜，辜鴻劍準備輕裝出行，柔伽也換上了男子裝扮。不等辜鴻劍開口，柔伽便認真說道：「若你不准，我便告知全部人，我們一個都走不成。」

　　辜鴻劍眸色微垂，只好說道：「跟緊我。」

　　柔伽欣喜抿唇，用力點頭。

　　踏著夜色，兩人離開軍營，一直往哨兵指的西南方向小心移動。

　　路上，辜鴻劍遞給柔伽一顆藥丸：「服下吧！提防瘴氣的。若感到不對，立刻退出去，明白嗎？」

　　柔伽接過，說道：「鴻劍，我的星宇散之毒，是你試藥救了我，為何不願讓我知曉？」

　　走在前邊的辜鴻劍身形一緊，停頓片刻後，繼續往前。

　　「我不管世俗眼光，亦不想要什麼名分，我只是想陪在你身邊。你心裡明明有我，為何不願承認？你到底在害怕什麼？」柔伽忍無可忍，衝他的背影提高了聲音。

　　寂夜密林，風聲烈烈，風過去後猶如一座幽谷，任何細碎的聲音比風聲還要更勝，驚到熟睡的飛鳥和蟬鳴。

　　柔伽的質問，搖曳了樹枝，半夜鳥兒飛起劃過上空。

　　「既然你問我了，那我也問你一個問題。」辜鴻劍緩緩轉過身。

　　夜色太黑，僅是隔著寥寥幾米，他們都在彼此的眼中和蒼穹夜幕融為了一體。

　　「紅兒，你心裡的那個人到底是誰？」

　　柔伽微怔，不禁不假思索地脫口而出：「你……知道了？」

　　辜鴻劍的眸色一沉，一直以來心裡的疑惑終得確認，欺騙自己的彆扭和僥倖，統統盤旋消散，化作可笑自嘲。

　　「可你怎麼知道的？你不可能知道……」柔伽第一時間想到幽池，

但再次搖頭，她上前去慌亂地同他解釋道，「不！我心裡的那個人一直是你，辜鴻劍，我喜歡了你很久很久，久到你無法想……」

「夠了。」辜鴻劍目光絕冷地打斷她，沉著一張臉說道，「我們還要趕路，這些之後再說。」

柔伽伸手想要抓住辜鴻劍的臂膀，抓到的只是虛無的空氣。

不知為何，望著他頭也不回走進密林深處，柔伽總有一種徹底失去他的感覺。

滄海桑田，斗轉星移。天知道她費了多少力氣，才回到他的身邊，她耗盡了多少心血，才換回站在他身側的資格。

為了他，她拋棄了家族，墮入了魔道。只要他一個微笑的肯定，她便生死相隨。為何如今與他的近在咫尺，也遠成了海角天涯？為何……她拚命地想要抓住他，卻始終都是抓不住？

第一次，柔伽的心，裂出絕望與動搖。

西南方向的灌木叢林，是一個巨大迷宮，但凡不熟悉地形的人，會被困在倒刺的樹叢裡出不來。幸好辜鴻劍隨身攜帶的布條綁於樹上，再加上對這裡的熟悉，這才避開了無謂的折返和盤旋。只是仍然沒有找到瘴氣所在……

突然，柔伽腳下一軟，幾乎是一瞬間地，四周的樹葉像碰到磁石一般，往她的腳背衝去。辜鴻劍聽到動靜後，回身伸手來拉，然而為時已晚，她已經掉入陷阱，隨著一陣漫天的樹葉雨澆頭落下，仰頭間，辜鴻劍已經在上邊俯視她了。

猝不及防地掉入隱祕陷阱，柔伽拍了拍身子起來，看到這洞約莫三米高。

辜鴻劍趕忙問道：「如何？可有受傷？」

柔伽搖搖頭。

辜鴻劍眼底閃過一絲無人察覺的考量：「你便待在這裡吧，我回來再尋你。」

「你要丟下我獨自去找瘴氣？」柔伽大驚。

辜鴻劍不語，轉身要走。

「不要！辜鴻劍！啊——」柔伽著急地要踩上一旁的亂石往上攀爬，

決計不讓他丟下。忽然，一條蛇不曉得從哪兒鑽了出來，吐著蛇信便要攻擊她。她害怕地鬆了手，餘光裡，蛇像離弦之箭飛撲過來。

跌到地上的柔伽，用手背擋住眼睛，卻沒有感受到任何疼痛。緩緩地從指縫間望去……辜鴻劍跳下來，徒手抓住蛇的三寸，將牠狠狠地甩在石頭上，蛇在角落蠕動一會兒，沒動靜了。他像一個守護神一樣，擋在她和危險之間，猶如第一世時，她以為自己死定了，結果睜開眼睛，看到如月光美好、如太陽溫暖的少年郎。

他和她，根本是剪不斷理還亂的緣分！

柔伽眼眶一濕，衝過去一把抱住他，拚命地抱住他，像是抱住失而復得的全世界。辜鴻劍後退一小步站定，他感受著她對自己的依賴和抱怨的哽咽。他的心，也因此而情不自禁地揪起，抬起手想要安慰地拍拍她劇烈起伏的肩。

「紅兒，你心裡的那個人到底是誰。」

「你……知道了？」

那幾句話令他心頭一痛，手掌落在半空中，到底還是放下了。

「別把我丟下！你去哪兒我去哪兒，你是生我便生，你是死我便死！辜鴻劍，我恨你！我恨你！」柔伽握拳捶他的胸膛，發洩著剛才心裡的不滿和害怕。

他憑什麼總是讓她患得患失，憑什麼總是讓她害怕？

辜鴻劍擰眉，隨她發洩片刻後，握住她的手腕：「好了，該辦正事了。」

既然命中註定不能把她丟下，那便繼續按照原先的計畫，不必再浪費時間。辜鴻劍帶著她從洞裡出來往前走，示意柔伽用袖子擋住口鼻，步伐警惕道：「瘴氣多半就在這附近了。」

剛才那條蛇被甩後，吐出來的綠氣恰恰提供了線索。

兩人一前一後尋著蛇吃的蛇果草，又避開七葉一枝花的方向，待他們碰到腳邊的異物，低頭一看，是死掉的兔子和地鼠，再望向不遠處遍地的屍體時，明白已經置身在瘴氣之中，再出去已然來不及。

辜鴻劍和柔伽對看一眼，迅速按原路折返。

儘管已經吃了提防瘴氣的丹藥，但走出去沒多遠，柔伽還是感覺到自己身體不適，她呼吸不順，雙腳也如灌入千斤鉛銀提不起來。

很快，柔伽癱軟跪地，用力呼吸，她擔憂地看向辜鴻劍。此時的辜鴻劍，雖沒有感覺自己的身體產生異樣，但也是時間問題，他拿出腰間的短刃紮在地上，試圖保持平穩。他們找到瘴氣所在，必須要活著把消息帶回去，否則徒勞無功。

柔伽自然是希望他們兩個都能平安無事，但若只能活一個，她定會想要辜鴻劍活下去，哪怕……自己死去。

她用自己的意念靈識召喚幽池，下一秒，幽池便出現在了他們身邊。意念裡的柔伽，跪求幽池救救他們：「幽池道長，我錯了，我不該算計您，都是我的錯，您要打要罰都隨您，求求您，救救我們！」

幽池皺著眉，居高臨下地看著柔伽。

執念的柔伽，瘋狂的柔伽，幸福的柔伽，脆弱的柔伽……，她的悲喜皆因那個男子，甚至是現在的磕頭下跪，仍是為了辜鴻劍。她失去了自我卻無暇顧及。

自愛不自貴，故去彼取之。

柔伽終會失去辜鴻劍，在她失去自我的那一刻開始。

「就算您不願意救我，也請救救鴻劍，他中了瘴氣，他還要替我朝的百姓打仗，他不能有事對不對？若您不救他，您便是放棄了天下和百姓，那一樣是罪孽啊！」

幽池欲言又止地看著死死抓著自己衣角又跪又求的柔伽，讓她看一眼辜鴻劍。

「其實他有解藥，他不會隨便以身試險，不過這解藥確實只有一顆。若是他讓你活，這一關你便過了，那便是我輸了，我會救下他來，也會放過你。但，若是他……」幽池望向辜鴻劍，他堅持著想要起身，雙腿的力氣沒能支撐著起來，這時他顫抖地把手伸向腰間，掏出了一個小瓶子。

柔伽果真看到辜鴻劍將瓶子裡的藥丸倒出來，落在手心只有一顆紅色藥丸。意念裡的柔伽睜大眼睛，不哀求也不說話了。剛剛中毒痙瘋的她，身體虛弱至極，瘴氣所襲，根本撐不了多久，她看著自己率先倒下，即將

要倒下的辜鴻劍，拿著藥丸看向她。

只是看向她兩秒之後，他一絲疑遲都沒有的把藥丸送進自己的口裡，並且迅速吞下。待原地運功，平順氣息後，辜鴻劍起身收起匕首，拍了拍身上的雜草，整理了一下披肩，再向柔伽倒地之處睽了兩眼，面部神情沒有絲毫的改變，然後頭也不回的邁步離開，仿若什麼都沒有發生過一樣。

柔伽用神識死死地盯著他的臉，想要從他的眼眸裡看出痛苦和不捨，哪怕是在選擇自己和選擇她這件事上，能有掙扎與猶豫。

哪怕是一點點，只是一點點！

就那麼一點點，足夠讓她不去怪他！

足夠讓她心裡的那份疑惑和動搖，得到解釋和填補！

為什麼……

為什麼連一點點，都沒有？

為什麼……

為什麼連一個不捨或是愧疚的回頭都沒有？

為什麼……

柔伽看著自己被置身在滿目荒涼的夜色裡，一襲黑在凌亂的長草上可以忽略不計，她誓死追隨到這裡，卻被最深愛的人棄之荒野，真是滑天下之大稽！

過往的一幕幕，這三世的傾心相隨，猶如萬馬千軍踏過心頭。柔伽忽然放聲大笑，笑聲淒厲地回蕩在半山腰。幽池垂下了眼眸，對她說道：「柔伽，你看到了，你……」

餘光裡，柔伽化為虛有，意念進入身體，地上的柔伽倏地睜開眼睛，閃過紅光的眼眸，打開地獄之門。

幽池猛地皺眉，柔伽心裡的魔性釋放開來，不可控地支配她的身體。虛弱的她一躍而起，踏著雲火，要追上辜鴻劍。幽池下意識地想要去攔，他突然想到什麼，低聲咒罵：意念不比身體，不可抵擋住真實的法力，必須意念身體合一，才能制服柔伽。

待幽池的意念回到營帳內，又移步追影地回去柔伽那邊，鹿靈問他去哪兒，要跟他一起去的聲音迅速響起，又迅速地被他甩到了身後。

方才掉入的陷阱旁，柔伽追上辜鴻劍。

燃著紅光的眼眸，此刻除了嚇人，再也沒有溫柔可言。柔伽一擊掌力把辜鴻劍推倒在地，用所剩的神識之力，在他面前勾畫了水月幻像，幻像裡面是他們這三世情緣的片段畫面……

與此同時，她用悲傷絕望的聲音，在他耳邊細數這一段又一段的過往。

「我心裡的那個人，一直是你，始終是你，從來都是你！」柔伽居高臨下地看著在聽過之後久久愣神的辜鴻劍，「你呢？你心裡可曾有我？你剛才是選擇自己還是我的時候，你心裡可曾有一絲的痛？你把我扔下絲毫不回頭的時候，可曾有過一絲絲的不捨？你這輩子，你……可曾對我有過一點點的情義……」

質問到最後，柔伽的憤恨說不清是想要聽辜鴻劍的答案，還是想要聽清自己內心的聲音。

「難道你為我試藥，徹夜不眠地守在塌邊都是假的嗎……難道你跟我相處時，眉眼的溫柔都是假的嗎……」

難道我的三世相守，當真毫無意義嗎？

「柔伽，你不要一錯再錯了！如今我們約定期滿，辜鴻劍的三次選擇，都沒有選擇你。按照約定，你需要自行放下執念，隨我離去。」趕到的幽池拿起後背的長劍，劍刃圍繞藍光，指向柔伽沉聲勸告，「不要逼我對你動手。」

他答應給她選擇的機會，在此之間不對她使用武力，可若她要傷害無辜，他絕不能袖手旁觀。

彼時篤定身分不明的紅兒竟是妖，沙漠上撿回去的人竟是降魔道人。辜鴻劍震驚之餘，也迅速冷靜下來，捂著吃疼的胸口，試圖站起身來。

柔伽緩緩用手背擦拭眼角的淚痕，掌心聚集紅光看向辜鴻劍，似乎沒聽到也沒看到幽池一般地嘶聲喊道：「辜鴻劍，我再給你最後一次機會，你選不選我！」

只要你選我，便是上山入海，便是殺遍三界，我也要跟你在一起。

只要你選我，我絕對不會離開你。

只要你選我，你說你愛我……

「放下吧，柔伽。」辜鴻劍面露不悅，踉蹌起身，方才柔伽的一襲掌

力，讓他吐了一口血，胸口像是被震塌大半。

柔伽神色慌亂：「你，說什麼？」

「雖然我記不起來……過去兩世你說的我和你之間的故事，但是過去的便讓它過去吧！何必強行為之呢？我是辜鴻劍，但我不是第一世救你的藥府少爺，也不是第二世辜負你的窮書生，我現在是將軍，是沒有跟你有任何約定的宰相的乘龍快婿。你實在……不必如此執著。」

辜鴻劍的眉眼似天邊皓月，冰冷的光澤看不出半分起伏。他讓她放下，就像給將士們發號施令，就像那一日在府中問她，他娶旁人她可否會恨他。

他是那樣的理直氣壯，是那樣的不可一世，彷彿天下所有的事情都是他說了算。

柔伽怔在原地，淒淒然地勾了勾唇，似笑非笑，媚惑的鳳眼猶如暴風烈雨後的玫瑰，傷痕累累中釋放著獨有的美，她哀傷不已地問道：「所以即便是這一世，你也沒有想要愛我。比起我，你更願意選擇蕭娉婷……是嗎？」

她的身上布滿傷痕，那是她為了收集內丹和同道之人搏殺之後，無數次的九死一生留下來的。她甚至被其他的道人追擊到忘川，在冰冷刺骨的河水裡待上幾個月之久，泡爛到膝蓋的骨頭都露在外邊，很長一段時間走路都一瘸一拐。她的腳底趟過烈焰之火，只為摘取山上的仙草，以作賄賂道人之用。

她的全身上下，沒有一處是完整的了。唯有她的心，還熱著，因為辜鴻劍這個名字，這個人。如今，她念念不忘的人，卻對她說放下。她拚盡全力奔赴而來的人，卻要跟她散了。

辜鴻劍微微啟唇，到底還是殺人誅心般地說道：「對不起，我……」

柔伽目光一凜，五指指甲噌地張開，變成鋒利的武器，直取他的心臟：「我不要你的道歉！」

說時遲那時快，幽池的長劍從另一邊同時過來，形成攔截之勢，在柔伽的指尖插到辜鴻劍胸口的瞬間，被冰冷的劍面擋掉。

柔伽騰空前空翻，越過劍身，避開跟幽池的正面對打，依然不放棄要直取辜鴻劍的性命。幽池擋在辜鴻劍身前，低喝辜鴻劍快走。

眼看著辜鴻劍拒絕轉身，她忙於應付束手無策之時，匆匆而來的鹿靈終於趕到，氣喘吁吁道：「怎麼回事？怎麼打起來了？」

　　幽池聽到鹿靈的聲響，猛地回頭。柔伽抓住機會，向鹿靈施了一波靈力，為了保護鹿靈，幽池必須用劍劈掉這波靈力，柔伽一個半空飛身，抓住跑出去百米的辜鴻劍。

　　昔日的深愛，化作如今烈焰般灼灼燃燒的仇恨，柔伽死死地掐住辜鴻劍的脖子，將他舉起離地。辜鴻劍抓著她瘦弱的手腕拚命掙扎，而他越掙扎，她便越恨！

　　是他親手砸碎了她的夢，親手把事情弄成這樣！

　　突然，辜鴻劍的眼神猛地一變，一陣藍光急速閃過，方才他以凡人之力無法掙脫的痛苦，隨著一記掌力，便把她推到了兩米之外。幽池俯身辜鴻劍，留了肉身保護一旁的鹿靈。

　　柔伽冷笑：「你以為這樣，我便不能殺你了？」

　　今天，她就是棄了辛苦得來的脫胎丹，就算墜入九幽地獄，也要殺了辜鴻劍這個負心人！

　　紅光藍光交錯，柔伽步步殺氣，幽池次次防禦，他們打得電光火石，天昏地暗。鹿靈焦急觀戰，為溫吞的幽池提心吊膽。她不解，幽池又不是打不過柔伽，為何如此退讓。

　　在她看來，既然動手了，自然是要拚盡全力的。幽池說的什麼「知常容，容乃公」她可不懂，也不想懂，她只知道再這麼下去，柔伽就要殺了他了！

　　眼看柔伽的狐狸利爪，把辜鴻劍的胳膊劃出了三道口子，鹿靈急不可耐地罵道：「幽池！你到底行不行啊！我爹說了，過度寬容，可不是君子所為！而是懦弱的小人所為！」

　　她不罵還好，這一罵，反而引起了柔伽的注意，抬手一道紅光如海浪一樣襲來，立刻撐大鹿靈黝黑的眼眸。鹿靈害怕地大叫一聲，交叉雙臂擋在臉前。

　　只聽「噹啷」一聲，幽池的長劍落地。

　　紅光不見，地上的長劍又迅速飛走——不遠處的「辜鴻劍」，被柔伽拿幽池的長劍架在脖子上，只等最後一刻的制裁。

「辜鴻劍」看向柔伽，不再做抵抗，大義凜然地說道：「你要殺便殺吧！讓他陪你一起在九幽地獄，永生永世不得輪迴。這樣一來，你們便有無數個三生三世可做糾纏，你再也不必費心去大開殺戒，奪取旁人之內丹，拿去無界閣做此等天理不容之交易。」

柔伽眼裡的悲憤交加，同手上緊握的長劍一樣在顫抖，不捨和果決猶如蹺蹺板上的左右兩端，面前的這個男人於她是春日暖陽、夏日冰河，如今卻成了冬日冰稜裁進內心最深處，無法拔出！

愛恨交織，才下眉頭，又上心頭。

在這個滾滾紅塵中，她寧願傷害天下所有人，也不願意傷他半毫！而現在她卻要親手殺了他……

「來啊，你還猶豫什麼？」

辜鴻劍閉上眼睛，抬起脖子，勢必與跟柔伽做最後的了斷。柔伽的面容無比猙獰，她的心在滴血。

時間一點一滴的流逝，像巨人手握長鞭，一下一下打在她的身上。理智牽念的一線，在崩潰間來回穿梭。最後只聽「啊——」的一聲痛苦慘叫，寒光閃過，幽池睜開眼睛，柔伽拿著他的那把長劍，自刎在他面前。

柔伽到底還是沒有捨得帶走辜鴻劍，和他同歸於盡。

她造孽那麼多，即便是愛和恨都泯滅了，也保持著對辜鴻劍最後的仁慈。

血濺當場，柔伽柔弱的身體，拿著和她不相配的突兀的長劍，結束了自己的性命，那雙美到不可方物的眼睛，在失去生命的時候，徹底終結光彩。

從第一世，她是北元山上無憂無慮的小狐，若不是遇見無意途經的辜鴻劍，她依然還是那隻慵懶開心的小狐狸，不知情為何物，即便不羽化成仙，也當是快樂無邊；第二世，她若能在辜鴻劍愛上梨兒之後瀟灑轉身，即便痛過一時，也不會執念一世；這一世，從幽池給她機會開始，每一次她只要肯放手都還有機會……然而，世間沒有如果。

從此，世間再無柔伽。

幽池從辜鴻劍的身體裡出來，回到自己的身體，收回長劍。辜鴻劍看著倒地的柔伽，汩汩的血液從她的脖頸澆灌了旁邊的荒草，她的眼睛含

淚地望著他，亦如當初從古月城的屋簷之上跌入他懷中的初見，迷戀，不捨，又帶著穿越幾世的悲傷。

天邊的魚肚白泛起一絲光亮，似乎是從柔伽眼裡承接而來。辜鴻劍的眼底終於湧起悲傷，像後知後覺的晨光，他緩緩踏步來到柔伽面前，似乎很努力地想要回憶起一些什麼，可是他只能費力地看著柔伽，伸手把她的眼睛合上。

「她，死了嗎？」鹿靈怔怔地看著柔伽，半晌開口。

她目睹了整個過程，依然不敢相信眼前所看到的結果。

幽池的聲音似有一絲動容，回道：「死了。」

「她會去哪裡？」

「造孽太多，墮入惡道，不得輪迴。在九幽地獄贖清罪孽之後，也只能永世徘徊於忘川河畔。」幽池平靜地回答，他本無七情，自然也無法和柔伽共情，更不能與鹿靈同傷。

幽池看著沒了生息的柔伽，想著柔伽用自刎這樣強烈的方式將辜鴻劍放下，待她在九幽地獄贖清罪孽之後，成為徘徊在忘川河畔的一絲游魂永不超生。或許哪一日，她有機緣能受仙人點化，能有機會重得生機。

愛也好，恨也罷，該散則散，似黎明終歸覆蓋黑暗……

「幽池，你說他會記得她嗎？」鹿靈望向將柔伽抱起的辜鴻劍的背影，痴痴地問。

當局者迷，旁觀者清，當局者會隨著故事結束而抽身，反而旁觀者會久久陷入故事本身不得出。

這個問題幽池沒法回答，也不能替辜鴻劍回答。他只是看向頭頂的天空：「天亮了，回去吧！」

沒人知道辜鴻劍把柔伽葬在何處，只知道他回到軍營後整裝待發，帶了一支隊伍把瘴氣改道，引星斐和大洲的軍隊進入他們設置的陷阱。

白木的爭強好勝，再次被辜鴻劍拿捏利用，大獲全勝。待他回到古月城後，大洲遞來止戰和書。

一年後，將軍府迎來新的生命，聽聞千金得名憶柔。

辜憶柔。

彼時在九幽地獄受盡酷刑來贖罪的柔伽，再也不記得辜鴻劍這個人，

也不記得自己的來處。

幽池想，柔伽若是知曉，當會安慰，可她已不必知曉。

這世間的錯過，何嘗不是一種過錯？

幽池輕輕拂拭自己的長劍，似對著曾經的柔伽說：「安去吧，去尋你新的故事。」

豆大的燈油，風吹歪了燈芯，一滴油落下，像是柔伽的回應。

突然，他的肩上，傳來一陣灼熱的刺痛感。

〈雲階篇〉

第一章

不名山上。

幽池半裸著肩，拿著書簡跪在半山腰上，望向日落的方向。夕陽的餘輝，將他肩上灼熱的胎記照得分明，猶如回溫的烙鐵，藏匿在他的肩頭，發出滋滋的紅光。

一夜過後，炙熱感還是沒有消下去。幽池感到自己的右肩整個痠痠麻麻，彷彿……有什麼要從體內竄出，他靠自己的意念和真氣，維持著這股蠢蠢欲動的衝動。

師父說過，他體內自帶魔性，所以才會導致七情盡失，他用了各種辦法無法根除。隨著他的年歲漸長，他的魔性越發不可控，若是連人性都被魔性吞噬，別說是七情了，連身而為人的知覺，都不會再有。

而每一次肩頭發燙，猶如熊熊大火在燃燒，師父便用他的混元真氣，將其暫時壓制。唯一的根除辦法，大抵便是雲階大師的修為所在了，可是如今雲階大師走了，只留下一本書簡。書簡裡除了換命之術，還記錄了不少小故事。幽池發現，柔伽的故事在書簡裡能尋到相似的出處，彷彿意有所指，又彷彿是一則預言在提前布告。

幽池不知這些代表著什麼，他只知雲階大師用他的視角記錄下這些故事，卻沒有記錄他自己的。他為何而死，這些年都經歷了什麼，又為何有四十九個人的換命之術……

這一切的祕密，如同此時幽池肩上灼熱的胎記，跌入了一個燃燒的深淵，飛捲上來的灰燼，奪走空氣裡原本充足的氧氣。

「喂！你在這裡做什麼？你知不知道我找了你多久？我以為你不告而別走了呢！」鹿靈的聲音從身後響起，幽池趕緊把衣服拉起來，覆蓋住疼痛的肩膀。

鹿靈早上從家裡起來，發現幽池不在院子裡，也不在屋中，她還以為他悄無聲息地走了，急得她像熱鍋上的螞蟻，到處轉騰。幽池看著她急吼吼的樣子，那兩根又粗又黑的麻花辮，恨不得帶她飛沖上天去，心裡不免覺得有些好笑，又覺得有些感動。

畢竟，他習慣了獨來獨往，唯有師父在旁，還未曾被人如此在意過。

「來去有時，我該走的時候自會走的。」

師父也是這般說的。

天下沒有不散的宴席，沒有不解的謎題，只不過講求一個時機，講求一個緣分。

「我有沒有說過不要跟我拽文？我告訴你，我不喜歡分離，更不喜歡不告而別的分離。」鹿靈才不聽他這些真理，撐著他的肩在其旁邊坐下，警告道，「若是你下次再這麼搞失蹤，看我不揍你！」

「嘶……」她按的地方，剛好是他肩頭胎記的位置，幽池疼痛不已，忍不住倒吸一口涼氣。鹿靈趕忙鬆開手，並仔細打量他：「你受傷了嗎？」

「沒有。」幽池搖頭，竟發現在疼痛過後，那股滾燙的灼熱感竟神奇地慢慢消散了，在原先灼熱的位置，隱隱透出一陣淺淺的涼意。幽池內心的不可思議，驅使著他凝結了一份深沉側目她。

鹿靈大大咧咧，沒有多加懷疑，既然幽池已經說了沒有，她自然就信了。在她看來，降魔道人是高人，才親眼見證過柔伽的事情，更覺得幽池是無所不能的。

「你撿了這麼多木柴，是為了燃篝火嗎？」鹿靈打量幽池面前搭架好的篝柴，疑惑地皺眉，「這大清早的弄篝火，時候不對吧？還是你昨天晚上就在這裡了？」

幽池本來是想要燃火燒了雲階大師的書簡，嘗試著是否能跟雲階大師的神識重新見一面，但這畢竟又是雲階大師留給他在世上唯一的東西，所以有些猶豫，結果，猶豫的功夫鹿靈就來了。

「你找我有事嗎？」幽池不知如何回答，只好依照自己的老規矩——轉移話題。

鹿靈的脾性急是急了點，可到底心性純善，這就被幽池帶跑了思緒：「有事？沒事啊……哦！也不算是沒事，嘿嘿！我是想問你，接下來我們是不是又要去無界閣了？」

幽池微怔：「為何這麼問？」

「我們上次不就是去了那裡，才碰到柔伽的嗎？可柔伽的事情已經結

束了，那我們是不是可以尋找新的目標了？」鹿靈覺得無界閣每天產生那麼多交易，去那兒降魔簡直就是一勞永逸，源源不斷的事。

幽池的表情中似有苦澀之意，重新看向手裡的書簡：「魔，是降不完的。況且，降魔也要講究機緣，不可這樣硬碰為之。」

這其中的因果，跟鹿靈說不清楚，也不必說清楚。

鹿靈見幽池不帶著她繼續降魔了，剛要著急上火，突然發現他心神不寧地總是端著手裡的書簡看，她明亮的眼眸子直溜溜地一轉，笑眯眯地說道：「那你接下來做什麼，我便隨你做什麼吧！」

幽池又是一怔：「你……不打鐵了嗎？」

鹿靈眨眨眼，得意地說道：「打鐵？打鐵有什麼要緊的？打鐵哪裡有增長見識有趣啊！」說著，她好整以暇地雙手合十，做了一個虔誠的手勢，還不忘撞了一下幽池的肩。

可幽池接下來要做的事，是想辦法跟雲階大師會一面，除了問清是否有化解身上心魔、並找回七情的辦法，還有便是回去跟師父有一個交代——瞭解大師的生前，以求可以學習大師身上的道法。

幽池用最笨拙的辦法，在每個月的月圓之夜，用法力進行招魂。

尋常魂魄需要入土三個月內為最佳。而雲階大師不同於普通人，避免了最佳期限這個麻煩，但凡事都有利有弊，雖不必講究時效，但也比一般的普通人更難招。

他的飄渺，他的境界，增加了太多的不定數，不過幽池還是想試試。

事在人為，人定勝天。師父說過，凡事能成除了天定，還有人的意念也很重要，他堅信自己和雲階大師的緣分不會這麼淺。

鹿靈雖然不知道幽池具體是在做什麼，但是每當幽池在月圓之夜來到山上進行招魂的時候，她便在一旁當助手，幫忙趕走那些礙事的飛鳥，以及防禦可能出現會打擾幽池的突發狀況。

就這樣，幽池整整嘗試了四個月。終於，在第五個月的月圓之夜，幽池和雲階大師的神識互通了。一片混沌的黑暗中，幽池再見雲階大師的容顏，像重拾珍寶那樣激動，他喚他的聲音，顯得有一絲慌亂：「大師！雲階大師！」

雲階大師慈祥的笑容透著些許無奈：「池兒，找我有事嗎？」

他仙袍飄飄，比之前更飄逸灑脫，彷彿再也不想沾染這人世間的一葷一素、一塵一土。幽池抱拳，屈膝跪地，懇請道：「雲階大師，徒侄不遠千里來到古月城，想要問您可有化解徒侄身上的心魔，與尋回七情之法？」

說著，意念中幽池把自己的衣服拉下來，露出灼熱後變大的胎記，雲階大師沉默地看著幽池肩上的胎記。

幽池緩緩道：「師父曾說過，自撿到我時，我肩上便有了這胎記，當時如豆般大小，之後隨著年歲的增長慢慢變大。師父帶我遊歷山河，過盡千帆，想盡辦法尋得化解我心魔之法，也想借機找回我的七情，可惜始終不得其解。師父說，這世間唯有雲階大師您他最為佩服，所以……」

「心魔，七情。」雲階大師重複這幾個字，打斷幽池的懇求，他的目光明明看向的是幽池，卻彷彿已經穿過他的軀體，飄忽到了遠方。他忽而苦澀一笑，一擺袖道，「有人便有惡，有心便有魔，化解心魔之法，人人有之卻皆當無之，池兒，我並非大師，更並非仙人。」

「雲階大師……」幽池不懂雲階大師的意思。

雲階大師再次擺袖，變出一張案板，一樽酒壺給自己仰天一倒，在他的旁邊出現了一個「大洞」，洞裡是別有一番洞天的美景，花草樹木間溪水戚戚，晴空萬里彷彿是一個世外桃源。

雲階大師說，幽池若想知道真正的化解之法，便去他的過去看看。看後，他自然便能悟到一些什麼。

面對雲階大師的邀請，幽池毫不猶豫地邁步入「洞」。

只是在這之前，他先把鹿靈的意念帶了進來。鹿靈來到此處，開心又知足地握拳推幽池：「算你還有些良心！」

「我只是怕你煩我，避免煩擾罷了。」幽池略顯局促地嘆息。

「喂！你說什麼呢？我什麼時候煩你了？幽池，你不能這麼忘恩負義……」鹿靈揪著幽池的耳朵，又要開始不依不饒，幽池瞥了一眼在混沌暗處的雲階大師，趕忙進到「洞」中去。

歲月更迭在山水之間，貌似是最不著痕跡的，樹木的青蔥到枯黃，水流的充沛或乾涸，石子的尖銳到圓滑，只有來回路過的人，才會發現這些變化。而來回的人，一來一回，便是年少風流到兩鬢斑白的一生蹉跎。

幽池看到一個少年在山上練劍，他的劍舞得極好，腳下有著淡淡真氣，輔助他整個人猶如雲朵做的身子，格外輕盈，好像腳尖輕輕一踮，便能騰雲駕霧而去。那眉骨的高挺和眼神裡的光彩，是這個年紀的少年獨有的風采，也是只有雲階才會有的沉穩風流之姿。

幽池小時候見過雲階大師一面，印象深刻，即便現在見到的少年雲階青澀不已，仍可以憑藉他的一雙眼睛認出來。

師父說過，年少時的雲階大師也有一位師父，他跟在師父的身邊修學勤勉，師父誇讚他是幾個徒弟中最有天分的，別人記法學口訣要記一個月，他只需要十天便能融會貫通，還能舉一反三。

而過於聰慧的人，往往容易犯錯。倘若心懷惡念，對天下對蒼生是禍害；反之則是天下蒼生之福。所以雲階的師父常常讓雲階記得心存善念。

幸好，雲階也是這樣做的。

「雲階——」

「師父——」

收起劍鋒，雲階聞聲朝師父跑去。幽池彷彿看到了自己和師父相處時的景象。

師父慈愛地揉揉雲階出汗的腦袋，詢問他今日劍法練得如何，一起下山的時候，雲階用法力先將溪水的水澆灌到眾花草之上，還不忘避開一旁的飛鳥和兔子，再挑了兩擔水到肩上，師父露出滿意的微笑。

接下來的日子，少年雲階的日子都是這般重複、單調，卻也瀟灑、自由。

練劍，打坐，修行，同師父下山遊歷，融入百姓的生活，明白守護的意義。

如此這般，這般如此，每天的日子像白駒過隙，簡單快樂，連睫毛邊的眨動，都像是蜜蜂親吻著花朵透著甜。

鹿靈聽了幽池跟她的介紹，明白眼前的這個人是他師父的好友，是長輩級的存在。隨著幽池目睹少年雲階的這般快活無憂，她的眉眼卻忍不住地露出了悲傷之意。

幽池問她怎麼了，鹿靈長長地嘆氣：「快樂的時光，總是轉瞬即逝的。」

幽池以為她說的是柔伽，轉而聽到她又說：「小時候，阿爹買糖葫蘆給我的時候，我小心翼翼地舔著，根本捨不得吃。阿爹說，若是耽誤吃飯，下次便不買給我吃了。我一著急，就趕忙囫圇吞棗般地把糖葫蘆吃掉了，吃完我對著糖葫蘆的木棍發呆，恨不得嘴裡的味道多留一會兒。可任憑我再怎麼留戀，快樂過去了就是過去了，不會再回來。」

　　雖然這個比喻可能不是很恰當，但幽池不得不承認鹿靈說的沒有錯。

　　快樂，總是短暫的。

　　天真快樂的雲階，很快迎來了師父的仙去。師父臨終之前，召見了所有徒弟，雲階是最後一個進去見師父的。師父拉著他的手，語重心長地叮囑：「雲階，大愛是善，善可渡人渡己渡蒼生，你可一定要記得啊！」

　　雲階落淚，用力點頭，隨著師父放心地閉上雙眼，他眼底的光，轟然間黯淡。最疼愛他的師父，教會他許多的師父，終究不能陪他到天荒地老下去。只是，告別師父似乎還沒有教會他如何不傷心。守著師父的墓七七四十九天以後，雲階簡單地收拾了包袱下山去。

　　大愛是善，善要播散。凡人皆苦，雲階想著秉承師父的意志，憑藉自己的努力，減輕一些世間的苦難。來到山下，他化身算命先生，固定擺攤為窮人免費看命。

　　沒有銀兩收入，他便露宿街頭，颶風下雨電閃雷鳴，他枕著自己那兩件被雨水打濕的薄衣瑟瑟發抖，依然甘之如飴。夏季夜市商販變多，占了他的位置，他便流動行攤，遇到惡霸要向他討要占路費，他就一再退讓，還表示可以以幫他們看未來命運作為資抵。那些混跡生活低層的惡霸，哪是講理的人，直接用拳頭說話，打得他滿身是傷，害他只能躲到破廟裡去。

　　好在雲階的名聲逐漸傳了出去，他不必到處流竄，別人便會主動尋來。於是，雲階覺得這破廟清淨，還能照顧流浪的老弱婦孺，這樣挺好的，便在這廟裡常駐了下來。

　　隨著時間的沉澱，雲階大師的名號越發地響亮。

　　大家都知道有一個破衫少年，年紀不大，但抱存善心，深通岐黃之術，卻對那些付不起銀子的窮人十分照顧，比起那些招搖撞騙的假道士強上太多。巷深酒香，富人對這些更加有執念，主動尋進來，不惜花高價要

雲階改命善風水等等，雲階適當地接下，把得來的銀錢都分發給廟裡流浪的孤寡，以及生病的窮人。在雲階看來，善更要善待這些被上天不曾眷顧過的窮苦人。

施比受更能擁有快樂。

起初，幽池和鹿靈也被雲階記憶中的這份善意所溫暖，為所見的苦命人得到溫飽而感到高興。不過慢慢地，雲階身上的良善高光，彷彿是一塊完美無瑕的碧玉，過分的完美，反而讓人產生一種有距離的敬畏。

鹿靈不知道該如何形容，只滿面憂思。在一日夜裡傾盆大雨時，她看見雲階將自己的床鋪讓給兩個八歲的小女孩，自己撐著一把破傘，站到廟外為一隻兔子擋雨的情形後，她終於找到一個詞來形容雲階：「你說這雲階的狀態，像不像中了蠱？」

幽池看向她。

鹿靈皺著眉，非常肯定自己的形容，連連點頭道：「對，就是中蠱，中了必須要善良的蠱。」

幽池沉默不語。

或許是本能使然，亦或許是師父給他灌輸了多年的以善為念，雲階將這些強行背負在身上，束縛住了自己。他自己不自知，無形中卻追加了層層枷鎖。

而凡事，過猶則不及。等到有一天，雲階突然發現自己累了，那麼堅信不疑的信念，就會反向攻擊他。

人生在世，無信念不存活。不過想到面前的這個人，是師父此生唯一敬佩過的故友，幽池又安慰自己，不會的，雲階大師會走出自己的一條路的。

如果雲階只是這樣為人適當的批命、看風水，甚至是面對病苦者的痛苦時，悄悄施法給人治病也便罷了。偏偏，雲階的善犯了錯，導致了一場大惡。

這至善至念，猶如脫軌的車軸轆，翻車了。

一次，一對夫婦抱著一個病懨懨的小女孩來找雲階算命，他們告訴雲階，這個孩子是他們老來得子，十分不易。可是孩子自從滿月後就一直身體不好，常年生病，見過群醫無策，皆說活不過十歲。他們一直都憂心忡

忡，守著孩子無法安心。

雲階見那個小女孩雖然身體孱弱，但是一雙烏溜溜的眼睛十分討人喜歡，若不是看到父母布衣襤褸，樣貌普通，實在無法將這個長相貴氣漂亮、眉眼出眾的小女孩，聯繫到是他們的孩子。

雲階測上八字，發現這小女孩命格極好，然而投生的家庭運數卻太差，兩者不相符，這才導致了女孩的體弱多病。天生貴命的人是不能被壓著的，好比溫室裡的花朵，它非溫室不可存活，若養於戶外，又極易被人覬覦。

雲階發現小女孩即將有一個大劫，一個月後若是能夠躲過，便能從此無虞，一生順遂，照顧二老終身。可若是透露了時間和地點，便是洩露天機，天機怎可輕易洩露？

面對二老誠懇淒淒的目光，小女孩著實可愛的面龐，雲階陷入兩難。一邊是救人救家，一邊是犯規害己。

……

「雲階，大愛是善，善可渡人渡己渡蒼生，你可一定要記得啊！」

……

想到師父的話，雲階開口告訴二老，下月十五帶女兒離開家，去山上道觀住上一夜，抄上十遍《文昌帝君陰騭文》，第二天再回家，這樣便可為女兒積福積德。

雲階的話，慕名而來的人皆當聖旨，下月十五他們自然照做了。於是，本該去到他們家的採花大盜，進到隔壁家擄走了別人的孩子，窸窸窣窣的響聲驚醒了鄰居，幾人出來趕盜，原本不想傷人的採花大盜，在逃跑的慌亂中刺死了兩人，孩子拚命掙扎也被刺死。

雲階的一念之善，造成了旁人全家滅門。而若雲階未曾洩露天機，採花大盜即便擄走了這個小女孩，發現她身體不好也會捨棄，他們即便是分離，也不會造成如此慘劇。

官府聞訊抵達案發的家，發出全城海捕文書，雲階自然也知曉了此事。

隔著院子的牆，二老帶著小女孩驚魂未定地看著鄰居滿院的血跡，不停地說是得了雲階大師的指點，避開了一樁禍事，幸哉幸哉。雲階則站在

圍觀的人群中，看著官府把屍體抬出的這一幕愣愣出神。回去後，他大病了一場。

雲階所在的怡城，鮮少有這樣的惡劣事件，背負人命的採花大盜，被推至菜市口當街斬首，沸沸揚揚的，又成了百姓茶餘飯後的話題，繞樑三日久久不肯散去。

就如同怡城鮮少晴天，多半雨期。幽池和鹿靈撐著傘，站在破廟對面的亭臺上，看著大家把破廟前的入口給圍得水洩不通。雲階大師的名聲經過這次的案子，加上二老的佐證，竟是又進了一個玄乎其玄的臺階。誰能得大師指點一二，人生便能完全不同。

「這樣一來，便是雲階不想再洩露天機，也不得不繼續洩露了。」鹿靈搖頭嘆氣。

雨水稀稀落落，順著油傘滑下來點連成串，逼成一圈半透明、半朦朧的水汽，即便幽池和鹿靈是意念進入的這些過往，也能感受到這九月的細雨黏在皮膚上的潮濕。

幽池望著雲階緊閉房門，平日圍著他的那些乞丐孩子，幫忙將要踏破門檻往裡求見的人攔在外頭，忍不住道：「上德不德，是以有德；下德不失德，是以無德。」

鹿靈撇了撇嘴巴，歪頭問道：「這又是何意？」

幽池從懷裡拿出一本小冊子：「給你。」

鹿靈接過隨手一翻，看到清秀有力的字跡，寫著一句句就跟他掛在嘴上說的那樣讓人聽不懂的話。

「我寫的，你缺的。」幽池道。

「我缺的？我……」鹿靈腦子一轉就知道他到底在說什麼了，收起油傘便要打他，幽池原地一個飄然隱遁，讓她打空。

「哪兒去了？」

仔細一瞧，幽池已經在對面的屋簷上，撐著傘翩然落地。鹿靈氣急敗壞地跺了跺腳，哼！某人學壞了，知道使暗招了！

病了，總要痊癒。

錯了，總要嘗試正確。

雲階病了整整一個月，開門後不再拒見那些求客，而是讓孩子們給他

們登記在冊，按照順序會面。雲階名聲在外，不只是怡城的人，隔壁的城村之人皆慕名而來，望大師可以指點迷津，撥雲見霧一番。

而經過小女孩的事件之後，幽池察覺到雲階已經徹底開悟，再沒有任何心思上的掙扎，索性只為求客著想，為他們減輕人生的一些苦難，哪怕洩露天機也在所不惜。幽池明白，雲階是要放下修道之行的規矩，一心只為了答應師父的善而努力著。

而這，其實也是自己的師父交給他的功課。

修道之人，比凡人可窺見天機，自然也要守更多的規矩。而規矩和行善，往往存在著很多模糊地帶，分寸何其重要，這其中的分寸是教不了也說不明的。

於求客來說，雲階選擇了站在他們這邊，是天大的幸事。而於雲階而言，他選擇性地看不到自己的破壞規矩，選擇讓破壞規矩的後果由自己承擔。

捨小我為大我，怎能不動容？

幽池在雲階的眼底重新看到了光。師父仙去後，他迅速收拾了心情，要把大善播撒人間，他每一天都在做著對師父的承諾。可是他覺得做得還不夠，直到他發現自己的善讓另一份惡發生了，他才正視這個問題，他甚至一度懷疑是自己做錯了。

可是閉門謝客的這段時間，他聽著外邊的絡繹不絕，想著倘若自己沒有讓那小女孩出去避劫會是怎樣，罪惡就不會發生了嗎？

依然會。

無論怎麼選擇，都有無法顧及的一面。既然如此，為何要對此耿耿於懷呢？

師父說過，善可渡人渡己渡蒼生。

「喂！你說，雲階既然做了這麼多好事，為什麼之後還是死了呢？」鹿靈看著雲階受到的表彰，像他送出去的善念一樣的多，手指頭戳了戳幽池的肩，一臉的困惑。

見幽池扭頭看她，鹿靈趕緊又把嘴巴摀住：「不能說『死』這個字對不對？那……羽化成仙？駕鶴西歸？還是……」

以她念過的書、識得的字，她真的很費勁想到第三個詞。

幽池依舊是沉默不語，他忽然想起雲階大師邀他入「洞」之前說過的話。

……

「有人便有惡，有心便有魔，化解心魔之法，人人有之卻皆當無之，池兒，我並非什麼大師，更並非什麼仙人。」

……

「你怎麼又不理我？」鹿靈最受不了的，就是幽池像現在這樣不吭一聲，便探手推了推他。幽池正出神間，被這麼一推，差點沒從長椅上掉下去。

他們在破廟的長椅上，看著一旁的孩子們幫忙燒飯，幽池下意識撐了一下身子的手，按到了正在煎菜的孩童的後背。孩童回頭看了一眼，他自然是看不到幽池和鹿靈的，只是覺得後背好像被什麼東西壓了一下的感覺，縮了縮腦袋，委實可愛。

幽池立即蹙眉，嚴肅地看向鹿靈，不想鹿靈這次學聰明了，直接跳到雲階的身後拿他當障眼法。幽池無奈，只得作罷。

雲階落座破廟轉眼三月有餘，這天來了幾個同道之人前來避雨，順便想見一見百姓口中的活神仙真大師，雲階客客氣氣地接待了他們。

生了篝火，奉上碗茶，約莫五、六個年輕的修士，圍在一起圍爐夜話。說到為人看命算卦，這些都是他們初出茅廬時必修的課程，不過一般都不會做太久，只是當歷練的資本。因為修士的最終目的，還是想要修道成仙，這才是正道。而把「副業」弄得如此張揚拔萃的，雲階當屬為數不多的第一人了。

幽池和鹿靈也默默地坐在圍圈篝火的空隙之處，看著這群人一起神仙論道，言談之間其樂融融，可實際上卻透著暗戳戳的針鋒相對，暗流湧動，含沙射影。

「我等是從天山下來，摘得幾株千年紫蓮，可增修為百年，凡人吃了可年年益壽、百年無憂，我們將其化成丹藥，進貢給了朝廷。」

「是啊！多得了好多碎金子呢！雖然我等是修仙之人，不必在意這金銀財帛，但若想行善積德，這些可讓我們聯合縣衙府邸，做很多次的布膳施粥，太值得了！」

「對了，前些天我等路過閔城，看到那邊大旱，很多百姓都跪求下雨。商量一番之後，尋了一個由頭在廣場布雨，讓他們見識到我們修士的能力。」

大家各自交流了一下彼此最近做過的一些事後，只見坐在雲階斜對面的胖子，把胸前的拂塵往後甩了一下，低聲說道：「咱們同行的人不說他行的話，雲階你這樣搏得了個大師的好名聲，不怕損了自己的修為嗎？」

他看上去如鹿靈一般不拘小節，心直口快，直接把大家的笑意擺在檯面上。

鹿靈瞠目結舌似的：「他是在暗指雲階做這些事是為了沽名釣譽！這人說話也太過分了吧？」

幽池卻思索起來。

沽名釣譽？他猶豫要不要稱讚她這個成語用得好。

雲階微怔，眨眼間笑容凝固在臉上。胖子旁邊的女修士，默默地推了他一把，轉而微笑地對雲階說道：「大家也是擔心你，你知道的，我們修道之人，首先要遵道才能修道，不是嗎？」

其他人附和點頭，連連稱是。雲階身旁一個瘦高個的年輕人，瞥了一眼雲階，低聲道：「洩露天機是會遭天譴的……」

鹿靈氣地丟下了自己手裡的木柴，罵道：「這幫人看上去正人君子，人五人六的，淨不說人話！」

幽池試圖拉她坐下，還勸她冷靜一些，不過在幽池的心裡，也是默默地承認她說得沒錯。這些人……他們的內心的確不如表面上那麼乾淨。

當然，他們沒有說錯，提醒雲階的話都是對的，只不過……他們開口閉口想的都是自己，都是修道之人高高在上的優越，而非百姓的疾苦、百姓所想。

所謂心呈明鏡，投射萬物。說雲階沽名釣譽的，反而心裡才存著沽名釣譽之心。

「我始終相信，善可渡人亦可渡己。」雲階淡淡一笑，眼底的篤定堪比天上的明月。

大家或笑他痴不再多說，或保持靜默不置可否。

幽池看著他的眼神，不由地為之一怔，是要多大的信念、多大的篤

定，才會這般堅定不移？想他隨師父修煉以來，疑惑總是比堅定多一些，因為他始終不知道何為修道、何為降魔，師父反而說他這樣是對的。不必一開始便心懷滄海，滄海本身便是一點一滴彙聚而成。

幽池想，雲階大師後來的死，大抵和他這般的堅定有關。

一夜圍爐，翌日的火光熄滅，雲階醒來的時候，這些修士已經離開了。他本以為他們就是過客，誰料到他的誠心接待，為他帶來了禍事——城裡突然多了很多瘟疫，這讓雲階大為破功。他沒有預言到這件事，他甚至寬慰大病初癒的病人，說他將來會長命百歲，結果，對方卻死在了這場來勢洶洶的瘟疫裡。

一夜之間，雲階的名聲從高處跌入了泥潭。雲階不明白這到底是怎麼回事，本以為是一場意外之外的意外，直到那些修士們的出現，化身成了解救百姓的義士。雲階看著原本對自己崇拜不已的百姓，紛紛轉投他們的麾下、接受他們的救治，這才明白他的一腔熱誠，錯付了一幫算計的謀士。前面的好心勸說，實則是打上了他行善的歪主意！

雲階發瘋一樣地勸那些百姓，讓他們不要吃這些人的藥，想來扇了你巴掌再贈你甜糖的人，用心何其歹毒！可是一夜之間，以這道瘟疫為隔牆，曾經把他當恩人、當善人、當仙人的百姓們，彷彿跟他形同陌路一般冷眼相待。甚至有人對他惡語相向，說他之前根本不知道從哪兒學來的招搖撞騙之術，糊弄了他們這麼久。

他說什麼、做什麼，大家都不再入心入耳，轉而把「大師」的封號送於那些心思不正的修士們。雲階眼睜睜地看著自己的真心被狠狠地甩在地上，悉數踩碎，他從人人追捧到人人鄙夷，狠狽地……竟連流浪的貓狗都不如。

他做夢也沒想到會變成這樣，雲階回到破廟，怯怯地看著這些他曾經拿問金照顧過的孤寡孩童們，不知道他們是否也會這樣對他。

不過，幸好，他們沒有。他們還像之前那樣，開心地迎他回來，把煮好的粟米湯呈一碗給他，再把討來的發硬的饅頭，掰下大半先就著他吃。

可是雲階並不開心。因為他開始不安了，他不能再像之前那樣賺問金照顧他們了，面前彷彿沒有改變的笑容和態度，又能持續多久呢？他開始懷疑一切，開始懷疑自己。

幽池感到唏噓地看著這一切的發生，卻無力阻止，因為這一切，已經發生了，發生在過去，發生在雲階的生命裡。

鹿靈幽幽地嘆道：「人性，太可怕了……」

幽池和鹿靈一起看著這些看似面善的修士，「光明正大」地收取那些百姓的錢財，收割他們的信任，聽到鹿靈瑟瑟發抖的感嘆，心裡更多的，是一種跟雲階一樣被他們欺騙了的背叛和不恥。

趁著夜色，雲階離開了這裡。

幽池其實不想走，如果可以，他想留下來看看這些道貌岸然的修士的下場。比起雲階堅信的「善」念，他更堅信惡人會有惡報，利用了別人的人，最終都會被惡意反噬的。

當然，這些只是想想而已，他還是要跟著雲階走的。雲階離開了怡城，獨自走在山間郊外，他的眼裡沒有了光，他的腳步也不再輕盈，整個人似乎要被綠蔭吞噬，被藍天壓垮，毫無生氣可言。

走累了，就坐在山澗的溪水邊喝了幾口水，雲階看到旁邊蹲著的兔子，忽然想起之前師父還在，山上修行無憂無慮的日子。那時候，他也認識這麼一隻可愛的兔子，每次挑水的時候，會順便餵一點給牠。道觀裡運上來新鮮的白菜蘿蔔，他還會特地送過去一些給牠。所以久而久之，牠並不怕他，還會時常帶著自己的家眷來看他。

雲階知道，現在這隻兔子，不是當時的那隻兔子，可是他的心，還是讓他情不自禁地想要靠近牠。只是……在他伸手試圖碰觸到牠那雙又長又可愛的小耳朵時，卻又怔怔地縮回來了。這份在心裡唯一可以依靠的念想，雲階不想也不敢去破壞它。他對此時的自己已全無信心，完整的人，心卻碎成了地上的塵土。

雲階少年的意氣風發在怡城蓬勃，又在怡城毀滅，如今一隻兔子都害怕自己會傷害了這背後的美好，讓人看到未免太過難受。即便是全無七情的幽池，也還是忍不住走了過去，他把手輕輕地放在雲階的頭上，像長者撫摸晚輩。

鹿靈瞪大了眼睛，低聲問：「幽池，你這是幹什麼？」

他知道這個舉止是對雲階大師的大不敬，也知道雲階大師感受不到他的存在，可看到雲階這麼難過，他的心裡只有一個念頭：用他自己的方式

幫幫他，安慰他。

　　雲階似乎感受到一股暖意，茫然地環顧四周。

　　鹿靈見狀，只好學著幽池的樣子，也伸手放在雲階的肩膀上。她並不擅長安慰人，只知道老爹賭錢輸了，坐在院子裡痛哭流涕的時候，她什麼也做不了，只能把手搭在他的肩膀上拍一拍，然後再回到屋子裡去，抱著餓肚子的自己睡著。

　　睡一覺，了卻煩心事，因為它們都留在了昨天。

　　一左一右，幽池和鹿靈用一種「奇怪」的方式，陪伴在落寞的雲階身邊。半晌，鹿靈看著枕著淚痕睡著的雲階，忍不住問幽池：「接下來雲階大師會怎樣？他……是要變壞了嗎？」

　　幽池垂下眼眸。

　　他早就隱隱預感到故事的結局，可是仍然不能給予一個肯定的回答。

　　善和惡，從來都不是一概論之的事。

第二章

　　山上的寧靜相比繁華的喧囂，似乎更容易治癒悲傷，同時，也能放大悲傷。倒不如人間煙火的炙熱，一壺酒，一盞茶，輕燭小暖，沒有壓制的力量，卻有暫時忘卻的法力。

　　雲階一腳踏入最熱鬧的京城，在名聲遠赫的醉生樓選了一間廂房，用自己之前賺來的積蓄買最貴的酒，擁最美的人兒。他像完全換了一個人似的，任性地要把自己變成浪子。

　　鹿靈不滿的同時也很不解：「為什麼男人都是如此？遇到挫折便要買醉？買了醉便真可一醉解千愁了嗎？這酒真的就這麼有用？我爹這樣，現在雲階大師也這樣……天下的男人都這樣！」

　　幽池沒怪罪她遷怒無辜，畢竟他就從沒覺得酒是個好東西。雖然那句老話「何以解憂，唯有杜康」聽起來是有那麼幾分道理，可就像鹿靈說的，醉了總有醒來時，醒來則是酒後愁腸愁愁更愁罷了。

　　他想了想，才道：「雲階大師喝的不是酒，是自己心裡那抹過不去的傷。」

　　酒送來又空，姑娘來了又走。

　　老鴇討厭這客人的瘋癲，但看在雲階的錢上，還是選擇睜一隻眼閉一隻眼，琢磨著等榨乾他身上的全部家當後，再讓家丁把他趕出去。

　　香緹聞聲趕來，雲階正在悶頭喝酒。她見到雲階的第一面，沒有像別的姑娘一樣往他懷裡鑽，她只是望了一眼雲階，在他對面的屏風後坐下。半透的屏風，倒影著香緹嬌美的身影，懷裡的琵琶調整好姿勢，修長白皙的手指開始撥弄琴弦，一曲清音緩緩響起。

　　雲階抬眸，才發現新來的姑娘與那些庸脂俗粉不同。音色嫋嫋，身形幽幽，一個姑娘的美，不必直接看到容顏，甚至不必出聲，只要一處小窺得見，就能有所心得。

　　雲階提著一壺清酒，聽完了一整曲後，揚唇一笑：「千悲萬恨四五弦，弦中甲馬聲駢闐。山僧撲破琉璃缽，壯士擊折珊瑚鞭。姑娘的一曲破陣曲，真是盪氣迴腸間夾帶了絲絲悲涼。」

姑娘放下琵琶。

「這可不像一個青樓女子會彈的曲子。」雲階往後邊一仰，身體東倒西歪，眼神也更加迷離，只是那眼底的一絲清冷，彷彿示意他還沒有完全醉倒。

「官人也不像是會來青樓的男子。」她從屏風後邊緩緩走出。

屏風未動，人微動。猶抱琵琶半遮面的好奇，雲階定定地看著最先出現的紫裙，腰間搖曳的香囊，再看到疊放在身前雪藕般的手臂，再一點一點地看清她全部的樣子，當真應了那句「美人既醉，朱顏酡些」。她的出現，讓杜康都失了顏色。

醉生樓，京城第一出名的青樓。

取名醉生，故名醉生夢死。

倚門賣笑的姑娘，也比尋常的青樓女子不同，她們少了那些俗氣，多了幾分出塵的味道。可她們眉眼下和身上附著的氣質，是抹不去的烙印——沉浸風塵，隨波逐流。

笑不及眼底，柔不俱真誠。她們的不同，甚至都給人很明顯的感受，是故意為了恩客們的賞錢，給自己強行加的砝碼。

面前這個女子，她很清冷，她的美除了清麗絕好的臉之外，還藏在言辭裡、琴音裡，沒有表現出來的背面。她甚至沒有多餘的笑容和動作，不需要做什麼，「特別」便從骨子裡透了出來。她的身上仍有風塵的氣息，可這股氣息似乎在和她身上多年浸潤的大家閨秀，矛盾地糾纏成了一股別致的氣韻。

雲階下山隨師父遊歷的時候，知道這些男子的歡樂場裡，有一些女子是出自官宦世家、名門淑女，因家庭遭遇動盪才淪落到這種地方。身不由己，又不得不盡職盡責。

「你如何看出我不是會來青樓的男子？」雲階收回目光，淡淡冷笑，「難不成來青樓的人，臉上都刻著字嗎？」

姑娘莞爾笑了，她來到雲階身邊，站著給他倒酒：「你的眼眸清澈，沒有半絲欲望和邪念，會來青樓的或者經常來的男子，他們的眼神早就渾濁了。」

雲階越發覺得可笑：「原來你是這種給客人戴高帽的女子。我告訴

你，我身上的錢只夠付剩下三天的酒錢了，可沒有多餘的賞錢給你。」

姑娘臉上的笑容深陷，柔聲道：「小女子香緹，官人若是用光了銀兩還想來的話，香緹請你喝酒，如何？」

雲階終於直視她：「為何？」

「能聽出我曲中之意的人，不多。」香緹直截了當地給了答案，沒有半分扭捏。

雲階在進醉生樓後，第一次放緩了喝酒的速度，第一次在姑娘進來之後，收斂起了放縱的神色，聽香緹說起她的前半生，成了清醒的過程。

他猜得沒錯，香緹出自官宦世家，父親在朝為官，家裡沒有倒臺以前，她是個正經的大家閨秀，三歲習字，五歲琵琶，父母對她的栽培，可不比兒子傾注的少。她從小便生得漂亮，性子又好，處世有超過年齡的沉穩，家裡的兩個弟弟都對她極為敬重。可是沒想到，在她剛剛及笄之年，家裡突遭大難，家裡男丁盡數死了，母親受不了打擊投湖自盡，臨終前讓她好好活下去。

她便淪落風塵，帶著對家人無盡的思念，和對這個世道不公的怨恨，日復一日、年復一年地活著。

「我不知我為何活著，我只知母親要我活著，自然不能不聽母親的話。可是人生在世總有一死，我真不想活著成一具行屍走肉、混沌度日。」香緹苦澀一笑，終於拿起一杯給自己喝了。

雲階垂眸，沒有說話。

若是從前，他定會開導香緹。現在，他滿腹混沌，醫不了自己，更無法醫治旁人。

「我知道這便是最痛苦了，可是沒想到最最痛苦的，是尋到了意義又失去了。」香緹苦澀一笑，彎彎的眼角像兩彎悲傷的月。她的這話讓雲階的目光霍地一痛，又重新茫然起來。香緹也得到又失去了嗎？

他怔怔地望向香緹，彷彿看到了曾經鮮活的另一個自己。

幽池和鹿靈一人一邊靠在門口，神色複雜地看著年輕的雲階和年輕的香緹。鹿靈忍不住拍拍幽池的肩：「你說他們兩個該不會……」

幽池立刻看向她。

鹿靈嘖了一下：「該不會互相心生情愫吧？」

135

幽池沒有理會鹿靈的問題，在他的記憶裡，雲階大師跟師父圍爐夜話的時候，是沒有提起什麼難忘的心上人的，師父也說，雲階大師是少有的，對修煉心無旁騖、心繫天下的大師。

　　所以，應該是不會。

　　卻也說不好。

　　幽池默默地看了一眼鹿靈，他原本覺得，跟這個脾氣火爆的姑娘不會成為朋友的，現在還不是被她「纏」上了嗎……

　　而香緹的落落大方，和不經意間跟雲階的共鳴，都讓雲階對她不同於之前那些連長相都不記得的姑娘。初次見面，便如此坦誠。

　　但在怡城的打擊，讓雲階無法再輕易地敞開心扉，說起他自己的時候，他只是簡短地形容自身是一個失敗的人，便沒再說什麼了。

　　之後的幾天如雲階所言，他的銀子都揮霍光了。第四天的時候，一無所有的雲階，真的被香緹請到自己房間繼續喝酒。見利忘義的老鴇，雖不滿雲階身上沒有可榨的價值了，還來占著自個兒樓裡的姑娘，但香緹是醉生樓的頭牌姑娘，她的面子還是要給上幾分的。

　　依言照做，態度如初。雲階相信了香緹的確不是那種逢場作戲的女子。

　　香幃風動花入樓，煙花之地情不留。

　　經歷過怡城的創傷，雲階在最不可能談真情實意的地方，體會到了香緹的溫情，他的心多多少少是有慰藉的。

　　他們關上門，常常一待便是一、兩個時辰。他們只是喝酒，無話不說，大漠孤北，長河落日，江南水景，雪中風情。雲階無論說什麼，香緹都能接上話，哪怕是沒有去過的地方，香緹認真聽講的模樣，就足以讓雲階開懷。

　　漸漸地，雲階停留醉生樓的時日，聽到一些閒言碎語。說香緹鍾情於他這個窮酸的小白臉道士，推掉了其他揮金如土的豪客，又說他是個敗壞門風的虛假道士，正用會幫香緹贖身的藉口欺騙著香緹，還說他用邪法控制著香緹。

　　而這些在醉生樓這樣的地方，也不算是閒言碎語，不過是旁人對他們再正常不過的推測。雲階不想連累香緹，更不想他們說這些無中生有

的事情，他對香緹沒有這種非分之想，他只是很珍惜這種可以把酒言歡的情誼。

而這一次，雲階選擇讓這些人閉嘴的方式，是把傳言坐實。

——

他在醉生樓的一樓大堂支了一個鋪子，重操舊業，放話可以替人趨吉避凶，預知未來。那些說閒話的人，正愁沒有個實打實的事實熱鬧可以看，這下正好，雲階自己送上門來。於是，雲階剛剛重操舊業，這排隊的人便呼啦支起了隊伍。

他們毫不掩飾臉上正等著看笑話的調侃笑容：「大師啊，你幫我看看我家裡的母老虎，會不會知道我今天晚上買了新掛牌的嬌嬌姑娘啊？」

「大師啊，你說我這三天後在路上能撿到錢嗎？」

「大師啊，小時候有算命師父說我活不過二十五，我呢，下個月便要過二十五的生辰了，你可有什麼辦法化解啊？」

「大師啊，你說我到底什麼時候能娶上像香緹那麼漂亮的媳婦啊？」

雲階不置理會，認真地給每個人看他們的面相命格，給他們批命。

當然，他的預知未來趨吉避凶，都限於小範圍的事情，比如三天後會摔個狗吃屎造成身體小疾，幾日後有家庭爭吵雞犬不寧，或是出門忘帶荷包等等這些可以印證他說的話，但又無關人生走向的小事。

起初，聽者當滑天下之大稽笑笑，壓根沒放在心上，放下碎銀子，只當是提前買了之後的嘲笑做鋪墊。不過很快，這些等著看雲階笑話的人笑不出來了，雲階所言，統統在他們身上應驗。

本來各自為伍，以為這一切只是巧合，一碰頭才知道，找雲階預測的人無一倖免，統統中招。大家一合計，在感慨雲階竟不是江湖騙士、有點本事在身上後，又覺得這些肯定是雲階施的詭計，把他的邪門歪道用在他們身上了。

雲階的鋪子被他們掀了，大夥兒揚言要把雲階抓到衙門去。

雲階不慌不忙，笑笑地讓他們稍安勿躁，他有能力滿足他們每個人一個心願，如果他們願意嘗試，依然可以像上次那樣排隊。如果他們都不願意，他隨時等候他們把他押送去衙門，聽憑發落。

雲階就靜靜地坐在那兒，給自己倒了一杯清酒，明明面對所有人的眾

志成城，他一點也不害怕，反而反客為主地拿捏住他們。

鹿靈不禁感慨萬千，並被他的氣場所折服，讚歎道：「雲階真的好有自信啊！」

幽池在人群中靜靜地望著他，默默點頭：「經過怡城的事，他拿捏住了人性。」

面對危險和攻擊，人往往會異常堅固地抱團；而面對利益和誘惑，人便會變得脆弱不堪。雲階篤定，他給出的誘餌太香，但凡有一個人抵擋不住誘惑，自會產生連環效應，不攻自破。

果然，如雲階所料想的那樣，有人心動了。一個人朝他跟前排隊，後邊就有人跟上。甚至比第一次的時候，生意還要興隆不少。

雲階「不計前嫌」地看著他們，用最貪婪的嘴臉說著心裡的欲望。

「大師，我想比京城第一富商張萬才家還要有錢！」

「大師，我想娶一個世界上最漂亮的老婆，給我生一個能讓我家光宗耀祖的兒子！」

「大師，我想要長生不老，羽化成仙！」

「大師，我想有花不完的錢，玩不完的女人，最好，最好幫我這身皮給換了，我想要判若潘安的臉，我……」

……

雲階不是神仙，自然不可能滿足他們沒有邊際的狂妄想法，他能做到的，是在他們命格上，可以找到的比原先更好一些的可能。而當他直截了當拒絕一些人說出來的可笑之詞後，別人換了稍微小一點的願望，得到允許，依然是非常滿足地充滿期待。

瞧！這便是人性，可以貪婪到沒有上限，也可以卑微地立刻滿足。

「其實你大可不必搭理這些人的，他們愛說什麼便說什麼。我視你為知己，你不嫌我風塵，我們互為酒友，在這不堪的人世，尋得一絲慰藉足矣。」香緹情真意切地說著肺腑之言，「在我踏入醉生樓的第一天開始，我便知道我的一切由不得自己做主。」

雲階卻輕聲道：「也不是全為了你，也是為我自己。」

待他們的願望成真，相對應拿代價去換時，他們便會哭著來求他。到了那個時候，他不用費心解釋，他也好，香緹也好，都可以有足夠的話語

權，甚至是香緹想要離開醉生樓的自由，也不是什麼難事。

香緹無可奈何地淡然一笑：「我真慶幸自己還有識人的本事，你果然不是一般人。」

可香緹只是謝過他的好意，卻表明她是不會離開醉生樓的。

雲階十分困惑地問她：「為何？」

他和她相處的這段日子，他總能感覺得到她想要離開醉生樓的強烈願望。

「家裡沒落的那天起，我猶如那無根浮萍，飄蕩在這世間。若有人願意出高價贖我出醉生樓，嬤嬤同意便可成全我的自由。可之後呢？之後的生活要怎麼過？我一個人要何去何從？我想要隨一個真心愛我、許我將來的人出這醉生樓，那才是我真正心之所願。」

說到這裡，香緹清澈的眼眸透出一絲光亮來，但很快又如坍塌的高塔那般黯淡了下去。

幽池琢磨香緹說這話時，散發出不同尋常的神采，旁邊的鹿靈突然一拍桌，口齒不清地說：「她有喜歡的人了。」

幽池回神，鹿靈竟就著桌子上的糕點吃了起來。

「看什麼，餓了不行嗎？」鹿靈一手一塊糕點，各咬一半還沒咽下去，又看準一旁果盤上，又大又誘人的水蜜桃。

意念入境，是不會主動有幾天沒進食的饑餓感的，多半是她惦記這醉生樓的糕點吃食好久了，想趁機嘗嘗看罷了。幽池對此感到哭笑不得，反問道：「你為何這麼篤定她有喜歡的人？」

鹿靈微微皺眉，拿起旁邊的茶水直接往嘴裡灌。等嘴裡的東西都吞下去後，鹿靈得意洋洋地說道：「這還用怎麼篤定？我是女孩子，她也是女孩子，我怎麼會不知道她在想什麼呢？你看她說那話時眼神裡透出的亮光，分明是想到了一個人才會這樣。雖然不知道是誰，但肯定不是雲階。」

她扭頭重新朝雲階和香緹看去，香緹的目光的確不是看向雲階的，她剛才的亮光，和平時跟雲階對視時很是不同。

「唉！我道是修行之人破戒，跟青樓女子談情說愛，還是很有看頭的。沒想到想錯了⋯⋯其實我真是不懂。世間女子為何都這般傻，要講希

望寄於男子，難道不能自己去看盡天下，不能自己救自己於苦海嗎？」

幽池知道，比起香緹，鹿靈是有這種能力和膽量的，只是這世上的女子，不是都像她這般有能力、有膽量的。

可當幽池說出這番話時，鹿靈則是非常嚴肅地否定他道：「才不是！誰天生便有能力和勇氣？像我打鐵，從起初連打鐵的錘子都拿不起來，到之後慢慢能拿得熟練輕巧，再來控制火候和反覆捶打的力量。這些都要長年累月的積累。至於說到膽量，若人生如此苦難都能承受了，為何沒有反抗的勇氣呢？」

幽池自然啞口無言。

他忽然覺得鹿靈只是表面上沒心沒肺，其實心裡比誰都要精明聰慧。

「好！好哦——」

一陣掌聲如雷，大堂裡的所有人都鼓掌看向前方。幽池和鹿靈循著大家的目光看去，原來是香緹抱著琵琶上臺了，這次不是她一個人獨奏，而是有一個班底，在為她張羅舞臺。從一個人的嫋嫋清音，到輔助同臺，還有絕世舞娘翩翩起舞。

好看，好聽，好風景。

仙樂飄飄，美酒佳餚，天上人間，不過如此。

俗話說得妙，你在臺上看風景，風景在看你。好比幽池和鹿靈，是這回憶境界裡的觀眾，他們又何嘗不是在被雲階大師的魂魄所看著呢？

不過幽池發現，香緹的目光始終落在臺下的一個地方，大堂內幾乎座無虛席，唯有她看的位置空空如也。幽池想到鹿靈曾非常篤定地說過，她有喜歡的人，想來……這個座位便是她的心上人坐的。

青樓裡的女子若喜歡上一個人，猶如修行之人跌入魔道，與不恥為伍，與大忌為友……是惡果的初生，墮落的微甜。香緹心裡有人，這一點不只是幽池和鹿靈知曉，雲階很快也發現了。他們不再關起門來喝酒，香緹在臺上演奏，雲階在臺下一邊欣賞，一邊坐在之前支攤的固定位置上小酌清酒。

或許，他們從一開始便是同道中人，香緹在拒絕他利用那些恩客為她贖身後，他們便默契地不再關在一個房間裡喝酒，她也不怎麼接客，而是在臺上彈琵琶。

他發現她在等人。這個人，總在她忍不住的不經意的抬眼望去，總固定在他左手邊那個空位上。每一次，香緹的眼波流轉，鬱鬱寡歡，他都看在眼裡。

直到這天，上元佳節，空位上忽然來了賓客，香緹依然在臺上彈奏。這一次，她換了一身紅裙，頭戴白玉簪，美得像一朵正在怒放的牡丹，極具張力，與雲階這些天對她的認知完全不同，像是一片白雪搖身一變，成為一簇火種。

她指尖的琵琶曲，一改之前的清新寡淡，節奏變得歡快起來。而坐在空位上的男子，一身白袍，氣宇軒昂，腰間繫著的冠帶是官家刺繡，只是看側面，已然是陌上人如玉公子世無雙的翩翩風采。這世間上那麼多人，大多如泥如塵，而少數則讓人一眼便看得出，他是有故事的人。香緹等的這位心上人，便是這樣的人。

他手握摺扇落座，旁邊的小廝站在身後。香緹自打他出現，眼裡再容不下其他。

一曲終了，男子握起茶杯對著臺上的香緹示意，香緹面紗下嘴角輕揚，眼底的光彩洩露她的歡愉。

香緹戀戀不捨地收回目光，她的侍女，也是伴舞中其中一個舞娘隨她下臺。香緹上二樓，侍女過來請男子同行。她不忘走過來，跟雲階說：「雲公子，我家小姐也請您上樓。」

香緹的房間，雲階和這位公子在香緹的介紹下得以相識。

「這位是唐墨唐公子。」香緹莞爾輕笑，親昵地看著身側的唐墨喚道，「阿墨，這位是雲階雲公子，他是我剛認識的好友知己，我與他相見恨晚。」

說罷，她格外留意唐墨的反應。

唐墨則是大方地望著雲階，展扇笑道：「在下唐墨，幸會。」

雲階不動聲色地將其上下打量，淡然一笑，道：「唐墨，在下聽聞新晉的狀元郎也姓唐，莫不是這麼巧……」

唐墨微笑點頭：「慚愧，正是在下。」

雲階略有打趣的意味，輕聲嘆道：「原來真是狀元郎，鄙人一介遊士，豈敢跟狀元郎相識為友呢？」

不等唐墨說話，香緹急急地截過話茬道：「阿墨不是這樣的人，他不會嫌貧愛富，絕非是勢力小人。阿墨……很好。」

第一次見香緹這般著急，像潺潺流水突然遇到了風浪。

唐墨拉過香緹，善意地跟雲階伸出手：「雲公子說笑了，我考上狀元之前也是布衣出身，以砍柴為生，幸得一鄉紳幫忙，才得以有考恩科的資格，我們皆凡人，人人皆平等。」

可雲階並沒有半分暖意，或者出言冒犯的愧疚，只是最後一句，他便知道唐墨在做戲。

我們皆凡人不假，人人皆平等很假。可以是心中所期，但不可能真的做到眾生平等，他若真是從底層爬上來的人，更應該明白這個事實。

香緹詢問他出京公務辦得如何，可會在京城長待？言語之間皆是思念和責備，他比說的時間長了不少。

唐墨面前的香緹，與從前判若兩人，像死水注入活水，真正靈動了起來，在心上人面前，自然與和朋友相處的感覺不同。雲階識趣地不打擾唐墨和香緹的重聚，藉口從房間裡出去，碰上前來上茶的侍女，雲階道：「你家小姐此刻不會喜歡外人叨擾的。」

侍女溫順點頭，一時間不知要怎麼處理手中端著的茶和糕點，雲階見狀：「不如我們吃了吧？」

侍女怔怔地瞪大眼睛，顯然不敢這麼大膽。雲階拿起一塊芙蓉糕：「我請你吃，可行？」

侍女怔愣之後，鼓足勇氣般地點頭。

之前都是香緹親自招待的雲階，所以即便碰到侍女端酒進來打個照面，也沒有交流的機會。

香緹的靜，具有讓人不可忽視的沉靜；而這位侍女的靜，是讓人輕易忽略的沉寂。侍女名喚梅兒，比香緹還小上兩歲，自小便跟香緹一塊兒長大，東家沒落後，她便隨香緹來到醉生樓討生活。她性格內向不愛說話，也不會什麼才藝，身為小姐的丫鬟，要隨香緹一處，起到照顧和督促的用處。後來香緹比起跳舞更喜歡彈琴，在深閨之日長無聊，彈琴時想找個伴兒陪著解悶，所以她的跳舞便堅持下來，還有名師指導。

不想，有一天淪落風塵後，因為有跳舞這一技傍身，還留有體面的一

口飯吃。她長相雖不如香緹出眾，卻也清麗雅致，特別是起舞的時候有一股韌勁兒，像疾風知勁草那般會讓人注意。

梅兒沒有姓沒有名，沒有過去，也沒有日後，香緹在的地方，便是她的歸處。

她不識字，沒有香緹的見識和細膩的心思，雲階請她吃塊糕點，她都顯露怯懦，要需要不斷地說服自己。不過是十七的年紀，眼裡卻沒有光亮，似乎對世間一切都沒有興趣。

雲階問她：「可有想過自己的未來？」

梅兒用手背輕輕擦拭著嘴角殘留的糕點碎屑，怔怔地重複了一聲：「未來？」

她隨即搖頭。

雲階又問：「要不要我幫你算算，你的未來會如何？」

她再次搖頭，不帶一點猶豫。

這回輪到雲階好奇：「為何不想？哦，我不要你的銀子，就當是……感謝你這段時間替我拿了那麼多罈酒進屋。」

梅兒靜默一笑，搖頭：「不！我真的不想知道。我只想跳好當下的每一支舞，過好當下的每一天便夠了。」

還是第一次，在確認自己並非茅山道士浪得虛名後，還做得到如此清心寡欲的，雲階一時不知道該說什麼。

「我是小姐的丫鬟，我不需要想我的未來。」梅兒向雲階行禮，感謝他贈送的糕點和茶水，轉身離開。雲階望著她的背影，陷入沉思。

鹿靈望著梅兒遠去的背影，也陷入了沉思：「這個梅兒，真是不簡單啊……」

幽池大概明白鹿靈的意思，在這個看盡浮華、鶯鶯燕燕的醉生樓，還能做到心無旁鶩，要麼就是痴傻，要麼就是單純過頭。

梅兒，似乎是第三種……多聞數窮，不若守於中。尋大道者之見解也。

站在窗邊的幽池，見風起，外邊的一日，又跌入黃昏。漫天的雲彩沉浸在夕陽的光裡，寓意著一天即將結束，等待更替。

幽池忽然說道：「雲階大師新一輪的考驗要到了。」

鹿靈猛地轉過身，辮子打在幽池的臉上：「真的嗎？什麼考驗？」

幽池平白挨了這麼一打，疼地抹了把臉，也就沒心情回答她了。

這一晚，雲階睡在隔壁廂房，唐墨卻沒有在香緹房間留宿。

雲階聽到動靜的時候，隔著門板看到香緹追著唐墨出來。

唐墨輕聲道：「不用送了。」

香緹拉住他的手臂，似是懇求般地問道：「墨郎，你真的不能留下來陪我？」

「香緹，我還有要緊事去做。」唐墨的語氣很是為難，按在她的手背想要推開。

「你總有事要去做，你的事情永遠都忙不完……」香緹嗔怨著，失落地把手放下。

唐墨沒再說什麼，稍作停頓後便轉身離去了，香緹跟上去兩步，最終還是停下。她站了許久，自尊和驕傲一點點地收回揣起，也只得轉回了身形。雲階聽到香緹回屋關門的聲音格外沉重，她似乎還喚了兩聲梅兒。

其實，雲階不必看也知道，香緹這是剃頭挑子一頭熱，在唐墨那裡，她並沒有得到相同的回報。他悄悄替香緹看過她跟這位唐墨的未來——香緹和這位唐公子沒有緣分。

沒有緣分的情深，是一場註定好的悲劇。雲階不懂情愛，亦沒有經歷過情愛，他只知道人世間的事，十之八九不如意，而情愛，更是不如意中的大多數。有的人把情愛看得太重，有的人情愛只占生命的一小部分；有的人目光在遠方，有的人只著於眼前。

不同的人遇到了，錯過也便在路上了。

香緹愛上唐墨是押注，唐墨若愛上香緹是情趣，本質來說已是大相徑庭。

雲階看向牆壁，一牆之隔的那邊，他知道，這一次，他和香緹拿起了同一杯酒，酒的名字，是辜負。

一腔熱情最易拋，往往明月照溝渠。唐墨的搖身一現，又過去五六日的功夫，這一天，雲階聽到來玩的常客，帶來一個關於唐墨的消息。

「哎！聽說了嗎？新晉狀元郎居然私吞給朝廷的貢品，還自作聰明地把東西調包了。他以為別人瞧不出來，真是膽大妄為！」

「唉！下獄通告都貼遍了大街小巷，怎麼會不知道呢？好好的一個狀元郎，本是前途似錦，居然搞成這樣……」

「我說他定是被人冤枉的，哪會有人這麼傻？這麼傻的人，也不可能考得上狀元，你說是不是？」

「噓！這話可不能亂說……」

……

客人們竊竊私語著最新消息，引得雲階微微蹙眉。

唐墨的未來他沒有看，不過從他的面相來看，近期也並無牢獄之災。還以為他這幾天沒有現身在醉生樓，是因為想逃避香緹的感情，可若是香緹知道了唐墨出事……

思及此，雲階才發現二樓東頭的房間格外安靜，香緹、梅兒的身影，都沒有看見。自他支起鋪子，讓那些人願望得以實現後，老鴇對雲階的臉色又恢復了最初的和顏悅色，還特地把大堂最好的雅座長期地供他使用，包括醉生樓，他都可來去自如。

雲階心下一緊，上到二樓推開香緹的房間，果然，香緹不在房裡，梅兒正假扮香緹坐在那裡。看到進來的人不是別人而是雲階，梅兒的臉色從瞬間煞白勉強和緩不少，但也是極為沉重。

「你家小姐呢？」

「她、她去救唐公子了。」梅兒看向旁邊的梳粧檯。

雲階望過去——

梳粧檯的抽屜全部開著，裡邊的鑲珠盒子只剩下盒子，香緹定是拿著她所有積蓄去救唐墨去了。

儘管這是香緹自己的選擇，但雲階還是忍不住罵了一句：「這個傻瓜！」

唐墨的罪，即便是實情又或者是被人誣陷，她拿著那麼多錢過去都是無用的。若唐墨真的做了，她幫不了；若唐墨被人誣陷，她這些錢無異於石沉大海。官場上的黑暗，可不是一個青樓女子可以應付的，至少，她該跟他商量一聲。

雲階的心因此而冷卻了幾分，梅兒替香緹擔憂不已，只道：「雲公子，小姐會不會有事？」

雲階丟給她一個「這還用問？」的冷漠眼神，他看她穿上香緹的紫色長裙，梳著香緹的髮髻，即便身形相差不多，眼尖的人還是從背影便可分清這是兩個完全不一樣的人。他尚且可一眼認出，別說是與她們朝夕相處的老鴇嬤嬤。

　　青樓的掛牌姑娘，不得允許不可輕易離開，否則以重罪論，香緹這當真是不要命了。

　　梅兒「撲通」一聲跪地，抓著雲階的衣襟哀求道：「雲公子，奴婢知道您很有本事，請您看在和小姐相識一場的份上，還請您務必要救小姐！」

　　雲階緊緊地蹙著眉頭，他看著梅兒這個樣子，突然想起在怡城時候的自己，他何嘗不是把「救人救天下」放在第一位？可是之後他又得到了什麼？

　　他的善，沒有被善待過。他曾告訴自己，不要再管人世間的是是非非，在那些人散播他和香緹的謠言時，他重操舊業，已經是破例了。而現在……

　　「我求求您！雲公子，我求求您！」梅兒見雲階不說話，用自己的頭磕地，一次又一次，鬢上的髮簪甩在地上，自成一片凌亂。

　　透過意念靈識見到這光景的鹿靈，不由地驚呼出聲：「他居然遲疑了！」

　　幽池坐在窗樞上，看著鹿靈生氣地來回走動。

　　「他怎麼能遲疑呢？梅兒都這麼求他了！不，梅兒不用求，他都應該毫不猶豫地去救人，他和香緹可是知己啊！那些共飲的酒，那些說不完的話，他居然還在猶豫該不該見死不救？」

　　幽池抿唇，伸出去的手在半空中遲疑了一下，但還是捏住了她的辮子。

　　「哎喲！」

　　「你冷靜些。」

　　鹿靈把自己的辮子從幽池手裡搶回來：「你讓我怎麼冷靜！他不過是在怡城遭遇了一些挫折和磨難，怎麼就這麼容易動搖了心裡的信念呢？不！他不是動搖信念，他根本是連自己的心意都不相信了！」

幽池卻道：「若是你被眾人背叛，還被人丟下，你也可能會如雲階這般的。」

所謂將加人，先問己，己不欲，既速已。誰都不可輕易地評判其他人。

鹿靈很嚴肅地瞪著幽池，想了想，還是斬釘截鐵地說道：「不會！天下負我是天下的選擇，我負天下是我的過錯。」

幽池微怔。

「老爹把家裡的錢都拿出去賭，我也沒有半夜磨刀殺了老爹啊！」鹿靈又非常認真地補了一句。

鹿靈的金玉良言，皆從自身出發，那個素未蒙面過的伯父，倒是成了她好多人生感悟。

那邊，雲階還沒有給出答覆。梅兒磕頭的時候，香緹突然回來了。

「雲階！雲階……」

第三章

　　香緹神色匆匆，看到雲階的瞬間，像漂浮在海水裡的絕望之人忽然抓到了稻草，一把抓住雲階道：「雲階，求求你，救救墨郎！」

　　說著，她也如梅兒那樣跪下來了。

　　雲階神色複雜，他打量著香緹，此時的她已經花了妝容，髮絲凌亂，步搖也歪歪扭扭，完全不似此前精緻美豔的她。

　　香緹說過，美麗是女子的武器，行走江湖怎可丟了武器？而如今，整個人都很狼狽的她，簡直是丟盔棄甲，毫無尊嚴可言。

　　梅兒見自家小姐跪下了，趕緊起身來扶。她卻將梅兒推開，只管死死地抓著雲階懇求道：「墨郎在大獄裡被人下了毒，現在命在旦夕，雲階，我知道你的本事，我求你救救他！」

　　雲階卻略顯冷漠地別開臉去：「生死自有天定，我不能輕易更改他的命運。」

　　「不！我不要什麼生死自有天定！我只要他活著，他若死了，我絕不獨活！」香緹歇斯底里地哀訴，淚水在眼底打轉。

　　生之徒，十有三；死之徒，十有三；人之生，動之於死地，亦十有三。雖說生死自有天定，但其實每個人的每一個選擇，都會造成命運的偏離。唐墨有此一劫，想來也是他冥冥之中做了選擇的緣故。

　　雲階不是不能救，只是他想起在怡城，他為小女孩所做的努力，改變了對方的命運同時，也改變了其他人的命運。他顧念自己和香緹之間的摯友情分，不願她為了唐墨，而給她自己埋下什麼隱患。

　　香緹見苦求不成，竟心生恨意，忽然就指著雲階破口大罵起來：「你不是幫別人都算過，改過命嗎？為何到我這裡，你便如此吝嗇？若我知你是這種人，我當初就不該救你！還不如……還不如讓你墮落在酒罈裡醉死算了！」

　　「香緹，你聽我說……」

　　「不必了！」怒火攻心的香緹，提起裙擺轉身就走。

　　「小姐，小姐！」梅兒追出去，追到門口聽到雲階說：「不必追了，

她的固執無人可勸。」

後半句，雲階未曾說出。她若一意孤行，自會墜入深淵。

扶著門框的梅兒，望著小姐遠去的背影，心疼地沉聲道：「小姐自淪落青樓，心裡一直孤苦，她想要有一個依靠無可厚非，難得小姐碰到一個喜歡的人，雲公子為何不能理解呢？」

雲階眼裡的動盪，逐漸凍結成冰：「理解如何，不理解又如何，這人生漫漫長路，從來都不能依靠任何人走下去。」

從來都不能。

「從來都不能……」幽池低聲呢喃。

鹿靈卻搖了搖頭：「我不這麼覺得。」

幽池回過神來，看向她，問道：「你竟想依靠別人？」

雲階說的這話，特別符合鹿靈的性子，沒想到鹿靈卻提出有不同的看法。

鹿靈又一次搖頭：「非也。」

幽池猜不出她想要說什麼。

「人生在世，漫漫遠兮，自然會有走累了想要偷懶的時候，依靠一下別人有何妨呢？重要的是不能一直依靠，得堅定地走自己的路，這才是最重要的。」

幽池的眼睛緩緩地睜大，鹿靈這麼一本正經地說著大道理，著實讓他有些不習慣，他眼睛微微瞇起，竟是調侃她：「又是你打鐵得來的心得？」

鹿靈不置可否地晃蕩著腦袋。

幽池想起自己師父說的話。他也如雲階這般絕對地說過，這之後的路他要自己走，他的修行是比別人更要艱難的路，他的心魔是這條艱難路上最最艱難的地方。所以雲階說這話時，他有感同身受之感。

鹿靈的話，倒是給了他新思路，且多了幾分溫暖的情誼。

「但是，你說雲階拒絕了香緹，唐墨是不是就大難臨頭了？這便是你說的，雲階的考驗嗎？」鹿靈湊過來，用手肘捅捅幽池。幽池默默地往旁邊挪一點位置，鹿靈沒發現，一個用力，把自己捅到地上去了。

幽池的眼睛彎了彎，似有欣喜之意，鹿靈卻有些驚訝地打量著他，忍

不住說道：「你現在很開心？」

幽池卻不以為然的說：「開心？」他自然不懂那是什麼一種感受。

鹿靈一點都不介意他方才的使壞，而是喜悅地爬起身圍著他打量，笑瞇瞇地說：「很少看到你這種表情，你總是板著一張臉，不喜不怒，不悲不哀，我一直以為你是個沒有七情六欲的鐵心木頭呢！」

幽池緩緩地垂了眼，也沒打算隱瞞鹿靈，點頭應道：「我的確沒有七情。」

鹿靈愣了愣，並沒有取笑他，反而是大咧咧地將手臂搭在他的肩膀上，非常仗義地說道：「沒有七情也不需要覺得低人一等，你看我，從小到大百毒不侵的，不也是活得這麼開心嗎？說不定有那麼一天，你的七情就會回來的！」

幽池學著鹿靈平常的模樣，翻了個白眼，他知道這是表示嫌棄的意思，心中暗暗想道：如果七情那麼簡單就可以找回來，他也就不必雲遊四方了。

不過，鹿靈的話讓他隱隱地產生了期待，也許……總有一天會尋回七情的。

香緹從醉生樓出去之後，梅兒遭了殃，老鴇質問香緹去哪兒了，梅兒只能閉口不言。官妓的貼身丫鬟一般都會被欣然接到樓裡，除了貼身伺候之外，還有一個作用，便是一旦姑娘出了問題，罪責連坐到丫鬟身上。她們都有一起長大的情分，當人質再合適不過。

按照規矩，梅兒被關進了鎖雲臺。這是醉生樓樓內的一個樓閣，名字取得雅致，裡邊的真實情況，卻是相反的恐怖——

十二道刑法、蛇絲鞭、老虎凳、火焰爐……，讓人皮開肉綻、生不如死的伺候應有盡有。但凡樓裡誰壞了規矩，需要上這鎖雲臺，裡邊的火光永不熄滅，穿著背心、露出虎背熊腰的打手永遠就位。

纖弱的梅兒被丟進鎖雲臺，雲階想要替她說話，老鴇客氣又冷漠地勸道：「雲公子，我敬你，你也得敬我，這是我們醉生樓的規矩，旁人破壞不得。」

雲階無奈只好閉上嘴。

鎖雲臺裡傳出梅兒痛苦淒厲的叫喊聲，響徹流雲上空，但很快地，待黃昏落下之時，鎖雲臺又重新墜入安靜。雲階唯一能做的，便是渡真氣上去，護住梅兒的性命。

　　於雲階和幽池這樣的修行人而言，他們可入世又不能完全入世。像這時這種情況之下，清楚地顯露分寸所在——適當的視而不見、聽而不聞、博之不得。

　　「你們修行之人是不是都這般矛盾？」

　　幽池和鹿靈的意念來到了鎖雲臺上方，他們親眼看到梅兒被折磨的奄奄一息，她身上的紅色舞裙，比進去鎖雲臺之前更顯鮮豔了，分不清那是鮮豔是血還是原本布料的顏色，反反覆覆的潑水，弄得全身濕透，髮絲沾染在慘白的臉上，整個人不成人形，奄奄一息。老鴇培養的打手，毫無人性地一次又一次地逼問梅兒有關香緹的下落。

　　鹿靈看著梅兒如此，又看看待在鎖雲臺下方一個勁喝悶酒的雲階，想不通地嘀咕道：「他口口聲聲的心懷天下，可以為了百姓疾苦，不惜違背原則。按理說，是心懷大善的人才能幹得出來的事兒。現在他對香緹和梅兒又異常心狠，可你說他真心狠吧，他大可以看著梅兒死的……」

　　幽池明白鹿靈的困頓，也明白雲階的矛盾。

　　「有時心狠未必不是一種心善，而有時心善未必不是一種惡意。」幽池想到怡城的事，想到雲階對香緹和梅兒做的事，才能有這樣的似覺悟般的定論。

　　夜色深重，鹿靈的身影倒影在窗樞旁。有一層微微的光，離她的身體有一段微妙的距離，又像是從她身上長出來的一樣，猶如波光隱隱粼粼。

　　到了第三天，香緹終於回來了，她不是一個人回來的，而是跟她的墨郎一起回來的。

　　待她出現在醉生樓大門口的時候，雲階正坐在自己的位置上喝酒，他這幾天都沒有入眠，承受著內心的煎熬，擔心梅兒會因為香緹的徹底離開而難逃一死。

　　「上官香緹！你總算知道回來了！」老鴇的聲音在清晨的微光折射進來時清冷響起，「來啊！把她拿下！」

　　雲階扭頭間，老鴇的帕子一揮，幾個手下立刻把香緹圍住。

香緹穿著一身白色長裙，雙手靜靜地疊放在身前，不慌不忙。她又重新變成之前精緻漂亮的花魁，且比之前還要清新脫俗，那一身白，猶如仙女下凡塵一樣，襯得她無暇純淨。只是……有一些不同了，雲階微微皺眉，說不出她的眉眼間哪兒不同了。

　　香緹不慌不忙地從袖口掏出一疊銀票遞給老鴇，昂起脖頸道：「今天我回來，是要替自己贖身的。」

　　老鴇皺眉，半信半疑地接過。她作為醉生樓的老鴇，香緹能賺多少她是一清二楚的。且不說香緹沒有這麼多錢，能夠得到替自己贖身的價碼，即便是夠得到，單憑銀子，香緹也不可能走得出這醉生樓的大門。

　　除非……

　　香緹微笑，側過身看向身後。唐墨從門外走進來，像之前來看香緹表演那般翩翩如玉，好像之前街頭巷尾傳言他下獄的事，只是一個傳說罷了，他完好無損地出現在眾人面前，醉生樓門口的華麗馬車是他的。

　　唐墨把他手裡的扇子打開，輕輕一扇，肩上的烏青髮絲飛起，更顯風流。他對老鴇說：「我親自為香緹姑娘贖身。」

　　老鴇打量他沒磕沒碰，腰間的官牌仍在，笑容立刻迎上前去：「哎呀！唐大人您沒事了啊？我之前還一直擔心著您呢！香緹真是何德何能，能得您青睞啊，醉生樓真是三生有幸，三生有幸啊，呵呵呵……」

　　她常年吊著的嗓子，又尖又細的聲音聽著格外刺耳。唐墨懶得聽她廢話，皺眉擺擺手：「那就煩請去拿香緹姑娘的賣身契來吧！對了，香緹姑娘的貼身丫鬟梅兒呢？我也是要一併帶走的。」

　　老鴇聽到唐墨還特意提到梅兒，臉上的笑容僵了一下。

　　「怎麼？不行嗎？」唐墨看出老鴇臉色有變，皺眉問道。

　　「啊……一個丫鬟罷了，怎麼會不行呢！」老鴇訕笑，支支吾吾道，「只是那丫鬟做錯了一些事，我讓她去掃柴房了。我這就去叫人把她找回來……」

　　香緹催促道：「媽媽，我和唐大人趕時間，麻煩你快些。」

　　她挽過唐墨的胳膊，如今的她，像極了唐墨身邊的狀元夫人，一改平和的語氣，竟顯露出了高高在上和頤指氣使。老鴇不敢怠慢，賠笑地走開，手帕直揮讓狐假虎威的手下們趕緊散了。

這時候，香緹的目光，不經意間瞥到了不遠處的雲階。香緹跟唐墨耳語兩句，唐墨微微頷首，香緹朝雲階走過來。

　　雲階收回目光，把手裡剩下的酒一飲而盡。

　　未見人影，先聞其香。香緹身上的香味是她親自調的，她說她母親懂得調香，她自小耳濡目染，明白香氣對於一個女子的重要。嗅覺是能令人喚起深處的記憶的，即便忘掉了一些人一些事，香味忘不了。而在活色生香的醉生樓裡，有一抹別出心裁與眾不同的香，可以想像是何等的重要。

　　香緹離開後，雲階才知道她的話並非誇張，其他姑娘身上的香，大抵是相同的，聞過既忘。如今再次聞到，卻是真正的告別之氣。

　　雲階抬眸，香緹的語氣淡漠，冷聲道：「我說過，我會讓他活著。」

　　雲階微一皺眉，暗啞著嗓音說道：「你不該這麼做。」

　　「我只要他活著。如今一切都好了，你看到了，他要為我贖身，他要娶我。」香緹眼底還是有著對雲階見死不救的怨氣，輕蔑道，「從今以後我會過得很好，我會忘了這裡的一切，也包括你。」

　　雲階垂了眼眸，悵然一聲：「不管你信與不信，我是真心為你好，且我一直……很感念你和我成為酒友的緣分。」

　　香緹再未言語，她越過雲階的身後，看到被帶出來的梅兒，並給他倒了一杯酒：「這杯酒算是告別。」

　　雲階看著酒杯裡的清澈，眉頭不展：「你和唐墨沒有緣分。」

　　香緹起身，不再跟他言語，朝門口走去。

　　雲階拿過這杯香緹給他倒的最後一杯酒，就著嘆氣仰頭飲下。他知道，這句話他之前說過。他也知道，他現在重複香緹不會想聽，他只是盡一個朋友最後的情分和責任。

　　唐墨今天來替她贖身，或許是為了感念她的救命之恩，但絕對不是她所期待的那般。高傲如她，也不會接受唐墨只有感激而沒有感情的贖身……

　　她拿她的心去換唐墨的命，不值得。

　　有人要唐墨死，餵他吃下的是鶴頂紅，即便是再世華佗，也不可能有起死回生的能力。而香緹沒有他的幫忙，卻能把唐墨救活的辦法並不多。剛才她坐在他對面，他打開天眼去觀察，果然看到她的心是空的，香緹用

自己的心，去巫師那裡換了唐墨的命。這種巫術講的，便是以命換命的交易方式，其本質不是救人，只是助成一場交換。

而一個人若是沒有了心，和死了有何分別？自此之後，香緹成了行屍走肉，再無凡人該有的感覺。

梅兒受了刑法，已經走不動了，老鴇讓其他丫鬟幫梅兒換了衣服，遮蓋住身上的傷，但遮不住臉上的慘白神色，唐墨立刻找人進來，幫忙扶上馬車。

香緹從老鴇手裡接過自己的賣身契，查看確認過後，跟她淺淺行了個禮，感謝這些年在醉生樓對自己的照顧，之後便頭也不回地轉身離去。老鴇扯著笑目送他們出去後，罵道：「這個沒心肝的，真夠心狠的，就這麼離開，連句多餘的話都沒有！」

雲階聽到後苦笑著，老鴇大概不知道，自己這是罵了一句大實話吧！

醉生樓前，馬夫趕著馬車起行，徐徐而起，浩浩蕩蕩載著香緹和梅兒就這樣離開，在毫無預兆的這個清晨。

鹿靈對幽池攤手，無奈道：「就這麼走了？這算是什麼考驗？」

幽池剛要開口說話，鹿靈立刻做了一個「噓」的手勢，壓在幽池嘴唇上：「噓！你別說話，我來猜猜看！」

她的手指冰冰涼涼的，壓在嘴唇上還偏移了一下。

「雲階大師都說了，香緹和她的墨郎沒緣分，這麼一去肯定不太平，說不定香緹又會回來求雲階對不對？」鹿靈看戲看出了經驗，腦袋瓜裡的靈感，像海水一樣地連綿不斷。

幽池垂眸，視線落在她的手上，因為她說完了這番言論，還是沒有挪開手。

「呀……」鹿靈後知後覺地把手指縮回來，臉頰不經意間地微微泛紅。

幽池清了清嗓子，重新跟鹿靈對上視線後道：「我不知道。」又看到她嫌棄地把手指往衣服上使勁地擦了擦。

不過，他說的確是實話，他是真的不知道，他只知道無心之人最後的下場都不會好到哪兒去，無法由心做主，只能憑藉本能做事。一旦事情失控，那個空空如也的胸口，就會被怨念迅速充斥填滿，猶如難以控制的

魔，最終招來自我毀滅。

沒有香緹的醉生樓，有一點點的不同，老鴇抱怨少了一個可以賺錢的搖錢樹後，努力提攜新人，立刻又投入到蠅營狗苟的生活裡日復一日。

原本是香緹獨奏、梅兒伴舞的舞臺，變成了其他姑娘的吟唱和伴舞。

香緹的牌子扯下來，從此再無香緹這個人。

雲階還是坐在他的位置，看著物是人非，聽著其他常客略提了一句香緹之後，就很快地陷入別人的紅袖添香中。那些曾經屬於香緹的風光無限，像是一頂誰都可以戴上頭的帽子，轉移到別人的頭上是那麼的快，快到雲階覺得像是做了一場恍如隔世的大夢。

雲階又重新把酒言歡，彷彿回到認識香緹之前的日子。他在酒裡尋找回自己的快樂，又試圖把快樂只局限於酒裡。

所謂蘭陵美酒鬱金香，玉碗盛來琥珀光。雲階把時光都傾斜在酒裡，一碗又一碗入腸。送走香緹沒有去處，他暫且不去想未來，而是安逸地在醉生樓暫住。

一晃，十天過去，亦或是更久的時間。雲階沒有特地去算，他以為不會再見到香緹，卻在迷迷糊糊中，見到了香緹的臉。雲階覺得自己一定是看錯了，因為香緹對他恨透了，怎麼可能用那種溫柔又難過的眼神看著他。

雲階閉上眼睛，忽然聽到香緹的聲音在喚他：「雲階，雲階。」

雲階還是不相信，他的酒，大概是喝迷糊了，亦或是因為躺的這個醉生樓，是他和香緹相識的地方，所以才會夜有所夢吧！

「原來，唐墨愛的人不是我。」這句話入耳後，雲階終於睜開眼清醒了。他坐起身，旁邊坐著的香緹是真實存在的，不是夢境。

香緹一身錦衣素袍，頭髮髮髻用一根白玉髮簪盤起，少婦的打扮，眉眼間的驕傲和歡喜陡然不見，猶如白日的月亮，不得窺見其蹤。她就這麼靜靜地坐著，仰頭間眼睛往上看，不知道在看著什麼。好似是盯著轉動的花燈，又好似是回望自己的過去。眼底不見悲喜，神色不見靈動。

雲階坐起後，她苦笑地轉頭看向他，似笑非笑帶動肩膀微聳，神情好生空洞。

「他喜歡的人，竟是梅兒。」香緹尾音輕顫，聽不出是在質問還是

在陳述。

　　雲階把腳放下來，端坐在他們初識的房間的躺椅上，靜靜地聽著。

　　「原來……他從第一次出現在醉生樓，投向臺上看的目光，並不是落在我的身上，他注視的人一直都是我身後的梅兒。你可信？」香緹瞳孔渙散無光，明明看著雲階，卻像是在看著遠方，她聲音沙啞地說道，「他的確很感恩我救了他，他也真的做到幫我贖身，可他知道我要的不是他的感激，而他贖我又不只是因為感激，他還因為梅兒。若是我不能重獲自由，我的附屬品梅兒也不能重獲自由。沒想到搞了半天，我才是那個附屬品，只是從始至終我都不知道罷了……」

　　雲階對這個結果並不意外，他之前那句提醒，現在終成事實，而她之前隨唐墨離開的風光無限，還似在眼前不曾褪色。好大的諷刺。

　　「你是不是在取笑我？你笑我活該。」香緹瞥見他的沉默，唏噓不已地嘆息道，「我也笑我自己，我真是天底下最痴的傻瓜，全程給他人做了嫁衣裳，哈哈哈哈……」

　　靜默的廂房，充斥著她滲人的笑聲，她笑到不能自己，更顯悲涼。笑罷，她直起腦袋，歪成奇怪的角度道：「我只是不明白，為何墨郎看中的是她，而不是我。」

　　雲階看向她。

　　「我比梅兒差在哪裡？她能有我漂亮？還是比我有才情？她不過是我身邊的一個丫鬟，沒有我，她連路邊的乞丐都不如。是我給了她一份體面的生活，是我讓她陪我長大，即便我淪落為官妓，進了這醉生樓，她也因為我，沒有被打發去柴房做粗重的活，保住了輕鬆的活兒！她無名無姓，她身上的每一樣東西都是屬於我的。她勾人的舞蹈身段，也是我小時候不要學丟給她的！可是為何？為何她卻輕易地奪走了我最重視的人？為何！」

　　提到梅兒得到唐墨的喜愛，香緹的神情變得瘋狂，神態近乎瘋癲。

　　雲階依然不知道該如何回她，他自己，又何嘗不是那個得不到答案的人？怡城的事，好多個為何，也在他的憤懣裡打轉。他那麼盡心盡力地為他們著想，為何只是一個差錯，便抹殺了他做過的所有，便如此用最大的惡意揣度他？

人性，怎可冷漠成斯？

雲階聽著香緹的「為何」，想到自己的「為何」，不由地又想給自己倒上一杯酒，悶聲道：「別的我不知，只是唐墨若是對你無意，就不該引起你的誤會，不該進你的房間。」

這一段的錯解，即便有香緹的過錯，唐墨何嘗就能摘得乾淨？他利用了香緹對自己的感情，那是肯定的。

香緹勾唇一笑，把酒杯搶過來喝下。

「他說最喜歡聽我彈琴，他說我是他見過的女子中最特別的一個。他說每次到我房間裡坐下，喝上兩杯我倒的酒，便可以紓解一天的疲憊。」香緹拿著空酒杯，笑不及眼底，「我現在才知道，這些話都是對梅兒說的。」

雲階給她倒酒，看著她的眼角，清晰的淚水豆大般地滑落。

她沒有心，眼淚是不自覺落下的。這些無心之後的反應，都是寄於之前的本能。如果唐墨可以回於她想要的一切，她這顆心的失去，不會有什麼特別不同。只可惜，從一開始，唐墨就不是她香緹的良配。只可惜，人性裡最無奈的一點：不撞南牆不回頭的任性。

真的疼過，才知道不可承受之重，這不能怪她。

「你之後有什麼打算。」雲階問。

「打算？」香緹重複著這個詞，眉宇間的戾氣突然驟然聚集，「他害我失去了一顆心，我還要祝福他和梅兒，做自己的打算？」

雲階微怔。

香緹冰冷的手，搭在他的手腕上：「雲階，我現在終於能明白你說的，那種被信任的人背叛的滋味是怎樣了。憑什麼我們的一腔真情，被人當成螻蟻輕易踐踏！憑什麼我們被傷害後，只能自己躲在一旁舔舐傷口，還不能責怪他們？憑什麼！我不甘心，我太不甘心了！這不公平！」

雲階無法反駁她說的話，這些他曾經在酒醉夢迴之時，跟師父發自肺腑地問過。師父只是笑笑的不說話，師父再也說不了話地，替他答疑解惑了。

「我們要讓他們知道，別人的真心，是無價的黃金，若他們支付不起，就不該輕易招惹，這才是世間正經的道理！」香緹緊緊地抓著雲階的

手，「雲階，你不是會測未來的命運嗎？你趕緊替我測測看，梅兒和唐墨是否有未來？」

雲階陷入了掙扎之中。他雖說無法反駁香緹的話，也贊同她說的真心不該被當螻蟻，可是……

「一旦心生報復，善念便如懸崖邊失控的馬車，永無止境地墜落。」幽池看著雲階矛盾的表情，臉上的神色也不禁凝重起來。

很多時候，行差踏錯只是一念之間。一念成佛，一念成魔。

幽池暗暗握拳屏息，儘管他知道，雲階的決定是什麼。

「你是大師，不比我等凡人。我願意以我一己之身，做最膚淺的嘗試。」香緹收回手，雲淡風輕地睞眸，「或許你會發現，有時候放縱自己內心一次，好過那些約定俗成的可笑底線。」

雲階眼底的神色很奇怪地動了一下。

這時，老鴇敲了門，不耐煩的聲音在外邊響起：「上官香緹，你說話的時辰到了，這廂房的價錢你是知道的，你給的那些，只夠說上這麼一盞茶功夫的！快些出來！」

香緹苦澀一笑，指著門外那道晃動的影子：「我為她賺了那麼多錢，如今連這麼一點時間都不肯給我，還要這般斤斤計較。雲階，你說的善念，我又去哪裡尋得？」

雲階終於鬆口，給自己倒上新酒：「你先走吧！梅兒和唐墨的日後，我會寫在錦囊裡，明日清早在醉生樓外的清水河畔交給你。」

香緹嘴角溢出一絲詭異的笑，點頭說好。

香緹出去後，老鴇的聲音又再次響起：「早知如此，何必當初啊！若是當初聽我的話，不去信那些什麼海誓山盟，你如今至少還是我們醉生樓的頭牌。這天下的女子就是這般傻，也不想想自己都淪落青樓了，怎麼可能還有男子會真心喜歡你這髒了的身子！」

雲階仰頭，原本醇香的酒重新變得苦澀起來，滑過喉結，辛辣酸楚。

鹿靈共情過深，也因此而變得抑鬱起來。

「我原本覺得這個人世間還是很美好的，打鐵累些苦些，但至少我每天過得很充實。不曾想，這人間還有很多藏汙納垢的地方，即便是雲階這樣的大師，也難逃汙染。香緹姑娘也不過是想要一份簡單的、只屬於她的

幸福罷了，為何竟也這般難？噴！」

幽池看著她耷拉下來的腦袋，忍不住伸手輕輕地拍了拍：「你怎麼也問起為何來了？」

鹿靈摸摸腦袋，抿抿唇。

「幸福並不簡單。」幽池搖頭道，「即便是人跟人的相遇也並不簡單，更遑論幸福了。」

前世五百次的回眸，才換來今生一次的擦肩而過。

這世上萬萬人，不是每個人都可以相遇，更不是每個人都有命運的羈絆。而幸福，似江南落花，大漠落日，看得到摸不到，輕易擁有不得。

鹿靈點點頭，指指自己又指指幽池：「那我們的緣分可算得上深嗎？我都和你一起入意念了。」

幽池微怔，一時不知該如何回應，只能默默地點點頭。他雖不能如雲階大師那樣可以預測未來，但不得不承認，自從不名山上鹿靈的誤會開始，他和她之間，似乎比擦肩而過多了幾分緣分。只是不知，這緣分的盡頭，通往的是何處。

不等幽池說話，鹿靈又問：「你說，梅兒和那個唐墨會有將來嗎？錦囊裡寫的會是什麼？哎！真是恨不得第二天馬上便來！」

幽池苦笑。

翌日，醉生樓旁的清水河畔。

香緹早早就來了，她沿著河畔來回踱步，不時地看向周遭，生怕錯過了跟雲階的碰面。雲階站在醉生樓的二樓，可以眺望到清水河畔的全景，他把寫好的錦囊用法力飛至香緹的手裡，便轉身不再看。香緹亟不可待地從半空中接住錦囊，幽池和鹿靈都站在旁邊，鹿靈更是跟香緹一樣著急緊張的目光，生怕錯過了什麼，又生怕看到了什麼。

香緹的手指甚至有些輕微的顫抖，直到錦囊裡的紙條展開，她笑到發抖。清水河畔的楊柳隨風輕搖，都不及她的前後彎腰。

「梅兒啊梅兒啊！你果真是我的好丫鬟，我和墨郎的不可能，也是你和墨郎的不可能。很好，很好！哈哈哈哈哈……墨郎你親自挑的人，我道會跟你長長久久，原來你命裡無花啊！哈哈哈哈……」

她瘋瘋癲癲猶如痴怨瘋婦，自言自語地笑聲不止。

鹿靈看著她這副模樣，也只能朝幽池投去無可奈何的目光：「我才不要成為這樣的女子，為愛痴傻如此，完全沒了自我。」

　　幽池卻問道：「錦囊裡寫了什麼？」

　　「梅兒於一年後嫁於唐墨為妾，成婚未到五月便生下一子，成婚不到兩年便因病撒手人寰。唐墨悲痛不已，終身不娶。」

　　幽池微微點頭。

　　香緹的大笑，或許是知道了時間，亦或許是因為看到這樣的結局，讓她心生痛快。她笑罷之後，把紙條放回到錦囊裡，心滿意足地離開。

　　鹿靈要跟上去，卻被幽池拉住了手臂：「別去了。」

　　「為何？」

　　幽池看向遠處醉生樓，雲階方才站過的地方：「待事情發生時，我們自然能看得到。」

　　雲階轉過身去的背影，久久地落在他方才的視線裡。他放縱了自己的邪念，又不願去面對自己放縱的後果。雲階的心，大抵在這一刻真正地不屬於過去的他，香緹的大笑，刺穿了他最後一層遮羞布。

　　想來在很後面的時間裡，雲階都不會忘記這一刻他墮入邪念的感覺，化作心裡的一根刺，偶爾尖銳，偶爾遺忘。

　　之後的幾天，醉生樓照樣每日活色生香，雲階沒有任何動靜，香緹那邊也沒有再來找過他。幽池和鹿靈每天跟雲階一起待在醉生樓，看著姑娘們的表演，都快要跟著會唱了。這日雨微微朦朧而下，常客們踏著雨水進來，帶來了新一輪的談資。

　　「你們聽說了嗎？唐大人要納妾了。」

　　「沒錯，唐大人娶的正房是禮部尚書的千金，沒想到做了乘龍快婿沒多久就要納妾，真是豔福不淺。」

　　「人家做禮部尚書的乘龍快婿，不過是官場聯姻，納的這門小妾，才是心頭肉。」

　　「產婆是我家的堂姑姑，聽說懷的是男孩兒，快五個月了。」

　　「是嗎？那真是雙喜臨門。對了，你說醉生樓的老鴇，會不會邀請去喝個喜酒啊？畢竟新娘子可是從醉生樓出去的頭牌啊！呵……」

　　鹿靈看向幽池，幽池則看向身邊的雲階。

雲階看似靜默不語，實則全聽在耳裡，他如墨一樣的眼眸微微波動之間，心裡的一絲快感得到滿足地閃耀生輝。

　　香緹藉由他的提示，做到了取代梅兒。她終於可以心願達成，成為唐墨的小妾，懷上唐墨的孩子，抓住她想要的幸福。

　　幽池捕捉到了雲階眼底似有克制著的狂熱。那是他淺嘗到自己的欲望和付出，得到實踐後的滿足感，正如香緹說的那樣，她來做這個先行者，他可以再好好地考慮一下，要不要做一樣的選擇。而事實上，雲階已經做出和香緹一樣的選擇了。

　　唐府納妾迎新的這天頗為熱鬧，雨停了，地上還濕潤著這些天的雨水，雲層很厚，沒有日光。全靠府裡張羅的紅綢彩帶，襯出光亮來。

　　唐墨身著新郎喜袍，站在門口迎接來捧場的賓客，賓客說著道喜之言，將手裡的請束和禮物送上，邀請的賓客人來了一半，禮來了全部。

　　他是納妾，即便熱鬧，也是不能蓋過娶妻當日的排場。

　　時辰一到，唐墨和他的正妻上座，香緹一身嫁衣，被丫鬟纏著出來，給兩人叩拜上茶。她懷有身孕，動作有些遲緩，丫鬟攙扶著她的動作，也變得小心翼翼。

　　「你瞧！她笑得多開心。」鹿靈雙手抱臂站在賓客中，望著上妝精緻、盤起新嫁娘髮髻的香緹，說不出來是為她高興還是為她難過，「她終於得到她想要的了，只是這一切，又本不是屬於她的。」

　　幽池道：「將欲取天下而為之，吾見其不得已。」

　　鹿靈看向幽池，說道：「你說，她取代了梅兒，那梅兒的命運會是她的命運嗎？」

　　幽池這回說的話，鹿靈能聽懂了：「若真是如此，反倒是她的福氣。」

　　只怕不得善終，才是無心的香緹最後的宿命。

　　喜堂之上，唐墨和他的妻子淡淡含笑，平靜地像是旁人娶親一樣，照著流程走一遍罷了。倒是兩邊的賓客，都非常熱情地盡職盡責，添加今天的氣氛。

　　鹿靈望著堂上的正妻，篤定道：「她不愛唐墨。」

　　幽池看向她。

「若她真愛唐墨，定做不到別的女子進門還能這麼平靜如水。」鹿靈眯眸，「從這一點來說，我倒覺得這個唐墨也是很可悲的。」

幽池淺淺勾唇。

誰說不是呢？

喜堂是跟天地承諾一生的地方，若不是兩顆真心的相互奔赴，便是身心受困的烈獄，可現實，往往是盲婚啞嫁之下的門當戶對罷了。

男女坐在新房內，見到的第一面，便是相伴彼此之後固定的另一張臉，無退路，不能悔。唐墨和他的妻便是如此。

而男子卻能另尋良緣，女子卻不行，這也是女子更加悲哀的地方。

換言之，男子得不到妻子的真心愛戴，即便是坐擁後宮佳麗三千，也不過是荒唐的風流罷了。

禮成之後，唐墨便扶香緹去新房歇息，他隨後再出來敬酒。雲階便是這個時候去到了香緹的新房，他守著規矩站在門口，把門開著。

「恭喜你得償所願，嫁給你想嫁之人。」

「這還得多謝雲階你的成全。」香緹摸摸隆起的肚子，幸福抿唇。

「梅兒呢？」雲階忽然問到梅兒。

香緹聽到這個名字，笑容僵了一下，笑意減退大半：「她？還重要嗎？」

「你既占了她的命，也不要趕盡殺絕了，這對你自己不好，我帶她走便是。」雲階微微皺眉，垂眸道。

香緹並不想在自己的大喜之日說這些晦氣不開心的事，冷哼道：「我以為你來是恭賀我的，原來是尋她這個賤貨的。我早就把她迷暈送出去，不知道生死了。」

第四章

「你怎可如此狠毒！」雲階瞪大眼睛，不由地語氣失控。

他不悔成全了香緹的欲望，是因為她付出了太多，正如他為怡城的百姓那樣，付出了真心，不該被如此輕視踐踏。可梅兒是無辜的，梅兒在她受委屈這件事上，並沒有做出什麼可以指責的錯事。她不該得到這樣的對待，更不在他成全的範圍內。

見雲階心生指責，香緹的臉色越發難看了：「你這是在怪我了？」

雲階沉默不語。

「真是人不可貌相，我的好梅兒竟有這樣的魅力，讓墨郎心生歡喜不說，還讓雲階大師也心生愛憐。現如今，你竟為了她的生死而擔心不已。」香緹冷笑，目光裡的凌厲，像春日寒峭倒刮了一抹殺氣，「怎麼，難道雲大師要懲罰我嗎？」

她說這話時，把肚子挺起來一些，威脅般地看向雲階。

雲階本以為得償所願的香緹，心裡的恨意會少一些，心態會平和一些，沒想到她竟變本加厲地把芥蒂藏得更深，時不時地探出心頭不可控地張牙舞爪。

香緹扶著腰緩緩起身，那一身紅色嫁衣上的金線，隨著身形輕微搖晃，閃著淺淺的光輝。

「別用這種眼神看著我。」她下巴微揚，眺望庭院上空，「雲階，你跟我本質並無不同。若有一天，那些辜負你的人，跪在你的腳下懺悔他們的過錯時，你便會知道，最先湧上心頭的並不是釋懷，而是熊熊燃燒的恨意。」

香緹走到他的面前，死死地盯著他的臉。雲階望見她眼底倒影著的自己，心頭一觸，轉過臉去。

「等一會兒我的墨郎就要回來了，若雲公子沒別的事就請回吧！」香緹要把門帶上，雲階伸手按住了門邊。

他下了很大的決心道：「我再給你一個錦囊，也是最後一個。我們的情分到此為止，從此以後你別來找我，我也不會再來找你。」

雲階遞過去一個錦囊，香緹伸手接過。

「為了梅兒，你要跟我斷交？」

雲階不語，轉身離開。

錦囊在香緹手裡握緊，皺褶踩躪。

鹿靈在一旁乾著急道：「哎呀！她怎麼不打開來看看啊！裡邊寫的是什麼呢？是不是雲階給她和唐墨的最後提醒？」

幽池提示她看那錦囊的樣式：「我猜，應該是給香緹腹中孩子的。」

「給孩子的？」

善建者不拔，善抱者不脫。

香緹如今懷著孩子，心裡的執念不僅會影響到她自身，還會影響到孩子。雲階是想以這個錦囊，來保佑這個孩子，孩子何嘗不是另外一個無辜者？

只可惜……

香緹生氣地把雲階的錦囊丟出去了。

「這是不是說明雲階其實後悔了？他不想讓自己變得跟香緹一樣？」鹿靈苦思冥想，看著雲階跟香緹在喜房門口分道揚鑣。

幽池搖搖頭。

「你搖頭是什麼意思？」

幽池還是搖搖頭。

「那你說，雲階接下來會去哪兒？」

幽池第三次搖搖頭。

「喂，你啞巴了？」鹿靈不悅地抬手，打了一下幽池後腦勺。

幽池正手指搓著下巴在想事情，後腦勺這麼被突然襲擊，莫名有些不悅：「君子動口不動手！」

「我又不是君子，我是小女子。」鹿靈歪頭吐舌頭。

罷了罷了，怪不得師父說，唯女子與小人難養也。

「喂！你要去哪兒？你怎麼又不說話！幽池我告訴你，別以為我不知道你心裡在想什麼，你心裡是不是在偷偷罵我呢？」

「……」

雲階和香緹也曾如幽池和鹿靈這般，有過這樣的歲月靜好。只可惜，

他們已經橋歸橋、路歸路，儼然是分道揚鑣。

雲階真的如他說的那樣，不再來找香緹。

香緹臨盆的時候慘痛異常，叫聲穿透月亮高掛的夜空，庭院裡穩婆和婢女來來回回，一個個臉上都掛著下一秒吉凶難測的緊張。幽池和鹿靈守在庭院裡，聽著這揪心的聲音都靜默無言。

鹿靈忍不住罵起了雲階：「這個時候他該在的，身為朋友，朋友有難之時，他豈可袖手旁觀？」

幽池沒有替雲階說話，也沒有附和鹿靈，他知道，雲階一定在某個地方，用他的方式來盡對香緹的友誼。

朋友，並非需要時時都在。朋友，是需要對方的心意和成全的心意，而又不為難自己。這種微妙的分寸，一句兩句說不清。

他不由地看向為香緹捏把汗的鹿靈，心裡有一個聲音在問自己：「若有一日，你和鹿靈要分道揚鑣，你會怎麼做？」

鹿靈像有所感念一樣地看向幽池，幽池立刻把臉別開。

漫漫長夜，月落日升，最後折騰了整整一夜，香緹終於生下一個男嬰，只是男嬰一出生便沒了氣息，是個死胎。

唐墨滿心歡喜地往屋內衝，又氣沖沖地走了出來。

香緹哀嚎的痛哭聲，也掩蓋不住唐墨的封院命令：「以後這香滿園落鎖，不許香姨娘出來！香姨娘身邊只許兩個下人伺候，其餘人出去！」

下人們連連領命，不忍又無奈地望向院子裡仍然在為剛生的孩兒絕望痛哭的香緹。

一朝分娩，得失只在一念之間。香姨娘差一點就要功成而就，苦盡甘來。

只差一點點。

真的，只差一點點。

香緹哭到嗓子都啞了，再也發不出任何聲音。日出覆蓋深夜，香滿園一夜落寞，猶如樹葉上的秋風，捲起的只是凋零。

她最終，還是全都失去了。

「就因為她丟掉了雲階的那個錦囊？如果我們幫她找回那個錦囊，會不會……」任誰都不忍心看到如此情景，鹿靈突然想起那個錦囊，覺得找

到了問題所在。

幽池的搖頭，卻潑了她一頭冷水：「不是這樣的，我想，問題出在梅兒身上。」

「梅兒？」鹿靈瞪大眼睛，「這關梅兒什麼……」

「你的意思是說，梅兒死了？」鹿靈的腦子飛速轉動，第一次自己思考出幽池想要說的答案。

因為雲階曾經說過，香緹頂掉了梅兒的命，而香緹說過，把梅兒迷暈送出去，生死未卜，再加上雲階最後離開的時候，送給她那個特地給孩子的錦囊……

一切就都對上了。

梅兒應該是遇到了不測，而這報應，則是顯現在孩子的身上。那個錦囊裡邊其實什麼都沒有，不過是看不見的氣運罷了。幽池之所以不讓鹿靈去撿起那個錦囊一探究竟，是不想解釋那裡邊看不見、實則有之的東西。

幽池輕嘆一聲，道：「天理昭昭，因果輪迴。」

這世間的種種，就像一個個的閉環，最後一定會回到原點，誰也逃不了。

香滿園的大門落鎖。站在門外的幽池和鹿靈，看著匾額上的「香滿園」三字，想起這裡曾經的喜堂，唐墨和香緹相擁入眠的過往。

這裡是香緹夢想開始的地方，也是夢想結束的地方。

「你說，香緹後悔了嗎？若她不執意為自己的付出，找回一個圓滿的結果，她現在還會繼續在醉生樓，當她的頭牌姑娘。若她不嫉妒如斯，把梅兒用那樣的方式送出去，她的兒子就不會死，她和唐墨之間也不會結束。若她……可惜，世上之事沒有如果。」這一次，不等幽池回答，鹿靈自己給了自己答案。

幽池微微一怔，有些意外地看向身側的鹿靈：「鹿靈，你悟性有所提升啊！」

「廢話，我便是再不濟，這麼久了也該有點長進的。」

幽池默然，他剛才不是在誇她嗎？為何又被罵了？

他們多在香緹這邊停留了片刻，為的是想看到香緹的結局。而待他們去尋回雲階這邊時，發現他竟回了怡城。

雲階回怡城去幹什麼？那個曾經讓他春風得意，卻也又傷透他的心的地方，他不是避之唯恐不及的嗎？不過，這個念頭也只是在幽池和鹿靈的腦海裡一閃即逝，隨即沒有再問出口。

　　從什麼地方跌倒，便從什麼地方爬起來的道理，他們都曾聽長者說過。想來，雲階也是如此的念頭，才會折返。一個地方向來不會因為一個人或者一段事，而做出絲毫的改變。它像個容器，容器裡裝載的東西會變，但容器本身不會變。

　　雲階的出現和離開，都只是流動的百姓口中遙遙一段談資，過去了也就過去了。所以當雲階重新回來的時候，路過的人甚至不會多看他一眼，只當是多進來一個過客而已。直到雲階進到城內最大的一間醫館，承租了內裡的一個小屋。小屋用屏風遮擋，桌前擺了一塊牌子，上面寫著：「專治心病」。

　　雲階的四字診療和不露臉的神祕，重新像新的一方傳聞，在怡城的大街小巷傳揚開來。

　　治病這東西，大家都有個不成文的規矩，那便是信熟不信生。雲階這般，引得觀望的多，真的付診費進屋去的人，一個都沒有。有常客拉住掌櫃的問這神祕郎中的來歷，掌櫃一臉犯難，一問三不知，只知道他姓裘，是個男子，至於年齡和來歷，統統不詳。

　　「那你怎麼敢讓他進你的醫館分診？」眾人大為震驚。

　　掌櫃的笑笑道：「他說但凡來他這裡看診的診費全部歸我，另外每個月的租地費還照付，我哪有不收他的道理啊？」

　　是啊！醫館也是做生意的地方，有利可圖，自然可營生。

　　只是這樣一來，這裘郎中給人的感覺越發神祕了。

　　終於有大著膽子的人，駐足在雲階立的牌子前站上許久後，把診金交進了內室。進去後，悄無聲息。

　　圍觀這膽大之人進去後的看客們，在內室外紛紛探長脖子，好奇到底裡邊藏著什麼樣的神通。約莫一柱香的時間，看診的人出來了，他手裡小心翼翼地捧著一個尋常的錦囊，不許任何人觸碰。

　　「如何如何？這裘郎中給你開了什麼藥啊？這裡邊又是什麼？」

　　「你在裡邊許久，裘郎中跟你說什麼？你的病到底能不能治啊？」

「莫不是你們在裡邊是用祕語交談嗎？為何沒聽到一點動靜啊？」

這人皆一言不發，只是呵斥了其中一個快想要打探錦囊裡是什麼的人，那眼神飛得特別詭異：「別動！這裡邊是神藥！」

眾人瞪目看著他離開。

之後，他過了七天再來，再過七天又來。三次過後，這個人的病有沒有看好，眾人倒是不知，但眾人有目共睹的是——

此人發達了。

他原本是破落戶家的獨子，考了三年功名都沒有考上，娘子和他合離，另尋他人。他為了個人生計，進到當地員外家做長工，心裡一直悶悶不樂、鬱鬱寡歡，連員外都討厭這個總是喪著臉的下人。若不是夫人當年受過他家的恩惠，一直堅持留他在府裡，他甚至是一個連落腳之處也無的可憐蟲。

可是他看病後不久，竟考中了功名，一下子恢復了祖上的榮光。他的臉上豁然出現舒坦的笑容，和之前的哭喪嘴臉判若兩人，從員外家裡出來，回到自己的祖宅，搖身一變成了赴京進士，連昔日的主人員外郎想要跟他道喜，都被拒之門外。

大家都道他是走了狗屎運罷了，直到他誰也不認、誰也不識，只是抬了兩大箱的東西進了醫館，指明要送給裴郎中。所有人都反應過來，他的狗屎運或許跟這位裴郎中有關。

難不成「專治心病」是這麼個治法嗎？

點撥神通？完成心願？等等，這和之前的某位大師，似乎有異曲同工之妙……

這些個念頭，猛地從眾人的腦海中閃現，可沒有一個人敢深入核實。因為不管是哪一點，若是核實為準，都太過令人詫異，不可置信！可不管真實情況到底如何，之後找裴郎中看病的人，開始變得多了起來。

醫館掌櫃收到十成十的診費，高興得合不攏嘴，給這位生財之道頗好的神祕郎中，準備了好酒好菜，試圖跟他親近親近，可惜連同這些飯菜，都被拒之門外了。

「雲階這是要把自己的神祕維持到底嗎？」鹿靈看著這些被退出來的飯菜，捧著自己饑腸轆轆的肚子，感到可惜。

幽池則覺得，雲階這是把自己帶回了怡城之中，又堅持在怡城之外。怡城的每個人，都無法再入他的眼、他的心，他最初的那一己為人。

「裘郎中……」

裘，求。

單單從這改的姓幽池就明白，雲階心裡的恨，根本不只這些，就如同是加了柴火的火光，將會越燒越烈。

很快，自言自己有心病的人越來越多。他們不再忌諱這聽起來難以啟齒的病，彷彿以此為榮一般地，逐相找裘郎中看，若是看不到，還會為插隊加診金的事吵起來。而他們的樣子，不像是病了，倒像是瘋了。

幽池和鹿靈看到他們眼裡充斥著熾熱的欲望，掩蓋不住地往外溢。

而醫館，一改之前進來看診的面容愁苦，更像是住進了一個令眾人躍躍欲試想要膜拜的神。百姓的嘴像是一口燒開水的鍋，裘郎中的名氣在這口熱鍋裡，滾滾沸騰開來。

儘管這期間，第一個嘗試的，讓他們打破對裘郎中害怕、敬而遠之的進士，死了。

從裘郎中可以治心病到進士死了，前後不到三個月。他死在新置辦的住宅院子裡，剛娶了一房美嬌娘，一夜盡歡之後暴斃而亡，美嬌娘理所當然最先成為懷疑的對象。不過經過仵作驗屍，死者死得蹊蹺，身上並無外傷，也無中毒跡象，更像是陽壽忽止死掉的……

夫君死在身側，還險些被懷疑殺人，美嬌娘承受不了這種打擊，成為一個瘋子。

當初眾人有多豔羨他，現在便有多替他唏噓。這大夢一場猶如南柯，說不清他是維持之前好，還是這樣遂了心願而亡好。

怡城不大，像這樣的事傳揚開來，就與瘟疫一模一樣，快如閃電。比起他死得蹊蹺，大家更關心、更好奇的是他的死，和醫館裡的裘郎中到底有沒有關係？

裘郎中看病無藥，以錦囊相贈。

雖然放下診金看病的人守口如瓶，並不會交流彼此看病的具體過程，但看的人多了，大家對裘郎中的具體操作是知道的。所謂專治心病，便是完成你的心願，只要你說出你心裡所想，他定會給予相應的錦囊。而錦囊

169

裡裝著的，則是凡夫俗子看不見的氣運。

　　他們提出的心願或大或小，都不是那一點診金可以買下的。

　　人性貪婪，不等於愚蠢。一時間，他們不再來醫館了，醫館裡的門庭若市變成門可羅雀，掌櫃的好生納悶，這死了一個進士，和他們的看病有何關聯。

　　鹿靈托腮看著外頭，掌櫃的在門口來回踱步，也陷入了迷茫：「他們真的懂得點到即止，不再來實現自己的心願了？」

　　「不會。」這一次，幽池答得飛快且神情篤定。

　　這倒是把鹿靈有些嚇到了，她感到詫異地笑了出來，打趣幽池道：「真是難得，你也有這麼肯定的時候啊！」

　　幽池又被調侃，表情顯得有些局促，他說：「不是我肯定，是我相信人性不會懂得克制。」

　　鹿靈打了個響指：「成！我跟你打賭兩個雞腿！」

　　十日後。

　　掌櫃見無利可圖，準備要讓雲階離開，結果就在他叩門之際，一個聲音在門口響起：「請問，裘郎中在嗎？」

　　鹿靈輸了。

　　幽池倒是有些得意地朝鹿靈伸出手討道：「兩個雞腿。」

　　鹿靈氣鼓鼓地，一努嘴巴，不服道：「哼！他們真是不爭氣！」

　　門庭若市到門可羅雀，再回到門庭若市，只用了十天。

　　裘郎中重新變得炙手可熱，來看他的人，越來越多幾乎要踏破門檻，幽池和鹿靈常常被擠得無處可站。

　　掌櫃是又開心又苦惱的。開心之前自己的擔憂變得如此多餘，苦惱這裘郎中會不會另尋高就，又或者會開新的條件。

　　然而，都沒有，一切還是一如往昔。

　　緊接著，跟第一個進士那樣，在得到自己平生所願之後突遭橫死的人，也陡然增多。他們的死狀也都跟第一個進士那樣，突然陽壽而止。

　　起初官府以為是巧合，認為他們都只是剛好如此，直到發現他們的共同之處，都是去匯春館找一個叫裘郎中的看過心病。而那些陷入死亡恐慌裡的人，紛紛跟官府說明了本該答應郎中保守的祕密——裘郎中治病不開

藥方，只開錦囊。

這一天，裘郎中的醫館被包圍了個水泄不通，分錢的掌櫃當朝被抓。幽池和鹿靈看著衙役，持刀呵斥坐在屏風後邊的裘郎中自己走出來。

鹿靈迷惑不已，震驚地高升道：「他為何不跑？」

幽池臉上的神色越發沉重，猶如冬雨綿綿、雲層低下，他低聲嘀咕一句：「他到底想幹什麼……」

鹿靈見幽池臉色這般難看，便說：「不必這樣，等一下我們看下去就知道答案了。」

幽池沒說話，他不是真的好奇雲階想幹什麼，而是他隱隱猜到了雲階的瘋狂。或者說，他一走了之，反而也就罷了。而留下來，說明他有更大的欲望在後頭，猶如一頭怪獸，不能看到其全貌的恐怖。

雲階當初不惜違背規矩也要渡凡人的善念有多大，如今報復的惡念就有多大，極善即為極惡。

這人世間的事，往往呈鏡像一般的局面。幽池嘆息，雲階到底還是走到了這一步，他離開香緹，是看到了香緹的執迷不悔，如今，他卻又看不清自己的。

殺人嫌犯，審問下獄。牢獄裡的火光，始終帶著一股渾濁之氣，無論是白天還是黑夜，都像停擺在了最黑暗的子時，陰戾可怖。雲階就這麼靜靜地坐在冰冷的石板上打坐，他閉著雙目，口中默念靜心訣，彷彿周遭的一切都和他無關。

縣太爺親自到牢獄裡看他，想看看這個裘郎中的真面目，究竟有何能耐之處。當發現裘郎中便是之前被人哄罵出去的雲階大師後，縣官雙手背後，冷笑發聲道：「你這江湖騙子，可真是一根筋的執拗，怡城的百姓都識破你的面目了，你還要去而復返來繼續行騙！如今還殺了人！你真是罪該萬死，法理不容！」

縣官的義正言辭，並沒有讓雲階睜開眼睛。

縣官又道：「本官不喜歡上刑逼供，若你可老老實實交代，他們是如何被你殺死的，本官就讓你死得痛快一些。否則……」

「他們都是陽壽享盡而亡，何來被人殺死之說？」雲階緩緩開口，不答反問。

「混帳！他們的年歲不一，有些甚至正值壯年，生前並無疾病，難道不是你使用的妖術，導致他們提早陽壽終止？不然怎麼解釋他們在找你看病之後，短短仨月內陸續亡故？」

雲階的臉上露出一絲詭異的笑容，他沉聲說道：「那是他們心甘情願的。」

在場之人，皆因他這句話不寒而慄。

縣官身側的主簿勸縣官先行離開，生恐雲階會做出什麼過激的事情來，比如實行妖法什麼的，連看守的獄卒都害怕地守得遠一些。雲階臉上的笑容，如深淵湖面的漣漪一般徐徐散開，他轉頭看向小窗外的月色。清冷的月光跟他那詭異的笑交相呼應，彷彿地獄開出了一朵微妙的花。

「大道廢，有仁義，智慧出，有大偽。」

鹿靈聽到雲階對著窗子在呢喃著什麼，湊近了聽才聽清這麼幾句，她問幽池這是何意。幽池解釋說：「這是說透過表像看本質，事情的真相往往藏於表像的另一面。而大道盛行的時候，仁義往往被人忽略，反之則才會被重視。」

鹿靈依然聽得雲裡霧裡，她指著雲階道：「他是想為自己辯解嗎？」

「他……」

鹿靈皺著一張臉，難得嚴肅地說道：「仁義怎麼可能因為什麼大道盛行或不盛行，就不同對待？仁義從來都在！只是那些想忽略或想重視它的人，才會覺得它若即若離！」

「鹿靈……」

「我不過是個小小布衣百姓，靠的便是公道存活於世，若世間的公道仁義都猶如浮雲遮日，那我們靠什麼活著？」鹿靈不以為然。

鹿靈的確不懂那麼多大道理，可她懂最質樸的道理。

他跟著師父學到的東西多了，反而陷入了重重迷霧中，被那些複雜所困。撥開層層雲霧，最簡單的就是最該存在的。

聖人所言，也並非全是真理，只可惜，當下的雲階不懂，之後的雲階也沒有懂。

到了半夜，有人重返大牢。竟是之前勸縣官先行離開的主簿，他命令獄卒開門，進了牢房。他雙手背後，在雲階跟前來回踱步，最後在他跟前

站定道：「你真可幫人完成心願，解開心結？」

雲階的眼眸緩緩睜開，定定地落在這頭髮大白、歲數不小的主簿臉上，問道：「你要什麼？」

主簿一喜，迫不及待地說出半夜折返而回的目的：「我要升官發財，平步青雲。」

雲階揚起嘴角，冷冷一笑：「主簿大人不怕跟那些人一樣，死於陽壽忽近？」

在他的提醒下，主簿驀地一懍。

雲階笑笑，無意識地看向前方：「想要得到，便要有所付出，此乃天道。這麼簡單的道理，想必不用我多說吧！若是沒有這個膽識……」

「一定要是我自己的命嗎？可否拿別人的命抵之？」主簿眼裡閃過一道算計的精光，打著商量問雲階。

雲階微微瞇眸：「誰？」

「我的女兒。」主簿的混目透著篤定的亮光，「她剛滿十六，可以獻給大師您！」

雲階看著他，沉默了。

幽池也不敢相信自己聽到的：「為了自己的欲望，居然……賣自己的女兒。」

人心詭測，何等不堪。

「我有三個女兒，捨掉一個不怕的，養她們這麼大，為了為父的前途光明，做出一下犧牲又何妨？」主簿拍拍雲階的胳膊道，「大師，您可否再順帶贈我一個心願？讓我此生能有一個兒子傳宗接代？」

雲階沒有說任何話，但他彷彿看到了自己的青雲路、老來子，已經打算了起來。

幽池望著雲階，多希望他不要答應，這樣毫無人性的交易，和助紂為虐有什麼區別？雲階心裡，已經完全沒有善念了嗎？他真的要同意這個喪心病狂的主簿，拿女兒的命來兌換自己的心願嗎？

雲階再次確認般地問他：「當真不後悔？」

主簿從自己的臆想裡回過神來：「不悔！」

雲階臉上的笑容絢爛如夢，終於點頭道：「好，我答應你。」

主簿臉上的每一條皺褶和溝渠，都在激動地顫抖著：「當、當真？」

雲階重新閉上眼睛，從懷裡掏出一個錦囊，主簿欣喜若狂地接過，這時，門外傳來獄卒的聲音：「大人？」

主簿一怔，面露驚恐。雲階一抬手，門上的鎖落下，門打開，他示意主簿離開。主簿又是一怔，來不及驚訝雲階的本事，趕忙先行離開。

想不到去而復返的人，不只主簿一人，縣官也回來了。他的願望跟主簿如出一轍，也是想要升官發財、平步青雲，不過，他沒有如主簿那樣齷齪地用女兒的命來換，而是用主簿的命。他們的眼神裡是同樣的貪婪，溢出言表的欲望。

對於他提出的代價，雲階微微皺眉：「主簿跟你無親無故，他的命並非你所私有，為何可以換？」

「怎麼不行？五年前，他原本是個歲數大了的落魄書生，是我見他有幾分才氣，才收他當我的主簿。我告訴你，若是沒有我，便沒有今天的他。如今他有機會報答於我，他當心甘情願才是。且他受領職務那日，在縣衙之內，他當著眾人之面說感恩我的知遇之恩，若有用時，必肯為我肝腦塗地、赴湯蹈火。這可是好些人都聽到的，那次大夥兒都在場，蒼天可鑒。」

雲階挑眉，心中自然知道這縣官說的都是實情，只是當初主簿說此等豪言之時，怎麼也料想不到，真的會有要兌現承諾的一日。

雲階緩緩點頭地，答應了下來。

他目送縣官得意的背影，忽然就大笑出聲，近乎放肆。在他的眼眸裡，幽池看到了不亞於他們的瘋狂——那是一種操控人心的滿足感。

鹿靈不滿地跺腳，痛罵道：「瘋了！瘋了！一群瘋子！」

幽池神色複雜地陷入了沉默。

雲階心病開方，並不像無界閣那樣等價交換，他用了最簡單的方式，來完成他們的心願——生命的代價。只要覺得值，答允了這樣粗暴的交易，死之前必可以了卻心願。

他對雲階的瘋狂並不意外，只是真的親眼目睹，還是為之遺憾。

若沒有看過年少雲階明媚的目光，若沒有看過初到怡城掏心掏肺的雲階，若沒有看過被人心驅逐而絕望落魄的雲階，他都不會這般遺憾。

那是一種從高山到流水，從天晴到暴雨的無能為力。

人生如夢，多希望雲階只是大醉一場，瘋狂發於夢、止於夢而已。

第二天，行刑的菜市口。披頭散髮的雲階，被押去了刑場之上，大刀手領命吐酒於刀刃，揮起，刀落，隨著圍觀的百姓紛紛側過臉去，避開最後這一下血腥，妖言惑眾、裝神弄鬼的裴郎中，就此被處決。有些人拍手稱大快人心，有些人則唏噓不已，而更多的人是對這個可以滿足願望的裴郎中的死，感到無比遺憾，彷彿他不死的話，他們便有滿足自身願望的機會。

「他讓我想起了之前的雲階，那個被我們趕出去的大師。若是那個時候我們不人云亦云，或許裴郎中死了，他還可以接著替我們答疑解惑呢！」

「唉！誰說不是呢？其實雲大師為我們做了不少事，只是做錯了那麼一點點事情罷了⋯⋯」

「現在說這些有什麼用？這個裴郎中雖然可惡，但到底還是治了他們的心病不是？這凡事啊，都有正反兩面。我們不能過於苛求了。」

隨著裴郎中的死，人們反而對他或雲階開始一番新的領悟，變得格外寬容起來。

幽池和鹿靈站在人群中聽到他們的談話，鹿靈咬牙切齒地說，他們就是事後諸葛：「現在知道反省了？晚了！」

而幽池定定地看著人群中，一個頭戴笠帽、被縣官換出來的雲階，嘆道：「是啊！晚為時已晚。」

原來是縣官找了一個死囚，讓他易容成雲階的樣子來替代他，畢竟那個大獄根本關不住他，他按照縣官的意思來，不過是為之後的交易更好地鋪墊罷了。

現在的雲階，不會再接受人們這晚來羸弱的道歉，現在的他，不接受任何人的回頭，包括他自己的。

主簿先到，雲階先滿足了他的願望，讓他舉報縣官偷換死囚來企圖蒙混過關，他自己身為鐵證，輕易地就罷免了縣官的官職，讓主簿頂上。而主簿原先對縣官卑躬屈膝的恭敬嘴臉，在穿上上司的官袍那一刻，竟是一百八十度的大轉變，他呵斥縣官的無能，將之前積壓許久的不滿，統統

都罵了出來。

縣官氣到跟主簿扭打起來，被新上任的縣太爺杖責八十，丟出長街。

為了慶祝自己一朝登堂、鯉魚翻身，主簿興致沖沖地在自己府邸擺了十天流水席，並向全怡城的百姓們開放。方圓十里開外，便能聽到他止不住的發自內心的狂喜大笑，彷彿全天下最快樂、最得意的，便是他本人了。

幽池坐在流水席上，給鹿靈夾了一根雞腿，卻被鹿靈丟了回去：「他的東西，我不吃！」

「食物無罪。」幽池拿起雞腿認真地說道。

鹿靈卻重重地一拍桌，道：「別管食物有罪無罪了，幽池，你快救救他的女兒！」

幽池微怔，沉下臉搖頭：「他交易的人是雲階，雲階也給了他想要的，代價怎可中斷？」

「可是他喪心病狂是他的事，他女兒是無辜的呀！」鹿靈抓過幽池的手，著急地說道，「那可否讓雲階答允縣官的事兒快些提上議程？這樣他女兒就不會死了，死的就是主簿這廝？」

幽池的再次搖頭，讓鹿靈十分失望。

心願會依次實現，交易的代價自然不會重疊。主簿拿他的女兒換前程，他的女兒必須死；縣官拿主簿的命換他的青雲路，主簿也必須死。

在主簿接受所有人的祝福和恭賀時，府裡突然躥進來江洋大盜，大開殺戒。最後主簿躲在柱子後邊，連滾帶爬地接受衙役們的保護，卻眼睜睜看著江洋大盜把自己的女兒擄了去。待主簿帶人找尋到女兒的時候，只看到了女兒睜大雙目、衣衫不整、死又不甘的慘狀。

主簿跪地嚎啕一聲，驚恐大於悲痛，他讓手下把女兒的屍身帶回去安葬，開始閉門不出。

鹿靈呵斥這主簿的虛偽：「女兒明明就是被他害死的，他還裝出一副不敢相信、悲傷過度的樣子！真是可惡！只是我不明白，為何會跑出來江洋大盜？雲階安排的嗎？他為何要這麼麻煩？」

「你別忘了，他不只是答應了主簿，還答應了拿主簿命換自己心願的縣官。」幽池提醒鹿靈，末了道：「或許……那晚他答應雲階的時候，還

是抱著一絲僥倖的，和現在真的看到，是完全不同的。」

鹿靈試圖理解他的這話，但還是費力不解。

幽池則道：「無妨，我也不是很懂。」

人心，大抵，不會有真正懂的那一天。就好像水中鏡月，你再想探究仔細，也不該去觸碰它。

人心，碰不得。

閉門不出、在家戴喪的主簿，沉默七日後，上任的第一件事，便是捉拿江洋大盜和雲階。女兒的死，讓他親眼目睹了死亡的可怖、雲階的能力，他怎會甘心就此坐以待斃？

滿城的海捕文書畫著雲階的畫像，指出他便是指使江洋大盜行凶的主謀。縣官質問雲階現在當如何，他的諾言好像兌現錯了對象！雲階笑而不語，指了指自己，反問縣官：「他懂得利用我來推你下臺，你就不會效仿之嗎？」

「那些江洋大盜是你安排的？」縣官微怔，突然明白過來什麼似的，「特意給我安排的？」

雲階眸光微轉。

「效仿……你、你是說讓我把你帶回去？」縣官大駭，「你……當真願意去死？」

主簿把縣官將雲階換出死牢的事捅出去，換到現在這份前程，他曾經懊惱雲階出爾反爾，早就想過以牙還牙，只不過不敢付諸行動罷了。

是的，礙於雲階的法力，他不敢輕舉妄動。

雲階盯著他問：「你可會真讓我死？」

縣官趕忙表忠心道：「自然不會！若我能重掌舊職，定要為你洗清冤屈，且我不要什麼晉升了，就安於現狀，甚好，甚好！」

雲階瞇了瞇眼睛：「你這是要收回自己的心願？」

「是是是。」縣官跪地，向雲階連連磕頭，「之前是我貪心了，是我不該！還請雲階大師收回成命，成全予我！」

在親眼看到雲階的能耐、主簿的悲慘之後，縣官嚇破了膽，突然覺得前程富貴都不如現下安穩來的重要，他求雲階收回成命。

鹿靈站在雲階身側，目不轉睛地看著他的眼睛，那是一種隱隱的失望

和隱隱的欣慰，更深處的光亮，又彷彿是一種困惑的茫然。

這是第一個中途放棄了自己的欲望的人。然而，他不過是身臨其境之後，懼怕厄運會降臨到自己頭上，臨陣脫逃罷了。

雲階眼底的波瀾重新冷卻下來，頗為冷漠地擺擺手：「罷了。」

「多謝大師！多謝大師！」

縣官領他去見了主簿的上司，也就是之前自己的舊識，將主簿跟雲階的交易公之於眾，指出主簿拿自己女兒的命，為自己謀取了現在的官職，雲階雖然助紂為虐，但也是情有可原。他曾以善念為怡城百姓謀福祉，是怡城的百姓先對不住他，才讓他走上歧途，折返而來以人心為主導，做此交易之事，他不過是提供了一面鏡子，而主動照鏡子的人，則是怡城百姓自身。若一定要怪罪雲階，那怡城百姓，包括主簿，人人有錯。

縣官為雲階向怡城百姓請求，雲階當作如何處置，若能得網開一面，怡城百姓便在請願書上寫下自己的名字。

短短三日，請願書上便是密密麻麻的一片署名。

被關在城樓之上的雲階，親眼看到那些對他恨之入骨、趕他出去的百姓，為了給自己求情，在請願書前停留。

何為恨，何為愛？他竟一時之間說不清。當初香緹愛得炙熱，恨得清楚。如今，到了他身上，他竟模糊了。

最後，主簿自縊身亡，縣官重新做回了他的縣官，他把雲階逐出怡城，永世不可回來，用這樣的方式，算是保全住他的性命。

二入怡城，二度離開。雲階站在怡城城門之外，看著怡城的匾額，他的心，說不上來是遺憾更多些，還是不甘更多些。

縣官抱拳作揖，親自相送，感念他的出現，為他清理門戶，還為他明白了一個道理：「兢兢業業做事，才能獨善其身，不受邪念所叨擾。」

他指了指身後自發前來送他的百姓：「本官想，他們也定會感念到這個道理。大師，多謝！」

雲階受慕所有怡城百姓的由心恭敬。

是他曾經想要的。可這一次，他得到了，卻是以離開作為代價。那一瞬，他的心猶如一片荒蕪的原野吹過淺淺清風，隨之轉身，停頓於身後。

第五章

「你說，雲階大師的心結到底放下了嗎？」

鹿靈手拿大斧頭，一腳踩著木頭，熟練地劈木砍柴。幽池則坐在一旁鹿靈剛做好的鞦韆上，握著繩子來回悠蕩。

雲階從怡城出來後，並沒有離開，而是化名阿雲，在城郊的山腳下開了一間茶鋪，他們在雲階茶鋪的斜對面，租了一間茅屋住下。

一晃，一個月過去。若不是在雲階的意境裡，身體只有虛空的體驗之感，幽池和鹿靈真會出現一種錯覺，一種在這裡長待下來的錯覺。

幽池想他不能替代雲階回答這個問題。

有時候，心結放下，不代表可以回到過去。經歷這一番波折之後，雲階再不可能是從前那個純真的、心裡只為了百姓謀福祉的少年了。

幽池每天都能看到雲階茶鋪的開張，風雨無阻，雲階一身素袍，早上天微微亮便開始煮茶，晚上等到旁邊驛站無馬替換了才會收鋪。他臉上掛著的笑容，讓客人覺得親切，一個人招呼四個桌子的客人毫不費力，他和別的茶鋪的小二不同，又和別的一樣。

只是幽池總覺得，他的笑容下是一張看不見真實神情的面具，把整個人裹得嚴嚴實實。包括他對老者和婦孺不收錢的善舉，慢慢地為這個茶鋪打出了名聲，幽池依然覺得雲階的心封塵了。

「你這便是以小人之心度君子之腹了。你怎知人家不是真心悔過，想從頭再來？」

茶鋪開張一個月後，雲階終於打聽到梅兒的下落。準確來說，是梅兒屍身的下落。

原來梅兒被香緹送出去後，被一幫過路的山匪所劫，帶到山寨裡將她獻給了山大王，儘管梅兒拚命反抗，可最終還是遭到了凌辱。梅兒咬傷了山匪頭子，惹怒了對方，並將她丟給屬下享用，在遭遇一番非人的待遇後，她又被丟進柴房，被迫做起了粗活。梅兒多次想要逃跑，可嘗試數回都沒能成功，直到第十次的時候，她終於逃下山，遇見一支過路的販布商隊，而那商隊聽了她的遭遇憐憫於她，就試圖將她帶回怡城。

但山匪們很快追上了他們，商隊不想惹麻煩，欲將梅兒歸還，梅兒當場咬舌自盡，山匪這才作罷，商隊愧疚地把梅兒埋葬。

雲階找到梅兒的墳，在她墳前跪了三天三夜。

對於幽池對雲階悲觀的評價，鹿靈為雲階打抱不平。

幽池不說話。雲階留給他的那本小冊子，便是最好的答案，只是鹿靈不知道罷了。如果雲階真的想要重新開始，他不會收集那本邪惡的小冊子。

又或許，雲階所謂的重新開始，是另一條路上的重新開始。

雲階祭拜完梅兒後，又回去繼續茶鋪的營生，他好像在賣茶，又好像不在賣茶。因為他會坐下來跟客人聊天，天南地北，無話不說。聊得興起，當客人說到雲階不知道的事情，雲階的眼神會偶爾地亮堂起來，然後興奮地說著，故事便抵茶錢了。於是很快地，雲階茶鋪喜歡聽故事，故事足夠好便可以免費吃茶的消息又傳開了。

一日，來了從鄠城逃荒來的百姓，歇腳雲階的茶鋪。鄠城離怡城有數千里，他們來到這裡皆衣衫不整、饑腸轆轆，驚恐求生的眼神、凹陷的臉頰以及受傷的赤腳，都讓人不忍直視。天怒之下，百姓與螻蟻毫無區別。

一位抱著孩子的母親，向雲階乞討水和食物的雙手，割開閉合無數次的手指觸目驚心，孩子的嘴角還留著一點乾涸的血跡。她的眼睛都哭不出來了，整個人是乾癟的。

「求求你，救救我的孩子。」

她的聲音是暗啞的，滿眼的無助，卻有滲透堅定，那是作為一個母親為了救活孩子而橫生的勇氣和本能。

雲階招待他們回自己半山腰的家，把自己的食物儲糧都拿出來解燃眉之急。他們一邊哭一邊抱著食物不肯撒手，從他們身上，便可以看見鄠城煉獄般生活的縮影。

雲階又向來往歇腳的布匹商販，買下一些衣物給他們穿上，他們紛紛跪地感謝雲階的救命之恩。雲階讓他們起來，忙道：「我只想知道，鄠城到底發生了什麼。」

經由他們的描述，鄠城地處平原，原本是富裕之城，一個月前，河壟決堤把鄠城淹了，田地、房屋全部付之一炬。這些原本也不是最嚴重的，

只要官府妥善安排他們轉移，再把水流引回河壟好好疏導，也不會如此嚴重，以至於他們背井離鄉、流離失所。可偏偏還碰上了瘟疫。

水患過後，酈城的百姓很快都患上了一種傳染性極強的皮膚病，起初只是瘙癢紅腫，之後很快便潰爛高燒，很多人都死了。當地官員對患了皮膚病的百姓處理不當，造成大面積感染，之後又對處理屍體不夠專業，居然不是用火化，而是用土埋。很快，連唯一的水源都不能飲用，酈城成了一座鬼城，無奈之下，他們只能離開。

而雲階很清楚，酈城近十年來都不會有天災降臨，這突然出現的災民很是奇怪，若不是天災，那便是人禍。

貪官汙吏在從中扮演著什麼樣的角色，可以想像，但不得而知。雲階不想追究這其中的鬼魅，也不是他的範疇。他只知道，如果這幫災民投靠怡城，絕非明智之舉。因為他預見到，酈城這次的災民不只是到怡城避難，還前往了不同的鄰城。

這次事情驚動到京城，朝廷下旨，絕對不能讓疫情從酈城蔓延出來，所以各個城的官員不準備接收災民，而是決定祕密格殺在城外，這樣從源頭上保證疫情不被傳染到城裡來。這種粗暴的一刀切方式，就是各個城的父母官能想到唯一最好的辦法。

茶鋪裡，來往的客人說起酈城，紛紛唏噓不已。當得知雲階接待了幾個來自酈城的災民後，準備拿起的茶碗也默默地放下了，他們的眼神裡透出介懷和不安，雲階讀懂他們的神色，暫時把茶鋪給收了起來。

災民們十分感激雲階的好心，他們休息了兩日，也準備入城去重新開始自己的生活，雲階幾次欲言又止。

鹿靈看的心急火燎，唉聲嘆氣地說：「怎麼回事？雲階這是打算裝聾作啞嗎？他是要眼睜睜地看著這些人都被射殺在城外嗎？」

幽池微微蹙起了眉心，他自然也不知道雲階在打什麼主意。

「如果是這樣，那他為何要收留他們？還給了他們活著的希望？」鹿靈眼睜睜地看著雲階最後還是沒有阻止他們，給了一些乾糧讓他們帶著，然後眼睜睜地目送他們離開。

幽池心裡那唯一一點希望，像雨水裡的燭火，打濕了，泯滅了。

雲階救了他們，又親自送他們去死。

天下皆知美之為美，斯惡己；皆知善之為善，斯不善己。不可說雲階不善，又無法說他是善。善惡本就是一念之間，一線之隔。若沒有雲階，他們或許連怡城的城門邊都挨不到。

　　幽池不由自主地嘆了口氣，看向鹿靈：「我們現在在雲階的意識裡，所以他的預知你我知曉。旁人不知，這些災民也不知，或許我們不該以先知而去責備他。」

　　畢竟，他這一次真真正正地守住了原則，沒有擾亂任何一個人的命運。

　　鹿靈沉默片刻：「我不知道你說的這些原則，我只知道，若是見死不救，不管有什麼樣的理由，你之後每天都會不好過，躺下睡覺也睡不著，因為在你的內心深處，你知道這是不對的。」

　　她黑而密的睫毛，低沉出一片淡淡的陰影，竟流淌出隱隱的悲傷。

　　幽池張了張嘴，最後閉上。

　　不知道過了多久，不遠處響起一陣馬蹄飛濺，甚囂塵上，他望過去，竟是雲階騎上馬去追了！他驚喜地拍拍鹿靈的肩：「你看。」

　　鹿靈抬眸，瞬間往前跑了一段，然後雙手高舉，開心地朝幽池跑回來：「他是去追災民去了對不對？他後悔了對不對？」

　　幽池抓住她的手，一道意念閃過：「走！我們去看看！」

　　他們想親眼看到，雲階重新把善念選擇回來。

　　可是現實再一次打碎了他們的想像，待雲階騎著馬去追，還是晚了一步。城門外，怡城的官員已經做好準備，城牆之上站滿弓箭手，包括周圍都埋伏了侍衛，一等他們進入射程範圍，他們只有死的可能。

　　「快到怡城了，聽說怡城風景優美，人情淳樸。」

　　「是啊！我們真是碰到好人了，不然我們定會死在路上。」

　　「對啊對啊！那句話怎麼說的來著？看來上天無絕人之路，之後我們的生活會越來越好的！」

　　「孩子，為娘帶你活過來了！你高不高興？」

　　他們一行人看到了怡城的城門，歡喜地討論著，憧憬著接下來的日子。

　　「別過去！」

他們有說有笑，灰頭土臉間掛著明媚的笑容，並沒有第一時間聽到身後的叫喊聲。

　　他們又走了兩步，雲階的聲音才被走在最後的人注意到，他們回頭，看到雲階騎著馬在招手。他們以為雲階是來相送的，隔著太遠，不知道「別過去」三個字到底是什麼意思，只道是雲階還要送他們一些東西帶進怡城。

　　他們怎麼能讓雲階破費？於是，他們趕緊揮手讓雲階別過來了，又繼續往前走。

　　「嗖嗖——」

　　「嗖——」

　　瞬間，無數的箭雨如漫天星辰墜落一般散落開來。他們的笑容瞬間永遠停留在臉上，緩緩低下頭看著突然穿過身體的飛箭，一臉茫然和疑惑。

　　雲階高舉的手臂，在那一瞬間也永遠停留在半空中。他匆匆趕來，竟是眼睜睜地看著他們所有人被亂劍射中，當場身亡。像一根根伴有生命力的蘆葦，輕易地在風裡倒下了。

　　雲階怔怔地看向站在城門之上的縣官，不過一、兩個月不見的故人。他也看到了雲階，遙遙相望，四目相對。縣官的眼神無愧且堅定，不過，他最後還是他先把目光挪開了。

　　為了保護怡城的百姓，他沒有錯。

　　可是酈城而來的百姓，也是百姓。

　　百姓，哪有地域之分？雲階一時間竟不知該去怪誰了。

　　他的目光落在抱著孩子的那個母親身上，母親雙眼睜得大大的，懷中還死死地抱著孩子，他給的母親的衣物，被她悄悄地包在孩子的襁褓上，她自己還是穿著破爛不堪的舊衣服。她自己的頭髮凌亂，孩子的臉卻是乾淨的。

　　可是這一次，她沒能保護住自己的孩子，飛箭從身後插進了她的肚子，也穿進孩子的肚子。孩子甚至沒有哼一聲，便永遠地閉上眼睛。這個母親如果地下有知，她會不會怪他知情不報？

　　緊隨而來的幽池和鹿靈，同樣目睹了這殘忍的一幕，看著雲階的遲來一刻，看著這些災民苦苦從酈城支撐到這裡，到底還是沒能進入心心念念

的怡城。

鹿靈流下了痛心的淚水。她一向倔強又帶著笑容的臉，第一次被眼淚浸濕。幽池的心也在極大的震撼裡劇烈顫抖，想像和目視是不一樣的。戰場上的生靈塗炭和這種平民冤死，也是不一樣的。

幽池握緊的拳頭，指甲嵌進手心，沁出的血，在意念的空間裡也感覺不到痛感，且他並不知道這算不算是憤怒，又或許他根本體會不到真正的憤怒，只是覺得胸腔充滿痛楚，折磨他全身顫抖。

鹿靈無聲地流淚，走到一旁，採了幾朵鮮花，默默地走向沒有進到怡城的他們，將鮮花放在他們的身邊。

雲階把馬掉頭，落寞而沉默地往回走。這一次，他沒有喝酒，沒有發瘋，沒有陷在情緒裡失魂落魄，而是像什麼也沒有發生一樣，重新開業茶鋪。

仍然有人帶來鄆城的消息，他就像沒聽到一樣，照樣給他們上茶。有人好奇地打聽，他是不是有故事講就可以免了茶錢？雲階也是笑笑地搖頭說沒有的事。但他們談笑聊天間提到的事情，都會傳進他的耳朵，然後他裝作不經意地插上幾句話，又去忙自己的事情了。

起初，幽池和鹿靈沒有在意。只道是雲階經過了這些事情的洗滌，心已經是刀槍不入的晶瑩，也不想再堅持自己的路，自暴自棄地當一個普通茶水小二，過一些平凡的日子，至於之後的打算，唯有之後再說。

沒想到，很快地，有官府的人來到雲階的茶鋪要帶走他，雲階沒有反抗，跟著他們走了。百姓看到官府，第一反應是恭敬且懼怕，還以為雲階是犯了什麼事，要把茶鋪封了抓人。但見過世面的人又發現好像不是這麼回事，因為他們只是一頂黑色軟轎，來了兩個嚴肅的官爺，卻不是差役打扮，要請雲階隨他們走一趟。

雲階上了轎子，幽池和鹿靈緊隨其後。

等他們載著雲階來到鄰城的一個山中別墅，這層層把手和城中的縣官都親自守衛，可見對方來頭絕非一般。而被帶到正廳的雲階，看到正主後，還是有些意外。因為對方，是當今天子，微服私訪，身著素袍，年輕神采，舉手投足之間的氣度不凡。

縣官提醒他要對天子行禮的時候，他還是表現出對這次的見面懵然不

知的狀態來。

天子大度，坦言無妨。

「你的名氣飄到京城了，你可知道？」

雲階輕輕搖頭。

「聽聞你有未卜先知的本事，好幾次都說中了正在發生卻還沒有結果的事。」天子饒有興趣地看向雲階問，「你可否預言看看，朕能活到幾歲？年壽幾何？」

雲階抱拳躬身道：「恕草民不能預言。」

「難道你是浪得虛名？」

「若草民預言的時間短了，便是咒天子；若草民預言的時間長了，便是欺君之罪。」雲階垂下了眼眸，「這個問題是無解題，不能回答。」

天子倒是緩緩地點點頭：「你說得有理，若朕知道自己還能活多久，也不見得會高興。」

「那好，你便預言另外一件事吧！」天子話鋒一轉，提到了鄰國騷擾邊境，要起戰事的事，「若真打起來了，戰局如何？」

這一次，不等雲階回答，天子率先說道：「你可知道，若你真有本事，便可救萬民於水火，救國庫於不必要的開支中？」

天子頗有手腕，連談話都是起轉承合，令雲階不能也無法拒絕。

雲階沉默片刻，不再推搪，而是給出了一個準確的答案：「此戰可打。」

天子猶疑地看著他，問：「此話當真？」

雲階點頭：「當真。」

天子拍案，高聲道：「好！若真如你所言，你當是首功！」

雲階不語。

天子表示要即刻回京，命雲階也隨他一同回京。雲階隨天子走出去時，嘴角微微上揚，似是對之前鋪墊下的一切，成效如此之快的滿足感。

鹿靈恨恨地說：「他這擺明了就是想要彌補心裡的愧疚，可是他再怎麼做，那些災民都回不來了。哼！」

是啊！過去的事，怎麼彌補都彌補不了，它定格在時間裡，封存在記憶中。

可九層之臺，起於累土，千里之行，始於足下。若雲階真的怕了、懼了，什麼都不做了，世人悠悠之口，必定又會說他無所作為，不想著彌補過去的過錯。

　　錯，容易怎樣都是錯。

　　對，卻不容易持續地保持。

　　而錯和對，又如何在一個光滑的平面，從一而終地站住呢？可能雲階想通了一點，沉浮在百姓之中，能做的是有限的，預知的只是一個人、幾個人的命運。若是能把自己送到最上層，那能救的就是幾萬萬人的命運，甚至是一個國家的命運。他的預知拋棄不掉，為何不用到最大化？

　　幽池看到這裡，忽然想退出去了。

　　關於這一段，師父和雲階大師本人也跟自己提及過。

　　他把自己的位置置高，不再局限於幾個人的命運後，天子身邊預言師的工作，做得順風順水，就像麻雀終於找到樹枝，魚兒終於回歸大海。如他所想，他的長處利用到最大，翻手覆雨，改變了萬萬人的未來。

　　偷窺天機，他的氣數翻倍耗盡。那本邪惡的冊子，便是在這種情況下，為了續存他的生命而出現的。

　　求而不得。

　　某種方面來說，他和香緹，本質上沒有什麼不同。

　　鹿靈不解幽池要忽然退出，說還沒有看到他接下來大展身手的恢弘場面，怎麼能離去呢？

　　幽池跟她打商量：「你可以留在這裡，我獨自離開即可。」

　　鹿靈皺起了纖眉，她發怒的影子，微弱地散發出淡淡的瑩光，好像那兩條又粗又大的辮子也要飛了起來。

　　幽池第一次犯渾，說了一句混帳話，他明知道，他如果退出了，鹿靈一個人根本不可能留在這裡。不過鹿靈生氣過後，還是尊重幽池破天荒的犯渾，答應跟他一起出去。

　　回到不名山上。

　　天已亮，真真感受了一番白雲蒼狗，時光如梭。鹿靈摸著自己真實的身體的觸感，猶如新生。

　　「哇！我又是我了，我的頭髮、我的臉、我的身體，活著的感覺真好

啊！」鹿靈開心地抱著自己的臂膀又蹦又跳。

而幽池還是保持著原先靜坐的姿勢，望著天邊的晨光渲染天空。

山上一日，地上千年。意念裡的時間過了多年，也不過是現實裡的一盞茶。

「這是什麼？」

鹿靈轉一圈後，突然看到幽池身邊出現了一把劍。

幽池扭頭，微微皺眉。他剛要拿起，卻被鹿靈搶先一步：「讓我看看！」

鹿靈迫不及待地拿起劍，瞪大眼睛愛不釋手地輕撫過劍面：「好漂亮的劍啊！」

劍鞘純白，銀色玄鐵打造，上邊的銀蛇花紋栩栩如生。身為打鐵世家出身的鹿靈，一拿上手就能知曉這兵器的好壞。

僅僅從重量上來說，便十分有講究。過重，不夠靈活；過輕，不夠有分量。但這把銀蛇劍的分量恰到好處。

手指之間，力量緊湊。

揮舞之下，俐落跟隨。

「天哪……是把好劍！」鹿靈的視線停留在折射著寒光的劍面，由衷感歎。

幽池從她手中將劍拿過來，暗暗施法，將附在劍身上的話逼出來，果然半空中出現淡藍色的字板。那是雲階大師留給他的話：「小池，龍蛇隱大澤，生當為人傑。這把劍贈你，望你可以堅定地走你自己的路。」

「真的是雲階大師送你的？」鹿靈連連感歎道，「這麼好，不只讓我們看到他年輕時候的事情，還送你一份觀賞禮物？」

幽池握著這冰冷的銀蛇劍，看著雲階大師留給他的話。可不知道為何，他卻怎麼都高興不起來。之前對於雲階大師的死還沒有那麼強烈的感覺，這一刻，握著他送的劍，卻深刻地感覺到他的遠去。

如果這把劍是徹底的告別，那之後……之後是不是代表著他們的永不相見？

走自己的路？何謂自己的路？幽池還沒想通。

鹿靈卻不明白拿到這麼一把好劍的幽池為何不開心，她拍了拍他的

肩：「喂？你怎麼了？」

「嗯？」

「你不喜歡這把劍？那你可以送給我啊，我不會嫌棄的。」鹿靈殷勤地眨眨眼。

幽池覺得她的臉湊得有些近，連忙退後幾步，把銀蛇劍插到腰間，轉身下山。

「哈哈哈……你這是什麼裝扮嘛！走走走，去本姑娘家，我給你找個好的劍包。哎哎！你真的是一點也不會使劍啊！喂！你等等我！」

二人下山，在鹿靈的盛情邀請之下，幽池去到她的家，一個傳說中開了幾十年的打鐵鋪子。

隨風飄搖的招牌布上寫著「老三鐵鋪」四個大字，藍色的布面白色的邊沿，隨著時間的風吹日曬，泛黃破爛不說，還彷彿隨時都會跟杆子脫離，搖搖欲墜。但事實上，它牢固得很，根本不會掉。

在這塊搖搖欲墜的藍布下，架著一個燒鐵的窯爐。裡邊的火晝夜不熄，燒得鐵磨不時地透著紅絲，又結上黑炭，磨上擱著一個鐵錘，和一塊還沒打好的劍。

左邊有一個小門，通往黑漆漆的裡邊。這鋪子開在主街的街尾，僻靜的轉彎處，門口並沒有那麼多來來往往的人，所以顯得比較冷清落寞。

鹿靈見怪不怪地一邊往裡走，一邊扯著嗓門喊道：「爹！爹！」

見沒有人回應，她乾脆直呼一聲：「鹿老三！」

「死丫頭，敢這麼直呼你老爹名字，你活膩了啊！」這次終於了回音。

是從幽池身後傳來的。幽池被嚇了一跳，轉過身下意識地拔出手裡的銀蛇劍。

就這樣，看到應聲鹿靈的鹿老三手裡拿著酒，光腳穿著草鞋，頭上灰黑的頭髮，凌亂地披散在肩上，左搖右擺地剛回到家。

他見幽池拔劍，定定地站住，眼神落在他的銀蛇劍上，點點頭：「嗯！這劍不錯。」

幽池一言不發，警惕地看著他。

鹿老三又說：「不過比我打的，差點。」

已經進屋的鹿靈聞聲出來，賠笑也是皮笑肉不笑地擠笑：「爹，你又去賭了？又是徹夜不歸？」

　　鹿老三抿了一口酒，咂咂嘴撓撓脖子：「廢話，不然你爹我還能去哪兒！」

　　鹿靈抓起磨子上的錘子，嘴唇已經假笑真怒地抿緊了。

　　幽池皺眉，感覺即將要見證一場家庭悲劇。

　　鹿老三伸手進內懷掏了掏，笑著對鹿靈說：「昨晚老子手氣好，贏了這麼多，你看。」

　　他掏出一個錢袋子，不必打開來看，裡邊的鼓鼓囊囊可見一般。

　　鹿靈一怔，暫時放開了即將造勢的武器，半信半疑地走過去，抓了抓鹿老三手裡的錢袋子，真的摸到了實物後，探頭往裡看。

　　「真的是銀子？老爹你真的贏了錢？」對於十賭九輸的賭徒來說，贏錢不過是九牛一毛的幸運，杯水車薪的彌補，對於鹿老三來說更是如此！

　　鹿老三挑眉，得意洋洋地享受了一會兒來自女兒鹿靈的崇拜後，一把把錢袋子奪過：「你啊！一個子兒都別想要！」

　　「爹！」

　　「這段時間你連個影兒都沒有！你說！你個死丫頭跑哪兒去了！」鹿老三就近在旁邊的長椅上躺下，撐著腦袋，把手裡的酒飲上之前，指了指旁邊還杵在那兒的幽池，「你該不會一直跟那個臭小子在一起吧？」

　　幽池的臉上浮現出一抹異樣，就如同是被抓包時的不知所措。

　　鹿靈漲紅了臉：「鹿老三，你真沒禮貌！才跟人家第一次見面，怎麼能叫別人臭小子呢？」

　　鹿靈在鹿老三前面，好像成為了另外一個人。

　　幽池仍舊是無措地站在原地，不知道該怎麼回答。

　　鹿老三哼哼一笑，不以為然地口齒不清：「你做小輩的也沒有禮貌到哪兒去！憑什麼叫老子有禮貌啊？再說了，拐走別人沒出閣的女兒，我不叫他臭小子，我要叫什麼？」

　　鹿靈語塞，她只好朝幽池走過來道：「你別理他，他整天喝酒，嘴裡沒一句好聽的正經話。走吧！我帶你進去選個劍包。」

　　幽池看到鹿老三看似醉了的閉目養神，其實剛剛睜開眼睛來過。所謂

假亦真時真亦假，鹿老三不像是完全的醉鬼。

看似普普通通、其貌不揚的打鐵鋪口，邁進黑黢黢的內裡，竟是別有洞天的一番景象，劍包、大刀、短刀、長劍、短劍、流星錘、飛鏢暗器等等應有盡有。

鹿靈頗為驕傲地雙手背後，望向看得出神的幽池：「怎麼樣？還不賴吧！」

何止是還不賴，簡直是包羅萬象。

幽池挑了一個劍包：「這個便好。」

「這個？」鹿靈笑著從牆上取下來，「你真是好眼光，這是我用蛇皮做的外置，內置用的是棉布，既防水又柔軟，還特別牢固。」

說著鹿靈要親自給幽池穿上。

一個轉身，鹿靈突然踮起腳，跟幽池的臉近在咫尺。幽池瞳孔猛地一縮，幾乎能看到鹿靈湊上來的臉上的絨毛，幽池有些尷尬地轉過臉。鹿靈卻沒注意到這些，她單純地是為了拉過劍包的包帶，從後邊拉到前邊來。

她熟練地在他的胸口打一個結，又幫忙整理衣服。最後鹿靈很滿意地雙手抱臂，開心咧嘴，笑笑道：「可以了，你試試吧！」

幽池點點頭，把銀蛇劍往後面的劍包放。

「怎麼樣怎麼樣？是不是方便很多？」

幽池點點頭，要拿錢袋子付帳，鹿靈趕緊按住他的手：「你這是作甚？我可不收你錢！跟你見識過那麼多，可比一個劍包值錢多了！」

幽池侷促地張了張嘴，又緩緩垂眸，因為鹿靈軟軟的手正按在他的手背上。

隨著他的視線，鹿靈也發現了。

「喂！你們在裡邊打情罵俏夠了沒有？我還要進屋睡覺呢！」這時，鹿老三的聲音適時地響起。幽池與鹿靈皆是一怔，趕緊從鋪子裡出來。

鹿老三站在門口，看著從裡邊出來的幽池，細長的眼睛透出一道精光，定定地似要把幽池看穿：「小子，你是做什麼的？」

「在下是降魔道人。」

鹿老三眼底的精光又瞬間收起，繼續眼泛慵懶：「降魔道人？呵！跟茅山道士有什麼不同？」

「這個……」

「降魔道人跟茅山道士不是一回事！鹿老三，你除了打鐵喝酒，其他什麼都不知道，你最知道的，便是摸牌九推五槓六。跟你說簡直是對牛彈琴，算了，我走了！」鹿靈拉過幽池往外走，不想跟鹿老三多說半句話。

鹿老三哼哧地擺擺手，不屑道：「走走走！你們都走，別打擾老子睡覺！」

父女二人的見面，短暫但卻熱絡。

幽池看得出來，鹿靈嘴上說要帶他回來挑劍包，其實是想回來看看她的父親的。出來這麼久，她自然擔心他。而鹿老三罵罵咧咧地質問她，也是關心她這段時間去哪兒了。雖然這是他們父女間獨特的相處特點，可他們似乎都不太懂得關心對方的真正方式。

既然劍包沒收錢，幽池便請鹿靈吃頓飯。

酒樓裡。幽池斟酌再三，最終還是同鹿靈開口道：「你倒也不必同你爹那樣說話。」

鹿靈正在津津有味地吃著酒樓的招牌小籠包，她的雙頰撐得鼓鼓的，塞滿了還在咀嚼的包子，聽到幽池的話後，咀嚼的動作頓了頓，又繼續吃了起來。

「我看得出來，你爹還是很關心你……」

鹿靈咽下包子後，笑嘻嘻地打斷幽池：「你又瞭解我多少？說得好像很瞭解我一樣。我只是跟你見識了幾次世面罷了，你當真覺得可以摻和我的家事？」

幽池垂眸，倒也沒有惱怒的情緒，只是給鹿靈倒上一杯水後，再默默地把水壺拿了回來。他知道，他觸碰到了鹿靈的逆鱗，他說了鹿靈不愛聽的話。

鹿靈臉上的笑容笑著笑著也不見了，本來津津有味的神情，變得有些不悅。她拿過水杯，喝上一大口水。

半晌過去，鹿靈嘆氣道：「在我印象裡，他除了喝酒便是喝酒，偶爾也打鐵，卻常常不能按時給客人做好東西。他不能按時，客人便會鬧，打鐵鋪的名聲就不好。名聲不好，便會影響打鐵鋪的生意，生意不好那意味著我要餓肚子，還意味著他沒有錢去賭。如果他沒有錢拿去賭，我就要

遭殃了！」

幽池坐著，靜靜地聽著。

「你看到的，只是我和他沒劍拔弩張的冰山一角。你看到的他關心我，並不是真的關心我，你看到的我們之間可能關係不錯的情景，也不過是你以為的。我告訴你，如果可以，我想徹底離開他，離開打鐵鋪！這些年，我是怎麼過來的，只有我自己知道。我能活成你現在看到的這個樣子，我自己都不知道我付出了多少努力，才沒有變成魔鬼。」

幽池一直靜靜地聽著，始終沒有出聲。

鹿靈感覺到眼角有濕潤的趨勢，倔強地趕緊用手背擦掉，重新揚起一個微笑，望向幽池，目光篤定地說：「幽池，我希望他死。」

這一次，幽池忍不住抬起了眸子。

每個人心裡都有一塊陰暗的地方，而每個人都天生有偽裝戴面具的天賦。這是鹿靈第一次出現古靈精怪以外的一面，她可愛的臉在此刻變得有些猙獰，眼底透著冰冷的憤怒，整個人冒著黑暗的邪氣。她死死地盯著他，就好像是跟他著重強調，她說的不是氣話，而是放在心裡許久的念頭。

不等幽池說什麼，鹿靈身後突然閃過一道拔劍的聲響，轉眼間，一道寒光乍現的劍，敏捷地攔在鹿靈的脖子上。幽池一怔，看到這突然殺出來的程咬金，是一個衙役。

這衙役看上去很年輕，眉眼間透著一股少年強烈特有的英氣。他盯著鹿靈，嚴肅地喝道：「想弒父？那我得先把你給抓起來！」

鹿靈怔怔地看著他。

幽池起身道：「這位官爺，還請冷靜。小姑娘只是心裡有火，隨口說說罷了。」

鹿靈緩緩抬起頭，她倒要看看這個突然冒出來的官差，到底長什麼模樣。

年輕衙役挑了挑眉，冷哼道：「隨口說說？殺人的事情是可以隨口說說的嗎？行！那我也隨手先把你帶回去關起來。這叫止霍亂於未發之前！」

幽池猶豫片刻，想來這人來人往的酒樓，嚇到客人不好。他趕緊跟鹿

靈說：「鹿靈，你快說話，說你知道錯了。」

鹿靈這姑娘的脾性倔得很，還偏偏不屑幽池的說辭，她一昂頭，理直氣壯道：「我沒錯！」

衙役年輕氣盛，怎麼受得了一個黃毛丫頭挑戰自己的權威。

「你！」

幽池眼見鹿靈要吃虧，趕緊拿出銀蛇劍道：「官爺，我來跟你出去過幾招，若是官爺您贏了，她任憑您處置；若是官爺您輸了，今天她的話就全權請官爺當個笑話聽了了事，如何？」

幽池這個提議，正好符合衙役心高氣傲的性子。他們來到樓外，來到長街上，挑了個空地比劃起來。

幽池第一次使這銀蛇劍，本來以為會手生，需要時間來習慣，但沒想到這把劍像是幽池的老朋友一樣，竟瞬間便與他合二為一了。只是幾招下來，幽池的速度就乘勝追擊上好幾倍，跟衙役真正能比劃上。

年輕衙役非常剛猛有勁，招招逼人。幽池只是單純地走招式，兩百招下來竟有些吃力了。餘光裡，他看到追出來看他們過招的鹿靈，幽池的皮重新繃緊，他的心裡出現一個念頭：不能讓鹿靈進大牢。

幽池找到衙役招式的破綻，銀蛇劍如蛇尾遊走，挑進他的軟肋下盤，一個假動作，從他的腰間迅速抵制到他的脖子，劍刃及時收住。

衙役知道自己敗了，臉上浮現不甘心和君子般的認輸，幽池跟他對視上的瞬間，把劍收回。

「多有冒犯，官爺，我只是想保護我的朋友。」幽池跟衙役抱拳致歉。

衙役拍拍身上的灰塵，整理衣領，沉聲道：「我也只是想守護京城的秩序。」

幽池自報家門：「在下幽池，是一名降魔道人，算是跟官爺您同為守護秩序的守護者。」

衙役聽到幽池的話，雙眼立刻亮了起來：「你，是降魔道人？」

〈花休篇〉

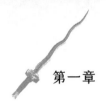

第一章

　　不等幽池開口，衙役神情驟然與方才不同，興致沖沖地說道：「你可否變些法術給我看看？」

　　幽池下意識地皺了眉。他扭頭看了看鹿靈，發現鹿靈一臉的不服氣，幽池還是決定給這位衙役小露一手，以此來佐證自己的身分。

　　他把衙役的帽子從頭上變到地上，衙役見狀，自是十分歡喜地與幽池握手：「我自小就一直很崇拜降魔道人，斬妖除魔，守護百姓。只是一直都沒有什麼機會遇到，所以我只能勉強做了衙役，也算是保家衛國了嘛！不想，今天能碰到一個。」

　　這位小兄弟倒是性子直爽，直來直去的。

　　幽池支吾道：「嗯……我……」

　　「哎！不必多言，今天碰到也是緣分，我可以不抓你朋友回去，不過你得作為保證人，暫時跟我待在一起，懂嗎？」他用大拇指指指自己，以命令式的語氣說著。

　　幽池啞言了。

　　鹿靈終於聽不下去了，她跳腳道：「憑什麼啊？你這是蠻不講理！」

　　衙役皺眉倒吸一口涼氣，作勢又要為難：「嘿……」

　　幽池趕忙答應：「好，我答應你！」

　　「幽池！」鹿靈拉他衣角。

　　幽池衝她微微搖頭。

　　衙役則是滿意地點頭：「好！爽快！我叫方隱，你可以直呼我名字，你叫什麼？」

　　「幽池。」

　　「哪個幽，哪個池？」

　　「幽深的幽，蓮池的池。」

　　「還挺有意境的……那你住哪兒啊？」

　　幽池抱拳，斯文地先行禮：「回方衙役——」

　　「噴！都跟你說了，可以直呼我名字，不必拘禮！」方隱顯然不是

幽池這斯文一掛的，看到幽池這般客氣，看不過眼地手往他肩膀上一搭，「走走走！跟我說說，你從哪兒來的？都降了什麼魔啊？你的口音不是本地的，我聽得出來……」

方隱嗓門大，性子急，還有一點不由分說的霸道。

比起鹿靈的蠻橫，自有異曲同工之妙。

不過幽池看得出來，這方衙役心思純善，好打抱不平，是個性情中人。比如巡街的路上，他看到有地痞欺負擺攤的老弱婦孺，直接就給收拾了。老嫗要送一斤棗給他，他只拿了一個，還送給他吃。

「哥送你的，吃！」

幽池局促地接了過來。

方隱讓幽池當保證人押在他這兒，不過是對幽池降魔道人的身分好奇，又怕幽池跑了，所以尋這個藉口罷了。

幽池願意陪他，一個是怕他會上刀上槍地真要把鹿靈給抓了，另一個則是想給鹿靈一點獨自靜靜的空間。畢竟，小姑娘臉皮薄，他嘴皮子不利索，只是說了兩句，就把人家給惹生氣了，還不如分開一下比較好。順道，也可以在方隱這個衙役的身邊，看看京城的風光。

一連三天，方隱揪著幽池到處巡街，一個勁地拱幽池展示一下降魔的招式，這把幽池整得不是一般的為難。青天白日的，他上哪兒去弄個魔來降？再說了，這降魔是機緣，不是拿來人前炫技用的……

可是幽池也學聰明了，他不會跟方隱這個小老粗講什麼大道理，他可不想人家一巴掌拍在後背上，畢竟對方可是一個字也聽不進去的。

原本幽池想著，京城的治安挺好的，沒有妖魔邪祟，至少可以證明百姓們過得好，跟著方隱閒逛也便閒逛了。

不想，第五天的時候，方隱都不耐煩了，幽池覺得可以適時跟方隱道別的時候，偏偏……發現目標。

——

福茶社，是京城頗為有名的茶社。聽聞茶社的老闆阿福，是從宮裡出來的茶館兒，他泡的茶，讓後宮的娘娘們讚不絕口。

之所以不是茶樓，也是這福茶社有名的一點。老闆心善，若是把茶社改成茶樓，遮風擋雨的，不是簡陋的布帳，而是結實的磚瓦，很多窮人就

吃不起他家的茶。

　　所以，茶香，價廉，老闆阿福的熱情善良，成為多年的金字招牌，越來越香。

　　方隱帶幽池過來見世面，點了兩碗清茶歇腳。幽池注意到，右邊隔著兩桌的一位茶客的不對勁。他不過約莫二十五上下的年紀，清秀的臉龐臉色極為難看，眉心不斷地冒著黑氣，全身上下陰鬱在一團怨念之中不得而出。別人喝茶是品茶，他則是灌茶，儼然是拿茶當水喝。

　　他喝完一壺後，拍桌罵道：「老闆！你這是什麼茶！」

　　老闆阿福剛給幽池這邊添完茶，聽到後怔了一下，賠笑地過去查看情況：「客官怎麼了？您要的忘情茶，這便是忘情茶。」

　　「你糊弄我！這是忘情茶嗎？這怎麼是忘情茶！」他生氣地把手裡的茶杯往地上摔去，將桌上的水壺一股腦兒地都掃到地上，發出刺耳的響聲，「我喝了這麼多壺還是沒有忘記她！這算是哪門子的忘情茶……」

　　茶社裡居然出現了一個醉鬼？明明喝的是茶，可不是酒。

　　鄰桌的人鄙夷地起身，紛紛離開避讓。

　　阿福嚇得不輕，趕緊跟他解釋：「這忘情茶，取的是忘憂草煎燙的情人梅，所以取名忘情茶，不是真的喝了可以忘情，客官您……哎呀，客官您住手啊！客官……」

　　阿福這樣斯文的解釋，對於深陷狂躁情緒裡的他來說，顯然是聽不進去的。

　　方隱自然是第一時間就起身要阻止這種擾民的無賴，不過被幽池拉住了。幽池原本也是拉不住的，但他對方隱說：「你不是說要看我降魔嗎？」

　　方隱慍怒的臉一愣，立刻意識到什麼，趕緊坐下，不敢置信地看向把桌子都掀翻的青年：「你是說……他是魔？」

　　世人都道，最可怕的妖魔是如話本上說的那樣，**魑魅魍魎**，面容可怖。殊不知，那些有什麼好可怕的？最可怕的，往往是他們每天甚至每時每刻都能看見的，藏於他們身邊，藏於他們心裡的——心魔。

　　無形無影，無因無緣。一念之差，便可以殺人霍亂，成魔成鬼。

　　幽池靜靜地看著他，看他發瘋，看他痛苦地被椅腿勾到，跪倒在地。

最後，他踉踉蹌蹌地起身走出茶社。

阿福望著這剛才還好好的地方，如今一片狼籍，叫苦不迭地直拍腿，幽池示意方隱放點銀兩給老闆。

方隱下意識地問：「為何是我賠？」

「那你賠不賠？」幽池略有無奈，他又沒有多少錢。

方隱撓了撓頭，他自然是要賠的，想看降魔嘛，是要付出一點代價的。

幽池跟著充滿怨氣的他來到山神廟，看他跪在神像面前磕了三個響頭，咬牙切齒道：「山神，我昨夜跟你求的事，你可答應我了？只要能讓那個女人痛苦，便是付出什麼樣的代價，我都願意！」

幽池困惑地皺眉。

他的怨氣像不斷投入柴火的燃燒熊旺，只增不減。如今，殺氣更是從眼底透出，掛在嘴邊。而跟殺氣並存的，是他眼底如潮湧般不穩定的痛苦，如果他的心魔不除，幽池相信他會做出天翻地覆的事情來。

幽池在心裡默念咒語，施法共情他的內心。但這次他沒有選擇進入到他的世界裡，而是將他此時的內心所想，投影到半空中，讓自己跟方隱都可看到。

方隱第一次看到如此奇妙的情景，驚愕到張大嘴巴。不過他很快就被這影像中的故事給吸引了，那是這位在山神面前要求復仇的青年的人生。

他如今猙獰的臉上，竟也曾有過溫和真心的笑容。

最先出現的片段，是一個種滿花樹的院落。陽光正好，猶如孔雀的羽毛，展現出自己誘人的身段後，展屏的波光粼粼如此動人地在院子裡湧動。這個院落很大、很方正，一看便是殷實人家的一景。有一個小男孩，調皮爬到了樹上，努力去摘摘枝頭最那邊漂亮的一枝花芽。

樹下站著一個小女孩，仰著頭擔心地看著小男孩，不斷地讓他小心些。小女孩的臉像是一顆水蜜桃，粉嫩嬌豔，她雖微微皺著眉，卻絲毫也不影響她的可愛靈動。

小男孩則是整張臉都在蓄力，他專注地看著咫尺可觸的花芽，屏住呼吸，小心翼翼地再挪過去一些，可是他分明感覺到，細長的樹枝已經承受不住自己的分量了。

小腳一抻，粉嫩的花芽終於「鑽」進了小男孩的手裡。

與此同時，小男孩壓著的樹枝清脆地唏嚓一聲：「哎喲！」

一個小小的黑影，迅速從小女孩的面前由上而下地晃過，重重地摔在地上。小女孩搗嘴驚呼出聲，又生怕旁邊有人聽到，趕緊蹲下身查看：「知宇，你沒事吧？有沒有摔到哪裡？」

小男孩顯然是摔疼了，齜牙咧嘴。但他還是咬緊牙關，嘴硬地說沒事，然後把手裡緊緊拿著的花芽遞給小女孩：「送給你，花休。」

小女孩接過花芽，笑得十分開心，那表情落在男孩的眼裡，明媚不輸日光，比花芽還要好看。

白駒過隙，如夢十年。一轉眼，兩個孩子大了，小女孩變成了亭亭玉立、行完豆蔻禮的姑娘，小男孩則成了文質彬彬的青年。他們看待彼此的目光，從孩提時的兩小無猜，變成男女之情的炙熱。小花休和小知宇的感情，是青梅竹馬的純粹和積累。

還沒有像現在這般掙獰痛苦的知宇，把花休抱在懷裡時，是滿滿的幸福和開心。他帶她去騎馬賞春，去湖邊踏青，秋日種果，冬日賞雪。在他們的相處裡，時光彷彿也變得多情輕柔起來。

如果他們的幸福可以一直持續下去，那知宇也定不會變成現在這般模樣。

方隱倒是個急性子：「難不成是花休的家裡人不同意自個兒姑娘跟他來往？」

民間，這種家人阻止兩個有情人造成的悲劇不在少數，方隱也見過不少。他本能地便有此猜想。

話音剛落，場景一轉，他們兩人來到匯春館前，花休的哥哥花焰出來，花焰是匯春館坐鎮的大夫，他看上去跟知宇差不多年紀，比起知宇更清瘦一些，個子更高一些。他提著藥箱從裡邊出來，高興地跟知宇打招呼，三個人一起下館子吃飯，看上去關係十分融洽。

而花休父母雙亡，只跟哥哥花焰相依為命，家裡再無其他長輩，所以方隱說的事根本不會發生。

知宇甚至跟花焰偷偷策劃，從鄰國跑完這趟貨回來，便要與花休完婚。

方隱嘖了一聲，不懂到底發生何事，讓知宇如此恨上花休。

　　「哦！我懂了，一定是花休喜歡上了別人，移情別戀才讓知宇如此這般！」

　　幽池似有微微嘆氣，再次看向他，剛想說：「你能不能安靜一些？」

　　而不等他說，方隱的鬧騰已經惹知宇發現了。

　　「你們是什麼人？」知宇從蒲團上站起身，循聲走過來，方隱跟幽池登時有些尷尬。

　　方隱最先反應過來，拔劍道：「我乃京城衙門在職衙役方隱，你又是何人，在這裡拜神卻言詭譎之事？」

　　知宇冷笑一聲，喝道：「哼！我拜神拜鬼又與你何干？反倒是你們，在這裡偷聽別人的私事，才是小人行徑！」

　　方隱和幽池四目相對，不得不說，知宇的話是對的，他們確實……是偷聽還偷看了。但方隱要面子，自然不肯承認是自己錯了。

　　他拔劍跟對待鹿靈那樣對待知宇，冷聲道：「你若是想害人，就與我有關！」

　　幽池忍不住要翻上一個白眼。這位正義感爆棚的方衙役，真難想像他是如何在衙役裡行事的，甚至還安然無事地做差到了今天。

　　知宇目光猶如一潭死水，對於突然上脖子的劍光，也沒有一點反應，他只是靜靜地看著這鋒利的劍刃，繼續冷笑：「想執法，想公正不阿？官爺若是去抓用感情害人的人，我便在這山神廟裡等你回來抓我。如何？」

　　方隱皺眉，一時不知如何回答。

　　知宇推開他的劍，轉身回到蒲團前跪下，腦門嗑地一聲磕在冰冷的地面，不起。

　　半晌，幽池聽到方隱的牙縫裡跑出兩個字：「瘋子！」

　　回到幽池歇腳的酒樓，方隱連喝了兩大碗酒，憤憤地說：「這個知宇，腦子有病，不是傻子便是瘋子。不管那花休對他如何了，他們到底是青梅竹馬，到底也相愛過，男人跟女人計較這麼多做什麼？」

　　幽池垂眸，抿了一口茶：「未嘗他人苦，莫勸他人善。」

　　方隱瞪著眼睛，聽幽池這輕飄飄的話，不置可否地歪了歪腦袋，又道：「那你什麼時候降魔呢？他可是會變出七十二般變化？可需要我

幫忙？」

他完全像個外行，問一些不著邊際的話。

而幽池在山神廟裡的小露一手，已經讓他對幽池崇拜不已，深信不疑。

「在你眼裡，魔的形態真是單一無聊。」說這話的是鹿靈，她端著一盤點心，手裡還拿著一根蘿蔔在啃，走過來在幽池身邊坐下。

方隱見鹿靈有諷刺之意，怒極反笑：「哦？是嗎？那你倒是說說看，魔都長什麼樣？」

鹿靈把幽池喜歡吃的酥肉往他跟前推了推，甜甜一笑後，隨即又啃了一口蘿蔔：「看不見形態的魔才最可怕。」

方隱越發聽不懂了。

鹿靈作為頗有經驗的旁觀者，十分享受某人這沒有見識的眼神，清了清嗓子，慢悠悠地給他科普道：「若是你想像中那些化成人形的妖魔鬼怪，形態並不高級，一點也不可怕。妖魔，鬼怪也。鬼，人所歸為鬼。那些披著皮囊作妖作怪，最大的弱點便是見不得光。法力一到，輕輕破滅，有什麼好看的？」

方隱聽不懂這些拽文，他只覺得幽池拽文也罷，鹿靈也這樣附庸風雅，就顯得過於矯情。他擺擺手，不耐煩道：「你就說，什麼樣的魔最可怕！」

「自然是藏在心裡的心魔。」鹿靈白他一眼，看向幽池，一字一句地說道，「致虛極，守靜篤。萬物並作，吾以觀復。」

幽池微怔，沒想到自己之前說的話，鹿靈竟都記下了。他還以為鹿靈左耳進右耳出，不會記得的，畢竟她嫌他說的話太過深奧，總說他說的不是人話……

鹿靈的笑容又回到了之前的溫和燦爛，還多了一些試圖只有他才能看懂的默契乖巧。方隱見二人四目相對，完全把他排除之外了，生氣地把手裡的酒杯往地上猛地一砸：「行！我倒是要看看，心魔長什麼樣！」

眼看他又要衝動了，幽池無奈地看向他大步往門口走的身影，在快要到的時候，突然身形一怔，竟是癱軟倒地。

鹿靈一愣，困惑道：「他這是……」

「我在他的酒裡加了一點藥。」幽池道。

他可不能讓方隱亂來，因為這樣只會把事情越弄越大。

鹿靈心領神會，趕緊上前把這個討人厭的傢伙，扶起來送上二樓去：「哎呀！方衙役你怎麼喝得這麼醉，真是的，本姑娘扶你上去休息……」

幽池則是走出了酒樓，準備回山神廟去。

鹿靈追出來問幽池：「哎！你是不是跟那個討人厭的方隱一起進入意念了？」

「沒有。」

鹿靈才不信，立刻問道：「那他怎麼會知道那個什麼……知宇？知宇的過去的？」

「我只是把他的思緒帶出來，粗略看了幾個片段。」幽池解釋。

鹿靈哦了一聲，突然安靜地只是跟他並肩邁步。幽池側目，她在咬著牙憋笑，臉頰還微微泛著紅暈，就問道：「你怎麼了？」

鹿靈笑著搖頭：「沒什麼。」

而下一秒，鹿靈突然用肩膀輕輕撞他：「那等一下，我們兩個進意念裡去，看看到底是怎麼回事？」

幽池悶悶地應了一聲：「……嗯。」

不知為何，他的臉有些熱，儘管他不明白自己為什麼會有這樣的反應，可他覺得這樣熱的臉，一定很像天邊突然而至的夕陽。

兩人到山神廟，知宇果然還在山神廟。幽池讓鹿靈抓著自己的腰帶，閉上眼睛，鹿靈雖然不知幽池要做什麼，但還是順從地照做。幽池施法，一個移行換步，來到了神佛的後邊，幽池假裝神佛顯靈，跟知宇對話：「你當真要讓花休變得不幸，成為最痛苦的女人嗎？」

知宇聽到聲音，霍地抬起頭。

山神廟外突下大雨，雷電閃過，白光暫態照亮羅剎猙獰的臉。幽池的聲音越發地沉澱，像是從地底下穿透而來，被知宇的急迫逼得發聲。

知宇雙手在地上猛地攢緊，指甲劃過地面：「是！請山神成全！」

「你當真不後悔？」

「絕不後悔！」知宇的每個字說得都咬牙切齒，彷彿怕後悔的人不是自己，而是終於被自己誠心所感動的山神。

山神不再說話。

雨聲滂沱，風起雲卷，寺廟簡陋的門倏地關上，知宇感覺自己眼前一黑，暈了過去。

幽池和鹿靈從神像後邊走出來，鹿靈看著倒在地上的他，算是真的認識了未見其人先聞其名的知宇是何模樣。

一個清秀且臉色有些慘白的青年公子，竟對一個女子如此擁有恨的執念。

聽幽池說，他和所恨的花休是青梅竹馬的感情，卻在即將成親的時候發生了變故。至於具體如何，因為方隱的打斷沒能看全，不知道他跟花休之間，到底發生了何事。

「那我們是要去到他的過去嗎？」鹿靈問。

幽池搖頭道：「不！這次我們跟他一起去他指定的未來。」

他說要花休不幸、痛苦，他們就跟他一起見證他的心願得償，在那個花休不幸的未來，看看他是不是真的有被滿足到的快感。

寺廟的門外，風雨逐漸變小聲，寺廟裡的三人，不見。

在一個風和日麗的清晨，知宇在他自己的家中醒來，這時，一位面容姣好的年輕女子掀開簾子，從外邊端茶進來，柔聲說道：「主人，您醒了。」

知宇看向她。

他們之間的過往，化作了幾個片段，在幽池和鹿靈眼前閃現。

這裡是知宇在鄰國山腳下買的一個院子，這位年輕女子名喚青青，是家鄉逃難來到此處被知宇收養的，起初女子得了咳疾很是嚴重，他為她請了大夫，並撥了一間屋子給她住。女子好了之後也無處可去，知宇索性收留她，她以作報答甘願成為婢女，照顧他的日常起居。

「我怎麼……」知宇坐在床上微怔，記憶似乎還停留在山神廟中的風雨之夜，「今日幾何？」

青青雖不明白知宇是怎麼了，但還是如實回答說：「今日四月初四。」

「司澄四年的四月初四？」

「主人，您怎麼了？是不是病了？現在是司澄六年了。」青青見知宇

記錯年份，又見他臉色不好，就有些著急地想要伸手去碰他的額頭，卻被知宇攔住了。

他怔怔地說著：「司澄六年……我真的到了司澄六年。」

青青的雙手被他緊緊握著，臉上閃過緋紅，甚至還帶著興奮的嬌羞。知宇並沒有注意到這些，他激動的是，山神廟裡的山神顯靈並非夢境，他祈禱的事情，或許真能夢想成真！

他動作俐落地下床迅速收拾東西，要回京去。

鹿靈則是指著青青，對幽池說：「青青明顯喜歡她的主人，知宇若是可以放下花休，跟青青姑娘兩情相悅，一定會是一個不錯的結局。」

「只可惜……」

鹿靈接下他的話來：「只可惜，人往往不會注意到身邊的人。」

幽池眨眨眼，感覺有點被內涵到。他默默遲疑了兩秒，看向身邊的她。

鹿靈卻說過去便說過去了，沒放在心上，轉而拍拍他的肩道：「快些，他們要走了。」

知宇是個游走商人，早些年一直以走貨兩國的特產，賺取中間的利潤為生，從他跟青青坐著車頂鑲寶石的馬車便可以看出，他這些年賺了不少錢。所以，在知宇的恨中，大概並不包括生活落魄這一個原因。

而知宇大概沒想到，他心心念念想回京去看花休的不幸，提早上演了。

他回京的路上，遇到了花休。剛下了陡峭的山路，經過一片茂密的樹林，前面傳來一陣聒噪的吵鬧聲。知宇把馬車停下來，掀開簾子探身一看，就看到幾個身著盔甲士兵模樣的壯漢，手拿武器挾持了一個女子，另一個跟他們一樣穿著制服的士兵，拿著劍站在他們的對面，一遍遍地和他們進行對峙，可是他顯然因為被挾持了軟肋而無法反抗。

挾持女子的那幾個壯漢則是越發倡狂，命令他把手裡的劍放下。

女子哭喊著，不准他放：「你是將軍！你不能丟了自己的劍！吳岳——」

吳將軍臉上有一道血色微乾的傷痕，像是已經經過了一番戰鬥後，俊朗的臉上滿是塵土和汗珠。他對女子微微一笑，還是放下了手裡的劍：

「對不起，花休，我不能讓他們傷害你。」

花休。

知宇終於看清那女子不是別人，正是自己日思夜想要她付出代價的花休。

一身白裙，如墨的長髮，明明沒有一點裝飾，甚至裙衣都破了，臉上也髒了，她咬唇倔強流淚的模樣，看上去卻美得那樣不可方物，猶如清晨的露珠，易碎的流彩。

花休閉上眼睛，晶瑩剔透的淚珠從眼眶流出，她彷彿預感到接下來要發生什麼，不敢睜眼去看。得逞的幾個士兵把她推開，一起朝吳岳走去。在花休痛苦而絕望的大喊中，吳岳被他們幾個圍攻。儘管吳岳拚命反抗，但雙拳難敵四手，更何況他剛剛還卸下了兵器。

「你現在已經不是將軍了，憑什麼還管我們這麼多？」

「叫你多管閒事，叫你告發我們，你不讓我們好過，你也別想好過！」

「砍死他！反正他已經被降職，跟死也無異，哈哈哈哈！」

⋯⋯

「不要啊！不要——吳岳——」

「救命——誰能救救我們！」

花休撕心裂肺地放聲呼喊，她想要搏一個奇蹟，想要救吳岳。可是憑她一個人，根本無法撼動那幾個殺瘋了一樣的壯漢，她在哭喊間，看到了左手邊不遠處的馬車。她瘋了一樣地跑過來，趴在駕車的車板上，哀求車內的人救救她和她的相公：「求求你們，求求你們救救我相公，他是個好人，他是個好將軍！我求求你們——」

見車內沒有動靜，花休瘋魔般地掀開簾子。就這樣，她和坐在裡邊的知宇四目相對。

花休通紅噙著淚水的雙眸，在看到知宇的那一瞬間，呆滯的眼神極其複雜。過去的一重重、一幕幕猶如閃電一般，撞擊著他們之間的沉默。

⋯⋯

「你，你說什麼？」知宇看著花焰的臉，不敢相信他說的話。

花焰的臉色凝重，和他一樣不敢相信。他握著知宇的手腕再緊了緊，

可是指腹間傳達的資訊，依然不能讓他改口。

「你的氣息外強中乾，的確……只有幾年的陽壽了……」

作為花休的兄長，花焰一向濟世活人，旁人看到他，都道是看到了生的希望，可是偏偏，這一次，這一天，毫無預兆地，知宇被花焰判了死刑。

在這之前，他都已經準備成親了，一切都準備就緒了，還在花焰的安排下，買了花休最喜歡的翡翠簪子，等跑完這趟鄰國的貨，就親自給從小到大愛的姑娘戴上。可出發前一天，他突感身體不適，花焰見他臉色不是很好，主動要給他把脈，說這出門在外，身體不適怎能做事。

不想這一遭，晴天霹靂般突兀地打在了知宇的頭上。他怔怔地望著花焰半晌，眼淚在眼眶裡打轉，彷彿望見自己期許的未來轟然崩塌。他不解，為何老天要對他如此殘忍？為何他正要準備踏入幸福之門的時候，硬生生地被關了外頭。

知宇找不到答案，強行把情緒歸於平靜後的他，只有一個念頭：「不能讓花休知道……」

花焰此時已經為他飛快地抹去了同樣絕望的眼淚，他比知宇更恨，恨自己明明身為一個大夫，卻只能發現病情，沒有解決的能力。他不僅是要失去一個好兄弟，妹妹更是要失去心愛的人和未來的依靠！

然而，花焰忽然想到什麼，握緊知宇的手，說道：「這次我陪你去鄰國走貨，我們去找我的師兄，說不定他有辦法。我們先不要這麼快放棄！」

知宇怔怔地看著花焰，眼底燃起小心翼翼的歡喜，卻還是不敢過於抱有期望。

他們告別花休，匆匆趕往鄰國。

花焰曾師從一個遊醫，遊醫經驗豐富，見過很多的疑難雜症。因花焰有家有親人要照顧，不能繼承師父衣缽，繼續當一個遊醫，所以對於可以繼承衣缽的大徒弟，也就是花焰的師兄，多教了一些疑難雜症的病例。花焰寄希望於這位師兄。

他們約定每到一年的九月初九，就會在曾經拜師的香山小聚一次。

在香山腳下住了快小一個月。快入秋的香山景色美如壁畫，成片的楓

葉林像是一簇不熄的火焰，在天空中盡力釋放生命，可惜，知宇都無心欣賞，在他心如死灰的眸光裡，這些都沒有了顏色。

終於到了九月初九，花焰帶知宇如約見到師兄，然而花焰的師兄給出的結果，和花焰一樣，知宇不治，只剩下幾年的壽命。

他因此而痛徹心扉的大哭一場，與花焰醉上三天三夜。最後，他迎著一輪日出，接受了自己這譏諷又可笑的命運。他要跟花休退婚，他寫了一封信，讓花焰帶回去給花休，就說他在鄰國另有所愛，不能娶她為妻。他寧可讓花休恨他，然後生氣地望著他，也不要讓花休知道真相，知道他快要死了，而抱著痛苦的心過下半生，這是他能為花休做的最後一件事。

花焰雖難過，但作為花休的哥哥，他默認了知宇的做法。他也不希望花休活在知宇死去的陰影裡無法走出，有時候，謊言本身不重要，重要的是結果。

知宇決定不再回去，花焰跟知宇就此告別。他多遺憾臨走的時候沒能多抱抱花休，甚至沒能跟花休多說上幾句話，這份遺憾大概要被帶進棺材裡了。

知宇獨自來到鄰國的山腳下買了一間院子，準備等死，青青便是他住上小半年後遇到的。或許是知宇知道自己要死，索性放開了心思，拋卻塵念；或許是婢女青青的悉心照顧，又或許是這山腳下的空氣清淨，天地精華的緣故，總之……五年後的知宇，竟不知為何身體痊癒了。

這讓知宇又驚又喜，覺得是上天眷顧，重新給了他機會，他急忙回去找花休。

可是。

五年的時光，太久了。久到花休不可能在原地等他，久到一切早已不是他當初離開時的樣子。他再次見到花休，人家已經是將軍夫人，連帶著花焰也成了軍中的軍醫，有了官職，領著朝廷的俸祿。

知宇忘不了五年後，再次見到放在心底思念的花休的場景。華麗的馬車，婢女圍繞，她彎腰從車內出來時一身的華麗珠翠，錦衣華服，明媚的臉似乎因為成了將軍夫人過得優渥安榮，而越發地嫵媚動人。

她下馬車去首飾店買首飾，店裡的老闆對她畢恭畢敬，知宇就站在門口的街上，目不轉睛地望著她。

明明近在咫尺，他卻沒辦法喚她，沒辦法光明正大地出現。這種詭譎的感覺讓他很不舒服，甚至有一個念頭在腦海裡響起：「知宇，你現在活著，還不如死去。」

　　時隔五年，知宇再次買醉，他試圖在酒精裡找回自己這五年來的平靜。

　　他再次陷入不解，為何終於能夠活著，卻真正地發現一無所有了？

　　可笑的是，他不知道該怪誰。怪當初把自己診治出病情來的花焰？怪當初的自己？還是怪真的把他忘了，幸福生活的花休？這場無妄之災，把他的一切都改變了！

　　知宇在青青的攙扶下，回到酒肆二樓的房間，他閉上眼睛，苦澀的眼淚無聲地流出，不管灌了自己再多酒，他的心，他的頭腦，始終保持著絕對的清醒。他清醒地一遍遍告訴自己，他跟花休，就此錯過了。

　　青青坐在他床邊，心疼地說：「主人，都過去了，花小姐朝前看，你也要朝前看。」

　　知宇知道青青說得對，他不是真的要憎恨誰，他只是苦，苦這一切原本可以不發生的。時光毫無痕跡地把這一切變得亂七八糟，只有他自己知道且承受，這種窒息的負重，讓他喘不過氣來。

　　本來打算送給花休作為聘禮的翡翠簪子，他一直帶在身邊，如今，他親眼看到花休有了幸福的依靠，他該為她高興的。

　　知宇低沉了三日，覺得這個簪子沒有行使幸福的可能，至少也能開出祝福的花朵，他去軍營，希望讓花焰將這份簪子轉交，順便告訴他自己痊癒的事。不想，他去到軍營，囂張的守門侍衛將他趕了出去。他耐著性子報自己的名字，表示花焰若是聽到，一定會見自己的。侍衛半信半疑，知宇使了銀子，他這才進去通報。

　　可是出來傳話居然說，花焰不見，讓他以後也不要再來了。知宇不信，看著守衛又重新變不耐煩的神情，他試圖往裡闖，被打得一身是傷地回到酒樓。

　　知宇不知道發生了什麼事，只好讓青青去將軍府找花休。可青青回來後，也是同樣告知，花休說不認識知宇，把她趕了出來。

　　若說花休不知內情，痛恨他才這樣說，知宇可以理解，可是他轉而又

想，花休的脾氣他是知道的，即便是痛恨，當初他的退婚書和親筆信，她一定有要找他，而被花焰攔下來。現在他的突然出現，她也會出來見面，親自問一嘴，哪怕是見一下他的新歡也好。

而兄妹兩人這樣，敬而遠之的陌生，著實是蹊蹺詭異。

身心的雙重疼痛，讓知宇的思緒混亂且大開，他的腦海裡有閃過不好的念頭，不過他還是不肯相信，他覺得其中一定有什麼誤會的。

五年。

整整五年。

花焰一定以為他死了，所以對於他的突然出現才會那麼無措、不敢相信，畢竟，他被一個遊醫診斷身體沒有任何毛病後，也是不相信了許久。

可一件事的發生，讓他抱著的這點希望徹底破滅——

青青不想看他躺在床上養傷，心卻比身體更痛更難受，她偷偷地瞞著他去軍營找花焰，想把花焰帶來酒樓見他。不曾想，軍營裡的士兵見青青一人，面容姣好，便心生歹念地騙她入營帳強佔於她。

當青青衣衫不整地回來，哭著頓坐在角落的時候，知宇的腦子轟地一聲響，欲要炸裂。猶如打通了任督二脈，突然感覺這命運的不堪和斗轉，一下子找到根源，那些過去的不解和負重，陡然有了答案。

——如果這一切都是騙局，那便能解釋他們的態度為何如此，便能解釋為何當初明明是不治之症，現在卻變成了一點事兒都沒有的痊癒之態。

如果這一切，都是花焰和花休聯手的騙局……

如果他說另有所愛是假，花休早就不喜歡他才是真……

如果這一切的一切，只是自己才看清全盤布局……

……

而這些，是幽池和鹿靈透過知宇的瞳孔，看到的他對花休的記憶。

而花休看向知宇時的動情，卻不是這樣的記憶。她顧不上錯愕，死死地抓住知宇的袍角：「知宇，求你，求求你救救我官人！他快要死了！我求求你救救他！」

花休著急地回頭，已經看不到吳岳的人影，只看到那些魔鬼，揮舞著帶血的長劍。

知宇欣賞著她為了別的男人著急的神情，作勢順著她望去的方向，敷

衍地看了一眼：「他？我救不了。」

花休瞪大眼睛。

「你嫁的是堂堂將軍，我不過是拿得動毛筆的游走商人，我怎麼救？」

花休聽罷，轉身要朝吳岳跑回去時，她被知宇握住了手腕。

「不過，我可以救你。」

他近在咫尺俯身而下的臉，盯著花休的淚目，花休搖著頭，試圖掙扎地推開知宇的手。

這時，努力從圍攻的死亡牢籠裡爬出來的吳岳，對花休喊出最後一句話：「夫人快走——」

花休回頭，看到吳岳的一口血噴在半空中，咽下了最後一口氣。

「官人——」

知宇將花休一把拉起，帶進馬車裡，韁繩一打轉，馬車調轉方向。花休活了下來，乘坐在知宇的馬車上，而吳岳卻死了，被曾經的下屬活活砍死，曝屍荒野。

幽池和鹿靈站在中間的位置，看著左邊的生，右邊的死，陷入從未有過的安靜。也許知宇的刻意，在這會兒來說顯得微不足道，因為他說的是實話。武夫的亂刀之下，他若是強行去救，只是陪葬而已，這也為他之後試圖跟花休重新開始埋下了鋪墊。

半晌，鹿靈突然淡淡地笑了一下，說道：「我覺得知宇是從這一刻才失去花休的，幽池，你說呢？」

幽池看著吳岳至死都還望著花休離去的方向，輕聲道：「古之善為道者，微妙玄達，深不可志。」

人的思想，達到了一種深遠、複雜的狀態，當下做出的反應，甚至自己都不會知道這究竟是為何。譬如一個大善人，會在面對救治某人的時候，產生一秒的猶豫；一個惡人，會對一個突然對他微笑的孩童心生仁慈；善人猶豫後會選擇繼續救治，惡人心生仁慈後，一秒之間重新惡念占據上風，砍下了手裡的鐮刀。

這，都無法解釋那一瞬間的存在，是否可以改變他是個善人或者惡人，此為微妙玄達。

知宇想要的花休的不幸，從這一刻開始。他重新出現在花休的生命裡，以救世主的存在，也從這一刻開始。

　　知宇把花休帶回了他們之前一起選的新宅。當時知宇買下這個宅邸，是為了迎娶花休，花休喜歡種花和養魚，挑了好久才挑中這個宅邸。有一個很大的院落，內池的池水非常特別地穿過院子，形成相互融合的概念。當清晨的第一縷陽光照耀進來的時候，這蜿蜒細長的池水就像一條條金邊，鑲嵌在五光十色的院子裡，十分漂亮動人。

　　知宇曾抱著花休站在院子裡，詩成流水上，夢盡落花間。他握過花休手握的鳶尾，憧憬屬於他們兩個的未來，從沒想過會分開。

　　如今，知宇帶花休回到這裡，依然站在他們曾經站過的地方，知宇淡淡地對花休說：「我要娶青青了。」

　　花休微微一怔，像是沒有聽到一樣出神看著遠方。

　　他以為她心有介懷，勾唇笑道：「你早就嫁為人婦，我還沒有娶親，如今我能找到我的幸福，你不開心嗎？」

　　花休作為未亡人，她的眼裡心裡，都是吳岳的死，她甚至沒能把官人的屍體帶回來！

　　「五年前，我早就替你開心過了。」

　　知宇被她的話激怒，眼見她要走，一把拽過她便要強吻她。花休受到驚嚇般地拚命反抗，推開他的時候，一巴掌打在他的臉上罵道：「知宇你混蛋！」

　　知宇不做猶豫地反手回了她一掌，花休猶如一株搖搖欲墜的蘆葦，摔倒在地。

　　「你現在不過是一個被貶的前將軍夫人，他早上還被他自己的手下砍死在郊外，你故作矯情個什麼！」知宇指著她，憤憤罵道，「布告欄上都說了！吳岳違反軍紀，作亂犯上被就地正法，你隨時都有可能被追究連坐責任！」

　　花休心如死灰，撐著地面的手帶血地刮過地面，握緊拳頭。

　　「五年前你跟你兄長攀龍附鳳，拋下了我，以為攀上的高枝，現如今成了流水的稻草。花休，你是不是悔不當初啊？」

　　花休聽到這裡，大駭抬頭，看著顛倒是非的知宇，不敢置信面前的

人，是自己曾經深愛過的人：「五年前不要我的人明明是你，成親之前說另有所愛的人，難道不是……」

「別裝了，我都知道了！」知宇掐住她的脖子，扭曲的眼神已經完全被瘋狂的報復欲占滿。他聽不進去任何話，陷在自己的執念裡不可自拔，他打斷花休的辯駁，警告道：「若不想你哥哥也有事，就乖乖地給我待在這兒。」

花休被丟如草履。

她終於同知宇回到了這裡，可這裡不是她該待的地方，知宇也不再是她認識的那個人了。

花休從名聲在外的將軍夫人，一下子成為了過街老鼠，京城的布告欄上，皆是吳岳違反軍紀、就地正法的通報，和通緝她和花焰畫像的海捕文書。

知宇去外邊採辦跟青青成親的東西，讓花休坐在馬車裡，看到這漫天的危險。

花休求知宇救花焰。

知宇正坐書房裡，擬著喜帖邀請的客人名單，如今他是京城頗有名氣的商人，有財有勢，達官貴人都是他的朋友。

他頭也不抬地問道：「我為何要救？」

「你們是一起長大的朋友，你們親如兄弟！難道過去的一切，你都忘了嗎？」

「是啊！親如兄弟的朋友，我萬萬沒想到，他會在我的背上捅上重重的一刀。」知宇撐眉，看著筆下的宣紙，彷彿看到花焰當著自己的面，語氣沉重地宣告他有不治之症，還那麼真誠地留下眼淚的畫面。

每一次回想起來，他都恨！恨得咬牙切齒！

「如果不是他，我們根本不會走到現在這一步！如果不是你對我不夠堅定，你又何至於變成現在這副鬼樣子？」知宇眸底的冰冷，好似可以飛出一把把帶血的尖刀，插在花休的心裡。當他嘲諷她如今的落魄時，那真摯得意的笑容，像鹽撒在心口受傷的地方，疼痛猶如一重重的高山，一遍又一遍地折磨著她，可是花休卻不明白知宇為何會變成現在這樣，為何會變得如此憎恨她和花焰。

「我不知道我哥和你之間，到底發生了什麼事，我也不知道你為何會這般地恨我……我只求你能夠看在過去的情分上，哪怕是一點點，也請你救救他可以嗎？只要你救他，我什麼都答應你。」花休跪下，一步步地跪到知宇的案板前，淚眼婆娑。

知宇抬頭，不屑又清冷地盯著她。

「你什麼都答應？」

花休拚命點頭，拚命地想要抓住知宇的示好，這一根救命稻草。

「三日後，我娶青青，你做妾室一同入府。」

花休愕然：「你說什麼？」

「你不是說，只要我救花焰，你便什麼都答應的嗎？」知宇冷哼，看著反應激烈的她目露鄙夷。

「知宇……」

「你不配叫我的名字。」知宇的眼底閃過一絲動容，隨即厭惡地拍案起身。

「我的條件就是如此，要不要救人看你自己。」

他越過她，頭也不回。

從記事開始，花休便存在於他的生命裡，像鳶尾花那樣，一點點地生長、綻放，他不記得她到底喚過他多少次。他只知道每次花休甜甜地喚他名字，他的開心便被喚醒。像天邊的流雲擁抱日出，像鳳凰的嘶鳴得到回應一飛沖天，像花朵迎接到一年之際的春，一切都是經過那麼多次也不會膩的美好。

可是，自從他知道花休和花焰的騙局後，這些美好像是印刻在骨子裡的印記，他想要剔除。然而，剔除了無數遍，痛苦仍然還在！

新宅在下人的張羅下，很快有了主人即將成親的喜慶。知宇看著紅色綢緞掛滿庭院上空，下人們忙進忙出，他的心卻怎麼也熱烈不起來。

這時青青的婢女芷兒，請他去準夫人的房裡一趟。知宇隨她過去，推開房門，坐在梳粧檯前的青青一身紅衣，頭戴金冠，美目盼兮，紅唇微抿，半嬌羞半溫柔地望向他。

知宇毫無波瀾的心，在看到她時，少了幾分焦躁，多了些許平靜。青青是這個世上唯一對他真誠的人。這些年，她事無巨細、無微不至的關

心，他清楚裡邊除了婢女對主人的恭敬之外，還有女子對男子的鍾情之意。他都知道，他只是裝傻罷了，因為在他的心裡，始終放不下花休。

愛也好，恨也罷，他無法給她純粹的回應。即便是現在，他終於要娶她，也是為了報復花休。

青青問他：「知字，我好看嗎？」

這是青青第一次喚他的名字，之前，她一直都喚他主人。

第二章

見知宇定定地看著她，青青自知失言，想要換稱呼，卻聽知宇道：
「好看。」

青青微怔。

「自是好看。」知宇又道。

青青抿唇，嬌羞地紅了臉。這是知宇第一次這麼認真地誇她，第一次
沒有越過她看到別處。青青抱有奢念的想，這會是一個好的開始，或許她
嫁給知宇後，知宇會正眼看看她。

可是當晚的洞房花燭，知宇的選擇，很快就澆滅她一點奢念，知宇
去的是妾室花休的房間。

紅燭搖曳跳動，映照著整個屋子通透明亮，知宇推門進去，看到花休
坐在床榻上，沒有蓋著紅頭簾。丫鬟給她上的精緻的新娘妝，明明那麼溫
婉動人，卻還是蓋不住她死氣沉沉的神情。

知宇走到桌邊，拿出兩個酒杯親自倒上酒。

「年年歲歲秋色裡，玳筵紅燭醉風光。今天是你嫁給我的好日子，完
成了我們多年前說好的婚禮，你該高興才對。」知宇拿著兩杯酒，走到她
跟前睞眸打量，「可是……你這副表情是什麼意思？」

花休抬眸，目光冰冷地瞪著他，她的眼裡再無對他的溫柔和愛慕，她
的眼神像是一把劍，逼退他離她好遠好遠。他們為什麼走到這個地步？亦
或者，她從來都是這樣看他的，只是他一廂情願地做夢做了太久。

陡然間，知宇心裡的傷像是被用力地撒上鹽，他擰眉，把交杯酒塞到
她的手裡：「成親要喝交杯酒，交杯交心百年好合！」

花休不肯，拉扯之間，憤然把酒潑在他的臉上。知宇一把拽起她的
手腕，濕漉漉的臉赫然逼近，眉眼間掛著的液珠，助燃了他眼底的恨意：
「喜帕你給我揭了，喜酒你給我潑了，這洞房你打算給我怎麼著？」

話音未落，他終於捕捉到她眼底的一絲慌張和恐懼，得意地推她倒在
床榻，粗魯地騎上。

「不要！我求求你，知宇不要……啊——」

花休痛苦的求饒聲，以及衣帛被撕裂的聲音糾纏在一起，響徹在喜宅的夜空。青青站在門外的庭院裡，聽著屋裡的動靜，看著紅燭將晃動的床影投射在紙窗上，一個人落寞地站在月光下，眼裡噙著淚，嘴角卻拚命上揚。

　　沒有人知道她此時此刻的心情，她自己也不太確定，自己的心情到底是哪般。知宇終於娶到了他心裡最想娶的人，卻是以這種讓兩個人都疼的方式。明明他想親近她，卻以這種傷害彼此的方法。

　　過了今晚，花休對知宇的恨肯定收不住了，這對她是好事，可她高興不起來。此時此刻，青青唯一確定的是，她的心，很痛，痛如刀絞。

　　翌日天明，知宇是從青青的房間裡出來的，他沒有在花休屋裡過夜。

　　春宵過後，他站在床頭穿衣服，背對著小聲哭泣的她冷冷道：「放心，我知宇行商到今天的地步，靠的便是講信譽，答應你會救花焰，我便會做到。」

　　花休的哭聲這才從克制，變成了痛苦的放縱。知宇扭頭，厭惡地丟下一記目光：「晦氣！」

　　他不等穿好衣服，便甩門離開。花休摀著臉，唯有用眼淚祭奠自己死去的丈夫，還有……死去的自己。凌亂的頭髮，和身上被蹂躪得更為凌亂的內衣，披蓋在她的身上，她坐在鮮紅的喜單上，卻哭得像奔喪。

　　花休無法明白，曾經深愛過的知宇，為何會變成這般模樣，她亦無法明白，好好的生活為何會失控成這樣？她自問沒有做過任何虧心事，不該被上天遺棄至此。太多的困惑伴隨著更多的無助，一併吞噬了她。若不是為了哥哥，她一定會選擇求死來解脫。

　　而站在門口的知宇，聽到花休哭得如此傷心，他心裡的恨似乎減輕了一點點，可同樣的，他的痛也增加了一些。

　　想起青青遭受的那些苦難，知宇告訴自己，他做得沒有錯，他只不過是……讓花休也感受一次被人凌辱的滋味是如何的。

　　知宇握著青青的手出現在大廳，花休朝他們行禮。青青上前想要扶起花休，花休後退了一步，怯怯地看了一眼知宇，堅持要把禮行完。

　　「你是夫人，她是妾，她理應向你跪拜倒茶。」知宇看著青青，著重最後四個字，示意她在他旁邊坐好。花休做得越恭敬得體，知宇的目光投

向遠處，便越冰冷如霜，青青的溫和，在這中間起到了唯一的那點平衡。

用過早膳，知宇要出門去，花休幾個快步，又不敢上前地欲言又止。

知宇卻主動看向她：「走吧！接你哥哥回來。」

花休瞪大眼睛，遂喜出望外。很快地，她收起所有的怒恨和懼怕，只抓著知宇的答允而感激地低聲道：「多謝官人，多謝官人⋯⋯」

寶石頂馬車，知宇踏著踏板先上去，轉身向她伸手，花休下意識地躲了一下。昨晚他的粗暴彷彿還歷歷在目，對於他突然而來的溫柔，她是恍惚且畏懼的。

知宇的眼底閃過一絲愧疚，還是伸著手跟她說：「這馬車不好上來，我牽你。」

許是真的發現有點高，又許是害怕拒絕了他，會影響自己接回哥哥，花休不再遲疑，伸出了手。知宇握緊她手的瞬間，感覺到她微顫的手指和冰冷的手心。

「若沒有之前的那些事，他們會是這世間平凡夫妻中的一對。」鹿靈望著他們相繼進了馬車，嘆息道，「你瞧，他們看上去多恩愛啊！」

幽池知道，鹿靈的重點是「看上去」。

幾番旁觀，鹿靈的眼睛彷彿比別人多了一雙，她能穿過表像，看到內在。這樣雖好，卻也不妙，因為幽池發現，鹿靈眸裡的單純和靈動越來越少，像一夜紅燭，快要燃到燭底了。

馬車緩緩前行，隨著四個車頂的頂穗，有節奏地搖曳著，他們來到了府衙門口。

花休本以為知宇會讓她待在車裡，沒想到知宇讓她戴著面紗跟著下車，一同往裡走。

府尹大人聽聞知宇來了，趕緊出來迎接，見他對知宇殷勤客氣的模樣，便知道知宇這些年經營的著實不錯，有頭有臉，連在官府這邊也能吃得開。可當知宇把銀兩和來意跟府尹大人說明時，府尹臉色一變不接話了。

見知宇求情堅定，府尹皺眉：「花焰乃是重犯的親屬，按律連坐以罰，是要明正典刑的。雖然花焰的牢獄刑期，可以重金相抵，交由國庫抵刑，但這刑是刑、罰是罰，他目前的身體，可抗受不住三十大板。別說

三十大板，要是認真打，他挨不住十板子就一命嗚呼了，這可是要出人命的。知宇少爺如此為他求情……怕是不但救不了他，還要給他送終，更何況就不怕引火焚身嗎？」

「實不相瞞，在下不過是受人之託，忠人之事，還早年的一個恩情。更何況我在此案之後，已娶了花焰唯一的親人——其親妹為妾，也算是他的妹夫。按律法來看，我案後娶妾，並且有證人文書為憑，我是可以不受牽連，卻可以幫忙抵罪的。」知宇眼底閃過一絲隱忍的光，又從懷裡拿出一疊銀票，跟府尹進一步說話，「若大人能助在下完成心願，大人的大恩大德，在下一定會牢記在心。」

「這……」府尹心想這花焰的妹妹是何等國色天香，竟然可以讓知宇如此大費周章，只是知道她是個亡夫的婦人，不想他卻也不嫌棄，還納入為妾，真是想不通。另一方面，面對如此的巨額誘惑，府尹顯然臉上已有動容，但還是為難要怎麼處理。

知宇把想好的對策告訴府尹：「花焰身為親屬，雖難逃罪責，但主犯已死，連坐罪責若是有人分擔，再判個流放。大人，也是符合我們大安律法的。」

府尹眼珠一轉：「那誰來分擔這個，你都說他只有一個親妹……」

話音未落，知宇便跪地道：「大人，在下願意分擔。」

此話一出，府尹和花休同時瞪大了眼睛。

「知宇少爺你……雖然你們這層親戚關係，確實也符合律法，只是這未免太不值得了……」

「知宇……」

知宇把自己的衣衫脫下，抬眸目光堅定。

府尹有錢拿，又可周全行事，自然不會多加阻撓，他只是頂多皺了皺眉頭，便讓衙役們在院子裡架上長凳，按知宇在凳子上，進行連坐懲治。衙役手裡的長板高高舉起，落在他潔白的後背。

雖然衙門裡已經交待了下手的衙役們，也都拿了好處，但是這打人也是個技巧活，每一下板子高高舉起快速落下，還要抽回大部分的發力，這每一下，都是不輕鬆的體力活。一開始控制的還好，但是多幾下就難免走形了……到後來，雖然少了七成力道，但也是發出了結結實實打到實處

的悶響。

知宇明明是羸弱書生，可他咬緊牙關，沒有叫喚一聲。

就這樣，花休看著知宇在一次次板子落下後，很快皮開肉綻，被打到吐血。此時花休的心，猶如丟進大鍋裡煮，不知道該何去何從。對於歸來的知宇性情大變，她有諸多不解，他對自己無端的羞辱，讓自己在官人死後的第二天嫁於他為妾，他變得如此陌生。

她對他有恨也懼，可他既然對她如此憎恨，為何還要這樣幫她？

直到知宇從長凳上滾落下來昏迷不醒，花休終於哭著喊道：「知宇！」

她撲到他的身上，吃力地將他抱起，而此時的花休，早已哭成淚人。

三十大板齊了，府尹揮手，讓衙役們撤下板子和長凳，帶花焰出來。

「知宇少爺，你真有種，我手下人懂事，這傷雖然不輕，但傷不了你性命，只是要回家好生休養個月餘。」府尹哼笑，對知宇豎起大拇指。

知宇艱難地睜開眼睛，笑笑地逐漸聚焦瞳孔，看著為自己而哭的花休，笑容變得有些恍惚。

「答應你的事，我做到了。」他虛弱地對花休說。

花休咬唇，看著他蒼白的臉抽泣道：「其實……你不必這樣做的……」

那三十下板子，差點要了他的命，如今他抬個手都費勁，知宇吃力地去擦她臉上的眼淚。

「只要是你想要的，我都可以給你，唯有你想離開我這一點，不行。」

說完他暈了過去。

「知宇？知宇——」

花焰從大牢裡被人押出來，虛弱到不行，目之可見，他身上也受了不少傷。花休看著哥哥如此模樣，就明白了府尹說的，「這是要出人命的」。這三十大板若是沒有重金打點，或是哪怕打點了衙役，打在如此虛弱的哥哥身上，一樣是要命的，怕是連十板子都熬不住。

花焰拖著病軀，看到妹妹花休安好，簡直不敢相信地歡喜，然而看到花休抱著知宇，又不知是什麼情況。

花休帶兩人回府，找了大夫。青青撥了南院給花焰住，一時間府裡住了兩個病患，變得格外忙碌。

　　知宇足足燒了三天三夜才度過危險期，青青在知宇的床邊寸步不離地守著，花休則是從南院到主院來回跑。到了知宇這邊的時候，她不敢進屋，便站在門口，透過青青得知知宇的情況。

　　花焰震驚知宇會安然無事地回來，還變成了如今翻雲覆雨的人物，更詫異花休會成為知宇的妾。當時知宇離開的真相，他一直沒有告訴妹妹，同樣的，現在花休也沒有告訴花焰，知宇強迫了她成為他的妾，只是告訴哥哥，這一切都是自己心甘情願的，為了救他，她可以付出任何代價。更何況，如今他們兄妹兩個，需要遮風擋雨的依靠。

　　花焰沉默良久，點點頭。

　　在青青的照顧下，知宇逐漸好起來，從不能下地到可以坐起，再到庭院裡可以散步。府邸裡的陰霾，似乎隨著主人家的好起，一點點撥雲見日地散開。

　　知宇沒有問起花休和花焰，倒是青青會每天主動跟知宇說，花焰的身體狀況比起昨日如何了，花休今天是否有來過。

　　轉眼一個多月過去了，這天，青青說花焰想見他。

　　知宇裹著毯子，坐在石桌旁曬太陽，青青細心地給他的石凳上，墊了一層厚厚的軟墊。她半蹲在知宇的身旁，幫他拉好衣角，輕聲絮叨著：「大夫說了，重傷初癒，既要多曬太陽，也要注意保暖。待會兒該吃藥了，我差花休去買點蜜餞回來給你配藥吃。」

　　此時，花焰一個人在外邊求見。知宇看向青青，相處的這幾年，他們之間好像已經到了不必他說什麼，她便都看在眼裡的默契。她太懂他，懂到有時候讓他越發覺得，自己是虧欠她的。

　　見知宇一直看著她，青青垂眸，稍稍露怯。在正夫人和丫鬟的身分之間，她清楚還是後者更符合自己在知宇心裡的位置。

　　青青剛想道歉，知宇道：「讓他進來吧！」

　　「是。」青青應允，遂離開。

　　知宇望著天空上那一抹斜陽，像極了他離開花休的那天。

　　花焰趕車，他坐在車裡，掀開轎簾望向天空，太陽模糊看不清全貌，

可日光刺眼極了，刺到他想流淚。如今，他的眼眸和心都變得堅韌無比，可以勇敢地迎著日光睜大眼睛。

「知宇。」花焰來到跟前，擋住了他的視線。

知宇緩緩收回目光，瞳孔一點點聚焦於他的臉上。

「知宇，沒想到我們此生還有再見面的機會。」花焰頗為激動，目光充滿懇切的欣喜和激動。

花休一直不讓他來見知宇，說是怕打擾他休息。花焰自己也被大牢裡的陰暗和刑具，折磨得丟了半條命。兩個人都在同一個地方卻不得見，這一面當真是遲了太久。

五年了，花焰的眉眼和從前並無半分不同。知宇看著他，微微一笑：「是啊！這是不是出乎了你的意料？」

花焰沒聽出知宇真正的意思，只是點了點頭道：「是啊！畢竟……」

「畢竟你是真的想我死的。」知宇接過話。

花焰臉上的笑容驟然凍結。

知宇的笑容依然輕鬆如春天的花瓣不斷地散落下來，花焰怔然間感覺不到半分溫暖：「知宇，你，你在說什麼啊？」

「不過你放心，花休現在是我的妾，你是我的大舅子，我還是會好好照顧你的。」知宇不想看他演得逼真的虛假，「咱們，來日方長。」

「知宇，你是不是有什麼誤會？我們……我們是最好的兄弟，最好的朋友，當初你患了不治之症，你可知我有多難過？」

「別跟我提當初了。」知宇冷笑起身，毛毯從肩上落下，猶如他們之間早就不知道何時落幕的兄弟情，「花焰，你配嗎？」

花焰瞪大眼睛，單薄的身體在風裡顯得有些弱不禁風：「知宇，到底發生什麼事了？你告訴我，到底……」

他抓著知宇的胳膊，想要知道自己到底錯過了什麼，為什麼老天讓他失而復得了最好的兄弟，卻帶走了他們之間的情義！

知宇厭惡花焰的觸碰，皺眉推開。

端藥回來的青青，看到知宇的毛毯落地了，趕緊快步上前，把毛毯撿起來給知宇重新披上，同時拉開激動的花焰：「花焰公子，你別這樣。」

知宇轉身走向屋裡。

花焰還想要跟他說什麼，青青攔住他意味深長地勸道：「花焰公子，過去的事麻煩你忘了吧！這五年，不是三言兩語可以說清的。」

　　花焰欲言又止，最終也只能將喉嚨裡的話咽了下去。

　　「有什麼不能說清的呢？」鹿靈無奈搖頭，嘆了一聲道，「只要花焰跟花休坦白，當年知宇離開的真相，花休就會知道知宇為什麼是如今這個樣子，花焰也會知道知宇說的到底是什麼意思。」

　　「人長著一張嘴，卻有一個成語叫有口難言。」幽池話到此處，略頓了頓，他看向鹿靈，重新開口道，「你和你爹不也是如此嗎？」

　　鹿靈被戳到痛腳，狠狠地瞪了一眼幽池，幽池識趣閉嘴，望向站在庭院裡獨自神傷的花焰。

　　知宇的話讓他陷入深深的震撼，他拚命地回想五年前的種種，過去的種種，不明白到底是哪裡出了問題。

　　花休從外邊買了蜜餞回來，看到哥哥花焰怔怔地站在知宇的主院裡，立刻明白了什麼。

　　「哥哥……」

　　「原來你不讓我見知宇，是因為你早就知道了對不對？我以為你嫁給知宇，是你自己情願的……」花焰痛苦的眼神，讓花休懊惱不已，她辛苦隱瞞的事實，終究還是瞞不住花焰。

　　懊惱過後，花休很快坦然。

　　同住一個屋簷下，她現在是知宇的妾，想要完全瞞住花焰有關知宇的事，這怎麼可能呢？

　　「或許這幾年知宇過得很辛苦，或許當初知宇離開的時候，對我有什麼誤解。」花休垂了眼眸，隨便說了幾個可能，她不僅是在敷衍花焰，更是敷衍自己。因為這幾個可能，沒有一個是她真正覺得有可能的。於她而言，現下可以保住自己和哥哥的命便是萬幸，其他的都不重要。

　　花休用手背擦拭眼角的淚痕，展露一個溫和的笑容，去給知宇送蜜餞，這是一個妾室討好官人的笑容。花焰伸出的手，卻沒能抓住違心的妹妹，只抓住了空氣裡一抹無力的哀痛。

　　這之後，又過了小半個月。知宇的身體恢復得差不多了，他開始打理起商行事宜的日常，不過他再忙，晚上一定回府裡吃飯。青青張羅好飯

菜，花休和花焰一定要出席，知宇說喜歡一家人一起吃飯的感覺。

他給青青夾菜，也不忘給花休夾菜，他會像五年前那樣，跟花焰把酒言歡，不過說的都是他今天做了什麼生意，賺了多少買賣。他對他們的親近，彷彿跟五年前沒什麼不同。

可不同，早就落在花休和花焰的心裡，花休強顏歡笑，花焰時常恍惚，知宇皆當看不到一般。

他會大方地送家人禮物，但嚴格地按照嫡庶尊卑的規矩，先保全青青正夫人的待遇；他會雨露均沾，青青那房和花休那房都去，但青青那房的次數會多一些。

時間不知不覺過去三個月，府邸裡的生活進入正軌，夫妻和順，家人和睦，在外人看來，這委實是幸福的一家。可花休始終提心吊膽著，面對知宇每一次的溫柔，她都不敢確定這是不是真的，還是另有乾坤。直到知宇給花焰開了一家醫館。

「這，這是給我的？」

知宇帶花休和花焰到城裡最繁鬧的長街上，帶到轉角超大開間的鋪子，把一串鑰匙交到花焰的手裡。花焰看著手心裡沉甸甸的鑰匙，不敢相信地問知宇。

知宇負起雙手，淡淡一笑道：「是啊！我記得你最喜歡濟世救人，這裡處於要道，人來人往，大家都會看到你的醫館，到時你贈醫施藥，也最方便不過。總讓你閒在家裡，豈不是暴殄天物？」

花焰下意識地看向花休。

花休咬咬唇，從花焰的手裡拿過鑰匙，欲歸還給知宇：「哥哥可以去別的醫館坐診，實在不必如此興師動眾的。官人，多謝你的好意，你……拿回去吧！」

「興師動眾？」知宇微微皺眉，「怎麼會？不過是買兩間鋪子的事，舉手之勞罷了。」

花休卻不發一言。

知宇扳過她的雙肩，迎上她不安的眼神，溫柔一笑：「花休，我現在可以給你過最好的生活，你以前想像不到的生活，所以你不必如此不安，患得患失。我會永遠陪在你身邊，永遠。」

花休渾身一抖，漂亮的眼眸，早已沒有光彩地噙著煎熬，卻一個字都說不出來。

　　「這牌匾我特意給你空著，你看取什麼名字好呢？」知宇鬆開她，指著門正上方的匾額，轉而問花焰。

　　花焰定定地看著匾額良久：「如初堂，如何？」

　　「如初堂？」

　　「只望一切如初，未曾改變。」花焰望向知宇，淒淒勾唇，「這大概是每個人心中所願吧！」

　　知宇像沒聽懂花焰真正想跟他說的，點點頭燦爛一笑：「好聽，那就叫如初堂吧！」

　　這一晚，花休主動來找知宇。知宇像是知道她會來一樣，在亭中等候。石桌上放著桂花糕，泡著銀杏茶，全都是花休以前最喜歡的。

　　知宇抬眸，看到花休望著石桌上的東西出神，笑著招手：「過來坐吧！茶剛剛燙好，我知道你愛甜，特地備了一些蜂蜜。」

　　「我不愛吃甜的了。」花休垂眸落座，「我也不喜歡吃桂花糕，不愛喝銀杏茶了，自五年前。」

　　知宇舀蜂蜜的手僵在半空中，眼底的笑意猶如被凍住一般。

　　「知宇，我們都回不去了。」花休看向他，眼底裡是滿滿的痛苦和祈求，「我求你，別傷害我哥哥。你有什麼不滿衝著我來就好，我哥哥是我在這個世界上唯一的親人了……」

　　她怯怯地伸手，搭在他的膝蓋上，卑微到塵埃裡。

　　知宇繼續倒茶。

　　花休順勢扶著他的膝蓋給他跪下：「我求求你……」

　　知宇靜靜地打量她跪地祈求他的樣子。

　　這些時日，他對她的好，竟從未進過她的心裡。

　　知宇苦澀勾唇，扶她起來：「你覺得今天我送你哥哥醫館，是為了害他？」

　　花休拚命搖頭，她不敢把心裡的肯定說出來，可她在未知的情況下，又不得不求他。她矛盾極了，她從未想過，當初的背叛，會換來今日這無邊無際的折磨。

「來！坐好。」知宇扶她坐下，拿起她的手帕，幫她把眼淚溫柔地擦拭掉。

「你想太多了，我只是希望你哥哥像過去一樣，可以行善施德，治病救人，沒有別的想法。」知宇把桂花糕拿起餵她，「至於你我之間⋯⋯」

花休不敢不吃，張嘴咬了一小口，屏息聽到他繼續道：「我相信總有一天，我們會回到過去的，你會發現你的心裡⋯⋯還有我的。」

他笑得像地獄裡的彼岸花，又像春風裡的野雛菊。花休就坐在他的眼前，卻分不清他究竟是仙還是魔，唯有時間能告訴她答案。

這之後，花休每天都會去醫館接哥哥，惴惴不安地過了一個月。每天除了看到數不清的病人往醫館裡擠，便是哥哥花焰充實又安心的笑容。似乎真的是她想多了，知宇沒有她想的那麼可怕。

回家的路上，花焰甚至勸花休：「過去的已經過去，當初你和知宇的分開⋯⋯不管是什麼原因，現在你們能有重新開始的緣分，也是上天的垂憐。妹妹，我想吳將軍也會希望你幸福的。」

花休的心一陣絞痛，她推開花焰，生氣地跑開。

為什麼？為什麼她已經很努力地想要忘記吳岳慘死在她面前，知宇見死不救的畫面，花焰為什麼還要提醒她想起來呢？

當初得知知宇的背叛，她怒極攻心，傷心欲絕地病倒了，足足在床榻上躺了三個月，哥哥用盡各種辦法，都不能讓她釋懷、忘卻。她無法接受從小跟自己青梅竹馬，且即將要迎娶自己的人，居然突然愛上了別人，還去鄰國後不願再回來！

哥哥把她看管的很牢，生怕她想不開，不過她還是悄悄地逃出來了。她要把自己埋葬於天地之間，跟死去的愛情一起，是吳岳讓她重新活了過來，讓她對生活抱有信心。

雖然吳岳是一名武將，可他絕非莽夫，而是個文武雙全之人。他並沒有對她說什麼海誓山盟，也沒有對她做什麼過分的舉動，只是在她需要的時候，他都出現罷了。他極為耐心地用了三年的時間，讓她放下心裡放不下的芥蒂，被他的溫柔和堅持所打動。

在花焰的勸說下，花休終於鼓起勇氣豁出去一次，答應嫁給吳岳為妻。婚後，吳岳去了京城做將軍，她和花焰搬了家，離開那個傷心地。是

花焰的勸說，吳岳的愛，讓她變成了全新的花休，這種死而復生的痛和深刻，是旁人無法理解的。

花休以為她會跟吳岳這麼一直幸福下去的……

花焰怎麼可以勸她接受吳岳之後，又重新接受知宇呢？

也不知道跑了多久，花休終於跑不動了，她癱軟、疲乏地摔倒在地。晴好的天氣，太陽還高高地掛在天上，忽然猝不及防地下起淅淅瀝瀝的小雨來。原本走在路上的人開始跑了起來，那些交錯的袍擺，像是顛覆了時間那樣，讓花休錯亂。

一雙腳走到她的身邊，她頭頂的雨便停了，花休抬頭，傘下人是知宇。知宇向她伸手，溫柔地說：「摔疼了嗎？」

恍惚間，花休彷彿看到少年時的知宇。

……

「你跑慢點！花休！你小心摔著！」

「我才不，我偏要跑起來！是你太慢了，知宇你快點！」

十幾歲的他們，正值花一樣的年紀，花休愛鬧，知宇愛笑。

花休不喜歡總待在府裡，做了一會兒刺繡女工，便坐不住地要出去玩。知宇每次讓她不要鬧，卻每次都拗不過她地偷偷帶她出去。一出府邸，花休撒歡一樣地提著裙擺跑起來，知宇便在後邊追。

花休常常不看路，一個不小心便會摔倒在地。年輕的身體摔上一跤倒也不怕，連痛感都是輕微的，可花休每次都會在地上裝疼起不來，撒嬌讓知宇拉她起來。起初，知宇真的以為她摔傷了，緊張得不得了，跪在地上要看她受傷了沒有。後來，他知道她是騙他的，卻還是會配合地過去拉她起來。

這是只屬於他們的遊戲。

……

鹿靈坐在對面店鋪上的臺階，托腮望著傘下知宇和花休這對被命運捉弄的璧人，悠悠然一句：「問世間情為何物，只叫人欲生欲死啊！」

幽池看見起來後的花休，在對上知宇的那一刻眼神後的落寞，說：「花休還是愛著知宇的。」

「真的？」鹿靈訝異地扭頭。

她以為，一開始他們就有默契的，那就是：知宇這次定會徒勞無功，花休不可能再愛上他。

「她還愛著少年時的知宇。」

鹿靈翻了一個白眼：「廢話。」

少年時的知宇那麼愛花休，少年時的知宇並沒有傷害過花休啊！

知宇問花休：「為何跑得這麼急，你要去哪裡？」

花休搖頭回道：「沒有……沒有要去哪裡。」

「你陪我去一個地方吧！今日無事，帶你散散心。」知宇順勢握起她的手。

這次，他沒有關心她是否摔傷了，而這次，花休卻是真的摔傷了膝蓋，她只能一瘸一拐的跟上知宇的步伐。

聖人為腹不為目。

知宇終究不是聖人，終究忘記了自己的初心。知宇帶花休來的地方，是京城郊外的河邊。當花休看到那細長的河水可以泛舟，兩邊的風景像極了他們曾經去過的那條河。她站在河邊，清澈的河水倒映著她的面色慘白，知宇並不知道她對於河水的恐懼。從被吳岳救起來的那一刻，這份懼意便在她的身體裡生根發芽，她已經許久沒來過河邊了。

「聽說這河裡有粉色的石頭，能撿到粉色石頭的人，天神會保佑他幸福快樂。」知宇牽過旁邊停泊好的小舟，要拉花休上船，花休本能地推開他的手。

在推開的瞬間，她捕捉到他眼底的冷意，急忙婉拒道：「我……自己來。」

提著裙擺跨過泛動波光的水面，花休的心在恐懼裡停止跳動，像一個木偶一樣死死地盯著小舟，一遍遍地告訴自己不要害怕。

——比起死亡的恐懼，她應該更害怕活著時的折磨。

知宇上船，晃動手裡的船槳，意識到自己稍顯生疏的手法後，他自嘲道：「很多年沒划了，手藝生疏，還請夫人見諒。」

若說花休不來河邊是恐懼，那他不來河邊便是迴避，迴避觸景生情，迴避那些跟花休一起的回憶。沒有花休後的每一天，他把日子像過祭日那麼過，全無顏色只剩呼吸。

兩人四目相對，又各自錯開，不知不覺，小舟划到河中心。知宇把袖子捲起來，俯身去找他說的粉色石頭，小舟輕輕一晃，造起更大的漣漪，花休抓著船，沿身體後仰地抵著船體，盡可能地多找一些安全感。

　　知宇發現清澈的河水裡，真的有一處粉色的迤邐，趕緊喚花休來看。一扭頭，見花休很是害怕的樣子，不禁調侃：「你怎麼變得這般膽小了？」

　　花休怔然，忽而蹙眉沉聲道：「知宇，我和你說過了，我們早不是過去的我們了。」

　　不知是她的語氣沒有壓制住，還是他也在認真思考這個問題，知宇臉上沒有任何表情，他只是平靜地收回目光看向河水。

　　突然，他縱身跳入河中！

　　「知宇！」船身因為突然跳下一個人劇烈晃動，花休驚恐地大喊。

　　知宇像一條魚回歸水裡似的，一個眨眼便不見了。花休的呼喊，只是迴蕩在山水間的急促，和無人回應的焦急。

　　就在她拚命克服心裡的恐懼，掙扎著要不要下去救人時，知宇終於從河裡回來了，他一臉水珠地手托石頭：「花休你看，是粉色石頭！」

　　花休愕然地望著他，像個孩子一樣興奮地炫耀自己的寶貝，那眉眼間的天真歡喜，是那樣的真誠。這一刻，彷彿一切都沒有變，就好像他們之間，從來都沒有分開過那五年。可是，花休卻一點也不開心，她的心裡沒有一絲一毫的感動和歡喜。

　　即便知宇把粉色石頭送給她，並對她情深意切地說：「花休，我希望你幸福快樂。」

　　花休盯著長滿海藻的石頭，只是露出淒美一笑：「這塊石頭，容不下我的幸福快樂。」

　　但她還是把石頭收下了。

　　知宇回到小舟上，他渾身上下都濕透了，可他一點也不在意，他不停地與花休回憶著二人之間的過去，更是不停地問花休，是否還記得他們少年時那些短暫卻美好的時光。花休時不時地給他一些回應，臉上卻滿是不願再去回想的抗拒。

　　直到天色慢慢暗下，散開的雨雲又不知不覺地重新聚攏在一起。花休

抬頭看天，不安地說道：「知宇，要下大雨了，我們回去吧！」

知宇卻沒有動，只是靜靜地坐著：「我不想回去，我想跟你一起永遠待在過去的時光裡⋯⋯」

花休望向他，不知什麼時候，他臉上的笑容被覆蓋在雨雲裡。

「為何你連一次機會都不願意給我？為何我在你的臉上，看不到任何一點你對我們過去的留戀？」

花休不由地屏住呼吸，她見過知宇的暴戾，所以清楚知宇的溫柔已經變成了一件衣衫，可以隨時穿戴，也可以隨時脫下。但很顯然，她的配合並沒有令知宇滿意，而這份溫柔褪下後，知宇便要露出他的真面目了⋯⋯

「對不起，官人。」花休瑟縮著肩膀，整個人陷入極度驚恐，連同稱呼也變了。

「我不要聽你的對不起。」知宇垂眸，語氣流淌出一絲可怖的狠戾，「我只想問你，你過去有沒有真心的愛過我？」

花休怔愣，不敢置信地抬眸。

「我和吳岳，你最愛的人又是誰？」

花休緩緩地皺起了眉。

知宇的眼神裡，開始滋生出邪惡的火焰，那火焰就好像要把花休給生吞蠶食一般。

他耐心地等她回答，等到無邊無際的安靜耗盡，他最後一點隱忍：「你說話呀！」

花休受到驚嚇，她無措地轉過身，跌入了深深的河水。

「花休！」

知宇再次跳入河中，等到把她救上來之後，他拍打花休的臉，想方設法地救她，可花休的臉憋得發紫，眉頭緊鎖，始終不肯睜開眼睛。

過去的記憶在這次的「重溫」裡，以劇烈的方式重疊，讓花休被鎖在夢魘裡不肯醒來。

知宇慌了，他當真是慌了。他恨她是無疑的，他每次看著她笑，其實心裡都是在恨，可他不想她死了。如果她死了，他的恨和愛要怎麼辦？沒有了她，這個世界上再也沒有他活下去的動力，他又何必苦撐著一口氣走到今天？

「花休，你醒來，你現在是我的妾，我不許你死！你聽到了沒有！」

知宇絕望的一記重拳敲在花休的胸口，終於換來她的蘇醒。

「咳咳咳！」

像是一顆塵封的火藥，霍地炸開。

花休大喊一聲，哭了出來：「不要——你不要救我——你為什麼要救我——他都不要我了，我為什麼要孤零零地活在這個世界上——」

混沌的目光，讓她在瞥見知宇模糊的臉龐時，反射地令他回到五年前的那天，她被吳岳救起的那天。

知宇一頭霧水，伸手要去拉花休，花休抱緊雙膝，把臉埋進去慌張後退：「你不是說跑完這趟貨就回來的嗎？你不是說娶我的嗎？你為什麼要騙我？還是說⋯⋯你一開始就是在騙我？」

　　知宇大駭，看著花休這個樣子，他不知道要如何理解。為什麼她說他騙了她？明明是他們兄妹兩個合夥將他推開，為什麼現在反倒倒打一耙？

　　還是說他真的……誤會了她？

　　……

　　「知宇，我們回不去了。」

　　「知宇，這塊石頭放不下我的幸福快樂。」

　　……

　　知宇自我懷疑的駭然逐漸凝固成霜，他想要去相信她想要顛覆自己以為的心思，適時打住。這不可能！花休一定是在演戲，就像他這些天想要讓她放下戒備，從他身上找回過去開心的時光那樣的演戲。她看穿了他，想用這種方式來報復他！

　　想到這裡，知宇篤定了自己的心思，目光重新聚冷，仰頭看了看這山水之間，把自己的外衫脫下來，又去旁邊撿了一些樹枝生火，把衣服烤乾給她披上，欲待她心緒平靜一些後，再帶她回府。

　　篝火滋滋著天際的流雲，不知不覺間，夜色慢慢籠罩上方，火堆的明亮顯得更璀璨絢爛。花休慢慢地從過去的驚懼中清醒過來，她一時分不清此刻是現實還是夢境，恍惚地抓著肩上披著的外衫，望向只穿著內衣的知宇，忍不住問：「我……剛才，是不是說了很多胡話？」

　　知宇微笑搖頭：「無妨，我聽過便忘了。」

　　花休怔了一怔，不明白他是什麼意思，但她也不想去明白。他們之間自五年前那場變故之後，就應該成為陌生人的。有時，再續前緣並非是好事，那些在時光裡停留的美好，只適合在時光裡持續沉澱。

　　天色不早，花休起身催促知宇該回府了。

　　起伏的火焰搖曳在知宇的眼睛裡，他將手裡的木條扔進火堆裡，悻悻一笑道：「你就這麼討厭跟我待在一起？花休，你是不是很期待有一天我能放你走？」

　　花休倏地瞪大眼睛，她嘴巴微動，想要開口，但最後還是變成：「我

累了，官人，咱們回家好嗎？」

知宇抬頭，溫柔地答應了：「好。」

回去的路上，他故意放慢腳步，想等到身後的她上來並肩而行，但她也故意放慢了腳步，一定要走在他後邊。兩人一前一後，走在越發暗沉的林子裡。

突然一隻飛鳥猝不及然地從樹枝上飛起，劃過天際，樹葉發出的動靜嚇了花休一跳。

「啊！」知宇轉身，花休嚇地撲進他的懷裡。

短促的叫喊，在樹枝發出的餘顫中顯得格外清脆，兩個人都各自有些局促。

知宇抱住花休，望向鳥飛走的方向安撫道：「不怕，花休不怕，只是一隻鳥，只是一隻鳥罷了……」

他的口吻是難得的溫柔，一如多年前的那個少年。花休對他的依賴，讓他一時間忘記了，懷裡的花休早已不是當年的那個少女了。可他還是用力地抱緊她，在她輕輕推開他的時候笑罵道：「你真是膽……小。」

她望向他的眼神，總是能令他回到殘酷的現實。知宇臉上的笑容僵了一下，終於把她放開。

兩個人彼此相對，靜默無聲。他們都知道對方沉默的原因，可彼此都始終保持著各自的倔強。

「這兩個人之間的相處可真讓人心累。」鹿靈雙手環胸，靠在粗大的樹幹，一臉苦大仇深，「要不然嘛，就各自相安，再不濟，就挑明心意、白頭偕老。人生苦短，為何要這麼折磨自己呢？」

「那是因為人不知道自己何時會死，還常常忘記自己會死這個必然的結果。」幽池在人間行踏這許久，發現人真是有意思至極的動物，他們在有限的生命裡，總想貪婪永恆的東西，金錢、權利、地位、愛情，皆想超越時間，長長久久。

越不屬於自己的東西，越有一種熱切狂妄的衝動想要得到。往往如此，最終大夢終成一場空。他們抱著美夢、噩夢，或是不切實際的夢不肯醒來，在失去意識的那一刻，嘴角還掛著瘋狂的笑容。

鹿靈噴了一聲，認同幽池的說法道：「有道理。那你呢？你是降魔

道人，你不是一般凡人，心態上自然比我們平和很多吧？你可有想要的東西嗎？」

幽池微怔。

他想要的就更不切實際了，無非是有朝一日，徹底消除身上的心魔，取回失去的七情。可若是不行，如師父所言，那是他的命，他需要坦然面對。如今，這個想法依然沒有改變，只是……他的目光忍不住落在鹿靈嬌嫩的側臉上，心裡有一個念頭在說：「我是否可以再多要一份陪伴呢？」

「快看！他們有危險！」突然，鹿靈猛地抓住幽池的手腕，神情緊張。

幽池順著她的目光看過去，只見須臾的功夫，知宇和花休居然被一群來路不明的盜匪給圍住了。他們一個個手拿長刀，不懷好意地看著二人，揚言要知宇把身上的錢財拿出來。

知宇將花休拉到身後，把身上的錢袋子抓下來丟給他們：「錢都給你們，放我們走。」

知宇低沉著眼，此時此刻，他和花休處於劣勢，但他還是要盡可能地和這幫烏合之眾保持對等談判的關係。

接過錢袋那人，墊了墊手裡的分量，不屑地啐道：「才這麼一點，就想把我們兄弟幾個給打發了？你當我們是臭要飯的呢！」

花休感覺到不妙。

知宇強迫自己冷靜下來，問他道：「你們想怎麼樣？我今天出門只帶了這些。」

「既然你沒有多餘的錢了，把你夫人抵給我們吧！哈哈哈哈……」他歪頭打量著花休，一雙眼睛極為不老實，最後還放肆地大笑起來。其他人也跟著笑，他們的倡狂和邪惡，肆無忌憚地在林子裡蕩漾。

「把她留下，你就可以走了！」

花休害怕地看著他們拚命搖頭：「不要，不要……」

這時，知宇緩緩轉身，看向花休。他的眼神裡彷彿是妥協之前最後的掙扎，他扳過她的雙肩低聲道：「對不起……」

「這個混蛋！」鹿靈認定知宇要丟下花休自己去逃命，她衝過去就要了結這個卑鄙的畜牲。

幽池趕忙拉住她：「不可！」

「為什麼！難道要我眼睜睜地看著花休被這幾個山匪侮辱嗎？」

鹿靈要推開幽池的手，抬腳踢向他的膝蓋。

「他們的故事，得由他們自己去書寫，我們只是……」幽池躲避鹿靈衝動的同時，也要抓住她去搗亂，他們若是出手，就會造成空間的紊亂，到時候，發生什麼事就不得而知了。

鹿靈的柔韌性，彷彿是一枝百折不撓的蘆葦，疾風知勁草把其壓在地面，仍然不必擔心她會徹底起不來。幽池拉住她，她抬腳用腳背踩上了他的頭頂，又颯又美地高高躍起，要先教訓了那混蛋知宇。

結果知宇卻猛地推了一把花休，命令她道：「快走！」

說著，他轉身就從懷裡拿出一把匕首，拉過就近的一個山匪，朝他胸口刺下一刀！

飛到半空中要下降的鹿靈，一下子愣住了，她想剎車已經剎不住，眼看著手裡的大刀要把知宇的腦袋劈成兩半……突然她的腰間一緊，往回拉去。

瞬間，天地顛倒，地動山搖，直到這一波旋轉停下來，鹿靈看到壓在身上的幽池。她瞪大眼睛，在急促的呼吸聲中，她意識到剛剛是幽池拉住了自己。沒等鹿靈反應過來，幽池先乍然雙頰發熱，他從她身上下來，坐在一旁。鹿靈舔舔嘴唇，一時之間也不知道該說什麼。

知宇那邊傳來刺耳緊迫的打鬥聲，好像讓當下這個情景於他們之間，並不適合產生微妙的反應。

為了保護花休，知宇拚盡全力，他手裡那把匕首，相較於山匪手裡的長刀，明明顯得那麼可笑，可是他那雙眼睛嗜紅的可怕，他奮力地為花休鑄成一道安全的隔牆。幾個山匪被知宇這種爆發力給震懾到，但他們更多的是感到憤怒，想來，他們在刀尖上舔血換來的生活不是白過的，對付知宇一個白面商人，還是綽綽有餘，知宇寡不敵眾，很快就被挾制住了。

跑遠的花休回頭看到這一幕，整個人驚慌不已。她動盪的眼神裡，彷彿看到死去的吳岳。他們都要為了救她，而犧牲死去嗎？

「花休，快跑啊——」

刀架在脖子上，已成砧板上的魚肉，知宇已是泥菩薩過江，卻還是掛

念她的安危。對於這樣一個男人，花休的思緒錯亂了。她不明白，拚命想要找回過去的他，當初為什麼要丟下她？她更不明白，自己的雙腿為什麼動不了了，她明明又是那麼地恨他！

「跑啊！你再跑！」

「你跑了，你家官人可就必死無疑了！」

山匪們以知宇為人質，呵斥遠處的花休自己乖乖回來，他們似乎很享受這種控制一切的感覺。而知宇拚命地讓花休快跑，不要管他的死活。花休卻猶豫地上前，又猶豫地站在原地，她彷彿要在這場意外裡被撕成兩半，已然陷入了崩潰之中。

幽池和鹿靈也被這一幕給震撼到。他們不約而同地皺起眉頭，不約而同地問了對方一個問題：「你覺得她會回來嗎？」

兩個人看著彼此，又陷入默契的沉默。

他們更傾向於心軟的花休會回到知宇的身邊，但他們又不想這樣綁架她。花休的善良和掙扎，不應該放在這種事情上，畢竟五年前她真的也是受害者。直到花休往前走了兩步後，轉身往林子外瘋狂地跑走。被撇下的知宇，就這麼望著她的身影，消失在他所見之處⋯⋯

過了好久，花休仍然沒有回來。

「兄弟，你這婆娘的心腸真是狠啊！」

在幽池和鹿靈的愕然注視下，凶狠的匪徒把刀從知宇的脖子上拿下來，哼哧地退到一邊。知宇從地上緩緩爬起來，卻沒有從他的地獄爬出來過。

見知宇在發呆，匪徒們催促：「給錢吧，兄弟！陪你演的這場戲，說好的五十兩銀子。」

知宇從懷裡丟出準備好的銀票，頭也不回地轉身。

幽池和鹿靈怔住了，知宇想要重新找回過去的瘋狂程度，超出了他們的想像。他的絕望大概沒有出乎意料，僥倖想要得到不同於以為的結果罷了。

只是知宇不知道，他離開後不久，花休真的回來了，她帶著一群官兵回來，心軟的花休並沒有丟下他，而是去搬救兵了。然而，林子裡的知宇早已不見，只有為了銀票歸屬而大打出手的匪徒們。花休激動地指認他們

就是罪魁，匪徒們見狀逃之夭夭。

幽池聽到鹿靈低聲祈禱著：「希望他們不要抓到那幫人。」

幽池側臉看向她。鹿靈回應他的視線，苦笑一聲道：「我這也是第一次，不想讓壞人繩之以法。」

實際上，她是不想花休再痛一次。

幽池明白鹿靈的想法，知宇的奮不顧身、犧牲自我，不必讓花休知道是一場騙局，更不必讓花休覺得，他們的過去是那麼的不堪。

愛不在了，也不必走到另外一個極端。

匪徒們逃得飛快，在他們自己的地盤煙消雲散。花休帶著官兵們，把整個林子掘地三尺般地翻了一遍，始終沒有找到知宇。當她拖著疲憊不堪的身軀回到府裡時，竟看到知宇回到了府上。她先是愣了一下，隨後飛奔過去，將知宇上下打量，確認他沒有受傷之後，才如釋重負似的癱坐在地。

花休反覆地重複著：「你沒事就好！你沒事就好！」

知宇這才知道，花休在他離開之後，搬救兵回去救他了。

像是一塊美玉，他曾經切切實實地失去了，如今又切切實實地回到手中。知宇不能自控，他抱起花休回到房間，將她放在床榻上頭。花休害怕地以雙手抵著他的胸膛，聽到知宇喘著粗重的氣息，在她耳邊說：「花休，我們生個孩子吧！」

花休瞪大眼睛，還沒來得及拒絕，知宇就扯下了她的腰襻。知宇要繼續跟她劫後重生的溫暖，只要有任何一絲機會，他都不想放棄。花休本能地想要推開知宇，卻在看到他瞳孔裡倒映著自己頭上戴著的玉簪時，意識到她沒有拒絕的理由了——

他是她的丈夫，她已經是他的小妾。

盈盈微晃的床上，晃下了花休的眼淚。知宇盡情地躺在這次花休「回應」的溫存裡，花休痛苦地躺在知宇偏執而無法停下的感動裡。同床異夢，各自人生。

當知宇做了一個五年來都沒有做過的甜夢醒來，發現懷裡的花休已經起床不見了。他去大堂找，見到青青正在幫忙添置碗筷，看到知宇心情很好地邁步進來詢問花休的下落，便道：「花休說去醫館幫忙了，我留她用

過早膳再去，她說不用了。」

知宇眼底閃過一絲失落，但還是難掩好心情地點頭：「知道了。」

青青看著知宇，一時失神。

「你怎麼這般看著我？」知宇喝了兩口粥，發現青青望著自己愣神，都忘記要坐下了。

「沒事，只是沒見過相公這樣高興的模樣。」青青垂眸，落座。打從她侍奉知宇開始，到現在成為他的妻子，都沒有見過他眉眼俱笑的模樣。

昨天，她聽聞知宇和花休歷險，擔心不已，生怕他們受傷，可是她不知道自己能做些什麼，便去祠堂裡跪著給他們祈福。等她跪了整整一夜，撐著稀碎的膝蓋出來，才知道他們於昨晚已經回來了，回來的時候，知宇抱著花休直接去了她的庭院。他們都忘了，還有一個她的存在。

連她身邊的丫頭，都為主子打抱不平：「老爺跟妾夫人怎麼可以這樣？回來了至少也該告訴我們一聲啊！夫人您可是在祠堂為他們擔心了整整一夜啊！」

「不要再說了。」青青讓丫頭不要再說，亦是讓自己不要再想。

不要再讓那些失落和妒忌湧上心頭，讓她忘記了自己披上蓋頭的初衷。若沒有知宇，便沒有她，她只希望知宇快樂，哪怕這快樂的緣由，永遠都和她無關。

青青視線無意間落到特地幫知宇準備的燒鵝肉片，她捂住嘴巴，強忍反胃感，等到把視線移開後，她又趕忙喝下了幾口清粥，生怕知宇發現她的不對勁。

然而，知宇的快樂，很快就在花休逃避自己的日復一日中消耗殆盡。

她藉口去幫哥哥醫館的忙，躲著他。知宇起初沒發現，直到後來，他推掉生意待在家裡，想要陪陪家人，可白天總是見不到花休，有時候甚至花焰都還沒去醫館，她就先去了醫館，知宇才逐漸明白了花休的意圖。

知宇想，這或許是花休發現自己心裡還有他，覺得不知道要怎麼面對吳岳，所以需要時間來平靜。但他定的規矩，晚飯時必須要一家人一起吃，花休也當耳旁風地拋之腦後。

花焰試圖用在醫館遇到的事做聊天的掩護，以此來掩蓋花休不在的氣氛，但知宇沒有要回應他的意思，只是沉默地吃著飯，沒吃上兩口，便起

身走人。

這天，花焰回來要拿忘了拿的藥箱，知宇把他關在房間裡，出門去醫館。醫館裡的確人滿為患，很是熱鬧，可卻沒有見到花休幫忙的身影。

知宇向夥計打聽花休在哪兒，夥計說花休不舒服，在後堂休息。知宇板著一張臉去到後堂，透過房間朦朧的紗窗，看到花休躺在床上蓋著被褥，房間裡隱隱傳出一陣淡淡的血腥味。知宇覺得不對，邁步入內，掀開擱堂的簾子。

花休聽到動靜，問是誰：「哥哥，是你嗎？」

她的聲音很虛弱。當知宇出現在花休跟前時，她的臉上閃過一絲慌張和錯愕，但很快她恢復平靜，垂眸：「你怎麼來了？」

「我的妾室不回家，我這個做官人的不來找，這正常嗎？」知宇打量著她白如蠟紙的臉，還有她放在床頭的藥。

花休不語，眼底的恐慌難掩波瀾。

「出什麼事了？這段時間為何不回家？」知宇皺眉，拿過她放在床頭的藥，質問她這是什麼。

花休咬唇不語。

「你是要我拿著這個去問別人嗎？」知宇深吸一口氣，語氣森然。

花休蒼白的臉，無奈地閉上眼睛：「這是小產調理身體的藥。」

「你說……什麼？」

知宇拿著藥的手猛地一哆嗦，溫熱的藥水灑到手上。藥香蕩漾，鑽進知宇的鼻息，讓他的腦袋嗡嗡作響。他不能接受花休的回答，更不能接受他作為夫君，居然從頭到尾都不知情！

「我說，這是小產調理身體的藥。」花休睜開眼睛，冷靜地再次重複了一遍。

她不想讓知宇知道，於她而言，她想要保留兩個人之間彼此的體面。可是知宇還是跑來追根究柢了，那麼她能做的，也只能是面對。

「嘩啦！」知宇把藥碗狠狠地摔到地上，上前一把扳過花休的雙肩，「你有孩子了？為什麼？為什麼你不告訴我？」

花休把臉別過一邊。

「你不要他……」她不願意看他，她有了孩子不告訴他，她一個人躲

在這裡，把他們的孩子解決掉。

因為她不愛他。

所以，她不想給他生孩子。

……

「知宇，你說我們成家以後，會有幾個孩子呢？」

「你想為我生幾個孩子啊？」

「討厭！誰要跟你生孩子！不知羞！」

「和喜歡的人生兒育女，怎麼會是羞恥的事呢？我想有兒有女，兒女雙全。」

「那好吧……我暫且答應你。」

……

過去的一幕幕有多溫馨，如今冷漠的花休就有多讓他憤怒。

知宇被激怒了，他伸手掐住花休的脖子，無法自控地逼問她：「為什麼？為什麼你不要他！為什麼你這麼狠心！為什麼你要這樣對我——」

知宇心裡的惡魔曾經試著要閉眼的，只要花休願意回到他的身邊，他可以原諒他們之前的欺騙。他為了她，做出了這樣大的妥協，為什麼她要這樣視而不見？知宇無比激動，又無比清醒。

看著花休痛苦的模樣，他的心裡堅定了一個念頭：如果不能得到她的愛，那不如乾脆一起死吧！花休掙扎地想要推開他，她的眼底噙滿淚水，她早就看清了知宇的瘋狂，只是她為了哥哥，一直小心翼翼地避著。

其實，吳岳死的那天，她的心也死了。是知宇的回來，讓她知道自己早就放下了知宇，自己有多愛吳岳，所以當她發現自己懷了知宇的孩子，她的心亂了。生兒育女是要跟自己喜歡的人才能獲得甜蜜，她不愛知宇，她又怎麼能生下他的孩子呢？

可是真的要服藥的時候，花休身為一個母親又心軟了。

同吳岳在一起的時候，她曾經非常強烈地渴望過子嗣，只是一直沒能如願，沒想到現在真的有了，卻是和知宇……

沒有人能體會她心裡的痛苦，亦沒有人可以分擔。為了逃避這兩難的抉擇，花休沒日沒夜地去到哥哥的醫館幫忙，她企圖讓忙碌來轉移心裡的不安。最終，強烈的心理負擔以及身體上的勞累過度，她小產了。當花休

看到下身淌著血的時候，她的心裡竟湧起了一絲輕鬆。

她終於可以解脫了。

「知宇你在做什麼？你放開！你放開她！」從府裡趕來的花焰衝進花休的房間，他看到知宇的瘋狂和奄奄一息的妹妹，驚慌失措地衝過來，要把知宇拉開，可是知宇已經是個瘋子了，瘋子又是誰能夠控制得了的呢？

一時間，花焰和知宇扭打到了在一起，難解難分，直到花休快要暈厥，花焰才情急地大喊：「她快要死了！」

知宇有一瞬間的失神，花焰手裡操起的花瓶，毫不留情地朝他的腦袋上重重砸去。知宇終於放開花休，花焰趁勢把他推開，花休像一株即將枯萎的花朵般朝一旁倒去。花焰心疼地抱起妹妹，仔細地查看她的情況。

知宇怔怔地跌靠在床尾的欄杆，他受傷了，額頭慢慢地流血滑過臉頰，可是知宇卻感受不到疼。到了如今，再疼的傷口，都沒有他的心來得疼。他呆呆地看著昏迷的花休，花焰一遍遍地叫著她的名字，可她緊閉的雙眼，就好像是固執地要離開這個討厭的人間。

知宇感覺自己的心空蕩蕩的，直到花焰用針將花休紮醒，花休活過來的嗚咽聲，充斥著整個房間。花焰抱著她一起哭，她責怪哥哥為什麼要救她，哥哥責怪她為什麼想要扔下他。

知宇緩緩從床上站起來，朝房外走去了，他像是一具空洞的軀體，試圖什麼都不在意地遠去。

幽池和鹿靈望著他那孤寂蒼涼的背影，覺得心口某個地方被壓得快要窒息。

天是昏暗的，空氣是低沉的，每個人都是痛苦的。

花焰給花休蓋上被子後，追出去叫住了知宇。

「妹妹的事，我替她跟你道歉。」花焰垂眸跪地，哀戚道，「我還替我自己向你賠罪。起初，我當真不知道她懷有身孕……她只是說在家裡太悶，才想來幫我的忙。後來，當我知道的時候已經……我知道我現在說什麼都晚了。知宇，我從沒想過，我們三個人能走到今天這一步。請你……和我妹妹合離吧！」

聽到最後一句話，知宇臉上的空洞彷彿恢復了一些神智，他緩緩轉過身，看著跪地的花焰。

「醫館我不要了，我不想看到我妹妹那麼痛苦，求你放過我妹妹吧！」花焰鼓足勇氣地請求知宇，「我本以為我妹妹找到了依靠，我本以為你們可以重新來過，我本以為……是我錯了，是我該死！」

花焰給知宇磕頭，不停地訴著：「知宇，算我求你了，她再這樣下去，會死的！」

昔日的兄弟，竟用這種方式來懇求他放了他們。知宇半蹲下來，看著花焰望向自己的眼神。

「我早就死了，在你診斷我是不治之症的那一天。」知宇攔住他，嗤笑一聲反問道，「花焰，難道你忘了嗎？」

花焰大驚失色。

「你曾經對我說的話，難道你忘記了嗎？」知宇微微瞇起眼了眼睛，「你說，花休嫁給我一定會幸福的，記得嗎？」

「知宇……」

「我不會跟花休合離的，除非她自己親口來跟我說。」知宇收起淒淒的笑容，冷冷地越過花焰，看向一旁的荷花池，「你好好照顧她。」

「知宇，你這又是何苦！」

知宇頭也不回地走掉。

鹿靈都看出了花焰做了一個錯誤的決定：「他這麼一跪，或許會讓知宇走向一個毀滅性的結局……」

幽池突然問了一個很可怕的問題：「你說花焰會不會希望他死在五年前便好？」

鹿靈一怔。

幽池長長地舒出一口氣：「知宇若死在五年前，就不會有這些後續的事發生了。」

有的時候，人不必活得太久，該離開的時候離開，也是某一種程度的順應天命。

鹿靈不知道是被自己剛剛冒出來的念頭給嚇到，還是被幽池這個說法嚇到。她忍不住又問：「若是有一天我突然離開，你也不會來找我，對不對？」

按照幽池所講，他基本便是一個不願強求，隨風飄動的人，不過幽池

沉默了一陣子，並沒有回答鹿靈的問題。

鹿靈看著他如此神情，嬉笑著拍了拍他的肩頭：「無妨，無妨。」

幽池困惑地看著她——她為何如此篤定他就不會找呢？難不成在她心中，他竟是這般絕情？

而那日之後，知宇沒有再來醫館過，也沒有再找花休。他繼續忙自己的生意，忙完便回家陪青青用膳。雖人在府中，他臉上帶笑，可他的心不在這裡，也不在花休那兒。他表現得越正常，青青越擔心。

這天，她留知宇在飯桌上喝兩杯，知宇好奇地問她：「怎麼想起來喝酒了？」

青青從不碰酒，以前在山腳下收留她的時候，他心中鬱悶常常飲酒，她只是在一旁陪著他，自己從不喝。見她端起酒杯，知宇覺得青青有些奇怪。

「古人雲一醉解千愁，官人許久沒有喝酒了。」

「以前你不是不希望我以酒為伴的嗎？」知宇垂下眼眸，看著青青給自己倒酒。

「是啊！以前希望官人能夠清醒振作，現在我卻希望官人生得一絲醉意，不必如此清醒。」青青唇邊的笑意，顯露出一絲苦澀。

知宇望向她。雖然沒有言明，但她看出了他的不開心，相伴多年，她成了最瞭解他的人，可是，他最想得到的人，卻成了生命裡的陌生人。

知宇深吸一口氣，把酒杯推開：「不必了，我想要清醒。」

清醒地感受著花焰、花休帶給他的痛！

若是喝醉了，他豈不是又成為五年前那個被愚弄的傻瓜？

青青張了張嘴，把酒杯拿過來自己喝下，臉上的笑容綻成一朵冰川旁盛開的花，美麗且令人心疼。

「官人想要清醒，那青青就陪著你一起清醒。」

當時，知宇還不清楚青青這話是何意。

那一晚，在丫鬟淒厲的哭喊聲中，他知道了青青祕密地隱瞞了他什麼。

「老爺，快去看看夫人吧！夫人她要自己把孩子拿掉！她……」知宇正在書房清查最後的帳目時，丫鬟滿手是血，驚恐萬分地跑進來哭喊道。

知宇根本沒反應過來丫鬟到底在說什麼：「什麼孩子？」

丫鬟嚇得無法再跟知宇清楚地解釋一遍，撲通跪地泣不成聲。知宇的腦袋嗡地一聲響，他趕忙飛奔到青青的房間，只見她滿身是血地躺在床上，雙手還在不停地勒緊綁在肚子上的布帶！

知宇看到這一幕，立刻恍然大悟，迅速上前把她的雙手按住：「青青，你是不是瘋了！」

青青疼到臉色慘白，卻還是用溫柔的聲音，顫抖地對他說：「我知道官人喜歡的人永遠……永遠都不可能是我，所以我不想，生下讓你……為難的孩子……」

她話沒說完，眼淚先從眼角洶湧而滾燙地落下。

「對不起……」

青青眼底的痛苦和犧牲，將知宇最後一點支撐折磨殆盡。

為什麼……為什麼他身邊的女人，都不願意生下和他的孩子……

一個是因為不愛他，一個是因為太愛他……

他的幸福生活，是從五年前開始亂了的。五年前，他就該死的，死了就可以順所有人的心意了。

知宇眼眸裡的破碎，是秋日回不去樹梢的落葉，枯黃死寂。他放開青青，讓婢女去找大夫過來。當夜，他守在床頭一整晚，當大夫查看青青後，怵怵地告訴他，胎兒肯定是保不住了。知宇很平靜地說無妨，又道：「但一定要保住我夫人活著。」

大夫點點頭，開藥施針。

這一夜，格外漫長，直到日出東方，知宇感覺到青青的手動了，似乎終於要醒來，他叫來婢女來守著，自己則是悄然離開。

經歷了青青的九死一生，知宇做了一個決定。他要把這個漫長的夜晚徹底結束，他要在日光普照大地時，再也看不到他的陰霾。

知宇把合離書帶去到醫館。

花焰本來在給病人診斷，看到知宇的到來，突然變得十分緊張。知宇告訴他，他同意合離，但有一個條件：「我想帶花休最後去泛一次舟。」

花焰遲疑著：「這個……」

花休從內間出來，珠簾輕晃，她聽見了知宇的話，應聲說好。

知宇在醫館門口等了一會兒。

「我們走吧！」

知宇聞聲回頭，花休換了一身粉色的衣裙，妝容精緻，和當年她送他去鄰國那天穿的一模一樣，只是如今的她小產初癒，看上去清瘦了不少。五年前，他沒想過那一面是永別；五年後，他再次見到出水芙蓉的她，竟當真是永別。上天真是愛跟他開玩笑。

知宇點了點頭，輕聲說好。

他們來到郊外，知宇扶她上小舟，自從上次花休掉入河水裡後，很神奇地，她的心結沒有了，對水變得沒有那麼恐懼，就好像……穿過了一個冗長的山洞，可以看到日光和希望。

知宇平靜地坐下，把小舟泛到河中心停下，他們各自看著兩邊的風景，陷入良久的安靜。直到知宇提起青青，這才打破了沉默。

「青青是五年前我撿到的一個逃難姑娘。」知宇望著船身旁的水面，回憶起過去，「她感恩我救了她，便甘願留下來照顧我。這幾年我知道，她對我很好很好，我也想著就和她一起過完餘下不多的時間便罷了。可是一個月、三個月、一年、三年、五年……」

「我發現我沒死，我竟死不了，我比花焰說我的時日無多，多上了好多好多的時間。」知宇自嘲一笑，「我感到大為不解，於是我找大夫詢問，大夫說我身上診不出不治之症，可能是誤診，也可能是天降奇蹟。」

花休聽到這裡，平靜的臉龐愕然動盪。

「不管是哪種原因，我都大喜過望，至少我可以回來找你了。可是……」知宇用手背飛快地搓掉眼角的濕潤，哽咽地繼續說道，「是我在山下的草屋裡住得太久，是我忘記了五年的韶光有多少個日日夜夜，足以改變原來的一切！」

「你竟然嫁了人，你成了將軍夫人，花焰也成了軍裡隨行的軍醫，你們有了靠山。我悄悄回來的那天，看到你坐著一輛寶石鑲頂的馬車，你穿著錦衣從上面下來，那個將軍身掛披風，腰持佩劍，好不威風。你看他的眉眼極溫柔，就像看我一樣……」

花休聽到這裡，眸光碎了，不敢置信知宇所說的一切。回憶起過去，她的雙手摳著小舟的坐椅，指甲沁出了血。

她從來不知道是這樣的，她以為，是他拋棄了她，哥哥從來沒有跟她透露過半句！

原來那天，她去首飾店的路上，看到那個熟悉的身影真的是他……不是自己的錯覺……為什麼……為什麼會是這樣？

「我沒有怪你。當我知道自己命不久矣的時候，我就真的只希望你可以找到一個良人，安穩地度過餘生。那天，我帶著青青準備回去之前，想要去找花焰見最後一面，並告訴他我沒死，我已痊癒。可是我萬萬沒想到他不見我，還讓士兵把我轟了出來！」知宇把心裡憋著的快要腐爛了的往事說出來，他不想再憤怒了，可是他想到之後青青發生的事情，他更恨！恨到即便用理智強壓住怒火，也壓不住脖子上的青筋。

「不可能，我哥哥不是那樣……」

「後來，青青不忍見我鬱鬱寡歡，偷偷地幫我去找花焰。誰知道你家官人的軍營，有不講軍紀的敗類，看到青青面容姣好，便起了歹心！」知宇閉上眼睛，深吸一口氣，他永遠都忘不了那天，青青衣衫不整滿臉淚痕回來的樣子，「……我這輩子都虧欠青青。」

「不會的，不可能是這樣……不會的……你騙人，你騙我！」花休無法接受她即將要跟知宇從此陌路之前，聽到這些讓人震撼無比的事實，她無法接受也無法背負這真實的過往！

「我也多希望我是騙你的。」知宇笑容泯滅於這山水之間，流散於輕風白雲中，「花休，你說得對，我們的確是再也回不去了。」

花休怔然，知宇的雙手突然伸過來，將她抱住往旁邊一倒。

「可既然都回不去了，那我們都不要回去了。」

水花像一面鏡子，被兩人的身體給打碎了。他們跌進深深的河水，知宇緊緊抱住花休，不停地向下沉。

等到了奈何橋，知宇會告訴花休他沒有說完的話。

「花休，我太累了，原諒我這一次的自私，最後的騙你。我還是不能放開你，除非生死將我們分開。」

第四章

山神廟外，驟雨初歇。樹梢上鳥兒踩過枝頭，往天穹縱身一躍，劃走一片流雲。

風輕輕吹過門縫，將合上的門推開，躺在地上的知宇感覺到有些冷，他逐漸恢復了意識，慢慢醒過來，雙眼也一點點地睜開。他盯著廟宇上方的紅色橫梁，視線一點點聚焦。

鹿靈湊到他身邊，眨動著她那雙烏黑的眼睛問道：「呦！醒了？」

知宇怔住，聞聲循望而去，待看到清鹿靈的臉時，他呆若木雞地輕啟唇瓣：「我死了嗎……這裡，是地府嗎……」

鹿靈皺眉，立刻不高興了：「嘖！地府？你的意思是我長得像女鬼嘍？」

知宇聽到這話，面無表情動了動。

幽池走過來將鹿靈拉開，看向知宇：「這裡是山神廟，你沒死，你只是做了一個很長很長的夢，在一個幻境裡，看到了未來的真實。」

「夢……幻境……真實……未來……」幽池的話，讓知宇的意識徹底恢復了神智，他艱難地撐著身子坐起，精神地環顧起四周。

然而，還沒有完全從湖水的冰冷裡走出來的感覺，令他無法相信這一切都沒有發生過，他蹙眉高聲道：「不可能……怎麼可能！我明明跟花休重新在一起了，我娶了她，我還把她……」

鹿靈想要說什麼，幽池眼神示意她不要出聲。都已經這個時候了，無論是誰什麼他都不會相信的，必須給他時間，讓他重新接納現實。畢竟那個幻境，太長太長了。

「……殺了。」知宇低頭看著自己的雙手，這上邊彷彿還留有花休的體溫和眼淚。

他從地上爬起來，踉蹌地打開門跑出去，雨後的早晨，空氣裡的寒流撲面而來，讓人猛地清醒。周圍的一草一木，一花一樹，甚至是廟裡的鐘聲，都在佐證著幽池告訴他的話——這是個夢，他做了一個夢。

幽池邁步出來，待他冷靜下來後團轉過身。

「你在幻境裡向花休復仇了，開心嗎？」

知宇竟無言以對。

他想說開心的，可他卻說不出口。

「你殺了她，親手斬斷了你們之間的緣分。」幽池領他到一旁的百年老樹前，指著一個孤零零掛在樹梢上的寶碟，如今中間的線變成了兩段，繼續道：「這一世你仍然會遇見她，但她的記憶裡不會再有你。你將會以一個陌生人的身分，出現在她的生活裡。」

知宇哼笑了一聲，隨後便放肆的狂笑起來。他笑到天地動盪，最後他頹唐地收起了笑意，臉一下子垮了，心裡的痛，把他的臉肢解成了可怖的黯淡。

他什麼也沒說地轉身遠去。

鹿靈注視著他的背影問幽池：「這可是他復仇的代價？」

幽池點頭。

鹿靈搖頭：「可這是幻境啊⋯⋯」

幽池的眼底閃過一絲不為察覺的沉色，他對鹿靈打了個響指：「走吧！該回去了，回去用早膳。」

鹿靈一怔：「就這麼結束了？不看他和花休的這一世了嗎？」

「你若想看，你自己去看吧！」

「喂！幽池你這什麼話？什麼叫我自己想看就去看吧？難道你不想看嗎？」

⋯⋯

客棧裡。

鹿靈嘰嘰喳喳地追著幽池地邁進客棧，而方隱早就在那等候多時了。

「喂！你二人跑去哪兒了？」

鹿靈看著方隱比山神廟裡羅剎還凶冷的臉，立刻拍起桌子來：「你這是什麼態度、什麼語氣啊？我們二人是你的犯人嗎？去哪裡還要跟你報備不成？」

方隱才不跟這個小丫頭饒舌，順勢在落座的幽池身邊坐下。

他盯著喝茶的幽池，一針見血道：「你們該不會是丟下我去降魔了吧？」

幽池埋頭喝水，卻也還是遮不住被戳穿的尷尬。

方隱這廝的脾氣，就像拉磨的老牛，強得很。若是承認撇下了他，恐怕接下來會有一場狂風暴雨，若是不承認……像幽池這種沒有七情的人，實在是不會撒謊。

在某人的眼神威逼之下，幽池微微頷首：「是，也不是。」

鹿靈噗嗤笑出聲，她最不屑的幽池的廢言廢語，這時候倒是挺合時宜的。

方隱下壓的眉宇，猛然間變得一高一低：「這，這是何意？」

幽池語重心長地拍拍方隱的肩：「魔性在心，輕狂放縱。若是不想做過處理，怕你招架不住。如今還有一些後續，你若是想看，可以過去看看。」

方隱仍然聽得一知半解，但還能有後續，起碼比沒有強。

他悶聲問幽池在何處，幽池沾了些茶水，在桌上寫下花休府邸的地址。方隱不敢多逗留，起身前往。

鹿靈看著方隱飛快跑走的身影，在他剛才的位置坐下，說道：「你讓那個方大頭去找花休？你在山神廟的時候不是說了，知宇和花休這一世的情緣已斷嗎？」

幽池不以為然地聳了聳肩：「你若是好奇，你也可去看看。」

鹿靈一努嘴巴，不屑道：「你要我和方大頭一起看？哼！我才不去！」

不過她的嘴硬沒堅持多久，只過了一會兒的功夫，鹿靈藉口說要出去買南街上好吃的桂花糕，然後就飛似的離開了酒樓。

幽池趁她不在，便去到她的房間，尋找一些蛛絲馬跡——

鹿靈之前奇怪的影子、受傷後迅速癒合的體力，還有她跟她父親完全不相像的樣子……他早就覺得鹿靈不會是一個普通、簡單的打鐵姑娘。

鹿靈的房間很乾淨，除了她換洗的一些衣物，幾乎沒有其他雜物。床榻之上，枕頭之下，幽池發現了一本小冊子，牛皮外包，還有繩子纏繞。他好奇地翻開，映入眼簾的，竟是娟秀的字跡。上面記錄的，是她跟隨他降魔的一些情節，還有……吐槽他的一些壞話。

幽池只看了兩頁，很快就覺得這樣偷看小姑娘的私密紀錄不好，便趕

緊收起放回原處。就在這時，他注意到枕頭上有不妥之處。

剛才還以為是鹿靈落在枕頭上的青絲，現在細看發現這青絲⋯⋯似乎略粗了一些，幽池捏起一根，轉到光線更亮的方向打量。略粗的青絲上還有分叉的杈頭，猶如樹枝上的分枝⋯⋯

幽池蹙起了眉頭。

這時，外邊傳來小二上樓的聲音：「客官，您沒吃完的點心，我給您送上來了——」

幽池先把鹿靈奇怪的青絲收起來，從窗戶外翻出，踏著仄窄的簷邊回到自己的屋裡。

這彷彿是靈芝的鬚角。幽池借著煤油的光亮看個仔細，他又把它放到鼻息間聞了聞，是淡淡的草香。難道說⋯⋯鹿靈的真身⋯⋯

城外。

鹿靈跟方隱雖是結伴，但卻各自嫌棄。比如鹿靈嫌棄方隱穿著衙門的制服，方隱則嫌棄鹿靈是個女兒家。

「你穿成這樣，大搖大擺地招搖過市，還讓人以為發生了什麼事呢！」

「你這樣跟著我，旁人還以為我假公濟私呢！」

鹿靈和方隱各自瞪眼，又相互哼一聲，扭頭賭氣。

他們都沒有離開花休的府外。

不一會兒的功夫，一個少女從牆上探頭出來，那雙烏亮的黑眼睛，興奮地左顧右盼，確定無人後，一個跨步連帶著裙擺飛起，穩穩地從牆頭跳了下來。

她正是花休。

方隱見狀，不由皺眉數落一句：「這女子真是大膽！」

鹿靈哼他一聲道：「怎麼，在方捕快的眼裡，女子都活該被鎖在深閨裡當怨婦，大門不出、二門不邁就等著嫁人嗎？」

如今的花休，猶如夢境裡看到的她一般，滿眼對生活的希翼和靈動。像一朵盛放的花，不曾經過風吹雨打，明豔、動人，令目之所及皆是心生嚮往。

方隱瞪著句句不饒人的鹿靈，還沒等她反駁，餘光裡便瞥見一輛快

馬閃過。

一位身穿白袍、腰持佩劍的青年，馳騁長街而來，只聽花休甜甜地喚他：「吳將軍」。

很顯然，她翻牆為他，他馳馬為她。

吳岳彎腰伸手，花休牢牢抓住。他的臂彎輕輕一勾，順勢將她的盈盈身軀抱住上馬來，動作敏捷之美，跟一幅會動的畫一樣。

馬背上，他們相對而笑，眼裡只有對方。日光打在他們身上，連歲月也一併變得溫柔。連方才滿嘴抱怨的方隱看到這一幕，也為這對熱戀男女投去豔羨的目光。

因懷裡抱著姑娘，吳將軍不像剛才那麼英勇豪爽，而是牽著韁繩緩緩向前。

一輛轉角的馬車速度快一些，險些撞上了他們。馬車車夫呵斥：「你們怎麼騎馬的！這裡是車道！你們讓開！」

吳將軍沒穿戴軍服，但眉宇間自是凜冽的將軍風範，他把馬頭側向一邊，下意識地護住花休。這時，知宇從馬車上下來，命令車夫不得無禮，隨後躬身跟二位道歉：「小生知宇，來京經商，無意衝撞二位。我家小奴不懂禮數，還請勿怪。」

知宇彬彬有禮，吳岳的眉頭鬆弛不少，花休的細眉也和緩了一些。

「吳將軍，對方本是無意，不做計較了吧！」花休同吳岳微笑道。

她沒有多看知宇一眼，甚至在知宇介紹自己的姓名時，亦沒有任何感覺。

吳岳望向知宇：「我們要去春遊，走這條路是為捷徑，你家車夫說得對，這裡是車道，理應由你們先行。」

說著他把馬拉到一旁，給知宇讓路。

知宇強行收回落在花休身上的目光，緩緩垂眸：「多謝。」

他回到馬車上，車夫趕車。微微搖晃的車身閃過車簾，知宇看到跟吳岳聊著等一下要去哪裡喝早茶的花休，依偎著他一臉甜蜜。他親眼所見，花休將他忘得乾乾淨淨，而如今，他連進入到她世界裡的資格都沒有。

車簾重新落下，他們擦肩而過，好比他們各自是兩個完全不同的方向。

方隱怔怔地看著這一幕，皺眉問鹿靈：「他們不認識？可我怎麼記得他們是認識的？知宇說要好好報復她的……」

鹿靈回過神來，眼有無奈似的：「這便是幽池說的後續。」

方隱瞪大眼睛，還是沒明白：「什麼意思？」

「自個兒琢磨。」鹿靈才沒心情和他從頭解釋。這是個很長的故事，長到足以讓人虛脫至死，不必有勇氣再來一遍。

鹿靈先一步回到客棧，一見到幽池，她就繪聲繪色地說起剛剛看到知宇和花休他們的相遇。幽池靜靜地聽著，末了問起了方隱。

「那個方大頭估計是不死心吧，又跟著去看了。我不忍心看到知宇難過的樣子，就先回來了。」鹿靈給自己倒上一大碗水，咕嚕咕嚕全灌下，又有些悵然若失地問幽池，「他們這一世真就如此了嗎？權當陌生人，相見兩不識？」

「上善若水，水善利萬物而不爭。」幽池略有感慨似的，「若知宇能真正明白『不爭』的道理，他定會走出自己的困境。」

鹿靈也學他的樣子瞇起了眼睛：「你的意思是……知宇還有放不下的東西？」

幽池回神，發現自己被鹿靈拉住了胳膊肘：「對了對了，我還不知道到底是誰騙了知宇。若花焰沒有騙知宇，知宇的病是怎麼回事？知宇那麼恨花焰和花休，是因為他認定他自己沒病，他是什麼時候認定自己沒病的呢……」

他眼底淌著溫和的暖意，看著鹿靈陷入思緒的漩渦，待鹿靈自個兒發現問題所在後，他幾乎跟她的答案一同肯定點頭。

「青青！」

是青青拖著被凌辱的身子回來找他，他所有的疑惑和僥倖，才被重重一擊，沒有了保留的餘地。

鹿靈張大嘴巴，在幽池的注視下，說出自己大膽的猜想：「青青根本就沒有被……」

幽池緩緩垂眸。

知宇的瘋狂和偏執一葉障目，以至於掩蓋住了青青的存在。她太溫柔，溫柔到難以引人發現。她是知宇身邊唯一一個待在他身邊，支持他走

過孤獨歲月的人，知宇無論如何，都不會想到她會騙他。因為他不愛她，所以他也沒有注意到她的愛會變質，會跟他一樣有求而不得的邪念。青青鑽了空子，成功地讓他為自己的不安找到一個堅實的理由——他是被騙的，他是受害的這一方。

只聽「砰」的一聲，鹿靈生氣地拍了桌面：「不行！我要告訴知宇！他不能繼續被騙！他有權利知道真相！」

幽池卻抬眼看著她：「你確定嗎？」

「什麼？」

「你確定要告訴他，是青青騙了他？花焰沒有翻臉不認人，軍營的士兵沒有欺負她。他跟花休之間，純粹是上天弄人，不想讓他們在一起。」

「對啊！我……」

「那你是想讓他生，還是想讓他死呢？」

鹿靈欲言又止，竟接不住幽池的問話。

是了，知宇親自選擇的報仇，斷送了他和花休的情緣。他愛過了、恨過了，如今也面對了，花休跟吳將軍一起笑得甜蜜，是她親眼目睹的。知宇知道其中的真相，還有意義嗎？

更何況……知宇真的完全不知道嗎？

這個問題，幽池沒有問出口。

想來人性難以琢磨，恰恰是因為很多時候，謊言有好多面，人心在謊言裡，亦有好多面。是蒙在鼓裡的天真，還是自欺欺人的沉淪，內心深處真正的想法到底是哪般，真的很難說。

他更願意把這個答案交給知宇本人。

鹿靈悻悻地坐下，苦惱地雙手托腮，嘟囔著：「可我總覺得這樣是不對的……青青不可能瞞著知宇一輩子。」

幽池指著不遠處的一桌客人：「一輩子嗎？不見得每個人都有一輩子。」

話音剛落，剛剛還在大快朵頤的胖子，突然摀著胸口痛苦地臉色發青。小二跑過去，想要詢問客人是否需要幫忙，誰知他雙眼一滯摔在桌上，沒了氣息。鹿靈驚恐地摀住了嘴。

大廳裡暫態亂作一團，大家紛紛撤退，卻也有大著膽子的走過去，故

作查看情況，偷偷暗度陳倉，還有人趁亂想吃霸王餐，不結帳地離開。

一樁意外，人心再現。

掌櫃提著袍擺從櫃檯後邊走出來，憑藉他一個人的微薄力量，哪頭都顧不上。最後，他拍大腿回身，讓小二趕快去喊個大夫來。

「快去快去！若是讓客人死在我的店裡，以後誰還敢來吃飯啊！晦氣晦氣！」

「是是是，掌櫃的，我這就去！」

便是最緊張這位客人的掌櫃，也不過是為了自家生意著想而已。

鹿靈又看向幽池，幽池平靜地像沒有受這些影響，繼續把玩著他手裡的茶杯。

「你……能看到每一個人的未來嗎？」

幽池撞上她好奇的眼眸，頓時有些迷茫，他看不到鹿靈的未來，正如看不到自己的一般。

人的命數，皆是懸浮在他們頭頂上方的一道氣息，氣息奄奄，便是說明他命不久矣。

幽池自問，不知是降魔之路讓他忘了瞭解鹿靈的真實身分，還是難得有一個人可以陪他一起降魔，而主動忘了去瞭解她的真實身分……

「怎麼了？你看到我什麼了嗎？」

幽池回神，淡淡說道：「天機不可洩露。」

鹿靈哼他一聲，道：「又故意和我故弄玄虛！」

然而，幽池的眼底卻閃過了一絲不安。

師父說過，他的魔性未除，不可多生妄念，除非七情全部找回，否則魔性永難平息。

日落之後，方隱還沒回來。

幽池藉口不放心他，要去看看，鹿靈嚷嚷著也要一起去，幽池第一次婉拒，不帶上她：「你們兩個一見面就吵架，容我多些清淨，如何？」

鹿靈撇了撇嘴巴：「……好吧。」

幽池替她叫了飯菜上二樓，讓其待在房間裡好好享受晚膳，兀自邁步出去。

屋簷之上，他一步三跨，遠遠地便看到郊外回城的路上，方隱人跟在

吳岳和花休的馬後。待他趕到，好巧不巧，吳岳已經發現方隱，拔劍下馬跟方隱打了起來。方隱雖是個身手不凡的捕快，但比起將軍的功夫，自然是有所不及的。幾招奮力抵禦過後，還是沒能招架得住，劍被打飛不說，利刃架上了脖子，到底是輸了。

「你從剛才便一直跟著我們。」吳岳看到方隱的衙差制服，不禁皺眉。

花休坐在馬上，緊張地看著一旁的劍拔弩張，不敢出聲。

方隱眸色下沉，沒有答話。

「你別以為你是衙差，我便不敢動你。」吳岳冷聲道，「你可知私自跟蹤將軍，我可以就地處決了你！」

「吳將軍！」

直到幽池現身打破僵局，他抱拳走來為方隱說話：「方捕快跟在下打賭，您不會發現他的行蹤，若是您發現了，便是在下贏捕快一吊錢；反之，在下今天便要捨出去一吊錢。將軍英武，在下自然是不會輸的。所以並非跟蹤，實屬誤會，還請將軍手下留情。」

吳岳盯著突然出現的幽池，皺眉打量：「你又是誰？」

「在下不過是一介算命書生，不足掛齒。」幽池擺了擺手，從地上撿起方隱的佩劍，將他從吳岳的劍下拉過來，恭敬地再次抱拳，「天色不早了，吳將軍還要送花休小姐回府，請速速上馬。」

花休茫然地瞪圓了雙眼：「你認識我？」

吳岳狐疑地打量幽池，劍沒收起，而是再次指向他：「算命師是吧？若你能算得我今日所想之事，就放你們走。」

他的語氣和神色，顯然是不信幽池的說辭，便要刻意為難。

幽池倒也不惱，他伸手學著那些街邊擺攤的算命師，掐指一算，告訴吳岳：「你今天在想，何時向花休小姐提親比較合適？」

吳岳和方隱皆是一愣。

吳岳眼底的眼神透著欲言又止，方隱眼底的眼神完全是不敢相信。

幽池反問沉默的吳岳：「我可有說錯？」

吳岳看向一旁的花休，收起劍，方隱則頗為失望地皺了皺眉。吳將軍終於說道：「你們走吧！」

幽池抱拳道謝，帶著方隱離開。

「等等。」

幽池停住身形，回頭去看，只見收劍的吳岳一揚下巴，令道：「你報上名來。」

幽池卻沒有回他，反而是與方隱快步離開。

回到主街，幽池忍不了方隱總是用陰鬱的餘光看著他，便道：「有話便說。」

「你分明是唬他的，難不成他心裡所想，你算不到嗎？」

幽池方才不知道，方隱有多期待幽池可以給出驚天動地的答案來，因此當聽到他說出這麼一句糊弄人的答案來，登時感覺有被欺騙到，彷彿一身本領，最後變成了一句算計的套路。

幽池有些哭笑不得似的：「這重要嗎？把你救回來不就行了？」

若他沒有記錯，方隱到現在都還沒有跟他道過謝呢！

「自然是重要的！」方隱一心想看他降魔，一直沒看成，剛才的期待落空，他難免懊惱。

幽池嘆了口氣，抬手在空中畫出一道拱門一般的屏障：「你從花休府外的三里路一直跟著他們，其實他早就發現你了。之所以在回來的路上才把你揪出來，是因為你跟得太近，連花休都發現你了。」

幽池給方隱重播他的破綻。方隱怔怔地看著自己出現在半大拱門的藍色流光裡，吳岳的餘光的確在馬上的時候往後看了幾次，而他很小心隱藏自己的身影，竟顯得如此可笑……

幽池收起流光，往前走。

方隱回神，趕忙追上去。

「方才那是什麼？你竟能回首過往、展望將來？你的確能算到那個吳岳心裡在想什麼對不對？你能教我一些嗎……」

幽池原本以為鹿靈算是聒噪的了，不想這位方捕快有過之無不及，原本想小露幾招堵上他的嘴，竟是想錯了，幽池被一路煩著回到酒樓。

方隱問小二要了兩壇酒，拉幽池到後院要對月結拜。

「幽池兄弟，我難得遇到一個令我欽佩的人，今天你從吳岳手裡救了我，我們緣分情深，絕對不能辜負！」

「方捕快，我……」

「怎麼？你可是看不起我？」

「當然不是……」

「那便結拜！」方隱一把將還要說什麼的幽池拉下來，要行結拜大禮，突然一塊飛石陡然出現，打退他無禮的手。

「誰人敢造次！」

「當然是本姑娘我了！」兩人循聲望去，站在二樓的鹿靈撐著欄杆，正囂張地挑眉。

不知是她本來就沒睡，還是被方隱這陣仗給吵醒了，只見她踏著輕功飛身下樓，一把將幽池拉到身後，雙手叉腰地指責方隱強人所難。

「你身為捕快，怎麼能欺壓百姓呢？哪有人在這麼晚的時間裡結拜的？再說了，人家同意了嗎，你就要結拜？」

方隱與鹿靈唇槍舌戰道：「幽池兄弟同意了，偏是你在搗亂！」

「誰跟你是兄弟啊，幽池是我的！」

「呸！你個女子真是沒羞沒臊，大庭廣眾之下，想霸占幽池兄弟！」

「你說誰沒羞沒臊？」

……

看他們又吵起來了，幽池適時借隙離開。

他是降魔道人，註定修行獨身，和凡人結拜自然是不妥的，不過剛才他出手相救亦是不妥，於旁觀者來說，他不該出現在吳岳和花休的視野裡。而吳岳對他的留意，恐會讓他隨心說出的謊言出現紕漏……

戌時三刻，知宇的府邸裡，他坐在涼亭內喝著夜酒。黑色的蒼穹，像是一條黑布遮蓋在身，卻蓋不住他哀傷的眉眼。

他眺望著不遠處的一株花樹，樹枝上的花苞盡情盛開，好看得很，他透過這怒放的花苞，拚命尋找沒有張開的花芽，如同他和花休年少時的美好。

越尋找，越想要將自己灌醉。青青走過來，心疼地看向知宇，她張了張嘴，想要勸他別再喝了，但拿起他手裡的酒罈，還是給他倒上。順從和溫柔是她的習慣，也是她唯一能給的安慰。

「我今天看到花休了，她過得很好。」知宇定定地看著涼亭的柱子，回憶反覆在腦海裡閃過花休的笑容，「她坐在別的男人的馬上，依偎在別的男人的懷裡。她已經不記得我了，她竟真的一點都不記得我了……」

知宇皺眉苦笑，聲音充滿了哀傷：「我以為我最恨的，是她根本沒有愛過我，沒想到當我發現她聽到我的名字竟是毫無波瀾的那一刻，我才發現我最恨的……是她連我是誰這件事都不記得了……」

青青緩緩在他身邊坐下。

純白的酒液從他的脖頸上滑下，他痛苦地放聲大笑：「不是說一醉解千愁嗎？為什麼我喝了那麼多還是不行？青青，再去幫我拿點酒來，我要……」

「是我騙了你。」青青沒有動，半晌垂眸道。

知宇還在冰冷的石桌上找酒，怔怔地看向青青：「你在說什麼？」

「那天，我去軍營替你找花焰公子，士兵們沒有輕薄我，他更沒有不見你，他不在那裡，而是外出買藥了。」

知宇怔然地凝視著青青，眼神艱難地停留在她臉上，彷彿要找出一點自己聽錯了的可能。可在看到青青迴避的眼神以及那濕潤的眼眶時，他的心一點點地冷卻，頭腦反而一寸寸地熱起來：「你說……什麼？你……騙我？」

「對不起，公子……」青青抬眸，眼淚已譁然落下，她哽咽著求饒道，「是我太喜歡你了，我不想看到你為了一個已經有了別人的女人牽腸掛肚，我想讓你看到我的存在。我想……我沒有想過傷害你的，我只是希望你和花休小姐都有一個重新開始的機會。」

這些話在她的心裡藏了許久。她原本打定主意，爛在肚子裡不可能說出來的，她也曾想過，隨著時間流逝，知宇或許會忘記過去的一切。沒想到知宇的心魔越演越烈，像是要徹底淪陷在花休離去的時光裡，他像極了作繭自縛。

而聽聞這些的知宇，晃晃悠悠地站起來。坐在屋簷上的幽池，則是把臉別過去，不忍看知宇推翻所有的酒杯，但卻還是可以聽到他痛苦的大喊響徹天際。

青青痛哭，說不清誰比誰更痛苦，是被青青謊言欺騙的知宇，還是求

而不得的青青。唯獨一點，他們是很像的，那便是都對自己無法掌控的東西種下執念。

曾經，幽池覺得謊言的時效有限，認定青青遲早會把真相告訴知宇，如今聽到了青青的坦白，幽池的心竟生起一個念頭：若知宇永遠不知道真相，又當如何？

幽池被自己這個念頭給嚇了一跳，他何時也變得這般心思複雜？何時也想參與凡人的愛恨情仇了？

「清心如水，清水即心。微風無起，波瀾不驚。幽篁獨坐，長嘯鳴琴……」

幽池默念清心訣，待青青回屋，他出現在青青的屋前。

青青看見身影開門，和陌生的幽池四目相對，淚眼詫異：「你是……」

幽池沒說話，而是在空中畫了一道波光屏障，那上面是她嫁給知宇的情景。

青青似瞬間便明白了，恍然道：「我聽公子說了他在的那個真實無比的幻境，雖然無法理解高人的法術何以如此神奇，但您是那位圓了公子心願的人。」

幽池收起波光屏障：「幸好，這些本該發生的事情，最終沒有發生。」

青青苦笑：「是啊！那個幻境裡，公子與花休小姐還有我都過得不開心，每個人都在自我折磨著。我能嫁於公子，哪怕是短暫的幾日，也是心滿意足。」青青撐著桌面坐下。

幽池聽到青青笑著笑著哭了，她隱忍著哭聲，似怕被知宇聽到。而此時的知宇，已經在涼亭醉得不省人事，他沒有勇氣面對青青騙了他的事實。

幽池駐足片刻後，最終邁步離開了。

他今天說多了。

而那天山神廟裡，他同情知宇，所以才編織出了一個幻境，這個幻境並非完全虛幻，它來自於不遠的未來或許要發生的事情。他甚至不知道，是自己封閉了花休對於知宇的記憶，還是花休自我逃避與保護之下，選擇

了遺忘與抹去。

　　在這件事裡，也許青青有一己之私，花休或許有無奈之下的放棄與心動的見異思遷，花焰或許有照顧妹妹的衝動。唯獨知宇，知宇沒有錯，他被安排的冤枉。

　　夢也好，真也好，一切隨風，才是最好的結局。

　　翌日。

　　幽池迷迷糊糊地聽到鹿靈敲門。幽池翻個身想繼續睡，卻聽到鹿靈著急地說：「你還睡啊？吳岳將軍，吳岳將軍他找上門來了！」

　　聽到吳將軍的名諱，幽池迷迷糊糊地睜開眼，立即坐起了身。他昨晚入睡困難，子時之後才艱難睡去，卻沒曾想……

　　吳岳真的找上來了。

　　幽池從床上跳下腳，鹿靈還在不停地敲門，他門一開，鹿靈握拳直接砸在他的胸口。

　　「你怎麼起來了也不說一聲的？」鹿靈還嫌自己拳頭砸疼了，沒好氣地揮揮手。

　　幽池只管問她：「你怎麼知道吳岳將軍的？」

　　「他自己自報家門的啊！還說和你有一面之緣，方大頭也知道他。」鹿靈眨眨眼。

　　幽池頷首，越過她匆匆下樓。

　　鹿靈八卦地探頭過來問幽池，他和吳岳怎麼認識的，他過來找他做什麼？

　　幽池下去看到吳岳一身便服，連佩劍也沒帶地坐在角落喝茶。

　　「不然，你親自過去問問？」幽池慫恿鹿靈去親自找到答案。

　　鹿靈瞪一眼幽池，知道他這是嫌她多問了，氣呼呼地走向一旁。

　　幽池走上前去，同吳岳行禮。吳岳示意幽池不必多禮，又對自己身旁的椅子擺出了「請」的手勢：「我是個武夫，不懂拐彎抹角，今天我前來此處，是有一事相求。」

　　幽池客氣道：「不敢，還請吳將軍明示。」

　　吳岳看了一眼走遠卻還把注意力集中在這邊的方隱和鹿靈，對幽池說：「我想請你替我算一算，我跟花休是否可以白首偕老，子孫滿堂。」

吳岳的話讓幽池頗為意外。他是將軍，他見慣生死，颯於長劍之下，勇於戰場之上，算命這種事不適合他。更不適合他輕易地，洩露出對自己與花休之間感情的不信任。

　　不過轉念一想，那場「夢境」中，吳岳死了。如今的他，一定是有自己死亡過的零星記憶的。幽池在心裡拍自己腦門，他竟把吳岳給忘了。四目相對，周圍的熱鬧喧雜，像是被關在了他們的目光之外。

　　幽池垂眸，拿過茶杯給自己倒茶：「若是能白首偕老當如何？若是不能又當如何？」

　　「若是能白首，我當有很長的一段時間愛護她；若是不能，我當在餘下的時光，更要拚命愛護她。」吳岳毫不遲疑，毫無猶豫。

　　幽池望著他如此堅定，沾水在桌上寫下兩個字。

　　吳岳看著桌上的「天機」，不禁皺眉：「這是何意？你不是算命師嗎？」

　　「若算命師真的告訴你未來之事，那便是誆騙你的銀子，算計你內心所憂。人的命數之所以為命數，便是你知與不知皆不得更改，一步步走下去，才稱之為命數。」

　　吳岳還想說什麼，幽池又換作輕鬆的語氣道：「吳將軍額頭高寬，面容飽滿，一看便是有福之人，又怕什麼命數呢？」

　　吳岳抿了一口茶，嘆氣淺笑：「我倒不怕，我只是怕花休再一次傷心罷了。」

　　幽池給蓄蓄上了茶水：「吳將軍不妨問問花休小姐本人，她想要什麼。不比來這裡問一個外人來得好？」

　　吳岳深深地看一眼幽池，抱拳：「多謝。」

　　幽池起身，送他離開。

　　方隱和鹿靈甌不可待地衝過來，一個比一個猴急，搶著問道：「幽池，他來找你所為何事？是來追究我的嗎？」

　　「你還真是大頭！什麼都能扯到你自己，你當你是誰啊！」

　　「你個死丫頭，你說什麼呢你！」

　　「幽池幽池，你在桌上寫了什麼？他究竟是來做什麼的啊？」

　　幽池感覺自己兩邊的耳朵，都要被他們兩個活寶給炸聾了。他無奈地

做了停住的手勢，開口終止了他們的疑惑：「他來，是為了算算他和花休的未來。」

這話讓方隱和鹿靈倒是同時安靜了。

不過，也只是短暫地安靜，不出片刻，那二人又比賽似的聒噪了起來，且異口同聲：「那他和花休的未來當是如何？」

幽池看向酒樓的門口，摸了摸肚子：「我肚子餓了，先用早膳。」

方隱、鹿靈面面相覷，他們自然明白，幽池這是不想說。在幽池這裡得不到答案，他們自然不甘心，要去找吳岳和花休那邊找答案。

這也是幽池所想。畢竟知宇那邊知道了真相，以他那個脾性，不知道會做出什麼事來，有鹿靈和方隱去看著也好。

而他自己……他所參與的已經太多。

拿著糕點往嘴裡送的時候，幽池感覺自己肩上的疼痛突然襲來，像好多根針在裡邊往外紮一樣。

知宇在榻上醒來，感覺頭疼欲裂。一時間他竟什麼也想不起來，定定地看著頂帳好一會兒，才想起昨晚在涼亭青青對他的坦白。

待在自己身邊五年的人，唯一可以依靠的人，卻是騙了自己最苦的人，他真不知道該怪誰，可以怪誰。知宇從來沒有比這一刻更清醒，清醒到想用死來結束這份磨人的清醒。

待幽池、方隱和鹿靈出現在花休府外，看到一輛熟悉的馬車從遠處緩緩駛來。知宇從馬車上下來，他臉上的疲憊不堪還掛著淡淡的笑容，他的手上拿著禮物，衣著明顯換過，頭髮梳得整齊。他來拜見吳將軍和花休。

方隱看到知宇的出現，不禁皺起了眉頭：「他這可是要喚起花休對他的記憶？」

一旁的鹿靈再次跟他唱起了反調：「不！他是來做告別的。」

只是這一次，鹿靈也不是故意要這樣說，而是在那個「幻境」裡，知宇決意赴死之前也是這般，給她留下了太過深刻的印象。

末了，鹿靈又有些不甘心的問道：「那今日之後的未來，是否會如你展示給知宇幻境之中那般呢？就算知宇選擇了離開，但吳將軍和花休是否又會經歷死別之苦？到底哪些是真實、哪些是幻境呢？哪些又會發生呢？」

幽池看著遠處的竹林，頭也沒回輕輕的說：「什麼是真？什麼是幻？不過都是人心罷了，未來如何，每一刻都在變幻，都在依據人心而變……」

敲開花休府門，知宇看到吳岳也在，他正擁著花休，和花焰一起準備外出。知宇看到花休在吳岳的擁護下，跟他有說有笑，一臉幸福的樣子，不由得出神停留住視線。

花休也注意到知宇，朝其走來。

她將他上下打量，關切地問：「這位公子臉色不好，可是找我哥哥看病的？」

「我……」

花焰見狀也要第一時間行大夫的職責：「來！我幫公子把把脈。」

「不必了……」知宇後退一步，趕忙推卻，唯有吳岳的眉頭微微皺起，鎖住一方警惕，花焰和花休皆一怔。

「花大夫可是要出去？」知宇問這話時，眼神實則落在花休身上。

「今日醫館休沐，妹妹、妹夫要去賞花，邀我一同前去。不過無妨，病人要緊。」花焰以為知宇這是體貼他要出門才不讓診斷，趕忙又上前一步。

「哦……我是來給花大夫送禮的。」知宇回神從袖子裡拿出一個精緻木盒，「感念花大夫的醫者仁心。」

花焰聽這話，以為知宇是他看過的眾病人中的一位，感念又自謙地推拒道：「公子不必如此，行醫救人乃是我的本分。」

知宇剛要說什麼，吳岳卻開口道：「焰兄，這是人家一片心意，你就收下吧！」

知宇不禁望向了他。

花焰仍舊有些為難似的：「這……」

「不是什麼厚重之禮，還請花大夫不要推辭。」知宇當著他們三人的面，輕輕地打開了木盒蓋子。裡頭的確不是什麼厚重之禮，只是一枝小花苞。他落寞的眼神探向花休。

他們兒時，他親手摘給花休的梨花花苞，他從樹枝上掉下來，搏得她甜甜一笑。那時候，她就笑進了他心裡，從此再也無法忘懷。他知道花休

263

不記得這些，他卻仍希望她可以有哪怕一絲絲的感念。

「梨花院落溶溶月，柳絮池塘淡淡風。」花休笑著看向花焰，「哥哥你就收下吧，公子這是誇你人比梨花清雅。」

知宇的眸光一點一點地暗下來，唇邊泛起苦澀的笑意，卻也隨之附和著：「是啊！收下吧！」

花焰盛情難卻，最終收下，並感謝知宇。

知宇抱拳行禮：「那……我不打擾你們一家人出行了，告辭。」

伊始起，伊始還。知宇即便再心有千千不捨，他也只能到此為止。

吳岳鬆開花休，親自送他出去。兩人站在門口，吳岳跟知宇並肩一會兒，知宇被趕車的扶著緩緩上車，吳岳目送知宇離開。

花休似乎發現了什麼，悄聲詢問問吳岳，是不是與他相識。

吳岳笑了笑：「素不相識。」

「真的？」

「我與你講過，此生不騙，真誠相待。」吳岳輕刮她的鼻梁，「你忘了？」

花休抿嘴嬌笑：「好，那我們走吧！」又回頭喚了一聲花焰，「哥，走了！」

「哎，好！」花焰最後看了看盒子裡的花苞，輕輕合上了。

方隱和鹿靈看著花休、花焰跟著吳岳也坐上了馬車，走去了與知宇不同的方向。鹿靈用胳膊肘狠狠地撞了一下方隱：「怎麼樣？我贏了吧，他就是來告別的。」

方隱尷尬地扁了扁嘴巴，難得沒有跟她辯駁。

幾日後，方隱接到百姓來報案，在懸崖下發現一摔裂的馬車，車上有一具男屍，他過去查看，正是知宇。這次他欲言又止在心裡的事，說對了，知宇用他的死來結束這一切的痴纏。

作為衙役，他看慣了別人的生死變故，唯獨這次面對知宇，他有些想不通，於是，他想問問幽池。但幽池卻不見了身影，只留了一張紙條給他。

——

人生在世，有些人活的是權貴，有些人活的是情誼。

前者磨人，後者磨心。

當陷入情誼的魔障，生死之大事也會變成浮雲之小事了。

大道無情，運行日月。

——

方隱心中悵然，抬頭望向滿院落花，將紙條折了三折，揣進了衣襟深處。

〈翩然篇〉

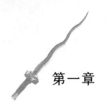

第一章

　　天陰無雲，幽池出了城，來到城外的紫薇山。

　　傳聞這裡藏著龍脈，集天地之靈氣，便是因此，山上長有很多奇花異草。這山被封為皇家的封地，尋常百姓接近不得。而幽池偷偷來到此處，是想尋找獨特的靈芝仙草。近來，他心裡的那個念頭愈發強烈——倘若能尋到世間罕見的靈芝仙草，他也許就能找到和鹿靈之間的關聯。

　　他的魔性、已經失去的七情，可能都會因此而得到線索。至於其中原因，他自己也說不清，只是與鹿靈接觸的時間越長，他對鹿靈的來歷也就更加好奇。

　　此般時刻，他避開了山腳下的守衛，謹慎地來到一塊巨石之後，席地打坐，屏息凝神在手中掐了一個訣，口中飛快的念著一些含糊不清的咒語。而後從袖中掏出了一道符，貼在自己的身上，讓自己以打坐的姿態閉上了眼睛。

　　這是他給自己施了一個隱身之咒，若有動物和人類路過，對他的肉身自是會視而不見，這樣一來，就可以保證肉身安全，再以元神出竅去搜尋一番。

　　這皇家山脈雖植被豐富，但這些奇花異草都算不上茂盛，皆是無精打采地垂著枝葉。起初他以為是向陽處造成的，但是當他看到連樹蔭之下的花草也是這個氣象時，心中便閃過一絲疑慮。

　　他圍著外山走了大半圈之後，看到有個豁口，就從這山洞中鑽了過去，裡面竟然還有一個小山丘，是絕難發現的隱藏的小山丘。

　　幽池的元神無聲無息地向小山丘走去，待他走近後，卻發現了一件奇怪的事，這個不起眼的小山丘頂上有棵大樹，大樹旁竟然還有一間小草屋。而遠遠就可以看到，草屋的縫隙裡，正源源不斷地散發出黑色的魔氣。而草屋外，則有很多偽裝成布衣百姓的重兵在把守。

　　這讓幽池開始懷疑屋裡有著詭異，雖然元神走過普通人身邊是沒有感覺的，但是總有一些異常敏感的人，能察覺到氣場能量的變換。為了穩

妥，他決定先回去大石塊伺機等候，待太陽下山了再行動。

入夜後，幽池以元神前來探查，他發現草屋外值守的人數少了許多，估摸著去輪班休息了，只有幾個人有些睏乏的站崗。他輕鬆的繞過了屋外的守衛，並且在他們的耳邊施了法，使得他們短時期聽力下降，不易察覺外界變化。隨後，他才潛入到草屋內。

草屋之內，竟然出乎意料的整潔大器，且此處只是個幌子，磚牆之外裹了一層草，使得外面看上去是普通的草屋，而內部還有一間雅致臥房。幽池進了臥房，繞到屏風之後，發現有一男子身著龍袍，正閉目癱坐在床榻之上。

試問世間除了當朝天子，又有何人配身著龍袍？

「但當今聖上又怎會身居此處？」幽池心中一驚，好在元神的低語不會被普通凡人聽得到。

可就在此時，那看似奄奄一息的男子，突然睜開眼睛，筆直地看向幽池，喉管裡發出咕嚕咕嚕的詭異聲響，他冷笑一聲，竟是以女子的聲音質問幽池道：「來者何人？竟敢擾朕的清夢。」

幽池本能的向後退了半步，他心知不妙，這男體女聲，定是有魔物附在這男子身上。

說時遲那時快，那男子見幽池沒有回應，竟是揮出掌力去攻。幽池倒也不驚慌，他在白天看到草屋蔓散出來的黑色魔氣時，心中便早有預期。於是，啟動元神之時，他已額外在自己的元神身外，加了一層雷網來護。

果不其然，身著龍袍的男子的手剛碰到他胸口，就被一股紫色的雷網緊緊纏住，半點動彈不得，而這雷網又如同萬千鋼針一般刺入軀體，男子吃痛，額際處流下豆大的汗珠，身體也因痛楚而扭曲了起來。

他猛地抬起頭，惡狠狠的盯著幽池，怒目圓睜、滿眼血絲。幽池感覺到他對自己似乎沒有絲毫的畏懼感，甚至……好像早在這草屋之中等待自己似的。可他通身的肆虐殺意再不降服，只怕是會傷了他自己本體的心脈。

幽池來不及多想，急忙按住男子的頭，將清心咒織成網，將其困住。清心咒籠罩成的金色混圈頃刻間形成束縛，在男子身體裡寄居的女魔開始隱隱現身，但魔物不想離開，所以只能發出憤怒的吼叫。幽池加大掌心力

度，硬是要將魔物從這具軀體裡給逼出來。

在一聲聲淒厲、可懼的怒吼聲中，魔物的真身，開始從男子的身上逐漸抽離。幽池猛一皺眉，低聲念咒，那魔物也終於伏到地上，並現出原形。那是一個年輕的女子，她有一張讓人過目不忘的絕美臉龐。

可卻是一張扭曲的、慘白的臉。哀戚到看不出她原本的年歲，唯獨美豔不變，就好像這層驚豔的美麗，是由很多複雜的情緒拼湊而出的，猶如水中望月、鏡中觀花。

幽池警惕地打量著她，居高臨下地問道：「你叫什麼名字？從哪裡來？為什麼要附身到當朝天子身上？」可不等她回答，他便說出最為重要的一句，「或許，我可以幫你。」

他的話讓她赤紅的眼睛呈出濕潤之態，但很快又激動地哀叫起來：「沒有人能幫我，滾出這裡！滾！」

幽池嘆了口氣，這魔物的聲音若不附身於人，常人是聽不到的，否則，她這般可怖的嘶吼聲，早就將外頭的守衛引來了。想到這裡，又見女魔激動異常的模樣，幽池心知此刻和她說什麼都沒用，乾脆反手一掌，先將她打暈在地。魔氣這才從剛才濃郁的黑色氣體，變得越來越淡，就像會隨著女魔氣息的安靜變得微弱。

幽池把皇上扶正躺好，手指搭在他的腕上診脈。這股魔氣在他身體裡已經寄居有些時日，自是開始侵入他的五臟六腑，已對龍體造成不可逆的傷害。若再任由女魔附身，他的陽壽只怕會以加速的速度消耗殆盡。

而她，相比此前事件知宇的怨氣，則是有過之而無不及。

幽池猜想，在她身上一定有著極不尋常的故事，所以才會聚集如此之大的怨氣，以至於她死後不肯離開，修煉成魔，連金龍護身的皇上，都成了她覬覦的對象。

為了天下蒼生，也為了自己的職責所在，幽池不得不先降了她，以待讓一切恢復如常。於是幽池雙盤坐在草屋裡的長塌之上，整理了一下自己的衣衫，調整了呼吸，用左手在女魔身旁引來一絲淡黑色魔氣，讓其纏繞在自己左手食指之上。再深吸一口氣，雙手在胸前變換著各種手勢，口中配合著不同的咒語，片刻之後，他伸出右手，以劍指在半空中劃出屏障，查看她的過往。

將氣息滑至屏障中，幽池的眼前逐漸明亮了起來。他看到不遠處，有一個身著簡單布衣卻面容明麗的少女，背著背簍走過山間。不過十四、五歲的年紀，正是人比花嬌的大好年華，她臉上的笑容，也是不諳世事的清麗。

一腳趿草鞋的大叔趕著牛從對面走來，笑瞇瞇地同她打招呼道：「翩然啊！又出來幫你爹採草藥嗎？」

「是啊，吳伯伯！」

原來這就是她的名字……倒是不俗，叫翩然。

幽池不由地想起不久之前遇到的花休，她也有這樣無憂無慮的漂亮笑容，猶如天上皓月、人間紫薇。只可惜，越發明媚的笑，就好像帶著悲傷的預兆，是痛苦的開始。

花休也好，翩然也好。沒有被打破平靜日子之前，總是最為快樂愜意的。

看著翩然這副模樣，再聯想到她寄居於皇帝身上時美豔扭曲的臉……幽池自是無法想像這故事的全貌是何等模樣。從人變妖、變魔，需要凝聚的戾氣，令常人難以想像。

所謂道蒙塵，會起心魔。

命若琴弦，過緊易斷。幽池心有悵然，他的目光跟隨著翩然。她採藥時動作敏捷，眼神敏銳，一些藏匿在亂草之中的寶貝，都能被她一眼找出，即使掛在危險的高處，她也有辦法收入背簍裡。直到竹簍裡收羅的滿滿當當，翩然才心滿意足地用那沾滿泥土的素手，抹了一下髒兮兮的臉頰，終於折返回家。

說來也是巧，翩然的住處，便是幽池所在的這一小草屋，只是那時候的小草屋要更大一些、更熱鬧一些。

翩然小跑回來，遠遠地便高聲喊道：「爹爹——娘親——哥哥——」

應聲間，小草屋裡出來了好多人，臉上掛著滿整的老翁，身後跟著一年輕力壯的少年，還有一個蹦蹦跳跳的小男童，最後跟著出來的，是手抱果籃的婦人。

他們都笑臉相迎，看著歸來的翩然說道：「翩然回來了！」

喚翩然妹妹的少年過來搭手，幫翩然把背簍拿下來，喚翩然姊姊的小

男童，則迫不及待地把腦袋鑽進去，翻找著自己想吃的甜果兒。

「哎呀！小寶，別亂動，你把草藥翻壞了可怎麼辦？」少年拍小男孩的手背，將他推開一些。

「爹爹，哥哥打我！」

「你該打！每次姊姊回來，你都要看看有沒有吃的。小饞蟲，你姊姊是幫你爹爹採草藥去的，可不是採果子給你吃的！」

翩然微笑著從懷裡拿出兩顆甜果兒，對委屈巴巴跟爹爹撒嬌的小寶招呼道：「小寶，你看看，姊姊給你摘了什麼？」

「哇！是甜果兒——」小寶開心地飛撲過來，撒嬌道，「我就知道姊姊對我最好了，姊姊是仙女！」

一家人笑作一團，自是其樂融融、家庭和睦的畫面。看得出，翩然很受一家人的喜歡與寵愛，他們雖然日子過的清貧，但愛讓他們很富足。

幽池沉下眼，他已經料到在這些笑容底下，藏著最為沉重的痛楚。只因如今的草屋空空蕩蕩，牆壁上滲透著揮之不去的血腥味，想來，翩然的親人都已不在人世了。

畫面一轉，驟降大雨，烏雲密布下，白天猶如黑夜，不時有轟隆隆的雷聲。

翩然知道，這個時候常會有一些奇藥奇草從泥土裡冒出來，她每逢暴雨時也會去採。於是這一次，她披上斗笠便出了門，想尋一些藥草，卻不曾想，竟會遇到改變她一生的人。

那日的暴雨，與平日也並無不同，她自然也不會多想。去平日裡常去的山頭，就能找到自己想要的，然而，就在繞出小路的彎道時，她卻在雨水裡看到了血跡，還有一些被撕碎的黑布，甚至有落在草地上的兵器。

翩然不知道發生了什麼，但隱隱覺得有大事，她緊張地循著血跡一路尋過去，結果看到了一具軀體躺在雨水之中，一動不動。翩然嚇了一跳，她下意識地想逃，可沒等拋開幾步又停下了。她抬頭打量雨勢，心想著沒有小半日是不會停雨的，要是那人還活著……思及此，她鼓足勇氣，小心翼翼地折返回去。

躺在雨水中的是個男子，他身著華麗錦衣，俯趴在地，身上不時汩汩流出血水，融入到身下的泥土之中。翩然輕輕地推了推，他沒有動，救人

要緊，翩然迅速將他翻過來，就這樣看到一張俊俏的面容，而他的胸口血紅，是受了傷。她小心翼翼地探出手，在他的鼻子下試探了片刻，尚有鼻息。翩然瞥見他腰間的玉佩價值不菲，卻沒有遺失，可見不是山匪搶劫。

此時的雨越發地大了，這周圍也沒有任何人經過。可這人傷得不輕，雨水會加速帶走他的體溫，情況危機。思衡再三，翩然咬咬牙，將他的雙臂拉起背在身上。

纖弱女子，背起一個比自己還要高一個頭的男人，幾乎是不可能做到的事。可翩然雖然纖弱，但好歹是從小在山間遊走的孩子，幾分蠻力還是可以使出來的。為了救人，翩然咬緊牙關，拖著踉蹌的步伐，硬是把受傷的男人，拖回了自家的草屋裡。

爹爹下山務工，娘親也隨幾位繡娘去大戶人家趕製繡品去了，所以家裡只有她和哥哥大寶、弟弟小寶。眼見翩然把一個來歷不明的大男人帶回家，哥哥滿目驚愕。他追在翩然身後不停詢問，翩然顧不上回哥哥的話，只想著要快點救人。

好在哥哥也不是狠心的人，他決定幫了翩然這忙再說。兄妹二人將草藥敷在男子的傷口上，再加上熬藥，幫其降下高燒，經過一整夜的忙活，他這條命總算是保住了。

兄妹二人稍作休息的時候，哥哥堅決要把他送走：「此人來路不明，見他腰間的玉佩身上穿的衣裳，絕非普通百姓，萬萬不是我們可以招惹得起的。昨日你撞見他，不能見死不救，但他現在已然沒了生命危險，就必須要把他送走！」

翩然不懂哥哥說的「招惹」是什麼意思，她只知道這個人受了重傷又淋了雨，現在才撿回半條命，不能剛有起色就再次折騰他的身體。

「哥哥，你不是一直都以助人為樂之本的嗎？治病救人怎麼會招惹禍端呢？他現在很虛弱，又找不到跟他同行之人，能把他送去哪裡啊？」

然而不等翩然說完，哥哥憤怒地打斷她：「我說不行就是不行！這一次你一定要聽我的！」

翩然怔住了。

哥哥一向溫和，對自己也從來沒有發過脾氣。可唯獨這一次，他居然這樣堅定，並且滿臉都是莫名的恐懼，就好像真的在懼怕著什麼。

見翻然的表情有些不知所措，哥哥收斂了一些慍怒神色，嘆息一聲道：「你知道的，爹爹不喜歡看到外人，而且我們屋子小，住下我們一家子人都很擠了，怎麼能再住一個呢？」

翻然知哥哥說的有理，沒有再辯駁。她向哥哥借了一手推車，二人合力將男子抬到上面，她答應哥哥會把他送到山下的大路口，任其另尋生路。

暴雨過後，整個山都散發出濃郁的香草味。濕潤的空氣在陽光的照射下，折射出不一樣的光澤來。

想來她昨日都沒能好好地看過他的臉，如今在清澈的陽光下，在幽靜的山谷裡，在她親手推的板車之上，他雙目緊閉的蒼白面容，清清楚楚地倒映在她的眼底。這男子劍眉高鼻，輪廓清晰，像上天拿著刀子精心雕刻而成，每一寸都恰到好處。

翻然生在村中，從來都沒有見過這般好看的男子，她像是迷了心智一般，緩緩地放下板車，忍不住湊過去要看得清楚一些。

大概是是板車顛簸所致，他因此而皺了皺眉頭，眼皮微動。翻然嚇了一跳，正要退開，卻還是跟他的眼神對上了。他很虛弱，睜開眼睛時，清晨和煦的光線都刺痛了他，只能重新閉上。待再次緩緩睜開，他看到了自己面前目不轉睛的翻然。

四目相對，兩個人都沉默不語，直到他先開口打破沉默：「是你……救了我？」

翻然一怔，還沒有從他那雙深邃的眼裡走出來一般，半晌後才遲疑地點頭，鼻息間出聲：「嗯……」

他試著起身，翻然見狀，下意識地來扶。板車跟隨重量略微傾斜，他坐起間低頭，看到自己身上的衣服被換掉了。

翻然察覺到他的心思，便立刻解釋道：「你的衣服破了、髒了，又被大雨淋得濕漉漉的，所以我給你換了。啊！也不是我，是我哥哥幫忙換的。」

他抬起眼，將翻然的緊張和臉紅盡收眼底，順勢勾起嘴角：「我長得很嚇人嗎？你這般緊張。」

翻然的臉卻更加紅了：「沒！沒有。」

「不過是件衣裳而已，無妨。」他身體虛弱，聲音極其低沉輕柔，「我還沒有謝姑娘的救命之恩。」

翩然搖頭，「舉手之勞罷了……」

他說話談吐落落大方，越發證明了哥哥所言，絕非是普通百姓。僅僅是隻字片語的交談，翩然便感覺到了自己和他之間的無形差距，竟有些齟齬地不知道要如何答話。

「在下孟華，請教姑娘芳名？」孟華看出這姑娘的靦腆和內向，再聯想到昨日大雨，他激戰一番被敵方重傷，若這姑娘當時在場目睹，怕是會驚嚇得暈厥過去。可就是這樣性子的姑娘，卻勇敢地救了他，如此反差，實在是令他心生敬意。

「我……我叫翩然。」翩然第一次覺得自己的名字美，心中自然十分慶幸。她的名字不似哥哥和弟弟的那般隨意，想來這公子的名字好聽，她若是被取名為春花或冬夏，可實在是拿不出手來做交換了。

「翩翩起舞，悠然如柳。」孟華重複著，點頭讚許道，「真是一個好名字。」

翩然聽到他這樣誇讚自己的名字，心跳不由加速，臉頰也越發緋紅。

當孟華問她，這是要帶她去哪裡的時候，翩然說不出話來了，她不想把他丟下，也不能把他丟下。於是，翩然把他送到平時採草藥避雨的一個山洞暫時安置，孟華便在此暫且住下了。

翩然發現他性子隨和風趣、談吐非凡，說出來的話，是自己之前從未聽過的。他念的書多，去過的地方似乎也很多，翩然時常借著採草藥的時間，來給他送飯、送藥，他和她講的山下的世界，像是美麗盤旋的蝴蝶，惹得她好奇地想要拿下來好好研究仔細看看，充滿驚喜。

而翩然的反應落在孟華的眼裡，反倒是讓他更加驚奇。

「你真的沒去過山下？」

翩然如實搖頭：「沒有。」

她真的沒有離開過這座山。打從她記事開始，她就同家人在草屋裡生活了。她每天都非常充實且快樂，忙著幫爹爹娘親操持家務，忙著帶弟弟，忙著在山間學習如何生存。爹爹不時去到山下務工，回來也會說一些山下的事，但遠不及孟華講的這般有趣。

爹爹總說山下的人很壞，備有心計，必須要提防謹慎，翩然也就對山下有了強烈的抵觸，她覺得只要跟家人在一起，每天有藥可以摘採，便是人生最大之幸事，所以翩然沒想到山下的世界原來這般有趣、這般精彩。

她一時不知道該相信孟華還是相信爹爹了。

孟華笑笑，將腰間的玉佩拿下來遞給她：「若你想知道山下的生活到底如何，不妨親自去看看，到時你不就知道誰說的是真的、誰說的是假的了？」

是翩然第一次見到他時，他戴在身上的玉佩。潤澤剔透的白玉，鏤空了一個「福」字，下面撒著的穗子，也是娘親刺繡時都捨不得用的鑲金絲繩。翩然知道這塊玉佩價值不菲，且應該對他很重要，她自然是不敢收下。

「我送出去的東西，從來沒有要回過。」孟華微微一笑，他看出翩然的受寵若驚，反而是更加溫柔地對她說，「我的命都是你救的，區區一塊玉佩又何足掛齒？」

「可是，這塊玉太貴重了……」

「送於救命恩人，貴重才合適，你下山後，它可以帶你來找我。」

孟華的這句話，讓翩然的心驀地漏掉了一拍，她鬼使神差地點點頭，沒再拒絕，而是帶著一點不安和期待，收下了玉佩。兩人四目相對，一對年輕的男女之間，產生了心照不宣的情愫，孟華輕輕覆住翩然的手背，他掌心溫暖的熱度是真實而厚重的。

幽池站在屏障之外，都能強烈地感覺到他們望著彼此時那份熾熱的視線。便是因此，他內心深處也產生了某種悸動，躁動的情緒令他不知所措地去按自己的胸膛。幽池不得不調動心緒將其壓下，法力一分為二，屏障變得模糊不清。

此時，已經魔化的翩然逐漸醒了，只不過她被幽池的咒網牢牢釘在了地上，只能小幅度艱難的扭動身軀。她循望四周，看到在調整氣息的幽池，以及他肩上若隱若現發紅的氣息。

翩然突然冷笑：「道長，你也不是什麼正經良善之徒，何苦要為難同道中人呢？」

幽池冷言冷語地回敬道：「我可自控，你卻不可控，這便是你我彼此

之分；我不傷害別人，你傷害了皇上，還傷害了你愛的人，這便是你我彼此之分。我非正經良善，你卻是罪大惡極。」

翩然赤紅的眼睛緩緩移動，最終，聚焦在床榻之上陷入昏睡之中的皇上，她此刻沒有再掙獰發瘋，只是異常平靜地跌入回憶：「罪大惡極？哼！你說得對，我的確是罪大惡極。罪大惡極……」她失笑地念叨著這四個字，輕聲呢喃，「人生如果不初見，只盼一切皆從頭。」

世人只道人生之若初相見，最美好的皆是初識。但世人不知，初識的美好，不過是哄騙你走向之後的騙術。開端不美，何以為後？

幽池調整氣息，肩膀上的疼似乎不可磨滅地在反覆提醒他，這段時間放肆造成的後果。他定了定心神，確認已為魔物的翩然無法掙脫咒網之後，又凝神開始進入屏障之中，而屏障中的畫面又再度清晰起來。

——

遇到孟華之後，翩然的眼神裡有了七彩的光，自然，她也有了不能和家人分享的祕密。每當從家裡出來，她要事先去藏好草藥的地方把草藥拿出來，再跑到山洞裡去煎藥；若是發現食物沒有了，還要從家裡偷偷帶出食物，又要提防被家人發現。雖然這樣十分麻煩，但只要想到要去見孟華，翩然就十分開心雀躍。

她小心翼翼地掩藏自己和孟華的聯繫，回到家後如往常一般，不露出破綻。只可惜好景不常，就這樣躲躲藏藏過去了十天後，他送的玉佩被哥哥發現了。哥哥立即發現她撒了謊，她根本沒有聽他的話把他送走，便一氣之下，將她撿了一個受傷男人的事告訴了爹爹和娘親。

聽罷，爹爹沉默不語，娘親則是坐立不安。翩然只道家人都不喜歡外人打擾，所以才會如此冷漠，便一再地跟爹爹和娘親保證，對方等傷好了就會自行下山去的，還主動承認了自己撒謊的錯誤。

然而爹爹什麼都沒說，良久過去之後，他抬頭看向一臉無措的翩然，沉聲道：「帶我去見他。」

無奈之下，翩然只好帶爹爹前往山洞。然而到了山洞時，翩然發現孟華已不在山洞中，熄滅的篝火，以及他躺過的草席都已經冷去，就好像他只是短暫地停留了一會兒，現已不帶任何眷戀地離開。

翩然和爹爹面面相覷。

爹爹的眼神讓翩然難以忘懷，他站在山洞口定定地望著她，半晌沒說話，像是不安又像是認命般的難過，總之極為複雜，甚至令翩然無法揣摩。翩然也不敢開口，更不敢問爹爹這到底是怎麼一回事。不過，爹爹並沒有如翩然所想那般大發雷霆，就只是默默地將她帶回了家。

　　當晚，爹爹宣布他們要搬家，娘親和哥哥沉默地點頭應允，唯有翩然和小寶不解。小寶連聲問著爹爹：「爹，咱們在這裡住得好好的，為什麼突然要搬家？我不想和小虎還有鬧鬧他們分開！」

　　小虎是牛伯伯的孫子，和鬧鬧都是小寶最好的朋友。

　　翩然隱隱猜到是和自己救了孟華有關。可這個時候，她仍舊以為是爹爹不願意和外人見面，便小心翼翼地說道：「爹爹，他應該是康復了自行離開的，他不會再來的，更不會打擾我們。如果他來了，我會跟他說清⋯⋯」

　　「你竟然還打算要再見他？」爹爹的臉色忽然變得凝重起來，他終於忍無可忍一般地拍了桌案。翩然怔愣，心虛地趕忙搖頭。

　　爹爹高聲道：「我有沒有說過，在這個家不能撒謊？」

　　翩然點點頭。

　　「我有沒有說過，外人心思難測，你們不許跟外人有任何瓜葛。」

　　翩然再次點頭。

　　「你連犯了兩條家規。」爹爹站起身來，質問翩然道，「你有沒有把你爹我放在眼裡？」

　　翩然撲通跪地，瞪大眼睛地搖頭：「不是的！爹爹，我沒有⋯⋯」

　　「翩然從小孝順，你是知道的——唔！」娘親本是幫翩然說話，可她話音未落，突然反胃，別開臉去乾嘔了好一會兒。

　　翩然擔憂地詢問：「娘怎麼了？」

　　「夫人，你怎麼了？」

　　「沒事，我只是⋯⋯」娘親臉色微紅，撫著胸口不好意思地低頭。

　　爹爹微怔，哥哥輕聲詢問道：「娘親，您該不會是⋯⋯有喜了吧？」

　　娘親緩緩點頭。

　　哥哥又驚又喜，看向還沒反應過來的小寶，摸摸他的小腦袋，笑道：「弟弟，你要當哥哥了呀！」

「我要當哥哥了？」小寶終於反應過來，開心拍手圍著桌子跑，「小寶要當哥哥了！」

哥哥開心地拉起翩然，又看向爹爹：「爹爹，娘親如今有孕，不如……」

「搬！」爹爹的臉上沒有閃過半點歡愉，只是越發篤定和急迫起來。

翩然不解地喊了一聲：「爹！」

「當家的……」

「好了！不用再說了！我已經決定，明天我們就搬！」爹爹從沒這樣嚴肅過，彷彿不留一絲餘地。也從沒這樣嚴肅過的翩然，自知自己犯了家規，爹爹生氣是應該的，可她不能理解，爹爹因此就要舉家搬走，這裡可是生活了十多年的家，如何能輕易拋下？

她覺得爹爹一定有所隱瞞，又不敢在他的氣頭上去問，只好和一旁的娘親求情道：「娘親，爹爹到底在怕什麼？我救了人，為何你們不誇我，反而覺得我惹禍了呢？外人沒有爹爹說的那麼可怕，那個孟華是個好人！」

娘親本還在心疼翩然被夫君責罵，結果卻聽到她這樣說，當即就是一巴掌打在翩然臉上。

「娘，你做什麼！」哥哥趕忙擋在翩然身前。

小寶看到娘親打了姊姊，嚇得哇哇大哭起來。

娘親卻生氣地指著翩然，全身顫抖，全然不像平日那般溫柔如水，她呵斥起翩然：「你知道何為好人？何為壞人？你不過才見了他幾面，便輕易做出判定，你爹說得對，外人不是我們能夠接觸的！不過短短幾日而已，你竟為了一個外人，質疑你爹的決定，你爹怕的就是你變成如此！」

翩然捂著火辣辣的臉，眼淚不自覺地落下。

唯有哥哥嘆息一聲，攬著她的肩膀安慰道：「好了，明天從這裡搬走之後，就當做什麼事都沒有發生過，別哭了。」

翩然默默地點頭，哥哥語重心長地哀嘆著：「當初你若聽我的話，把他送下山，任由其自生自滅就沒事了。」

翩然心生愧疚，無言以對。

木桌上的燭火在夜色裡搖搖晃晃，忽明忽暗，豆大的火苗在牆面投

影出巨大的影子，如同翩然心中迷茫的暗影。是在這一刻，翩然隱隱地意識到，這個家有祕密，一個爹爹、娘親和哥哥都在隱瞞著她與小寶的的祕密。

或許有些時候，不知道便是幸運。可在那個時候，翩然卻暗暗發誓，自己一定要知道其中的內情。但她不知道的是，她其實已經沒有機會知道了……

第二天，爹爹和娘親忙著打包家裡的東西，哥哥也在打著下手，翩然想要幫忙，但爹爹和娘親的冷落，令她插不上手，哥哥便勸她去陪小寶。翩然卻沒有行動，她只是看了看草屋外頭不遠處的槐樹，想到小寶平時最喜歡往樹上爬。

小寶自己爬的時候，從來都是穩穩當當的，沒摔下來過，但只要爹娘回來，他就總要摔下來幾次，裝哭裝柔弱，這樣爹娘就會准許他多吃兩顆甜果兒。

院子裡的鍋爐，老舊卻結實，好幾次暴風暴雨來襲，它都安然無恙，承載著他們一家五口的一日三餐。每次她在煮飯的時候，砍柴回來的大哥，總會興奮地圍著她和鍋爐轉，詢問她待會兒有什麼好吃的。

右手邊的花圃，原本是她打算種花的地方，卻慢慢地被娘親改成了種蔥、種蒜的地方，說這樣更務實方便一些。但她還是悄悄地在邊緣的地方，種一些她喜歡的凌霄花，如今凌霄花攀附藤架遍地燦爛，她卻要走了……

爹爹放得太急，背簍從推車上掉下來，那是她每天背著上山採藥的背簍，因為每天都要用，下面破了洞，還是她親自用牛筋草給重新綁上的。

處處皆是回憶，處處皆是不捨。

「我不走。」翩然不願意走，她第一次違抗爹娘的意思，把心裡的不願說了出來。

「你說什麼？」忙著打包的爹爹和娘親還有哥哥，都聽到了翩然的話，爹爹轉過身來震驚地看著面前的翩然，以為自己聽錯了。

「我說我不走！」翩然壯著膽子重複自己的話，她到底是問出了自己心裡的困惑，「爹，娘，你們到底為何要走？我們一直住在這裡好好的，我看得出來你們也很捨不得。難道就因為我救了一個人？我不理解這其中

的緣由，你們若是不說清楚，我就不走！」

「你！」爹爹氣得急了，立刻走上前，對著翩然抬起手來。

幽池則是靜默地注視著眼前的景象，他突然感覺背後有些發涼，一股殺氣從背後湧來。雖然他知道屏障之中的任何東西都傷不到他，但降魔人的本能警覺，還是驅使他快速轉身去查看形勢。

只見翩然所居住的草屋外發生了變化，那附近原本是一片樹林，林子裡突然衝出很多蒙面黑衣人，帶起一陣邪風葉亂，而他們的手裡，則是握著凌厲寒冷的刀刃。

這些人直奔草屋而來，一鼓作氣踹開木門，嚇得屋內的翩然一家人驚呼出聲，翩然甚至不知道他們是什麼人，因為一切發生得太過突然，她懵懵的站在原地，還沒反應過來，周圍就濺起了血水。

爹爹、娘親、哥哥……小寶……，還有娘親腹中未出世的孩子，轉眼間就都死在他們的亂劍之下。方才還鮮活的生命，剎那間便倒地不起。

在翩然看來，他們是殺人不眨眼的魔頭，緊接著，那滴著家人血水的劍，架在了她脖子上，惡狠狠地逼問她道：「把鑰匙交出來！我可以饒你不死！說！」

為首的黑衣人聲音低沉，唯獨一雙眼睛從蒙面中露出。

鑰匙……

什麼鑰匙？

翩然悲痛欲絕，忽然之間掙扎著吼叫：「你們為什麼要殺我家人？你們是什麼人？我要和你們同歸於盡！」她拚命推搡他的雙手，試圖與他魚死網破！

見翩然如此激動，對方便反手給她一個巴掌，將她壓倒在地，試圖要扒她的衣裳來逼她就範。翩然垂死掙扎一般地伸出手臂在地上摸索，她摸到了割草的鐮刀，接著二話不說地抓起，一下子扎進他的脖子裡，又飛快地抓起腰間的藥粉，灑向那些人的眼睛。

這藥粉本是毒山間毒蛇猛禽的，用的是以毒尅毒的方子。因為自小就聞得多，又常飲用這山上特殊的草藥水，山裡人家對此物都習慣了，沾染上也只是微微燒灼之疼。但對於外人，這藥粉就如劇毒一般，沾上些許就如烈火烤之，瞬間皮膚就破裂，腥臭的血水直流。

這群殺手哪裡料到她身上有如此劇毒之物，離的近的紛紛中招哀嚎，離得遠的不明原因，只見翩然撒出一把棕色粉末，就讓同伴接連倒地，他們都不由地後退了一步，不敢貿然前行。

　　就是趁著他們分神的功夫，翩然飛快地從身後的窗中爬出，加上她熟悉這山間地形，竟真的逃脫了！

　　這就如同是一場夢，一場噩夢。她雖恨不得與家人一起死去，可在山間屢次跌倒，她屢次爬起，自知求生欲望在驅使著她，而更多的，是那份復仇的怒火。只因為她想到了那群殺手口中的「鑰匙」，一定就是孟華送給她的玉佩！

　　許多個晚上，她拿出那玉佩把玩的時候，曾發現看似鏤空的玉佩，實則是由兩塊組合而成，是可以分開的，形狀看上去也像是一把鑰匙。而當她再想認真看清楚的時候，卻被哥哥發現，玉佩便掉進了木床縫隙裡邊，她還沒來得及撿回來……

　　孟華把那鑰匙送給了她，自己卻不辭而別。難道說，他就知道這東西會帶來殺身之禍，才將它放在她這裡？可那些黑衣人是怎麼知道鑰匙在她身上的？會不會是孟華告訴他們的？翩然瘋一般地奔跑，腦子裡止不住地胡思亂想。

　　一時間，爹爹的堅持、娘親的巴掌……都混亂地在她腦中支離破碎。

　　她拚命地跑，慌不擇路地跑，跑到陡峭的山路時腳下打滑，跌了下去。一時間天昏地暗，山壁上的尖銳樹枝，戳破翩然的衣裳、刺傷她的身體，她跌落山下，昏死過去。

　　睡夢裡，她是那個沒有遇到孟華之前的翩然。她和家人們其樂融融的圍著桌子吃飯，為哥哥從林子裡打來了野雞，高興地要喝酒慶賀。日子過得雖清貧，卻十分滿足。他們都還在她的身邊，她也還是無憂無慮的翩然……

　　然而，待翩然再次醒來，發現自己躺在一間狹小的屋舍裡，空氣裡彌漫著濃郁的藥香。外邊似乎有人說話。翩然的腦子有一瞬間空白，她想不起來發生了什麼事。這時，簾子被人從外邊掀開，走進來一位老嫗，她一身素衣面容和藹，手裡端著剛熬好的藥。

見翩然醒了，老嫗歡喜地走過來道：「姑娘，你醒了？」

翩然坐起想要起身，全身疼得讓她五官皺起，倒吸一口涼氣。

「哎！別動，你從那麼高的地方摔下來，左腳都斷了，身上也有多處擦傷。大夫說了，你得靜養。」老嫗讓她躺下，給她蓋上毯子，準備餵她喝藥。

原來是老嫗的老伴兒，發現了昏死在路邊的她，並將她撿了回來。

「姑娘，你的家人在哪兒啊？要不要我讓老頭子去通知他們接你回去？」老嫗見翩然醒了，便問起了她的情況。

聽到「家人」二字，翩然驀地睜大了眼睛，空白的思緒如洪水猛獸一般吞噬了她。那草屋內的殺戮，充滿血腥氣的慘叫，還有家人倒下時的絕望……

淚水從她的眼中流淌下來。

「哎喲！姑娘，你別哭啊！哎喲……姑娘你定是遇到了大事，老婆子不問了，不問了。你就暫且安心地在這兒住下，別再想了。」老嫗又自責又心疼地拍了拍翩然的手。

而此時此刻，翩然無法形容心裡的感受。她失去了最愛、最重要的家人，可她心裡不單單只有疼痛，還有被欺騙的恨。有一個聲音在告訴翩然，她不能就這麼死去，她不能就這麼坐以待斃，她一定要搞清楚是誰殺了她家人，而孟華……究竟是什麼人！

最重要的是，她要把那個一切關鍵所在的鑰匙給找回來！

看到這裡，幽池發現自己對這樣的眼神很熟悉，那是打碎了最初的單純，揉碎重生的炙熱。這股炙熱，名為仇恨。

瞧！一個人的改變，是如此的輕易。一場變故，一步生死，一份欺騙，皆可顛覆本性。

第二章

　　翩然安靜的時候，像一幅美麗的山水畫，農戶間的天然雕飾，和她相得益彰。她養傷的這段時間，大多數都是坐在院子裡的槐樹下發呆。

　　她不喜說話，但很懂得察言觀色。老嫗摘菜、煮茶，她都會默默地過來幫忙，老嫗不讓她動手的事情，她便坐在旁邊陪著。老兩口很疼惜這個姑娘，知道她應該是受了大難，才會淪落至此。翩然不說，他們也不問，只希望這世外桃源的安靜，可以抹平她心裡的傷。

　　然而，幽池對於老兩口的希望，不敢報以相同的希望，他看得見翩然獨處時，眼神中的的深淵炙熱。他明白，那種親眼所見的痛苦，只有時間是帶不走的。自那之後過了幾個月，當翩然可以走動、身體恢復之後，她便向老兩口告別。

　　老兩口雖然不捨，但還是尊重了她的意願，給她收拾了一個包袱，裡面做了件粗布新衣，又拿了些碎銀子要她收下。還寫了一封信給她，讓她去山下繁華的陵城投靠自己的兒時好友，信中說明翩然是他們的遠方親戚的孩子，來尋求幫助。

　　翩然看著這份沉甸甸的善意，猛地跪下，狠狠地磕了三個響頭。她含著淚花，露出來到這裡後唯一的一次笑容道：「若我還能活著，定會回來報答二老的再生之恩。」

　　老兩口笑著扶起她，只道：「你能願意回來再看我們一眼，我們便知足了。」

　　翩然離開後，曾折返回自己的住處，總想著要將爹娘、兄弟的屍體葬下。可回到草屋前才發現，眼前只剩下一片殘骸，那些殺人不眨眼的魔頭，在她逃走後放了一把火，將屍體和屋子全都燒盡，翩然連一塊骨頭殘渣都找不到了。

　　她跪在曾經和樂融融的房子前，屈憤地能抓住的，只是一撮灰黑的草壤。良久的哭泣過後，翩然的耳邊忽然響起曾經的那句話：「你下山後，它可以帶你來找我。」

　　那是孟華在送給她玉佩時的留言，可如今沒有了玉佩，還能去哪

裡找他？

但是，若她找不到他……可以讓他來找她。這個大膽的念頭在心裡冒出時，翩然的眼中閃過一絲狠戾，她用手背擦去眼角最後一滴淚，起身拍了拍身上的塵土。

一年後，陵城，星月樓。

近來，這樓中出了一位聲名遠揚的歌姬，名喚凝露。聽聞這凝露姑娘不僅容貌出眾，還會輕歌曼舞，她的歌喉賽過百靈，還能吸引百靈。只要她一開喉，附近的鳥兒都會競相停在樹枝上成為她的聽眾。

若想要聽凝露姑娘輕吟一曲，只有重金是不夠的，還要講究一個緣分。有些人一擲千金排上半年，都未必有這榮幸，可有些人第一次來到星月樓，便能得見美人容顏。而決定緣分的，乃是一塊流水玉佩。

何為流水玉佩？竹筒連接，水流潺潺，排隊想要見凝露姑娘的恩客，將名字寫在牌子上，掛於竹筒之上，水流推送著一塊玉佩，停在哪塊名牌前，凝露姑娘便見哪位。這樣新穎的選人方法，唯凝露姑娘獨創，引得眾人趨之若鶩，都想沾一沾這綺麗華彩，與這轟動陵城的無雙熱鬧。

人的名氣，一半捧一半傳，還有一點靠自身。彼時的翩然褪去農家素衣，化上精緻妝容，眉眼間早已不見變故之前的天真無邪，但她依然不同於混跡青樓裡多年的姑娘，她的身上始終有種蒙昧的氣韻，一雙眸子裡流淌著清澈的光，自然會令見慣了葷味的權貴們感到新鮮。

而初到陵城時，她全靠著老兩口送她的那封推薦信，找到了東門的張家鐵匠。他是老兩口兒時的好友，張鐵匠雖然自己不富裕，但卻很仗義的在自己家後院裡收拾了一間小房給翩然住。

他看著翩然年紀輕輕、孤身一人來到陵城，自然會怕地痞流氓打她的主意，便對外說是自己遠方親戚的孩子，父母雙亡才來投靠的。

翩然有了落身之所，就開始為自己的生計打算了。她生性聰慧，在城中觀察了半月之後，便下了決心做個行走的小販。她發覺煙花柳巷的姑娘們，出手都比較大方，而且她們總是喜歡各種新奇的小玩意。於是，她每日去市面上收集一些別致的手工品與新奇的小玩意，還有一些物美價廉的胭脂水粉，每日晌午一過，就到煙花柳巷裡頭去叫賣。這日子久了，有了點薄利，她也終於可以養活自己了。

一日，她出攤早些，到了煙花柳巷時，姑娘們都還沒起床洗漱。她便獨自坐在巷口的柳樹下，看著遠處的高山發呆，嘴裡還清唱著母親教的山歌。直到她的歌聲被星月樓裡來買胭脂水粉的老鴇聽到，那老鴇到她的身旁駐足良久，當二人視線相撞時，老鴇喜滋滋的問她，有沒有興趣換一個地方唱？翩然那一刻便知道，她的機會來了。

要說她的長相本就清麗脫俗，這模樣在煙花之地，變得尤為可貴。

老鴇又出了銀兩給張鐵匠，讓他對逢人就說，翩然是他那做官但家道中落又早亡的遠方親戚的女兒。一時之間，翩然的身分在坊間傳來傳去，便成為了家道沒落的官家千金。

物以稀為貴，有了這身世加持，翩然自身也好學聰慧，很快就在星月樓中有了一席之地。

懷著心思的翩然，也很快搞清楚風月場所的規矩，還懂得如何為自己豐滿羽翼、脫穎而出。小小的一點手腳，讓百鳥朝鳳現於自己一展歌喉之際歌唱，眾看官瞠目結舌地觀賞過後，自然會口口相傳。一時之間，「凝露」這個名字就成為了星月樓裡的搖錢樹。

她一個月只會招一個入幕之賓。老鴇媽媽起初認為凝露故作姿態，沒少抱怨她。之後發現，大家為了爭取這個稀有名額而不斷加碼，就連天價也不爭先恐後，這才高興地誇凝露的想法好。一時間，翩然風頭無量，老鴇都要讓她三分。

有些人甚至在成為凝露的入幕之賓，被她冷了一夜都甘之如飴，只道單就望著她，已是人生一樁美事。

幽池站在翩然廂房的下面，仰頭看著翩然和客人對月喝酒。盈盈月光下，她拿酒杯的姿勢，比起拿鐮刀採草藥還要嫻熟，舞袖滑過鍛玉一般的手臂，望向外邊天上的月光時，彷彿皓月比坐在對面的客人還要近一些。偶爾應上對面客人的話，那嘴角上揚的唇冷如月霜，美過嫦娥。

幽池知道，翩然的漫不經心，不過是為了專心等一個人的出現。她不能心生猶豫，她不能放棄等待，她要堅信凝露的名字會傳入孟華耳中。

他是那樣志得意滿，熱愛人間煙火的性子，是他跟她說的，這凡間有趣的事情都不要錯過，不算辜負此生。他也和她提起過，煙花柳巷並非外人說的汙穢之地，而是很多文人雅士相聚交友之處。

知名的青樓他都去過，有新來的頭牌花魁，也是要去看看的，為的不是男女之事，只不過是好奇這花國的新姿色罷了。若聽到凝露的名字和流水玉佩的點客之法，他怎麼可能會錯過有趣的人和事？如今，她唯有等待。

數著月圓月缺，翩然又等了半年。終於，這一次的入幕之賓，她在眾人之中，看到了孟華的臉。而孟華也看到了站在三樓，蒙著面紗的她，四目相對，翩然的心猛地一顫。

她以為這一年多來的自我逼迫，已經成長到看到他會不動聲色，可是，翩然高估了自己，她的身體在顫抖，她的呼吸也顯得急促。原來在他真正出現之前，她的自信和篤定，都不過是自己的一廂情願罷了。

如今看著他，想到在山洞裡跟他朝夕相處的時光，以及自己的家人被那些殺手毫不留情的血斬……種種畫面交織一處，她的指甲扣進了掌心血肉。空氣裡，幽池聞到了一絲血腥的殺氣，他知道，孟華，會當之無愧地成為翩然的入幕之賓。

點著杏木香的房間，一扇扇珠簾熠熠生輝，走入其中的恩客，對即將要見到的人兒充滿好奇。孟華搖晃著手裡的摺扇，只隱約看到珠簾盡頭坐著凝露，他一步步入內，壓抑著內心的悸動。

他看不清翩然，翩然卻看得清他。一襲白袍，手握羽扇，信步而來，眉眼間的貴氣逼人，彷彿那曾在暴雨中狼狽昏死的模樣，只是南柯舊夢。翩然心中冷笑，他可曾記得自己差點死了，可曾記得她救過他？

待孟華走近之後，翩然婀娜起身，請他入座。孟華仔細打量翩然的雙目，似乎認出了她，卻也不確信道：「姑娘，我們是不是……曾經在哪裡見過？」

翩然垂眸，紅唇輕輕上揚，姿態嫵媚動人：「不曾想公子樣貌堂堂，出口卻這般俗套，你我素不相識，何來曾經相見？」

孟華神色有幾分尷尬，局促地笑笑，點頭道：「實在是姑娘的眉眼與一故人過於相似……是我無禮了，還請姑娘莫怪。」

翩然眼神一變，心中似有動容。他口中的那個故人，難道是她？他……竟記得她？

可翩然臉上的面紗不曾摘下，入幕之賓已經入幕，她的確是要摘下來

給恩客欣賞。在給孟華斟滿酒水後，她緩緩摘下面紗，冷聲問道：「公子口中所說的故人，如今可還安好？」

「她如今……唉……」孟華嘆息一聲，抬頭看向她時，那面紗已落，一張熟悉的面容出現在他面前，他手中酒盞掉落，驚愕地脫口而出那名字：「翩然？」

與此同時，翩然藏於紅袖裡的匕首已快速出擊，直逼孟華的胸口。孟華是習武之人，他雖然驚訝凝露便是翩然，但還是迅速地反應過來，在距離心口三分處，徒手抓住了匕首。

翩然瞪著眼前之人，咬牙切齒，恨不得從來沒有遇見過他：「如果不是因為你，我的爹娘、我的家人不會慘死！孟華，我救了你，你卻害了我！」

清晰的燭光，桌面上的美酒佳餚因翩然的俯身，統統打翻在地。孟華驚愕不已，當他方才望見面紗底下之人時，第一反應是天大的驚喜。

山洞裡的不告而別於他而言，是難以言喻的遺憾，在陵城的每一個日夜，他都期盼著有朝一日能與她重逢。竟想不到如今得以相見，竟是以這種的方式，又是以這樣的舉動！那曾經會對他溫柔以待的姑娘，竟說恨他。

便是這一分神，翩然再次用力，匕首推進三分，到底是刺進了孟華的胸膛。他穿著的潔白衣袍，因為血在胸口沁出，而染上了觸目驚心的猩紅。守在門外的人聽到動靜，立即倉皇地推門衝進。

孟華呵斥道：「混帳！誰讓你們進來的！出去！」

剛邁入門檻，守衛們便被呵斥了出去，孟華按住匕首，又將翩然推開。

翩然瞪著孟華，雖不知他意欲為何，但想到他喝下的那杯酒，忽然就無所謂地望向夜幕，冷笑道：「爹、娘、哥哥、弟弟，我為你們報仇了。」

「翩然，你聽我說，你……」孟華顧不得胸口疼痛，只急於解釋當年的事情，可他眼前猛地一黑，頓感腹部湧上一股劇痛，低聲說出，「……你是我妹妹……」

翩然猛地皺眉，看向他：「你說什麼？」

孟華趕緊把匕首從胸口拔下來，迅速於掌心劃了一道傷口，又從腰間拿出一個藥瓶，將裡邊的一粒藥丸塞進嘴裡。

冰冷的刀跟肉體的接觸，痛感是保持清醒的唯一方法，只見掌心裡的黑血滴進酒杯。翩然盯著孟華這可以說是熟能生巧的自救之法，心裡的恨和無解像是兩條毒蛇相互攀爬，一時之間不知道要如何看待。

思緒不由地回到了那個清晨。

她翻過他的身子，第一次見到他的面容，那時候，見人不多的她，只覺得這是一個特別的人，是一個不簡單的人。如今看來，確實如此——他一個富貴公子哥兒，又會功夫，面對生死又能做到淡然處之，自然不會是普通人了。

「你不必白費力氣了，這是劇毒，即便你有解毒丸在身，沒有我的解藥，也不過是延緩時間而已。」翩然拂袖，落座。

孟華把匕首拍在桌上，額頭沁出的豆大汗珠，順著稜角分明的側臉滑下。

他一點也不惱翩然剛才要殺了自己的舉動，望著她微微一笑：「多給一點時間，夠了。」

翩然的心驀地一跳，不明白他的意思。

只見孟華臉色漸漸恢復了紅潤，那毒性的確沒有傷他分毫，他回答了翩然的恨：「並非是我給你的玉佩給你帶來不幸，是你的身世註定了你不會在那個深山住一輩子。」

「你到底在說什麼？」見他雲淡風輕地說出了最震撼的話，翩然這下惱了。

身世？她在爹娘的呵護下，有哥哥和弟弟的溫情圍繞，生活的這十七年很幸福，她從來沒有懷疑過，自己不是這個家的一份子！明明是他的出現，才讓一切都蓋上了血色陰影！

「我剛才說了，你是我妹妹。」孟華定定地看著翩然，毫不避諱自己堅定的眼神，彷彿他講的每一個字都是真實的，「而我，是當朝二皇子，孟華。」

可落在翩然的耳裡，如此好笑！

「你是皇子，我是你的妹妹？」翩然還記得在山洞裡他們相處時的美

好，如今，卻連最後一點體面都無處安放了，她輕蔑他道，「看來你為了活命，連這樣的謊言都能編得出來。」

孟華並不介意翩然的諷刺，他看向桌上跳動的燭火，手掌捂著自己胸前的傷口，同她講起了她的身世。

「當年，父皇剛登基不久，秋遊圍獵，不慎迷了路……」

那是十八年前的舊事了。

天子二十歲登基，剛登基的第一年，秋遊圍獵。天子不想在皇家園林，便做主去了郊外的紫薇山，天子興致大好，大家也不敢多加阻撓。紫薇山山勢複雜，山內有馳騁的盆地，還有廣袤的密林，山林小徑起初很寬，能馳馬盤旋而上，等上到一定高度，小徑就只能下馬牽行。

天子追著一隻兔子狩獵，很快便迷路了。當他牽著馬來到半山腰，不知道要往哪裡走的時候，突然林間竄出一條蛇，馬竟受驚逃走，丟下了天子一人。

天子驚慌之下，正想拔劍砍殺時，才發現眼前不只一條蛇，好多蛇突然從從四周湧來。天子慌了，他以為自己今日必死無疑，誰知面前卻走來一個背著背簍的少女，她看到了蛇群與受困的天子。天子同她四目相對，卻不敢向她求救，只覺得她是一柔弱少女，如何能救他脫離這險境？無非是又要多搭上一條無辜的性命罷了。

卻不想，姑娘定定地盯著其中一些朝她湧去的蛇，冷靜地從背簍裡掏出一把粉末，不由分說地灑向牠們。幾乎是千鈞一髮之際，要躍起撲人的蛇像是如臨大敵，立刻調頭逃走了。

天子瞪大眼睛，不可思議地看著這少女，以一人之力趕走了蛇群。

「你沒事吧？」她走到天子跟前，關切地問。

俗不可耐的一見鍾情，到底還是發生在了這二人之間。

天子道，他是天子，享天下之最。什麼樣的女子在宮裡都有，但這一生算得上被驚豔到的人，只有她而已。

沒有華麗珠寶，沒有錦衣盛裝，姑娘一身麻衣粗裙，烏黑的頭髮長到幾乎捶地，隨意地用兩根麻繩綁成兩邊。她的臉上甚至有一些髒兮兮的灰塵，她沒有多漂亮，卻因這一次出手相救，而走進了天子的心裡。

姑娘見天子迷了路，便帶她回自己家暫住一晚。山中茅屋簡陋，卻

有著皇宮裡沒有的自在。風吹竹葉，晚間烹茶，沒有規矩，亦沒有束縛。天子竟覺得此處如同世外桃源，姑娘用「你」、「我」相稱，倒多了幾分人情味。

天子得知姑娘名喚彩兒，跟父母一起住，父母去山下省親了，要半個月後才能回來。天子好奇地問她：「你帶一個陌生男子回家，不怕有危險嗎？」

彩兒愣了愣，用更好奇的目光看向他：「可你需要我的幫忙，不是嗎？」

天子微微一怔。

「更何況，這裡是我的家，我在這裡生活了這麼多年，一草一木、一花一樹我都很熟悉，它們都會守護我的。」彩兒一邊洗臉，一邊對天子笑。

天子被她單純燦爛的笑容感染到，心中暗暗想著：「也是，那些蛇群她都不怕，怎麼會怕區區一個男子呢？」

洗完臉的彩兒，露出了清麗的臉龐，再一次令讓天子怦然心動。

她對他柔聲說道：「你應該餓了，我給你下碗麵吃吧！」

天子含笑點頭。

彩兒挽起袖子，在灶臺旁接水、燒柴，她平日做慣了的事情，天子卻看得津津有味。二人時不時地聊上幾句，天子知道彩兒今年十七，還沒有許配人家，她喜歡漫山遍野的蝴蝶，也想要學些醫術，可以治病救人。

彩兒和天子認識的姑娘都不一樣，她談吐不俗，且會思考，不像其他姑娘，只知道把自己打扮得花枝招展，無非想著嫁一個好郎君。彩兒雖然沒有太多見過外面的世界，但她的心裡卻裝著民生和天下。

這樣的姑娘做出的一碗清湯水麵，在天子看來，卻要宮裡的美味珍饈貴重數倍。天子吃得很香，他甚至想著，若是日後回去了宮裡，御膳房做的上千碗麵條，都比不上他這一碗素麵。

彩兒極盡待客之道，讓天子睡床，自己則就著兩張拼起的桌子隨意安眠。這一晚，他們隔著一道簾子，天子側頭枕臂，透過簾子，可以隱隱約約地看到她的側臉。

他藉口自己睡不著，要彩兒陪著自己聊天。他告訴彩兒許多她不知道

的，還送彩兒一個打火摺子，說這她再做飯不必費力地引燃子。天子送的火摺子，上邊嵌著珠寶，彩兒不敢收，天子堅持這是留宿的錢，彩兒這才勉強收下。

翌日一早，天子迷迷糊糊地從床上醒來，還喚「來人」，喚了幾聲無人應答後，他有些惱怒地坐起，緩過神來，才發現自己不在宮裡。他起身喚彩兒，發現桌上留了一碗粥和一疊小菜，碗下壓著一張紙條。

「我去採藥了，公子用完早膳可自行離開，我爹娘快回來了，怕是會多有不便。」

見彩兒趕自己走，天子略有失落。他收起紙條出去找彩兒，幸虧昨晚下了一場小雨，沿著地上的痕跡，他沒有走岔路便找到了人。

他興沖沖地喚她的名字：「彩兒！」

彩兒聽到有人喊自己，她以為聽錯了，也沒有太在意，沒想到真的有人找了過來，還是她認定用了早膳便自行離開的他……

「公子，你怎麼跑過來了？」

「我來找你。」

彩兒一怔，臉微微泛紅：「公子……找我有事？」

「既然要走了，我也要親自來跟你告別的。」天子略抱怨地把紙條拿出來，「怎麼能一張紙條就打發走呢？」

彩兒感受到天子言語間的嗔怪，一時之間不知還作何反應。

天子見人家有所拘束，意識到自己過於著急了，怕嚇到彩兒，他清了清嗓子道：「我的意思是說，現在時辰還早，對下山的路也不熟悉，不如陪你採完藥，你再送我下山，如何？」

彩兒沒有拒絕，點了點頭，她把背上的背簍拿下來，遞給天子。天子從來都是把東西遞給別人，還是第一次被人塞東西到手裡，他只是愣了一下，便欣然接過。

彩兒走在前邊，天子走在她的身後，聽她介紹這山上最多的草藥都有什麼，以及山下的人喜歡何種草藥。

彩兒在說，天子在聽。她靈動的眼神每每說到山間擅長之事時，都會閃爍著明亮的光。天子靜靜地望著她，想到要跟她分開了，心中滿是不捨。便是在這一刻，天子意識了到自己對彩兒的感情。

彩兒的藥越採越多，背簍越來越沉甸甸起來。但比不上彩兒的心意——她都是為他採的，有些是止血的，有些是驅蛇蟲鼠蟻的。

「這些你大抵都用得上。」彩兒解釋說，「我的意思是，若你用得上的時候便用得上，自然是希望你下山之後一切順利的。」

天子見她侷促怕說錯話的樣子，覺得有趣，自然是笑著全然接收：「多謝心意，我定會讓這些藥草派上用場的。」

彩兒臉又是一紅，像天邊的火燒雲，她沒再說什麼，天子也沒有再說什麼。兩人一邊走著，逐漸一個比一個慢，似乎都不想把這段下山的路給走完。彼此之間不小心碰到的一個眼神、一個微笑，兩情相通的心意相互碰撞，融化於天地之間，若隱若現，卻又實實在在地存在。

彩兒送到山下，天子看著前面的路，失落地抱著手裡的背簍，終於說出了心裡話：「我不想離開。」

彩兒攥緊衣角，咬了咬牙，伸手接過天子手裡的背簍。

「公子，您始終都是要離開的。」

背簍隔著兩人，天子不肯放手，還順勢抓住了彩兒的手。彩兒像受驚的小鹿，下意識地想把手抽回，天子偏偏握緊了一些。

「彩兒。」

彩兒垂著眼簾，鼓足勇氣緩緩地抬起眼。

「我還會回來的。」天子堅定地望著她說，「你要等我。」

彩兒沒說話，只是羞澀地頷首，天子知道，她這是答應了。

不遠處逐漸傳來馬蹄聲，天子得走了，他把腰間的一塊玉佩取下來，留給彩兒當定情信物，鬆開的背簍有一陣陣的藥香，在指縫間久久留存。

天子告別彩兒跟大部隊集合，他短暫的失蹤，於大臣和御林軍而言是一場驚魂噩夢，差點以為要天下動盪了。可於他而言，則是美夢不願醒。

只不過，這一次變故之後，天子被控制了出行。那之後整整三個月，天子都被困在宮裡不得外出，他度日如年，嘗盡相思苦。

三宮六院的顏色皆入不了他的眼，他只惦記著紫薇山上的那一抹豔陽。食不香，不入眠，天子因相思而病倒了。

也是因此，他才得以再次去到紫薇山，實在是臣子們見不得他唉聲嘆氣。誰知找到草屋時，天子被彩兒的爹娘告知，彩兒已經許了人家，他來

的前一天，剛被公家接走了。天子大驚，怒急攻心之下，竟是當場一口鮮血吐出來，半真半假的病，如今倒是真病了。

隨天子而來的侍從，嚇得幾欲魂飛魄散，當即要將天子帶下山去。

「朕不走，朕哪兒都不去！」天子這一開口，身分暴露，嚇得彩兒的爹娘差點跌坐在地，他們想不到自家閨女竟跟天子有所交集。要知道，他們這次回家，只是發現閨女有點不對勁，總是拿著一塊來歷不明的玉佩出神發愣，他們以為閨女有了心上人，想著若是個好人家，許過去也無妨。

不想一問三不知，只是閨女好心留宿的一個陌生男子，一晚的功夫，便把閨女的心給帶走了。爹娘大怒，見女兒動了春心，怕走歧路，自知女大不中留，便托媒婆找了一戶好人家送走了。

而此般時刻，心神大亂的天子不易挪動，在草屋裡躺下了。他抓著彩兒留在家中的背簍不肯放手，隨隊的太醫束手無策，皆說天子這是心病，還要心藥醫。

這下，彩兒的爹娘也犯了難。已經送出去的女兒，怎麼還能回來？況且，他們也不知道女兒嫁過去的具體地址，只知道是鄰城沛縣。

然而，就在天子氣息微弱的時候，穿著紅色嫁衣的彩兒，居然逃了回來。她還是無法接受就這樣跟天子錯過——因為天子說讓她等他，她得遵守諾言。儘管過去三個月了，也不知道還要等多久，沒想到，說讓她等的人，真的回來了，彩兒不知道多慶幸自己逃回來了！否則會遺憾一生！

她見天子躺在床上，得知是他以為自己嫁人了而怒火攻心、氣息奄奄，她心疼地不知所措，當即淚流滿面。她伏在天子的身邊，握著他的手不停地呼喚著：「公子，我回來了，公子，是我，彩兒！是你讓我等你的，現在我回來了，你也要回來啊！」

不知天子是否聽到，亦或者是彩兒的緊握給了他力量，天子真的從昏睡中清醒過來。看到彩兒的臉，他不敢置信地睜大了雙眼，喃聲問道：「是你嗎……彩兒……」

彩兒連連點頭，一把緊緊地抱住他。

這一天，他二人終身難忘。當晚，天子在草屋裡與彩兒情定終身，在那一夜，他們不是天子和民女，只是一個求愛而來的男子和逃婚不嫁的女子。他們的心在彼此身上，任憑誰也阻攔不住他們向對方靠近。

天地顛倒，夜色清風，他們交織的身影投之窗樞。隨來的臣子隨從們，皆是自動退避三舍，彩兒的父母則是喜憂參半，喜的是自己的女兒竟如此出息，撿到的迷路人居然是天子；憂的是伴君如伴虎，未必是得了天子青睞便是幸事。

　　事實上，這一晚，每個人都各懷心思。彩兒的父母擔心女兒只是天子的露水姻緣，臣子和隨從則是擔心天子過於用情至深，假戲真做要把這個民女帶回宮可如何是好。

　　翌日，當天子與彩兒濃情蜜意地雙雙走出房門時，誰知卻見眾人跪了一地，他們齊齊高喊天子三思，祖宗規矩不可違背。而所謂的規矩，便是民女不得進入宮中為妃，天子能登基，皇后功不可沒，自是不能讓皇后因此而丟了顏面。

　　皇后乃是宰相嫡女，家世顯赫，其他幾位妃嬪也是非富即貴的家中嫡女。唯有母家血統尊貴，才能統一皇家子女的血脈，試問區區民間女子，如何能與皇后共侍天子呢？若是一意孤行，豈不是要在宮中掀起巨大風波？

　　可年輕氣盛的天子，自然不會在意這些歪理邪說，他根本不顧眾人的勸誡，只管要將彩兒帶回宮中。雙方就這樣僵持了數日，到底還是彩兒勸起了天子，決定為愛讓步，並承諾自己繼續住在山上的草屋裡，哪兒也不去，只要天子想得起她，隨時都可以到此來見她。

　　彩兒是這樣的通情達理，反而令天子越發心疼和自責。她卻只是道：「一切當以大局為重，我不想成為陛下的拖累。」

　　這一番話，著實令天子動容。也許在她心裡，他不是天子，一直都是她在蛇谷裡撿到的迷路公子。

　　可天子終究是要回去宮中的，他依依不捨地跟彩兒分開，又親自囑咐了她的爹娘，留下不少金銀，這才得以折返回宮。這次回宮，天子再次被重臣挾制般地「囚」了半年，不許他去紫薇山。

　　好在元宵佳節將近，天子只能等這次機會到來，唯有如此，他才能光明正大地藉出宮賞花燈的緣由去找彩兒。

　　所謂山中一日，世上千年，天子在宮中只覺得時光漫長如斯，一天之內，竟已有幾百次可以把他逼瘋。殊不知彩兒在山上等著情郎來看她，

日出到日落之間的失望心情，也是折磨著她心。她希望天子和她一樣的想念，又不希望天子為了她做出極端的事情。爹娘不再逼她出嫁，明明生活和之前相同，心境卻全然不同。

好不容易等到的元宵節，他馬不停蹄地趕往紫薇山，迫不及待地推門要找彩兒，卻發現屋子裡已經人去屋空。彩兒沒有了蹤影，連其爹娘也一塊兒走了。天子大驚失色，不知發生了何事，彩兒明明承諾過，會在這裡等他的。難不成是因為他隔了七個月的時間才來見她，令她記恨起他來？

天子遍尋無果，召集人馬把整座山都翻了一遍，又去到附近尋找。最後還是皇后出馬，她直言不諱，是她把彩兒送走的。且她要和天子做個交易，只要他安分五年，兢兢業業地做好一個天子該做的本分，她便會告知他彩兒的下落。

天子恨不得殺了皇后！可他的手掌掐上皇后脖子的那一刻，他知道自己已經輸了，因為皇后早已搶先他一步地挾住了他的軟肋。天子也曾懷疑皇后早已經殺了彩兒，五年之約不過是權宜之罷了。

但皇后卻將那枚玉佩拿來出來，並道：「臣妾的確恨不得殺了她這個魅惑君上的鄉野村婦，可是，她懷了君上的骨肉，臣妾不屑殺死一個未出世的孩子。臣妾愛慕君上，所以君上的孩子也是臣妾的孩子，看在孩子的份上，我留了她一條命。但君上不要指望私下去找他們母子，如果君上這麼做了，那日就是他們的死期。臣妾母儀天下，言出必行，只要君上守約，臣妾是斷然不會傷害他們。」

天子怔怔地握著自己送給彩兒的玉佩，耳邊是皇后的字字珠璣：「臣妾那麼愛慕您，您卻把整顆心給了那個女人。臣妾既然得不到君上的垂愛，至少可以讓君上痛苦與掛念，君上才不會把臣妾視若無物。」

她說得這般真切，讓天子不得不相信，她是真的沒有傷害彩兒。

為了讓彩兒安全，天子開始做一個皇后希望的君上，勤朝政，惜民生，三宮六院雨露均沾。他只希望皇后可以遵守諾言，五年之約一到，將彩兒的下落告知於他。

儘管在這五年間，他也想過私下派人去找尋，但皇后家族勢力龐大，連自己這個皇位都是皇后家族扶持而得，他處處受制於人，又豈能如願。

可天子越這樣，皇后就越恨。堂堂天子，為了一個身分卑微的鄉野村

婦，竟甘願成為他人的提線木偶，可見他對她的用情至深。但皇后對他也是用情至深啊！從見到他的第一面開始，她便對他一見鍾情，不惜說服父親，助背景平平無奇的他脫穎而出成為太子，登基為帝。

哪怕知道這樣一來，他成了天子後，再不可能只是她一人的夫君，但即使如此，她也要陪他一起走上那個萬人之巔，俯瞰天下。哪怕忍著心裡的嫉妒和難過，她也甘願親自為他挑選嬪妃充實後宮。

她為他做了這麼多，只盼能換回他的片刻溫情。沒想到他不僅沒有把她放在心裡過，竟還愛上一個身分卑賤的山女……

所以，皇后看著天子每日的「聽話」，並沒有感到開懷，而是壓抑著怒火，直至病倒。天子雖然在她的床頭衣不解帶地細心照顧，可他這麼做，無非是希望她能把彩兒的下落告訴他。

可在皇后看來，天子難得對她好，不過是為了那個女人罷了。因為那個女人的存在，他做什麼她都恨，而她的恨，只會把他推得更遠。

皇后笑著看著天子，只問了一句話：「君上，您可曾有一日真心的愛過臣妾？」

天子沉默了。

他對皇后，只有感激和懼怕，感激她輔助他登上皇位，懼怕她和她父親的權勢。在這種感激和懼怕之下，他每每面對她都是說不出來的壓力，不得不在天子和有愧者間權衡。這樣的相處中，是不可能有愛情的。

「皇后，朕對不起你……」

「陛下，為何要說對不起？臣妾問的是你有沒有愛過我，你為什麼要說對不起……」皇后瞪大眼睛，探出手去抓他的衣襟，蒼白的病容滿是求而不得的痛苦，她一口氣息沒上來，帶著無盡的恨和遺憾，以及彩兒的下落，永遠撒手而去。

天子對此心中憤恨交加，卻只能打落牙齒和血吞，短期內，他在朝堂之上，依舊要依賴宰相一家。此後，他刻意提拔武官背景的貴妃家族，兩大權臣家族開始了漫長的朝堂內鬥，變得兩敗俱傷，而他，則是坐收漁人之利，並在暗中安插自己的親信。

經過十數年的苦心經營，他終將權力盡數掌握在自己手裡，真正成為了巔峰之冷的獨主。也是那時，他終於可以派人四下去找彩兒，發布懸賞

令。可惜年復一年，天子不再是少年，兩鬢逐漸落白。彩兒彷彿是他生命裡的一場夢，短促而美好，終身難忘。

到了晚年纏綿病榻之際，他甚至對彩兒的臉都模糊了，唯獨記得將她擁入懷裡的感覺。他不想帶著遺憾入土，所以給爭皇位的幾個皇子下了密令——誰能找到彩兒母子，誰就能得到太子之位。

而至於彩兒生的是男是女，在諸君眼中根本並不重要。只要是彩兒的孩子，哪怕是殘疾、是癱瘓，也是可以自己統領東宮的尚方寶劍。

「我找到你，真是費了好一番功夫的。」道盡這長長的故事，孟華定定地看著翩然，苦澀一笑，「父皇與你母親之間的愛恨情仇，固然可歌可泣，只是⋯⋯誰能想到我這做皇兄的，還沒來得及與你正式見面，便被你暗算、身負重傷。」

「所以⋯⋯你在山洞的時候便認出了我？」想到在山洞裡他對自己的溫柔和暖情，翩然還以為他跟自己是同樣的心思，原來⋯⋯竟是因為他早已知曉了她的身分！

「你與父皇畫中人長得有八分相似。」孟華悲嘆一聲，道，「父皇畫了多少張，我便看了多少張，可是從小看到大的。」

儘管他說得言之鑿鑿，細節處如此真實，翩然還是無法相信這麼震撼的事實。

「我怎知我到底該不該信你，你又怎知你到底是否有沒找錯人？」

「是啊！現在你沒了我送的信物，你的家人又被我的皇弟全部殺光了，口說無憑，死無對證。」孟華修長的手指輕輕敲擊桌面，點頭附和道，「我完全可以否定你的身分，你也可選擇繼續待在這星月樓裡，當你的花魁。」

翩然猛地抬起眼眸，聽見他又是一句：「我們權當今晚沒有見過。」

「你告訴我這些，就想權當沒發生過走人？」翩然怒火中燒，一把拽住他。

「那你想如何？想隨我回宮覆命嗎？」孟華以退為進，步步緊逼，「你不想我又怎麼逼迫？可你若是想，你或許能為你的家人報仇。」

翩然愕然，竟不懂孟華到底想說什麼了。

「進了宮，你便是公主，高高在上，一人之下。」孟華的語調放緩一

些，他以一種誘導般的語氣，迷惑著她心智，「屆時，你自是可以為你的家人報仇，易如反掌。」

翩然怔住了，她抓著孟華衣襟的手，也不由自主地落下了，今晚的她費心籌謀，整一年有餘，還是失敗了。如果不是他護著她，一旦那些守衛闖入，她早已被剁成肉泥。他們雖然近在咫尺，可是身分有著雲泥之別，無論她想要做什麼，以她現在的身分，都是天方夜譚。

翩然咬唇，孟華的話令她陷入了良知與道義的掙扎，也不知過了多久，她恍惚地聽見他又走近她一些，翩然便妥協地應承道：「好！我隨你回宮覆命。」

退一萬步來說，她總要看看孟華說的是真是假，更要搞清楚自己的身世。

孟華笑了，他滿意道：「你果真是個聰明人。」

當晚，孟華把翩然帶出了星月樓，翩然以為會直接入宮，但孟華卻把她帶到了自己的府邸。孟華說天子垂垂老矣，為了等她才吊著一口氣，他不想天子過於愧疚，想讓她在府裡先沉澱兩天再說。

而翩然並不知他所謂的沉澱，到底是何意，只知道他給她撥了兩個伶俐的丫頭伺候她，讓她聽他安排。翩然雖然心裡沒底，但既已做出決定，她必要來之安之。

翌日一早，翩然被伺候著晨起梳妝，用過早膳之後，帶去涼亭上課。

原來孟華真的沒有騙她，所謂的「沉澱」，便是讓她從裡到外，在極短的時間內變成一個大家閨秀。這樣帶到天子面前，才會讓他少一些遺憾，多一些欣慰。孟華還為她重新編了一套生活經歷，讓她熟記，到時候天子問話，按照這個答便是了。

在孟華的叮囑和嬤嬤的快速教習之下，不過短短十日，翩然從裡到外像是變了一個人一樣，煮茶、歌舞、談吐、禮儀，都初有成效。

翩然給孟華見禮的時候，孟華滿意地點點頭：「很好，翩然，你和在山上的時候不一樣了。」

「是不一樣了。」翩然緩緩抬眸，一張精緻的容顏化著得體的妝，沒有了在山上時的粗糙，也沒有了在星月樓時的濃豔。只有可媲美陵城貴家小姐以假亂真的流光溢彩，「我再也不會快樂了。」

她說這話時，盯著上座的孟華，眼神如死水。孟華故意忽視她的神色，只道：「地上涼，起來吧！」

　　翩然起身。

　　孟華道：「明日隨我進宮，你做好準備。」

　　「我不是隨時都準備著嗎？」翩然轉身，髮絲上長長的飄帶打在他的臉上，他們之間在這府邸的日子，每天除了公事公辦的交流，沒有一字半句的多餘，翩然再也沒有對他笑過。

　　孟華知道她恨她，可她家人的死全是孟易所為，他自然也恨那該死的孟易。然而，歸根結柢，都是奪嫡之爭造成的血流成河。

　　瞧！人的一雙眼只能看到眼前，也只能看到別人的錯處，卻從不輕易地勸自己放下。幽池嘆然，這便是人心之本像。

　　翩然轉身回到自己的北院，看著院落裡的槐樹，觸景生情地落淚。如果時光可以回到那日的雨天，她還會不會好心地去救受傷的孟華？這個問題，從她下了紫薇山，每日每日反覆地問自己，始終得不到一個答案。

　　或許，沒有如果，才以至於沒有答案。

　　對於很快就要見到親生父親這件事，翩然也沒有答案，她不知道要以怎樣的心情去見這個人。

第三章

「既著萬物，既生貪求。」

說的是，貪可分為兩種，一種是貪於世事，此為外貪；另一種貪於堅求至道，此為內貪。前者無清淨，偏沉滯；後者體道合真，自然清淨。這八個字幽池還沒有完全領悟，不過倒是出現在了孟華的書房裡。

翩然看到孟華掛在牆上臨摹他口中說過父皇的美人圖，一轉身，便看到另一張字畫上寫的，便是這八個字，翩然不懂這是何意。

孟華笑著同她解釋道，道：「其實我也不懂這是何意，前幾年一位大師贈的，讓我擺在書房，若十年間能參透，又能做到這八字所說，算是極快的領悟了。」

翩然不知道他是安慰自己，還是當真有其事。那時她只覺得孟華同這八個字一樣，看得到卻看不透，不知道是不是在府邸多待一段時間會好一些？

不想，說好的明日進宮都是等不及了。約莫黃昏時，孟華突然找到翩然，神色嚴肅焦灼：「宮裡傳來消息，父皇的病情突然惡化，我現在要帶你進宮。」

翩然的心猛地一緊，甚至沒有思考的機會，只能點頭。

馬車急速前行，車輪不像碾在地面，而是碾在心裡。翩然不自覺地攥緊衣角，身形跟隨著馬車左右搖晃。她說不清、道不明，心裡的悸動更多的為了什麼，為了即將踏入改變的未來，還是為了這孤注一擲的冒險？

這時，孟華的手伸過去，握住她緊張的拳頭：「別怕！我一直都在你身邊。」

翩然倏地抬頭，對上他溫暖的眼神後，又倉皇地避開。她無處安防的目光，出賣了她此時動盪不安的心。除了不安於即將進宮見到那個人，更多的是她無法面對這樣的孟華，他明明在利用她，明明給她帶來了滅頂的傷害，可他的溫暖又從來沒有消失過。這樣一個充滿了吸引她靠近、又時刻提醒自己不能靠近的人，她不知道要怎麼面對……

跟時間賽跑的馬車，很快駛入皇宮。翩然的餘光透過翻飛的車簾，

瞥見了氣派的紅牆綠瓦，瞥到戍衛在側的士兵，那一刻，莊嚴的氣息像黑色的毒蛇，將她的全身纏繞。這些天在孟華府裡學到的所有，都全然忘記了，她還是那個在紫薇山上長大，沒有見識的翩然。

馬車停穩的時候，翩然的心裡只有一個字：「逃」。

大概是本能占據了理智，翩然真的跳下車，忍不住拔腿往反方向跑去。不過沒跑幾步，她就被孟華拉住了。

「你要去哪兒？」

翩然冷著臉，全身微微發抖，眼裡止不住地透露著恐慌。

「已經到了這裡，你竟想反悔？」孟華捏緊她的雙肩，試圖讓她冷靜下來，「你不想為你的父母報仇了？你還可以去哪兒？你忘了你在府裡的時候，是怎麼斬釘截鐵地答應要為你家人報仇雪恨的嗎？」

翩然怔怔地瞪大眼睛，她被罵醒了。

孟華也是第一次這般氣急敗壞，他放開她，嘆了口氣：「我能給你的時間不多，你先平復一下。」

翩然點點頭，走到一邊的紅磚綠瓦下，盯著牆上的螞蟻靜了一會兒，轉過身跟孟華說：「我們走吧！」

道德經裡有云：「吾所以有大患者，為吾有身。」

翩然若是把自己完全放下，恐懼也自然全放下。

幽池望著她決絕的背影，暗暗為她心疼。一個人最悲壯的時候，往往是孤身一人直面災難的時刻。而人，其實並不需要這樣的悲壯。

翩然跟隨孟華踏過千階臺階，進入巍峨無比的宮殿，踏著冰冷的玉石地面，在無數宮俾的低頭間一路往前。直到翩然瞥到用草書寫的「無重殿」，孟華說：「這便是那個人的寢殿。」

她一走進去，便聞到滿室的藥味，看到了幾十米前的兩簾黃色落簾時，孟華讓她停下來。他與守在床榻邊的老太監點頭致意，老太監心領神會，稍稍掀起簾子，彎腰跟躺在床上的人耳語。

映入翩然眼簾的，是一個穿著黃色寢衣的老人，他不時地發出咳嗽聲和虛弱的氣息。雖然沒有看到他的臉，但翩然僅憑這一眼看到的手，便知道孟華沒有騙她，那個人……快死了。病入膏肓，手背上像妖精吸走了精元，只剩下一張皮蓋在身上，苟延殘喘。

翩然卻無法將故事裡那個讓娘親彩兒等了一輩子的人，跟眼前的這個老人聯繫起來。

老太監探出頭，示意孟華過來，孟華看了一眼翩然，上前。

「父皇。」

孟華輕喚了一下那個人，低語了兩句，翩然便看到孟華扭頭對她招手。

翩然屏息，邁步走去，聽到床上那個人在喊：「孩子……孩子……」

後來的時光裡她都在想，若沒有鼓起勇氣去見他一面，或許，她會有另外一番境遇。

只可惜，那是後來的時光了。

當下，翩然越過床簾，探過身去。一張蒼老的、毫無血色的臉出現在面前，他身著黃色寢衣，脖頸往下可見的地方骨瘦如柴，靠著枕頭，猶如一個被抽走血肉的軀殼。那雙嵌在臉上的眼眸渾濁不清，努力地想要看清楚翩然的模樣。

「孩子……真的是你嗎？」他抬手的動作都顯得這般費力。

翩然鬼使神差地伸手去握住他，一股顫抖又溫暖的力量與她連接了……

不知道是不是知道這是她父親的緣故，她的心莫名地軟了，她微啟乾涸的唇：「皇上，我是翩然。」

孟華要她見到他時便喊父皇，可猶豫半晌，翩然還是喊他皇上。

「翩然……」他呢喃著這個名字，目光穿過她的臉，像要看到另外一個人，「你跟彩兒長得真像……」

翩然微怔。

緊接著，她便看到他渾濁的眼裡流下了淚水。

彩兒。

從他嘴裡聽到這個名字，翩然總算有了幾分真實感。如果不然，她始終會有一絲疑惑，這是孟華自行編造的故事。

現在，終於有彩兒的實感，翩然若有所思地點了點頭：「彩兒是我娘。」

「朕是你的父皇，是你的父親，朕找了你很多年，朕一直都在找

你……」他拉著翩然，努力地讓自己的嗓子能出更大的聲音，試圖讓翩然知道，他為了等到這一刻，耗上了一生的時間。

翩然依然是茫然的，哪怕親耳聽到他這麼說，她也無法想像。

他試圖抱抱她，但他太虛弱了，竟咳嗽不止，太監趕緊過來給他灌湯藥，翩然被這陣仗給嚇得杵在床尾不知所措，孟華也過來了。

一陣忙亂之後，皇上打翻了太監遞來的湯藥，叫孟華和翩然再靠近他一些。他用最後一絲力氣，宣布封翩然為「承樂公主」，又按照之前的承諾——立孟華為儲君。待孟華拉著翩然謝恩之後，翩然聽到床榻上的皇上，最後喊了她一聲孩子。她抬眸，目睹他微笑且滿足地閉上了雙眼，再也沒有睜開。

「父皇？」孟華輕喚他，再探手伸鼻息。

火急火燎趕到的太醫趕緊過來查看，只聽他一聲悲憫長嚎，眾人紛紛跪地哭倒一片：「皇上龍馭賓天了——」

孟華垂眸，緩緩俯地跪拜。

所有人都在演繹著極盡悲痛，一片混亂的哭聲中，只有翩然無法接受剛剛還握住自己的手的人，如今卻駕崩了，她還來不及喚他一聲父親，還來不及親耳聽他說起他和她母親的事。經歷了最短暫的重逢，又讓她經受最殘忍的死別。

如果是這樣，還不如不要讓她知道，有這樣一個父親的存在，至少……她不必徒增歡喜和徒留遺憾。

什麼公主也好，什麼復仇也罷，她最想要的，從來都是偏安一隅，和家人在一起快樂的生活。

冰冷的地面，承載不了翩然冰冷的心，走出無重殿的時候，她感覺有一隻手在推著自己前行，不知那是孟華的手，還是她心裡深處的欲望的手。前面的方向不明，前面的路無知，可唯有往前走，才能知道何去何從。

國不可一日無君，先皇駕崩，意味著新帝登基。孟華特地讓翩然冊封為公主跟自己登基在同一天進行，以彰顯對她的重視，以及對先皇臨終前旨意的奉行。

雲錦宮，是孟華撥給翩然的寢宮住所，靠近無重殿，還有一座可以隨

時看日出日落的高亭。翩然踏入宮門的時候，映入眼簾的紫薇花，彷彿孟華是把紫薇山上的那些給搬過來了。一眾宮女跪了一地，迎她入宮室。

錦衣金釵，珍珠瑪瑙，鐘鳴鼎食，無一不全。翩然再也不必做那些日常裡做慣了的粗活，所有人對她畢恭畢敬，連穿衣用膳這樣的小事，也由他人代勞，翩然一躍成為普天之下最尊貴的女人。這些都是孟華為她準備的，可翩然卻沒有半分歡喜。

今日孟華登基，她要被冊封。翩然伸展雙臂，由五、六個宮女給她換裝，看著菱花鏡裡大變模樣的自己，竟恍如隔世。這裡的一切於她而言都很陌生，處處都是奢華高貴的莊嚴，令她有一種呼吸不過來的窒息感，唯有孟華與她連接著紫薇山上的過去。

可諷刺的是，她走上公主這個位置，走入這個皇城，皆是因為要對孟華復仇。

「讓開！本皇子也是你們能攔的？信不信我殺了你們！」

突然，一陣吵鬧從外面傳來，似是有人闖入。宮女、太監們攔了一路，惶恐地說著：「這裡是公主的寢宮，公主正在更衣，您不能進去！」卻還是攔不住那疾步而來的男子。

翩然甚至還沒搞清楚到底發生了什麼，對方已經來到了他面前。

她的腰帶還沒繫好，宮女慌亂地擋在翩然跟前，驚慌失措地看向來人：「德王殿下，您這樣貿然前來，未免失禮！」

德王殿下。

孟華的弟弟，孟澤。

他的眉眼跟孟華完全不同，若說孟華是溫和如玉，那他便是凌厲冷酷。他身著黑衣，腰間佩劍，眼神帶著殺氣，瞪著翩然，眼神自上而下地打量她道：「不讓本王進來，本王也進來了！你們都給本王滾下去！」

宮女們迫於他的身分和架勢，只好行禮退下。

他對翩然冷哼一聲：「你就是我皇兄帶回來的妹妹，翩然？」

翩然並未言語。

「看不出哪裡有父皇的影子，你是我皇兄花錢雇來的騙子吧！」

翩然反唇相譏：「德王殿下也半點沒有皇子的樣子，連斯文有禮都不具備呢。」

「放肆！」受到激怒他，他便拔出腰劍架在她的脖子上。

翩然心頭先是一怯，但很快便平靜下來，甚至把脖子往前送了送：「你能殺我嗎？你敢殺我嗎？」

孟澤蹙眉。

「父親臨終之前，親口冊封我為承樂公主，你現在動了我，便是違逆先皇旨意，實屬對先皇的大不敬。」翩然冷眼凝視著咬牙切齒的孟澤，「想來你的德王身分，會變成萬人唾棄的庶民。」

「你！」孟澤被掐住七寸，自是無法反駁。

她說得對，他的確不能動她，前有先皇的旨意，後有新帝的冊封。這兩座大山壓下來，他即便有天大的膽子，也不能逆天而為。

「哼！果然不是省油的燈。」孟澤怒極反笑，上前一步似要將她的臉看看清楚，「怪不得能妖言惑眾，騙得了父皇，還有我那不擇手段的皇兄。仔細看，你的臉的確和那畫中女人有幾分相像。」

翩然感覺到，冰冷的劍頭從脖頸處緩緩上移到臉頰，她意識到孟澤要做什麼，眼底不可避免地湧起一絲恐懼。

孟澤也捕捉到翩然的恐懼，慍怒之中總算出現得意的快感：「如果本王把你的臉劃成另一番模樣，你說，謊言是不是就不攻自破了？」

翩然下意識地向後退，然而劍面寒光起，直面而來——

「大膽！」

突然，孟澤側目間，一隻手伸來抓住他的劍，是孟華。他的手因握住劍身而血流不止，孟澤繃緊臉，悻悻地喚道：「皇兄。」

孟華一怒之下，將那劍扔在地上，喝罵道：「你還知道我是你皇兄？你這是成何體統？擅闖內宮不說，還帶武器蓄意傷人？你當真覺得我不會處置你對嗎？」

孟澤不服，索性說開來：「皇兄為了這個相識才不到兩個月的她要處置我？哼！皇兄坐上儲君的位置後，當真比以前更優秀了。」

孟華將受傷的右手藏於半袖中，走上前盯著他，輕蔑不屑的眼眸低聲道：「我們各自為戰，各憑本事。你輸了先機怪得了誰？我只道你有最起碼輸了的風度，別讓旁人看了笑話。」

孟澤拾起地上的佩劍，深深地看了一眼他和翩然，轉身離去。

翩然撐著的一口氣陡然鬆弛，踉蹌兩步，門口的宮婢們趕緊過來扶她。

　　「公主，您沒事吧？」

　　翩然抬眼，只能定定地看到孟華受傷的手。

　　她推開宮婢，上前抓過他的手：「你怎麼樣了？」

　　「無妨。」

　　「坐下，我給你上藥。」翩然讓宮婢把藥箱拿過來。

　　孟華望著翩然對自己的關心，眼底有一瞬間的動容，他彷彿又回到了紫薇山，又回到了那個山洞裡。每一次他看到翩然出現的瞬間，看到她炙熱的關切的目光，就覺得無比滿足。

　　幽池也曾有過這樣的眼神。當得知自己終於要獨自一人上路，要跟師父分別，那些已經習慣於心的美好突然抽離，他還未失去就開始懷念。

　　所謂極盡三千繁華，不過是彈指一剎那；百年雲煙過後，不過是一捧黃土。

　　人之天地，過於渺小。而人卻往往貪欲過甚，希望停留住每一個瞬間即為永恆。

　　冰冰涼涼的藥粉撒在他頗為深的傷口上，翩然輕輕地吹了一口氣，問他疼不疼。孟華微笑點頭：「疼，但比傷在你的臉上好。」

　　四目相對，翩然意識到自己似乎過於友善，她收斂起關切的神色，幫他纏繞紗布：「怎麼，怕我的臉毀了，影響你登基為帝嗎？」

　　孟華微怔，如夢初醒地回神。

　　他們走到這一步，短暫的溫暖只能是……短暫的溫暖。

　　「你知道的，我不是這個意思。」

　　「我不知道。」翩然皺眉，把剩下的紗布扔回藥箱，「我不知道該恨他還是你，還是該恨已經死去的那個人。你們的皇權之爭，你們的利慾薰心，讓我的人生完全變了！我鬼使神差地答應你來皇宮，把自己困在這個鐵籠裡不得自由，我還要遭受你弟弟的羞辱……」

　　思及此，翩然的情緒失控了。她身上的拖地長袍好重，她頭頂的皇冠好重，她把自己送上了無法回頭的高高在上。

　　突然，一個擁抱將她收緊，孟華起身擁住翩然，她猝不及防地墜入他

的氣息之中。

「對不起！」他居然向她道歉。

他身上的味道很好聞，冰涼的衣衫貼著她的臉，溫熱的大手輕輕地拍在她的後背，似在盡其所能地來給予她安全感。

「我保證這種事情不會再發生了。」就好像在委婉地告訴她，如果可以，願意做那個把她帶進宮裡的王爺，甚至是更早以前，在紫薇山上的那個落魄公子。

翩然以為，再也沒有人會這樣抱著她了。

其實，真正殺她全家的人是孟澤，跟他無關，她不應該把全部的恨都放在他的身上……

翩然忍不住動容地伸手，想要回抱住這份溫暖，可手指觸及到他那冰涼的長袖時，又默默地縮了回去。

即使爹娘、哥哥、弟弟他們不是孟華親手所殺，但也因為他的出現，他找到了她，才將他們的生活拉入萬劫不復的地獄。翩然到底還是狠心地將他推開。

「你該回去了，我更衣後會過來的。」

孟華微怔，她還是推開了他的擁抱，她還是會清醒地保持著和他的距離。

他的眼底閃過一絲無奈的清冷，應聲說好。

無重殿上，殿門緩緩拉開，文武百官齊聚。翩然拖著一身及地長袍，跟孟華一起穿過眾人叩拜，踩上這無人之巔。一節節臺階，翩然搭著孟華的手臂，一步步踩上去，這是孟華對她的最高禮遇，以及對先帝的尊敬。

翩然有一度是目眩神迷的。短短幾個月前，她還無法想像自己會變成公主，會站在這無人之巔，更不會料到孟華從太子繼位，一躍成為新帝。現在，眾人跪地對他們三呼萬歲。

「參見皇上——皇上萬歲萬歲萬萬歲——」

「參見承樂公主——公主千歲千歲千千歲——」

一聲聲的崇敬呼喚，猶如雲層將他們高高抬起，也讓翩然有了自己真的是公主的真實感。望向這一地的俯首稱臣，翩然看到一簇冰冷的目光在盯著自己，那是孟澤，是殺了她全家還頤指氣使的魔鬼。

翩然暗暗挺直腰板，開始琢磨要怎麼把這個魔鬼剔除掉，為冤死的家人報仇。孟華似乎也明白她心裡所想，更覺得她的想法十分危險。

　　幾日後，御花園賞花。孟華指著樹枝枯枯的梅樹，問她道：「承樂，你說這梅樹為何要到冬天才能開花？」

　　翩然回道：「因為要熬過苦寒，才能迎來沁人梅香。」

　　話音剛落，翩然意識到孟華到底想要說什麼。

　　她側目看他，他微微頷首：「是啊！凡事不能急，凡事……都有它該出現和該發生的時間。」

　　翩然示意後邊的人都退下。

　　「皇上何意？這是要護著親弟？」

　　「若我說，我護的人是你，你可相信？」

　　他的眉眼如星，越過重重黑暗。

　　曾經，在那紫薇山，便是因他的這雙眼眸，翩然不可自拔地喜歡上他。沒有想過擁有這樣漂亮眼神的他會騙人、會算計，會為了自身利益不擇手段，如今，她還怎能再信他？

　　翩然的沉默已經給出回答。

　　孟華眼眸低垂道：「你如今已是公主，做任何事都要三思而後行。前朝後宮皆有其秩序規矩，不管你做什麼，都別忘了他是德王。」

　　他從她面前越過，長袍摩擦，連帶著翩然的衣裙微微晃動。她瞇起眼眸，半晌對著空氣道：「多謝皇上提醒。」

　　是啊！要想絆倒一人之下、萬人之上的德王，她需要好好盤算。

　　可沒等她盤算幾天，突然寢宮裡收到了一個包裹，包裹裡放著的不是別的，而是她之前丟掉的，怎麼也找不到的玉佩，孟華給她的玉佩。翩然盯著這玉佩，不知是何人所寄，更不知道何意，但直覺告訴翩然，這不是善意的友好。她的第一反應是德王孟澤。

　　不過懷疑歸懷疑，沒有實質證據，她不能隨便指摘孟澤，更何況……這塊玉佩是她的軟肋。翩然思索再三，決定把這塊玉佩不動聲色地收起，彷彿沒有收到過一樣。

　　她每天在雲錦宮裡，大門不出、二門不邁，種花培土，試圖讓注意力轉移到別的地方，不去想當下的狀況是有隱患的。

就這樣，又過了三天，三日內平靜如水，悄然無事。

　　第四天，無重殿傳來消息，孟華要選妃了，收到這個消息時，翩然正在給一株紫薇花修剪花枝。宮俾小翠端著點心過來報告這個消息，翩然手裡的剪刀倏地一落，壞掉的花枝連接著整個好的主蔓，一併落地。

　　旁邊的宮俾關切地問翩然：「公主您怎麼了？是身體不適嗎？」

　　孟華要選妃了，再正常不過的事。人家是新帝即位，當要充實後宮，招攬美女為其繁衍子嗣。她有什麼好不高興的？她……有什麼好在意的？

　　宮俾把翩然扶起身，小翠則把手裡的糕點端到翩然面前：「公主是不是餓了？這是皇上賜給公主的點心，公主您要不要嘗一嘗？」

　　翩然把糕點推開：「不必了。」

　　糕點有幾塊落在盤子外，還滾到了地上，小翠無措地站在原地，不知公主為何生氣。

　　翩然則回到內室躺下，一個人消化情緒，連中午孟華派人過來邀她去無重殿，她都讓宮俾拒絕了。

　　很快，孟華從無重殿趕過來。

　　「怎麼了？你身體不適？」

　　翩然側躺在床榻，聽到身後傳來他關切的聲音。

　　她心頭一跳，隨即要把身上蓋著的毯子往上拉：「沒有。」

　　「當真沒有，為何要遮遮掩掩？」孟華適時地按住她的手。

　　翩然猛地坐起，將他用力推開：「你已經坐上了龍椅，何必還裝出關心我的樣子！」

　　孟華微怔，看著渾身帶刺的翩然，也多了幾分慍惱：「如你所說，我已是君王，為何還要對你惺惺作態？」

　　兩個人都這般針鋒相對，仍舊是無法正確地表達出對彼此的關心。

　　翩然瞪著他，最後還是別過臉去，重新躺下：「皇上還有好多事要忙，趕緊回您的無重殿吧！」

　　「小翠，好好照顧公主。」孟華悶聲叮囑完後，起身離開，二人不歡而散。

　　翩然氣惱自己的彆扭，氣惱孟華的關心，更氣惱他們之間這種說不出的矛盾關係。她把自己埋進被子裡無聲流淚。

這之後的幾天，和翩然大門不出、二門不邁的雲錦宮相比，無重殿那裡就很熱鬧。事實上，整個皇宮，除了雲錦宮，都很熱鬧。

翩然身為承樂公主，理應為皇兄的後妃選拔，做出應盡的綿薄之力。可翩然索性去了御花園的魚池邊，專心地釣起魚來。在她看來，選妃一部分是大臣們的喜好，還有一部分是孟華的喜好。不論哪一部分，都不是她的喜好，何必要把自己搞得不愉快！

御花園裡的魚池，游著碩大的花色錦鯉，翩然路過御花園的時候，見過一些妃子投餵魚食的畫面，那些錦鯉是習慣了被投餵的，只要有東西吃，自動送上門來，就連人伸手去摸也不怕。所以翩然都想好了，把這些錦鯉都釣起來送到無重殿去，到時候恭賀孟華喜提新妃。

而事實上，翩然的確很快就釣起了第一條魚，她將魚提起來時，摸到了魚肚子裡有硬物，圓圓的，長長的，像是竹筒。翩然狐疑地把這硬物從魚的嘴巴裡擠出來，居然真的是竹筒，她鬼使神差地將其打開，掉落一張字條。

上面寫著——我知道你是冒名頂替的公主。

翩然一驚，她下意識地左右環顧起來，幸好，此處只有她一人。為了清淨，她讓宮婢們去花園門口等著。可……這是誰人寫下的字條？

翩然趕緊釣起另外一條魚，再捏牠的肚子，還是有竹筒，竹筒裡依然藏著寫著同樣內容的字條。翩然的背脊開始發涼，她緩緩站起身，盯著這一池塘的錦鯉，成千上萬條的牠們，彷彿就是成千上萬句的「我知道你是冒名頂替的公主」。

翩然猛地聯想到那前幾天送到自己手上的玉佩。她一遍遍地告訴自己，要冷靜，這個人用這麼迂迴的方式裝神弄鬼，肯定是因為沒有真的證據。

她不能慌。

可就在這時，翩然突然感覺到背後有一隻手用力推了她，猝不及防地，翩然落水了！巨響聲引來守在外邊宮婢們的注意，她們大驚失色地跑過來，大喊著：「公主！」

水下的翩然隱約透過水面，看到有許多人影浮動，她想喊救命，但很快她什麼聲音也發不出來，只是往下沉。錦鯉嚇得紛紛避開，翩然閉著眼

311

睛，她回想起了過去的回憶。

紫薇山上，她跟爹娘一直過得很開心，哥哥寵她，弟弟總是黏著她。山下那些重男輕女的氛圍，沒有彌漫到她的身上，因為她是家裡唯一的女孩，一直到七歲那年，這個「唯一」被打破了。

一日，去山下做工的爹爹，突然帶回來一個小女孩，說是跟她同歲，但小上兩個月，所以她是姊姊，希望她能照顧好這個妹妹。這個所謂的妹妹，不知道是從哪兒來的，也不知道為何要成為她的妹妹。

翩然見到她的第一眼，心裡便產生了敵意——大大的眼睛，高挺的鼻子，小巧的紅唇，同樣跟她一樣頭髮凌亂，身著布衣，卻比她好看數倍。

小姑娘也是有嫉妒心的，這種心心思思與生俱來。

翩然第一次違逆了爹爹的吩咐，而是問爹爹：「她從哪裡來？娘親知道嗎？」

爹爹聽到她提娘親，臉上犯了難，不過他還是點點頭道：「我會跟你娘親說的。」

結果，帶回這個小女孩的那晚，翩然聽到爹爹和娘親吵架了。他們兩人吵得很凶，她從沒見過爹娘吵得這麼凶過。爹爹甚至打了娘親一巴掌，娘親哭著跑出去了。爹爹把娘親找回來，還給娘親下跪，只為了能把小女孩留下。他們說了什麼，翩然不知道，只知道最後這個妹妹到底還是留下了。

不過娘親對她很不好，爹爹在的時候冷漠相對，爹爹不在的時候，則是拳打腳踢。哥哥看不下去，曾出手阻攔，娘親便指著小女孩破口大罵：「她是你們爹跟外邊婆娘生的野種！你們護著她做什麼！」

小女孩蹲在角落裡委屈地哭泣。

她哭得傷心，翩然也只是靜靜地站著遠處看著。因為翩然親眼看到她的哥哥和弟弟，開始把愛分給這個妹妹了，唯剩下娘親是她最堅強的盟友，她不能心軟。就這樣，這個妹妹只有在爹爹在的時候享受過溫暖。

翩然以為她會跟爹爹告狀，告狀娘親的打罵，告狀自己的不好，可是她沒有。甚至爹爹都發現她身上的傷了，她還是嘴硬地說是自個兒摔的，翩然看到娘親逐漸被感化了一般，露出了動容的神色。

她慌了！她覺得這個妹妹的心機太深了，自己的位置遲早會被這個外

來的妹妹所取代。直到翩然看到娘親把只做給她吃的桂花糕分了一塊給妹妹，終於，她忍不住哭著跑出去。

妹妹過來安慰她。

她不會知道，她越善良，翩然就覺得她越討厭。翩然生氣地推開她，大罵：「別碰我！」

結果妹妹沒站穩，摔下山去。翩然瞪大眼睛，眼看她尖叫一聲，掉下去沒了蹤影，只剩下山壁邊的樹幹輕微搖晃。

她雖然不是故意推人下去的，但當她意識到妹妹凶多吉少的時候，心裡出現一個雀躍的聲音在說：「太好了！這個家又可以跟以前一樣了。」

翩然匆匆跑回家，裝作什麼也沒發生，什麼也不知道，爹爹和娘親發現她不見了以後，到處去找。悔恨和害怕，這時開始在翩然的心裡陡然滋生，可是一切都來不及了。

等爹爹和娘親找到她的時候，她已經在山腳下滿身是傷，沒有了呼吸。翩然扛不住壓力，跪地跟爹娘承認了錯誤。爹爹雷霆大怒，眼睛嗜紅地要殺了她！

娘親護在她的身前，高喊：「你不能為了你的女兒殺我的女兒──」

哥哥和弟弟的跪地哭喊，一家子齊上陣，這才讓失去理智的爹爹清醒過來，扔掉了手裡的斧頭。

這是翩然第一次看到爹爹這麼對自己。她忘不了爹爹看自己猶如看著仇人的眼神，以至於很長一段時間，那眼神都成為折磨她的夜半噩夢。

雖然這之後，隨著時間的推移，爹爹對她也和七歲以前一樣寵愛，但在翩然的心裡，始終覺得不同，她知道妹妹的死，無法隨著時間消磨，無法在她和爹爹之間徹底消逝。只是兩個人都努力地在表演沒有這個人存在過，沒有這件事發生過。

就在翩然快要忘記這件事時，孟華突然出現了。當她看到孟華那副美人圖的時候，她就知道孟華找錯了人，那個小女孩，才是他和孟澤費盡心機要找的人。

可爹爹為什麼會認識先皇的遺珠，翩然自然不得而知，但翩然發現自己的不幸，並沒有結束在七歲那年，反而仍舊延續至今。她恨的人太多了，而那些被她憎恨的人，皆因妹妹所起。她不明白，為何自己的人生，

總是活在這個妹妹的陰影之下。

若不是那天她失手將妹妹推下山崖，那麼，這些年，妹妹不但要奪走自己所有的寵愛，還會順利地榮登公主之位。為什麼一切都是屬於妹妹的？原本翩然也不想嫉妒的，可為什麼妹妹要出現在她的生命中？

就這樣，為了報仇，翩然想，讓孟華錯認自己，也是一種報仇的方式吧！於是，她進宮成為承樂公主，守著這個祕密，決定要做著自己想要做的事情。

可如此隱蔽的祕密，為何會有人知道？妹妹的屍體早就化為一堆白骨，全家人也都死了，誰會知道她不是承樂公主？

那之後，待翩然被救上來，她的呼吸幾近停止。

孟華召集御醫救她，但御醫們紛紛都說翩然溺水過久，被救回的機會微乎其微。孟華不信，徹夜守著翩然。他將翩然抱在懷裡，挨著火爐，一遍遍地喚她的名字。

在孟華的堅持下，翩然死馬當活馬醫地被折騰足足一夜，終於有了微弱的氣息，可卻仍然沒有要蘇醒的意思。孟華質問御醫究竟是何故，御醫眉頭緊鎖，把脈翩然半晌道：「現在看來，公主遲遲不醒不是因為溺水的緣故，而是……公主她自己不願意醒來。」

孟華大驚：「自己不願意醒來？」

第四章

　　幽池在孟華的眼裡，看到了對翩然滿滿的心疼和在意，可這一幕，翩然是看不見的。

　　人之真心往往如同真相，都藏匿於別人無法輕易發現的地方。

　　山有木兮木有枝，心悅君兮君不知。

　　孟華把御醫和宮婢都趕走，他將翩然抱到宮殿外的長階上，抱著她看滿天繁星。

　　「你可知我從山洞裡離開後，心裡始終有一個遺憾，遺憾未曾陪你看過一次星星……」

　　「紫薇山上的星夜好美，星星格外明亮，近到彷彿手可摘星辰。回宮後，這裡的星星總感覺沒有紫薇山上的亮堂。等你醒了，我們若有機會，定要再回一次紫薇山好不好？」

　　「或許你不願意跟我回去了吧……無妨，只要你願意醒來，你想做什麼都可以。」

　　「你可知道，我也有害怕的東西？我怕你不會醒來，比怕你恨我更害怕……」

　　「翩然，若你把你自己當做懲罰我的辦法，你做到了……」

　　孟華抱著翩然說了好多話，說了好久好久，久到星星一顆一顆都回到雲層裡去。他的一滴淚不知不覺地落在她的臉上，大抵是他的召喚被翩然聽到了，她無奈也不捨地睜開了眼睛。

　　最先映入眼簾的，是天際的零星和他欣喜的眼神。

　　「翩然！」

　　「孟華……」

　　翩然虛弱地伸出手，想要撫摸孟華的臉龐，像在山洞裡看他被她包紮完傷口沉沉睡去的容顏，好多次，她都想觸碰一下這英俊的臉，可羞恥心令她沒有一次敢真的付諸行動。

　　但這一次不同，這一次，她死裡逃生，在碰到孟華的臉時，翩然的手被用力回握住。

「是我。你總算醒了！你知不知道，你若再不醒來我……」孟華哽咽地說不下去。

他又激動又生氣的樣子，像個無措的孩子，翩然對他來說很重要的這個祕密，他原本不打算讓任何人知道的。

不等翩然說什麼，孟華把她抱回內殿，讓御醫他們過來幫她查看身體。翩然能醒，對於他們來說是個奇蹟更是福音。

「恭喜皇上——恭喜公主——公主千秋萬載，定能歲歲平安——」

他們三呼萬歲，三道恭賀。

如今雨過天晴，自然是大喜，只是醒來的當事人並沒有多少歡喜，她越過重重的人看向孟華。明明在同一寢殿裡，可她礙於身分，什麼也說不了，什麼也問不了。她在他的眼裡看到的關切，那眼神明明就不是一個哥哥對一個妹妹該有的。是她看錯了嗎？還是她想多了？而有這些念頭的她，似乎離危險更近了……

她是冒牌的，她根本不該醒來。她難道不應該更關心這個知道她身分的人究竟是誰嗎？

翩然聽著這些不知情的人恭賀千秋，只覺得諷刺！

那日過後，翩然在床上躺了三天。這三天，她準備好隨時一道聖旨下來，將她打入天牢，可都沒有。

雲錦宮安靜的過分，除了宮婢們三餐按時送東西過來，伺候她用餐，再不然提著籠子裡的小鳥來逗逗她開心，並無其他，就好像……那魚池裡的紙條，只是她一個人的幻覺。

對了，倒也是下過一道聖旨的，下旨承樂公主不可再靠近魚池了，以免再發生意外。

翩然不想坐以待斃，第四天的時候，她坐在菱花鏡前，精心梳妝了一番，換上新衣去無重殿找孟華。

孟華正在伏案批奏摺，堆積如山的奏摺幾乎要淹沒了他。他抬頭間眉心皺起，一臉疲態。翩然見狀，輕步上前，雙手探到他兩邊的太陽穴輕揉起來，孟華怔愣，欲轉身去看。

「別動。」翩然輕聲呵斥，讓他安靜待著。

孟華受寵若驚地重新閉上眼睛，靜默地感受她給的溫暖。

翩然替他緩解頭疼，他安靜地把手裡的奏摺合上，一時間，誰也沒有說話。

　　翩然緩緩地俯下身，貼在他耳邊道：「那晚若我沒有醒來，你說你會怎樣？」

　　孟華睜開眼睛，拉過她的手，迎上她好奇的目光。

　　「你會一直思念我嗎？」

　　「我……」

　　「你可知這不是一個哥哥會對一個妹妹說的話？」翩然哼笑，臉越發地湊近一些，逼得他的眼神無處躲閃，「孟華，你可是喜歡了我？」

　　翩然臉上的脂粉，帶著淡淡的梅香，這股香味本沒有攻擊性，可如今在她的逼問之下，他心亂如麻，一時之間難以自制。

　　自他登基後，無人之時，她便沒有喚過他陛下。

　　來無重殿的路上，她真的抱過一絲僥倖的念頭，希望這個知道她不是真正的承樂公主的人是他孟華。這樣，她心裡的彆扭和失落才能找到歸處。

　　可當翩然勾唇看到他眼底的詫異時，她知道自己這念頭是多麼可笑。他卻不知道。

　　「你，你在說些什麼？」孟華慍怒地別過頭去，聲音沉如鏽鐵，「公主，朕念你大病初癒，神智還有些不清，就不治你的罪了！」

　　翩然悻悻一笑：「你生氣了？」

　　「你是朕好不容易尋回來的妹妹，朕自然是喜歡你的。那夜你若是去了，朕會十分傷心，更會十分自責。父皇的囑託，朕一日也不敢忘懷，定要好好妥善照顧於你。」孟華嘆了口氣。

　　「夠了，不必再說了。」翩然細眉高攏，打斷他的話，轉過身去，又用剛才那種半調侃的語氣道，「我不過是見陛下批奏摺批得辛苦，逗一逗陛下罷了。」

　　話音落下，她便拂袖離去。

　　孟華的眼底浮起一絲不易察覺的慌亂，像是有一處遮布被人掀起，又幸好沒有露出全貌，轉而小心翼翼地蓋回去。

　　走出無重殿的翩然，扶著冰冷的欄杆，眼眶濕潤，強忍著不讓眼淚掉

下。這段感情從一開始就是她自己的一廂情願、情不自禁。即便不是如今的兄妹關係，她也不可能高攀堂堂一國之主，她在期盼什麼？她又想從他的嘴裡得到什麼答案？

那一天他之所以緊張，只是因為她是他的妹妹罷了……鏡花水月的奢望，像投擲湖裡的光，不見蹤影。

翩然逼自己冷靜下來，既然不是孟華，那會是誰呢？拿著劍逼宮的孟澤，她自然也是想過的，但這樣一個不管不顧的人，若真知道她是贗品，應該第一時間就公之於眾，將其拉下馬，怎會用這種迂迴的手段來拿捏她呢？

翩然不確定，猶豫間，她想起剛剛在龍案上看到的奏摺——孟澤自請負責修築城外的河堤，防止來日水季的時候百姓遭殃。雖然不確定這個幕後之人是不是孟澤，但倒是等到了一個可以復仇的好機會。

修築城外的河堤，乃是民生，若是堂堂德王殿下，在民生大計上出了岔子，他定難辭其咎。翩然心意一定，立刻折返回無重殿，與孟華請旨出宮散心。她大病初癒，想要散心盡快恢復身子，聽起來相當的名正言順。孟華沒有拒絕的理由，便准了，還安排一隊侍衛保護她出宮，翩然落腳城中的天澤寺。

天澤寺於陵城中香火鼎盛，翩然看中它人來人往，又置身於城中，有利於自己偷偷出去。白日，她安心在住持安排的廂房裡虔心念佛，入夜後，她便用了迷香將侍女迷暈，自己偷偷地換上侍女的衣服出去，來到孟澤負責的河堤旁，查看有沒有什麼破壞的機會。

很快，翩然發現在這固定河堤的木材上可以做手腳。若是把原先合格的木材換成以次充好的爛木，再把這些公之於眾，德王中飽私囊的罪名，便會結結實實的扣下。

可一根木材已很重，如何把這些倉庫裡的木材，不動聲色地都掉包呢？幽池望著翩然此刻的算計模樣，不知是為她的分寸感到欣慰，還是為她的心思感到悵然。欣慰她沒有為了自己的一己私仇，試圖讓無辜的百姓陪葬。可她能算計到民生，已經是在懸崖邊跳舞。所謂禍福無門，惟人自召；善惡之報，如影隨形。每一份算計和每一份欲念，冥冥之中都標記好了價款，在該來的時候討要之。

幽池盼著翩然會放棄，當然，這個念頭只是可笑地一閃即逝。畢竟這些都是發生過的事情，而不是未來正在發生的事情。

　　翩然回到天澤寺，翌日讓侍女去請負責修築河堤的河堤官來寺裡一趟。公主有請，河堤官哪有不來的道理，雖然不知公主為何要請，河堤官懷著惴惴不安的心，還是去了。

　　到了天澤寺，翩然說明請意：「河堤修築乃是民生大計，本公主也很關心。想著可以做一場法事，來祈求一切順利，保佑工程平安。不知大人意下如何？」

　　「公主人心善舉，下官自然從命。」

　　河堤官姓王，單名一個栗字，是一位年過五旬的老者，兢兢業業做到這把年紀，守著河堤升官無望，能得見公主一面，實感三生有幸。翩然試探性地給了他一些銀兩，當做是辛苦費，他也是千恩萬謝地接過，沒有拒收。翩然意識到，他是個可以攻克的弱點。

　　與王栗商討完祈福法事的事宜，翩然讓侍女好生將其送出去。

　　這一天晚上，她再次扮作侍女溜出去，特意在王栗府外守著。白日她跟王栗交談的過程中發現，他對自己的兒子頗為恨鐵不成鋼，幾次避而不談，而他身上的官袍邊角線有磨損跡象，袖口還有補丁。河堤官雖然不算是高官，但也不至於過得如此清苦。

　　翩然守了一會兒，約莫亥時，一個大搖大擺的青年從王府出來，眉眼間跟王栗有些相似，身上的錦袍卻跟王栗的樸素之風大相徑庭。

　　「少爺，老爺說了，過了亥時不許您出門了……」家丁試圖攔住他。

　　話音未落，這少爺就給了家丁重重的一記巴掌：「本少爺愛出就出，用得著你這個下人在這裡發表意見？」

　　「可是少爺，老爺他……」

　　家丁捂著臉，委屈地跪在地上，還想要說什麼，被他一把抓住下巴道：「別想著打小報告。若是不想要你的狗命了，你就試試！」

　　「……少爺熄怒！」

　　他一身戾氣，邁下臺階還不忘啐上一口。

　　他就是王栗的兒子，果然該恨鐵不成鋼。

　　翩然皺皺眉，跟上他。

深夜時分，街道上正經的商鋪都關店了，唯有一些賭坊及鶯歌燕舞之地還開著。翩然跟到一青樓外，只見他大搖大擺、熟門熟路地拐進去，幾個紅袖招香的姑娘，更是一眼就認出他，把他往裡領：「王少爺您怎麼才來啊！瀟瀟想您想得快發瘋了……」

　　放肆的笑聲聽起來格外刺耳。

　　翩然看了看這青樓上的匾額，輕聲呢喃：「紅袖坊……」

　　她意味深長地一笑，轉身回去。

　　三日後，王栗著急求見翩然。翩然讓侍女開門領進來，只見王栗驚慌失措、連滾帶爬地滾到翩然面前，哭得泣不成聲。

　　翩然故作不知地問他：「王大人，您這是怎麼了？」

　　「公主救命，求公主救命！」王栗拉著翩然的衣角，上氣不接下氣地重複著這話。

　　翩然給他倒茶，讓他坐起慢慢說。王栗的額頭沁著豆大的汗珠，翩然給他的茶杯都拿不穩，裡邊的茶水都要被晃出來了。

　　半晌，王栗閉上眼睛，深吸一口氣道：「是我兒出事了，他竟……竟私自把倉庫裡的松木換成了檵木，他貪墨了這中間的差價，他……犯了死罪！」

　　翩然不說話，手指輕輕地在杯口來回。

　　王栗其實說少了罪名，正確來說應該是——

　　深夜從酒樓出來，見色起意騷擾良家婦女，被人當場捉拿。為了保命，主動提出可以花錢了事，然後便花了一個倉庫的松木錢，把自己買出監獄大牢。他不知死活，根本不知中了人家圈套，反而沾沾自喜，花錢擺平麻煩之餘，發現一條生財之道。

　　當然這一切，都是翩然安排好的。當她的侍女回來，跟她說起只是稍稍授意，人家紈綺少爺便欣然接受共富貴的提議，她便知道當初瞄準王栗是沒有錯的，真是老天助也，一切都在計畫之中。

　　王栗把頭給磕破了，他所有的希望都放在翩然身上，不斷地懇求公主，救救他唯一的兒子。翩然等王栗求得差不多了，緩緩開口：「這天子犯法與庶民同罪，民生工程受天下矚目，令郎在這上面動手腳，想要全身而退……難。」

王栗瞪大眼睛，眼底最後的一點光都要被沒收走般的絕望。

「你家公子若想要活命，只能讓這件事找能承擔的人承擔，您說呢？」這時，翩然沾了茶水，在桌上寫下「德王」二字。

王栗遲疑：「這，這……」

翩然微微一笑：「全看大人您怎麼選了。」

王栗盯著翩然迅速抹掉桌上的茶漬，緩緩握拳，在心裡做最後的掙扎，翩然相信他會做出正確的決定的。因為家人，是任何人都不能割捨的，明知兒子頑劣，王栗依然放不下，他怎麼可能眼睜睜地看著兒子去死？

第二天，翩然便看到王栗兒子翻供的供詞，她得意地去堤壩現場找孟澤，她要當著百姓的面，把這頂髒帽子結結實實地扣在他的頭上。所謂民憤，必須要親眼所見。

「公主怎麼來了？」孟澤看到翩然時頗為意外，目光裡帶著警惕。

翩然瞟了一眼他身上沾泥的錦衣，敷衍地說道：「為修理堤壩敬香祈福，路過這邊，想過來看看殿下，德王殿下辛苦了。」

孟澤拱拱手：「不敢。」

翩然長袖一舞，看向旁邊圍道的百姓高聲道：「堤壩修築關乎百姓安危之社稷，近來坊間有傳，此次加鑄堤壩的材料是以次充好，有官員貪汙受賄，我想這些都是無稽之談。為避免傳聞越演越烈，還望各位做個見證，隨我進去查看一下，以正視聽，還德王殿下一個清白。」

她說的坊間傳聞，百姓們是沒有聽到的。不過，既然公主殿下發話了，他們自然要迎合，更何況他們也想看看，這沒聽過的傳聞，究竟真的是危言聳聽，還是確有其事。

孟澤試圖攔住翩然：「公主，這裡是堤壩現場，很髒很亂，你還是等我們收拾一下……」

翩然無所畏懼，只管前行。

孟澤越發焦急道：「公主，這裡外人不能隨便進來的！公主！」

他越攔，翩然越迫不及待地靠近倉庫。她甚至都不顧身分地，親自把蓋在木頭上的布掀開，以為會看到自己想看到的一幕。然而，呈現在眼前的不是黴木，是好的松木。一條條飽滿、堅實、大小相致的合格松木，出

現眼前。

翩然怔愕，腦子一片空白，她緩緩看向身邊的孟澤。他臉上的表情瞬息萬變，明明方才還是滿面恐慌，如此卻是春風得意，甚至⋯⋯還有一絲譏諷。

她，中計了？這⋯⋯這怎麼可能⋯⋯

孟澤深深地看了她一眼，轉而看向身後的百姓，伸臂示意：「大家看到了，我們朝廷為民生計是不會馬虎的，本王一定會盡心盡力，把堤壩修築加固，讓大家在水季的時候沒有後顧之憂！大家放心——」

「好——」

「太好了！」

⋯⋯

百姓們紛紛鼓掌，欣慰感念朝廷恩德，三呼萬歲。

翩然當下的臉色猶如蠟石，難看至極，她意識到自己被騙了。以為設局算計別人，是天衣無縫，沒想到在她出動的時候，早就有黃雀在後。

翩然回到寺裡，靜坐在茶案前一動不動，直到孟澤過來。

「怎麼，公主今天沒有看到想看的戲碼，失落的連晚膳也不用了？」

「你是如何發現的？」翩然冷著臉，不想再陪他繼續演戲。

孟澤坐下給她倒茶：「你是承樂公主，你出宮的一舉一動，都在本王的掌握之中。你當真以為自己迷暈了侍女，偷偷溜出寺去，就沒人知道了？」

翩然冷笑，原來一開始，就不存在什麼她尋找目標。

她抬眼看向孟澤：「你想如何？」

既然計畫已經落空，她只能怪自己技不如人還急於求勝，才混入皇城沒多久，玩不過他們這些沉浸在權力中心的人，其實也很正常。

「不想如何。」孟澤挑眉，把茶水遞到她面前笑笑，「你剛成為公主，不久前才大病初癒，就有這份心胸和膽識，本王倒是對你刮目相看了。不過，你還是急了一點，本王和皇兄可是親兄弟，即便今天你真的陰謀得逞，你也沒辦法置我於死地。」

翩然盯著孟澤，接過茶水：「你是承認了？那日御花園魚池的⋯⋯」

孟澤做了一個「噓」的手勢，打斷翩然，示意她不必繼續說下去：

「有些事你知我知便夠了，天不知地不知是最好的。」

翩然細眉聚攏，不敢置信地看著眼前之人。孟澤像是變了，他竟變得城府極深，且不焦躁。

「你到底想做什麼，直說。」翩然把茶杯裡的茶水灑在一邊。

「明眼人不說暗話。」孟澤也不惱，放下茶盞道，「我想要的，你知道。」

「你想要的，已經是你皇兄的了。」

「那又如何，只要他死了……」

翩然猛地望向他，孟澤眼底的光，肆意的璀璨奪目，用他處變不驚的笑意告訴她，剛剛她聽到的，不是妄語。

翩然的心亂了，半晌過後她才道：「堂堂一方佛寺，豈容你任意談論他人生死。」

「本王要的東西，向來沒有得不到的。佛神如何，遇佛殺佛，遇神殺神，絕不手軟！」孟澤手裡的茶杯，被他徒手捏碎。瓷片劃傷他的手心，他像是沒有察覺一樣無感。

翩然屏息，終於才明白他還是孟澤，還是那個當初拿著長劍殺進雲錦宮的孟澤。只不過，他現在用了另外一種方法，把心裡的欲望隱藏得更深罷了。

「你怎麼知道我就一定會答應你？」

孟澤微微皺眉：「我想不到你拒絕本王的理由，除非……」他琉璃一般的眼眸，冷傲又窺探地狡黠，「……你覺得他比你更重要？」

翩然心底的祕密似乎被無情、殘酷地觸探，她的眼神越發地凌冽，逼近他的臉，迎上他陰狠的眼神：「弒君之事，一旦失手，我會死的！」

孟澤顯然不相信翩然的說辭，更不在意她會不會死：「欺君之罪，同樣是死。」

翩然皺眉，終於問出在藏在心裡許久的問題：「你究竟知道些什麼？」

那個妹妹，是他們全家的祕密，隨著她的死，他們都沒有再提起過。

孟澤顯然是不會回答她這個問題的，起身道：「公主千金之軀，還是儘早啟程回宮裡吧！外邊，不太平。」

想來翩然在宮外給德王殿下扣帽子不成，反而助他在百姓面前更添威望，孟華對此頗為不滿。

　　翩然回宮後，孟華召見了她，不過不是在無重殿，而是在花苑。孟華不只是在她的雲錦宮種了紫薇花，還讓人種了一苑的紫薇花，足足有半個無重殿前的殿院那麼大。

　　紫紅色的絢爛，彷彿在深夜裡自帶華光，照亮一整個夜空。紫薇花香味本不明顯，但一整個花苑的浩大，再不明顯的香，也變成了沁人心脾的淡香，令人暈眩神祕。

　　孟華脫下威嚴的龍袍，穿著簡單的素錦長衫，他約她在花苑的涼亭相見，共用晚膳。

　　「這些是你喜愛吃的。」

　　翩然低頭，看著桌上的擺盤，的確是她喜愛吃的，蘿蔔糕、水晶蝦餃、小米粥、糯米糍粑撒一些紅糖。雲錦宮的小廚房做的山珍海味，她都不喜歡吃，她只喜歡這些跟家人一起吃過的，這樣才有溫馨之感。特別是糯米糍粑，她還親自教過小廚房裡的御廚，怎麼做才更有娘親的味道。

　　可看到這些，翩然沒有絲毫的動容，而是心生厭惡，她覺得孟華和孟澤一樣，都在監視她。她不是公主，更像是囚徒。還沒有脫下公主的身分又如何？即便是真的公主，也沒有半點公主的尊嚴。

　　尖銳的屈辱和刺痛感，在她的心裡起起伏伏，但是翩然還是不能逾越規矩，她忍下所有的不適，起身給他行禮：「多謝陛下。」

　　「你同德王殿下，也是這般客氣的嗎？」他突然問她。

　　翩然抬眸。

　　孟華拿起筷子，給她夾了一塊蘿蔔糕：「朕不知你何時跟孟澤這般交好了，真替你們高興。」他字字珠璣，話裡有意。

　　翩然坐下，看著蘿蔔糕，譏笑一聲道：「陛下當真歡喜嗎？為何我聽不出半分歡喜之意？」

　　「朕是一國之君，自然希望看到眾人交好，百姓安居，一派欣欣向榮。公主和德王之前劍拔弩張，如今能夠冰釋前嫌，還能一起為朝廷做事，朕怎麼能不歡喜？」孟華說這話時，眼底滿是涼意。

　　翩然望著他的心口不一，心裡突然有了一個想法。她夾起蘿蔔糕放進

嘴裡：「是啊！此次去到宮外，意外跟德王殿下有所交集，沒想到之前的都是誤會，德王殿下是個率性而為的人，有一說一，有二說二。」

孟華聽到她對孟澤的讚許，放在腿上的拳頭，一點一點握緊。

翩然又說了一些在天澤寺和孟澤的相處，還從懷裡拿出一個福包放到桌上：「這是我為陛下求的福包，在菩薩面前放了三天三夜，望陛下笑納。」

孟華拿過福包，放到鼻息下聞了聞：「朕與孟澤一人一個？」

「不！只有陛下有。」

孟華微怔，望向翩然。翩然彎了下眼角，笑意不達眼底：「陛下是承樂的親哥哥，是陛下帶承樂回來的，這個福包，當然只能送給陛下一人。」

她說的也是這般動聽，可每個字落在耳裡，又都是如此刺耳。

孟華收下，兄妹二人進了一頓沉默的晚膳。

對於翩然，孟華是想聽到她跟孟澤之間，究竟發生了些什麼；對於孟華，翩然是想聽到他在意的，究竟只是擔心她和孟澤站在同一邊，還是另有其意。但兩人都沒有聽到真正想要聽到的，誤會便在不知不覺中加深。

孟華不得不相信，翩然跟孟澤之間的隔閡漸小，翩然不得不讓他認定，她與孟澤越發親近。這樣，或許不等她被逼著動手，他就能先殺了她。

之後，翩然頻頻跟孟澤見面，多多製造他們之間親密的畫面，即便孟華看不到，也能聽到那些捕風捉影。

「你的計畫是什麼？」

「還沒想好。」

……

「你這次約本王有何事？」

「沒什麼事，賞花看景兒。順便跟你說說，我的生辰快到了，不知殿下有什麼禮物相贈？」

……

「你這次又是約本王賞花看景兒？」

「怎麼會？殿下日理萬機，沒點正事怎麼敢叨擾殿下？陛下最近似乎

注意到，跟殿下交好的戶部尚書有貪汙之嫌。」

　　……

　　短短半月，各種無關痛癢的約辭，翩然都用上了。在孟澤催促的時候，她會適當給出一些魚餌來拖住他。

　　不過，孟澤也不是傻子，三番五次之後，他大概猜到翩然的心思，便道：「若你想要陽奉陰違，本王勸你死了這條心。你若選擇臣服於我皇兄的話，我手裡的祕密，足以讓你萬劫不復。即便你不怕死，可你就不怕皇兄因為你而萬劫不復嗎？」

　　翩然皺眉，打斷他道：「殿下想多了，我不過是想要尋一個萬全之策，既能實現殿下的願望，又能讓自己全身而退。畢竟，殿下也不想落一個弒君篡位的惡名吧？」

　　孟澤挑眉，冷笑道：「好！你倒說說看，這段時間你想到了什麼好點子？」

　　「下個月便是元宵佳節，遊燈會。」翩然知道拖延也是有最後時限的，再不給一個準確的答覆，便是她有三寸不爛之舌，孟澤也不會再耐心等待，「到了那晚，我會說服他坐上我的馬車，一路向北重遊紫薇山。」

　　翩然表示，那裡的地形她最熟悉不過了，必然會讓孟華有去無回，從而製造出失足落山的假像，孟澤終於滿意地笑了。

　　「很好。」臨走的時候，他特意囑咐翩然，「屆時，可莫要動了惻隱之心。」

　　孟澤總是有意無意地提醒她，她有尾巴要藏好，可他明明已經抓到了她的尾巴。

　　幽池看著翩然被逼到夾角裡的模樣，不由地想起師父曾經說過的話——

　　反者道之動。

　　唯有退出，才是否極泰來。退出心神之雜念，退出世俗之仇怨。

　　翩然若是在星月樓還是凝露的時候，把匕首插進孟華的胸膛，便選擇終止仇恨，這後邊的一切也都不會發生，她也不會把自己逼到進退兩難的境地。

　　人總是抱著一絲僥倖和一絲不甘，直到最後無以復加的地步。

翩然飛快地抹過眼角的淚水，微微抬起頭，又重新變成那個萬人敬仰的承樂公主。

　　幫孟澤殺了孟華，並不是翩然的目的；幫孟澤殺孟華，落實孟澤弒君的造反行徑，才是她真正的打算。如此一來，她便能替家人報仇了。

　　為了避免像上次堤壩現場那樣的情況發生，翩然必須要把戲做足，她絕不能讓孟華知道這一切。

　　推開無重殿的門，翩然只是想要跟孟華要一道下月出宮去看花燈的聖旨。此刻孟華正在作畫，看翩然過來特意說起此事時，他微微一笑，沒有立刻應允，只道：「時間尚早，屆時再說。對了！你先過來！」

　　翩然走上臺階來到龍案邊，看到孟華落筆的畫上，是自己的臉。

　　「陛下……」

　　「我想畫一幅你的畫像。」孟華笑了笑，「父皇還在的時候，宮裡到處是美人圖，我想，如今也該換一幅了。」

　　翩然看著畫裡的自己，眼神有些躲閃似的略顯不安：「陛下說笑了，陛下若是要美人圖，大可畫您宮裡的嬪妃。」

　　孟華繼續下筆：「可朕宮裡的嬪妃，沒一個比得上公主妹妹。」

　　一聲「公主妹妹」讓翩然覺得刺耳，心裡更是不悅。孟華是在提醒她牢記自己的身分，可她不想從他的嘴裡，再一遍遍地聽到他們之間的身分鴻溝。

　　翩然抽走孟華手裡的筆，讓他看著她的眼睛：「陛下覺得，我是皇宮中最美的那個？」

　　孟華微怔，重新露出溫和的笑容：「當然，你是我的妹妹。」

　　翩然皺眉：「那如果，我不是呢？」

　　孟華眼有困惑。

　　「如果我不是你的妹妹，陛下會喜歡我嗎？如果我不是你的妹妹，在紫薇山上的那段時光，你可會對我動心？」

　　翩然步步逼近，總想在他的眼神裡，找出一點別的可能，她就像是一個不怕死的戰士，勇往直前，明知不可為而為之。孟華看著她晶瑩急促的眼神，是近在咫尺的逼問，不過，他選擇了裝傻。

　　孟華從她的手裡拿回毛筆，不以為然道：「怎麼會有如果？你就是我

327

的妹妹啊！」

翩然再一次敗下陣來。

每一次，她的清醒在他眼中，不過是可笑的愚蠢罷了。

她垂眸，把肩上的薄紗脫下，當成手腕上的披風，露出雪白的香肩，讓孟華按照她這般姿容來畫。孟華扭頭瞥見，又倉皇地迅速低頭。

他問：「你這是做什麼？」

翩然勾唇，悠然道：「做一個真正的美人模樣，好讓陛下畫得更美才是。」

既然她是公主，既然他口口聲聲說沒有如果，既然他想要畫她，以公主的名義，那她便要把自己最美的樣子，留在他的畫筆下。她已不再是紫薇山上那個活潑無邪的小女孩，當她知道愛和恨是何滋味開始，她的心裡就裝進了太多之前不曾知道的東西。

孟華的畫筆輕顫，最後還是輕輕落下。他看向翩然的每一次眼神，都在努力地克制，一遍遍地告訴自己要心無旁騖。儘管翩然的眼神是藏不住的炙熱，她的嫵媚明明帶著一絲絲要戳破他真心的挑釁。最後他把畫好的畫分成兩份，一份留給自己，一份送給翩然。

「女子都想把自己的美麗永遠留存，這個就當做是哥哥給你的禮物。」孟華對翩然說，「希望能彌補你過去的那些歲月。」

「過去的已經過去，永遠不能彌補。」翩然接過畫卷，輕聲道，「我們能做的，也只是以後。」

孟華兀自一笑，點頭同意翩然所言：「想過去，我和孟澤也是極好的。他比我小兩歲，我們能說到一塊、玩到一塊，後來……」

他似乎是回想起小時候跟孟澤的一些往事，眼神裡滿是溫暖。

翩然忍不住問他：「是不是孟澤不管做了什麼，你都會原諒他？」

孟華回神，微微蹙眉：「為何這樣問？」

「沒什麼，只是覺得德王殿下是你唯一的弟弟，你對他的偏寵會多一些。我哥哥若還在世，也會如此對我。」

孟華見她提到她傷心之處，愧疚地抿了抿唇：「你的哥哥是朕，朕會好好地護著你。至於德王……作為哥哥，自然會原諒弟弟犯了錯。可作為一國之君，德王犯了錯，便要由國法裁量，輪不到朕說原諒不原諒。」

翩然看到他如此堅定，眼底是不動聲色地放下心來。

沒錯，他不只是孟華，他還是一國之君，既是一國之君，又怎麼能隨心所欲？

翩然拿著畫卷回到雲錦宮，把它掛在自己的內寢牆上，回想著他畫自己時那無法超過三秒注視的眼神，那明明就是同道中人的眼神。他若真對她心無旁騖，又怎麼不能光明正大地看她？翩然的心在回憶裡浮浮沉沉，又在現實裡拚命壓抑。

她站在畫前，伸手輕撫他的筆勒線條，試圖跟他畫她時的心境連接，這難以言說的情感，就像地獄的彼岸花在瘋長。

「公主，這畫裡的人是您嗎？」翩然望著畫出神時，伺候她洗漱的宮女碧兒進來問道。

翩然收回手，隨口問道：「嗯，不像嗎？」

「像，可是……又不是特別像。奴婢的意思是，這畫把公主的美貌都畫出來了。」碧兒看了看翩然，怯怯道，「只是，公主沒有像畫上這樣笑過。」

翩然怔然。畫裡的她，站姿動作，側著身子露出香肩，都照著她擺的而畫，只是臉上的笑容……卻是紫薇山時的她，進宮後，翩然沒有這樣笑過。

孟華是想告訴她，他希望她還是紫薇山上那個少女嗎？笑容甜美，無憂無慮，只盼著晨起塵落，平安順遂……

翩然閉上眼睛轉過身，沉聲道：「伺候本宮就寢。」

「是，公主。」

第五章

　　時間不緊不慢地過著，元宵佳節的日子，一點點地近了。當翩然再次跟孟華提起時，孟華答應她可以出宮參加燈會。

　　「總是待在宮裡，你肯定覺得無聊，趁著這次出宮你可以……」

　　「我不是讓你答應我出宮，我是想你跟我一起出宮。」翩然打斷孟華的話，水靈一般的眼睛看著他，紅唇微翹。她手裡明明拿著一枝剛折下來的桃花，可孟華的眼裡，人比花嬌。

　　不知道是不是他的錯覺，贈畫的那天之後，翩然開始注重打扮，就好像是要用最短的時間，來完全貼合公主的身分。她妝容得體，卻又暗藏心機，隨意一瞥，都能發現她的魅惑之處。哪怕是遠遠地望過去，也是最精緻豔麗的那一個。

　　孟華回神，收回視線：「這……」

　　「難道你不擔心你的妹妹，在宮外被其他男人帶走了嗎？」翩然淺淺一笑，修長的手指在他的胸口輕輕點了點，「要是再有人對我說我是他的妹妹，該怎麼辦？」

　　孟華抓住翩然的手腕：「若朕去了，你會開心嗎？」

　　翩然眼底閃過一絲痛楚，在這層痛的襯托下，她笑容越發明媚：「當然。」

　　孟華也微笑：「好，那朕去。」

　　翩然卻有些苦澀，趕忙別開臉去，說道：「到時候我要嘗桂花糕。爹爹以前每次元宵節，都會買那個給我吃。」

　　她轉身，笑容在眼底飄然遠去。在聽到孟華答應要一起去的剎那，她心底湧出一絲輕鬆的同時，又帶著一絲失落。

　　孟澤想要孟華的命這一點，是毋庸置疑的。刀槍無眼，暗箭難防，她實在沒有全然把握不會發生意外……她的心底，終究是在意他的。翩然甚至期望他因為提防孟澤跟著提防自己，卻又希望他永遠不會知道她算計了他。

　　宮裡常年有法師駐守於千香殿，殿內香火不斷。翩然難以入眠之際，

都會去那裡跪著念經，以此來換取內心的平靜。

　　還有三天便是元宵節，她的失眠越發嚴重了。天還沒有完全黑下來，翩然提著一盞燈，早早地到神佛面前跪下。她有太多的矛盾和不安，在這偌大的皇宮，她不知說與誰聽。

　　「神明，你告訴我，何為愛，何為恨？」

　　回答翩然的，只有燭火滴落的聲音。翩然閉上眼睛，撥著珠子開始在內心尋找答案。燭火微晃，一撮衣角悄無聲息地收進柱子後邊。

　　三天後，元宵佳節，舉國同慶。

　　宮牆之外，熱鬧非凡，那是毫無束縛的狂歡喧囂，那是百姓暫且忘記生活煩惱的鼎力相賀，亦是翩然最熟悉又陌生的一方樂土。

　　彼時，孟華與翩然坐上馬車，徐徐地往車門駛去。他們穿了便服，但為了安全起見，翩然不能隨意探出頭到馬車外。馬車寬敞，但也相對是一個靜仄的密閉空間。沒有宮婢，沒有旁人，此時此刻，只有他們二人獨處。

　　翩然悄然地看向孟華，只見他端坐四方，閉目養神，比起自己的緊張，他顯得泰然自若。她的眸光忍不住定格在他身上這件繡著金線的黑袍上。這件是他新選的蕭貴妃給他挑選的，蕭貴妃嫵媚動人，掌控欲極強，連孟華外出時的衣袍，都要親力親為。

　　她親眼看到蕭貴妃貼著他的身體，給他比著肩膀的寬度，那雙桃花眼似要滴出蜜來。

　　「陛下，這件金線蟒袍既不扎眼又貼身舒適，臣妾要親自幫你做，這便是等同於臣妾跟您一起出宮了。可好？」

　　「好。」

　　孟華看著蕭貴妃的時候，眼底的笑意和寵溺，讓她心生嫉妒。她也選好了給他的衣裳，選的是紫色繡雲紋的錦袍。只是看到他跟蕭貴妃如此恩愛，她把錦袍帶回去壓箱底了。

　　「你在看什麼？」孟華突然發問，嚇了翩然一跳。

　　他明明仍舊閉著眼睛，卻像是能一眼看透她似的。

　　翩然收回目光，悶聲反駁道：「你沒在看我，如何知道我在看你？」

　　「有時候是需要用心看的，並非用眼睛。」孟華反問，「你剛剛真的

沒在看我？」

翩然挑眉：「在看你的衣裳，挺好看的。」

孟華睜開眼，作勢拍了拍自己的袖子和袍擺：「我也這麼覺得。」

翩然眼神冷漠，咬緊牙關。

孟華抬眸：「對了，聽蓉兒的宮婢說，前天你有來過蓉和殿，怎麼沒見你進來？」

翩然垂眸不動聲色地回：「沒什麼，走錯了殿，便出來了。」

孟華也沒放在心上，重新閉上眼睛：「嗯！你剛進宮不久，走錯地方也是有的。」

翩然生氣地瞪向他，看著他閉上眼睛勾唇的笑容，與其說是生氣，更多的是失落。他知道她在說什麼，但他假裝不知道。

那麼她和孟澤的共謀呢？他是不是也假裝不知道？

馬車輕輕晃，翩然攥緊了自己的衣袍，她感受到京城主街上的喧囂越來越近。

外邊駕車的侍從輕聲道：「主子，到了。」

車簾掀開，孟華弓著腰先下去，他沒有離開，而是站在馬車邊，轉身向翩然伸手。翩然微怔，但還是把手伸過去，他的手寬大溫暖，就像在山洞裡他握著她的手，用樹枝在沙地上畫畫。

遍地燈火，芸芸眾生，這一刻，翩然彷彿只看得到他的微笑。

一年一度的元宵節真的很熱鬧，男女老少皆出來共襄盛舉。沿路的商家鋪子，掛上各式各樣的花燈，走街串巷的孩子們，一個個掛著驕傲得意的笑臉，手裡拿著動物樣式的小燈，像揣著整個世界。翩然住在紫薇山上，很少下山來，所以，這些對她來說也是很難看到的奇景。

光看清自己置身在哪兒，周圍都有些什麼，已是讓人目不暇接，身旁有路人撞到她時，翩然被一雙手臂適時地護在懷裡。翩然瞪大眼睛，感覺到自己的臉貼在一片溫熱的胸膛前。

他身上的氣息帶著熟悉的麝香，緊接著，她便聽到孟華對旁邊正欲壓眉拔劍的手下低聲道：「退下，無妨。」

待兩邊收起劍拔弩張，孟華低頭關心道：「沒事吧？」

翩然抬頭，正好看到他璀璨如星的雙眼。

突然，「砰」的一聲，接二連三地，幾簇焰火打在天上，照亮一整個蒼穹，也照亮了他的眼睛。翩然說不清是他看著她時的視線更亮一些，還是焰火打在他的臉上更亮一些。

　　在翩然愣神之際，她的手重新被他牽起：「這裡人多，小心走散了。」

　　他牽著她穿過擁擠的人群，緊湊的力量透過手心，緊緊地連接著她。

　　孟華走得很快，不知不覺間，身後的手下都被人群擠散了。翩然被一路帶到糕點鋪前，孟華問她喜歡吃哪一種。

　　「這個是撒著白芝麻的，這個是加了紅糖的，還有這個，這個加了蜂蜜的。」孟華看著糕點鋪上的精緻糕點，翩然還沒回答，他自己先犯了難，只好說：「嗯……這樣好了，這些我全都要了。」

　　老闆興奮不已：「公子，您，您是說全都要嗎？」

　　孟華點點頭：「我妹妹喜歡吃。」

　　翩然怔怔地看向他，只要一看到他說她是他妹妹時的那種自信和溫柔，她心裡就像紮了一根刺一樣難受。

　　翩然眼色黯淡，沉聲道：「我忽然不想吃了。」

　　「嗯？」孟華沒反應過來。

　　老闆的歡喜則是一時間上天堂，又一時間下地獄：「公子，這……」

　　孟華揮袖：「只管包起來。」

　　老闆加快手裡的動作，生怕這一單大生意再次逃走。翩然卻在一氣之下離開了，孟華匆忙間付給老闆錢財，轉身就去追她。

　　翩然聽到他在身後喚她：「翩然？翩然？」

　　他沒有叫她承樂，他叫她翩然。

　　承樂才是孟華的妹妹，翩然不是！

　　「翩然……」

　　翩然負氣走了好幾步，很快便聽不到他的聲音了，當她轉過身時，竟看不到他的人影了。人群裡的人們依然在趕著節日的熱鬧，甚至還有人當街在猜字謎，可哪裡都不見孟華的身影，他就彷彿是憑空消失了一般。翩然的心陡然一緊，後背驀地發涼，她竟忘記了今晚跟孟華出宮的真正目的！

　　難道說……他已經被孟澤抓走了？

翩然腦子嗡嗡作響，衝進人群瘋狂地尋找。此時她沒能和侍從聯繫，也沒能見到孟華，徹底的孤舟偏葉，她不知道要怎麼辦才好！

「公子……公子……孟華，孟華。」翩然怔怔地看著一張張模糊的臉從眼前經過，她能聽到的聲音，似乎也跟著模糊了起來，殘存的那一點意識，逼她要冷靜。

突然，不遠處有一個小孩子的哭聲，闖進翩然的耳朵。

「好了好了，小英你別哭了。」

「多謝公子，多謝公子。」

……

翩然定睛間看到了一群人圍成一起，她猛地推開人群走過去，沒發現落手要推到的人，早就盯著她露出貪婪的目光。

「哎喲！」翩然落下的手，被一隻不安分的大手抓住了，「你這個小娘子怎麼亂推別人啊！」

說著，他就含著淫笑，上前一步主動撞上去，順勢打量翩然的玲瓏身材。翩然的視線無奈被拉了回來，反感地想要把他推開，才發現自己面對的不是一個混蛋，而是三個。他們裹著粗布麻衣，膀厚圓臀，臉上明顯的惡意，像是市井街頭的流氓。

「讓開！」翩然沒心思好他們糾纏，生氣地想要推開他們。

可是他們的身體像三座山，根本推不動。

「喲！還是一個小辣椒，爺喜歡！」

「哈哈哈哈……大哥，咱們請小辣椒去吃點東西吧！」

「好啊好啊！去喝酒！」

眼看他們骯髒的手要搭過來了，翩然害怕地後退：「別碰我！拿開你們的髒手！」

可翩然越嚴肅地反抗，越能引起他們的興趣。周圍雖然有很多看熱鬧的百姓，可人性皆是趨利避害的，雖然看到翩然有了麻煩，但沒有人願意站出來去幫忙。

「不要……不要……」翩然不知所措起來，突然一道身影從眼前閃過，翩然看到他的拳頭砸向了那群流氓。

翩然聽見了慘叫聲，也看見了鮮血，但緊接著，她被一隻溫暖的手扳

過身形，她的臉埋進了那個溫暖的懷抱裡。

「別看。」

翩然怔怔，她仰頭時，看到這個人稜角分明的下巴和脖子。不必去確認，她便知道他是孟華。在山洞裡的時候，她照顧他的時候，熟悉他身體每一個地方的模樣。是孟華救了她，他的侍從們打倒了流氓，而他卻不願讓她看到那血液橫飛的景象。

其實，在以為孟華被孟澤帶走的時候，翩然完完全全忘記了復仇，好在只是與他走散，他是安全的……

解決了流氓後，侍從擔憂地同孟華提議盡快回宮。這時，新一輪焰火放起，孟華突然指著前邊道：「什麼人！」

侍從的本能是應對任何緊急情況，他們紛紛握劍，看向孟華指的方向。而此時，孟華拉著翩然彎下身，悄然往另一邊離開。

孟華回頭對翩然笑的時候，翩然彷彿回到了小時候。那時，她也和哥哥、弟弟玩躲貓貓，她覺得她是這個世界上，最最備受寵愛的女子。或許，她那麼急切地想要復仇，也不過是為了重新找回那份失去的寵愛。

「這樣真的沒關係嗎？」翩然跟孟華坐回到馬車上，孟華親自趕車，翩然忍不住問。

「我們才剛出來，怎麼可以就這麼回去呢？今天是元宵佳節，還沒有帶你去看過月亮呢！」脫下龍袍來到宮外的孟華，變得活潑很多，彷彿又回到了過去他們初相見的模樣。

風徐徐地吹來，翩然發現馬車離主街越來越遠，人群裡的歡笑似乎要被甩至身後。翩然著急地拉住韁繩：「不要！不要離開主街，不要離開人群！」

可是，卻已經來不及了，當她回頭時，他們已經駛出了一段距離。與此同時，左方駛來了一輛黑色馬車，直覺告之，這是孟澤的手下。

孟華問翩然：「怎麼了？」

「沒事！我忽然很想去看月亮，我們快跑。」翩然轉過身坐穩，抓著韁繩發了瘋一樣地鞭打馬匹。

「翩然，你到底怎麼了……」孟華話音未落，後邊的冷箭嗖嗖地飛了過來。孟華下意識地護住翩然的身體，馬匹受到受驚，仰起前蹄嘶鳴了一

聲，用更快的速度往前奔跑。

翩然感覺馬車的車輪都飛了起來，似乎下一秒便要四分五裂。她失措地看向一旁的孟華，一句「小心」在嘴邊，怎麼也說不出口，是她親自把他拉入這危險之中，如今又有什麼資格讓他小心？

他要帶她去看月亮，撤掉了可以保衛他的侍從，她現在必須做他的侍從，才可以保護他不受傷害。

「別怕，我會保護你！」孟華格外鎮定，他從馬車裡抓出一件黑袍，披在她的身上。

「不……」翩然搖頭，說什麼都不要披上這件黑袍，「這件黑袍是你的，我不要穿！」

「你聽話！」

「我說我不要！」翩然激動地掙脫黑袍，這件黑袍是金絲軟甲所織，可以擋住如雨的飛箭，翩然不要孟華把安危這樣無條件地讓給她。

他們的爭執聲和箭的飛馳聲交叉在一起，刺激得馬兒亂跑。疾馳的馬車，很快，一件黑袍像裁掉的影子落在地上，翩然和孟華四目相對。

突然，一支冷箭從馬車的簾布中間飛過來，穿過孟華和翩然中間。孟華的胳膊被擦傷了，馬兒徹底受驚，突然調轉方向，馬車翻飛，孟華抱著翩然，從馬車上滾了下來，地動山搖，天旋地轉。

幽池想起一句話來：「萬物皆出於機，皆入於機。」

師父也說過，天地萬物都活在一個機緣之下，無法逃出自己的命運，猶如此這般翩然和孟華的奮命求生。

就連幽池也分辨不清，到底誰在演戲。是知道今晚這一切殺人計畫的孟華，還是答應孟澤會製造天子墜落懸崖意外的翩然？

他們在地上翻滾著，直到危險就落在他們後邊近在咫尺的地方。

倉皇中，翩然扶起孟華往一旁的巷弄跑去。馬車上的冷箭，改成下來追緝的人，他們可不會演戲，服從的是主子要求趕盡殺絕的命令。翩然要把孟華的衣裳脫掉，穿在自己身上，以此引開那些人。

「你是我妹妹，我不允許你去冒險！」孟華拉住一意孤行的翩然。

情急之下，翩然冷笑地看著他，故意激將道：「我不是你妹妹，我騙你的，孟華，你真正的妹妹早就已經死了！」

「你騙我的何止這一件事？」孟華把她拉進一旁農戶的門裡，臉上的擔心變成嚴肅而尖銳的冷漠，令讓他全身散發出可怕的震懾感，他與剛剛的孟華判若兩人。幽暗僻靜的角落，他的眼睛亮到出奇，這樣的他，令翩然竟不敢反抗。

「今天晚上孟澤的行動，不是你跟他說好的嗎？」孟華目不轉睛地盯著她，「你現在演的這麼真，是真的擔心我，還是真的想殺了我？」

翩然怔怔地看著他，鼻翼微微擴張，呼吸急促。

他真的全部都知道，他不過是在是故意配合，跟她一起踏入這片危險中。他的視而不見，又故意拉著她離開，都是給她和孟澤的機會。

可如果是這樣……

他剛剛說要保護她，那麼奮不顧身地把她護在身下的心跳聲……也是假的了？

翩然艱難地張開嘴，孟華放開她衝了出去。

一門之隔，翩然聽到外邊的殺戮聲，和人倒地的悶響。好多次她都想衝出去，可卻始終都走不出面前的那扇門。孟華好像故意為之──故意揭穿讓她無法面對。

直到外邊一點聲音都沒有，翩然才鼓起勇氣，推門而出。孟華手持長劍毫髮無損，他的侍從們彷彿從天而降一般，堅定地站在他的後面，他們的眼底殺氣未消，長劍滴血。腳邊躺著的全部都是追兵，孟華的眼神冷若冬日寒霜，他把長劍上的血親自送到翩然的眼前：「現在你看到了？孟澤連我的一根手指頭都碰不到。」

翩然定定地望著他平靜囂張的臉，視線重新落在他的衣裳上。蕭貴妃給他親自裁定的黑袍真的很合適，他殺了那麼多人，竟看不到一滴血沾在上頭。

翩然緩緩垂眸，給孟華行禮：「陛下英明！」

身後的侍衛上前道：「陛下，這些都是德王殿下的人，要怎麼處理？」

孟華把長劍扔到地上，「把他們的屍體都燒了，今晚當什麼事都沒發生過。」

「陛下？」

孟華不悅地冷眼瞪向多嘴的侍衛。他們低下頭，沉聲說是，按照主子的指示，把這些屍體都處理了，重新恢復平靜的巷弄，空氣裡仍然飄著動盪的血腥味。

翩然忍不住問他：「你就這麼放過孟澤，不怕他捲土重來嗎？」

「我放過的是我的弟弟。你回去告訴他，這是我最後一次給他回頭的機會，若再有下一次，我絕不放過。」孟華側過身。

翩然哼笑，她清澈的笑聲，迴旋在夜色裡。

「你不僅放過了他，還放過了我，可你覺得，我會感激你嗎？」

「我不需要你的感激。」孟華雙手背後，一身黑袍宛如立在黑暗中的神明，他的每一個字都錐心刺骨，「我只需要你繼續安安分分地當承樂公主。」

翩然看著孟華邁步往前，心念一慟：「若我說，今晚我是真的想要救你，你信嗎？」

孟華駐足後，又重新邁步。

陌上人如玉，公子世無雙。奈何翩然眼眶一濕，無雙公子從眼前消失了。

人生最諷刺的莫過於，想要報仇，卻定不了信心；想要落淚，卻沒有資格痛哭一場。從頭至尾，都是她自己自作多情罷了。

翩然跪地，滾燙的眼淚落進地面的縫隙，悄然不見。

元宵佳節，猶如孟華說的那樣，無事發生。翌日一早，翩然便從雲錦宮出來去到無重殿，求孟華賜罪。

「好端端地，你請什麼罪？」孟華手裡還拿著奏摺問翩然。

「欺君之罪。」翩然穿著潔白的長裙，不施粉黛，頭髮像瀑布一樣流淌在肩頭。

孟華的眉梢緊了緊，示意宮人們都下去。

翩然抬頭看著他：「昨晚我已向陛下說明，我不是陛下的妹妹，我不是承樂公主。陛下真正的妹妹已經死了，是我……」

「夠了！」孟華憤怒地把手裡的奏摺甩到龍案上，波及其他奏摺跟著一起掉下來。他打斷翩然的自述，不讓她說出那些話來，「你跟父王畫像上的女子長得一模一樣，父王親自承認，你便是他找尋多年的女兒，你怎

麼可能不是朕的妹妹！」

他信誓旦旦、言之鑿鑿，讓翩然的實話像極了氣話。

「陛下就這麼希望我是你的妹妹嗎？」

孟華怔然，半晌悶聲道：「這和朕的希望無關！」

翩然苦澀地扯動嘴角，露出一抹淒涼的笑容：「好啊！陛下，若我說，我喜歡上了陛下，是男女之情的那種喜歡，是帶有欲望之色的喜歡，可我把這份感情欺瞞著陛下，是不是也是欺君之罪？」

孟華望著她，坐在龍椅上，也露出了苦澀的笑：「承樂啊！你一定要領罪的，是不是？」

「是。」翩然笑容裡的苦澀變得越發瘋狂，「我不要什麼都沒發生過，我沒陛下那般遊刃有餘，陛下希望我當安分的公主，當你的妹妹，我試過了，可我，做不到。」

她一字一句，清清楚楚地把這層窗戶紙捅破。與其讓孟澤告訴他她的身分，不如她自己來說；與其到時候滿目瘡痍地離開，不如她主動點燃戰火。

孟華皺了皺眉，臉色變得難看起來。他安靜半晌，起身走下臺階，一步步地走到她的跟前。

「你當真要這樣？」孟華抬起她的下巴。自從進宮後，她常常是以仰望的角度看著他的。

昨晚短促的一夜，她可以暫時忘記他是天子，現在是萬萬不能了。

「是。」

「好。」孟華的眼神沉了沉，甩袖轉身，「來人！」

他當著搬旨太監和宮俾的面說道：「承樂公主突患心疾，口不擇言以下犯上！特令其長住天澤寺靜心養病！即日出宮！」

聽聞聖旨內容，翩然倏地從地上起來，抓過孟華的袖子急切地問：「為什麼不殺了我？為什麼？是不是你跟我的心思是一樣的？你也是喜歡我的？你說啊，你告訴我啊！」

「還不把公主帶下去！」孟華狠心地別開臉，不去看她，呵斥旁邊跟木頭一樣的宮人。

幾個宮俾上前拉扯翩然，翩然怒惱地罵道：「孟華，你這個懦夫！你

連自己的真心都不肯承認，你還怎配君臨天下？你還怎麼敢面對你的萬千臣民？你真是個笑話——孟華，我看不起你——」

眾人見證，翩然真得了心疾，居然敢辱罵君上。

當翩然再次回到天澤寺的時候，她的待遇差了許多。她仍然是公主的身分，可身邊清冷不少。沒有成群的侍衛，也沒有太多的宮俾，只有兩個貼身照顧她的，跟她來到了天澤寺。此次她惹怒龍顏，被打發到這裡來長住，自是不知歸期，連宮俾的臉上都寫著絕望的無奈。

不過是幾日之差，人生的天壤之別，可對於翩然來說，這些卻無傷大雅。她是從最低層爬過來的，站過從未想過的高處，如今不過是回歸到過去罷了。

寺裡青燈古佛，悠遠鐘聲，還有之前住過的廂房所屬的花園。翩然身著素衣站在花海前，當真明白何謂年年歲歲花相似，歲歲年年人不同。

若說山裡的日子和寺裡的日子哪個比較孤獨，翩然覺得是寺裡。在山裡的日子，她還有家人和歡樂，可如今在寺裡，她只有自己和那些流言蜚語。

「她便是那個被打發出來的承樂公主？」

「是啊！有幾個侍衛守著那院子，不讓任何人靠近，聽聞連住持進去，也要得到通傳才行。」

「好好的一個公主，怎麼會到這佛寺裡住呢……」

……

「公主不會真的要在這裡了卻殘生了吧？那我們豈不是也要跟著在這裡一輩子？」

「我們是公主的婢女，公主在哪兒，我們便在哪兒，別有這麼多抱怨，小心被公主聽到。」

「聽到又如何……難不成現在她還能罰我們不成？」

……

孤獨和人多人少無關，和是否有依靠有關。

翩然每天能看到那麼多的香民迎來送往，可沒有一個人是真的站在她身邊的，就連端茶的婢女，也能看出她們對自己的不屑。而這些尖銳的小刺痛，在翩然想到是因為被孟華拋棄到這裡時，她的心在這最該清冷平靜

的佛寺裡產生了躁動。

　　一個人的嘴可以說出拙劣的謊言，可一個人的眼神騙不了人，當她逼問孟華的時候，她清楚地看到他眼底閃過的慌張。如果他對她毫無心意，為何要假借作畫之名把她叫來無重殿？為何要對她跟孟澤的「串通」故作不知？又為何，在聽到她不是他妹妹的話時不追根究柢？是不敢面對，還是真的不信？

　　如果他對她毫無心意……在聽到她對他懷了大逆不道的心思後，為什麼沒有殺了她？既然孟華要否認到底，那她還有什麼好怕的？

　　十日後的一夜，天下微雨，翩然跪在佛祖跟前，直到婢女們都回去睡了，她起身裹上黑袍，從寺裡的側門溜出去。

　　幾日前，她在寺廟裡意外碰到新晉的禮部侍郎之母，來為她兒子求姻緣，蔣淮這個名字進入到翩然的視線中。若她和禮部侍郎在一起，他還會那般嘴硬嗎？

　　翩然知道自己這個想法很瘋狂，可當她發現自己為了孟華而忘記報仇的這個事實，且自己的這個軟肋卻被孟華利用，意識到這一點的她，已經瘋了。

　　蔣淮，家世不俗。父母原本是皇商，和朝廷有些關係，蔣淮身為獨子卻不嬌氣，頭腦聰明，念書通透，只考一次就中了三甲，再加上一表人才，蔣家一時間成了門第顯赫的熱鬧門戶。許多同僚朋友，或者是門當戶對家中有適齡待嫁閨女的，紛紛跟蔣家提親。可蔣家的眼光高於山頂，統統看不上。

　　這些實情，在蔣母為其姻緣操心時，都說了出來。翩然花了點錢，便知道要去哪裡尋蔣淮本人。難為蔣母白日在寺廟裡求佛，晚上本人在歡意樓喝著花酒，翩然落座在一樓大堂的角落，遠遠地觀察蔣淮。

　　他和別的色鬼還是很不同的，至少只是喝酒，望著袖飛鳳舞的姑娘們，眼裡的欣賞多過占有的欲望。即便是同桌的其他人攬著姑娘的腰落座不肯放手，他依然正襟危坐，無非是多喝了幾杯而已。

　　這樣的人，翩然在星月樓的時候也見過一些，要麼是坐懷不亂的真君子，要麼是故作矜持的臭流氓。哪一種都好，於她而言，這些不重要，他只是她利用的工具罷了。

翩然待他喝到站不起來，左右搖晃之時，讓姑娘扶他上樓休息。待人群散去一些後，她獨自進到房間，來到蔣淮床頭仔細打量他的臉。剛才隔得遠了，沒有現在這般清楚。原來傳聞無誤，他長得的確端正，只是……比起孟華，他還是要差得遠了。少了溫暖不羈的笑容，少了白皙的皮膚，少了眉眼間的深邃，少了她的喜歡。

蔣淮嘴角嘟噥著什麼，側過身去繼續陷入深睡，而翩然則是褪掉黑袍，褪下單薄的衣衫，上了蔣淮的床。

幽池看到躺在蔣淮身邊的翩然，閉上眼睛時，眼角掉落了淚。

師父說過，夫唯不爭，故無尤。翩然偏要跟孟華爭一個高下，偏要爭一個真心所言，於是她把自己置於極度扭曲的位置，做著這些她並不情願的事。

蔣淮醒來之時，意外發現旁邊躺著一個人，還是一個女人，這個女人還不是一般的女人。

「公，公主？」蔣淮倒吸一口涼氣，瞬間清醒，他跌坐在地，不知該如何面對。

翩然坐起，不論悲喜，用衣衫攔在胸口冷目望他：「蔣淮，本宮若嫁你，你可願意？」

「……」蔣淮以為自己聽錯了。

「怎麼？你不願意？」翩然皺眉。

蔣淮一個激靈，將地上翩然的衣衫拿起來，雙手遞上：「微臣會對公主負責的，微臣……會去向皇上請旨。」

翩然垂眸，拿過衣衫，冷冷道：「那就好。」

蔣淮是個聰明人，而他那眼高於頂的母親，焦急盼他儘早成婚，可又都推了那些官家富家的小姐，說明他們的野心遠不於此。如今，她這個公主竟投懷送抱找上門來，他沒有理由不抓住這千載難逢的絕世良機。儘管她這個公主剛剛被「發配」到了天澤寺，可兄妹之間怎麼會有真正的仇怨呢？

翩然穿戴整齊之後，讓蔣淮去把他的同僚們都叫過來，蔣淮只是微微一怔，便明白了翩然的用意。有人見證堂堂承樂公主跟禮部侍郎一起從房間裡出來，沒有人敢當面說什麼，但這樣一個鐵板釘釘的事，會傳遍整個

朝野，也一定會傳進孟華的耳裡。

翩然故作無視地挽著蔣淮的手臂下樓時，心裡湧起一陣期待的快感。她好久沒有這麼快意過了。

果真，翩然成為蔣淮准夫人的翌日晚上，天澤寺裡迎來了一個不速之客，孟華踏著夜雨進到了她的房間。

翩然正在念經，他推門進來得太急，風帶著雨，把燭火吹得彎了一大截，幾欲熄滅。陪在翩然身側的宮俾，見突然闖進來一個男子，剛要驚叫，孟華已把頭上的帷帽扯了下來。

宮俾們認出他來，趕緊恭敬的行禮：「陛，陛下……」

「你們都出去。」孟華定定地注視著翩然的背影，她就像是沒有聽見他到來一般的冷漠。宮俾們不敢有違，趕緊出去把門帶上。

屋內的火光才重新正常，把他們兩個的影子扯得又長又深遠。

他問她：「是真的嗎？」

翩然低聲念佛的聲音裡，孟華清晰的詢問，比屋外的雨聲還要響。

她不疾不徐地念完最後一句，睜開眼睛。

「我問你，是真的嗎？」

孟華怒不可遏地走過來拽起她的手臂，第一次對她發了脾氣。翩然平靜地看著他，欣賞著他臉上的怒意，那是因她而起的，她竟感到十分滿意。

她把匕首插進他胸口的時候，他沒有發怒；她跟孟澤頻繁見面的時候，他也沒有發怒；她讓他殺了她的時候，他更沒有發怒。而此刻，他終於怒不可遏——因為她上了蔣淮的床。翩然得意地大笑出聲，她的笑聲在佛祖面前，顯得那樣狂妄放肆。

她總算抓到了孟華的謊言，總算戳痛了他的弱點，在這傾盆大雨的深夜，逼得他來找她。這樣的勝利，如何不大笑一場？

「你笑什麼？翩然，你別以為你是公主，就可以任意妄為！回答我！你跟蔣淮是不是真的！」

孟華用力地扳過她的雙肩，像是要把她捏碎了一般。可越疼，翩然就越清醒。

她笑夠了，盯著孟華幾欲噴出火焰的眼睛，冷聲道：「陛下這是一夜

未眠嗎？雙眼這般紅腫？怎麼？因為你的妹妹這麼快找到一個好夫婿，而激動到睡不著嗎？」

「你！」孟華倏地抬起臂膀，手掌高高舉起。

翩然望著他停住的掌心，赫然想起父親曾經也有過這樣的舉動——她把真正的承樂推下山崖的那天。

生氣地想要打她，最終沒有落下的心軟。

緩緩放下的，是失望。

是無盡的失望。

第六章

「既然這是你的心願，我成全你便是。」

這是孟華留給翩然的最後一句話。

翩然在驚雷和雨聲中，耳邊反覆地迴響著孟華的這句話，等她反應過來時，已人去廟空。

佛像前，翩然癱坐在地，哭得無聲又無助，她猶如一個被肢解的美人，無心無念。哭罷之後，翩然病倒了，在寺裡躺上兩天後，翩然直接搬去了蔣府。她不想回宮，更不想面對孟華。說到底，她不想面對的，是隨時會心軟絕望的自己。

幽池看著翩然穿過蔣淮驚愕的視線，面無表情地踏入蔣府門檻，彷彿看到她踏入了自己親自鑄建的九幽地獄。

公主入府，蔣淮全家都表現得戰戰兢兢。翩然看著他站在身邊拘著禮，大氣都不敢出，冷聲道：「你這個樣子，怎麼能做我的夫婿？」

蔣淮深吸一口氣，大著膽子說道：「下臣對於公主要嫁於下臣之事，至今還……還……還誠惶誠恐。」

翩然眼睛都懶得抬，丟給他一句：「放心吧！聖旨一到，一切就都是真的。」

她用對孟華的愛，壓下了對他的恨，她知道，哪怕在寺裡的那夜，他說出一點點真話，她連那些恨都想放下了……

不曾想，連等了五日，翩然在蔣府都沒有等到孟華的聖旨，派了婢女去宮裡問，才知道孟華去秋獵了。

緊接著，孟華遇刺的消息，便傳到了翩然的耳裡。

——

猶記得那個夜晚，烏雲密布，空中無星，孟華身邊的貼身太監，深夜過來找到翩然，急聲道：「公主殿下，陛下受傷了，您趕緊去看看陛下吧！」

翩然腦子一嗡，無法思考，隨手披上一件單衣，便跟著太監去到圍場。深夜之中，營帳微弱的光映照在帳布上。簾一掀開，床榻上的孟華昏

迷不醒，他赤裸著上身，胸口的血漫開在雪白的紗布上，臉色煞白。翩然怔怔地走過去，她跌跪在床榻邊，不敢置信自己的眼睛。

「陛下胸口中了一箭，險些傷及心脈。隨醫的大夫說九死一生……若是能平安度過今夜，便有活下來的可能。」太監的聲音顫抖著，字字戳心。

翩然的淚水在眼眶裡打轉，模糊了眼前的人。

她忽然問道：「德王殿下也跟著來圍場了嗎？」

「是……」

翩然倏地起身，交代道：「好好照顧陛下。」

她憤憤地轉身走出營帳，抓過巡邏的士兵，讓其帶她去孟澤的營帳。

營帳裡，德王正在看書。翩然未經通報，推開守帳的士兵，怒氣沖沖地衝進來。

「殿下，公主一定要進來，我攔不住……」

孟澤擰眉，抬手示意士兵退下。

「這麼晚了，妹妹如此殺氣騰騰地來到我處，所為何事呢？」孟澤陰陽怪氣地放下手裡的書，他站起身來，雙手背到身後。

翩然忍無可忍地瞪著他，忽然邁步上前，揮出一記巴掌。當她想再揮一巴掌時，手腕已經被孟澤死死握住。孟澤上一秒的笑容，變成了冷酷的凶狠。

「你發什麼瘋？上次元宵節，你壞了我的好事，我沒有找你興師問罪，你反倒跟我囂張起來？」他一把將她推倒在地，毫不手軟。

翩然抬頭，冷笑中滲透出歇斯底里：「你真以為你能把孟華給殺了？我告訴你，你殺不了他。你就是給我發了匿名信，知道我是冒牌的公主，你就是惱羞成怒製造了一場意外，還是殺不了孟華！你不但殺不了他，你還會給自己惹上一身腥臭！你簡直愚蠢至極！」

孟澤的額際青筋暴起，他質問翩然：「你說什麼？你是冒牌的？」

可很快地，他臉上的憤怒，逐漸變成玩味的笑容：「公主……妹妹……你居然是假的？」

翩然卻是一怔，她困惑地問道：「你這話是什麼意思？」

孟澤笑得猙獰又滲人，他揪過翩然的衣領，將其從上到下的打量：

「我蠢？我可沒你說的那麼愚蠢！你以為皇帝哥哥的受傷是我做的？若真是我做的，你現在不該出現在本王的營帳，而是陛下的喪禮之上。本王看來，真正蠢的人是你吧！什麼匿名信？本王根本就不知道什麼匿名信，不過，本王倒是弄清楚了你的軟肋是什麼！」

翩然的腦子嗡嗡作響，她一時之間猜不透孟澤話裡的意思，而他那詭異的笑臉，在她的眼前不停地晃動，像一張巨大的蛛網要把她困死！

「你說，你沒有發過匿名信給我？」

孟澤挑眉，只覺得翩然這發怔確認的神情著實可笑。

「我若知道你是冒牌的，可是實打實的證據，何必要拿捏你對大哥的情感？」

沒錯……

就是如此……

就是這裡奇怪！

翩然終於弄明白了——此前，她心裡曾有那一晃即逝的異樣，究竟是怎麼回事？

當初，她之所以輕信孟澤的威脅，除了自身底氣不足之外，更害怕孟華會知情，這般隱私之事，只能是他們幫忙尋找公主下落的皇子知道。

可如果不是孟澤，那會是誰把匿名信寄給她的？翩然再不想去懷疑他，還是按壓不住內心的波瀾。她踉蹌地從地上爬起來，轉身想跑出營帳外，被孟澤一把抓住頭髮。

「你可是我翻盤最好的利器，我怎會讓你逃走！」

「放開我……放開我！」

翩然抓著孟澤的手，拚命用指甲抓他的手臂，希望他鬆開自己。可孟澤看到了自己不費吹灰之力就能把孟華趕下龍椅的希望，勝利的狂喜占據了他所有的思緒，根本感覺不到手臂上的疼。

要知道，承樂公主若是假的，那靠著尋到公主而登上龍座的孟華，可就什麼都不是了，根本名不正、言不順！

這一刻，翩然被壓在地上，被掐著脖子，孟澤的臉猶如地獄魍魎，對著她笑得開懷，好像欣賞著他任意擺弄的戰利品，她害怕極了。

就在翩然感覺自己快要窒息暈過去時，突然營帳被人掀開，一個熟悉

的身影衝了進來。孟澤被踹倒在地，翩然感覺自己的脖子突然一鬆，她阻斷的氣息突然回沖進胸膛，引起劇烈咳嗽。

翩然蜷縮起來，她終於看清所有人——是孟華帶著侍衛們衝進來，持劍抵在孟澤的脖子上。他們從容不迫，行事俐落，彷彿早已等待多時。翩然才親眼見證過身受重傷的孟華，此刻卻全然無事。

孟澤大驚失色地指著他，問道：「你……你沒有受傷？」

「怎麼？你希望朕有事嗎？」孟華壓眉，眉峰凌冽。

孟澤語塞，一個字都說不出來。

「來人！德王殿下傷害公主，將其拿下！即刻囚禁在營帳之中，稍後帶回京城治罪！」孟華冰冷地開口下旨。

所有侍衛跪地領旨：「是！」

孟澤後知後覺地看向孟華和翩然，氣地歇斯底里道：「你們兩個設計害我？你們兩個合夥設計害我……」

翩然望著孟華，如夢初醒。只有她自己知曉，這一場把德王拿下的布局，她扮演了什麼角色。

那封匿名信是孟華發的。這場捉拿，他利用她利用得極盡漂亮。從頭到尾，孟華都是那個黃雀，她充其量不過是一隻螳螂罷了。

翩然被孟華抱著走出營帳，她不哭不鬧，乖順得像一個孩童。直到回到孟華的營帳，翩然被放到床上。孟華抬手查看翩然脖頸上，孟澤的掐痕還沒有消退，被翩然冷冷打掉。

「這裡沒有外人，你我之間不必再演兄妹情深。」

孟華自知說什麼都無法彌補現在她受到的傷害，他垂眸半晌，嘆道：「如果你願意，你依然是承樂公主，我們之間……」

「孟華。」翩然喚他的名字，打斷他的話，「你可曾喜歡過我？」

孟澤罪不至死，但傷害公主的罪名，足以讓他把兵權從孟澤手裡奪回。如今，他已經是最大的贏家，這樣一個簡單的問題，總該回答她才對吧？

孟華定定地看著她：「若朕說喜歡你，你可會嫁給蔣淮？」

四目相對，觸及靈魂。

他英俊的容顏在一身盔甲下，顯得那樣傲然風姿，是啊！他早已不是

山洞裡那個她撿到的少年。又或者說，她從來都沒有撿到過那個明媚的少年，一切不過是她的幻想罷了。

如今，翩然終於從他口中聽到了「喜歡」二字，卻發現自己的心徒增悲涼。

燭火微晃，她雖活著，眼神裡淌滿了死水，了無生機。翩然的心疼得厲害，她忽然覺得命運跌宕，造化弄人，慘笑間，她臉色蒼白說道：「自然是會嫁給他的了，因為——」

她貼近他耳邊，一字一頓地說道：「我懷了他的孩子。」

孟華脖頸上的青筋一瞬間躍起，他的呼吸被翩然的這句話絞殺得一乾二淨。

翩然緩緩直起身形，看著他冷如冰霜的臉，從床上下來跪在他跟前道：「請陛下成全。」

孟華站起身來，盔甲上的披風甩在她的身上。

「何來成全？賜婚聖旨早已下了。」他背著身，聲音清冷，「放心，哥哥一定會給你一場最盛大的婚事。」

翩然的唇邊溢出慘烈的冷笑。瞧啊！這才是他，這才是真正的孟華！

她深愛的人，竟然可以把心意當做交易，哪怕是表露出那一絲可憐的心跡，也不過是帶著勝負之欲的攀比。翩然無聲地流淚，她勸慰自己，夢該醒了，她對孟華的心，也該死了。

七日後，蔣淮被孟華封為大將軍，接管了孟澤的兵權，即將與承樂公主成婚，一躍成為新晉的朝廷寵兒。孟澤則被重兵看守，幽禁宮中。

榮寵更替如此之快，毫無情理可言。昨兒個還是旁人眼裡看不起的小角色，今天便成為眾人眼裡高攀不起的佼佼者。孟華答應翩然的盛大，便是從封她夫君為大將軍開始的。

十里紅妝，千里相送。一襲大紅嫁衣坐上花轎，一路從宮裡踏著花瓣和紅毯去到蔣府，城裡百姓兩道圍觀，焰火通天，照亮漆黑夜色猶如白晝。她將得到整個天下的祝福，成為這一日唯一的新娘。

所有人的歡呼和感嘆，穿插在焰火之中，翩然定定地看著前方，聽不到自己內心的歡愉和悲涼。她是個姑娘，她小時候也想過會嫁給什麼樣的人，有怎樣的婚禮。娘親告訴她，不管穿什麼衣裳，有什麼樣的婚禮，最

重要的是嫁的那個人，夫君如何，此生便如何。

她不瞭解蔣淮，也不瞭解孟華，但她瞭解自己。此生如何，不重要了。

吹吹打打，張燈結綵，喜慶紅妝，抬至蔣府。蔣家的人笑開了花，對於這樁婚事的滿意程度溢於言表。特別是蔣母，她對這個公主媳婦，歡喜到可以連著去城隍廟跪上一輩子了。畢竟她還沒有嫁過來，就能讓自己的兒子成為當朝大將軍，這樣的榮寵，實乃三生有幸。

蔣淮一身新郎官的行頭，精神奕奕，他來到花轎旁，親自背翩然下轎。

公主出嫁，一路到新房，腳不可沾地，蔣淮背著翩然，緩緩地，穩當地，一步一步地踩上臺階。

喜帕下，翩然看著一階一階的臺階，就這樣搭起了自己親自選擇的未來。

突然，她聽到蔣淮輕聲說：「我會對你好的。」

翩然以為是自己的錯覺，只聽到他又說：「哪怕你心裡的人不是我。」

她什麼都沒有回應，甚至連心中的動容，也不曾因他的話而泛起。

婚房裡，蔣淮把翩然放下，兩人並肩而坐，接收喜娘的婚嫁規矩，結同心結，喝交杯酒……直到一番繁瑣的禮節全部完成。

眾人散盡後，蔣淮長籲了一口氣，拿喜稱挑起喜帕，跟翩然說：「今日公主也累了，早些休息吧！」

說著他便要起身，翩然按住他的膝蓋：「你去哪兒？」

蔣淮微怔，溫和地說：「我……我去桌上睡。」

翩然的聲音略顯清冷，她看著他的眼睛，說道：「你我已是夫妻，哪有分開睡的道理？」

蔣淮有些無措。

翩然忽然又問：「你剛才說的話是何意？」

蔣淮低著頭，自嘲一笑，說道：「我陪同僚去過不少次的風月場合，自然瞭解姑娘的心思。姑娘家的眼睛是不會說謊的，公主有心上人了，是求而不得才會如此。雖然我不知公主為何選了我，又或者是公主沒有選

我，只不過……剛好是我。」

他如實地說著，坦然的眼眸倒有些灑脫：「不過怎樣都好，母親滿意，婚事對我有益，反正我也沒有心上人，只當遵守上天安排便是。」

翩然本以為他只是一個浪蕩子，不想，他和那些人還是有所不同的。

「既是上天安排，我們便不可辜負。」翩然俯過身，手落在他的腰間，開始解他的腰帶，「你我既是夫妻，以後福禍一體。你承諾對我好，我也將承諾你，你想要的一切……」

翩然主動盡一個新娘的義務，她必須要實現她說過的謊言——懷有身孕，要盡快懷上蔣淮的孩子。

這一夜，是她跟孟華的終結。

這一夜，是她跟蔣淮的開始。

當翩然的氣息和蔣淮的氣息交織在一起時，她的眼角流下了滾燙的眼淚。

幽池想，這滴眼淚不必過分解讀，就如同翩然的心，不必過分探尋其變化。

修心在明道。若常湛然，其心不動，昏昏默默，不見萬物，冥冥杳杳，不內不外，無絲毫念想，此是定心，不可降也。若隨境生心，顛顛倒倒，尋頭覓尾，此名亂心也，

誰能說，翩然從對孟華的單純歡喜，到後來的偏執，再到現在的放手，不是修心的必經之路呢？師父說過的，人沒有一步是多餘的，哪怕最後彎彎繞繞，又回到起點，又怎知這個起點當真毫無變化？

一夜春宵，蔣淮和翩然成了真正的夫妻。蔣淮也像承諾過翩然進府時說過的那般，會對她好。他不再去青樓喝花酒，專心朝政之事，恪守本職，無其他事便回家陪母親、陪公主用膳。即便遇到同僚以商談要事為由，去那些煙花之地，都被他婉拒了。

漸漸地，外人傳出了一些閒話：

駙馬為自己前程做姿態，惺惺作態。

駙馬如此是懼內，公主是母老虎，管得嚴。

駙馬和公主不過是一場新君需要的聯姻，只因看中蔣淮的，不是公主而是皇帝。

……

流言蜚語，此起彼伏，即便翩然在蔣府裡，也能聽到這些閒話。不過，她和蔣淮誰也沒有提過這些閒話，照舊平順地過著他們的日子。蔣淮偶爾會下廚，給翩然做一些小菜，翩然出府買胭脂衣料時，也會想著給蔣淮做幾身衣服。

蔣母愛子心切，看到兒子竟然十指沾水，做一些下人才需要做的事情，自是心有不忍。想要干涉自己兒子和兒媳的生活，但都被蔣淮親自拒絕了。他堅定地讓蔣母不要干涉他們夫妻之間的事，他心甘情願地為公主做這些。蔣母被兒子的態度震懾到，黯然神傷地偃旗息鼓，從此不再多話。

對於這一點，翩然是心存感激的。要知道，她在星月樓裡身為凝露時，看過不少大男人被母親震懾的場面，他們不敢違背母親，便把火發洩到內人身上。

蔣淮早年喪父，由母親帶大，他能做到如此，更加不易。

翩然想，若她不是承樂公主，若蔣淮不是大將軍，就這樣如此平淡地過下去，不追問原委，也很好。人生如大夢一場，何必探究的那麼仔細呢？也許把前塵往事丟掉，真的可以輕鬆很多。

翩然對蔣淮沒有一見鍾情，卻在相處中逐漸變得柔和起來；蔣淮沒有對她發過脾氣，跟她用餐的時候，會講每天發生了何事，睡覺時會輕輕地抱著她，但又非常尊重她的保持身體的距離。他外出去做甚、見誰都會知會她，不時地會帶一些小東西回來送給她。

他們之間的生活，過得很平靜，猶如別的小夫妻那般。翩然開始習慣一日三餐都有蔣淮，開始習慣每天都能看到他。甚至開始習慣……他會成為她孩子的父親。

翩然懷孕了。

這是老天唯一一次順從她的心願，在新婚的那晚後不久，翩然便發現自己懷有了身孕。醫館裡的大夫為她把過脈後，樂呵呵地抱拳道：「恭喜夫人，您要做母親了！」

「母親」二字，猶如兩根針紮在翩然的心口，令她刺痛了一下。她的手緩緩地放到平坦的小腹上，彷彿真的感覺到一個生命在自己的身體裡停

留下來，要一點點地變大，一點點地成為她生命中的一部分。

　　而翩然失去親人的痛，彷彿可以因為這個孩子而找到一種彌補，她失去的圓滿，似乎又要回來了。於是，翩然告訴蔣淮這個好消息，蔣淮喜形於色，緊緊地擁抱了她。

　　「夫人，你可想好了？一旦生了屬於我們的孩子，你這輩子便註定是我蔣淮的人了」

　　翩然知道，蔣淮是在給她選擇的機會。他說過，若她之後改變了心意，他會放她走。她並沒有猶豫，伸出手臂回抱住他，點頭道：「想好了，做蔣夫人其實……也不錯。」

　　蔣淮像個孩子一般笑了。

　　翩然感到他的雙臂又摟緊了她一些。在他的溫暖懷抱中，她體會到了久違的安全感，她的心本來都死了，卻在蔣淮的細心關懷下，重新活了回來。她甚至不願再去回想起孟華的臉，翩然心裡的恨，真的就快要消失不見了。

　　時間一晃，到了八個月後，邊境傳來戰事。

　　身為大將軍的蔣淮，需要帶兵去往邊境平亂，若這次能打勝回朝，那他大將軍的名號便不再是虛名；若這次打了敗仗，這個虛名就會成為笑話。所以於蔣淮而言，至關重要。

　　蔣母擔心不已，如果可以，她寧願蔣淮不是什麼大將軍，還是如之前一樣，即便沒有光輝前程，至少能保證平穩順暢。蔣母甚至求翩然，是否能換人前往。

　　翩然握過蔣母的手：「既要榮光，便要有所擔當，這是必然之事。」

　　「可是……戰場無眼，誰又知道是個什麼光景？你現在臨盆在即，難道不擔心孩子他爹嗎？」

　　「我們得相信他，相信他一定會平安回來。」

　　蔣母無言以對。

　　事實上，聖旨一下，戰事一觸即發，誰也不能改變什麼。

　　蔣淮把兩個最親近的女人抱在懷裡，向她們承諾：「我當保重自己，得勝歸來。」

　　翩然靠著蔣淮，能聽到他的心跳聲，她心裡的害怕不比蔣母少。

年少時遇到驚艷的人，一輩子都不會忘懷，可平淡的歲月裡陪伴在身邊的人，才是最不可失去的。翩然與蔣淮二人獨處時，曾問他是否真的有把握平安歸來？翩然跟他彼此承諾，不會跟對方說謊。

　　蔣淮略顯憂思地說道：「我之前沒有帶兵的經驗，這次雖說有兩位資深副將跟隨我左右，可決策之事，必須要由我親自決斷，希望我之前看的兵書，能幫我正確決斷。」

　　言外之意，他並無把握。

　　翩然雖無奈，卻也只能點頭道：「我和孩子都會等你回來。」

　　「此去邊境，福禍不明，若我不能回來，煩請幫我照顧我的母親。」蔣淮握過翩然的手，認真懇求，翩然的心底一慟。

　　蔣淮抬手輕輕地拂過她美麗的容顏：「若我不能回來，你便忘了我，好好地生活。」

　　翩然別開臉去，哽咽道：「你不要再說了。」

　　蔣淮微怔，把手縮回，局促一笑。

　　燭火跳躍，如外頭星光點點，翩然內心的不安，像一瀉千里的洪浪，彷彿再多說一句便要失控了。

　　蔣淮明日就要出發，她起身讓他早些休息。

　　「承樂。」他拉住她的手，「明日我便要走了，我想問你一個問題。」

　　「等你回來再問。」翩然推開他的手，走向內室。

　　她知道他要問什麼，等他回來，他便知道她的答案。

　　翩然閉上眼睛，堅信蔣淮會平安歸來，因為她在意的人，不能一個一個都消失不見。

　　翌日，翩然親自為蔣淮穿上戎裝，送他到門口，蔣淮與她相顧無言，千言萬語都凝結在瞭望向彼此的留戀眼神中。他終是跨上馬，攜隊離開。

　　而蔣淮剛走不久，後腳宮裡的太監攜旨到了。孟華有旨，為大將軍無後顧之憂，要將翩然接進宮裡照顧，直到生下孩子為止。蔣母剛送走了兒子，又要和兒媳分開，甚至孫子出世都不能親眼見到，她想要為蔣府辯駁兩句，不料卻在起身間，情緒過於動盪而暈過去了。

　　翩然呵斥催促她上馬車進宮的太監：「我娘暈過去了，你沒看到嗎？

有什麼事本公主擔著！」

太監不敢造次，翩然命令下人趕緊把大夫找來，她要等蔣母醒了再走。

蔣母這是氣急攻心，醒來後緊緊地抓著翩然的手，不肯放開：「陛下這是要把我的兒子帶走後，還要把我的兒媳和孫子都帶走啊！」

翩然垂眸，無法反駁蔣母的話。司馬昭之心，路人皆知，可是知道又如何？皇權之下，他們什麼也做不了。蔣淮必須去邊境平亂，蔣母必須接受聖旨，她必須進宮去，因為那個人是皇帝，他擁有無上的權利。

翩然只能安慰蔣母道：「放心，娘，我會帶孩子平安回來的。您一定要保重身體，等著我們回來。」

蔣母再不捨，也是要放開翩然的手。翩然吩咐管家好好地照顧蔣母，隨後，她與太監上了進宮的馬車。

整整八個月，她再次見到了孟華。當翩然重新出現在無重殿，看到坐在龍案上的那個人的那一刻，她只覺得恍如隔世，又彷彿只是昨日重現。孟華的容顏沒有一點變化，一旦對視上他那雙眼睛，就欲跌入深海。一身龍袍在他身上，顯得更相得益彰，他的眼底也全是深不可測的算計。

在來的路上，翩然一直在想，再面對他時會是什麼心境，害怕？激動？憤怒？

直到真的看到了，翩然才發現原來都不是，面對孟華，她竟做到了心如止水，毫無感覺。這張臉，這個人，關於他的一切，已然與自己無關。翩然看著他，只想到他無情地把自己的安穩日子給打破了。

「不知陛下找承樂進宮所為何事。」翩然跪地，恭敬行禮。

孟華沉聲道：「聖旨上已然說得清清楚楚。」

翩然則是順勢道：「那便請陛下放承樂回府，在自己夫君家中，承樂才能安心生產。」

孟華似笑非笑，坐在龍椅之上的他，顯得那樣心思難測：「承樂，你在朕面前提你的夫君，在娘家人面前提婆家人，是不是沒把朕放在眼裡？」

翩然抬頭，他讓她心底一掃陰霾的燦爛笑容不復存在，只剩下讓人害怕的猙獰和寒冷。

她不再言語。如今，她的肚子裡有著不能被孟華激怒的軟肋，她得保護自己和蔣淮的孩子。

　　「放心！朕會好好照顧你的，這麼久沒見，朕也很想你。」他起身，一步步下臺階，親自過來扶她，「我們好好地聚聚兄妹之情。」

　　孟華帶她重回雲錦宮。一路上，他都牽著她的手，肆無忌憚，光明正大。

　　翩然的餘光總是和他的側目碰撞，他在盯著她隆起的肚子看。

　　翩然對他，充滿了警惕，翩然總覺得空氣裡彌漫著濃重的殺氣。她唯一慶幸的是，身為皇帝的孟華，做任何事都要師出有名才可。這是他的顧忌，也是她唯一的機會，不過事實證明，翩然想錯了。翩翩公子，一旦失去了理智，比瘋子還要瘋癲。

　　雲錦宮內，昔日的宮婢裁撤大半，只有零星幾個守著宮門。花圃裡的花也無勝許多，踏著荒蕪的前院，翩然有一種踏入牢籠的錯覺。宮室內，原先她休憩的外堂，竟被改做了孟華的書房。翩然看到書案上有很多孟華的奏章，隨行太監更是把最新的一摞放上來進行整理。

　　「從今日開始，朕辦公於此，便能更好地照看你。」孟華微微一笑，往榻上一坐，拉翩然在旁邊坐下。

　　太監上茶後，他的袍袖一揮，太監領著宮婢們統統退下。

　　翩然把自己的手收回，她的手心已經出了冷汗。

　　孟華親自給兩人倒茶，把茶杯遞到她嘴邊，問道：「新婚過得可還好？」

　　翩然猶如上掐機翼，面無表情：「很好！多謝哥哥關心。」

　　孟華落目她不打算接水杯的雙手：「不喝嗎？朕泡了你喜歡喝的菊花茶。」

　　「多謝哥哥，我現在……不渴。」翩然對上他的視線，盡可能地冷靜解釋。

　　「啪！」茶杯被他摔在了地上。

　　他臉上那不及眼底的笑，像融化的冰雪，冰凍了一切。

　　翩然無奈地閉上眼睛，不自覺地繃緊全身。很顯然，她的回答並不讓他滿意，她不願意激怒他，卻好像什麼也沒有做，也能輕易地激怒他。

「你怕朕給你下毒，打掉你肚子裡的孩子？」孟華睜眸，冷笑一聲，「你竟這麼在乎你跟他的孩子。」

翩然聽出孟華話裡的醋意，怔怔地看向他。

他的憤怒，他的在意，溢於言表，卻顯得那麼可笑突兀。

「我已嫁給蔣淮，我自然要在乎他，更在乎我跟他的孩子。」翩然盯著他的臉，反問道，「這有什麼不對嗎？」

孟華垂下的眼簾，透著深深的痛恨。

翩然看向地上撒掉的茶水，滿滿的譏諷：「陛下，難道說你後悔了？你現在得到了皇位，穩固了朝政，便想要跟我討要當初你不要的感情，我說的對嗎？」

孟華被刺痛，他扳過翩然的雙肩，盯著她冷漠的眼眸問：「你心裡可還有朕，還是已經愛上了那個蔣淮？」

翩然定定地看著他，嘴角上揚：「你是我的陛下，是我的哥哥啊！我心裡自然是有你的，但是——你怎麼能和我的夫君相談而論呢？」

當初，他有多麼想要當她的哥哥，現在，她就有多想成全他。

望著這景象的幽池明白，如果孟華沒有問出這句話，翩然的心裡對他，至少保留著在山上的時候那份純真的美好，偏生是孟華親自打破了這份美好。

孟華眼下一沉，捏過她的下巴，忽地俯下臉去，想要吻她。翩然下意識地是反手給了他一巴掌，她推開他，扶著肚子起身後退：「我已是蔣淮之妻，還請陛下哥哥自重！」

孟華的臉上火辣辣的疼，但這些，都比不上心裡的疼。

翩然口口聲聲的哥哥，口口聲聲的夫君，當真是把他們兩個人劃在銀河的兩端，再怎麼努力也跨不過去了。他緩緩轉過來的視線，看著翩然對自己的敵意和害怕，厭惡和痛恨，最後，落在她高高隆起的腹部上。

孟華起身，踏著地上的茶水和碎片拂袖離開。

翩然雙腿一軟，差點沒跌坐在地，不禁悲從中來，她模糊了雙眼。不知為什麼而悲，也許是為曾經放不下的這個人，變成了如今這般可怕又自私的模樣，亦或者……是為自己沒有信心保全自身和即將出世的孩子。這一刻，她無比地想念蔣淮。

之後，孟華每天都會來雲錦宮。而她卻不能出去，如同被軟禁一般，她失去了自由。

他每次黃昏來跟她一起用膳，之後便坐在外室批奏摺到深夜。翩然每日都能看到他，每日也只能看到他。偶有婢女過來換茶水、送吃食，她剛要開口，婢女立刻受到驚嚇一般，不敢多留，只是急忙離開。

邊境那邊如何，蔣淮是否平安的消息……翩然一概不知。

她明白，這是孟華故意為之，她若是想要打聽邊境和蔣淮的消息，只能問他。

他如何才願意告訴她呢？

所謂的三災八難，不割恩愛，不弄利欲，不除喜怒，不斷色欲。孟華和翩然就犯了四難，於這些為難中，他們相互折磨。就好像是一對相互攀扯在水裡的懸木，此起彼伏，不甘落後。

這一天，翩然鼓足勇氣，備好了孟華喜歡喝的酒和一些糕點，想要討好他。聰明如孟華，自然是知道她的心思。而翩然也不過是想從他這裡換回一點蔣淮的消息罷了。

「我見陛下今日心情不佳，可是有什麼事情發生？」

孟華一身龍紋黑袍內裡沒有穿內衣，白皙的身體突兀著兩道傷口，那是他在紫薇山上被孟澤襲擊留下的傷口。

孟華往榻上一側，抓過翩然的手往他腰間放：「你是關心我的事，還是關心你夫君的事？」

「陛下的事，便是我夫君的事。」翩然答得乾脆，生怕讓孟華的心有半點不妥。

「答得好。」孟華勾唇，淺淺一笑，他臉上的溫和不及眼底，將翩然越發拉近入懷。翩然的腹部撞到他的身上，出於一個母親的本能，她下意識地後退。

下一秒，她的下巴被孟華抬起，帶著一股嫉妒的憤怒，吻上了她。翩然大驚失色，拚命地想要推開他，但他把她的手扣得緊緊的，唇齒之間越發肆意。為了不傷到孩子，翩然只好隱忍地接受。孟華現在的表現，是她曾經期盼的坦白，只是時間錯了，一切便都錯了。

一滴熱淚滾燙地滑出她的眼角。孟華睜著眼睛看到她對自己的抗

拒和厭惡，就像是鋒利的刀刃，一下一下地紮進他的心裡，這種疼，難以言喻。

孟華到底還是放開了她。

「僅僅只是八個月，你就把我忘得乾乾淨淨了。」孟華兀自呢喃，他緩緩看向她，委屈又隱忍的眼淚，手指輕輕地落在她的肚子上。

見此情景，她驀地一驚。

「翩然，若你生的是我的孩子，你會不會重新裝下我？」他沒有自稱朕，而是我。他眼神裡的期許和無法描述的悲涼，讓翩然渾身發抖。

她生怕自己一動，他就會殺了她和肚子裡的孩子。

良久的沉默後，孟華突然說：「蔣淮打了勝仗，可他發來的捷報，比朕的探子整整晚了五天。」

翩然握拳。

「你說，你的夫君想幹什麼？」孟華在她的肚子上來回撫摸，笑容深莫難測，「你為了他願意違心地討好我，而他，是否能為了你付出所有呢？」

翩然猛地抓過他的手腕，雙手握住：「陛下，恭喜陛下有分憂國事的臣子，打了勝仗得勝歸來，他沒有功勞只有苦勞，若不是陛下有賞人慧眼，何有他出戰的機會。」

她兩分淺笑、三分賠好，剩下的五分於兩分和三分之間，不敢懈怠地遊走。如今的孟華，只是輕輕皺皺眉頭，就可以置人於死地。她能做的，唯有盡一臣子的本分，哪怕是偽善。

誰知孟華忽地甩開她的手，起身離開。翩然怔怔地側在塌上，覺得肚子有撕裂的疼痛感，她快要臨盆了。

「孩子，你要爭口氣，娘親一定會安全地把你帶到這個世上。」

不管翩然以前做錯了什麼，偏執了什麼，如今她為了自己的孩子，不管做什麼都沒有錯。這也是幽池唯一覺得世上的愛有堅固的存在。

大將軍蔣淮得勝的消息，很快就傳遍了宮內宮外，即將班師回朝的消息也甚囂塵上，就連宮外一個普通百姓家的孩子，都會跑到路上唱著慶賀的童謠，要加入這一熱鬧。可守護邊境的大將軍具體什麼時辰到，誰都不曉得。

這時的翩然十月懷胎，足月胎動，猶如死水的雲錦宮，終於躁動起來，很多婢女端著熱水進進出出，太醫和穩婆在外室跪了一地，翩然痛苦的叫喊聲響徹雲錦宮。

孟華一直都在，他在外室背對著內室站著，太醫不斷地跟他彙報翩然的情況——

「陛下，公主是頭胎，會生得久一些……」

「陛下，公主怕是難產……」

「陛下，嬰兒的頭久久出不來，恐會窒息……我等請旨，是保公主還是保孩子……」

翩然不是一個人在孤軍奮戰，外邊的孟華也跟隨著她的每一個危機變化在熬著。當太醫們請命是保誰時，他毫不猶豫地轉過身呵斥道：「當然是公主！朕的承樂公主絕對不能有事！」

「是，是是……」

太醫們嚇地癱坐在地，連滾帶爬地入了內室。

翩然的哭聲，像奮血廝殺後還要艱難發出的哀求：「不要……誰也不能傷害我的孩子，不要傷害我的孩子……」

內室放下的簾子皺褶又飛起，落地的每一瞬，裡邊的狼籍慌亂可窺一角，只是一瞬都不忍再看多一眼，所有人都揪著心。大將軍即將回來，公主被皇上親自接回宮中照料，若是產子發生不測、會引發怎樣的動亂，誰也不知。

不知道過了多久，終於迎來一陣清脆的嬰孩啼哭聲，翩然則是精疲力盡地昏了過去。

太醫歡喜地跟孟華通報：「陛下，公主產下一位男公子，母子平安！」

孟華的心總算可以放下，他也累了。

「陛，陛下？」

孟華跌坐在塌，揮揮袖子：「走吧！你們都下去。」

「是……」他們面面相覷，應聲下去。

他拉開簾子，入內室。看著翩然滿頭的汗水，凌亂的衣領還有她旁邊的孩子，孟華的心像是大海上的一方孤舟。

這些天，翩然待在他的身邊，他雖然感覺到她跟他的距離，但都沒有現在這一刻如此強烈，她拚盡全力和他無關，她身側的這個孩子，更是證明了她的疏遠。

他連最難纏的孟澤都能搞定，卻搞不定一個女人……

他不允許自己得到了天下，卻失去了她。一股貪念驅使著孟華走向床邊，他的手，伸向了襁褓中的嬰兒。也許是母親的意念，也許是翩然一開始就沒有真的相信過孟華，所以即便虛弱不已，她也還是強迫自己迅速地清醒過來。

就在孟華掐住嬰兒細小的脖頸時，翩然從枕下抽出一把匕首，毫不猶豫地插入孟華的手背。孟華低吼一聲，收回了手。翩然抱過孩子，吃力地坐起往床角靠去，手裡沾血的刀死死地對著他。

「別過來！你別過來！」

孟華摀著受傷的手，看向她警告道：「你別做傻事，否則，你和你的孩子都活不了。」

他知道翩然的性子，她為了保護想要保護的人，可以犧牲掉自己的性命在所不惜。他不怕她傷害他，怕的是她傷害自己。

「孟華。」翩然撐眉望向他，曾經愛到可以為其放下仇恨的人，如今成了要傷害她和孩子的敵人，過往的一幕幕，都陷入了扭曲的可笑境地，「你，可曾對我有過真心？從你見到我的第一面開始，明知道我不是你要找的那個人。點燃我的恨意，讓我別無選擇，將我帶入皇宮成為承樂公主，利用我完成你想要完成的一切，你可有……哪怕是一刻的真心？」

哪怕有一刻的真心，他都不會這麼對她！

孟華垂下受傷的手，眼神陷入回憶：「對！從我見到你的第一面開始，我就知道你不是我妹妹，給你看的父皇的美人圖，是我換過的。你收留我的當晚，你父親便知曉我的身分，向我請罪，跟我說了當年你把妹妹推下山崖的事。當時，父皇病入膏肓，孟澤追得緊，我只能將計就計，把你當是真的。為了防止你會被我弟弟拉攏，你們全家人的性命，必須要折在孟澤的手裡。你曾經為了你的家人，不惜成為一個壞人，這一次，你同樣會為了選擇為你家人復仇來找我。我把滿是仇恨的你帶回宮裡，利用孟澤的不死心，適當的推波助瀾，把你送到他那邊去……」

361

「那我對你的感情呢？你也算計在其中了吧？不然，你怎麼能成功？」翩然冷笑。

「沒錯！」事到如今，孟華沒有什麼好不能承認的，他苦笑自嘲，「我只是忘了把我對你的感情算在其中。」

孟華心念一慟，深情地對翩然道：「翩然，再給我一次機會好嗎？我帶你回紫薇山上，你不要做什麼將軍夫人了，你只做我的翩然，好不好？」

翩然立刻把匕首抵在自己的脖子上，眼神冰冷地帶著最後告別的笑意：「陛下哥哥，放過我的孩子。」

孟華還打算再向前一步，可翩然不是在和他說笑的，他以為她不敢——翩然毫不猶豫地用匕首割開了脖頸的血管。她甚至都沒有閉上眼睛，死死地盯著孟華，堵上性命來警告他，不要傷害襁褓裡的嬰兒。孟華瞪大眼睛，呆呆地站著，翩然就在他的面前，自刎了。

她在失去意識的前一刻，感覺自己墜下了高殿，彷彿穿透了一個接一個的雲層，耳邊的風真大，風像是從皇宮門口瑟瑟吹來的。她好像看見了宮燈在風中緩緩旋轉，明明暗暗，照耀著宮門前的靈獸石像……那是鎖了她一生的皇宮。

翩然在這時想，死後會否得以轉世呢？想來她生前說謊那麼多次，真的可以得以轉世？倘若真有來生的話，來生……她一定不要騙旁人，更不會騙自己了。

孟華望著倒在血泊中的翩然，他眼中的絕望透露出哀戚，半晌，他顫抖地喚道：「翩然……」

翩然卻再也不能回答他。

她臉上的笑容還在，在渙散的瞳孔下，彷彿留下一個謎題給他。

孟華抓過她的手，不敢相信她這麼突兀地把他丟下，不敢相信她剛剛說的話，便是對他的遺言……

他跪坐於地，也是終於在這一刻，他能夠如此之近的觸碰她的眉、她的眼、她的臉頰與輪廓。他將她抱起，她的頭偎在他懷裡，孟華的淚水順著臉頰滑落下來，他用力抱緊了懷中的人，慟哭失聲：「翩然——」

他終於徹徹底底地，失去了她。

雲錦宮的花，落了。翩然也把雲錦宮還給真正屬於她的主人，她不後悔這麼死了，如果能把小時候的錯彌補，能保全孩子的命。

　　三日後，蔣淮班師回朝，孟華親自站在城門上迎接，他手裡抱著一個孩子。蔣淮坐在馬上，風光正好，兩邊的百姓們夾道歡迎，紛紛稱他為大英雄。他仰頭看向城門之上，和孟華四目相對。兩個男人之間，不用過多言語，互相心知肚明，蔣淮看到了孟華眼底的殺心。他垂眸間，想起自己離開前和翩然說好的約定。

　　——

　　「我不是真的承樂公主，我只是山間的一個採藥丫頭，和真正的承樂公主有過短暫的緣分，孟華為了奪位將錯就錯。此次你赴邊境平亂，我恐不能再和你相見，待你歸來之時若有危險，記得，這便是你的護身符。若他殺心起，你便把我的身分揭穿，他便不是皇位名正言順的繼承人；他若遵守了和我的諾言，你便辭官帶著我們的孩子回江南老家。」

　　翩然把這一切都自述寫下，交給了他。

　　……

　　而看到這裡，幽池沒有再看下去的必要了。

　　結果自然可想而知，孟華殺瘋了眼，沒有留下蔣淮，兩人劍拔弩張，到底還是蔣淮輸了。也是因此，翩然才會化為惡鬼，占據了皇帝的身體，滿心都是報仇的執念。

　　此時此刻，幽池走出鏡像，他望著眼前的翩然，問道：「你到底想如何？」

　　「很簡單，我想跟你做個交易。」翩然要拿她永墮輪迴之外，來換下一世她和孟華的緣分，她要騙了孟華，再親手殺了孟華，讓他嘗嘗自私被人擺弄的滋味。如果不然，她就帶著皇帝灰飛煙滅，同歸於盡。

　　幽池沒有多想，便同意了：「好，我答應你。」

　　翩然半信半疑地看向他：「此話當真？」

　　幽池沒有說話，當著她的面自損修為。修為自損，猶如錐心之痛。

　　「你看到了，若我騙你，你可以隨時殺了我。」幽池啞著嗓子說道。

　　翩然等待良久的恨，等到一個可以改變的機會，她自然不會放過。她決定信他一回，從皇帝的身體裡出來。

幽池趕緊對皇帝加固氣運，此時他肩膀上的疤，滾燙地像有兩塊烙鐵落在上邊。翩然催促幽池快些讓她進入下一世：「告訴我，我要怎麼做？」

幽池讓她進入自己的銀蛇劍中，帶其下山，待他走出草屋的時候，看到不遠處一個熟悉且嬌小的身影。鹿靈由遠及近地跑來，在幽池不遠處站住：「好你個幽池！居然敢和我玩不告而別！」

幽池沉默，鹿靈還是找了過來。

「我沒有……」

「你還狡辯！」鹿靈氣急敗壞，眼角突然濕潤了起來，彷彿壓了很久的情緒陡然噴湧，「你是不是嫌我煩？是不是覺得我老跟著你，礙你事了？」

幽池不知道怎麼回答，他只能如實說道：「我是來這裡找靈芝仙草的。」

鹿靈一臉困惑：「找靈芝仙草做什麼？」

幽池不知道該如何解釋，只好道：「路上總是有用得到的時候。」

鹿靈皺眉又指了指他身後的草屋：「那你又為何從那裡出來？這些又是什麼人？」

幽池出來時，還沒有來得及給守在草屋外的侍衛解禁錮術。

他一邊推著鹿靈安撫她：「下山告訴你。」

背在身後的手，則是悄悄地從身後揮袖把禁錮術給解了。

他們很快就會發現皇帝的瘋病好了，皇帝自己就猶如做了一場記不起來的夢一般。

「你別想矇騙我，你是不是一個人偷偷地降魔了？」鹿靈生怕幽池只是空繞舌頭，下山的路上，不停地催促著他和盤托出，「剛才那草屋裡可是有魔？等等，我看那些人的衣著非民間之人，還有他們腳上穿的靴子好像是官靴？難道說……」

不等鹿靈自作聰明，加快腳步下山的幽池，突然吃疼地捂著肩膀蹲下來。

「你，你怎麼了？」鹿靈大驚，又懷疑幽池這是為了岔開話題而故意為之。

幽池的目光望向銀蛇劍，只有他自己能感覺到，容納在劍鞘之內的劍身，有兩股力道在瘋狂交涉，好似是翩然和雲階的交戰。

沒錯，幽池騙她入了這雲階大師贈與他的銀蛇劍，就是想利用雲階大師的法力鎮壓住翩然，待下山後再想辦法，不曾想，雲階直接幫他出手了。

幽池覺得自己肩膀的灼熱之處，彷彿身臨其境，疼到他無法行走。鹿靈蹲下身看到他額頭冒出的冷汗，這才相信他不是在假裝。

「幽池你怎麼了？幽池……喂？喂！」

幽池疼暈了過去。鹿靈無奈，看著前不著村後不著店的，她只好把幽池背起來。

「你……你可真是的，如果我不來，我看你怎麼辦！」

鹿靈嘴上抱怨著，力大無窮地背起幽池，兩根麻花辮用力搖晃了幾下。

幽池自然是不知道的，他只知道他被肩上吃疼的力量，拉進了一道白光裡，像之前見到雲階大師時一樣。

當白光逐漸減低強感之時，疼痛也逐漸遠離了他。

他真的看到了雲階大師。

「雲階大師……」

只是這一次，雲階大師無法跟他對話，他慢慢地走向一座發著銀光的拱橋，橋身的銀光盤旋著許多符字。雲階大師靜默地在拱橋上站了一會兒，扭頭望向幽池時，露出微微一笑。幽池恍然大悟，他想到師父曾跟他說過的六橋。

所謂六橋，乃是金、銀、玉、石、木、竹，簡單概括之，給不同的人不同的經過所成。

金橋，顧名思義是指給在世時修煉過仙法、道法、佛法，積有大量功德的人通過，以升仙或成道。

銀橋，則是給在世積聚功德、善果、造福社會的人通過，成為擔任神職的地神，如土地公等，得享人間香火。

玉橋，給在世積聚了功德的人經過，轉世為有權貴之人，享富貴榮華。

下三道的石橋，給在世功過參半的人經過，投身平民百姓，享小康之福。

木橋給在世過多於功的人經過，投身貧窮、病苦、孤寡的下等人。

末等的竹橋，則是給傷天害理、惡貫滿盈的人經過，分作四種形式投身：一為胎，如牛、狗、豬等；二為卵，如蛇、雞等；三為虫，即魚、蟹、蝦等；四為化，如蚊、烏蠅、螞蟻等。

如果他沒猜錯的話，雲階大師過的正是銀橋！

他彷彿聽到雲階大師的聲音在耳邊響起：「小池，龍蛇隱大澤，生當為人傑，這把劍贈你，望你可以堅定地走你自己的路。」

緊接著，銀橋消失了，轉而變成了一座木橋，站在橋上的竟是柔伽。

柔伽走過去的時候，雙手合十，一步三跪，極為虔誠。當初，她為了一己私欲，屠殺了太多的同類，她需為自己的殺戮業力，付出應有的代價。

不出一會兒，走下橋的柔伽不見了，木橋也不見了。幽池看到散去的靈力要重新聚集成下一座橋時，他被一盆冷水潑了回來。

鹿靈的聲音衝破所有白光，強行將他喚醒：「幽池！你醒醒！」

幽池艱難地睜開眼，抹了一把臉上的水漬，看到茶鋪寫著「茶」的布條，在獵獵隨風映入眼簾。

鹿靈的臉放大幾倍地闖入他的眼前：「你總算醒了，你嚇死我了！」

幽池艱難地坐起，感覺肩上的撕裂疼痛好了很多。

此時他已經來到了山下。

剛才那道還來不及看到的第三道橋會是什麼橋？會是誰？會是他嗎？

想到什麼，幽池趕緊把銀蛇劍拿出來，拔劍。劍頭的一抹黑氣沒有了，劍身如常。

鹿靈見狀問：「你在找什麼？」

幽池怔怔地看向她。

看來，雲階真的幫他解決了翩然，剛才的白光是他給他的忠告，雲階大師要告訴他，他接下來要走的路是什麼。

「哎？問你話呢！你傻了？」鹿靈總覺得幽池上了一趟山，怪怪的。

「我在找回家的路。」幽池伸手，示意鹿靈拉他一把。

鹿靈雖疑惑，但還是將他從地上拉了起來。

猝不及防地近距離四目相對，幽池的心臟加速了跳動，他很想知道自己的這份感覺，是源於哪種情愫——也唯有找到七情，才能給自己一個圓滿的答案。

於是，他神色認真地對鹿靈說道：「走吧！」

「去哪兒？」

「去找回我的七情。」

番外篇
〈帝燕篇〉

雨夜。

荒無人煙的遠郊山林中，遠遠近近的山巒，深深淺淺的積水，都被暴雨模糊了輪廓，唯有一處衰敗破舊的茅屋裡，燃著搖曳熾熱的火光。

急促的腳步踩在泥濘之中，濺起一簇又一簇的水花。坐在篝火旁的幽池正在蓄柴，忽一抬眼，目光落在門外的那道狼狽身影上。

是一名全身被淋濕的妙齡女子，她揉搓著自己的雙臂，瑟瑟發抖地打量著屋內火苗，又怯生生地看向幽池，嘴唇蒼白，微微開啟。

「尊駕，可否讓奴家進去避避雨呢？」

幽池漠然地瞥了她一眼，隨即收回視線，冷淡一句：「不可。」

妙齡女子苦苦哀求起來：「奴家不會叨擾尊駕的，只要允許奴家在篝火旁烤一烤……這外面暴雨連天，夜深無人，還請尊駕可憐可憐。」

幽池並不言語，一雙眼睛落在女子的臉上，這一次，他目不轉睛地凝視著她，彷彿要看穿她的魂魄。妙齡女子見幽池沒有再拒絕，立刻趁熱打鐵般地提出：「奴家可以拿身上最值錢的東西來和尊駕做交換，奴家保證，烤乾了身上的衣衫就會離開。」

幽池平靜地問：「你有什麼東西值錢？」

她思忖片刻，雙眼一亮：「奴家有一個故事，是奴家的陳年舊事，講出來給尊駕解這雨夜煩悶。」

若是尋常人聽見這說法，怕是要捧腹大笑，區區一段舊事，竟也成了值錢的東西？可幽池並非凡夫俗子，他一直在等她主動說出這交易，也終於點頭同意道：「好吧，你進來吧！」

妙齡女子露出感激的笑意，她將鞋底的泥濘在門檻處踩了踩，然後才邁著碎步進了茅屋。圍坐在篝火前後，沒過一會兒，她淒冷慘白的臉龐，就被火光映襯出了血色。

幽池手裡握著柴枝，緩緩地剝著火苗，嗶剝聲跳躍著零碎的火星，他聽見那女子感慨地說道：「尊駕的虎口有著厚繭，一定是常年練劍，就像是奴家之前的主子……」

她按照約定，同幽池說起了自己的陳年舊事，烏黑瞳中映著火焰，她的聲音顯得空曠縹緲。

「奴家曾是皇宮中的一名宮女，是負責侍奉在質子平川宮裡的。平川

質子就是奴家的主子，他原本是敕勒的王子，年僅十歲就被從家鄉送來了
大夏王朝。也許是皇帝對身為幼子的他有一絲憐憫，才安排了許多年齡相
仿的宮人陪伴他長大。而奴家，便是其中之一……」

那是發生在距今有一段時日的過往了。

當時，被選進質子府做差的她，也不過才十、一二歲，猶記得那日天
氣冷澀，沒有日光，濛濛白霧將燒得烏黑的宮牆，渲染出一股陰寒之氣。
所有被選進那宮中的侍女們都低垂著頭，步伐極快，視線所及之處，皆是
腳下這冗長得仿若沒有盡頭的石路青磚。

這裡明明是皇宮，是天底下最高貴的地方，可無論是誰走在其中，都
會覺得自己渺小得如同一隻螻蟻，彷彿稍有不慎，就會被權勢碾壓成泥。

引著宮女們前去質子府的管事走在前頭，負手攏袖，冷聲交代：「等
見了世子，不准提起『質子』二字，更不准提起『敕勒』，誰人記不牢，
當心被拔去了舌頭！」

侍女們順從地連連點頭，很快便聽見管事停住了腳，已是到了質子
府。門前的守衛扯長了音線道：「臨安監崔管事到——」

嘟嗒響聲過後，府院大門打開，一股子蒼涼氣息撲面而來。侍女們悄
悄抬頭去看，質子府內大得分不清東南西北，可也空得滿是腳步回聲。

當年只有十三歲的質子府主人平川，正站在別院裡賞楓。彼時的他只
罩著一件單衣，凝望著院外飄飄落落的赤紅楓葉，聽見身後傳來請安聲，
一轉頭，便看見了崔管事帶著若干侍女來供他挑選。平川的臉上無喜無
怒，垂著眼睫，像是個沒有情緒的瓷偶。他隨手點了幾個宮女入府，其餘
的會被發配去下一個皇子的府院。

留下來的都是一些與平川年歲相仿的，她們要負責照顧平川的起居、
衣食，還要幫平川伺候好兩條狼犬。一條叫巫琙，是母狼，另一條叫維
賽，是公狼，牠們在當年隨平川來朝時，還只是毛茸茸的幼崽，如今已經
長成身形巨大的黑狼。

據說，之前有侍女餵食時，被維賽咬斷了一隻手，而平川不僅沒有命
人救下掙扎在血泊中的侍女，還默許兩頭狼犬去分食了那倒楣的奴婢。有
關平川的傳聞，大抵都是這種沾染了血腥的不美好，可見，他身在異鄉的
日子並不好過。

由於是質子，雖然保留著異域皇族的待遇，可作為一個異族人，他在更為文明、富庶的大夏皇宮中，自然要受盡旁人冷待。不過是在節日前夕去給皇帝請安，路過花園庭院時，也要引得妃嬪、皇子們的竊竊私語。

平川心中知道，那些人都在投來冷眼與嘲笑，他們揪著不放的，是自己母親與皇帝之前的一段過往祕辛，哪怕他也是在來到大夏之後才得知的——當然，那只會令他對這座皇宮更加憎恨。

恨從何來呢？是從皇帝威脅他的父親敕勒王開始，還是從他獨自一人被送到大夏，維護兩族安寧開始？平川無數次地思忖著，為何偏偏是他？又為何要讓一個少年來肩負兩族大任？無數個夜晚，他站在皇宮大殿上，望著連綿起伏、層疊如浪的紅磚紅瓦，心中想的全部都是：若大夏亡了，他便能回去敕勒，再無人能入侵他族，至此百姓安居、他鄉無戰。

狗皇帝真是該死！

平川自然恨極了那狗皇帝，若無大夏，他還會好端端地做著他的世子，怎會淪落成低人一等的質子呢？

「我應該臥薪嚐膽，才能步步為營。」平川說這話的時候，是躺在青樓花魁芷宴床上的。那一年，他已年滿十四，整日出宮玩樂，流連在各路女子的床榻間。

芷宴年長他五歲，是最為疼惜他處境的，也是唯一清楚他心思的。她知他是質子，也是世子，更知他身在皇宮孤身一人，無親無故，無所依靠，即便能與她訴說心中不滿，可她這樣階層的人，連幫他分憂都是極限。

「世子是否要考慮一下娶妻生子呢？」芷宴趴在他身邊，纖纖手指繞在他裸露的臂膀上，輕柔地撫著他，「皇室早成家，十四歲，理應婚配良人了。且你有了妻，有了子，在皇宮裡頭，才算真的有了歸宿。」

平川冷笑：「你要我和大夏女子生兒育女？笑話。」

「可你總歸要留在大夏許久，不給自己找些念想的話，未來活著只會更加艱難。」

芷宴說得沒錯，她雖出身風塵，卻見解透徹，這也是平川能與她稍微談上幾句心裡話的原因。

隨著時間流逝，宮中一潭死水的生活，也令平川開始動搖，他雖然恨

大夏、恨皇帝，卻也的確缺少活著的念想，他開始思考自己該如何改變這局面，至少，他也想讓狗皇帝嘗嘗和自己一樣痛苦的處境。然而想要接近皇帝，只憑質子的身分是不夠的，平川很清楚要邁出更深的一步，可這念頭才剛剛萌生，便被突如其來的慘劇捧成了碎片。

那是春天來臨的時候，他年滿十五歲，這在大夏是非常重要的年歲，代表他已經是個頂天立地的男子。作為獎勵，皇帝允許他在異鄉的親人前來探望他一面。平川心中歡喜，他第一次對狗皇帝岳峰產生了一絲感激，也正是這不該存在的感激，才害得他滿心的期許支離破碎。

那被他親自選中的人，是他的兄長，在前往大夏來與他相會的路上，兄長遭到暗殺，慘死。

平川早早做好了迎接的準備，那日，他帶著皇帝欽派的侍衛，身騎高馬，和兄長之間只隔著一條河，二人已然能望見彼此，平川眼裡顯現激動。他用敕勒語呼喊兄長，兄長也揮舞手臂，回應著他。然而山林之中飛出一支狠絕地利箭，正中兄長胸膛。

平川驚愕之餘，還未等呼喊出聲，身後侍衛已經衝過來，抓住他的馬韁，神色緊張地說道：「世子，快逃！」

一片混亂之中，平川只能倉皇地隨著侍衛奔逃，可跑著跑著，他聽見身後傳來刀光劍影的廝殺聲、敕勒勇士拚死護駕的吼叫聲，以及馬車上傳來阿嫂那驚懼慌亂的哀哭聲……

平川痛心地回頭去望，只見長河岸旁，一群蒙面的黑衣人，已將兄長和他的敕勒勇士斬殺了乾淨，死未瞑目的阿嫂，伏在兄長的屍首旁，在最後，黑衣人一把火燃起，連屍身都要一併燒個精光。平川驚恐地望著這一切，他明明距離兄長那樣近，卻什麼都做不到，他只能驚恐地逃跑，迎著呼嘯的長風，踏著慌亂的絕望，以為這樣就能逃過良心的撕扯。

等逃回了宮中，他才得知那些黑衣人，是不滿大夏與敕勒兩族「十年不戰」的民間組織。他們其中有流民、有海寇，都是被戰爭奪去了一切的亡命之徒，所以他們見到敕勒族的人就要殺，見到獨自離宮的皇室成員也要殺，平川逃過了這一劫，他的兄長卻含冤於九泉。

「而今日是害了兄長，明日便是害我了！」兄長的死，令平川陷入了巨大的悲痛之中，他甚至連皇帝岳峰賜給他的宮女侍衛們都不肯信，總懷

疑他們會在飯食裡下毒。

　　他將自己關在寢宮中，接連三日不肯見人，還瘋瘋癲癲地說著胡話，什麼「母妃知曉陛下這般對我嗎？」、「莫非舊情當真不值得留戀嗎？」、「我這般無欲無求，萬萬不要取我性命」……

　　這些話傳來傳去，傳出了質子府，也傳到了皇帝岳峰的耳中。被安插在質子府的眼線，將聽見的、看到的都全部告訴了岳峰，還說平川質子已經自甘墮落、痴傻癲狂了。岳峰品味著這些消息，沉默許久，交代一句「繼續盯著質子府」後，便揮袖遣走了眼線。

　　打從那日開始，不管是哪個被派去質子府的眼線，稟回的內容都是一致的——平川成了行屍走肉，他再也不是當年初入大夏那意氣風發的敕勒世子。眼裡沒有了狼性，更沒有了殺意，如今的他，整日將自己麻醉在花天酒地、晝夜不分之中，還與婢女廝混、苟且。

　　這令那些原本將他當做是眼中釘的朝中權貴，認為他已經再不具備任何威脅。不過是一個不思進取、無謀無勇的小質子罷了，不過是親眼目睹了兄長的死，便一蹶不振，這樣懦弱的人，怎可能危害大夏王朝呢？

　　唯獨年歲與平川相仿的大夏六皇子釗銳憐憫其境遇。他是當年接應平川入朝的皇子之一，由於寢宮相距不遠，他也時常來平川府上探望。

　　在平川因兄長慘死、自我放逐的那段最為難熬的時日裡，六皇子釗銳與其親姊三公主芳芳多次前來，可皆因宮人那句「世子瘋癲發狂，不宜見人」，而不得不打道回府。直至平復了一段時間後，六皇子出征前，委託三公主多去照看平川。

　　而那日剛好是平川失去兄長的第三十天，聽說敕勒有古老的祖訓，親人會在死去的第三十日回來世間走上一遭，三公主擔心平川過於沉溺悲傷而忘卻祖訓，便親自提著紅燭紗燈去了他府上。

　　當時已經很晚了，她推開平川的房門，發現桌子上放著一臺白燭，火苗灩灩，平川趴在桌旁睡著了。他連衣衫也沒解，手裡還攢著一張油紙，上面寫著敕勒語，芳芳猜想，那是用來指引死去親人回來的術語。

　　芳芳心疼平川，放下自己的紗燈，找到床榻上的薄毯為平川披上，忽然聽見他夢囈出聲，嘀咕的都是敕勒話。芳芳猜想他是在想念自己的家鄉，因為「父王」、「母妃」以及「阿兄」這樣的發音，與大夏很是相

似，而最後，他一定是在說自己很孤獨，他說了好幾遍，眼角甚至有淚水流了下來。

芳芳心中感到一陣酸楚，就坐到他身邊，覆住他的手掌，低聲說了句：「平川，你並不孤單，你有六弟，也有我……」

等到天色將亮，平川緩緩睜眼醒來，發現三公主睡在自己桌旁，他嚇了一跳，又見她握著自己的手，心中極為不安。正不知所措之際，芳芳也醒了過來，她睡得不太舒服，睜開眼睛看向平川，淺淺一笑，聲音溫柔得如同陽光曬過的溪水，輕輕流淌過平川的臉頰，只是一句：「平川，昨晚睡得好嗎？」

很久不曾有人關心過他這種微不足道的小事，平川漠然地點點頭，芳芳起身時又對他說：「你府上有什麼好吃的？要人給咱們兩個做點清淡的吃吧！今天的天氣很好，吃完早膳一起去放紙鳶，如何？」

她站在旁門，逆著光，笑臉在溫和的朝霞描繪下，閃著純淨的柔光，和那些沾滿了胭脂粉香的媚俗之流全然不同。平川靜靜地凝望著芳芳的身姿，他知道，她是他見過的最美麗、最溫婉的女子。

「宮裡的娘娘和公主，現在都喜歡放這種樣式的紙鳶了。」說這話的人，是自己府上的管事，他正和幾名侍女，將一條巨大的蝴蝶款式的紙鳶放飛到天上。

平川站在一旁，仰頭望著漂浮在藍天中的蝴蝶紙鳶，看了一會兒後，餘光一瞥，悄悄地去看芳芳。她滿眼期待地指著紙鳶飛起的方向，催促管事道：「再放高一點，再高一點！」

「公主，這會兒的紙鳶都聚堆啦！湊得太近要打架的。」管事小心翼翼地搖著線。

平川再度瞇眼仰頭，發現高空中不知何時又跟起了好幾隻紙鳶，有鳳凰，有蘭花，總共有七、八個，而其中飛得最低、最小的紙鳶很是特別，看上去像一支小木舟，搖搖晃晃地飛來飛去，他心想那紙鳶尾部太小，很難乘風，說不定馬上……

「哎呀！」三公主和侍女們都發出了驚呼，因為那木舟紙鳶，到底是從空中墜落了下來，而且不偏不倚，落在了質子府內。平川俯身拾起了木舟紙鳶，發現是線斷了，芳芳湊上前來看了看，低聲念著：「不知道是哪

個宮裡的？」

正疑惑著，大門外傳來了嘀嘀咕咕的窸窣聲，平川提著紙鳶朝門旁走去，聽見外頭說著：「還是算了吧！小公主，這……這是那個質子府……不能去。」

另一個聲音有幾分嬌蠻，她不服氣地哼道：「有……有什麼了不起的？他就是再歹毒、再可怕，本公主也只是進去取個紙鳶罷了，他總不會是妖怪、吃人吧？」

「不行啊！小公主，咱們不能接近這裡的，人家都說那個質子行徑不端、舉止失禮，恐怕不會好生招待咱們的……」

「你們要是怕，就在這等著我，本公主去去就回！」話音落下，就傳來急匆匆的腳步聲，像是要來砸門的。平川自然沒給她機會，直接從裡面打開大門，對方一個撲空，差點摔進他懷裡。後頭的侍女倒吸一口涼氣，不過是看了一眼平川的臉，就嚇得紛紛低頭。

而那位自稱「本公主」的姑娘，感受到了頭頂的陰影，她有些不安地緩緩抬頭，撞上了平川的眼睛。那是雙盛著水澤與凌厲的眼睛，眼角處勾勒出上揚的森冷，襯得他一張臉格外的不食人間煙火，彷彿山巔雪蓮，隱於霧靄間。

那的確是燕燕第一次見到平川。

作為皇帝岳峰最為寵愛的小女兒，她貴為掌上明珠，享盡一切寵愛，縱然是摘星得月、呼風喚雨的存在。世間的珍寶她悉數見過，卻從不知道，還有這樣一雙泛著淡淡靛藍色的眼睛。如同孤傲的狼，極盡危險，卻也致命蠱惑。

燕燕愣了好一會兒，直到他抬起手，袖中的龍涎香沾了春意，凝成一股嫋嫋霧氣，飄散在燕燕眼前，她恍惚間深深去嗅，他卻將紙鳶遞向她，聲音平和：「這是你的？」

燕燕一怔，眨眨眼，回了神，接過自己的紙鳶，乖順地點點頭：「是我的……」

平川誇讚一句：「木舟樣式的紙鳶很特別。」

燕燕立即抬頭，糾正他道：「不是木舟，是舟船，還是夜光的，父皇特意要宮裡最好的匠人做給我的，而且適合在夜晚放。父皇說，這紙鳶的

名字叫做『暗夜行舟』，最美不過了。」

暗夜行舟。

平川低低笑了一聲：「只向明月。」

他笑的時候，眼睛會自然地彎起來，就是那淺淺的一個弧度，在剎那間彎進了燕燕的心裡。她目不轉睛地盯著他看，他也沒有躲閃，像囑咐小孩子般地提點她說：「這麼貴重的紙鳶，別再弄丟了。」

說罷，便要關上大門，燕燕趕忙喊住他，平川望著她，略有困惑。

「我的名字是燕燕，你要記住喔！」燕燕這樣說完，得意且嬌羞地笑著扭過身，又一步三回頭地看向平川，然後便帶著侍女離開了。

平川漠然地望著燕燕逐漸消失的背影，就像是在凝望著一輪掉入海淵深處的皓月，又像是在看他最討厭吃的大夏皇宮才有的白糯粉丸子。他始終吃不慣那口味，甜得發膩，輕輕咬一口，蜜糖餡兒就流出來，齁甜，到最後令舌尖都發澀。

「剛剛是燕燕妹妹嗎？」三公主的聲音從身後傳來。

平川關上門，回過頭，問道：「她是——」

「燕燕，我最小的妹妹。她的母妃就是當今皇后，親哥哥就是當今太子子晨。她和太子都是父皇最寵愛的孩子，加之父皇對皇后也是敬重，皇后母家勢大財雄，遠不是其他妃嬪能匹及的，所以他們兄妹二人，才是這皇城之中真正的明珠。」三公主連說起燕燕的名字，都帶著寵溺的語氣，「她比你還要小上一歲呢！是父皇最疼愛的小公主。」

平川卻也沒有在意，隨著芳芳走回府內，他只是想著要同後廚交代，做一些芳芳喜歡的吃食。

而回去了寢宮裡的小公主燕燕，正在命人將自己的舟船紙鳶掛在房中最顯眼的位置，皇后詩妮前來約女兒去遊園時，見她這樣寶貝紙鳶，不由得笑道：「之前不是還嫌棄這紙鳶的樣式不合你意嗎？這會兒又矜貴起來了？」

燕燕開心地撲向詩妮懷裡，開心地笑道：「因為這紙鳶是暗夜行舟，只向明月啊！我喜歡這句式，自然也就更喜歡起這紙鳶了。」

皇后詩妮像是猜到了什麼，撫著燕燕的臉頰，輕聲問：「誰教會你這句式的？」

燕燕也不隱瞞，竟有幾分自豪地說：「質子府的那個敕勒⋯⋯平川？是叫這個名字嗎？」

　　聽聞這名字，詩妮猛地變了臉色，竟是極為嚴厲地叮囑起燕燕：「不是和你說過，不准靠近質子府嗎？」

　　燕燕從未見母后這般聲色俱厲，有些被嚇到似的失了語，詩妮不由地心疼起來，雖緩和了態度，嘴上卻也不肯鬆口，警告般地對燕燕說：「不准再有下次，這皇宮裡你可以去任何地方，唯有質子府，再也不准靠近！」

　　燕燕卻替平川說起話來：「可是母后，他不像是傳聞中的那樣輕浮傲慢，反而彬彬有禮，他不壞，你們不該這樣對他！」

　　這是詩妮最不想從燕燕嘴裡聽到的，她不容置疑地最後對燕燕說：「只有這個，你必須聽母后的話！」

　　燕燕沒再頂嘴，心裡卻不很服氣。

　　她身為帝王岳峰最寵愛的小女兒，生來就手握金湯匙、玉如意。母親是皇后，兄長是太子，舅舅是右丞相，她自小就在豐盛的愛意中長大，攜著滿身光輝與明媚，像是最濃烈絢爛的日出霞光。可她也是乖巧的，母后不喜歡她靠近質子府，那她就偷偷地去，她不想做惹母后不高興的事情，但也抑制不住想要去見平川的心情。

　　於是，當她第二天穿上最漂亮的迴雲暗紋裙時，侍女小甯瞬間就識破了她的意圖，她勸阻公主不能亂跑，還說宮裡最近不太平，燕燕才不聽她的，小甯無奈地只能說出真心話：「公主，你是要去質子府吧？昨天的紙鳶是個意外，但你今日要是去了，就真成了禍端了！」

　　燕燕反駁她：「怎麼就是禍端了？我又沒說要去見他，我就是⋯⋯想去那附近轉轉而已！你不敢來？哼！膽小鬼！」

　　小甯擔心皇后責怪，也怕公主遭遇危險，只好硬著頭皮和她一起去。

　　「公主對我這麼好，理當有難同當、有罪同受。」

　　一主一僕來到了質子府門前，燕燕躲在石柱後面張望門口，見守門的侍衛一臉凶相，她不滿地嘀咕著：「都怪這些長得凶的侍衛，壞了質子府的名聲。」

　　「質子府的名聲不好嗎？」

身後忽然傳來疑問句，燕燕一驚，猛地轉頭去看。

逆光之下，平川的身形被鍍上了一層金芒，他負手站立的姿容，如同來自遙遙洪荒世界，身後的海棠花，襯著他雨過天青色的衣衫，遺世孤立的破碎感撲面而來，令燕燕心頭一緊，某種情愫猛烈地從胸口中溢出，她甚至感覺得到自己的面頰發熱，一定紅得丟人。

「我……我是路過這裡的！」燕燕答非所問，扭捏地拉著小甯說，「都怪她要來這裡，我、我沒想來的！」

小甯不敢怒也不敢言，只得聽從公主數落。

平川的手裡提著剛從宮外帶回來的桂花糕，他隨口問燕燕：「既然路過了，我又恰巧有好吃的糕點，來我府上坐坐吧！」

他沒問燕燕喜不喜歡吃桂花糕，也不像旁人將她視作高高在上的、得寵的公主，他對她的語氣極為平常，甚至還有一絲淡漠。燕燕想到昨天他看向三姊芳芳時的模樣，那時，她手中拿著紙鳶剛好轉回頭來，見到質子府裡還有三姊的身影，而他見到三姊會露出溫和的笑臉。燕燕希望自己也能得到他的笑容。

於是，懷揣著那般雀躍的小心思，燕燕跟在平川的身後，踏進了質子府，從她的繡鞋越過門檻的那一刻，裙擺拂過石地，如同登上了一艘不知要駛向何處的舟船。而走在前方的他的背影，在樹蔭下頭顯得黯淡、遙遠，那時的燕燕並不知道，那是船隻即將觸礁時的危險訊號。

她只記得天色很藍，陽光柔暖，庭院的石桌上，擺放著軟糯的桂花糕，質子府的清茶十分好喝，平川說茶底有白蓮，是敕勒做茶的特色。他還命人給燕燕呈上了家鄉的牛肉鹹沫，燕燕吃不慣，直吐舌頭，沒好氣地說著味道怪。平川卻非常縱容且寬慰地笑了，他望著燕燕說了句：「你真是個有趣的姑娘。」

在見到他笑臉的那一刻，燕燕心中忽然極為感動，她從沒出現過這般堅定的念頭——這個人的笑顏，是她夢寐以求的寶物，她想要占為己有，且是永遠地、只屬於她。

自打那天之後，燕燕出入質子府的次數越發頻繁，漸漸地變成不分白天黑夜，以至於消息很快傳遍了皇宮內院。宮女侍衛們一傳十、十傳百，大家不敢置信的同時，也不得不改變了對待平川的態度。

最明顯的是那些曾刁難過平川的宮人，他們開始變得諂媚、順從，率先完成平川交托的事情，還會在把食材送去質子府的時候，多添上一些他沒要過的稀罕物。就連平川經過平日裡總會去的後花園時，那些時常議論平川的妃嬪，也都主動與平川攀談起來，言語中滿是恭維，且句句不離「燕燕」二字。

　　其中最受寵愛的章貴妃，都以一種極為感慨的語氣恭賀起了平川：「世子啊！『否極泰來』這四個字就是用來形容你的了，燕燕可是陛下最寶貝的公主了，你日後也是有享不盡的榮華富貴了。」

　　原來被得天獨厚的公主愛慕，會為他的生活帶來這樣翻天覆地的變化。他自然清楚燕燕對自己的心思，她每一個期待的眼神，每一次含羞的低頭，每一次攜帶藉口而來的造訪……，聰明如他，又怎會不懂？

　　女人嘛！都是一個樣子的，青樓女子是，民間女子是，連最尊貴的公主也沒什麼例外。在喜歡的男子面前，她們總是低微得生怕說錯一句話。而平川很享受燕燕對自己的青睞，可他又從不開口承認過自己的心意，因為燕燕不敢問，他也就不必說，讓這種拉扯維持得更久一些，才是最好不過。燕燕越熱烈，平川越冷漠，她的明媚滋生著他內心的黑暗，他在燕燕的愛意中，獲得了從未體驗過的成就與快感。

　　就彷彿，他可以凌駕在那狗皇帝岳峰的頭上了。

　　然而事情總有「敗露」的那一天，燕燕被平川迷了心智這件事，終於還是傳到了帝王岳峰的耳中。他本來還不信，自己最寵愛的女兒會犯下這樣的愚蠢錯誤，便找了個機會，同皇后詩妮一起引燕燕說出實情，結果燕燕很是反感父皇和母后對平川的針對，竟真的承認了自己對平川的愛慕。這無疑觸怒了帝王岳峰，他震怒不已，並忍痛關了小女兒禁閉，除非她答應再也不見平川，不然，絕不會放她出來。

　　燕燕以絕食做抵抗，她仗著父皇和母后的寵愛，拿自己的性命威脅著疼愛她的雙親。可憐天下父母心，即便是尊貴的帝王帝后，也見不得自己最疼愛的女兒日日消瘦。

　　但大夏與敕勒終究是敵對關係，質子的存在不過是減緩了戰爭的時間，可這種牽制極為脆弱，帝王岳峰絕不允許、更不接受燕燕在日後淪為權利的犧牲品。

只是——若掌握好其中分寸，也能短暫地圓全燕燕的任性。

或許是帝王岳峰過於溺愛燕燕，又或許是皇后詩妮的眼淚，令帝王動了惻隱之心，總之，在關了燕燕三日後，岳峰交代太子子晨，去質子府處理這件事。太子子晨年長燕燕五歲，俗話說得好，長兄如父，子晨一直都是任由燕燕撒嬌的可靠阿兄。

「不要讓那個質子得寸進尺，也不能讓燕燕陷得太深。」岳峰話不說透，留白七分。

太子子晨領悟到了岳峰的意思，便趁夜去了質子府。

見到平川之前，子晨本想著要嚴厲地訓斥他一番，是他害得妹妹茶飯不思，甚至與父皇母后作對，實在是不成體統。可待到他見了平川本人，這一通憤怒，竟頃刻間煙消雲散。

只因平川臉頰消瘦，眼神疲乏，一副備受相思之苦的模樣，孱弱咳嗽間，還不忘周到禮節，邀太子子晨進到府中喝茶，又負荊請罪一般地同子晨愧疚道：「不知太子前來，有失遠迎，再且是我近日也患有身疾，多有不周……還請太子包涵。」

子晨一肚子的火，也化成了軟綿綿的吐息，他長嘆一聲，扳著臉說一句：「怕不是一齣苦肉計吧？」

平川蒼白笑過：「我區區一個質子，就算暴斃宮外，又有誰會在意呢？」

子晨啞口無言，餘光打量平川，又想起妹妹也是他這副要死不活的樣子，忍不住問道：「你想不想見燕燕？」

只此一句，平川眼睛亮起了光。

子晨也是信了他眼裡的這光，覺得他也不像演出來的，就拍了拍他肩頭，安撫道：「再等等，我會幫你們勸慰父皇，總歸是……先讓你們兩個見上一面，至於其他的，交給我處理吧！」

平川感激地點點頭，立刻懂事理地站起身來：「多謝皇兄。」

這一聲皇兄恰到好處，令子晨對平川的憐憫之意又真切了一些。可他還是要反覆確認一般地提醒平川：「只要你是真心待燕燕，你我自然可以稱兄道弟。」

平川真誠的微笑毫無破綻，子晨安排了他與燕燕見面的時間，並承諾

會由自己親自接應。平川送他離開質子府後，轉回身的剎那，他臉上的笑意如冰冷潮水般迅速褪去，走回到房中時，他對躲在屏風後頭的人說道：「太子走了，你可以出來了。」

那從屏風後悄悄踱出的身影，竟是六皇子釧銳，他烏青著左眼，嘴角也有淤傷，揉著下顎坐到桌前，滿心憤怒地痛罵著：「要不是因為他是個武夫，我必定打得過他……」

說到這裡，釧銳猛地一拍桌案：「可恨！我三姊賢良淑德、樣貌絕倫，怎就要遭他冷待？你說說看，哪有與正妻新婚三天便納妾的道理？」

平川默默地聽著六皇子釧銳哀訴，他自己的雙拳也越發握緊，到了最後，他承諾六皇子釧銳：「你且放心，三公主的仇，我會替她來報！」

「你？」六皇子釧銳狐疑地看向平川，「你又能比我能耐到哪裡去？」

可說完這話，他立即恍然大悟，因他想起方才子晨來時的那番話，便有些不安地同平川道：「最好不要將燕燕牽扯進來，我與她雖不是同母，可到底是同父。她又是最小的妹妹，你不准讓她和我三姊一個下場。」

平川看向六皇子釧銳，反而是莫名地說了一句：「我卻覺得你與燕燕長得有幾分相似，而燕燕，也與三公主神似。」

六皇子釧銳卻擺擺手：「又不是一個母親生的，能像到哪裡呢……」最後又哀嘆道，「可憐了我姊姊，被父皇指婚給那樣一個道貌岸然的將軍……」

平川沉下眼，神色黯淡，一如他心中不能見光的祕密。他愛慕三公主這件事，只有他自己知曉，哪怕他與她見過面的次數都少得可憐，哪怕只有那一次同放紙鳶的豔陽天，是唯一一長久的相處，哪怕她在被指婚於那位大將軍的時候，他連送親宴席都不配參與。

不過是十日間發生的事情。

他遇見燕燕只有十日，而這期間，三公主芳芳嫁給了他人，遭受夫家冷對、納妾，皇宮中除了六皇子釧銳，根本無人過問她的生死，就連她的母妃，也因身分卑微而毫無話語權。

這皇宮終究是吃人的，吃掉了他心裡唯一的念想，平川恨那些當權者愚蠢、腐壞，卻又權力滔天。也恨自己無權、無勢，人微言輕。而他唯一

的轉機，就是燕燕。要想改變當下的處境，平川深知，必須幫助與自己關係最近的人登基稱帝，才能報復種種發生在他身上的不盡人意。

他最先要做的，就是回應燕燕的心意，且要將這份感情公之於眾，讓燕燕的光環為他所用。於是，在子晨如約帶著平川去見燕燕的夜裡，平川在與燕燕獨處的時候，向她表達了自己的相思之情——他知道燕燕在等這一刻，只要他的演技惟妙惟肖，燕燕就會陷入他親手創造出來的漩渦中。

當時的燕燕滿腔熱情，愛意充沛，她自小到大所有想要的都可以得到，唯獨一份少女心在情竇初開之時，就被父母阻攔和擊碎，這反而使得她更加急切的期盼得到回應與愛意。她連夢裡都是平川，自然會一股腦地陷進他鋪設下的天羅地網中。

至此之後，他們再不會偷偷藏藏，反而是光明正大地向周遭炫耀著對彼此的愛意。且帝王岳峰也是一再妥協，先是放出了燕燕不說，又對她和平川之間的事情睜一隻眼閉一隻眼，到了最後，也開始默許平川出入燕燕府上。

太子子晨看得出親妹妹整日沉浸在幸福喜悅中，整個人都容光煥發，那充滿了幸福的笑容，如陽光般燦爛，這種動人的笑意，是怎麼也裝不出來的。看著妹妹如此幸福的模樣，他自然也對平川改變了態度，畢竟能讓自家那個任性、驕縱的妹妹變得如此溫和、嬌柔，都是平川的功勞。

「從前是我錯怪了你，以為你真如傳聞中那般……」子晨話說了一半，就趕快作罷，抬起手中酒杯與平川暢飲道，「但今時不同往日，從此以後，我是如何對燕燕的，就會如何待你，只要你願意，太子府的大門永遠為你敞開。」

當時的平川對子晨露出感激的笑意，杯盞相撞，一飲而盡。皎月當空，星辰輝輝，坐在他二人身旁的燕燕彎著眼睛，嘴角旁溢出兩個小小的梨渦，彰顯著甜蜜。唯獨皇后詩妮仍舊不願接受平川，也只有她看得出平川心思不純，並時常提醒子晨與燕燕兄妹二人要遠離他。

「倘若你不是帝王最寵愛的女兒，你父親不是天子，你母親不是帝后，你哥哥不是當朝太子，他還可能會接近你嗎？」皇后詩妮句句見血，字字珠璣。

燕燕不服：「平川不是那種勢力的人，他是真心待我。」

「若他真心，天降血雨。」

「母后，你何必如此針對他？就因他是敕勒出身？」燕燕當仁不讓地反問，「倘若他身世清白，貴為大夏皇族，沒有半點異族血脈，你還會如此蔑視他嗎？」

皇后詩妮竟啞口無言。

燕燕無奈地嘆息道：「母后，不要讓我對你感到失望。」

這話令詩妮心口一痛，竟不敢再多說半句，只怕會將心愛的女兒推得更遠。

莫非，這是對她的懲罰？是報應？還是孽債？

詩妮眼睜睜地看著燕燕滿腔愛意傾出，哪裡還顧得上旁人勸阻？

可那平川，分明向身為皇后的她，露出了高高在上的得意姿態——就彷彿是一頭野狼咬著白兔，燕燕只是他的戰利品，他在復仇。

一葉障目，愛可蒙眼。彼時的燕燕看不見濃情蜜意後的殘酷陰謀，哪怕平川對燕燕的愛只有三分的新鮮，卻表現得像是萬分的堅定。

他們一起躺在大殿的琉璃瓦上看天空的星星，漫天星河墜進眼裡，綿遠細密，閃爍熠熠。燕燕會伸出手，假裝自己可以握住星河，而平川會在這時抬起手，覆上她的手背，再十指相扣。

「你會一直陪在我身邊嗎？」平川問燕燕。

「當然會啊！我們會一直在一起，一輩子都在一起！」燕燕緊緊地握著他的手，眼神真摯得不容半點懷疑。

平川卻無奈地笑笑：「可你是大夏人，我是敕勒族……」

燕燕打斷他：「我知道你想要說什麼，你怕我父皇會不同意我們成婚對不對？」

提及成婚，平川驚喜地直起身形，望著燕燕的眼睛，很認真地問：「你願意嫁給我嗎？」

燕燕故意使壞，閉上眼睛，抽回自己的手，得意地說著：「我可沒說要嫁給你，我啊！要嫁給世間最出色的男子才行。」

平川拖長了聲調，「嗯——」了半天，說：「你都是公主了，你父親又是皇帝，兄長還是太子，世間還會有男子比得過他們嗎？」

「皇帝和太子有什麼稀奇的？我才不覺得有權有勢的人就是出

色呢！」

「那你不肯嫁給權貴，當然就是想要嫁給我了。」

燕燕覺得自己中了他的計，哼了一聲：「那可要看你表現才行，你哄得我開心了，我才要考慮。」

平川也故作姿態起來，他重新躺下，雙手交疊著放在胸前，以一種極為懷念的腔調說道：「你要是不同意的話，我看我還是等到回去敕勒，再從那些同族姑娘裡，挑選個做世子妃好了。」

燕燕睜開眼，側頭看向他，追問道：「敕勒姑娘有我漂亮嗎？」

「漂亮啊！遍地是美人。」

燕燕急不可耐地又問：「她們會唱歌嗎？」

「會啊！唱得好聽著呢！」

「那……她們住著像我一樣漂亮的寢宮嗎？」

平川眼神稍微黯了一黯：「沒有。」

燕燕覺得自己贏了，驕傲地說：「看吧！我就知道她們比不過我，你根本不可能會再遇見像我這樣的女子了。」

平川沒吭聲，燕燕以為是自己惹他生氣了，正想觀察他的臉色，誰知腰間忽然一緊，還沒等反應過來發生了什麼，就驚覺自己被平川抱在他身上。她雙臂禁錮在他胸前，彼此臉頰近在咫尺，呼吸可聞，令燕燕羞怯地掙扎起來。平川不肯撒手，忽然霸道地親了她一口。

燕燕嚇了一跳，想要向後躲，平川直接抬起手按住她的頭，沉聲對她說道：「是，我再也不會遇見像你這樣的女子了，因為我不會再去喜歡別人，我只喜歡你一個。」

這樣直白的情話，讓燕燕熱得雙頰冒煙，可她又掙不開平川，他力氣那麼大，想要把她揉碎一樣。

「好了好了，我知道了，你、你先放開我……」她聲音略帶嬌嗔，尤其是半垂著的眼，盛著水潤的光。

平川一怔，他想，在這一個瞬間，他或許是動了真心的，哪怕短暫得可怕，但他還是去親吻了燕燕的唇。她在他懷中漸漸放鬆，並伸出雙臂摟住他脖頸，那種回應鼓舞了平川，於是原本只是短暫的吻，卻變得天長地久，久到讓他忘記了自己是應該保持清醒的。

可他的執念終究是太深，放不下，斬不斷，燕燕的愛救不了他。

翌日，平川坐在距離正殿較為偏院的成軒宮中，這宮殿不僅位置遠，內飾也不算華貴，比起皇后的寢宮來說，實在有著雲泥之別。可居住在這裡的林貴妃，卻是三公主芳芳與六皇子釗銳的母妃，即便有著貴妃之銜，可她在帝王岳峰眼中，早已與冷宮妃嬪無疑，且她的兩個孩兒也全不得寵，本以為三公主嫁給當朝將軍後會為母家增色，誰知夫家卻也是自身難保。

「他們兩個跟著我實在受了牽連，若是有個得勢的母妃，也不會連奪嫡的機會都沒有。」林貴妃同平川哀嘆著，又道，「幸好皇后這些年對於我們母子三人也是格外照顧，宮人們也從不敢怠慢我們的衣食用度。還有你，總是來府上看望我，我知道的，你一直對芳芳……」

平川猛地抬起眼，打斷林貴妃：「娘娘，有些話，要藏在肚子裡。」

林貴妃一愣，訕訕地笑著點頭：「是啊！今非昔比了，是芳芳的命不好，明明都是同一個父親，可比起燕燕，當真是天上地下。」說到這，貴妃眼裡隱隱地滲透出一抹莫名的狡黠。

平川敏銳地捕捉到了這抹異色，可他並未放在心上，只是將來意告知林貴妃：「娘娘，想要改變這局面，只坐在宮裡唉聲嘆氣是沒用的。」

林貴妃抬起眼。

「六皇子釗銳與太子子晨身為手足，地位卻不同。可論起資質，六皇子釗銳也並不遜色太子。」

貴妃品味著平川這一番話，忽地蹙起眉頭。

平川的笑意中帶著殺機，窗外夜色伴隨電閃雷鳴，暴雨來臨之前，風聲乍起，他的臉在忽明忽滅的閃電中，顯露出陰涼之意。

他說：「太子子晨有的，六皇子釗銳也該有，娘娘不想助我一臂之力嗎？」

林貴妃攥緊手指，她領悟到了平川的意圖。平川的目的很明確，他只是想要報復皇室，且他根本不在乎在奪嫡之中勝出的登基之人是誰，但若對方是六皇子釗銳，才能從真正意義上為三公主雪恥。

更何況，平川更想看到帝王岳峰因失去最愛的太子子晨而痛不欲生。

首先要做的，就是將太子的黨羽逐一剷除——在皇宮之中，奪嫡早

已於暗中祕密進行，除去太子黨，其他皇子也分出數派，唯獨六皇子羽翼單薄。

　　平川暗示林貴妃，與朝中位高權重的左丞相賢羿連接，只因平川曾從六皇子釗銳的口中無意間聽聞過——左丞相賢羿在年輕時，曾對同樣年輕的林貴妃藏有私情，而這左丞相偏偏是個重情義之人。只要利用這一點，左丞相賢羿自然會想方設法地來幫助林貴妃，哪怕他是太子黨，可美人計一出，總會在無形中改變風向。

　　而一旦左丞相賢羿出現轉勢苗頭，聰明如太子子晨，自然也會察覺端倪。屆時，太子為保住地位，也要主動陷入奪嫡之爭中，對於平川來說，這是一箭雙雕的美事。

　　平川就這樣鋪下了陰謀，一面與子晨稱兄道弟、勝似知己，一面與小公主燕燕濃情蜜意、如膠似漆，暗地中卻等待著太子妃設宴的當晚，一把大火，惹起禍端。

　　那夜正是酉時，天色已暗，燕燕攜平川與侍從趕往太子府參宴，風裡夾雜著厚重的泥土氣息，轉頭望去，是宮女太監們正在翻土栽花。燕燕又抬頭去看暮色，天際盡頭烏雲厚重，怕是要來雨勢。

　　忽感肩頭多了一件衣衫，是平川解開了他自己的鎏金披風，為燕燕攏到身上，關懷著：「風涼。」

　　燕燕對他露出甜蜜笑容，平川卻皺起眉頭，張望四周：「好像有股焦味兒。」

　　這話音剛一落下，天空閃現巨大的亮紫色光芒，雷電交加，火光劈落，幾乎是在剎那間，便有宮女發出驚叫：「來人啊！走水啦！」

　　隱隱有火光呈現在太子府旁，燕燕頃刻間面露不安，她急匆匆地奔著火光的方向疾步走去。可火勢無情，前路已被濃重的煙霧模糊，方向已難辨別，只能依稀從呼喊聲感知，到殿裡的人都已蜂擁而出，如蝗蟲掠食一般四散奔跑。

　　好端端的，怎麼會突然起火？

　　「總歸不會是方才的閃電……」燕燕喃聲低念，卻聽到幾米之遙的地方傳來塌陷聲響，是一座小榭被燃燒的火焰焚倒了，驚呼聲不絕於耳，也不知是否有人因此而受了傷。燕燕越發焦急，擔心兄長安危，好不容易趕

到太子府附近，卻遭遇濃煙重重，火勢攔路。太子府外已大火滔天，連同門旁石柱都已燒得焦黑，橫七豎八地躺在玉石路上，砸碎了路面，淌出一地火舌。

平川護在燕燕身前，勸她返回。燕燕抬眼去望連成火海的太子府周遭，琉璃瓦片被燃燒得發出劈里啪啦的怒吼，長風呼嘯而過，火勢接連再高。

她也來不及多慮，匆匆對平川說：「你在這裡等我，我要去確認太子哥哥是否安全！」

平川怎會讓她一人前去，便與她一同。然而，避開火勢，就在推開太子府大門的那一刻，伴隨著「吱呀——」的厚重響聲，撲面而來的血腥氣，濃郁得令燕燕汗毛直豎。

空蕩蕩的府內，縈繞著縹緲、詭異的啜泣聲，一名宮女抱著襁褓中的嬰孩，跪坐在大堂門前，雙眼空洞，兩淚流落，錦裙被鮮血染成了赤紅。

燕燕背脊發涼，腳踏向前，踩進血水，濺在鞋面。可僅這一步，就又停在原地，她不敢再向前去，只因偌大的太子府內，遍地躺著七竅流血的死屍，破敗、渾濁的屍體頭腳相連，死不瞑目地睜著灰白的眼球。

而裴翠砌成的池塘臺邊，太子僵坐在樹下，左手握劍，劍刃浸血。燕燕的眼神緩緩向上，一路看向太子脖頸的傷痕，猛然間收緊了瞳孔，只因太子子晨已沒了氣息。

此事震撼整個大夏皇朝，帝王岳峰龍顏大怒，皇后詩妮痛心疾首，宮內宮外忙得人仰馬翻，救火、查凶……而謀害之人很快便得以抓獲，所有證據都水落石頭，元凶竟是左丞相賢羿。

帝王岳峰一怒之下，將其打入大獄，哪怕左丞相賢羿苦苦哀求著冤枉，可人證、物證俱在，那倖存的太子府宮女，指認了左丞相賢羿，現場又留有賢羿貼身的銀穗玉，自是百口莫辯。

一夜之間，翻天覆地，太子的死，加劇了奪嫡之爭的激烈。原本不被看好、且不起眼的六皇子釦銳，開始出現在了眾人視野中，據說是林貴妃搭上了皇后詩妮這條線，且六皇子眉宇間，與子晨有幾分神似，令皇后詩妮思子心切，竟也願意提拔六皇子，在朝廷中獲得一席之地。

唯獨燕燕，始終無法從失去兄長的痛苦中快速走出。她日夜難寐，舊

疾復發，整日高燒胡話，昏昏沉沉，一連病重數日，鬼門關走了幾遭，急得岳峰與詩妮不得不求助宮外道醫。

而由於道醫在診脈做法之時，除血緣關係者不准在旁叨擾，平川便無法靠近燕燕的公主府，他獨自徘徊在大門外頭，竟也心亂如麻起來。

大火縱然是他的主意，可卻也沒想要連累燕燕受此病痛。

太子的死他並不愧疚，嫁禍左丞相賢羿也在他計畫之中，可燕燕⋯⋯何罪之有呢？當他意識到這一點的時候，他又滿眼驚懼。

一念起，心波動，一念生，再難平。他忽然間很怕燕燕知道真相，以至於在道醫猛地打開大門，扔出手中道符，又將藥湯灑滿平川身上，沉聲道：「心魔作祟，執念禍人，暗夜不可行舟，明月終將照江，走吧！走吧！」

平川眼神慌亂，瞥見府內岳峰和詩妮的臉孔，他腦子混亂，竟退後幾步，轉身匆匆跑開了。

三日後，燕燕病微微好轉，她醒來的第一句話是：「我想見平川。」

岳峰下令，傳來平川，他來到公主府，見滿院都掛滿了白綾。國喪未過，宮中盡哀。見到燕燕的那瞬，平川胸口驟痛，她憔悴得如同蒼白凋零的殘花，穿著雪白的喪服，華貴而哀傷，正跪在空曠的堂內，朝火盆裡蓄去紙錢燒。

「燕燕⋯⋯」他一張口，發現聲音暗啞，連同腳步也有些搖晃。

燕燕略一回頭，瞥見他身影，淡然道：「你來了！也給我哥哥燒些紙錢吧！他生時，你們的關係最好，他總是在我面前提起你這也好、那也好，還要我不准總是欺負你。」

平川聽得背脊發涼，喉結上下滾動，站到燕燕身後，卻始終無法抬頭去看靈位上的名諱。

「你怎麼不說話？」燕燕問。

他張了張口，還是沒說，像是感到了某種即將到來的變故，他蹙了眉。

燕燕抬起頭，望著子晨的靈位，面無表情地說道：「在生病的那幾天裡，我做了一場夢，像是噩夢，夢裡全部都是可怕的事情。那滿地的血河中，流淌著一隻小小的紙船，大火沒有將紙船燒毀，反而是被那獨活的宮

女撿到。展開那紙船，上面寫著一個『殺』字，那紙張似乎還有氣味，上面有我最熟悉的……」說到這裡，燕燕緩緩站起身，看向平川，「你說，幸好這只是一場夢，對不對？」

平川凝視著燕燕的眼睛，那已經黯淡、無光的眼，激發了他內心深處唯一的一絲良知。

他慢慢吐出一口氣，回答她：「不是夢。」

燕燕咬住嘴唇。

平川反而舒展了眉頭：「你既然已經知道了，也就不必再探我的口風了。沒錯，就像你說的那樣，紙船是我放的，是縱火的信號。」

燕燕慘白著臉，走近他，不敢置信地質問：「你殺了我兄長，又嫁禍給賢臣左丞相賢羿……你接近我，欺騙我，就只是為了利用我，為了報復我父皇，為了找到我兄長的弱點，為了給六皇兄釗銳通風報信？」說罷，燕燕將手中的書信都扔到了地上。

平川錯愕地看了看她，俯身撿起來，展開看後，恍然大悟。是眼線們的監視宗錄，他慍怒地看向燕燕：「你在我身邊安插了人？」

燕燕聲音顫抖地說道：「若不是他們將真相帶給我，你還打算要騙我到幾時才甘休？」

平川倒打一耙道：「騙？你們大夏人，一直都防我敕勒如防虎豹豺狼，怎就是我騙了你呢？」

聽聞此話，燕燕失望、痛心地向後退了退，她按著自己的胸口，全身都在發抖。

平川笑了一聲，索性也就告訴燕燕：「但還是多虧了你，是你給我完成報復的機會。我做質子已有近十年，從七歲開始，大夏就沒有將我當過人來對待，在你父皇眼中，我不過是隻牲畜，若不是用來牽制敕勒，他早就將我剁成泥肉餵狗了。不過，幸好你的出現讓事情有了轉機——」他走近她，手指撫一下她臉頰，滿意地笑道，「所以你我之間，又何必有深仇大恨呢？左右你都是我的人，我做什麼，你只管接受不就好了？」

燕燕怔怔地瞧著他，眼中的絕望滲透進他的心底，令他莫名地憤怒、煩躁，他不想看到她這種眼神。

「你還是平川嗎？」她忽然這樣問。

只此一句，刺痛他心。

「你究竟是不是那個和我一樣躺在屋頂看星星，和我一起騎馬、追風、一起逛花燈，一起放紙鳶的平川？」燕燕的聲音哽咽，她回過神，看到之前被岳峰掛起來的那只紙鳶，她跑過去拿下來，舉到平川的面前，「你不記得了嗎？你幫我拾起這只紙鳶的那天，我們第一次相見的時候……你說過的只向明月，這只舟船紙鳶，是我們相見時的信物。至少在那一刻，你是真心待我的，是不是？」

平川看著她，心中想的是，真蠢啊！事實都已經擺在了面前，他殺了她哥哥，她明知他恨大夏，她竟然還希望從他的口中，聽到虛假的情話，哪怕都是謊言。

平川好似不忍心看她一錯再錯，即便他也萬分痛苦，可他還是接過她手中的紙鳶，毫不猶豫地在她面前撕成了兩截。

燕燕愣住了。

又是幾聲撕裂，破碎的紙鳶被「嘩」地扔到了她腳邊。

一同被撕碎的，還有燕燕的心。

平川什麼也沒有再說，甚至沒有再看她一眼，轉身就走了。

片刻之後，皇后詩妮來到公主府的時候，發現燕燕倒在地上，旋即驚呼。她命人將燕燕安頓在房內，請了御醫來探，幸好只是勞神傷心，才導致暈厥。而燕燕醒來後，已經過去了三日光景，她什麼也不肯說，且那能證明平川殺害子晨的證據，也被她燒進了紙盆。

皇后詩妮見她這般折磨自己，知道她因子晨身死而悲痛不已，也猜想到了她與平川發生了裂痕。索性趁此良機，隔斷她與平川的孽緣——她同燕燕講起了自己埋藏於心間多年的往事，是她與敕勒大妃奕瞳的一段過往。

原來，大夏國皇后詩妮與現在的敕勒大妃奕瞳，在未出閣時是情同姐妹的好友，更是同宗族的姐妹。奕瞳的父親常年駐守邊疆，不忍獨女在苦寒之地受苦，便托人將其六歲的愛女送往同宗族的族長家寄養，而這族長便是詩妮的父親。兩個姑娘打小一塊長大，關係自然不比尋常。

到兩人十六歲時，已到了即將婚配的年紀，但詩妮那時已經心有所屬，愛上的是附屬國的一位白袍少將，這成為了姑娘們之間才可以分享的

祕密。當詩妮父親得知女兒愛上了附屬國一位少將，自然是萬般阻撓，並且威脅詩妮，若是與這白袍少將來往，便尋個理由開戰，將這戰火蔓延到白袍少將的家鄉，讓其家族為這段情感陪葬。

詩妮知道父親言出必行，並且早在幾年前就開始籌畫，將詩妮嫁給岳峰，而作為交換父親一黨也會支持岳峰登基稱帝。詩妮心存良善，不忍因自己的情愛變成禍及無辜的戰火，只好選擇了妥協和隱瞞，選擇為了家族的利益嫁給岳峰。

在一次與族妹奕瞳湖心泛舟之時，她無意之中看到了彼時在岸邊與官員們喝茶賞景的岳峰，岳峰對她們二人熾烈的目光，特別是對於族妹奕瞳顯得更為留意。事後聽岳峰身邊貼身當差小廝傳話，岳峰似乎有意將姐妹倆都娶入府中。

為了讓岳峰將自己立為皇后，她與父親想方設計地令讓族妹奕瞳在一年後遠征，走上了和親之路。而她自己則是如家族所願地嫁給了岳峰，並藉由母家強大的勢力，扶持他成為了帝王，她自己也順利地坐上了皇后的寶座。

「可是，在你出生之後，我與你父皇之間的關係，卻越來越遠了。」詩妮略有遺憾地嘆息道，「也許是天意吧！你與奕瞳的生辰，竟然是同月同日同時，這自然會令你父皇回想起她的存在，也就是在那一刻，我才驚覺他愛的人只有奕瞳。就像後宮裡那麼多的女人，你也曾問過我，她們為什麼長得都有幾分相似，如今我可以告訴你，並非是她們相似，而是你父皇都喜歡與奕瞳相像的女子。眼睛、鼻子、嘴巴……只要有一處像，她們就會得到你父皇的恩寵。」

「燕燕，你是不是覺得，我應該選擇報復你的父皇？我母家助他奪得帝王寶座。」詩妮苦笑道，「但就算報復了他的人，又能如何呢？你父皇就會愛上我了嗎？更何況，就算你父皇愛著奕瞳，他的後宮仍然有數不清的妃嬪出現，這份愛又當真值得我為其付諸自己的人生嗎？不如原諒自己，也原諒他人，折磨著自己，怎配得上『值得』二字？我只需要養育好我的孩子，不要讓我的孩子成為你父皇的磨刀石就好，不要淪為權謀的犧牲品。」

「只可惜——子晨現在不在了，我也是真心撫養過他的。但是，燕

燕，你無需再為子晨過多悲傷了，他並非你的親哥哥！」

燕燕聽聞像炸雷一般驚訝道：「母后，你說什麼！」

詩妮做了一個小聲的手勢，撫著燕燕的額頭，有些憂傷的回憶道：「這些辛祕，我本想你再年長些再與你說，只是見你現在整日為了已經亡故的子晨悲痛，才不得不告訴你，子晨其實是皇上與奕瞳的孩子！」

詩妮嘆了口氣：「奕瞳與我在湖心泛舟之後，不久便被傳召去了你父王的王府上，那日你父王趁著酒勁，與醉倒的奕瞳有了一夜之親。事後奕瞳大懼，跑來找我想要尋短見，我護住了她，讓父親將其安置在隱祕之所，對外宣稱奕瞳得遇一世外高人，尋仙訪道去了。因自感行德有虧，你父王也是驚懼交加，生怕因此丟失了先皇的青睞，兩日後就尋來我父親府上商議對策。為了得到我父親的相助，他第二日便向先皇求了旨娶我。」

「一個月後，我嫁入王府。再一月，你父王受先皇令，赴前線與救勒交戰，我見狀便伴做有喜回母家休養，只因父親密信通知我，奕瞳有喜了，這個計畫便在我心中的產生。而奕瞳八月之後催生得一子，那人便是子晨。我要接生婆告知奕瞳那是個死胎，沒想到她連看都沒看一眼，此事幾乎無人知曉。事後，奕瞳按先皇聖旨外嫁和親，臨走時說她此生都不想再回大夏國，就這麼毅然離去，這些年也沒有再給我寫過一封信。」

「我之所以會說出這些我本打算隱瞞一輩子的心事，是不希望你為了子晨的離去而終生痛苦，也不希望你將這場悲劇嵌入自己的一生。恨意也是欲望，你還年輕，日後還長，不可做出無法挽回的事情。」

燕燕始終沉默著，並未回答。

詩妮最後心疼地嘆道：「燕燕，既然你屬意的那個人，不願意陪你穿渡餘生長海，你就要學會獨自在暗夜中行舟，只有你自己，才能渡自己。」

一個「渡」字，重如巨石，尚且被恨意吞噬的燕燕，自是無法領悟。

她始終沒有將子晨死去的真相，告訴詩妮和岳峰，也沒有將子晨其實是平川同母異父的哥哥這件事告訴平川，因為她認為平川不配有子晨這麼好的哥哥。

且在那之後，線人也被她祕密除掉了，無論子晨是不是自己有血緣的哥哥，對於燕燕而言，這麼多年的朝夕相處，早已讓她認定子晨是自己的

親哥哥。子晨的死、子晨的冤，至此都成為了縈繞在燕燕心間的血債。

　　她輾轉反側的夜晚裡，終是心意已決，她要讓平川為他所做的一切付出代價。

　　他的欺騙、他的背叛、他的殘忍、狠辣⋯⋯，燕燕已將他視為仇敵，昔日情愛早已轉成濃烈恨火，燕燕發誓要手刃他全族，來年花開日，所有的敕勒族人，都要成為她兄長的殉葬品。

　　可是，她要怎麼做才能完成計謀呢？燕燕苦思冥想，日夜難安，又病了很長時間。轉眼兩年過去了，在這個過程中，平川與六皇子聯合布局，步步為營，已然躍身進了諸君的候選。

　　是啊！平川再也沒有來看過她。

　　等燕燕的病快好的時候，寢宮外的海棠花都已經謝了。

　　晚秋已來，風聲瑟瑟。燕燕坐在後花園裡凝望著楓葉，侍女擔心她著涼，小心翼翼地催她回宮。而大概是坐得久了，燕燕起身的時候有些腿軟，又因咳嗽而難以站立，侍女正要去扶，燕燕卻被另一隻臂膀搭住了手。

　　先看見的，是一雙墨黑的烏皂靴，再往上，是華貴錦袍。當燕燕找到他的眼睛時，那雙桃花眼顯得有三分輕佻、七分凌厲，頸間衣襟上扣著一塊赤金玉，極為尊貴精緻，自是價值連城。

　　竟不知宮中還有這樣的人物，燕燕愣了愣，那人倒認得她，淡淡笑過，打趣道：「公主當心，今日風硬，吹得你這金貴身子隨風倒了。」又示意花園外頭，「我帶了車輦，若公主不嫌棄，我送公主回宮。」

　　燕燕看著他，考慮片刻，點頭應允。而為了避嫌，他懂事理地選擇騎著牽引車輦的馬匹，並沒有與燕燕同坐車內。大夏皇室有不成文的規矩，君臣不可同席，未婚男女不可同車。

　　待到回了公主府，那人目送燕燕與侍女進了府中，在大門關上的前一刻，燕燕轉回頭去看，他仍站在門外，唇邊笑意略顯頑劣，唯有眼神真誠光芒不滅。

　　燕燕回過身，問侍女：「他是誰？」

　　侍女有些驚訝地回道：「公主竟不知道他嗎？他可是當朝定江侯家的小侯爺明陽啊！」

定江侯。

燕燕倒是聽說過，定江侯掌握著大夏一半的兵權。這定江侯家的侯位是世代繼承，大夏國開國聖君因感念第一代定江侯在戰場三次救其性命，與其結拜異姓兄弟，後來得登帝位，就封賞了定江侯這滔天的權勢與富貴。

可至於那位小侯爺明陽，是第六代定江侯的嫡子，未來定江侯侯位的繼承人，燕燕在今日之前，從未見過他的廬山真面目。而關於他的傳聞，也顯得極不入耳，聽說他性情紈絝、不務正業，又嗜酒如命，時常在宮外因賭博而與人發生爭執，仗著自己一身好身手，總要把對方揍得命沒半條。

「他都已經二十好幾了，早就到了婚嫁年紀，可就是因為名聲狼籍，無論是郡主還是大家閨秀，都不願意與定江侯家談及親事。但是也有坊間傳聞，是小侯爺特別挑剔，對諸多名門閨秀都看不上眼，所以自己的婚事才一拖再拖。」

侍女說起這些，還很惋惜似的：「真可惜了小侯爺不光是相貌堂堂，又家世顯赫，偏偏這麼不愛惜自己的名聲。」

燕燕沉默著，心裡卻已經開始有了自己的盤算。

自那日之後，她開始有意無意地出現在那天的後花園裡，賞楓也好，吹風也罷，像是在刻意等待著何人。就那樣等了整整三日，定江侯家的車輦再度出現了。

明陽從車上走下來的時候，手裡極其隨意地提著一束海棠花，他遞給燕燕的時候也十分莽撞，強硬，純粹，眼含笑意，卻也擔心遭拒。

燕燕微笑著接過了他的海棠花。

在多日後的一個黃昏，燕燕問他為什麼要送自己海棠。

明陽說：「第一次見你的時候，你滿身海棠花的味道，我一直都記在心上。」

「你何時見到我的？」

「很久之前了。」明陽說，「你手裡牽著一隻舟船紙鳶，在宮苑裡笑著奔跑。」

燕燕的眼神黯了黯道：「的確是好久之前了。」

她那日之所以會滿身海棠香，是因為平川身上沾染了海棠花的味道，而她手裡的紙鳶，也是剛剛從他府中拾回來的。思及此，燕燕又咳起來，明陽立即脫下自己的披風，按在燕燕肩頭，又用雙手揉搓她的雙臂，不肯讓她受一點涼氣。

　　燕燕的手觸碰到他的指尖，她感到他沒躲閃，便知時機到了。恰逢園中楓葉落下，落在燕燕鬢邊，明陽察覺到，想著要幫她拂掉，又捨不得放開她的手。

　　燕燕在這時看向他，用很輕很輕的聲音說道：「父皇知我已到婚配之齡，若定江侯家有意——」話到此處，她頓了頓，再沒說下去，只垂下臉，遮掩羞意。

　　明陽手掌的溫度逐漸升高，他驚喜交加，心跳極快，回了燕燕二字：「等我。」

　　那是等他定江侯家與皇帝岳峰提親的意思。

　　二十日後，初冬。

　　雖然帝王岳峰還是很捨不得將最心愛的小女兒，嫁與這名聲不佳的小侯爺明陽，但老定江侯連續三次上門為嫡子提親，這大夏江山的各個邊塞，都是由定江侯的人馬駐守，群臣倒是對這門親事很是看好，覺得這是鞏固皇權的良機。皇后詩妮則以為愛女已然放下了那段不成熟的情感，與自己當初一般，為了家業，嫁給了更合適的人選。這一來二去的商談，也足足用去了半月有餘。

　　燕燕與明陽大婚當天，平川還在書房與黨羽商議下一步的走向，他們已經制定了時間，要在半年內讓六皇子成為太子，這樣才能有力地制約其他奪嫡者。

　　六皇子來找平川時，見房內有人，下令遣走他們時，平川卻阻攔眾人離去，釗銳蹙眉道：「今天是燕燕大婚之日，父皇有令，你也要出面。」

　　平川沉著臉，攥緊了桌上的輿圖，他咬著後牙，半晌才道：「還請六皇子體諒。」

　　六皇子長嘆一聲，無奈地拂袖離去，眾人瞥見平川神色難看，也怯怯地退下。剩下平川獨自一人，他額間青筋顯露，深深地吐息後，他終於暴怒地將桌案上的一切物品都統統推翻摔碎，又覺得不解氣，轉身就要撕

扯掛在牆上的紙鳶——可他停住了。面對那被他將碎片黏合起來的舟船紙鳶，他終究是下不去手。而如今，也唯有這個是他的念想了。

平川低垂著頭，他哽咽片刻，到底轉過身，走出了寢宮。

明堂之上，滿臣跪拜。燕燕穿著五重繁複的華服，寬大裙幅透迤身後，徐步穿過織錦鋪陳的玉階，在父皇岳峰與母后詩妮面前跪下，交疊，平舉，俯首。詩妮扶起燕燕，按照規矩，她從自己的風冠上，摘下一支琉璃玉金釵，插在燕燕的高鬢上。燕燕額前步搖晃動，透過珠簾空隙，燕燕看見母后詩妮眼含淚光。

再看帝王岳峰，他鬢髮已白，自打太子子晨亡故之後，他蒼老得迅速。燕燕心中酸澀，再一次長拜雙親，款款起身後，她環顧四周。滿堂子臣恭送，燕燕站在異光流彩的中央，她揚起臉龐，知曉這只是她計畫的開始。

唯獨在離宮前的那一瞬，她在人群中，瞥到了那雙永遠藏著黯然的眼睛，她怔了怔，四目相會，神色各異。可她從今日開始便不再是公主燕燕，而是小侯爺的夫人。往事早已哀死於心間，燕燕竟覺得，他眼中洩露出的深情虛假得可笑。

或許也有留戀，但燕燕到底還是絕情地轉過身，頭也不回地帶領侍從出了宮去。平川被淹沒在赤紅臣袍中，他緊抿嘴唇，望著那道美不勝收的紅色嫁衣，消失在他的視線裡。明明只是初冬，雪還未落，平川卻覺得全身已涼徹。

定江侯府。

漿色紗羅帳幔後，銅鏡前坐著身穿玉色銀鸞暗紋裙的燕燕，她凝望著鏡中人，綰成矮墮鬢的髮，證明她已不再是少女，而是為人妻、為人婦，眉間的哀戚也不符合她十八歲的年紀，彷彿經歷過了冗長一生，早已無情無愛。

明陽撩開紗幔走來，站在她身後，鏡中一雙人影，燕燕看向他的眼睛。他什麼也沒說，手掌捋起她鬢上掉落的一縷髮，為她盤進簪中。燕燕默然，彼此之間相敬如賓的做派，並不似一對熱情如火的新婚夫妻。

「你願意嫁給我，我已經很滿足了。」明陽其實知道，燕燕的心並不在他這裡，曾經的舊事，在宮中人盡皆知，並不是祕密。她與敕勒質子平

川的情意，也絕非短時間就能斬斷。但明陽不會過問燕燕的曾經，他是真的喜愛她，他願意等她。

　　新婚當夜，他對燕燕說起自己的心裡話，他自己從沒有為家族爭光過，名門望族也時常會取笑他父親對他的驕縱。可定江侯將歷代驍勇善戰，他也不例外，十二歲就入營征戰，為帝王岳峰打下過數不清的城池。

　　即使如此，也還是會因為他不按常理出牌的個性，而被世人詬病。

　　「很多大家閨秀，貪戀定江侯的權勢與兵權，但又對我的名聲充滿擔憂，訂親數次，不了了之，我也全然不稀罕她們那些庸脂俗粉。」明陽一身傲骨，唯獨視燕燕不同，他總是充滿疼惜地撫著她的長髮，無盡感慨地說。

　　「你與她們不同，對我的狼籍名聲，你從未有過質疑。我本是不敢接近你的，只遠遠地看著就很是欣慰。但人性貪婪，自打你對我開始展露笑顏的第一次開始，我就希望能將你占為己有，如今我願以償，真是再沒有什麼奢求與遺憾了。」

　　他對燕燕的愛意裡，總是夾雜著感激，令燕燕忍不住同情起他來。燕燕也無數次地捫心自問，利用這樣的人來實現自己的報復，當真是對的嗎？他明明知道自己與平川的過往，卻視若無睹地愛護她、珍視她，難道他不在乎自己的過去嗎？

　　面對總是變著花樣討自己歡心的明陽，她既難過，又愧疚。

　　他真傻啊！她明明和那些庸脂俗粉一樣，都是為定江侯家的兵權而來，他卻偏偏覺得她不同。

　　燕燕時常在心底裡嘲笑，他真是傻得讓她不忍心去騙。她不過是隨口說了一句書中的雪蓮很漂亮，他就親自去雪山為她尋雪蓮，甚至採了個遍，帶回府上為她建造出了一片雪蓮池；她喜歡樣式奇特的珠寶，他尋覓整個大夏，只為將最名貴的珠寶找來給她，且誰人獻來的珠寶被她看上，他也重賞對方黃金千兩。

　　他又因她的一句戲言，就去野獸遍地的陰森樹林裡，尋蟒蛇口中的夜明珠，明明都是燕燕隨口說出的胡話，他卻總是信以為真，又要時刻放在心上。

　　燕燕好像是從明陽的身上才驚覺，原來愛一個人是可以這樣赴湯蹈

火、義無反顧的。她第一次被父母、兄長以外的人這樣珍視過，但她又很怕，害怕自己無法回應她，更害怕他也隱藏著什麼陰謀。

他愛她，真的只是因為她是她嗎？定江侯家是否憎恨父皇呢？皇室有沒有虧待過他們歷代呢？怎就明明有了夫妻的名份，他又待她這樣赤誠，她還要這般不安、惶恐呢？

燕燕陷入了迷茫，她不知該如何面對明陽，就彷彿他的熾熱會灼燒到她，她開始疏遠起了他。明陽察覺到燕燕的掙扎，他太過溫柔了，也願意給她自己考慮清楚的時間，於是他搬去了廂房獨住。

燕燕每日睜開眼，看到空蕩蕩的玉枕，心裡說不出的空落。旁人都以為是小夫妻生了悶氣，定江侯老夫婦還打算幫助他二人和好，但明陽不想任何人介入他與燕燕之間的事，就算是父母也不可插手。

明陽越是這樣，燕燕的心就越難受。她不知自己是怎麼了，夜晚驚醒時，她被過去糾纏，醒來後滿身涼汗，總怕自己又會病倒，推開房門，她坐在石階上望著月亮出神。

周遭很靜，燕燕的心也逐漸歸於平靜。她凝望星空，覺得星河還是同從前一樣美，只是曾經她望著星辰，會覺得悲傷，可如今是不會了。

風吹得院內的海棠花「沙沙」作響，已經是夏時，時間快極，流淌著奔騰。燕燕轉頭時，看見明陽從廂房中走出，他披著單衣，抬頭望向星河。是在那一瞬間，燕燕忽然覺得心跳加速，耳廓發熱，好像心中堅硬的冰石中燃出了火焰，她才發現自己已經好久沒有想起過平川，更沒有去憎恨他的心思。她只是擔心明陽穿的那麼少，會不會吹了風受涼，他兵權那麼重，會不會下次征戰受傷……

當他轉過頭，發現了她，燕燕心下一慌，臉頰發燙，猛地躲開視線，他卻已然朝她走來，可又驟然停住。他一定是怕她不想見到他。

燕燕焦急地想，他怎麼還不過來？

等了很久，他也沒有行動，令燕燕率先抬起眼，看向他。明陽就對她笑了笑，燕燕也笑了笑，兩個人之間隔著小溪一般的距離，誰也沒有說話。

夜深，靜極。燕燕看著他的笑容，忽然就覺得自己不想辜負他至今的付出。也許她不該再去考慮有關仇恨的事情。逝者已逝，生者未亡，子晨

哥哥是那麼溫柔的人，想必他也一定不想自己沉溺在悲傷之中。曾經往事都已成過眼雲煙，又何必執念太深？

燕燕想，明陽一定在等她放下心底的執念。而她，不想令他失望，更不想他等得太久。於是在這一刻，燕燕故作勇氣般地站起來，她的心怦怦直跳，走到明陽面前，卻始終不敢抬頭看他，只低聲問道：「你獨自住在廂房……屋子裡冷不冷？」

「這會兒是夏季，哪裡會冷？熱得很。」他說罷，見燕燕一直低垂著頭，就俯身彎腰去探她的臉，「你怎麼不看我？」

燕燕難為情似的躲開，隨口編道：「被小蟲子咬了一口，腫了……」

「哪裡腫了？」

燕燕還未回答，下巴就被他手掌一抬，轉向他。明陽垂眼，望著她的臉龐，挑眉笑笑：「怎麼哪裡都沒腫？是不是連小蟲子都不捨得狠咬你？」

燕燕臉頰泛紅又想躲，他捏著她下巴的力度加重，不容她逃避。

她終於看向他，忽地有些生氣似的：「你鬧夠了沒有？鬧夠了……就……該睡了。」

明陽的笑容總是帶著一絲頑劣，聰明如他，已經感受到了燕燕的變化，他感慨地望著周遭靜謐的夜色，又見有螢火蟲隨蟬鳴聲飛舞，便打趣道：「連小蟲子都是成雙成對的飛著，我孤苦伶仃，怕是睡不踏實。」

燕燕猜出他伎倆，一把打開他的手：「那你打算睡廂房到什麼時候？」

明陽有點兒意外似的看著她：「夫人不願與我同床共榻，我絕不強人所難。」

「我從沒有不願意。」燕燕坦誠道，「只是從前，我的確有一些情感沒有整理好，如今已經不同了。我雖然冷對過你，也和你發過不少脾氣，但是……我從沒……，太醫說我氣血虛虧、睡眠驚醒，你若翻個身我便醒了，而且我自小一個人獨居大床，哪裡能接受旁人與我同享床榻……」

明陽打斷她道：「夫人說得對，夫人自小養尊處優睡慣了大床，要不我在房中再搭一小床在夫人床側可好？這樣萬一夫人夜裡怕黑，我也可以護衛著。」

燕燕臉上一熱，說出狠話：「你要是能找出咬了我的小蟲子，我就允許你搭個小床！」說罷，燕燕便率先回去了寢房，關上門的時候心臟還在狂跳，她忽然很後悔自己為難他的要求。壓根就沒有小蟲子，他真犯傻找起來沒完可該怎麼辦？

　　燕燕惱得很，在屏風前頭走來走去，就差沒有開門告訴他，隨便找一隻蟲子就能交差。

　　過了一柱香，明陽推門而入，燕燕明明很開心，卻還要故作氣惱地數落他：「為何不敲門？」

　　明陽笑眯眯地走到燕燕面前，敞開自己的衣衫，燕燕剛要捂臉，卻發現他的懷裡飛出無數隻螢火蟲，照亮了漆黑的房間。那些飛舞在身邊的小蟲閃閃發光，如璀璨星辰，令燕燕不由地綻放出了喜悅笑顏。

　　明陽凝視著燕燕的笑臉，感慨地說道：「我第一次見到你的時候，你就是這樣笑的。」

　　燕燕看向他，他再走近她一些，又說道：「我夢想過你的笑容只屬於我，如今，我終於實現心願了。」

　　燕燕又羞又不安，向後退了退，明陽得意道：「終於可以與夫人同處一室了。」

　　說著，便利索拎著早已準備好的小木床。

　　燕燕還想再說，明陽把她扶到床邊，溫柔的給她蓋好被子，輕聲說道：「夫人早些睡才是，把身體養好了，過些年我們生一群小子。」

　　燕燕一聽面紅耳赤的扭過身去不再搭理，明陽見狀，輕輕一笑，也在側邊的小木床上安然睡去。

　　今夜的這番對話，令燕燕心中感動不已，帶著嘴角的笑意，安心的酣睡入夢。在夢境之中，她終於敞開自己的雙臂，牢牢地抱住明陽，用力的雙手，彷彿在同他低語著廝守終生。她不再希望明陽涉險任何事端，也不想再窺視他的兵權，燕燕只想和他永遠留在這個飛滿了螢火蟲的紗幔裡，此生此世，白首不離……

　　「白首不離」。

　　已經丑時三刻，平川獨自坐在椅子上，展開手裡的摺扇，扇面用金線刺著的四字，是燕燕親手繡的。由於是第一次刺繡，針頭紮破了她指尖，

血跡留在了扇子上頭。

黑暗中，他眼神陰暗地注視著這四個字，沉聲呢喃出：「背叛者。」

背叛他敕勒族的人，無論男女，都該當誅。

口口聲聲說著愛他的女人，如今卻與別的男子恩愛有加，這讓平川如何能咽得下這口惡氣？他緩緩地合上摺扇，不知為何，竟會在這孤寂的夜晚，回想起燕燕曾經問過他的話。她曾問他，自己那與敕勒族和親的母妃，是否過得幸福？

他的確並非是全血敕勒人，他的母妃是大夏女子，母妃只有他一個孩子，之前來大夏看望自己卻慘遭不測的兄長，是父王已故側妃的長子，自小與他一起長大，把他當作親弟弟一般。這個給予過他童年溫暖的哥哥，在闊別九年後，卻因自己枉送了性命，每每想到這裡，他都強忍住內心的憤怒之情。

也許是出於內心對大夏的憎恨，平川連自己的記憶都要妖魔化，他欺騙燕燕說：「我母妃在大夏已經受盡了折磨，皇室容不下她，所以嫁到敕勒後，也始終不願敞開心扉，哪怕我父王對她再好，她也還是走不出自己的心魔。」

燕燕惋惜道：「那真是太遺憾了。」

「遺憾什麼？」他問。

「你父王對母妃那麼好，她卻沒有放下仇恨，接受你父王的愛，多可惜啊！」

平川卻說：「不可惜，正因為她的恨，才能讓我更有力量。」

「什麼力量？」

平川沒再回答，他只是沉默地看著燕燕，沒有說出口的是——復仇的力量。

他的確恨透了大夏皇室，雖然他刻意迴避了母妃是否幸福的問題，他一味的強調恨意，目的是不給自己留一絲一毫的退路。只有扳倒岳峰，摧毀大夏皇室，他覺得自己所遭受的屈辱才能得以平復。

恨是欲望，愛也是欲望，他始終深陷在欲望中不能自渡，更不可能會給自己愛的人帶來幸福。哪怕，他從未意識到自己對燕燕的感情。

可恰恰就是這份如深淵的恨意，推著他不斷前行，當燕燕大婚之後，

他唯有恨她、憎她，才能有活下去的念想。且在這段時間裡，他拚了命與六皇子布局奪嫡、擴大黨羽，漸漸地，在朝中擁有了祕密的一席之地。彷彿以此才能麻木自己，不去回想與燕燕的過往，他甚至在暗地裡為六皇子殺人、滅口、毀屍、燒跡……

他不過才十九歲，面容上的狠戾，卻像是閱盡了世間蒼涼。有時候，他覺得自己活得太久太久了，久到沒了生存的意義。

直到年滿二十歲那年，按照當年的約定，他在年底便可以返回家鄉。然而他卻在與岳峰商議此事時，從他口中感知到，大夏皇室對敕勒仍舊抱有「敵意」。儘管岳峰已經老去，他本意也不願再發動戰爭，可他的皇子們個個年輕氣盛，將士們又虎視眈眈，敕勒的疆土與子民，仍舊是大夏眼中的美餐。

而眼下，六皇子距離諸君之位還有一步之遙，平川必須趕在返回家鄉之前，助六皇子成為太子。這樣一來，他才能為敕勒謀劃出一位有力的靠山，否則將後患無窮。

數個輾轉無眠的夜晚後，他終於決定約燕燕見面，目的是請求燕燕幫他最後一次——在岳峰面前諫言，幫助六皇子穩坐太子寶座。

她是岳峰最疼愛的小公主，又是手握重兵的小定遠候夫人，若有她幫襯，事情必定十拿九穩。且平川已經為六皇子做到了今天這個地步，自然容不得絲毫閃失，他必須要在離開之前，落下大局的最後一枚棋子。

那日酉時，他站在偏殿後園裡等她。此處不常有人前來，以至於荒草叢生，極為僻靜。他提前了半個時辰，心裡擔憂她不會來，正心煩意亂，忽然聽到了沙沙的腳步聲。

燕燕停住身形時，見他轉過頭來，神色之間頗是冷漠。他明明內心激動不已，可表現出來的樣子卻讓人寒心。尤其是在見到燕燕面無表情時的模樣，更加令他惱怒，她就像是在看待一個與她毫無干係的人，她從未對他露出過這樣的眼神。但轉念一想，已經過去了近三年光景，是呵，她早已不再是當年的燕燕了。

「你來了。」他喉結上下滾動，率先踱步到她面前，欲言又止間，他忍不住上下打量起她，從眉眼到鼻尖，又從裙角到嘴唇，他如此貪婪地觀察著她，並要扼制著自己想要將她抓到身邊的衝動。

比起他內心的澎湃，燕燕不僅眼中平淡無波，心裡也如止水，她直言道：「我本不打算來的，但想到你不達目的不會甘休，我又不希望我夫君為你我之間的過去多慮，便特意來見你一面，也好讓你徹底死心。說吧，世子，有什麼我能幫你的？」

　　這番說辭冷淡且疏離，令平川的怒氣再難平抑，他深深閉眼，舒出一口氣，學著她的口吻，公事公辦地說道：「我今日約你相見，是打算求你在你父皇面前為六皇子美言，只需你東風一吹，他成為太子才能萬事俱備。」

　　「世子竟這般瞧得起我？」燕燕笑了，「我可不認為父皇會這麼簡單便立下新的儲君。」

　　「你要如何才肯幫我？」

　　燕燕冷下臉：「我從未在父皇面前拆穿你謀害子晨哥哥的事情，已算對你足夠仁慈。」

　　平川抿緊嘴唇。

　　燕燕又道：「你只需熬到今冬，就可以回去你的故鄉，舊恨再無人提及，你今後只需安枕無憂地去做你的敕勒世子。」

　　這話到底是觸怒了平川，他猛地一把抓起了燕燕的胳膊，咬牙切齒地對她道：「你難道一點都不念及舊情？」

　　燕燕凝視著他的眼睛，不疾不徐地從鬢髮上拂下一根尖銳的金簪，忽然就二話不說地刺進了平川的肩頭。

　　平川「嘶」地呼痛，卻也沒有閃躲，燕燕又將簪子推進一些，直到血液滲出，浸染透了他雪白衣衫，燕燕才輕聲問他：「疼不疼？」

　　他蹙眉，瞪著她。

　　燕燕笑道：「你當初害死我子晨哥哥時，我比你現在要疼十倍、百倍、千倍。」

　　平川握住她的手，用力地朝自己肩頭刺，他終於質問她道：「你是因為恨我，才嫁給別人？你是因為我設計殺死了你兄長，你才那般報復我、折磨我？」

　　燕燕卻說：「我嫁給他，是因為我愛他，我要與他白頭偕老！」

　　平川痛苦地打斷她：「你撒謊！」

「我沒有。」

「你愛的人明明是我，是我！」

燕燕嘲笑他：「世子，你也太高估自己了，彼時我不過是少女懵懂，見的男子又少。以為與世子走得親近一些便是情意。後來我見到了許多優秀的世家子弟，更遇到了明陽，他是世子無法比擬的存在。我現在是定江侯小侯爺夫人，我愛的是我的夫君，怎會是你呢？」

她話語溫和，柔情似水，卻如利刃一般，割碎他心。

平川忍無可忍地一把推開她，將自己肩頭的簪子拔出來，染血的金簪被扔落在地，燕燕以為他要報復，誰知他卻摟住她腰，猛地攬進懷中。

燕燕拚命將其推開，硬生生的抽出隨身攜帶的小匕首，對著自己的脖頸。她威脅他：「你再敢不敬，我即刻死在這裡。」

平川語帶悲傷的說：「燕燕，我⋯⋯我其實對你，我對你⋯⋯」他沒再說下去，因她眼裡的冷漠令他徹骨。

燕燕趁他出神的空檔爬起身來，她飛快地整理自己有些凌亂的衣衫，雖厭惡，卻還能夠冷靜地勸他道：「世子，過去的都已經過去了，我不想再恨你，你也該放下你的恨意，餘生還長，別再孤獨地暗夜行舟了。」說罷，她起身便欲離去。

平川喊住她，聲音暗啞，他抬起泛紅的眼睛，無比憎恨地對燕燕說：「我發誓，待我回敕勒之日，便是血洗你大夏皇室之時。」

燕燕只覺他不知悔改，失望地蹙了眉，卻也懶得再多說。而這一次，她再沒回頭看他了。

她並不知道平川所言既為真，更不知道平川與六皇子謀劃著儘早坐實諸君之位的祕密，這其中，竟也有皇后詩妮的幫襯。

依六皇子所言，是母妃林貴妃說服了皇后詩妮，因為她已經失去了太子，而六皇子是餘下皇子中，與太子資質最為接近的。且林貴妃因與皇后詩妮一來是同鄉，二來兩人皆不願爭寵，心性喜好都頗為接近的原因，多年來兩人的關係也一直親密，若日後六皇子登基成帝，對皇后詩妮也頗有好處。

可平川卻發覺，皇后看待六皇子的眼神不一樣，甚至⋯⋯比當年看待太子時，更像一個真正的母親。且仔細盤算六皇子的年紀，在子晨之後，

在燕燕之前，平川彷彿猜出了某種禁忌的宮廷祕辛。

　　他私下花重金去找離宮多年的一些老宮人套話，果然功夫不負有心人，雖然沒有實錘的指證，但將這些支零破碎的資訊組合在一起，他已足夠以此來「威脅」皇后詩妮：「皇后娘娘，您要承諾六皇子必須登基，且要保我敕勒安寧。」

　　皇后冷眼看他：「不然呢？」

　　「不然……」平川的笑意藏有殺機，「您的一些祕密，將成為街頭小童口中的童謠。」

　　皇后沉下臉色，她良久都沒有出聲，直到離開六皇子府前，她警告般地對平川說：「只要你不再去打擾燕燕，你想要的，大夏都會予你。」

　　平川靜默地望著皇后的背影，瘋魔般地念著一句：「我想要的……是敕勒安寧，是大夏亡國，是定江侯家的明陽——死。」

　　唯獨沒有燕燕幸福這一條。

　　明陽慢慢地抬起頭，看著面前垂老的帝王。

　　在同樣的深夜中，密談不僅僅發生在六皇子的府上。

　　岳峰的寢宮內，他臥在榻上，一頁一頁地翻著手中宗卷。

　　夜風拂過，吹動燈燭，氤氳火苗如霧嬝嬝，搖曳出婀娜線條。

　　岳峰眉眼衰敗，卻仍舊蘊藏殘忍的殺機，他合上宗卷，問面前那手握兵權的明陽：「面對窺視大夏疆土與子民的逆人，該當何罪？」

　　明陽眼底浮動肅殺之色，他手中一直握著腰間佩劍，抬眼回應岳峰視線，堅定地道出：「回陛下，理應滅族。」

　　那天夜裡，明陽很晚才回府。但燕燕還是醒來了，睜開眼時看見他還未褪去盔甲，明陽歉意地說自己不想吵醒她，只看她一眼就去廂房睡。

　　燕燕迷糊地拉住他的手，不准他去廂房，嬌聲道：「我一直在等著你，是不小心睡著的。」

　　她還說，明陽不在床側的小木床睡時，她總是睡得不踏實。明陽笑笑，趕緊脫下了鎧甲外衣，安頓她睡下蓋好，自個才坐在床沿上，手掌很自然地輕拂在燕燕的秀髮上。

　　「再過幾月，明年春末，我就可以睡在這大床之上。」明陽笑著說，「太醫說你因太子離世憂思成疾，氣血不足陽氣太弱，需調養兩年

才行。」

燕燕不滿地：「兩年你等不了？那你納妾好了！」

「等得了啊！別說兩年，二十年都可以……」

燕燕不等他說完，便鑽進他懷裡，雙臂抱住他的腰，越說越睏倦：「明年春天，我們一起去遊船、去狩獵、去踏青……」

明陽輕拍她背，吻了吻她額頭，笑道：「等你身體好了，我帶你騎馬去看雪蓮花，帶你去逛燈會，你穿著的那身紅衫最美，冬天一過，燈會就到了……」

待到凜冬結束，而凜冬，已至……

啪嗒、啪嗒，馬蹄踏在淺淺的積雪中飛馳而過。大夏城門外，一匹黑馬背上白衫繚亂，平川獨自策馬回往敕勒。約定之日已到，他解除了質子身分，終於得以自由。而他唯一的要求，便是不准大夏士兵隨他歸鄉，更不需要皇室護送。他只要一匹馬、一把劍，其餘屬於大夏的一切，包括他身上的配飾，都一併歸還了大夏。

然後，便孤身一人踏上歸途。

此時恰是五更天，忽降鵝毛雪片。正在府中畫山水圖的燕燕，忽然手腕一抖，筆觸便潦草地劃出了一條極長的拖尾，壞了整幅好風景。她嘆息一聲，轉頭望向窗外，發覺鵝毛落雪壓滿了枝椏，寒鴉成群地棲息在紅磚瓦上，一股不祥之意撲面而來。

侍女端來火盆，恭聲道：「少夫人，您的火盆剛點上了。」

燕燕點點頭，心中不寧，要侍女拿來披風後穿戴上，走出屋子的時候，侍女趕忙為她撐傘。

「少夫人，您這是要去哪？您前幾日感染了風寒，太醫交待萬萬不可再受了寒，身子可是要虧欠的。」

燕燕說：「無礙，小侯爺昨夜未歸，可有留下什麼口訓？」

侍女搖搖頭：「小侯爺並未特意交代什麼，只要我們照顧好少夫人，他說您這次風寒來得猛烈，囑咐我們千萬不能讓您房裡缺了火盆，他戰後便立刻回來陪您。」

燕燕蹙眉：「真是怪事，好端端的又起什麼戰事？連我昨日去見父皇，也見武臣在密謀……」

思及此，她抬頭看著妖雪，實在是放心不下。忽然間，她見城牆有狼煙燃起，燕燕心中大驚，彷彿察覺到不妙，全然不管侍女的擔憂，帶上兩個隨身的侍從，命其駕馬便奔出了定江侯府。彼時，燕燕知曉理應留在府中等消息，但不祥的預感，催促著她要去見明陽。她感到恐懼，只因突然想起，今日是平川回往敕勒的日子。

　　此時的明陽身穿銀色戰甲，手持長劍，他帶領數千羽林軍候在城牆頭，樓閣中坐在垂簾後頭的岳峰，注視著這場將決定兩族生死的戰勢，明陽抬起手臂，飛鷹落下，攜來綁在腳踝上的線人信息。

　　「陛下，如我所料，平川世子已與敕勒軍隊在百里之外匯合。」明陽轉身看向岳峰。

　　岳峰唇邊溢出一抹「果然如此」的笑意，他抬起手，在脖頸在比出了一個「殺」的手勢。明陽得令，戴上猰犺兜鍪，帶兵追擊。

　　同一時間的平川，已在百里的關外與來接應自己的敕勒軍隊交匯，為首的正是他的父親——敕勒王。父子十來年未曾謀面，此番相見，自是感慨萬千。

　　其實平川早就得知了岳峰的密謀，所以幾日前，他就已經透過密信，將自己在大夏瞭解的一切戰勢，報告給了駐軍候在關外的敕勒王，信中煽動父王要為慘死的兄長報仇。而敕勒王心中也知曉，岳峰一直記恨自己與奕瞳的和親，他對自己的嫉妒與仇恨，遷怒到了整個草原。

　　想當年，岳峰身為眾皇子之一，勢力單薄，對於先皇的和親旨意，不敢有半點意見，為了權宜之計，不得不將自己心中戀慕的女子送出。岳峰登基之後，也多次授意其他皇室宗親，提議請敕勒大妃奕瞳回鄉省親，只是奕瞳自己不願，每每都回絕了。只是這份回絕在岳峰眼裡，變成了敕勒王的傲慢與無禮，甚至認為是敕勒王故意不讓大妃回母國。然而今時今日，岳峰已是強大的帝王，唯有剷除敕勒，才能消除折磨他多年的心頭之恨。

　　於是，才有了這一次雙方都企圖做個了結的戰勢。

　　岳峰帶兵殺來，敕勒也早有準備。兵戎相見之間，兩族戰士在刀光劍影中廝殺吶喊，藍色蛟龍旗幟與赤紅狼族旗幟交戰成了一團。

　　關於這段戰爭，在史書上是這樣記載著留給後世的：「冬月，帝王

岳峰攜定江氏族南平侯剷除敕勒異黨，戰十日，以二十萬大夏軍屠戮七萬敕勒士兵，敕勒王陣亡。其世子平川陰毒狡詐，以鋼針、火雷埋伏大夏軍隊，血流成河，此戰極艱，南平侯戰死，終年二十五。史稱囚南之戰。」

而這個南平侯，便是明陽死後被加封的尊榮爵位。想來他幼年起便要學練武藝，前去戰場殺敵，對他來說並不是一件稀奇事，十二歲起就混在軍營裡廝殺疆場，刀下的亡魂究竟有多少，早已無從記起。可在囚南之戰中，平川騎馬對戰明陽，他死咬明陽不放，並挑釁著他會帶燕燕回敕勒，今日明陽將會死於他劍下，燕燕本就是屬於他的！

明陽厭惡從平川的口中聽到燕燕的名字，當即怒喝著衝上前去與之大戰。而平川早已設下計謀，一早便在此草地之中埋下數千鋼針。見明陽戰馬被鋼針刺穿皮肉，驚慌嘶吼之時，他竟繞去後方，一劍砍斷了明陽戰馬的四蹄，明陽跌落下馬，反應敏捷地站起身，卻被敕勒團團圍住，導致陷入圈套。

敵軍大量流箭飛來，明陽雖驍勇，但左腿中箭後，他明顯不敵，持劍砍斷第四支、第五支、第十支染毒的流箭後，落下的幾支，到底還是穿胸而過。明陽聽到「噗」一聲，一支鐵箭刺穿他盔甲，正中心口。

鮮血噴射，他單膝跪地，又聽見平川大喊一聲「再放！」，他抬起頭，望見漫天箭雨席捲而來，他嘴角血跡流淌不斷，思緒也開始模糊不清，直到身後傳來撕心裂肺地呼喊，「明陽！」

他艱難地回過頭去，燕燕的紅色披風從馬上掉落，她踉蹌著飛奔向他，跌跌撞撞地摔倒，掙扎著起身，明陽紅著眼眶，大聲說道：「別……過來……」

大夏軍驚慌地大喊：「保護公主！」

數十名士兵擋在燕燕面前，替她接下了流箭。等到燕燕透過層層屍身縫隙再去看，明陽正用最後一點氣力，努力的走向自己，他的臉龐滿是血汗，卻依舊溫暖的笑著看著她，吃力地說：「燕燕，別哭，戰士本就該馬革裹屍……記得替我去看花燈……記得替我去踏青……」

短短的一句話，已經耗盡了他的體力，他再也走不動了，雙膝跪倒在草地之上，只是臉上依舊努力的保持著笑容，望向不遠處的燕燕。而此刻，平川騎馬來到尚有一絲氣息的明陽身後。他冷冷的看著燕燕的眼睛，

決絕地抽出佩劍，從明陽身後向其胸口補了一劍。

燕燕伏在地上，眼睜睜地望著這一幕，她發不出聲音，淚水亂了臉頰，她感到肺腑劇痛，一聲咳嗽，吐出血液，染紅衣衫。

彼時，岳峰帶著二十萬大夏軍前來支援，見到明陽戰死於此，燕燕滿身是血，他立即命部下帶燕燕回到身邊，而燕燕在看見父皇的那一刻，她剎時崩潰，歇斯底里地哭喊著對岳峰道：「父皇！滅了敕勒！獨留世子囚回大夏！」

岳峰眼神狠戾，他舉起手臂，命身後士兵扛出數百火器，手指一點：「放！」

火器破空飛出，筆直地落入敵軍範圍。爆裂聲四起，慘叫聲不絕，平川親眼目睹自己的父王與一眾將領被炸成碎片。且火器越來越密，最後儼然織成了赤色蛛網，已經分不清天空中漂浮的是火還是血。

燕燕目睹著眼前慘劇，她先是放聲大笑，接著又痛哭不止，喊著明陽的名字，一遍又一遍。最終，急怒攻心，她暈死過去。

大夏史書後記，冷酷無情的寥寥幾語：「囚南之戰勝，敕勒王與其七萬將士，滅。唯敕勒世子平川與殘餘部下三百餘人被俘，皆於大夏終老。」

實際上，「終老」二字都顯得帶有溫度了。

平川被抓回大夏的日子，可以說是苦悶誅心。

燕燕親自命人打造了一處小院，異常加高的圍牆，小院子裡沒有任何的樹木花草，沒有任何多餘的裝飾，沒有書、沒有筆墨、沒有工具，甚至沒有大門。只有院牆角的一個小鐵門，鐵門上有一小視窗，每日三餐與極簡單的生活日用，定時從此窗送進。整個小院，只他一人囚在此處。

就連送飯人都不准與他攀談，誰敢破例，就拔掉其舌頭。平川的殘部三百餘人，則流放至邊疆種田，並威脅平川若自殺，便將這三百餘殘部悉數車裂送他陪葬。她要讓平川永遠回不去心心念念的敕勒草原，永遠感受不到來自母妃奕瞳的憐愛與溫暖，永遠觸碰不到敕勒王的寶座，永遠都孤獨絕望地老死在這裡。

最初，平川因忍受不了而徹夜瘋狂地哀嚎，想死卻死不成，活又活不下去，他被折磨得不成人樣。漸漸地，由於這種日子望不到盡頭，他也就

平靜了，因為燕燕會在他生辰那天來看望他一次，隔著鐵門，那是對他的施捨，也是對他的凌遲。

在被囚後的一個月，燕燕告訴平川，三公主芳芳的丈夫也死於這場戰役，而芳芳不久之後便消失了，留下一封書信給眾人，讓大家不要再去找她，她想去尋找自己的一片淨土。

燕燕說到此處有些動容：「還是三姊為自己活了一回，真好。」

平川默默的聽完，心中掠過一絲溫暖與欣喜，那個曾經在他最艱難時光給與過他溫情的女子，終於可以擺脫皇室身分的枷鎖，她值得更好的人生。這場戰爭，讓自己的父王與七萬將士陣亡於敵前，讓自己身陷囚困，但也讓芳芳重獲了自由，或許這就是一體的兩面，凡事皆好壞參半。他深知芳芳是心中永遠的白月光，正是因為如此，他才願意冒著重重風險幫助六皇子。

又過了一年，燕燕在他壽辰來看望他，這次給他帶來了奕瞳大妃的消息。敕勒王身死，世子被囚，敕勒內部也開始了王位的角逐，其中呼聲最高的是敕勒王的二弟與九弟，部落頭領則更欽佩九王爺的勇猛與睿智。

但讓人意想不到的是，九王爺竟然主動放棄了王位，而是與二王爺達成協議，在大漠深處要了一塊封地，帶著敕勒奕瞳大妃走了。在草原之上，兄死弟娶本就是常事，敕勒王室也自然應允了。平川聽後，反倒是長舒一口氣。

據草原的姑娘們說，敕勒九王爺修長健碩的身材，俊美柔和的臉龐，渾身散發著沉穩的貴族氣質。獨來獨往的身影，穿梭在草原之上，如墨的眼睛，濃密的雙眉，高挺的鼻梁，陽剛味十足。九王爺雖比奕瞳大妃小十歲，但一直愛慕大妃，最終，兩人雙宿雙飛，遨遊草原。

在二十八歲那年，平川終於告訴燕燕，其實他的母妃和父王在和親後非常恩愛，他的母妃是幸福的，是他偏要覺得自己的母妃不幸福。母妃也親口說過，是她自願替代皇室宗親的公主和親的，因為大夏先皇封其郡主，並且也將其年邁父親調防回皇城駐軍安享晚年。

而在平川心裡，他偏要認為母妃的遠嫁和親，也是被大夏皇室迫害所致，這樣才能加深自己對皇室的恨。

鐵門外的燕燕聽到這些，沒有半點感覺，她連他的聲音都覺得厭惡。

平川極盡卑微地懇求她：「燕燕，放了我的殘部吧！全當可憐我，求你了。」

燕燕冷漠地注視著那道隔開二人的鐵門，只說了一句：「你害死我兄長，殺了我夫君，我流放你殘部，已是極為憐憫你了，不要再過分貪婪。」

平川痛心不已，他說：「若你去我住過的質子府，就會知道答案了。」

許是燕燕好奇，她真的去了早已荒廢的質子府。房內的放著一個帶鎖的樟木箱，砍掉鎖頭後，箱內放著她當年被他撕碎的紙鳶，被小心翼翼的收藏著，已經被他拼湊黏合，彷彿還是原來的模樣。燕燕拿起那紙鳶，眼中閃過一絲黯淡。

她回到平川的牢獄，對鐵門那一端的他說道：「有些東西，早不該留著了。」

那是燕燕最後對平川說的話，話音落下，她站在鐵門的這一端，將手中的紙鳶撕成了碎片，灑落一地，一如他當年對她。

自那之後，她再沒去過那牢獄。

而平川耳邊只迴蕩著紙鳶被撕碎時的聲音，那聲音折磨他一直到他死。

人終會因年少不可得之物，而困其一生。平川死前想，如果當初沒有撕碎她的紙鳶就好了。初次時，放飛紙鳶的她笑的可真美啊！他為什麼沒有好好地握住她的手呢……

等送飯的小廝發現他屍體的時候，已經僵了一夜，那年，他二十九歲。

燕燕聽聞消息後，只是在房內獨自坐了半天，便請旨將平川世子好生安葬在雀燕山頂，因為翻過這座山，便到了敕勒境內，這是大夏與敕勒的邊境。並下令將敕勒殘部三百餘人賜毒酒，陪葬於世子身側。

平川世子下葬那日，燕燕站在皇宮的城牆之上眺望遠方，嘴裡輕輕說道：「世子，念在相識一場，我讓你死後得以眺望家鄉。但你生生世世都要留在我大夏國土之上，飽受與故土分離之苦。我也將你的殘部一併送予你，也好讓他們陪伴你、服侍你……」

朝野內部知此事是燕燕的意願，私下裡議論紛紛，皆言燕燕手段狠毒，不可小覷，更不可開罪。

　　一年後，帝王岳峰病逝，在皇后詩妮的幫助下，六皇子順利登基稱銳帝。銳帝休養生息、重視民生，免除大量徭役賦稅、整頓吏治，僅僅三年時間，就將大夏推向了巔峰。

　　只可惜銳帝在位僅三年，因體恤下情，常去微服尋訪，不慎感染疫病，無治而亡，享年不過三十三。銳帝死後，太后詩妮無心前朝，退去後宮鬱鬱度日。

　　銳帝僅存兩位年幼的公主於世，為了安穩前朝，燕燕在最為血腥的內亂時期挺身而出，拉攏黨羽，輔佐自己的侄子——子晨之子登基為帝。

　　這一路極其艱辛，燕燕幾次險些喪命，好在上天庇護，十八歲的侄子終於登上皇座。那一年，燕燕三十四歲了。

　　後來，她活了很久，一直陪伴在侄子身邊，卻始終孤身一人，再沒婚嫁，也一生無子無女。臨終時，她握著陪在身邊的侄孫輩的手，說了很多夢話，她蒼老的眼逐漸渾濁，暗啞的聲音顯得縹緲、空曠。她呢喃著：「天真藍啊！我放飛了一隻舟船形狀的紙鳶……它飛了好遠，好遠……一直飛到了燈會……站在燈下的，明陽……」

　　如果當年的平川沒有撿起那只舟船，燕燕的人生或許就會改寫。而她臨死之前，最後留下的一滴眼淚，也是在憎恨著撿起自己紙鳶的平川，她寧願，永遠沒有那一天的出現。

　　自古皇家多薄情，既要江山，又要美人。亦或者，人的本性便是如此，貪婪、骯髒、滿身欲望。平川既想要燕燕的愛，又想要完成對大夏皇室的報復，本就是矛盾的欲望。燕燕既想放下對平川的恨，又一再被他拉進欲望泥潭，不能控制自己恨意，也是因為欲望。

　　唯獨明陽渡己渡人，他令燕燕在與自己相愛後，放下了恨意，既是渡人；他在臨死之前勸說燕燕不要遷怒他人，戰場上輸家就要死，他接受這種事實，既是渡己。

　　若明陽還能活著，燕燕的心願還有可能實現，她早已不再暗夜行舟，她只心向明月。但明陽死後，燕燕失去了生存下去的念想，於是，她對平川的折磨，更是宣洩著自己的欲望。

「人性終究矛盾，凡人血肉之軀，終是難逃作繭自縛。」

茅屋裡，妙齡女子靜靜地訴說盡了這故事。

幽池沉默地擦拭著手中的劍，劍身已經瑩亮，映襯出他的臉。他立起那劍，上頭卻沒有映出妙齡女子的容顏。她慌了慌，不安地看向自己，發現雙手正變得透明，彷若在漸漸消散。

「你同我交換了你的過往，既交代出了你的因。」幽池說，「而我接納了你的故事，還給你果。」

妙齡女子困惑地抬起頭。

幽池對她輕嘆：「你可以投胎轉世了，了卻前塵牽掛，別再徘徊了。」

她像是恍然大悟一般，驚覺道：「是啊……我……我已經在這山林裡徘徊了數十年了，久到我已經忘記了自己究竟是誰。」

她看著消散的身體，悵然地憶起：「我原本的名字叫做詩妮，我在這山林之中，遇見了身著白袍的他，我們曾約好放棄一切，去一個沒人認識我們的地方生活，但是那天，我失約了。後來，我成了大夏國的皇后，一生都生活在那諾大的牢籠之中，看盡了鬥爭與計謀，好在我生了三個孩子……我一生都在努力的保護他們。」

幽池淡淡的說出他們的名字：「燕燕，還有……」

「芳芳與釧銳。」

三公主，與六皇子。

「沒錯，他們都是我的孩子。」詩妮的眼睛裡蒙上一層淡淡的水霧，「可他們的父親卻不是岳峰，即便到岳峰死去，也不知道這個祕密。」

就像民間說書人口中的野史，有些宮人早就猜測，銳帝是太皇太后的血脈；也有垂老的宮人說過，銳帝的生父是一位身著白袍戰死的將領；又有人說，太皇太后此前對先帝不忠，與臣子私通。眾說紛紜，信口雌黃。

可奈何太皇太后的母家勢力雄厚，所以先帝在位期間，無人敢提及此事。且林貴妃雖知實情，卻因自己無法生育，又仰賴皇后照顧，也願為其撫養兩個孩子，並視如己出，隱瞞真相。先帝後宮佳麗數不勝數，又如何知曉哪一個背棄過自己呢？

而多年後，記錄院走水，大火燒光了妃嬪們的侍寢紀錄，三公主與六

皇子的確切生辰，更是無從對照。

「我因為自己兒女的際遇而耿耿於懷了一生，即便我無心爭寵，也一直身居高位，可我的孩子們竟都背負了苦難……」這令她懊悔、痛苦，直到死後也割捨不下這份執念，以至於記憶錯亂，誤以為自己只是個宮女，「是啊！我連自己究竟是誰都忘記了，唯獨記得那些困擾著我兒女們往事。看來，一直放不下的人竟然是我啊……」

幽池凝視著她逐漸衰老的臉頰，低聲道：「你的魂魄徘徊在荒郊野嶺數十年，一直沒有遇見過願意來渡你進入輪迴的人。」

詩妮抬起垂老的面孔，那是她死去的年紀，她流下感激的淚水，對幽池微微頷首：「謝謝你，只有你聽我說完這一切，令我得以傾訴內心困苦……」

「不必客氣，這是我的職責。」

「你……究竟是何人呢？」

幽池輕巧地一句：「不過是個降魔人罷了。」

詩妮帶著些微笑，最後道了聲謝，煙消雲散。

茅屋外暴雨驟停，天色蒙亮，朝陽升起。鹿靈捧著摘下的野果走進茅屋，看到幽池面前升著一團篝火，困惑地問道：「天色這麼亮，你生火幹嘛？」

幽池站起身，最後望了一眼火堆：「方才下雨了，有些冷，就生了火。」

鹿靈蹙起眉頭，不可思議道：「下雨？我一直在外面採果子，不過就出去了半個時辰而已，我怎麼不知道下雨？」

幽池看向鹿靈，淡淡笑過：「心若向明，便無需暗夜行舟，自然也不會看見陰雨了。」

鹿靈翻翻白眼，她實在聽不懂，拿出一顆果子吃了起來。

屋外，陽光大好，天色湛藍，無雨，長風。

降魔人幽池——雲譎

作　　　者／李莎
封 面 提 字／季風
封 面 設 計／董紹華
插 畫 創 作／董紹華
美 術 編 輯／孤獨船長工作室
責 任 編 輯／許典春
企畫選書人／賈俊國

總 編 輯／賈俊國
副 總 編 輯／蘇士尹
行 銷 企 畫／張莉榮・蕭羽猜・黃欣

發 行 人／何飛鵬
法 律 顧 問／元禾法律事務所王子文律師
出　　　版／布克文化出版事業部
　　　　　　臺北市中山區民生東路二段 141 號 8 樓
　　　　　　電話：(02)2500-7008 傳真：(02)2502-7676
　　　　　　Email：sbooker.service@cite.com.tw
發　　　行／英屬蓋曼群島商家庭傳媒股份有限公司城邦分公司
　　　　　　臺北市中山區民生東路二段 141 號 2 樓
　　　　　　書虫客服服務專線：(02)2500-7718；2500-7719
　　　　　　24 小時傳真專線：(02)2500-1990；2500-1991
　　　　　　劃撥帳號：19863813；戶名：書虫股份有限公司
　　　　　　讀者服務信箱：service@readingclub.com.tw
香港發行所／城邦（香港）出版集團有限公司
　　　　　　香港灣仔駱克道 193 號東超商業中心 1 樓
　　　　　　電話：+852-2508-6231 傳真：+852-2578-9337
　　　　　　Email：hkcite@biznetvigator.com
馬新發行所／城邦（馬新）出版集團 Cité（M）Sdn.Bhd.
　　　　　　41，JalanRadinAnum，BandarBaruSriPetaling，
　　　　　　57000KualaLumpur，Malaysia
　　　　　　電話：+603-9057-8822 傳真：+603-9057-6622
　　　　　　Email：cite@cite.com.my
印　　　刷／韋懋實業有限公司
初　　　版／2023 年 10 月
定　　　價／399 元
I S B N／978-626-7337-29-5
E I S B N／9786267337301(EPUB)

© 本著作之全球中文版（繁體版）為布克文化版權所有・翻印必究

城邦讀書花園 🔀 布克文化
www.cite.com.tw　www.SBOOKER.COM.TW